금진

금진

초판 1쇄 발행 2024년 11월 15일

지은이 최재효
펴낸이 장길수
펴낸곳 지식과감성#
출판등록 제2012-000081호

교정 정은솔
디자인 정윤솔
편집 정윤솔, 서혜인
검수 이주희, 윤혜성
마케팅 김윤길, 정은혜

주소 서울시 금천구 벚꽃로298 대륭포스트타워6차 1212호
전화 070-4651-3730~4
팩스 070-4325-7006
이메일 ksbookup@naver.com
홈페이지 www.knsbookup.com

ISBN 979-11-392-2181-7(03810)
값 22,500원

- 이 책의 판권은 지은이에게 있습니다.
- 이 책 내용의 전부 또는 일부를 재사용하려면 반드시 지은이의 서면 동의를 받아야 합니다.
- 잘못된 책은 구입하신 곳에서 바꾸어 드립니다.
- 본 소설은 2024년 인천문화재단 예술창작지원사업에 선정되어 발간되었습니다.

지식과감성#
홈페이지 바로가기

최재효
역사 장편소설

금진

대원신통에 소속된 여인들은 색공을 통해서 존재감을 나타낼 수 있었다. 그들은 진골정통과 치열하게 대립하면서 자신들의 입지를 다져 나갔다. 진골정통과 대원신통은 중기 신라 왕실을 지탱한 양대 인통(姻統)이었다.

금진은 법흥왕의 후비(后妃)였다. 법흥왕 승하 후에 진흥왕과 인연을 맺으며, 대원신통의 주요 인물로 부상한 여걸이기도 하다. 제5대 풍월주 사다함의 어머니이기도 한 금진은 신라 왕실의 보이지 않는 실력자였다. 또한, 금진은 삼국 통일의 주역 흥무대왕 김유신의 외증조모이며, 원효대사 설서당의 고조모, 문무대왕 김법민의 외고조모가 된다.

작가의 변(辨)

 금진은 신라 중기 법흥왕과 진흥왕 치세 기간에 불꽃 같은 삶을 산 왕실 여인이다. 본 소설은 남당 박창화 선생의 『화랑세기』 필사본과 『상장돈장(上狀敦牂)』, 김부식의 『삼국사기』, 일연의 『삼국유사』 등을 참고하여 창작되었다. 오로지 사실을 가미한 픽션(Fiction)으로 대해 주었으면 한다.
 금진은 대원신통 계열로 신라 귀족 위화랑(魏花郞)과 오도부인 사이에서 둘째 딸로 태어났다. 그녀는 언니 옥진, 조카 묘도와 법흥왕의 후비였다. 서기 540년 법흥왕이 붕어하자 왕의 자식을 낳지 못한 금진은 대궐 밖에서 살아야 했다. 당시 신라의 왕족은 모계에 따라 진골정통 혹은 대원신통으로 구분되었다. 왕비는 두 계통에서만 나올 수 있었기에 경쟁이 치열했다. 금진은 동륜왕자의 유모로 다시 대궐로 들어갔다가 진흥왕의 총애를 받으면서 원대한 희망을 품는다. 권력을 잡기 위해 펼치는 왕실 여인들의 암투는 상상을 초월한다.

본 소설을 접하는 독자는 1,460여 년 전 신라 왕실의 복잡한 혼맥에 당황할 수 있을 것이다. 하지만 혈통과 골품을 유지하려는 그 당시 귀족의 시선으로 보고 이해하면 심적 부담이 적다.

2024년 11월 15일 여강재에서

주요 등장인물

금진(金珍) 본 소설의 주인공으로 위화랑의 둘째 딸이다. 법흥왕, 진흥왕을 비롯해 여섯 명의 남성과 인연을 맺어 숙흘종, 용걸종, 토함, 사다함, 새달, 설원, 난성공주를 낳는다.

옥진(玉珍) 금진의 언니이며, 박영실 처이다. 법흥왕의 후비로 대원신통의 상징적 인물이다.

지소(只召) 법흥왕의 딸이며, 입종갈문왕의 지어미이다. 진흥왕의 어머니로 여섯 명의 남성과 인연을 맺고 여러 명의 자식을 낳는다.

법흥왕 신라 제23대 왕. 본명은 김원종 또는 김모즉지이다.

김입종(金立宗) 진흥왕의 생부이며, 법흥왕의 친동생이다. 지소의 지아비. 금진과 사이에서 숙흘종, 용걸종을 본다. 입종갈문왕이라고도 한다.

진흥왕 신라 제24대 왕. 본명은 삼맥종이며, 김입종과 지소 사이에서 출생했다.

사도(思道) 진흥왕의 정비로 박영실과 옥진의 둘째 딸이며, 동륜태자와 진지왕의 생모이다.

구리지(仇梨知) 신라의 귀족으로 비량공과 벽화부인 사이에서 태어났다. 금진의 지아비이며, 토함, 사다함, 새달의 생부이다.

설성(薛成) 금진의 정인이며, 설원(薛原)의 생부이다. 설서당[원효대사]의 고조부가 된다.

이사부(異斯夫) 내물왕 후손으로 신라의 장군. 지소태후 사이에서 숙명과 세종전군을 본다. 우산국과 대가야를 정벌했다.

이화랑(二花郎) 4대 풍월주로 위화랑의 아들이며, 숙명 왕후와 사통하여 원광을 낳는다.

미실(美室) 신라의 귀족 미진부와 묘도의 딸로 사다함, 세종전군. 진흥왕, 진지왕, 진평왕, 설원, 동륜태자 등 여러 명의 남성과 인연을 맺는다.

사다함(斯多含) 금진의 아들로 제5대 풍월주. 미실의 연인이며, 이사부와 대가야를 정벌한다. 미실의 배신과 무관랑의 죽음으로 괴로워하다가 17세로 요절한다.

무관랑(武官郎) 화랑으로 사다함의 사우(死友)이다.

| 대원신통 주요 인맥도 |

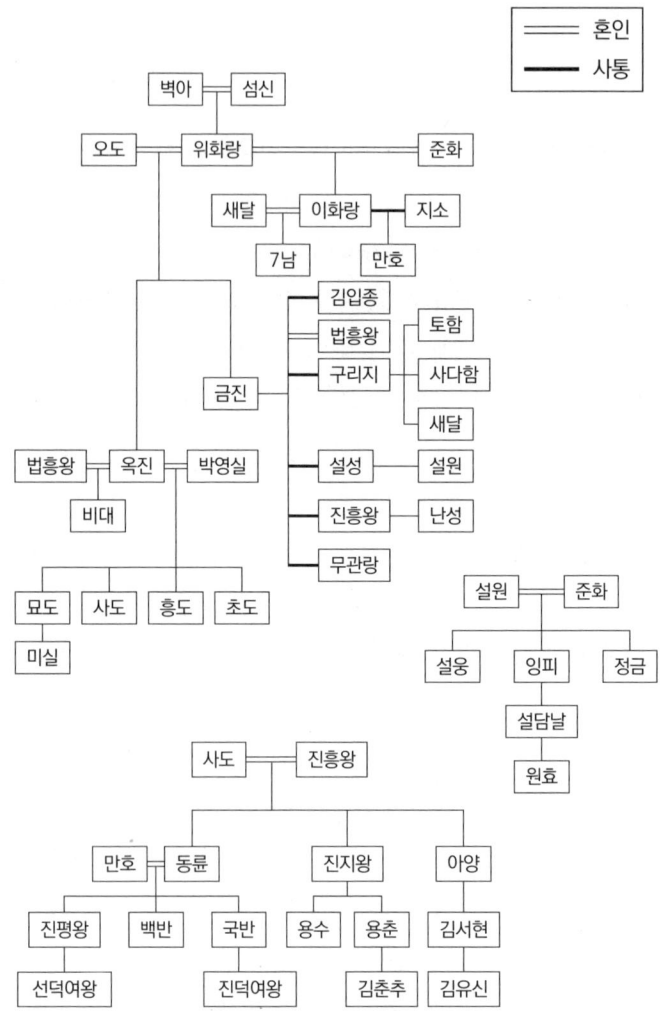

진골정통 주요 인맥도

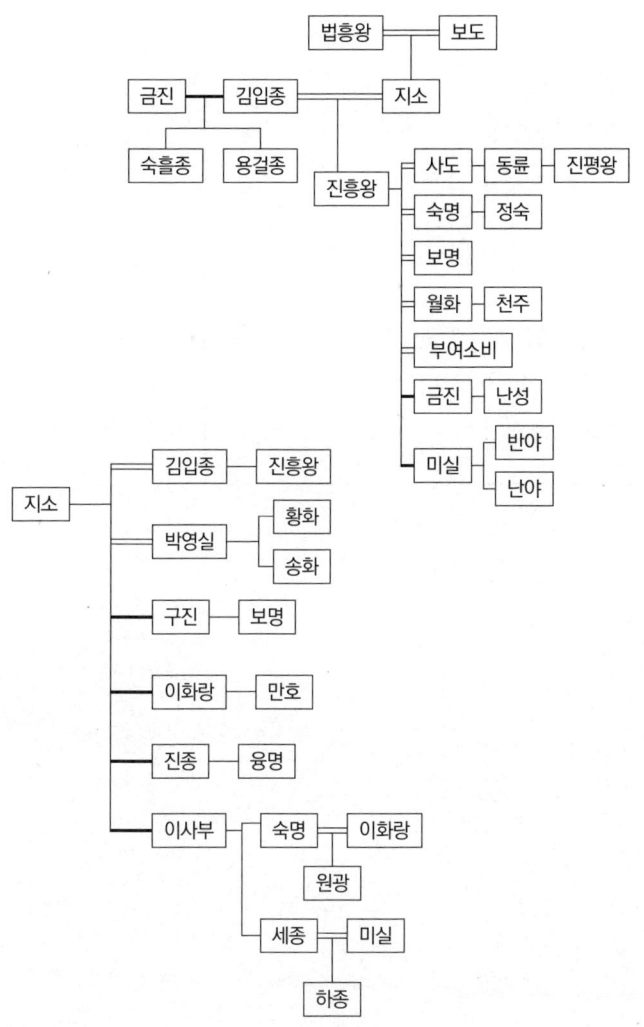

주요 인맥도

목차

작가의 변(辨)	6
주요 등장인물	8
대원신통 주요 인맥도	10
진골정통 주요 인맥도	11
혼돈에 휩싸인 왕실	15
자매, 한마음이 되다	49
용종을 품다	111

색신(色臣)이 되다	169
또 한 번의 시도	221
영웅 사다함	289
암울한 전조	345
만사가 휴의되다	403
소설 속 주요 사건 연대표	470
에필로그	472
작품해설	474
소설 작품 속 어휘 풀이	500
저자 소개	570

혼돈에 휩싸인 왕실

월성은 후비들의 간드러진 웃음소리와 함께 날이 밝고 무거운 탄식 속에 땅거미가 내려앉는다. 서라벌 사람들은 임금이 사는 궁성을 보면서 성공과 출세를 꿈꾸지만, 그것의 실상은 일부 골품에만 한정된 특권이었다. 후비들은 왕의 시선에서 약간이라도 벗어나면 뒷방으로 밀려나거나 텅 빈 전각에 주질러앉아 야속하게 지나가는 세월을 탓해야 했다.
"그것이 계속 나를 자극해?"
 지소는 종주먹을 쥐고 몸을 부르르 떨었다. 서라벌 귀족 위화랑의 둘째 딸 금진은 입종갈문왕과 깊은 인연을 맺고 있었다. 지소는 지아비 입종갈문왕이 자신 몰래 금진과 보쟁이고 있다는 사실을 알고 충격을 받았다. 당장 부왕에게 일러바쳐 두 사람 사이를 떼어 놓을 수도 있지만, 그녀는 강샘한다는 말을 들을까 우려하여 다른 방법을 찾았다.

"위화랑에게 간다."

지소는 위화랑의 집으로 향했다. 황금 마차가 서라벌 저잣거리를 관통하며 뽀얀 먼지를 일으켰다. 미리 연락을 받은 위화랑 부부는 집 앞에 나와 있었다.

"공주님을 뵙습니다."

지소를 맞이하는 위화랑 부부의 허리가 앞으로 꺾일 듯 휘어졌다.

"*이찬, 부왕에게 다시 한번 충성의 표시를 보이세요. 이찬께서 예전에 옥진을 후비로 들여 아버님께 견마지로를 다했지만, 부왕이 옛일에 관한 노여움을 완전히 석삭인 것이 아닙니다."

지소가 위엄 있는 태도로 위화랑을 노려보았다.

"소신도 그 점을 염두에 두고 있습니다. 소신이 어떻게 해야 대왕 폐하의 심기를 편편하게 해 드릴 수 있겠습니까?"

"이찬의 둘째 딸과 손녀를 후비로 들이세요. 금진 정도의 미색이면 아버님께서 무척 흡족해하실 겁니다. 묘도는 태어나기 전부터 아버님에게 색공을 바치기로 예정되어 있

---

* 이찬 – 伊湌. 신라 17등급 관제에서 두 번째 등급.

혼돈에 휩싸인 왕실

었습니다. 옥진의 *팔색조 꿈을 잘 알지 않습니까?"

 위화랑은 지소의 말에 눈앞이 캄캄했다. 지소는 자신의 요구 사항만 던져 놓고 휑하니 가 버렸다. 위화랑이 딸들을 단속하지 않고 자유롭게 키운 것이 결국 사달을 만들었다. 그는 각간(角干)으로 있는 사위 박영실을 불렀다.
 "아버지, 지소공주가 다녀갔다면서요?"
 금진이 벗들과 저잣거리를 쏘다니다가 귀가하였다. 그녀는 하인을 통해 조금 전에 지소가 다녀갔다는 소식을 들었다. 금진은 지소가 무슨 일로 왔다 갔는지 무척 궁금해했다. 박영실이 헛기침을 하며 내실로 들어왔다.
 "장인어른, 지소공주가 다녀갔다면서요?"
 박영실은 왕이 믿고 의지하는 몇 안 되는 총신이기도 했다. 금진과 박영실이 위화랑에게 지소의 방문 목적을 물었다. 위화랑은 지그시 눈을 감았다. 그는 지소의 요구 사항을 피할 수 없다는 것을 잘 알았다. 위화랑은 금진에게 지난 이야기를 들려주기로 마음먹었다. 위화랑은 왕과 관련한 자신의 과거사를 풀어 나갔다. 그의 이야기는 준실부인과 금진도 대강은 아는 내용

* 팔색조 꿈 - 옥진이 팔색조(八色鳥) 꿈을 꾸고 나서 모즉지왕에게 합궁할 것을 요구했으나, 왕은 거절하며 옥진의 지아비와 합궁하라고 했다. 왕은 딸을 낳으면 후비로 들이겠다고 약속했다.

이었다. 모녀는 위화랑의 이야기에 시큰둥한 표정으로 연신 하품을 해 댔다.

"그 정도면 금진이가 충분히 알아들었을 겁니다."

준실부인이 끝도 없이 지난 이야기를 쏟아 내는 위화랑을 제지하였다. 지어미의 말에 위화랑은 하던 이야기를 갈무리하고 또 한숨을 내쉬었다. 준실부인은 금진의 큰 어머니였다.

"아버지, 저와 묘도가 후비가 되라는 거네요."

"장인, 묘도는 어립니다. 꽃망울 터트린 지 얼마 안 되었어요."

박영실도 실큼한 눈으로 위화랑을 흘겨보았다.

"대왕이 금진이와 묘도를 원한다고 하네."

왕이 금진과 묘도를 원한다는 말에 박영실과 금진은 더는 아무 말도 할 수 없었다. 살아 있는 신의 지엄한 명령을 신민이 어찌 거역할 수 있으랴. 위화랑은 자신의 오랜 허물을 무마하기 위하여 딸과 외손녀를 입궁시키기로 마음먹었다. 그는 지소가 금진에게 앙심을 품고 있는 것을 눈치채고 있었지만, 차마 딸에게 말할 수 없었다. 박영실도 왕에게 잘 보이기 위해 딸을 입궁시킬 의향이 있었다. 어차피 묘도는 태어나면서부터 왕의 후비로 내정된 운명이었다. 화려함과 향락을 추종하는 금진은 어려서부터 궁중 생활을 동경해 왔다.

"항아가 강림한 듯하구나. 짐을 보았으렷다?"

금진이 입궐한 첫날 곧바로 왕의 침첩(寢妾) 역할을 해야 했다. 그녀는 화려하게 성장하여 왕을 놀라게 했다. 왕은 늘 새침한 태도로 자신을 대하는 옥진을 보다가 색기와 음종함이 철철 넘치는 금진을 보자 단박에 춘심이 끓어올랐다.

"대궐에서 대왕 폐하를 서너 번 뵈었나이다."

왕은 후비와 합방하기 전에 가무를 즐기고 합환주를 들었다. 그의 흥이 최고조에 올라야 여러 사람이 편했다. 그의 까탈스러운 성정에 노래와 춤이 서툰 후비들은 고역이었다. 금진은 어릴 때부터 가무에 뛰어난 소질을 보여 위화랑에게 자주 칭찬을 들었다.

관관히 우는 물수리새
냇물 가까이 노니네
그윽하게 아름다운 숙녀
군자의 좋은 짝이라네

왕은 금진의 재주에 은근히 놀라며 무척 기꺼워했다. 그는 금진이 가야금을 탄주하며 노래를 부를 때 입이 양 귀에 걸리기도 했다. 금진이 부르는 노래는 『시경(詩經)』에 실려 있는 「관저(關雎)」였다.

아무리 구해도 얻지 못해
자나 깨나 그대 생각에
오호, 통재라
밤마다 잠들지 못하네

「관저」는 백성들이 주문왕(周文王)과 그의 후비 태사(太姒)의 덕을 찬양한 노래이다. 금진의 노래와 가야금 탄주 실력은 저자의 가기(歌妓) 수준이었다. 왕은 금진을 소개하고 후비로 들인 지소에게 고마워했다. 노래와 춤으로 한바탕 여흥을 즐긴 두 사람은 술자리를 파하고 침수에 들었다.

"대왕 폐하, 소녀에게 승은을 내려 주세요."

"지금 그리하고 있느니라. 너의 행동과 육신이 짐의 취향에 조금도 어긋남이 없도다. 색도(色道) 역시 언니에게 뒤지지 않을 것 같구나."

왕은 금진을 안으며 귀물을 얻었다는 표정이 역력했다. 금진의 뽀얀 속살이 드러날 때 왕의 손이 떨렸다. 왕이 금진과 초야를 치르는 날 지밀전은 밤새 울어 대는 천둥과 폭우로 떠내려갈 것만 같았다. 상궁 나인들은 금진이 질러 대는 은은한 열음(悅音)과 뇌성에 반쯤 정신이 나간 상태였다. 새벽닭이 울 때쯤 묵직한 왕의 단말마가 한 차례 있었다. 금진은 유부녀의 신분으로 후비가 되어 왕의 사랑을 독차지한 언니 옥진을 무척 부러워했다. 금진의 꿈이 묘하게도 지소의 질투로 쉽게 이루어졌다.

다음 날, 땅거미가 내려앉자 묘도는 지밀전으로 불려 갔다. 금진이 왕의 손길에 뜨겁게 반응했던 것과는 반대의 상황이 펼쳐지고 있었다. 묘도는 금진과 옥진에 비하면 체구가 작고 육덕이 부실한 편이었다. 그녀는 술도 잘 마시지도 못하고 노래와 춤도 서툴러 왕의 흥미를 끌지 못했다. 묘도는 왕의 옥체를 보자 몸을 웅크렸다.

음사에 이골이 난 왕의 거친 몸짓에 묘도는 순식간에 무너져 내렸다. 그녀는 비명을 질러 대다가 까무룩 정신을 잃기도 했다. 죽음 같은 첫 방사가 끝났을 때 진홍빛 꽃망울이 비단 금침에 활짝 피어 있었다. 왕은 죽은 듯 노그라져서 할딱거리는 묘도를 보고 혀를 끌끌 찼다. 왕은 묘도를 보내고 금진을 불렀다.

자신의 처소로 돌아온 묘도는 연인 미진부를 그리워했다. 묘도는 얼떨결에 후비가 되긴 했지만, 성애(性愛)의 세계에는 까막눈이나 다름없었다. 왕과 상합하더라도 음양의 조화가 안 되고, 고통만 따를 뿐이었다. 두세 차례 합기를 시도하던 왕은 결국 묘도를 멀리하였다.

"지소가 나를 감시하고 있어도 그대를 향한 나의 열정은 뜨겁게 타오르고 있어요."

"저는 후비입니다. 이곳에 오시면 안 됩니다."

입종갈문왕은 이른 아침 금진의 처소를 찾아와 까마귀 지저귀듯 엉뚱한 말을 쏟아 놓기 일쑤였다. 서로의 마음을 들춰 보고 거추없이 끝나는 색사(色事)는 갈증만 더했다. 지소가 김입종을 금진에게 떼어 놓으려는 노력은 수포가 되고 말았다.

"간밤에도 그대 생각에 전전반측했다오."

갈문왕 김입종은 자기 욕심만 채우고 바람처럼 사라지면 그뿐이었다. 입종갈문왕의 잦은 외도 소식은 수시로 지소에게 전달되었다. 갈문왕의 *방외범색이 알려지는 날이면 두 목숨이 위험에 처하게 될 것이 뻔했다. 결국 사달이 나고야 말았다.

"금진이 임신했다고?"

왕이 새퉁스러운 표정으로 지소에게 물었다. 지소는 부왕의 용안(龍顔)이 일그러지는 모습을 보고 속으로 웃고 있었다. 그녀는 더는 지아비 김입종의 일탈을 보고만 있을 수 없었다. 왕은 아우가 자신의 후비를 임신시킨 일에 충격을 받았다. 그는 생각지도 못했던 *금독지행에 분노 대신 헛

* **방외범색** – 房外犯色. 자기 아내 이외의 여인과 육체관계를 맺음.

* **금독지행** – 禽犢之行. 친족 사이에서 일어난 음행.

웃음만 흘릴 뿐이었다.

"사실대로 고하렷다."
"대왕 폐하, 소비를 죽여 주소서."

지밀전에 불려 온 금진은 납작 엎드려 말을 잇지 못했다. 그녀는 왕이 이미 자신과 입종갈문왕이 사통한 내용을 알고 있었기에 어디서부터 어떻게 변명을 해야 할지 난감했다. 후비(后妃)가 화풍병에 걸려 외간 사내와 사통하여 임신한 일은 기군죄(欺君罪)에 해당하여 저잣거리에 끌려 나가 목이 잘려도 할 말이 없었다. 금진이 어깨를 들썩거리며 흐느꼈다. 그녀는 자리에서 벌떡 일어나 왕에게 절을 하였다.

김입종은 왕제(王弟)라는 막강한 위치에 있으면서 왕의 비밀스러운 임무를 수행하였다. 그는 왕이 서라벌이나 인근 지역으로 행차할 때 호종 책임자가 되기도 했다. 왕은 아우가 사고를 치거나 말썽을 피워도 큰일이 아니면 모르는 체했다. 금진은 입종갈문왕과 사사롭게 잠통한 과정을 모두 고했다. 왕은 불미스러운 일이 일어난 것은 자신의 탓이라며, 그녀가 동생과 오쟁이 진 내막을 덮어 두려고 했다.

"너의 태중에 든 아이는 짐의 자식이다."

왕은 대승적 차원에서 금진의 사통을 용서하였다. 열 달 후에 금진이 아기를 낳았다. 왕은 아기에게 숙흘종(肅訖宗)

이란 이름을 하사하고 자기 아들이라고 공포했다.

"금진이 또 회임했다고?"

입종갈문왕은 왕을 두려워하지 않고 수시로 금진과 밀회를 즐겼다. 날로 건강이 악화하는 왕은 금진의 새로운 임신 소식을 듣고 모르쇠로 일관했다. 금진은 또 아들을 낳았다. 대궐 밖에 거주하는 그녀의 생모 오도부인이 딸의 둘째 아들을 맡아서 키우기로 했다. 입종갈문왕에겐 셋째 아들이었다. 그는 아기에게 용걸종이란 이름을 지어 줬다. 금진이 김입종의 셋째 아들을 낳자 지소의 강샘은 더욱 심했다.

"대왕 폐하, 옥체를 보전하소서."

어의는 왕에게 당장 보위를 양위하고 휴식을 취하라고 권하고 싶었으나 함부로 말을 꺼낼 수 없었다. 왕은 여태껏 후사를 세우지 못한 상태였다. 입종갈문왕의 둘째 아들 숙흘종은 왕의 아들로 둔갑하여 궁궐에서 살고, 큰아들 삼맥종(彡麥宗)은 궁궐 밖에서 살았다. 신라 왕손은 태어나면 일대에 한하여 모계의 인통을 따라야 했다. 삼맥종의 생모 지소는 진골정통이었고, 금진은 대원신통이었다.

"갈문왕이 죽었다."

갑자기 김입종이 사망했다. 그는 한때 사랑하던 여인 어사추여랑(於史鄒女郞)이 스스로 목숨을 끊자 한동안 방황하며 지소를 원망하였다. 그의 울분은 폭음과 일탈로 이어졌고, 육신은 사백사병으로 급격하게 무너져 내렸다. 왕의 권고에 어쩔 수 없이 지소와 혼인은 했지만, 마음은 늘 밖으로 향하고 있었다.

ⓒ

"아버지, 보위는 진골정통이 계승해야 합니다."
왕의 건강이 심각한 단계인 것을 인지한 후비와 공주들은 비상이 걸렸다. 권력욕이 지대한 지소는 자기 아들이 왕실의 볕웆이 될까 두려웠다. 왕은 인통에 연연하지 않았다. 그는 얼른 자신의 후계자를 정해야 하는 것을 알지만 장고(長考)만 거듭할 뿐이었다.
"지소야, 아직 결정된 것은 아무것도 없다."
왕은 뼛성 섞인 말로 대꾸했다. 지소는 부왕이 비대전군에게 보위를 물려주려는 기미가 보이자 강하게 반발했다. 왕은 옥진 자매의 적극적인 권고에 따라 비대전군을 차기 지존으로 삼으려는 뜻을 비치기도 했다. 그러나 지소와 삼엽이 왕의 의도를 알고 개입하면서 옥진의 의도가 많이 희석되었다.
"대왕 폐하, 비대전군이 무조건 대왕의 뒤를 이어야 합니다."

옥진은 왕이 갈피를 잡지 못하고 주변 인사의 말에 꺼둘려 갈팡질팡하자 강하게 압박했다.

"폐하, 보위는 비대전군이 이어야 합니다."

금진이 잔망스러운 언사로 옥진을 거들었다.

"아직 시간이 있느니라."

하지만 왕은 두루뭉술한 말 한마디 내뱉고는 그만이었다. 그는 옥진 자매의 요구 사항을 무시할 수도 없었다. 왕은 차기 후계자 선정을 차일피일 미루기만 할 뿐이었다. 왕실과 조정은 두 파벌로 갈라져 극심한 암투를 벌였다.

"언니, 지소가 조정 대소신료를 만나고 다니면서 삼맥종을 지지해 달라고 한답니다. 가만히 있으면 안 됩니다."

금진이 옥진의 분발을 촉구했다.

"대왕은 비대를 차기 왕으로 선임할 것이라고 하셨어. 너무 걱정하지 않아도 될 거야."

금진은 지금 조정이 돌아가고 있는 추이를 모르고 엉뚱한 말만 하는 옥진이 답답했다. 금진은 위화랑과 이사부를 찾아가기로 했다.

"아버지, 비대가 왕위를 잇도록 힘써 주세요."

"네가 언니보다 한 수 위로구나. 힘써 보마."

위화랑은 한마디 하고 금진을 멀뚱히 바라볼 뿐이었다. 조정 중신들과 광범위한 관계를 맺고 있는 위화랑의 말에 금진은 일단 안도하였다. 위화랑과 헤어진 금진은 곧바로 이사부를 찾아갔다.

"장군, 비대전군을 다음 임금으로 밀어주세요."

"노력해 보겠습니다."

금진은 이사부에게 긍정적인 답변을 듣고 가벼운 마음으로 환궁하였다. 그녀는 옥진에게 위화랑과 이사부를 만나서 지지를 얻어 냈다고 자랑했다. 그런데 금진 자매는 지소의 보이지 않는 능력을 간과하고 있었다. 김입종이 죽고 난 뒤에 지소는 이사부를 은밀히 만나고 있었다. 틀거지가 단단한 이사부는 신라 여인들의 우상이었다.

"소신은 아드님만 바라보고 있습니다."

지소는 이사부를 자신의 저택으로 초대하여 저녁을 대접했다. 조촐하게 시작된 식사는 질펀한 술자리로 이어졌다. 차츰 지소의 간드러진 웃음소리가 커졌고, 덩달아 헌거로운 이사부의 묵직한 헛기침 소리도 자주 밖으로 흘러나왔다.

"장군님이 주무시고 가실 건가 봐요?"

"장군님은 공주님 애인이잖아."

시녀들은 이사부의 방문을 두고 입방정을 떨었다. *삼경이 지나서 술자리는 끝났고, 시녀들이 예측한 대로 지소와 이사부는 합방하였다. 동녘이 희끄무레 밝아 올 때까지

* **삼경** - 三更. 밤 11시부터 새벽 1시 사이.

시녀들은 귀를 쫑긋 세우고 선잠을 자야 했다. 다음 날 해가 중천에 왔을 무렵 기침한 지소는 시녀 한 명을 위화랑에게 보냈다. 해 질 무렵 위화랑이 지소의 처소에 나타났다.
"국구께서 귀한 시간을 내 주셨습니다."

여색을 밝히는 위화랑은 지소의 초대에 입이 함지박만 해졌다. 지소는 어머니 보도부인의 외모를 쏙 빼닮아 난연하면서도 음종한 미색으로 이름을 날렸다.
"국구, 한 잔 받으세요."
위화랑은 시선을 어디에 두어야 할지 몰라 쩔쩔맸다. 지소는 서라벌의 유명한 주루에서 최고 미인이라고 소문난 여인 두 명과 악사를 초빙했다. 두 미희는 노래와 춤은 물론 미도(媚道)와 감탕질에도 뛰어나 웬만한 사내들은 상대할 수도 없을 정도였다. 위화랑은 미희가 따르는 술을 쉴 새 없이 마셔 댔다. 위화랑이 어량해지자 미희들은 가기로 변신하여 노래하며 춤을 추었다. 위화랑도 기분이 흔연하자 일어나 덩실덩실 춤을 추었다.
"삼맥종이 차기 신라왕이 되도록 힘써 주세요. 그리해 주시면 나중에 국구께서 요구하는 바를 모두 들어드리겠습니다."
지소의 전략은 대담했다. 그녀는 아들 삼맥종이 위화랑의 외손자 비대전군과 차기 신라왕의 자리를 두고 다투는 처지에서 상대 진영의 수장이나 다름없는 위화랑을 초대한 것이다. 위화랑은 미인도 벼슬도 아닌 무주공산이나 다름없는 지소를 원하고 있었다. 그는 오래전부터 지소를 후릴 기회를 엿보고 있었다.

"걸견폐요(桀犬吠堯)의 심정으로 아드님을 지극정성으로 받들겠습니다."

위화랑의 언동은 미리 앞서 나가고 있었다. 사마천의 『사기(史記)』 열전 「회음후편」에 다음과 같은 이야기가 실려 있다.

옛날 하나라 걸왕(桀王)의 개는 주인이 잔학한 임금이라도 오직 걸왕만을 주인으로 알고 따랐다. 개는 어질기로 소문난 요임금을 보고서도 짖어 댔다. 걸견폐요는 선악을 가리지 않고 오로지 주인에게 충성하겠다는 말인데 위화랑은 지소와 삼맥종에게 충성할 뜻을 에둘러 표현했다. 지소는 위화랑에게 한 번 더 술을 따르고 자리를 떴다. 술자리는 삼경이 훨씬 지나 끝났고, 위화랑은 금시발복이 실현된 듯 흔연하여 미희와 잠자리에 들었다.

지소가 관심이 있는 사내는 위화랑의 아들 이화랑(二花郎)이었다. 그는 하늘이 배출한 절세 미남으로 모든 신라 여인의 최고 우상이었다. 그가 꽃이 만발한 장소에 나타나면 꽃들이 금방 시들거나 향기를 잃었다. 하늘을 날던 새들도 이화랑의 미모에 반해 그만 날갯짓을 잊고 지상으로 추락하기 일쑤였다. 달님도 이화랑을 보면 구름 속으로 숨어 버렸다.

"위화랑, 오랜만에 뵙는구려."

해가 중천에 올랐을 때 위화랑은 입궐하여 대전으로 들었다. 밤늦도록 술과 황음(荒淫)으로 찌든 위화랑의 얼굴은 취기로 벌겋게 상기되어 있었다. 그를 바라보는 왕의 시선이 아직도 날카로웠다. 위화랑은 한때 왕의 정인(情人)이었던 준실과 오도를 유혹하여 위기를 맞기도 했다. 주변의 만류와 충언으로 가까스로 구명된 위화랑은 죽은 듯 *만사여생을 살아야 했다. 그가 두 딸과 외손녀를 색공지신으로 대궐로 보내는 사품에 왕의 노여움이 많이 누그러진 상태이긴 했다.

"대왕 폐하, 삼맥종은 진골정통으로 차기 지존으로 적임자입니다. 비대전군은 소신의 외손자이기는 하나 틀거지가 허술하고 그의 어미 옥진은 골품이 약합니다. 골품이 약한 어미를 둔 비대가 나라를 다스리기에는 역부족입니다."

왕은 위화랑의 주청을 듣고 충격을 받았다. 외손자가 깜냥이 안 되니 배제하라는 위화랑의 말을 왕은 이해할 수 없었다. 위화랑과 왕의 독대 사실이 삽시간에 궁중에 퍼지

*만사여생 – 萬死餘生. 죽을 고비를 넘기고 살게 된 목숨.

면서 웃음과 탄식이 터져 나왔다. 위화랑이 왕을 독대하고 난 뒤로 왕실 인사와 중신들의 대전 출입이 잦아졌다. 지소는 자신과 끈끈한 유대 관계를 이어 오고 있는 조정 중신들에게 동원령을 내렸다.

"대왕 폐하, 지존은 삼맥종이 적격입니다."

"아버지, 차기 왕은 삼맥종이어야 합니다."

"아버지, 제 아들 삼맥종은 차기 신라 지존으로 부족함이 없습니다. 부디, 소녀의 간청을 외면하지 마세요."

"대왕 폐하, 삼맥종이 신국의 차기 지존에 적임자입니다."

이사부, 삼엽, 지소 그리고 지소와 인연이 있는 중신들이 연일 대전에 들어 삼맥종을 차기 신라왕으로 선정하라고 왕을 볶아쳤다. 왕은 위화랑의 말에 크게 흔들린 상태에서 두 딸과 중신들의 강요에 가까운 주청에 정신이 무척 귀살쩍었다. 왕은 비대전군을 차기 신라왕으로 삼으려 했던 계획을 수정해야 했다.

"언니, 아버지조차 대왕에게 삼맥종을 차기 왕으로 천거했다고 합니다."

옥진과 금진은 위화랑의 가벼운 처신을 두고 격한 반응을 보이며 신랄하게 성토했다. 특히, 옥진은 자신의 골품이 높지 않아 비대전군이 왕이 될 자격이 충분하지 않다는 위화랑의 말에 큰 충격을 받았다. 옥진은 즉시 대전으로 향했다.

"폐하, 비대전군은 폐하의 친아들입니다."

왕은 멀뚱히 옥진을 바라만 볼 뿐이었다. 옥진은 왕에게 찰싹 달라붙어 밤낮으로 색공(色供)의 진수를 선사했다. 하지만 잦은 병으로 노쇠해진 왕에게 옥진의 저돌적인 육탄공세는 효력을 발휘하지 못했다. 왕은 결정을 내리지 못하고 주변 사람들 눈치만 보며 이미룩저미룩했다.

"아버지, 다음 보위는 삼맥종이 이어야 합니다."

"아버지, 삼맥종이 왕위에 앉아야 합니다."

지소와 삼엽은 수시로 부왕을 찾아가 삼맥종이 차기 신라의 지존이 되어야 한다며 읍소하였다. 왕은 두 딸이 찾아올 때마다 경기를 일으킬 정도였다. 건강이 좋지 않은 왕은 밤이면 홀로 독주를 마시며 잠을 이루지 못했다. 그는 삼맥종과 비대를 떠올리며 누구에게 대권을 양위할지를 두고 골몰했지만, 끝내 결론을 내리지 못했다.

왕은 술에 취하면 새벽녘에는 각혈하기 일쑤였다. 황금 요강에는 검붉은 피와 가래침으로 가득했다. 왕의 옥체는 갑자기 수십 년 세월을 흘려보낸 듯 주위 사람들도 알아볼 수 없을 정도로 처참하게 변했다. 용안은 살이 빠져 쭈글쭈글한 살갗과 검푸른 주름살로 가득했고, 눈은 퀭하니 움푹 들어가 차마 똑바로 바라볼 수 없을 정도였다. 왕이 힘들게 숨을 쉴 때마다 입에서 역한 냄새와 함께 뜨거운 쇳소리가 튀어나왔다.

"대왕 폐하, 술을 끊어야 합니다."

왕은 차기 지존의 선택을 차일피일 미루고 술로 연명하다가 스스로 위험한 지경에까지 이르렀다. 간신히 왕을 대면한 후비와 자식들은 충격을 받았다. 왕의 옥체는 이미 돌이킬 수 없는 상태에 있었다. 결국, 그는 고집을 피우다 덜컥 병석에 눕고 말았다.

"대왕 폐하, 자리에서 일어나셔야 합니다."

"소비들은 폐하께서 곧 쾌차하리라 믿습니다."

후비들은 왕에게 듣기 좋은 말만 골라 했다. 마음이 여린 옥진은 비대전군에게 왕위를 양위하라는 말을 하지 못했다. 그녀는 왕과 단둘이 있을 때 자신의 의도를 전하려고 했으나, 왕 곁에 지소와 삼엽 자매가 눈에 불을 켜고 있었다.

"아버지, 삼맥종에게 보위를 이양해야 합니다."

"아버지, 삼맥종 조카가 적임자입니다."

지소와 삼엽은 병석에 누운 부왕에게 자신들의 요구를 집요할 정도로 채근했다. 그들에게 부왕의 건강 따위는 크게 신경 쓸 일이 아닌 듯했다. 왕의 상태가 하루가 다르게 변하고 있었다. 결국, 왕은 생의 망고에 다다랐다. 그는 가까운 사람도 알아보지 못할 정도가 되고 말았다. 후비와 딸들은 잠시도 왕의 곁을 떠나지 않았다. 지소와 삼엽은 의식이 가

물가물한 왕에게 계속해서 삼맥종을 왕으로 세우라고 재우쳤다.

"대왕이 돌아가실 것 같다."

기지사경을 헤매던 왕이 곧 하세할 것 같다는 풍문이 서라벌 저잣거리에 파다했다. 어의는 중신들의 물음에 왕이 노환으로 상태가 악화했다는 말로 대충 얼버무렸다. 어의가 온갖 좋다는 약을 다 써 봐도 왕의 병세는 급격하게 악화할 뿐이었다. 결국 왕은 죽음을 목전에 둔 상태가 되었다. 왕의 정비였던 보도부인은 *어수지락을 버리고 삼보에 귀의하여 속세를 떠나 있었다. 한때 세속의 지아비였던 왕이 사경을 헤매자, 그녀는 지소와 상의하여 왕을 서라벌 한복판에 있는 흥륜사(興輪寺)로 모셨다. 왕실로부터 물심양면으로 지원받고 있는 흥륜사는 서라벌 최대 규모를 자랑하는 가람으로 신라 불심의 중심이었다. 대웅전은 백 평(坪) 정도 규모로 불단 가운데 석가모니불이 좌정하고 왼쪽에는 관음보살이, 오른쪽에는 대세지보살이 협시하고 있었다. 세 분 부처가 내립떠보고 있는 금당 한가운데 왕이 의식이 없는 상태로 누워 있고, 나라를 움직이는 실세들도 모여 있었다.

옥진, 금진, 보과, 묘도 등 왕의 후비들과 비대, 모랑 전

* **어수지락** – 魚水之樂. 물과 고기의 관계처럼 부부나 군신(君臣)이 서로 이해하고 돕는 즐거움.

군 그리고 지소, 설소, 삼엽, 삼연, 운모, 삼월 등 공주들이 다소곳이 한쪽에 앉아 촉각을 곤두세웠다. 왕실 인사들 뒤로 박영실, 이사부, 김구해, 거칠부 등 조정 중신들도 시시각각 변하는 왕의 상태를 지켜보았다. 왕의 눈은 눈물이 크렁크렁하고 검게 변한 용안에는 저승꽃이 가뭇가뭇 피어 있어 이승의 시간이 얼마 남지 않았음을 짐작하게 했다.

"아버지, 삼맥종을 후임으로 지정하세요."

"아버지, 삼맥종 조카가 적임자입니다."

지소와 삼엽은 생명이 사그라들고 있는 부왕을 고문하듯 했다. 지소, 설소 자매는 왕과 정비였던 보도부인 사이에서 태어난 딸이고, 삼엽, 삼연은 후비 벽화부인의 소생이었다. 현재 신라에서 지소와 삼엽만큼 발언권이 강한 인사는 없었다. 보도부인은 비구니가 되어 왕실의 일에 영향력이 없었다.

거머무트름한 용안에 낯꽃이 우울하게 핀 왕이 유조를 남기려는 듯 바싹 마른 입을 자꾸 우물거렸다. 지소가 바싹 다가가 왕의 입에 귀를 바투 댔다. 왕의 퀭한 눈에서 매작지근한 눈물이 쉴 새 없이 흘러내렸다. 설소가 손수건으로 부왕의 눈언저리를 닦아 주었다. 왕이 정신이 들었는지 더듬거리며 말했다.

"사, 삼맥종에게 보위를…."

왕이 들릴 듯 말 듯 속삭였다.

"아버지! 크게 말씀해 주세요. 다른 사람들도 들어야 해요."

왕의 입에서 삼맥종이란 말이 나오자, 사람들은 웅성거렸다. 왕이 유언을 남기려고 애를 쓰는 사이에도 옥진의 미간이 꿈틀대며 얼굴이 화끈거렸다. 그녀는 왕이 삼맥종이란 이름을 언급할 때 하마터면 졸도할 뻔했다. 그녀의 뒤에 수긋하게 앉아 있던 비대전군도 두근거리는 가슴을 지지르고 있는데, 눈가에 계속해서 경련이 일었다. 왕의 조카 박영실도 쿵쾅거리는 가슴을 부여잡고 왕이 무슨 말을 남기려고 하는지 촉각을 곤두세웠다. 정실(正室)에게서 출생한 아들이 없는 왕은 평소에도 자신이 갑자기 쓰러지면 비대전군이나 박영실에게 대권을 물려줄 뜻을 비치기도 했다. 왕이 숨을 한번 크게 몰아쉬고 나서 어렵게 입을 열었다.

"김삼맥종에게 보위를 물려준다."

왕이 주위 사람들이 알아들을 수 있을 정도로 간신히 유조를 남기고 *건원 5년 경신 칠월, 재위 27년 만에 눈을 감았다. 그의 유훈에 따라 상대등은 삼맥종을 새로운 신라의 지존으로 추대하기 위해 화백회의를 소집했다. 오래전에 금관가야에서 자식들과 신라에 항복한 구형왕 김구

* **건원 5년** – 建元. 서기 540년. 법흥왕은 즉위 23년째인 536년에 신라에서 처음으로 건원이라는 독자적인 연호를 선포하였다.

해(金仇亥)가 상대등을 맡고 있었다.

상대등이 간단히 인사말을 마치고 좌중을 한번 살폈다. 그때 중립 노선을 걷는 늙숙한 한 대등이 상대등에게 발언권을 요청했다. 상대등이 그를 향해 고개를 끄떡거렸다.

"전한 제8대 황제였던 소제 유불릉(劉弗陵)은 여덟 살에 제위에 올랐고, 후한 제4대 황제 화제 유조(劉肇)는 열 살 때 황위에 앉았습니다. 심지어 후한의 제5대 황제였던 상제 유융(劉隆)은 갓 백일이 지나 황제가 되었지요. 물론 황후가 섭정하였습니다. 신임 삼맥종 임금이 어리기는 하지만 옆에는 영민한 지소공주가 있습니다."

선대왕이 살아생전에 신임 임금을 지명했기 때문에 대등들은 그의 유조를 따라야 했다. 회의를 시작하고 두 시진 만에 만장일치로 선대왕의 유언대로 김입종의 아들 삼맥종이 새로운 임금으로 추대되었고, 지소가 섭정을 맡도록 했다.

나라에서는 붕어한 선대왕에게 법흥(法興)이란 시호를 내리고 서라벌 애공사(哀公寺) 북쪽 언덕에 장사 지냈다. 일곱 살에 신국 신라의 제24대 임금이 된 삼맥종은 사실 국사를 보기에는 무리였다. 화백회의에서 결정한 바와 같이 지소가 졸지에 태후(太后)가 되면서 섭정을 맡았다. 그녀는 명실상

부한 신라 최고 권력자가 되었다.

대궐 안주인이 된 지소는 부왕의 후궁들 처리에 골몰했다. 대원신통 계열의 옥진과 금진 그리고 묘도가 문제였다. 그들이 대궐에 남아 있으면 섭정하는 데 걸림돌로 작용할 것 같았다. 태후는 연인 이화랑을 초대했다. 그는 옥진 자매의 배다른 오라비이니 그에게 묘안이 있을 것 같았다.

"태후, 금진과 묘도는 뒤늦게 후비 첩지를 받았고, 법흥대왕 사이에 피붙이도 없습니다. 선대왕 사이에 자식을 둔 옥진까지 강제 출궁시키면 왕실에 분란이 일 것 같습니다."

이화랑은 배다른 누이 옥진만이라도 지켜 주고 싶었다. 그녀가 궁 밖에 거주하는 것보다 궁궐에 사는 게 후비의 자존심을 세우고 조정 중신들에게 영향력을 행사할 수 있을 것이었다. 태후는 이화랑의 의견대로 금진과 묘도를 출궁시키기로 마음먹었다. 태후와 이화랑은 늦은 밤까지 질탕한 술자리를 가졌고 함께 잠자리에 들어 비단 이불을 덮었다. 다음 날, 태후는 금진을 호출했다. 금진을 바라보는 태후의 눈씨가 다른 날보다 무척 독해 보였다.

"궁주는 이제 숙흘종과 출궁하여 새로운 삶을 찾기 바랍니다. 그동안 아버님을 모시느라 고생 많았습니다. 아버님이 내린 후비의 직첩은 그대로 유지토록 하고 수고한 대가는 전답과 금품으로 섭섭하지 않게 보상하겠습니다."

금진은 숙흘종을 보듬고 옥진과 궁궐에 남으려고 마음먹었다. 하지만 지아비로 모시던 왕이 붕어했고 왕의 친자식도 낳지 못했으니, 궁궐에 남아 있을 명분도 없었다. 금진은 옥진을 찾았다.

"언니, 어찌해야 하오? 이대로 나갈 수는 없어요. 지소에게 최대한으로 받아 낼 겁니다. 선대왕의 후비 신분은 지금처럼 유지시켜 준다고 합디다."

금진이 옥진에게 하소연했다.

"들어올 때가 있으면 나갈 때도 있는 법이다. 태후 말대로 궁 밖으로 나가 마음 편히 살거라. 아우가 숙흘종을 데리고 궁궐에서 산다고 해도 마음이 편하지 않을 거야. 묘도도 출궁할 거야."

옥진의 처지에서도 지아비 없는 궁궐에서 묘도와 금진까지 함께 산다는 것이 퍽 마음 내키는 일은 아니었다. 옥진은 딸과 동생이 밖으로 나가 자유를 만끽하며 살기를 진심으로 바랐다. 금진은 이 궁리 저 궁리 했지만 뾰족한 수가 없었다. 금진은 가을이 시작될 무렵에 숙흘종을 데리고 월성을 나가기로 마음먹었다. 그녀는 거처를 정하면 생모 오도 부인에게 맡겨 둔 용결종도 데리고 올 계획이었다.

금진은 서라벌 중심을 가로질러 흐르는 하천 상류 *문상에 터를 잡았다. 문상은 복잡한 저자에서 떨어져 고즈넉하고 사람 살기에는 적당한 지역이었다. 남쪽으로 조금만 거슬러 올라가면 남산이 자리하고 있었다. 토함산에서 발원한 수룡(水龍)은 문상을 거쳐 서라벌 중심을 지나 동해로 빠져나갔다. 법흥대왕의 후비라는 공식적인 직함은 그대로 유지되었다. 태후는 금진과 묘도에게 전답과 하사금을 주어 선대왕 후비의 품위를 유지하게 했다.

위화랑도 미안한 마음에 금진에게 많은 재물을 건넸고, 박영실도 묘도에게 상당한 분량의 금품을 지원했다. 금진은 법흥대왕 살아생전에 왕으로부터 상당한 분량의 금품을 하사받았다. 왕은 그녀의 가무를 높이 평가하여 재주를 계속 발전시키라는 의미에서 금품을 하사했다. 금진은 저택을 사들이고 상천당(上天堂)이라고 명명했다.

묘도는 당분간은 상천당에서 금진과 함께 살기로 했다. 상천당 본채는 입 구(口) 자 형태의 저택으로 건물 규모만 수백 평이 넘었다. 금진은 본채 좌우로 낫 모양 혹은 일자

*문상 – 蚊上. 경주 남천 상류에 있던 옛 지명.

형태로 별채, 행랑채, 창고 등을 추가로 지었는데, 담장 안에 있는 여러 건물, 정자, 후원, 연못 등의 면적을 합치면 수천 평이 넘었다. 상천당 건물의 외양은 서라벌 중심가에 자리한 고관대작의 금입택보다 더 휘황하고 찬란하여 마치 왕궁 일부를 옮겨 놓은 소궁(小宮) 같았다.

모든 기둥은 붉은색이고 기와는 황금색이며 건물 주위 바닥은 검은 돌과 하얀 돌을 깔아 놓았다. 상천당과 주변에는 늘 기화요초와 백화가 난만했다. 또한, 금진은 저택에 여러 명의 하인을 두었다. 태후는 금진이 수년 동안 데리고 있던 나인 영지를 시비로 붙여 주었다. 그녀는 금진보다 서너 살 어렸지만, 붙임성이 좋고 눈치가 무척 빠른 편이었다. 영지는 상천당에서 금진의 안팎심부름을 도맡아 하면서 어리숭한 하인들을 닦달하는 등 집사 노릇까지 했다.

"계속 궁주님이라고 부르면 되는 거죠?"

"낭주라고 해야 하겠지. 궁을 떠났으니."

대원신통이 진골정통과 대결에서 비록 패하기는 했지만, 기회는 또 찾아오게 마련이었다. 금진은 법흥대왕이 외손자 삼맥종을 차기 신라의 지존으로 지명하고 난 뒤에야 혈통의 중요성을 새삼 깨닫게 되었다. 태후는 요즘 은밀히 왕의 배필감을 찾고 있었다. 그녀는 왕실과 조정 중신의 여식들 명단을 입수하여 꼼꼼하게 살폈다. 그녀가 중점을 두는 것은 가문의 배경이었다.

"괜찮은 곳으로 안내하거라."

어느 날 저녁이었다. 금진은 너무 무료하여 영지와 서라벌에서 제법 물이 좋다고 소문난 주루를 찾았다. 주루에는 이미 많은 손님이 들어차 있었다. 주루는 이 층 구조인데 일 층은 원탁 주위에 앉아 술을 마시는 구조이고, 이 층은 수십 개의 객실로 꾸며져 있어 은밀한 분위기를 선호하는 손님들이 주로 이용했다. 금진과 영지가 일 층에서 술을 마시는데 한 사내가 다가오더니 넙죽 인사를 하였다.

"왕후님을 뵙습니다. 구리지(仇梨知)입니다."

"궁궐에 있을 때부터 공의 이야기를 자주 들었습니다. 마침 잘되었습니다. 수작할 사람이 없어 심심해하던 중이었습니다."

두 사람은 먼 친척 관계였으나 오랫동안 만나지 못해 얼른 서로를 알아보지 못했다. 하지만 둘은 서로의 가문 내력을 잘 알고 있었다. 구리지는 오늘 불리한 옥셈을 한 게 아니었다.

"왕후님께 긴히 드릴 말씀이 있습니다."

금진은 선풍도골의 헌헌장부가 자신을 알아보고 다가오니 두 눈이 번쩍 뜨였다. 구리지는 비량공과 벽화가 사통하여 낳은 통간의 자식이었다. 위화랑과 벽화가 남매지간이니 금진과 구리지는 이종 사촌지간이었다.

"구리지공, 이제부터 낭주라고 불러 주세요. 우린 사촌이며 동갑이잖아요. 나를 위해 천주사(天柱寺)에서 여러 해 발원하였다고 들었습니다. 부처님께서 공에게 *교외별전을 증득게 하셨나 봅니다?"

구리지는 오래전부터 미색이며 행동이 올찬 금진을 사모했었다. 그런데 금진이 어느 날 갑자기 선대왕의 후비가 되면서 오사바사한 구리지는 크게 상처를 입었다. 그 일로 애성이 난 구리지는 오랫동안 정처를 정하지 못하고 방황하였다. 겨우 정신을 차린 구리지는 *숙위두상이 되기도 했다. 그는 천주사에서 금진과 인연을 맺을 수 있게 해 달라고 밤낮으로 부처에게 빌었다.

"이게 꿈인지 생시인지 모르겠습니다."

"신실하고 간절한 소망은 언젠가 신기루처럼 찾아와 이루어지게 되어 있습니다. 신불(神佛)은 사람의 간절한 소망을 듣고 절대로 가만히 있지 않거든요. 어쩌면 공의 염원을 빙상인(氷上人)이 나의 꿈속에 찾아와 알려 주었을 수도 있었을 겁니다."

* **교외별전** – 敎外別傳. 부처의 가르침에 의하지 않고 마음에서 마음으로 전하여 진리를 깨닫게 하는 법.
* **숙위두상** – 宿衛頭上. 왕궁을 호위하는 근위군의 대장.

구리지와 금진은 수백 년 전부터 만나기로 예정된 사이처럼 달뜨고 화기애애했다. 그들 사이에는 아무 거리낄 것이 없었다. 밤이 이슥해지자 주루 일 층은 온갖 부류의 사람들로 가득 차면서 시끄럽고 번잡했다. 금진의 튀는 외모와 예사롭지 않은 차림새가 사내들의 시선을 어지럽혔다. 두 사람은 손님들의 시선이 부담스러워 이 층 객실로 올라갔다. 영지는 밖에서 초병(哨兵) 노릇을 해야 했다. 이 층 객실은 호화롭게 꾸며진 공간이었다. 황촛불이 켜진 객실 안은 금빛으로 물들어 야릇한 분위기를 만들어 냈다.

밀실 한쪽에는 침상도 마련되어 있어 손님이 술을 마시다 피곤하면 잠시 눈을 붙일 수 있게 했다. 한쪽 벽에는 대형 그림이 걸려 있는데 반라의 무희들이 원을 그리며 군무를 추고 있었다. 강렬한 원색으로 그린 그림이라 상당히 인상적이면서 역동적이었다. 그림 속에서 악공들이 연주하는 음악 소리가 들릴 듯했다. 금진과 구리지가 든 객실로 술과 음식이 들어갔다.

"저분도 낭주님 마수에 걸려들겠군."

영지는 밖에서 몸을 옹송그리며 혼잣말로 투덜거렸다. 금진과 구리지가 든 밀실에서 끊임없이 웃음소리가 흘러나왔다. 반 시진 가까이 천장이 무너질 정도로 웃고 떠들며 술을 마시던 두 사람은 갑자기 조용해졌다. 영지가 이상한 느낌이 들어 밀실 안을 들여다보려고 했으나 안에서 잠갔는지 문은 꿈쩍도 하지 않았다. 호기심 많은 영지는 귀를 문틈에 바투 대고 안에서 무슨 일이 일어나고 있는지 알아내려고 애를 썼다.

"낭주님을 원화(原花)로 세우려 합니다."

"준정에게 살해당한 남모(南毛) 공주의 일로 서라벌이 벌집 쑤셔 놓은 듯한데요. 내가 원화가 될 깜냥이나 될까요?"

태후는 두 여인이 이끄는 원화 지도체계에 관심이 많았다. 남모는 법흥대왕과 백제 출신 보과공주 사이에서 태어났고, 준정은 진골인 삼산공(三山公)의 딸로 박영실의 정인이기도 했다. 태후는 섭정이 되면서 준정(俊貞)을 밀어내고 자신의 이복자매인 남모만 원화로 두려고 했다. 준정은 사백여 명의 낭도가 따르고 있은 데 비해 남모에게는 따르는 무리가 별로 없었다.

태후는 위계로 낭도를 남모에게 배속시키고 준정을 물러나게 했다. 화가 난 준정은 남모를 집으로 초대하여 술을 먹였다. 남모가 대취하자 준정은 수하들을 시켜 남모를 북천(北川)에 빠트려 익사시켰다. 준정은 범죄가 발각되어 처형되었다. 조정에서는 원화제도를 두고 골머리를 앓고 있었다.

"낭주님은 자격이 있습니다. 단지 걸리는 게 있다면 태후와 낭주님의 서먹한 관계입니다."

"공이 나의 속내를 훤히 들여다보고 있군요."

 금진은 구리지 곁으로 바싹 다가와 앉았다. 갑자기 원숙한 여인의 강한 체취가 밀려들자 구리지는 정신이 몽롱했다. 금진이 구리지의 등 뒤로 팔을 뻗어 그의 등을 감싸안았다. 금진의 대담한 행동에 구리지는 차츰 긴장이 풀어지며 밭은 숨을 쉬었다.

"낭주님, 우리가 이래도 되는지 불안합니다."

 말보다 행동이 더 간절한 상태로 변질되고 있었다. 금진과 구리지는 술잔을 부딪치고 통쾌하게 웃으며 서로의 눈을 그윽하게 바라보았다. 영지는 안에서 어떤 일이 일어나고 있는지 짐작하기 어려웠다. 그때 여종업원이 물과 물수건을 접시에 담아 가져왔다.

"내가 들일 테니 이리 주세요."

 영지가 접시를 들고 내실 문을 세게 밀자 그제야 문이 스르르 열렸다. 밀실로 들어섰을 때 영지는 두 사람이 합체가 되어 있는 것을 보고 숨이 멎을 뻔했다. 둘은 서로를 탐닉하느라 영지가 안으로 들어온 것도 알지 못했다. 영지는 접시를 원탁에 올려놓고 밖으로 나왔다. 간드러진 웃음소리와 열음이 수시로 문틈으로 흘러나왔다. 두 사람이 내실을 나온 시각은 새벽 첫닭이 울 때쯤이었다.

자매, 한마음이 되다

법흥대왕 때 신라에 복속된 금관가야와 기타 가야 소국들을 통해 서역 사람들이 신라에 유입되었다. 그들의 신분은 대개가 상인으로 *동위 또는 서위 등을 거쳐 배를 타고 황해를 건너 남삼한 반도로 들어왔다. 서라벌 저잣거리에는 살갗이 검거나 하얀 인종 또는 코가 크고 눈동자가 푸른 종족 등 이전에 볼 수 없었던 인총(人叢)이 돌아다녔다. 그들의 모습은 사람들에게 호기심을 자극하거나 묘한 상상을 하게 했다. *서역 상인들은 키가 껑충하고 살갗이 검붉으

* **동위** - 東魏. 중국에 존속했던 왕조(서기 534~550)였다. 서위는 535~556년간 존속했다.

* **서역** - 西域. 중국의 서쪽 지역을 통틀어 이르던 말로, 중앙아시아, 서부아시아, 서인도 등을 가리킨다.

며, 이목구비가 또렷하면서 수려한 외모를 자랑했다.

서역 상인들은 머리에 흰색이나 노란색 또는 붉은색 천으로 만든 달팽이 모양의 모자를 쓰고 있었다. 서라벌 사람들은 거리에 그들이 나타나면 희한한 외모를 구경하느라 넋을 빼곤 했다.
"쇠돌 어멈, 소문 들었는가?"
"뭔 소문?"
"*사탁부에 서역에서 온 쿠마라[九魔羅]라고 하는 사내가 살고 있는데, 글쎄…."

문상 냇가에서 마을 아낙들이 빨래를 하고 있었다. 빨래터는 서라벌의 온갖 소문과 재미있는 소식이 모였다가 확대 재생산되어 전파되는 장소이기도 했다. 지나가던 미욱한 사내들도 인근 아낙들이 모여 빨래하는 날이면 주위를 기웃거리며, 무슨 희한한 소식이 없는지 두 귀를 쫑긋 세웠다. 서역 상인들은 두세 명이 한 조(組)를 이루어 서라벌 저잣거리를 돌아다녔다.

그들이 취급하는 물건은 염료, 향수, 가루분, 연지, 손거울, 유리 제품, 장신구, 호

* **사탁부** – 沙啄部. 서라벌에 있던 신라 6부 가운데 하나이다. 귀족들이 많이 거주했다.

신용 단도, 상아 빗, 기타 여인이 필요로 하는 방물이 대부분이었다. 그들은 유곽의 여인들을 상대로 *각선생이나 인조 홍목단 같은 해괴한 물건도 판매했다. 홍등가 여인들이 애용하는 제품은 *나마 혹은 *파사에서 건너온 것들이었다.

관아에서 서역 상인들의 존재를 파악하고 있었으나, 그들의 상업 행위에 제재를 가하거나 통제하지 않았다. 서라벌에는 중국뿐만 아니라, 나마, 왜(倭), 거란 등지에서 온 상인들도 상당수 거주하고 있는 터라, 서역 상인들도 그들과 같은 대우를 받았다.

"제가 참으로 묘한 이야기를 들었어요."

금진은 영지로부터 서역 상인 쿠마라에 관한 이야기를 듣고 기가 막혔다. 영지는 기녀 친구에게서 들은 바를 하나도 빠짐없이 금진에게 고했다.

"쿠마라를 상천당에 초대해야겠다."

금진은 영지에게 쿠마라를 데려오게 하고 서역 사내들이 좋아하는 음식과 술 종류를 알아보게 했다. 상천당 사람들은 갑자기 부산하게 움직였다. 동자아치, 반빗아치들은 금진이 이방인을 집으로 초대한다는 말에 신이 났다. 저

* **각선생** – 角先生. 뿔로 만든 옥경.
* **나마** – 羅馬. 로마.
* **파사** – 波斯. 페르시아.

자로 나갔던 영지가 돌아와 쿠마라가 땅거미가 내려앉을 때쯤 상천당에 올 거라고 알렸다.

"낭주님, 쿠마라에 관해 더 알아봤습니다."

영지가 입에 거품을 물었다. 쿠마라는 서라벌에 머무는 서역 상인 중에서 제일 미남이면서 틀거지가 단단하고 말주변도 좋으며, 특히 색사를 한번 시작하면 상대를 반드시 열락으로 인도했다. 그뿐만 아니라, 쿠마라는 서역에 있을 때부터 성애적 경향이 강한 잡교(雜敎)를 신봉하며, 신라인을 상대로 은밀하게 포교도 하고 있었다.

"상대를 반드시 열락으로 인도한다고?"

"낭주님, 그분은 음사에 들기 전에 주문을 하고 상대에게 신기한 기술을 사용한다고 합니다."

금진은 얼마 전에 원화 문제로 접근해 온 구리지를 떠올렸다. 주루에서 처음 만난 날 서로에게 끌려 예상하지 못한 음사가 있었던 후로 두 사람은 자주 만났다. 구리지는 양성(兩性)의 특질을 가진 인사였다.

"우리가 상천당을 방문하면 안 될까요?"

구리지는 주루에서 금진을 만나는 일이 심적으로 부담이 되는 듯했다. 이제 구리지는 금진을 원화로 만들기 위해 움직이고 있다는 말은 쏙 들어가고 오로지 행음(行淫)에 전력을 쏟고 있는 듯했다. 금진은 구리지를 집으로 초대했다. 상천당 하인들도 잘생긴 사내의 방문을 호기심에 찬 시선으로 맞았다. 조촐한 주연이 있으면 꼭 질펀한 상합으로 이어지곤 했다. 구리지는 금진을 만날 때면 늘 자신의 심복이라며 한 사내를 대동했는데, 그의 이름은 설성(薛成)이었다.

설성은 키도 크고 외모도 깔밋하여 여인들이 선호하는 풍신을 지니고 있었다. 그는 피리도 다룰 줄 알고 노래도 수준급이었다. 그는 목소리까지 여인보다 곱고 부드러워 금진을 놀라게 했다. 두 사내는 마치 연인처럼 행동하는 사품에 금진은 그만 충격을 받았다. 그녀는 멀거니 두 사내의 해괴망측한 행동을 바라보곤 했다. 그들 중 한 명은 어지자지의 특성이 있는 게 분명했다. 금진은 처음에는 충격으로 다가왔지만 세 사람이 자주 어울리다 보니 이제는 자연스럽게 여겼다.

해가 떨어지기 전부터 영지는 상천당 앞까지 나가 있었다. 금진도 두근거리는 가슴을 부여잡고 마당에 나와 이리저리 바장이며 쿠마라를 기다렸다. 그녀도 저잣거리에서 서역 사내들을 얼핏 본 적이 있었다. 그들의 신체는 신라인들보다 장대하고 하나같이 팔자수염을 기르고 있는데, 그 수염에 그만 서라벌 여인들이 매료되고 있다는 풍문이 있었다.

"쿠마라 님이 오셨습니다."

대문 열리는 소리가 나더니 영지가 뛰어들며 소리쳤다. 영지의 말이 떨어지기 무섭게 당당한 체구의 사내가 대문 안으로 성큼 들어섰다. 황금색 옷을 입고 붉은 달팽이 모양의 모자를 쓴 희한한 모습이었다. 그의 키가 어찌나 큰지 마치 깍짓동이 집 안으로 걸어 들어오는 듯한 착각이 일 정도였다. 순간 사내와 금진의 시선이 마주치면서 강한 불꽃이 튀었다.

사내가 잠시 주춤하더니 알아들을 수 없는 말로 무슨 주문을 하는 듯했다. 주문과 동시에 사내가 한쪽 손을 들어 하늘을 가리키자 갑자기 허공에서 '펑' 하는 소리와 함께 파랑새, 공작새, 불사조가 지저귀며 창공을 이리저리 날아다녔다. 사람들은 생전 처음 보는 기이한 광경에 두 눈이 휘둥그레지면서 탄성을 질렀다.

"오홉다! 서역의 신선이 나투셨구나!"

금진은 자신도 모르는 사이에 탄성이 터졌다. 사내가 휘황한 시연을 마치고 금진에게 다가오더니 반쯤 허리를 숙였다. 그는 금진이 어떤 인물이라는 것을 알고 있는 듯했다.

"왕후님을 알현합니다. 소인은 서역에서 온 쿠마라입니

다. 뵙게 되어 영광입니다."

 금진은 쿠마라에게 시선을 떼지 못했다. 큰 키와 구릿빛 얼굴, 서글서글한 눈, 짙은 눈썹, 팔자수염, 귀밑에서부터 턱까지 뒤덮은 풍성한 구레나룻, 묵직한 음성, 웃을 때 드러나는 하얀 치아, 예의 바르고 올차 보이는 태도 등 그의 당길심이 단번에 금진을 사로잡았다. 그는 등에 원통형 물건을 짊어지고 있는데 마치 전통(箭筒)처럼 보였다. 하인들과 구경 온 마을 사람들도 쿠마라를 보기 위해 몰려들었다.

 "쿠마라 님, 초대에 응해 주셔서 감사합니다."

 "가야에 있을 때부터 아름다운 왕후님의 명성을 듣고 있었습니다."

 "금진낭주라 불러 주세요."

 금진은 쿠마라가 자신을 가야에 있을 때부터 알고 있었다는 간솔한 말에 감격하며 벌어진 입을 다물지 못했다. 금진과 쿠마라가 안채 내실로 들어섰다. 내실 구석마다 기화요초가 심어진 화분이 놓여 있었다. 대형 황촛불 서너 개가 어린이 키 정도의 촛대에서 은은한 불빛을 토해 냈다. 내실 한쪽에 어른 키보다 큰 열 폭 병풍에는 십장생이 오방색으로 그려졌는데, 학과 사슴이 금방이라도 뛰어나올 것만 같았다. 병풍 앞에는 어른 서너 명이 앉을 수 있는 원탁이 놓여 있었다. 원탁은 붉은색 비단 보(褓)로 덮여 있고 진귀한 음식이 태산처럼 쌓여 있었다.

 오색 유리병에 이름을 알 수 없는 음료가 들어 있었다. 은은한 향기와 색깔로 보아 귀한 술이 분명했다. 수저와 젓가락은 모두 금제 받침대에 정갈하게 놓여 있고, 그 옆으로 푸른빛이 나는 유리 술잔이 있었다. 유리 술잔 테두리에 황금으로 다양한 문양이 도금되어 있었다. 쿠마라가 신라 말이 완벽하지 못한 탓에 대화 중간중간 표정과 손짓으로 보완해야 했다.

 "낭주님은 참으로 겸손하십니다."

 "대인, 이 사람에게도 서역의 묘술을 알려 주세요. 수고비는 섭섭하지 않게 드리겠습니다."

 쿠마라는 금진의 말뜻을 알아듣지 못한 표정이었다. 두 사람이 비록 태어나고 자란 나라가 다르고 여러 주변 요소가 전혀 다르지만, 성격과 취향은 상당한 부분에서 통하고 있는 게 분명했다. 금진이 붉은색 술병을 들자 쿠마라는 얼른 잔을 들었다. 진홍색 술이 푸른 술잔에 이드거니하게 찼다. 쿠마라가 한 번에 술잔을 비우고 나더니 미소를 지었다. 이번에는 쿠마라가 파란 병을 들어 금진의 잔에 골막하게 술을 따랐다. 술병을 쥔 쿠마라의 손에는 황금 팔찌와 가락지가 영롱한 빛을 발산했다. 말보다 두 사람의 눈과 손이 알아서 서로의 의사를 주고받았다.

"용과 봉황의 혀, 기린의 눈, 현무의 꼬리, 주작의 염통을 고아 빚은 술입니다. 한 잔만 마셔도 수명이 서너 달 연장된답니다."

"*동박삭이 생각나네요. 오늘 밤 열 독은 마셔야겠습니다."

"대인께서 *삼천갑자를 사시게요? 너무 오래 살아도 세상 사람들과 후손들에게 욕을 먹습니다. 희수(稀壽) 정도면 적당합니다. 사람에게는 죽음이 있어야 축복받은 삶을 살 수 있습니다. 죽음은 또 다른 세상을 시작하는 출발점에 서게 하니까요."

"낭주님은 삼생기연을 사는 생명들의 성주괴공 궤적을 꿰뚫어 보는 혜안을 지니고 있습니다. *구구탁예설라에 낭주님 같은 분이 계신다는 것은 이 땅에 사는 백성들에게 영광일 것입니다."

금진이 잠시 눈을 찡그렸다.

"대인, 과찬의 말씀입니다. 구구탁예설라보다는 신라가 듣기 좋습니다. 신라는 덕업일신망라사방(德業日新網羅四方), '왕의 덕업이 날로 새로워져서 사방을 망라한다'라는

* **동방삭** – 東方朔. 전한(前漢)의 관료로 서왕모의 복숭아를 먹고 삼천갑자를 살았다고 한다.
* **삼천갑자** – 三千甲子. 육십갑자의 삼천 배는 60년 × 3,000 = 180,000년을 말한다.
* **구구탁예설라** – 矩矩托禮說羅. 서역인들이 신라를 부르는 이름. 구구탁은 닭, 예설라는 귀하다는 말이다.

뜻이 내포된 국호랍니다."

"아! 그런 깊은 의미가 있었군요."

금진의 웃음소리가 내실을 가득 채웠다. 그녀의 박장대소에 쿠마라도 따라 미소를 짓는데, 그의 호방한 풍신이 금진의 간드러진 웃음에 녹아내리는 듯했다. 붉은 병, 파란 병, 녹색 병이 바닥을 보이고 접시에 담겨 있던 산해진미도 반쯤 비워졌다. 자리가 무료한 느낌이 들자 금진이 신라금(新羅琴)을 가져와 탄주하며 *유리이사금이 좋아했다는 도솔가를 부르기 시작했다.

금진이 배시시 웃으며 신라금을 탄주하며 노래하자, 흥이 많은 쿠마라가 벌떡 일어나 춤을 추기 시작했다. 그녀가 연주와 노래로 얼러방치니 쿠마라도 춤으로 화답하는 것 같았다. 그의 사위는 막춤 수준의 엉너릿손이 절대 아니었다. 신라금의 현이 고음을 내면 쿠마라의 왼손이 올라가면서 동시에 오른손은 아래로 향하며 반복 동작으로 이어졌다. 그는 모든 예술을 달통한 *건달파가 틀림없었다. 쿠마라는 이마에서 땀방울이 흘

* **유리이사금** – 儒理尼師今. 신라 제3대 임금. 재위는 서기 24~57년이다.

* **건달파** – 乾闥婆. 힌두교, 불교 신화에 등장하는 정령으로, 실력 좋은 가수를 뜻한다.

러내리자, 상의와 고의를 벗어 던졌다. 하인들이 모여들더니 문틈으로 내실을 훔쳐보았다.

"어머나! 서역 사내가 속옷만 걸치고 춤을 추네. 가슴에 시커먼 털 좀 봐. 가슴에 털이 많은 사내는 그 일을 잘한다고 하던데…."
"낭주님은 좋겠다. 저런 야생마를 얻었으니…."
"앞으로 말 투레질 소리를 자주 듣게 되었네."
여인들은 쿠마라의 충격적인 모습을 보고 몸이 달아올랐다. 금진은 계속해서 오래전부터 유행하는 회소곡(會蘇曲)과 사내악(思內樂) 계통의 노래를 부르며 신라금을 연주했다. 쿠마라는 무엇이 그리 좋은지 연신 자작하며 춤을 추었다. 노래가 끝나면 쿠마라와 금진은 마주 앉아 서로의 술잔을 가득 채우고 수작하였다.

여인들이 술병과 맛 좋은 효찬을 수시로 안으로 들였다. 벌써 밤이 깊었지만 두 사람만의 주연은 멈출 줄 몰랐다. 얼굴이 벌겋게 달아오른 쿠마라가 전통같이 생긴 통의 뚜껑을 열었는데, 그 안에 그림이 둘둘 말린 상태로 들어 있었다.
"미타 여신과 카파이 쌍신도입니다."
"신비스러운 그림이네요. 설명 부탁드려요."
쿠마라가 성화를 벽에 고정하고 나서 자랑스러운 듯 입을 열었다. 영험해 보이는 미타 여신은 상당한 미인으로 피부는 파란색이었다. 머리에는 삼단 황금 보관을 쓰고 한 손에 둥근 장식이 있는 지팡이 같은 것을 들고 있었다. 여신은 속이 훤히 비치는 사(紗)로 된 옷을 입었다. 누구든 미타 여신을 정면에서 바라보면 혼을 빼앗길 것 같았다. 미타 여신 옆에 걸려 있는 카파이 쌍신은 황금색 사슴 얼굴과 사람의 몸을 가지고 있는데 서로의 육신을 강하게 끌어안고 합일된 상태였다. 쿠마라는 성화 아래에서 향을 피웠다.

"낭주님 인생이 바뀔 수 있습니다."

쿠마라는 두 신상에 관하여 이야기를 풀어 나갔다. 잡교는 정신뿐만 아니라 사람의 몸으로 체험하는 것을 핵심으로 한다. 잡교의 성애 신앙은 일명 미타 신앙이라고도 한다. 인간의 육체에 우주적인 힘이 있는데 생식으로 그 힘을 찾으려 한다. 수행자는 우주적인 미타와 결합으로 뜻을 성취할 수 있다. 쿠마라는 서역에서 온 상인이지만 그는 잡교의 전파자이며, 상당한 수준의 불교 교리로 무장된 승려이기도 했다. 미타는 우주의 여성적 창조력으로 인격화된 신으로서 숭배되며, 창조성과 생식능력을 대변한다.

"서역의 비기를 실연으로 보여 드리겠습니다."

금진이 고개를 끄덕거렸다. 첫날부터 시작된 실연은 이성을 후리는 데 타고난 재주를 지닌 금진을 달뜨게 했다. 비롱이 구름을 만나고 물고기가 물을 만난 게 분명했다. 간간이 들리는 웃음소리와 날카로운 열음이 하인들의 신경을 곤두서게 했다. 그들은 밤을 잊은 게 분명했다. 새벽 시간인데도 하인들은 물러갈 생각을 하지 않고 귓속말을 나누며 시시덕거렸다. 쿠마라는 새벽닭이 울 때쯤 상천당을 떠났다.

"상천당으로 가자."

옥진은 출궁하여 서라벌 저자를 돌아볼 때면 상천당을 찾아 자매의 정을 나누곤 했다. 그녀는 비대전군을 신라의 지존으로 세우려 했던 노력이 수포가 되었지만, 야망을 완전히 포기한 것은 아니었다. 그녀가 가지고 있는 비장의 무기는 바로 네 명의 딸이었다. 큰딸 묘도 이외의 미혼인 세 딸은 미색이 출중하다고 서라벌에 소문이 파다했다. 옥진의 딸들은 곧 박영실의 딸이기도 하니 신라에서는 꽤 알아주는 가문의 일원이었다. 옥진은 똑똑하고 미모가 출중한 둘째 딸 사도(思道)를 통해 자신이 이루지 못한 영달을 달성하려 했다. 마차가 금방 상천당에 도착했다.

"언니가 어인 일로 상천당엘 오셨수?"

"집 주변에 기화요초가 많이 피어 있더구나. 꽃뿐만 아니라 상천당 여주인 얼굴에도 도화가 만발하니 참으로 보기 좋다. 서라벌의 수다한 봉접(蜂蝶)이 시도 때도 없이 날아들겠어. 묘도는 어디 갔니?"

"조카는 볼 일이 있다며 외출했어요."

옥진이 묘도를 본다는 것은 핑계 같기도 했다. 그녀는 내실로 들다가 충격을 받았다. 내실 한쪽 벽에 붙은 잡교의 미타 여신과 카파이 쌍신 그리고 기타 여신과 남신이 세밀하게 그려진 성화를 본 것이었다. 금진은 신상도를 보고 입을 다물지 못하는 옥진을 보며 묘한 웃음을 흘렸다. 옥진은 충격을 받은 상태에서도 신상도를 자세히 살펴보았다. 특히, 옥진은 세필로 그려진 황금빛 사슴 얼굴에 풍만한 인체를 지닌 카파이 쌍신의 상합 그림을 보고 있을 때 숨조차 쉴 수 없었다.

"내가 마계에 온 것 같구나."

"언니, 그림 속의 신상은 잡교의 상징이야. 저 카파이 쌍신을 두고 불적(佛蹟)에 흐리마리한 사람들은 대성환희자재천이니 또는 쌍신환희천이라고 부르기도 해. 마침 오늘 쿠마라가 오는 날인데 만나 봐."

금진은 엉뚱한 이야기로 옥진의 입을 막았다.

"어머니에게 배운 것과 어떤 차이가 있니?"

"언니, 서역의 비술은 대륙의 것보다 한 단계 더 높다고 할 수 있어."

자매가 수다를 떨고 있을 때 영지가 쿠마라가 왔다고 알렸다. 영지는 쿠마라에게 옥진에 관하여 대강의 내용을 말해 주었다. 금진이 쿠마라에게 옥진을 소개했다. 옥진은 첫눈에 쿠마라에게 시선을 빼앗겨 얼이 빠진 사람이 되었다.

"옥진이라고 합니다."

"아름다운 왕후님을 알현합니다."

쿠마라가 국궁하듯 허리를 깊이 굽혔다. 그는 만면에 웃음을 머금고 옥진 자매를 번갈아 보며 흔연해했다. 세 사람은 다과를 들며 마치 수십 년 된 지기처럼 행동이 금방 자연스러워졌다. 쿠마라의 재치 있는 말솜씨가 분위기를 화기애애하게 만들었다. 금진이 영지에게 독주 한 동이를 들이게 했다. 다과 자리는 술자리로 변했다. 호주가인 쿠마라는 방술의 정수를 전수할 때 늘 독주를 마셨다.

"영(靈)과 육(肉)은 둘이 아닙니다. 영 속에 육이 있고, 육 속에 영이 있습니다. 물과 구름이 하나이듯 사람의 육신과 정신은 다르지 않습니다. 삼라만상은 하나이며 동시에 무량수로 나뉘기도 한답니다. 내가 그대이고, 그대가 나입니다. 즉, 물아일체이지요. 음양도 둘이 아닌 하나입니다. 둘이 하나가 돼야 거기서 반성(反性)의 다른 하나가 나오면서 소우주가 탄생합니다. 천지에 퍼져 있는 삼라는 음양의 조화와 교합에서 생겨났다가 소멸한답니다."

쿠마라의 설법은 옥진의 뇌리를 뒤흔들었다. 그녀가 지금까지 알고 있던 상식이 무너지는 순간이었다. 옥진은 쿠마라의 말이 사문(沙門) 집단에서 죄를 지어 *명고축출된 땡중의 잡설이 아닌가 하는 의구심이 일기도 했다.

"대인, 새로운 경지를 알고 싶습니다."
법흥대왕이 승하한 뒤로 옥진은 서리를 맞은 들국화처럼 시들며 서서히 버커리가 되어 가고 있었다. 특별한 증상도 없이 조로 현상이 찾아온 여인도 마음에 드는 이성을 만나는 순간 금방 예전의 모습을 찾는 예도 있기는 했다. 하지만 신분제가 확실한 신라에서는 그게 말처럼 쉬운 일이 아니었다.
"잘 보세요."
쿠마라는 다양한 신상도의 자세를 취하면서 진지하게 설명을 이어 갔다. 두 여인이 이해를 못 하는 것 같으면 그림을 그려 가면서 이해를 돕기도 했다. 신상도에 관한 지루한 설명이 끝나자, 쿠마라는 금진에게 웃으며 고개를 주억거렸다. 그의 미소는 본론으로 들어가기 전에 거쳐야 할 단계를 주문하는 신호였다. 금진이 장롱 안에서 푹신한 요 두 개를 내리더니 내실에 펼쳤다. 그녀의 동작은 무척 익숙한

* **명고축출** – 鳴鼓逐出. 문제 있는 중에게 북을 짊어지게 한 뒤 승려들이 산문 밖까지 북을 두드리면서 쫓아내는 것을 말한다.

듯 보였다.

"영지야, 안으로 들여라."

영지가 가져온 것은 그릇에 담긴 검은색 액체로 칡즙 같기도 하고, 조청처럼 보이기도 했다. 쿠마라가 먼저 한 숟가락 떠서 맛을 보았다.

"혼령탈상액입니다. 이 영약을 드셔야 높은 단계의 경지로 올라가실 수 있습니다. 저를 믿고 세 숟가락씩 드세요."

쿠마라의 말에 금진이 먼저 이맛살을 찌푸리며 혼령탈상액을 입안으로 털어 넣었다. 옥진도 동생을 따라 억지로 약을 먹다가 토하기도 했다. 금진이 옥진을 으르다시피 하여 약을 먹였다. 옥진이 약을 먹고 나자 얼굴이 빨갛게 변하며 잠시 몸을 부르르 떨더니 혼절하고 말았다. 혼령탈상액은 정상적인 사람의 정신을 비정상으로 만들어 소기의 목적을 달성할 수 있도록 돕는 약물이었다. 옥진이 혼절한 상태가 되자 쿠마라가 얼른 옥진의 목과 머리를 지압하였다. 옥진이 눈을 껌뻑이며 일어나 앉았다.

쿠마라는 창문을 닫고 장막을 드리웠다. 내실은 갑자기 캄캄해지면서 앞에 있는 사물을 정확하게 파악하기 어려울 정도였다. 쿠마라가 촛불을 켜 놓고 향을 피웠다. 그는 요 한 개에 한 사람씩 눕도록 했다. 두 여인은 쿠마라가 조종하는 꼭두각시나 다름없었다. 내실에서 웅성거리는 소리가 밖으로 흘러나가자, 영지는 내실에서 어떤 일이 벌어지고 있는지 무척 궁금했다. 그녀는 금진이 쿠마라에게 비술을 배울 때마다 내실에서 사람의 정신을 쏙 뺄 만큼 지독한 향내가 스며 나오는 것을 여러 차례 경험했다. 향불이 피워지고 쿠마라는 한 식경 정도 알아들을 수 없는 이국의 말로 주문을 하였다.

"왕후님들이 대낮에 무엇을 하는 것일까?"

영지는 내실 문 앞에 바싹 붙어 서서 문틈으로 안을 살펴보았지만, 내부가 컴컴하여 잘 보이지 않았다. 한참 동안 기를 쓰며 내실을 들여다보던 영지의 눈에 흐릿하지만, 세 사람의 움직임이 포착되었다. 음양의 합일은 욕정의 표징과 육욕의 해소라는 큰 의미를 지니나, 그 본래 목적은 생식에 있다. 그런 측면에서 본다면 고상한 말이나 그럴듯하게 포장된 사람의 음행은 숨탄것들의 야합과 별반 다를 게 없다.

까치와 까마귀가 우짖는 소리, 호랑이가 포효하는 소리, 천둥 치는 소리, 여인들의 비명과 낮은 열음, 바람 소리, 노인의 웃음소리, 개 짖는 소리, 어린아이들 재잘거리는 소리, 꾀꼬리 우는 소리, 폭음, 파도치는 소리, 잔잔하게 번져 오는 해조음 등 세상의 모든 소리가 강약으로 들리다가 이내 고요했다.

"저 모습은 쉽게 볼 수 없는 *요지경이다."

* **요지경** – 瑤池鏡. 요지란 옥이 흐르듯 아름다운 연못이란 뜻. 동양인들이 이상향으로 여기는 곳이다.

영지는 문틈으로 내실을 들여다보며 혼잣말로 중얼거렸다. 다른 하인들이 다가와 등을 두드릴 때까지도 그녀는 여전히 넋을 빼고 있었다.

"저걸 어째. 저러다 벼력 맞는 거 아냐?"
"쇠돌네! 뭘 보았는데 몸을 떨어?"
 주변에서 쓸데없이 바장이던 하인들이 하나둘 몰려들었다. 그들은 몰래 내실을 훔쳐보고 충격을 받았는지 감탄사만 연발할 뿐이었다. 내실을 훔쳐본 여인들 얼굴이 하얗게 뜬 상태로 꿀 먹은 벙어리가 되었고 벌어진 입을 다물지 못했다.
"외부에 발설하면 안 됩니다."
 영지는 요지경을 훔쳐본 하인들에게 입단속을 주문했다. 입정 사나운 여자 하인들이 오늘 본 내용을 밖에 흘린다면 그 파장은 걷잡을 수 없이 일파만파로 퍼질 것이다. 금진에게 관심이 많은 서라벌 사람들 귀에 상천당에서 벌어지고 있는 비밀한 일이 전해진다면 순식간에 신라 전역으로 망측한 소문이 퍼질 수도 있을 것이었다.

"어째서 비치질 않을까? 때가 지났는데…."

금진은 마지막 몸엣것을 한 뒤로 두 달이 흘렀지만 아무런 반응이 없자, 지난 삼사 개월 안으로 있었던 일들을 곰곰이 살펴보다가 깜짝 놀랐다. 금진은 서라벌에서 용하다는 의원을 상천당으로 초빙했다. 의원은 상천당에 도착하자마자 곧바로 진맥부터 하였다.

"왕후님, 경하드립니다. 임신하셨습니다."

의원의 말에 금진의 표정은 무척 덤덤했다. 금진은 구리지와 가진 여러 번의 상합이 원인이 되었다고 짐작했다. 금진은 구리지를 상천당으로 초대했다.

"정말입니까?"

구리지는 아직 자식이 없었다. 그의 어머니 벽화부인은 적지 않은 나이에도 불구하고 허랑방탕하게 사는 아들이 늘 걱정이었다. 구리지는 현재 조정의 관리 명부에 급찬(級湌)으로 이름이 올려진 상태였다. 그는 이제 금진을 원화에 올려놓겠다는 이야기도 하지 않았다.

"이 아이는 우리 두 사람의 사랑을 확인시켜 주는 결실입니다. 앞으로 아이의 아버지로, 한 여인의 지아비로 역할을 다해 주세요."

"왕후님 말씀대로 하겠습니다."

열 달이 지나 금진은 건강한 사내아이를 출산했다. 구리지는 아들에게 토함(兎含)이란 이름을 지어 주었다. 그녀에게는 이미 상천당에 함께 사는 숙흘종과 용걸종이 있었다. 토함이 태어나자 구리지는 거의 매일 상천당을 드나들었다. 옥진은 구리지를 인정하지 않아 금진은 정식으로 혼례식을 올리지 못했다.

금진과 구리지는 심신이 잘 맞았다. 금진은 토함을 낳자마자 얼마 되지 않아 또 임신하였다. 구리지는 금진을 원화로 추대하려던 일을 잊은 듯했다. 금진은 구리지의 둘째 아들을 출산하였다. 금진과 구리지는 옥진에게 정식 부부로 인정은 받았지만 혼례식은 올리지 않았다. 금진은 둘째를 임신할 무렵 북두칠성의 다섯 번째 별이 치마폭에 떨어지는 꿈을 꾼 적이 있었다.

"아기의 이름을 사다함(斯多含)이라 지었습니다. 사다함이란 '한 번 돌아오는 사람'이란 뜻입니다. 다음 생에 한 번 더 사람으로 환생하면 다다음 생에서 *아라한이 될 수 있다는 의미도 내포하고 있습니다. 부인이 이 아이를 잉태할 무렵 북두칠성의 *염정성이 치마

* **아라한** – 阿羅漢. 번뇌를 끊어 더 닦을 것이 없어 마땅히 공양받을 만한 덕을 갖춘 사람.

* **염정성** – 廉貞星. 북두칠성 다섯 번째 별로 권력을 떠받치며, 인간세의 형벌을 주관한다.

폭에 떨어지는 꿈을 꾸었다니 길상의 조짐이 틀림없습니다."
 금진이 연달아 자식을 낳고 옥진이 두 사람을 부부로 인정하면서 구리지는 개구멍서방이란 주변 사람들의 비아냥에서 벗어날 수 있었다.

"부인이 지금 홑몸이 아니라고요?"
 사다함이 태어나고 서너 달 후에 금진은 또 임신하였다. 구리지는 금진이 임신 소식을 알리자 입가에서 미소가 떠나지 않았다. 금진이 임신하고 열 달이 지나 딸을 낳았다.
"딸의 이름을 새달(塞達)이라 지었습니다."
 세 아이의 아버지가 된 구리지는 이제 집안이나 친인척 사이에서 어깨를 펴고 다닐 수 있게 되었다. 숙흘종과 토함은 윗대로 올라가면 뿌리가 같았다. 금진은 숙흘종과 용걸종을 별도의 집을 배정하여 형제가 전용으로 사용하도록 했다. 그들이 사용하는 집은 상천당 맨 동쪽에 있는데 한적하여 조용한 성격의 숙흘종 형제에게 어울리는 장소였다. 묘도는 옥진의 배려로 거처를 옮겼다. 이사 간 집에 독락당이란 당호를 붙였다.
"묘도가 딸을 낳았어요."
 독락당으로 이사를 오자마자 묘도가 미진부의 딸을 낳았다. 옥진은 첫 외손녀를 보았다는 소식에 섭섭함을 감추지 못했다. 어느 날, 옥진이 낮잠을 자다가 자신의 품에 있던 칠

색조가 날아가 묘도에게 안기는 꿈을 꿨다. 옥진은 놀라서 묘도에게 달려가 보니 미진부와 한창 사통하는 중이었다.

"딸 이름을 미실(美室)이라 지었습니다."

"참으로 부르기 좋고 예쁜 이름입니다."

묘도와 미진부 사이에서 미실이 태어나자, 왕실 인사들도 대체로 두 사람의 사이를 인정하는 분위기였다.

"대왕, 숙명이와 혼인하세요."

태후는 왕의 신붓감으로 올라온 명단을 살펴보았으나 마음에 드는 규수가 없었다. 왕은 태후가 여동생 숙명과 혼인하라는 말에 충격을 받았다. 숙명은 태후와 이사부 사이에서 태어났으니, 왕에게는 씨가 다른 포제(胞弟)였다. 태후는 이사부 사이에서 숙명뿐만 아니라, 아들로 세종(世宗) 전군까지 보았다. 왕은 태후와 죽은 입종갈문왕 사이에서 태어났으므로 숙명과 혼인하여도 크게 흠이 될 일은 아니었다.

태후에게는 이화랑과 사통하여 낳은 딸 만호(萬呼), 박영실과 사이에는 딸 황화(黃華)와 송화(松華)도 있었다. 그뿐만 아니라 귀족 구진(仇珍)과 사통하여 딸 보명(寶明)을 보앗다. 게다가 진종(眞宗)과 사이가 원만하더니 딸 융명(肜明)을 낳기도 했다.

"숙명이와 소자는 사이가 좋지 않습니다."

"진골정통을 지키기 위해서는 어쩔 수 없어요. 대왕은 진골정통의 여인과 인연을 맺고 왕자를 생산해야 합니다. 숙명이가 왕자를 출산하지 못하면 황화, 송화, 만호, 보명, 융명이가 줄줄이 대기하고 있습니다."

태후의 애원에 왕은 마지못해 숙명과 부부의 연을 맺고 말았다. 왕실에서는 태후의 억지에 뒷말이 무성했다. 얼떨결에 초야를 치르고 나서도 남매는 서로의 얼굴을 바라보지 못했다.

"제 몸에서 태자가 나와야 해요."

숙명의 새퉁스러운 말에 용안이 화끈 달아올랐다. 왕은 무례하고 매사에 소양배양하는 태도로 일관하는 숙명을 가까이하고 싶은 마음이 없었다. 말 많은 남매의 혼인이었지만, 태후와 이사부는 귀를 틀어막은 듯했다. 딸이 왕비가 되니 이사부의 위상도 덩달아 높아졌다. 그는 내물마립간 4대손(孫)으로 지증마립간 6년에 *실직주의 군주(軍主)가 되었고, 이찬으로 승차하여 *아슬라주 군주가 되어 *우산국과 금관가야를 정벌하였다.

* **실직주** – 悉直州. 지금의 강원도 삼척 지역.
* **아슬라주** – 阿瑟羅州. 지금의 강원도 강릉 지역.
* **우산국** – 于山國. 지금의 울릉도.

태후가 이사부를 의지가지로 여기니 왕도 그를 함부로 대할 수 없었다. 그런 배경을 가지고 있는 숙명이다 보니 왕은 그녀에게 신경을 써야 했다. 신혼의 달뜬 분위기로 육신이 편편해야 했지만, 여동생을 안아야 한다는 심적 부담감이 왕의 육신을 오그라들게 했다. 음양의 이치에 단천한 생무지 여동생과 정교를 가졌어도 왕은 몸이 찌뿌둥했고, 숙명은 헐떡거리다가 노그라지기 일쑤였다. 부부의 속사정이야 어떻든 태후는 남매가 한 이불을 덮는 것이 대견했다.

"네가 어미의 한을 풀어 주는구나. 장하다."
"어머니, 아들인지 딸인지 모르잖아요."
"너의 풍만한 배를 보니 아들이 틀림없다."

왕과 부부의 연을 맺은 지 얼마 지나지 않아 숙명은 임신하였다. 태후는 딸의 임신 소식에 입이 함지박만 해졌다. 그녀는 숙명이 왕자를 낳으면 태자에 앉힐 것이라고 공공연히 떠들고 다녔다. 하지만 숙명의 처소 근처로 이화랑의 음침한 그림자가 어른거리면서 왕실에 예상치 못한 폭풍우가 밀려올 조짐이 보였다. 반지빠르고 욕심 많은 이화랑이 요즘 들어 태후와 가깝게 지내며 부쩍 궁성 출입이 잦았다.

 옥진이 나인 한 명을 상천당에 보냈다. 그녀는 꿈결처럼 진행되었던 쿠마라의 기기묘묘한 비술에 매료되어 날마다 그때를 되새기곤 했다. 금진이 옥진의 전갈을 받자마자 입궐했다. 옥진의 처소에 그녀의 두 딸 사도와 흥도가 와 있었다.

"조카들이 어느새 이리 아름답게 성장했나? 참으로 세월이 빠르구나. 이모는 너희들만 봐도 배가 부르다."

금진은 입에 침이 마르도록 오랜만에 만난 옥진의 딸들을 칭찬했다. 그녀의 칭찬에 그만 옥진의 입이 벙그러졌다.

"이모님, 사도가 기대를 저버리지 않겠습니다."

사도는 옥진과 박영실이 가장 귀여워하는 딸이었다. 큰 키에 조리 있는 언변 그리고 미모가 자매 중에서 가장 뛰어났다. 이제 십 대 중반이지만 외모와 몸피를 보면 혼인 적령기에 든 처녀나 다름없어 보였다.

"이모님, 저는 매일 맛난 거 먹으면 좋아요."

옥진의 셋째 딸 흥도도 임맥이 통해 서너 달 전부터 *천계를 시작하였다. 모전여전이니 장차 어떤 형태로 인성이 발달하여 무슨 역할을 할지 알 수 없었다. 옥진이 사도에게 눈짓하자 자매가 밖으로 나갔다. 옥진은 금진에게 긴히 할 이야기가 있는 듯 바싹 다가와 앉았다.

"자네가 사내라면 누구를 선택하겠나?"

"사도의 자태가 보통이 아닙니다."

"그 애를 진정한 여인으로 만들어 보   ***천계** – 天癸. 월경.

거라."

옥진의 뜻을 간파한 금진은 정신이 번쩍 들었다. 자신은 새로운 인연을 찾아 붕정만리를 항해할 준비를 하는데, 옥진은 미래를 포기하는 대신 딸을 통해 새로운 도약을 꿈꾸고 있었다.

"언니, 왕이나 전군들은 예쁜 얼굴보다 상합을 완벽하게 소화할 수 있는 여인을 선호합니다."

신라의 임금을 사위로 맞이하는 일은 보통 정성으로는 어려웠다. 왕비를 배출하고자 하는 집안은 왕실 인사들과 조정 중신 그리고 서라벌에서 목소리가 큰 인사들의 마음을 얻어야 가능했다. 그러나 중요한 것은 왕의 지어미가 될 규수의 출중한 미색과 궁합 그리고 규방술이었다.

"대왕 폐하, 소녀 사도입니다."
"소녀는 흥도입니다."

옥진의 두 딸이 왕을 알현했다. 자매가 수시로 궁궐에 들러 옥진을 만났지만, 그때마다 왕을 알현하여 문후를 올리는 게 아니었다. 그들은 태후가 어머니와 사이가 좋지 않다는 사실을 알고 궁궐에 왔다가도 옥진만 만나고 슬며시 출궁하기 일쑤였다. 왕은 엄장한 태도로 사도와 흥도를 보고 반색했다. 왕은 어릴 때 옥진의 자식들과 자주 어울리기도 했다. 왕의 시선은 사도에게 고정되다시피 했다. 흥도는 왕이 언니에게 관심이 있다는 것을 눈치채고 얼뜬 표정으로 입을 발쪽거렸다.

"임금과 백성의 인연을 어떻게 생각하는가?"

왕의 생뚱맞은 물음에 사도가 답했다.

"탁한 강물은 달을 원형대로 담을 수 없습니다. 사람은 스스로 선업을 쌓아야 좋은 인연을 기대할 수 있지요. 시방세계의 모든 존상은 인연이라는 조건을 갖춰서 존재하지요. 이때 인(因)을 주도적 조건이라 하며, 연(緣)을 부수적 조건이라 할 수 있답니다. 이렇게 조건이 합치하면 새로운 창조의 기운이 태동하게 됩니다. 달이 만 개의 강에 비치어도 부유물이 떠 있는 강은 청정한 달의 모습을 온전히 담을 수 없습니다. 즉, 만백성이 맑은 심성을 지니고 있어야, 대왕 폐하의 고결한 성덕을 받아들일 수 있을 테지요."

사도의 언설(言舌)에 왕은 무척 기꺼워했다.

"오! 탁월한 선답이다. 그것을 선남선녀의 평범한 인연으로 설정하여 설명할 수 있겠느냐?"

사도가 순식간에 왕의 마음을 단단히 휘어잡은 듯했다. 왕의 물음에 사도는 신이 난 듯했지만, 흥도는 뻘쭘한 표정으로 도지개를 틀다가 까무룩 졸기도 하고 연신 하품만 해댔다.

"사람의 몸을 받고 섬부주에 태어나 자신이 여인이라고 깨닫는 시기가 되면 반성(反性)이 존재한다는 사실을 알게 됩니다. 음이 있으면 양이 있고, 음이 없으면 양도 없는 것이지요. 사내가 있으면 여인이 있고, 여인이 없으면 사내도 없는 것입니다. 삼천대천의 모든 호연은 때가 있습니다. 때를 놓치면 가연(佳緣)은 일어나기 어렵습니다. 이제는 대왕 폐하께서 다른 인연을 만드실 때가 되었습니다. 등하불명이란 말이 있듯 아름다운 접촉은 멀리 있지 않을 것입니다."

사도의 능변에 왕은 벼락을 맞은 듯 잠시 멍한 상태가 되었다. 그는 사도를 귀족 가문에 태어난 보통의 소녀쯤으로 보고 있었다.

"짐이 다른 인연을 만들 때라?"

왕은 사도가 인연을 강조하면서 다른 사람을 만날 때라고 언급하자 생각이 많아졌다. 그는 사도가 보통 소녀가 아니라는 것을 알고 혀를 내둘렀다. 왕은 사도의 의도를 충분히 알고 어떻게 새로운 인연을 만들지 골몰했다. 방금 사도가 등하불명이라고 한 말은 어쩌면 자신을 염두에 두고 한 말일 수도 있었다. 아니면, 감성이 무딘 자신을 원망하며 에둘러 말하는 어법일 수도 있을 것이었다. 사도와 왕의 대화는 한 시진 정도 이어졌다.

"우리 자주 만나서 대화를 나눠요."

자매가 물러가고 왕은 사도의 인상과 대화 내용을 반추하고 가슴에 담았다. 사나흘이 지나자 왕은 사도를 떠올리며 그가 한 말을 곰곰이 생각했다. 그는 어느새 사도를 그리워하는 자신을 발견하고 깜짝 놀랐다. 왕은 몽중(夢中)에서 사도와 만나 귀교(鬼交)를 나누기도 했고, 산천경개가 빼어난 곳에서 음주가무를 즐기는 상상을 하며 실실 웃기도 했다.

"사도야, 어서 오너라."
　해가 중천에 올 때쯤 사도가 시녀 한 명과 상천당에 도착하였다. 그녀가 왕을 만난 뒤로 많은 것이 달라졌다. 우선 윗사람과 아랫사람에게 말하는 태도와 걸음걸이 그리고 마음 씀씀이 등이 완전히 변해 있었다. 외출할 때 입는 옷도 바뀌었다. 평범하고 수수한 차림에서 탈피하여 곱게 화장하고 최고급 비단옷을 입으며 장신구도 화려한 것으로 패용하였다. 그녀가 서라벌 저잣거리를 활보할 때면 사방에서 뱅충맞은 사내들이 휘파람을 불어 대며 흰수작을 부리기도 했다.
"이모님, 그간 평안하셨는지요?"
"조카가 비상할 때가 된 모양이다."
"이모님, 푸른 하늘을 훨훨 날고 싶습니다."
　눈치 빠른 사도는 금진의 말뜻을 얼른 알아듣고 속내를

내비쳤다. 금진이 얼마 전에 사도를 봤을 때보다 훨씬 더 성숙해 보였다. 몸에도 적당히 살이 올라 사내를 후리는 기술만 가르치면 만사가 잘될 것만 같았다. 금진은 사도에게는 쿠마라를 소개하고 싶지 않았다. 그녀는 조카가 사내를 모르고 화초처럼 자랐기에 거친 야생마를 만나면 금방 심신이 망가져 고상한 인성이 세속화될 것을 우려했다.

"사도야, *미도를 익혀 왕실 사내를 치마폭에 감싸안아야 한다. 비대전군이 이루지 못한 꿈을 네가 대신 이루고 대원신통 혈맥이 대대손손 신국을 다스리게 해야 한다."

사도가 내실로 들어서다 혼비백산했다. 미타 여신과 카파이 쌍신이 그려진 대형 그림을 접한 사도는 얼굴과 귀뿌리가 발갛게 변하며 숨이 멎을 것만 같았다. 음양의 섭리도 잘 알지도 못하는 숫스러운 처녀가 암수의 정교(情交)가 노골적으로 묘사된 신상도에 그만 충격을 받고 말았다.

"사도야, 합장하고 이모를 따라 하거라."

금진은 주문을 외우기 시작했다. 사도는 그 뜻도 모르고 무조건 따라 했다. 사도는 생전 처음 듣는 주문이 낯설기도 하지만, 새로운 서역의 신앙을 접한다는 입장에서 정성을 기울였다. 그녀는 어머니

* **미도** – 媚道. 상대방 이성의 사랑을 얻기 위하여 요사스럽게 방술하는 것.

옥진에게 잡교에 관하여 이야기를 들은 바가 있어 호기심과 궁금증이 더했다. 주문을 마치자 금진은 사도에게 속옷만 입도록 했다.

"사도야, 지금부터 이모가 하는 이야기를 잘 듣고 가슴에 새겨 두어야 한다. 이제 나는 이모가 아니라 너를 세상에서 가장 존귀한 여인으로 만들어 줄 스승이란다. 서역의 비기(祕技)를 익혀야 하고 잡교도 영접해야 한다."

"이모님, 명심하겠습니다. 그런데 제가 얼마 전에 보미(寶美) 할머님을 뵌 적이 있어요. 한두 번도 아니고 수시로 뵈었어요."

"뭐라고? 보미 할머님을 뵈었다고?"

금진은 사도의 말에 깜짝 놀랐다. 사도는 지난달 이상한 꿈을 꾼 적이 있었다. 어느 봄날 그녀가 묘도, 흥도, 초도와 토함산으로 소풍을 갔는데, 아름다운 경치에 홀려 정신없이 깊은 산속으로 들어가고 말았다. 아아한 산봉우리가 천애에 닿아 있었고, 사방은 기화요초로 뒤덮여 이곳이 산인지 꽃밭인지 분간할 수 없었다.

그런데 문득 정신을 차리고 주위를 둘러보니 언니와 동생들이 보이지 않았다. 우두망찰 겁이 덜컥 난 사도는 뒤돌아 달렸지만, 점점 더 생경한 풍경이 나타날 뿐이었다. 그녀가 사방을 돌아다녀 보았지만 아무도 발견할 수 없었다. 그때

안개로 희붐한 계곡에서 피리 소리가 들리더니 푸른 소를 탄 한 동자가 나타났다.

"사도님, 저를 따라오세요."

사도는 무서운 생각에 온몸이 떨리는 것을 참고 동자의 뒤를 따라갔다. 어른 두세 명이 겨우 지나갈 수 있을 정도의 협곡이 나오더니 갈수록 더욱 좁은 산길로 이어졌다. 사도는 동자를 따르면서도 자꾸만 뒤를 돌아보았다. 뒤를 돌아보면 지나온 길은 보이지 않고 온통 뽀얀 안개뿐이었다. 두 마장쯤 더 가자 큰 기와집이 나타났다. 동자의 안내로 안채로 들어서니 기려한 여인이 홀연히 나타나 사도를 반갑게 맞았다. 하얀 옷을 입고 화려한 금관을 썼는데 하계 사람의 모습이 아니었다.

"나는 보미라고 한다. 너는 신국에서 가장 존귀한 여인이 될 것이다. 너를 가르칠 분은 너를 귀하게 만들고 신국을 흥하게 만들 분이니, 그분의 말씀이라면 죽는시늉이라도 해야 한다."

사도는 보미가 누구인지 알지도 못했다.

"보미님, 그리하겠습니다."

"방금 나에게 한 약속만 지킨다면 너는 존귀한 자리에 앉게 될 것이야. 명심하거라."

"약속을 지키겠습니다. 보미님! 보미님!"

사도와 보미는 간단히 대화를 나누었는데, 사도는 보미의 말을 잘 알아듣지 못했다. 그녀가 보미에게 다가가려고 하자, 보미는 연기처럼 홀연히 사라졌다. 사도가 보미를 외치다가 잠에서 깨어났다. 온몸이 땀으로 흠뻑 젖은 상태에서 그녀는 날이 샐 때까지 누워만 있어야 했다.

이상한 꿈을 꾼 뒤로 사도는 계속해서 신기한 경험을 하게 되었다. 집 안을 거닐거나 집 주변으로 나가 산책을 할 때면 백일몽과 같은 상태가 되면서 꿈속에서 본 여인이 등장했다가 연기처럼 사라지곤 했다. 그녀는 꿈에 나타났던 여인 보미가 누구인지 궁금했다. 사도 이야기에 금진의 입이 함지박만 해졌다.

"잘 들어 보거라."

*내물마립간이 신라를 다스리던 시절의 일이었다. 백제가 가야와 왜국을 끌어들여 연합군을 형성하여 신라를 공격했다. 절체절명의 위기에 봉착한 신라는 고구려에 도움을 요청했다. 고구려 조정에서도 아신왕(阿莘王)이 다스리는 백제의 국력이 팽창하는 것을 원하지 않았다. 이에 고구려 *담덕 태왕이 군사 5만 명을 신라에 파견하여 백제 연합군을 격퇴하고 신라를 구했

* **내물마립간** – 奈勿麻立干. 신라의 제17대 임금이다.
* **담덕** – 談德. 고구려 제19대 임금(재위: 391~412년)으로 호태왕 또는 광개토대왕이라고도 한다.

다. 외교에서 절대로 공짜는 없다. 그 대가로 신라는 사실상 고구려의 속국이나 마찬가지의 신세로 전락하고 말았다. 내물마립간은 전쟁의 충격으로 그만 병이 들어 승하했고, 그에 의해 고구려에 인질로 파견되었던 *김실성이 귀국해 담덕 태왕의 후광을 등에 업고 신라의 임금으로 추대되었다.

"이모님, 매우 흥미로운 이야기입니다."

신라의 지존 자리에 오른 김실성은 친고구려 성향의 인물이었다. 그는 자신을 고구려에 인질로 보낸 내물마립간에게 좋지 않은 감정을 품고 있었다. 실성이사금은 정략 외교라는 명분으로 내물마립간과 보반왕후 사이에서 태어난 아들 삼 형제 중에서 둘째 아들 복호(卜好)와 막내 미사흔(未斯欣)을 차례로 고구려와 왜국에 질자로 보내 버렸다. 실성이사금은 그것도 모자라 자신의 최대 정적으로 등장한 내물마립간의 장자 눌지(訥祗)까지 고구려 장수 패세(沛世)를 사주하여 죽이려 했다.

그러나 양심의 가책을 느낀 패세의 변심으로 실성이사금은 되레 김눌지에게 살해되었다. 김눌지는 실성이사금에게 빼앗긴 왕위를 16년 만에 되찾아 신라의 임금으로 즉위했다. 그는 고구려 *거련

* **김실성** – 金實聖. 신라 제18대 실성이사금이다.
* **거련** – 巨連. 고구려 제20대 임금. 재위는 413~490년으로 장수왕을 말한다.

태왕의 고도로 계산된 공작에 의해 신라의 임금이 된 것이다. 눌지마립간은 박제상(朴堤上)을 시켜 고구려에 인질로 갔던 동생 복호를 신라로 데려왔고, 왜국에 있던 막냇동생 미사흔도 귀국시켰다. 하지만 박제상은 미사흔을 왜국에서 탈출시키고, 자신은 야마토 조정의 왜왕 *인교에게 붙잡혀 비참하게 죽임을 당했다.

"사도야, 대원신통의 혈맥을 말해 주겠다. 진골정통은 옥모, 홍모, 아이혜, 광명, 내류, 아로, 조생, 선혜, 보도, 지소태후로 이어지고 있다. 여기서 옥모는 신라 제13대 임금이었던 미추이사금의 누이이며, 제11대 조분이사금과 제12대 첨해이사금의 어머니를 말한다."

사도는 점점 금진의 이야기 속으로 빠져들었다. 미사흔이 왜국에서 도망치면서 아내 보미를 데리고 왔다. 그런데 보미는 왜 왕실녀 출신이라고 알려졌다. 그녀는 신라에 망명하여 미사흔의 지어미로 살면서 아들 보신(寶信)과 딸 나해(羅海)를 낳았다. 보미로 인해 신라의 대원신통이 시작되었고 그녀의 딸을 통해 그 계보가 전해지고 있었다. 이후 그 계보는 소지마립간의

* **인교** – 한자로 윤공(允恭)이라 쓴다. 왜에서는 오아사즈마와쿠고노스쿠네[雄朝津間稚子宿禰]라 한다. 야마토 조정 제19대 왕이다. 재위는 412~453년이다.

후비였던 선혜부인으로 이어졌고, 선혜부인이 *분수승 묘심(妙心)과 사통하여 낳은 딸 오도로 이어졌다. 오도와 위화랑이 인연을 맺으면서 옥진과 금진을 낳았고 혈통은 자매에게 이어졌다.

"이모님, 선혜왕후는 원래 진골정통의 계보를 잇던 분인데, 어떻게 해서 그분의 딸인 오도부인이 대원신통의 혈통을 잇게 되었나요?"

"그 점이 아리송할 것이야. 너에게 할머니가 되시며 나에게 생모가 되는 오도부인은 묘심 스님과 선혜왕후 사이에서 태어났지. 오도부인을 통해 이어진 대원신통의 아리송한 인맥을 밝히는 게 이 수수께끼를 풀 수 있는 열쇠가 된다. 그 오리무중 속의 내막은 나도 이해하기 어려운 부분이 있단다. 그 부분은 수천 년이 지나도록 영원한 비밀로 남겨 두는 게 신국과 후세들을 위해 좋을 듯하다."

금진은 사도에게 대원신통 기원에서부터 현재까지의 계보를 알려 주었다. 대원신통에 관한 이야기를 마친 금진은 잡교의 교리를 소개하면서 음양 관계를 이해하는 방향으로 이야기를 유도해 나갔다.

"이모님, 어려워요. 머릿속이 헝클어졌습니다."

* **분수승** – 梵修僧. 부처 앞에 향을 태우며 불교의식을 집전하는 승려.

사도의 실큼한 눈에서는 흐리마리한 안광이 발산되고 있었다. 두 시진을 잡교에 관한 설명을 진행하면서 금진은 상당한 피로감을 느꼈다. 사도의 제의로 잠시 쉬고 나서 금진은 사도에게 본격적으로 규방술의 기본과 다양한 기교를 전수했다. 금진은 쿠마라에게 묘술을 전수받을 때 이용하던 각종 성구(性具)를 벌려 놓았다. 형형색색의 예쁘게 생긴 것들이 시선을 끌었다. 대부분이 여인이 사용할 수 있는 운두 낮은 기구들인데 사도는 그것들을 보고 눈이 휘둥그레졌다.

"사도야, 이 약은 혼령탈상액이라 한다."

약을 먹은 사도는 곧 정신이 혼미하여 가수면 상태가 되었다. 사도는 이제부터 금진의 꼭두각시가 되어 그녀가 지시하는 대로 따르게 될 것이었다. 사도는 푹신한 요철(凹凸) 모양의 요 위로 누우라면 눕고, 엎드리라고 하면 엎드리며 금진의 지시를 잘 따랐다. 무의식중에 이루어지는 실습이지만, 그 장면은 사도의 뇌리에 그대로 기억되고 있었다.

사도는 옥진에게 대륙의 *구법팔익칠손을 조바심치며 배웠는데, 대부분 구술(口述)로 습득한 지식이라 시연에서도 별로 효력을 발휘하지 못했다. 서라벌 사람들은 그 분야에서 단연 옥진이 독보적인 존재라고 하지만, 사실 실전

> * **구법팔익칠손** – 九法八益七損. 『소녀경』에 소개된 남녀의 심신을 이롭게 하는 교접 비법으로 24가지로 요약된다.

에서는 잡교를 영접한 금진이 앞서 있었다.

사도는 금진의 지시에 따르면서도 자신의 느낌이라거나 의견을 말하지 못하고 무조건 따라 할 뿐이었다. 금진도 쿠마라를 만나기 전에는 대륙의 허접한 방중술을 맹신하였다. 그녀는 빠른 속도로 사도를 상대로 구법을 먼저 대강 시연했다. 구법은 용, 호랑이, 원숭이, 매미, 거북이, 봉황, 토끼, 물고기, 학 등의 자세나 특징을 구현하여 정교(情交)를 더욱 신비하고 은밀하게 추구하는 방법이다. 사도는 온몸이 땀으로 흥건했다.
"이제 서역의 비기를 알려 주려고 한다."
금진이 사도의 귀에 붉은 입술을 바투 대고 속삭였다. 사도가 기본자세를 취하기 위해 천장을 바라보고 눕자, 옥상옥(屋上屋)의 기이한 형상이 되었다. 두 여인은 전라의 상태로 몸이 밀착되었다. 금진은 사내들과 합기할 때보다 더욱 정성을 들여 가며 세밀한 율동과 손 그리고 발을 이용해 사도를 서서히 경지로 이끌었다. 상큼한 여체에 감춰진 성감을 발견하려는 금진의 정성스러운 시도가 눈물겨웠다.
"이모님! 쉬었다가 해요."
다양한 방중술을 몸소 익히려다 보니 사도는 몸이 뜻대로 따라 주지 않았다. 그녀는 간신히 금진의 의도대로 움직여 주기는 했지만, 그 과정에서 구역질이 나기도 하고 요실금도 있었다. 기본 동작의 연습을 마친 금진은 벽에 걸려 있는 잡교 신들의 그림을 자주 바라보며 그대로 따라 하려고 애썼다. 사도는 가끔 몸을 뒤틀기도 하고 고통스러운 비명을 질러 대기도 했다.

사도가 상천당을 들락거린 지 서너 달 지나 옥진을 찾아왔다. 옥진은 사도로부터 자초지종을 듣고 무척 기뻐했다. 그녀는 사도에게 그간에 배운 바를 물었다. 사도는 거침없이 대답했다. 옥진은 때가 되었음을 감지하고 금진을 불렀다.

"아우가 움직일 차례다. 왕이 숙명을 지어미로 들였다고 하지만, 그 일은 태후의 억지에 불과해. 사도를 진정한 왕후로 만들어 다오."

자매는 사도를 왕실로 들여보낼 묘안을 구상했다. 금진은 이화랑을 활용할 방도를 떠올렸다. 그는 신라 최고 미남자로 태후의 마음을 움직일 수 있는 사내였다. 옥진도 금진의 계략을 수용했다. 금진은 즉시 이화랑을 찾아갔다.

"아우님이 내 집엘 다 오고?"

이화랑은 하녀에게 주안상을 보도록 했다. 남매가 잔을 마주치는 일도 자주 있는 게 아니었다. 준실부인과 오도는 사이가 비교적 원만했다. 어머니들 사이가 좋으니 자식들도 원만한 관계를 유지했다. 금진이 무람없고 의뭉스럽게 행동해도 이화랑은 넉넉한 마음으로 잘 받아 주었다. 그녀는 사도를 왕의 제2정비(正妃)로 들이기 위해 옥진과 정성을 쏟고 있다고 했다. 이화랑은 자신의 먼 훗날을 바라보고 제안하는 금진의 진솔한 권유를 흔쾌히 승낙했다.

"오라버니만 믿어요."

"사도와 왕이 맺어지도록 힘써 보지."

위화랑은 생전에 형제간 우애를 자주 입에 올렸다. 금진은 이화랑에게서 멈추지 않았다.

"형부, 사도를 신라의 정비로 만들어야 합니다. 형부께서 태후를 설득하면 일이 수월할 겁니다."

"최선을 다해 보겠네."

박영실 입장에서 둘째 딸 사도가 신라의 왕비가 된다면 가문의 영광이고 자신의 큰 업적이 되어 후손들에게 오래오래 칭찬들을 것이었다. 하지만 금진의 말처럼 최대 걸림돌은 태후가 분명했다. 박영실은 곧장 대궐로 들어가 태후를 만났다.

"영실 공이 보고 싶었습니다."

태후는 입종갈문왕이 죽고 부왕의 명령으로 박영실과 잠깐 부부 관계를 맺은 적이 있었다. 두 사람의 인연은 박영실의 하해와 같은 난봉기로 오래가지 못했다. 하지만 태후는 겉으로는 여전히 박영실을 정인처럼 대했다. 그녀는 이사부와 내연 관계를 맺고 있으면서 이화랑과도 은밀히 정을 나누는 사이였다. 근자에 들어서 또 다른 귀족 사내와 잠통하여 유부취부(有夫取夫)가 본업이 되다시피 한 태후였다.

 박영실이 자존심을 접고 태후 눈치를 보다가 왕의 혼인 이야기를 꺼냈다. 눈치 빠른 태후는 박영실이 혼사 이야기를 꺼내자 에둘러서 사도를 좋게 말했다. 태후는 숙명 한 명으로 왕실을 번족하게 만들 수 없다는 것을 잘 알았다. 왕실에서는 왕의 정비로 최소 두 명은 지정해야 안심이 되었다.

 "태후, 신라 왕실은 현재 심하게 분열되어 있습니다. 분열은 왕실 인사들 사이의 갈등을 의미합니다. 왕실이 갈등하면 조정 신료들도 눈치를 보며 지리멸렬되기 쉽습니다. 이제 대원신통이니, 진골정통이니 하는 인통을 따지지 말고 왕실과 국가 발전을 위해 서로 도와야 합니다."

 박영실의 말이 틀린 바는 아니었지만, 그의 주장이 태후의 소견과 어찌 부합할지 알 수 없었다. 박영실의 주장에 태후는 명상에 잠긴 듯 말이 없었다. 박영실은 자신이 말을 잘못하여 태후의 심기를 흐린 게 아닌지 은근히 걱정되었다.

그는 태후가 멍청하게 앉아 창밖을 바라보고 있자 연신 헛기침만 해 댔다. 아닌 보살 하고 앉아서 태후의 눈치를 보고 있는 박영실의 속내는 무척이나 복잡했다.

"영실 공의 뜻을 대승적 차원에서 고려하지요."

"태후! 고맙습니다."

박영실이 진심으로 고마워하는 태도를 보였지만, 태후는 할 말이 많은 듯한 표정이었다. 그녀는 아들이 신라의 왕으로 등극한 뒤로 언로가 거의 막혀 있었다. 태후와의 대화는 쌍방 통행이 아닌 일방통행만 가능했다. 이사부와 이화랑하고도 정분이 났지만, 태후는 그들을 신하로 대하며 절대로 자신의 속내를 드러내지 않았다.

"나도 왕실 여인들이 두 파벌로 갈라져 암투를 벌인다는 게 마음에 들지 않았습니다."

태후는 황음에 빠져 있기는 하지만 깨어 있는 여인이며, 타인에게 꺼둘리거나 쉽게 부화뇌동하지 않았다. 두 사람의 말이 겉돌며 핵심을 건드리지 못했다. 박영실이 어렵게 용기를 냈다.

"대왕의 두 번째 정실로 사도를 추천합니다."

박영실의 목소리가 떨리고 있었다. 신라 최고 권력자가 된 태후 앞에서는 지나간 연정 따위는 크게 소용되지 않았다. 어렵게 자신의 의도를 드러낸 박영실은 태후의 반응을 살폈다. 그녀가 거부 반응을 나타낸다면 박영실의 입지만 좁아질 판이었다. 박영실의 말에 태후가 어렵게 응했다.

"나도 그 아이를 고려하고 있습니다."

박영실은 태후와 이야기가 잘 풀리는 것 같자 입이 벌어졌다. 서로의 마음을 비춰 본 두 사람은 자축하는 의미에서 술잔을 부딪쳤다. 다음 날, 금진의 사주를 받은 이화랑이 태후전에 나타났다. 태후는 이화랑이 왔다고 하면 잠을 자다가도 벌떡 일어났다.

"태후, 왕실의 번영을 위해서 대왕에게 정비는 많을수록 좋습니다. 영실 공의 차녀 사도가 품위가 있고 교양을 갖춰 대왕과 어울리면 정말로 아름다운 한 쌍의 원앙이 될 것 같습니다."

"나도 그렇게 생각하고 있습니다."

태후를 몸 달게 하는 인사는 바로 신라 최고 미남자 이화랑이었다. 그는 십 년 넘게 태후와 정을 나누는 사이였다. 이화랑은 현재 태후가 낳은 딸들에게 학문과 예절을 가르치는 사부이기도 했다. 숙명이 왕후의 신분임에도 이화랑에게 빠져 있었다. 모녀가 동시에 한 사내에게 정신을 빼앗긴 상태였다. 그런데 숙명의 해산일이 다가오고 있었다. 왕실은 갑자기 바빠지기 시작했다.

"숙명이 왕자를 낳았다고?"

숙명이 왕자를 낳으면서 사도의 혼인 문제는 후순위로 밀리고 말았다. 박영실과 옥진 자매는 숙명이 왕자를 출산하자 불안했다. 행여 왕이 그동안 숙명에게 실큼했던 감정을 돌리고 가까이한다면 대원신통 계열의 꿈은 멀리 달아날 것만 같았다.

"왕자 이름을 정숙(貞肅)이라 지었습니다."

"폐하, 왕자의 이름이 고상합니다. 정숙 왕자를 조속히 태자에 봉해 주세요."

"대왕, 왕후의 말이 맞습니다. 곧바로 정숙을 태자에 앉혀야 신국의 정치가 바르게 흐르고, 왕실이 평안합니다."

　숙명의 말에 태후가 가세했다. 모녀는 시도 때도 없이 대전에 찾아와 왕에게 정숙을 태자에 봉해 달라고 요구했다. 효심이 가득한 왕이었다. 그는 결국 모녀의 끈질긴 요구에 할 수 없이 정숙을 태자에 봉했다. 정숙이 태자가 되자 대원신통 사람들은 눈앞이 캄캄했다. 왕은 잠시 국혼 이야기가 오고 갔던 사도를 보고 싶어 했다. 그의 뜻을 감지한 옥진은 금진에게 연락하여 낙담하고 있을 사도의 심신을 추스르게 했다.

"한 번만 더 수고해 주세요."

　금진은 박영실과 이화랑을 만나 사도의 혼인 문제를 다시 부각시키게 했다. 금진이 나서서 두 사내를 부추겨 태후의 마음을 움직였다. 태후는 이화랑의 제안을 거절하지 못했다. 숙명이 태자를 낳은 지 얼마 되지 않은 상태여서 태후는 선뜻 마음이 내키지 않았다. 두 사내의 의기투합으로 사도와 왕의 국혼은 일사천리로 진행되었다.

이화랑의 달콤한 세 치 혀와 탁월한 어색(漁色)의 묘기는 태후를 순한 양으로 만들었다. 왕 역시 사도에게 호감이 많은 편이라, 반대하는 기색이 없었다. 하지만 그에게 이미 숙명이 있어서 사도와의 국혼은 조용하게 거행되길 원했다. 외부 인사 초대 없이 가족만 참석한 혼례였다.

"태후 폐하, 소비가 문후 올립니다."

왕이 사도와 초야를 무사히 치르고 아침 일찍 태후에게 문후를 여쭈었다. 그런데 사도를 바라보는 태후의 시선이 무척 날카로웠다. 그녀는 주변인들의 권유로 사도를 며느리로 맞았지만, 기분이 퍽 유쾌해 보이지 않았다. 태후와 숙명의 이유 없는 질투는 날이 갈수록 더해만 갔고, 사도는 바늘방석에 앉은 기분이었다. 얼마 지나지 않아 사도가 임신하자 태후의 눈꼬리는 더욱 치켜 올라갔다. 태후는 사도에게 칭찬이나 위로의 말 한마디 없었다.

"태후와 숙명의 시선에 살의가 있습니다."

옥진은 사도의 말에 충격을 받았다. 왕과 혼인하여 임신하였으면 왕실의 경사인데, 오히려 사도가 두려움을 느낄 정도라면 태후 모녀의 고약한 질투가 끓어오르고 있음이 분명했다. 옥진은 태후가 어떤 음모를 획책하는 게 아닌지 의심했다. 열 달 후 사도는 아들을 출산했다.

불교의 *『대비바사론(大毘婆沙論)』 등의 서적에는 네 종류의 전륜성왕을 구분해 놓았다. 금륜왕은 *수미 4주를 통치하며, 은륜왕은 3주를, 동륜왕은 2주를, 철륜왕은 섬부주만 통치한다. 왕은 이 같은 논조에 따라 장차 부처님을 따르는 왕실 가문을 형성할 의도로 사도가 낳은 왕자에게 동륜(銅輪)이란 이름을 하사했다. 사도는 첫아들이라 금륜이란 이름을 원했으나, 왕은 욕심을 내지 않았다.

구리지가 책을 보고 있을 때 금진이 약사발을 가져왔다. 상천당에는 구리지가 조용히 휴식을 취하거나 공부할 수 있는 공간이 별도로 마련되어 있었다.

"공부도 좋지만, 몸을 살피면서 하세요. 몸에 좋다는 용호작현고(龍虎雀玄膏)입니다. 용의 혀, 호랑이 심장 등 영물을 고아서 만든 영약입니

* 『대비바사론』 - 석가모니 사후 20여 개 파벌로 존재했던 부파 불교 시대 주석서이다.
* 수미 4주 - [佛]. 수미산을 중심으로 동 승신주(勝身洲), 남 섬부주(贍部洲), 서 우화주(牛貨洲), 북 구로주(俱盧洲) 등 4대주가 있다.

다. 이 약을 장기간 복용하면 거칠어진 살갗에 윤기가 돌고, 빠진 치아가 다시 나며, 백발이 검게 되면서 나이 먹어 흐릿한 눈은 천리안이 된다고 합니다."

구리지가 약사발을 들더니 단숨에 마셔 버리고 얼굴을 찡그렸다. 금진이 얼른 구리지 입안에 꿀 한 숟가락 넣어 주었다. 여러 명의 자식을 낳은 금진이지만 외모와 몸매는 아직도 처녀나 다름없었다. 그녀는 자신만의 비법으로 젊음을 유지하며, 여전히 서라벌 뭇 사내들의 흠모를 받고 있었다. 구리지가 보는 서책은 병법서였다. 그가 병서를 가까이하는 까닭은 무부(武夫)가 되기를 꿈꾸는 둘째 아들 사다함의 장래를 위해서였다. 그는 자신이 습득한 전쟁 관련 지식을 사다함에게 전수하면서 백제나 고구려군과 전투했던 경험담도 함께 들려주었다.

사다함은 어려서부터 남달랐다. 성장하면서 형 토함보다 체격이나 인성에서 확연히 차이가 났다. 토함이 서라벌 보통 소년의 체형인 데 비해 사다함은 십 대 초반이라고 믿기지 않을 정도로 신체가 우람하고 댓돌같았다. 그는 얼굴이 청수하고 키가 주변의 또래보다 머리 하나 정도는 더 컸다. 완력도 강해 팔씨름하면 형 토함을 가볍게 제압하곤 했다.

"사다함을 화랑에 가입시키려고 합니다."

"이화랑 풍월주는 나의 이복 오라비인데 미리 말씀하지

않고요?"

구리지는 용호작현고를 복용하고 나서 일각쯤 지나니 얼굴이 붉게 변하고 가슴이 저릿했다. 그는 금진 곁으로 바싹 다가앉았다. 구리지의 손이 어느새 지어미의 요나한 허리춤으로 옮겨 가더니 치마끈을 풀려고 했다. 그는 금진을 만나기 전에 다른 여인들과 접촉한 경험이 많아 어녀술도 어느 정도 경지에 올라 있었다.

"기호지세로 부인을 열락으로 인도하지요."

대낮에 갑작스레 벌어지는 음사에 두 사람은 여느 때와 다르게 흥분의 도가니에 빠진 상태였다. 투실하면서도 길차게 빠진 금진의 육덕이 구리지의 넋을 뺐다. 늘 조용하던 처소에서 간헐적으로 열음이 들리면서 마당을 쓸던 하인이 촉각을 곤두세우고 내실 쪽을 자꾸만 힐끗거렸다. 금진과 구리지가 들어 있는 내실에서 열음 이외에 꾀꼬리 우는 소리, 호랑이 포효, 파도 소리, 바람 소리가 끊임없이 흘러나왔다.

밖에서 묘음을 듣고 있는 하인은 넋이 나간 채 서 있었다. 어느새 여인들도 몰려들어 내실에서 흘러나오는 소리를 엿들으며 상상의 나래를 펼치고 있었다.

"낭주님께서 극락과 지옥을 오르내리나 보다."

"사내 한두 명으로 마뜩해하실 분이 아냐."

하인들은 온갖 해괴한 예측을 해 가며 함부로 말을 쏟아

냈다. 한 시진 가까이 이어진 성스러운 역사가 마무리되면서 주위는 고요해졌고 하인들도 제자리로 돌아갔다. 상천당 기와지붕 사이로 산들바람이 스쳐 지나가면서 마치 아무 일 없었던 것처럼 따분한 하루가 흐르고 있었다.

구리지는 사다함을 신라에서 가장 뛰어난 무인으로 키울 계획인 듯했다. 그는 화랑 문노(文努)를 자주 초빙하였다. 화랑 집단에서 그의 무예를 능가할 자가 없었다. 문노는 구리지의 부탁으로 사다함에게 검술과 창술을 집중해 지도했다. 문노와 사다함이 말을 타고 장창 사용법을 시연할 때면 수많은 사람이 몰려들어 두 사람의 고난도 절기에 환호했다. 문노는 사다함에게 말이 달릴 때 공중 도약을 하며 상대방을 한 번에 제압하는 기술을 집중적으로 가르쳤다.

사다함은 거의 매일 창술을 연마했다. 백련천마(百鍊千磨)는 사다함을 두고 하는 말이었다. 그는 창술 연마 도중에 말에서 떨어지기도 했지만 포기를 몰랐다. 어느새 사다함은 창술의 대가가 되어 신라에서는 그를 상대할 자가 없을 정도였다. 토함은 무예보다 시문에 더 관심이 있는 듯 읽고 쓰는 데에 관심을 보였다.

*연하지벽이 우심한 구리지는 한 달 정도 사다함을 데리고 지리산으로 사냥을 다

* **연하지벽** – 煙霞之癖. 자연의 아름다운 경치를 몹시 사랑하고 즐기는 성벽.

녀오겠다고 했다. 말은 사냥이지만, 구리지가 사다함을 무인으로 키우기 위해 명산대천을 함께 다니며 호연지기를 가슴에 담게 하려는 의도가 다분했다. 금진은 오랜만에 홀가분한 상태가 되었다. 땅거미가 내려앉을 때 설성이 상천당을 방문하였다. 금진의 눈이 휘둥그레지며 얼굴에 기대감과 설렘이 가득했다.

"설성랑, 어서 오세요. 바쁘셨나 봅니다?"
"전국 명산을 유람했습니다. 한동안 사다함에게 검술을 지도하지 못해 미안합니다. 지금 집에 있는지요?"
설성은 상천당에 올 때마다 사다함에게 검술을 지도하고 대련하기도 했다. 그는 어려서부터 의부 구리지에게 무예를 배웠다. 성인이 되면서부터 검술에 뛰어난 고수를 찾아다니며 개인적으로 무예를 수련하기도 했다.
"그 애는 아버지와 지리산으로 사냥하러 갔습니다. 달포는 지나야 돌아올 듯합니다. 부자가 돌아올 때까지 상천당에 머물며 쉬도록 하세요."
설성은 구리지의 용양신이었다. 그는 다양한 성적 욕망을 지닌 구리지의 기이한 취향에 적합한 인물이었다. 그는 용양신의 역할을 착실히 수행하여 구리지의 총애를 받고 있었다.

"고맙습니다. 견마지로를 다하겠습니다."

"풍류를 아시는 분이 상천당에 오셨으니 그냥 있으면 안 되겠지요? 이 집에는 술이 아주 많답니다. 탁주, 청주, 왜주(倭酒), 백주(白酒) 등 다양한 종류가 구비되어 있어요."

"상천당은 *구맹주산이 적용되지 않으니 참으로 좋습니다."

설성은 두수 없이 상천당에 머물기로 하고 고담준론으로 서로의 의사를 교환했다. 금진은 자연스레 설성과 밀실로 들어가 조촐한 술자리를 가졌다. 그곳은 금진이 잡교를 수련하는 용도로 쓰이는 은밀한 공간이었다. 밀실은 열 평 정도의 아담한 규방으로 금진의 취향에 맞게 아기자기한 소품이 진열되어 있고 잡교와 도교 신들의 그림이 벽에 붙어 있었다. 한쪽에는 신라금이 세워져 있고 그 옆으로 비파와 큰북도 놓여 있었다. 설성은 향긋한 냄새가 진동하는 규방에 들기는 처음이었다. 야릇한 향내가 어찌나 독한지 설성은 정신이 아찔할 정도였다.

"낭주님, 술맛이 기가 막힙니다."

"술맛만 그런가요?"

설성은 금진의 아리송한 말에 고개를 갸우뚱거렸다. 금진은 얼굴이 빨개진 설성

* **구맹주산** – 狗猛酒酸. 개가 사나우면 술이 시어진다. 주막에서 사나운 개를 키우면 술 사러 오는 사람이 없어 술이 시다.

에게 수시로 건배를 요구했고, 설성의 잔이 비워질 때마다 그녀는 안다미로 술을 따랐다. 영지는 수시로 밀실을 들락거리며 술과 안주를 날랐다. 그녀는 밀실을 드나들면서 금진과 설성의 상태를 살폈다. 설성이 적당히 얼근해지자 노래를 부르기 시작했다. 금진이 얼른 신라금을 가져와 설성의 노래에 맞춰 탄주하였다. 설성은 미성의 소유자로 기루의 가기보다 노래를 잘 부른다고 서라벌에 소문이 자자했다.

그가 저자의 기루에 놀러 가면 자주 무대에 올라 노래했는데, 그때마다 기녀들은 환호작약하였다. 기루에 설성이 나타나면 손님들이 몰렸고 그날 매상은 다른 날에 비해 서너 배는 많았다. 기루 주인은 설성에게 술값을 받지 않았다. 그의 재능은 어머니 설씨녀에게서 온 것이었다. 금진은 언젠가 구리지가 들려준 설성에 관한 이야기를 떠올렸다.

"설성의 정체가 무척 궁금하지요?"
"그에 관한 흥미 있는 이야기가 있나요?"

구리지가 설성의 생모에 관한 이야기를 풀었다. 설성의 어머니 설씨녀는 유화(遊花)로서 열여섯 살 때부터 *낭문에서 여러 낭도와 자주 어울렸다. 그녀의 선조는 고야촌장 *호진이었다. 유화는 여염의 딸들을 말하는데, 낭도들과 어울리는 부류로도 알려졌다. 유화는 낭도들과 어울리다 마음이 통하면 은밀하게 상통을 일삼기도 했다. 나라에서는 서라벌의 남도(南桃)에서 화랑이나 낭도들을 위무하는 행사를 자주 개최하였다. 남도는 공간이 넓어 화랑과 낭도를 위한 기숙사와 다양한 편의 시설들이 갖춰져 있어 공식적인 행사가 자주 열리곤 했다.

어느 봄날, 남도에서 큰 행사가 있었다. 복사꽃이 만발한 밤 설씨녀는 마음에 맞는 낭도와 어울리게 되었다. 두 사람은 생면부지였다. 설씨녀는 마을에서도 알아주는 상당한 미색이었다. 과년한 딸을 둔 설씨녀의 홀아버지는 늘 불안했다. 그날은 나라에서 술과 음식을 내어 낭도들을 호궤하고 위무하는 행사가 있었는데, 통음 난무로 밤을 새워도 뭐라고 하는 사람이 없었다. 나라에서는 낭도들에게 유화를 붙여 흥겨운 자리를 만들어 줄 작정이었다. 남도에는 이미 수백 명의 유화가 몰려들어 마음에 맞는 낭도를 찾느라 난리법석이었다. 다행히 설씨녀는 칠칠하게 생긴 낭도를 만났다.

"우리 오늘 밤에 원 없이 마시고, 흥겹게 춤추며 놀아요. 나는 그대가 마음에 듭니다."

설씨녀와 삽상하게 생긴

* **낭문** – 郎門. 낭도들이 거주하며 생활하는 공간.
* **호진** – 虎珍. 신라 건국 초기 사로 6촌장 중 고야촌장으로 경주 설(薛)씨 시조.

낭도는 어수선한 분위기에서 술을 마시고 군무를 추었다. 광장 한가운데 장작으로 거대한 단을 쌓고 불을 붙이면 다음 날 해 뜰 때까지 주변이 환했다. 설씨녀의 벗들도 마음에 드는 낭도 한 명씩 선택하여 정신없이 놀았다. 일단 행사에 참여하면 다음 날 새벽까지 있어야 하는 게 불문율이었다.

낭도와 설씨녀는 정신을 잃을 정도로 술을 마시고 춤을 추었다. 대취한 상태에서 두 사람은 한 막사로 들어가 잠을 청했다. 설씨녀가 가위눌린 느낌이 들어 눈을 떴을 때 낭도와 한 몸이 되어 있었다. 그녀는 자신도 모르는 사이에 그만 사통하고 만 것이었다. 낭도는 다음 날 백제와 분쟁이 잦은 전선으로 *수자리를 가기로 예정되어 있었다.

"날이 밝으면 전선으로 나가야 합니다. 우리가 만난 것은 우연이 아닐 것입니다. 정확히 삼 년 뒤에 나는 수자리 임무를 마치고 돌아올 예정입니다. 내가 돌아올 때까지 기다려 주오. 부탁입니다."

처음 만나자마자 몸을 섞은 사내의 입에서 나온 말에 설씨녀는 충격을 받았다.

"삼 년 후면 꼭 돌아오시는 거죠?"

낭도는 힘없이 고개를 끄

* **수자리** - 예전에 국경을 지키는 일이나 그 일을 하는 병사를 이르던 말.

덕거렸다. 나라의 공식적인 행사에서 우연히 만난 사이지만 낭도는 무척 신실해 보였다. 이번에는 설씨녀가 먼저 식어 가는 불씨에 바람을 불어 넣었다. 바싹 마른 장작은 순식간에 활활 타오르면서 두 영육(靈肉)을 흔적도 없이 태울 기세였다. 설씨녀는 수줍은 봄꽃으로 피더니 금방 한여름 기화(奇花)로 활짝 만개했다. 좁은 내실에 바람이 불고 폭우가 쏟아져 내렸다. 두 사람은 몸이 사윌 때까지 속에 든 것을 남김없이 쏟아 내며 서로를 위로했다. 낭도가 설씨녀를 왁살스럽게 안았고 또 한 번의 파정이 있었다.

"나는 꼭 돌아올 거요. 나를 기다려 줘요."

다음 날, 낭도는 전선으로 떠났다. 설씨녀는 낭도의 고향과 이름을 물었다. 수많은 낭도와 군사들이 한데 뒤섞여 있는 터라, 설씨녀는 낭도의 말을 정확하게 알아듣지 못했다. 함께 밤을 지새운 낭도는 거짓말처럼 가뭇없이 사라지고 설씨녀에게는 눈물과 진한 아쉬움만 남았다. 시나브로 삼 년이 지나고 말았다. 설씨녀 곁에는 늘 어린 소년이 그림자처럼 붙어 있었다.

설씨녀는 소년에게 자신의 성씨를 부여하고 이름을 성(成)이라고 했다. 일별삼춘, 삼 년이 지나서 십사 년이 흐르도록 낭도는 돌아오지 않았다. 설씨녀의 아버지는 딸의 말만 믿다가 그만 화병을 얻어 세상을 뜨고 말았다.

온후독실한 구리지가 우연히 어떤 마을을 지나가다가 한 소년을 보았다. 그의 겉모습은 추레해 보여도 기상이 늠름했고 눈빛이 살아 있으며, 상당히 깔밋한 외모를 지니고 있었다. 구리지는 마을 사람들에게 소년에 관하여 물었고, 곧 설씨녀 모자의 내막을 알게 되었다. 구리지가 소년의 집을 찾았을 때 모자는 점심을 먹고 있었다.

"대인께서 어떻게 오셨는지요?"

설씨녀는 풍신이 헌걸찬 구리지의 방문에 당황하였다. 그녀는 구리지의 옷차림으로 보아 그가 왕실이나 귀족층 사람인 것을 감지하였다. 구리지 역시 설씨녀의 외양을 살펴보았는데, 옷은 남루했지만 몸매가 실팍하고 얼굴도 상당한 미색이었다. 나이는 좀 들어 보이기는 했지만, 비단옷을 입고 단장을 하면 꽤 볼만할 것 같았다. *농미대안의 구리지는 단번에 요화(夭花)를 알아보고 입이 벌어졌다. 조상으로부터 물려받은 그의 타고난 바람기는 어쩔 수 없었다.

"지나가던 길에 목이 마르고, 허기도 지고…."

"대인, 누추하지만 안으로 드시지요."

설씨녀는 새로 밥상을 차려 구리지에게 대령했다. 서민들의 잡곡밥이지만 맛이 제법 구뜰했다. 눈치 빠른 소년은

* **농미대안** – 濃眉大眼. 눈썹이 짙고 눈이 큼.

밖으로 나가 동무들과 어울렸다. 구리지와 설씨녀는 첫 대면이지만 많은 대화를 나누었다. 구리지는 설씨녀에게 씨앗을 뿌리고 십사 년이 지나도록 돌아오지 않는 낭도가 이미 전사했을 것으로 추측했다. 설씨녀의 표정을 자세히 살펴본 구리지는 음종함을 발견하고 흰수작을 걸었다. 음양의 조화와 화락은 순식간에 이루어졌다. 설씨녀는 구리지의 품을 파고들었다. 구리지의 부드러운 시선과 손길에 설씨녀는 봄꽃으로 피더니 곧 방향 짙은 여름꽃으로 만개했다. 설씨녀는 육신이 제공하는 진한 희로애락을 맛보고 그만 오열하였다.

"내일 아들과 내 집으로 들어와요."

설씨녀는 차마 구리지의 집으로 들어갈 용기가 나지 않았다. 그녀가 자신의 집으로 들어오지 않자, 구리지는 설씨녀에게 집을 지어 주었다. 이에 서라벌 사람들은 설씨녀가 사는 촌락을 대행(大幸)이라 불렀다.

구리지는 설성의 출신이 한미한 것을 염려하여 친하게 지내는 급간 설우휘(薛優暉)의 가문에 소속시키고 활로를 마련해 주었다. 구리지는 나중에 설성에게 *오지 벼슬까지 챙겨 주었다. 그의 지극한 정성은 설씨녀를 감동시켰다. 구리지는 설성의 풍신이 제법 볼만하고 기골이 장대하게 성장하자, 그를 자신의 용양신으로 삼았다.

*오지 - 烏知. 신라 17관등 중 열세 번째 등급.

짝을 찾아 사해를 흘러 다녔네
오늘 밤 인연을 맺을지 어이 알았을까
아름다운 여인이 옆에 있으니

  설성은 보통 가객이 아니었다. 그의 아름다운 외모만큼이나 *구문생화도 달콤했다. 그의 출신이 한미하지만 행동에는 천격스럽거나 무람함이 보이지 않았다. 금진은 신라금을 연주하다 말고 그의 자태에 반해 멍하니 바라만 볼 뿐이었다. 설성의 깔밋하고 하얀 목울대가 불끈거리며 미성을 토해 냈다. 장단 고조가 분명하고 음률에 사랑을 구하는 사내의 절절한 감정이 참따랗게 녹아 있었다.

원앙이 되어 영원히 함께하고 싶어라
정분을 통하고 마음이 하나 되니
두 날개 활짝 펼쳐 높이 날아오르리

  신라금의 곱고 깊은 음과 설성의 노래가 멋진 화합을 이루었다. 노래를 부르는 중간중간 설성은 금진과 시선을 맞추었다. 그때마다 설성은 한쪽 눈을 찡끗하며 구애에 비나리 쳤고, 금진은 수줍은 미

---

* **구문생화** – 口吻生花. 입과 입술로 꽃을 피운다. 훌륭한 말을 하거나 시가를 읊는 일.

소로 응답했다. 밀실이 아무리 은밀한 곳에 있어도 신라금 음향과 설성의 미성을 가둬 놓지 못했다. 하인들이 밀실 앞으로 몰려들어 설성의 노래를 감상하였다.

"설성랑이 오늘 밤 낭주님 상대가 될 것 같네."
"구리지 님이 아시면 큰일 벌어지는 거 아냐?"
"우리는 입을 꾹 다물고 있으면 될 거야."

새벽이 되어도 밀실의 열기는 식을 줄 몰랐다. 술이 벌써 열 병이나 들어갔는데도 모자랄 것 같아 영지는 추가로 술과 음식을 준비했다. 한참 동안 노랫소리와 신라금 그리고 웃음소리가 한데 어울리더니 조용해졌다. 도란도란 이야기 나누는 음성이 흘러나오면서 하인들은 흩어지고 영지 혼자 밀실 앞을 바장거렸다. 금진이 무엇인가를 애면글면하면 곧 사내의 밭은 숨소리가 나지막하게 들렸다. 새벽 첫닭이 울기 직전 밀실의 불이 꺼지고 사방은 풀벌레 소리가 진동했다. 설성은 여러 날 상천당에 머물다 떠났다.

"단 하루도 사부님을 뵙지 못하면 불안합니다."
"왕후, 우리의 만남은 숙연인가 봅니다."

숙명의 주변을 어슬렁거리던 이화랑의 그림자가 점차 가까이 다가오더니 이제는 일심동체가 되고 말았다. 정숙태자는 보모(保姆)나 상궁 나인들 손에서 크다시피 했다. 태후는 이화랑이 학문과 예술에 탁월한 실력이 있다는 것을 알고 딸들의 훈육을 맡긴 상태였다.

숙명은 이화랑의 가르침에 고분고분하고 잘 따르는 편이었다. 그에 비해 놀기 좋아하는 황화, 송화, 융명, 만호는 태후의 강요 때문에 억지로 학문을 배우느라 죽을 맛이었다. 송화, 황화, 융명, 만호가 자주 수업에 빠지는 사품에 이화랑과 숙명은 둘이 있는 때가 많았다. 두 사람이 자주 함께하니 자연히 야릇한 감정이 생기면서 숙명은 어느덧 이화랑을 사랑하게 되었고 그만 선을 넘어 버렸다.

"대왕하고 있어도 사부님만 생각합니다."

"대왕하고 있을 때는 대왕에게 오로지 하세요."

이화랑은 왕비를 사랑하게 된 자신의 처지가 무척 위험하다는 것을 잘 알고 있었다. 하지만 이미 엎질러진 물이 되었으니, 주변 사람들이 눈치를 채지 않도록 최대한 노력을 기울이는 수밖에 없었다. 그가 주변인을 신경 쓰는 이유는 태후가 이화랑을 자신의 정인으로 여기고 있기 때문이었다. 이화랑이 숙명과 정을 나누는 사이인 것을 태후가 알면 노여워할 것이 분명했다. 이화랑은 아버지 위화랑이 법흥대왕에게 했던 행동을 어느새 답습하고 있었다.

향종을 품다

금진은 새달을 낳은 후에 설성과 잦은 방사를 가지더니 덜컥 임신하였다. 구리지는 지리산에서 돌아오고도 무슨 일인지 상천당을 거의 찾지 않았다. 그 사품에 설성이 상천당의 바깥주인이라도 된 듯 시도 때도 없이 들락거리며, 거드름을 피우기도 했다. 금진은 아들을 낳았다. 그녀는 설성과 상의하여 아기에게 *설원(薛原)이라는 이름을 지어 주었다. 이제는 설성이 대놓고 구리지 대신 상천당 바깥주인 노릇을 하였다. 구리지는 풍문으로 들려오는 금진과 관련한 소식을 접했다. 그는 자신의 용양신 설성이 금진의 마음

*설원 – 薛原. 설원의 둘째 아들 잉피(仍皮)는 설담날(薛淡捺)을 낳고, 설담날은 설서당(薛誓幢 – 원효대사)을 낳는다.

을 훔치더니 자식까지 낳자 큰 충격을 받았다.

"나의 의붓아들이며 용양신이었던 녀석이 옥모방신을 가로챘구나. 낭주가 아무리 사내의 품이 그리워도 그렇지, 내가 두 눈 시퍼렇게 뜨고 살아 있는데, 무람없이 행동할 수 있는 것인가? 이제 내가 상천당에 비집고 들어갈 틈이 없구나."

금진과 설성이 사통하여 자식까지 낳자 구리지는 서라벌 외곽을 베돌며 괴로워했다. 당장 상천당으로 달려가 설성의 멱살을 잡고 혼내 줄 수도 있었다. 하지만 미온무독한 구리지는 자신의 추한 모습을 보고 금진이나 자식들이 충격을 받을 것을 염려했다. 구리지는 낮이면 주막이나 주점에 들어앉아 술을 퍼마시고, 밤에는 주변을 어슬렁거렸다. 구리지는 죽마고우 병부령을 만났고, 곧바로 군문에 들어가 고구려와 백제가 첨예하게 대치하고 있는 *독산 주변으로 달려갔다.

금진은 설성이 시야에 들어오자 구리지에게 관심이 흐려지고 있었다. 하지만 그녀는 토함, 사다함, 새달은 철저한 훈육으로 바르게 키우며 흐트러짐이 없도록 최선을 다했다. 태후는 왕을 사도와 맺어주고 한동안 박영실의 사랑을 독차지했다. 그 사품에 태

* **독산** – 獨山. 현재의 경기도 포천이나 양주 지역으로 비정되고 있음.

후는 이사부와 잠시 격조한 사이가 되고 말았다.

"남남이 된 박영실을 다시 끌어안다니?"

태후의 변심에 빈정이 상한 이사부는 칭병하며 한동안 집에서 두문불출했다. 하지만 박영실에게 빠져 있는 태후의 눈에 이사부의 모습은 보이지 않았다. 대궐에 단 하루라도 이사부가 보이지 않으면 난리를 치던 여인이었다.

"태후 폐하, 편히 주무셨습니까?"

사도는 출산 후에도 하루도 빠짐없이 조석으로 태후에게 문후를 여쭈었다. 왕이 백제나 고구려 국경 지역으로 순수(巡狩)를 나가 홀로 있을 때도 사도는 태후를 극진하게 모셨다. 사도의 문후에 태후는 달다 쓰다 반응도 없이 의례적으로 대했다. 눈치 빠른 사도는 태후가 자신을 노려보는 시선 속에서 얄망궂은 데가 있음을 느꼈다.

"왕후, 어미는 이제 죽어도 여한이 없어요. 선대왕 때 비대를 왕위에 올리려고 했지만, 뜻대로 되지 않아 죽고 싶었어요. 그때의 설움과 응어리를 왕후가 시원하게 풀어 주었어요."

사도는 옥진의 처소를 자주 찾았다.

"제가 신라의 정비가 된 것은 어머니의 보이지 않는 노력과 헌신 덕분입니다."

"왕후, 금진 이모가 애를 많이 썼지요."

옥진은 사도에게 그동안 자신이 금진에게 부탁한 일에 관하여 말해 주었다. 그녀는 사도를 왕비로 만들기 위해 금진이 얼마나 고생을 많이 했는지, 시시콜콜한 것까지 알려 주었다. 태후는 이화랑과 박영실 등 주변 사람들의 권고로 어쩔 수 없이 사도를 며느리로 받아들였지만, 왕실을 대원신통의 피를 받은 후손들이 장악할까 두려워했다. 그녀는 뒤늦은 후회를 하는 게 분명했다. 태후는 사도를 정비에서 폐위시키는 방안에 관하여 골몰하기 시작했다. 사도는 또 임신했다.

"언니, 태후의 약한 고리는 숙명입니다. 숙명은 이성보다 몸이 먼저 달려가는 특질을 가졌어요. 우리 대원신통이 확실하게 왕실에 뿌리내리기 위해서는 숙명을 출궁시키고 정숙을 태자의 자리에서 폐위해야 해요."

"아우, 무슨 수로 숙명을 출궁시키고, 정숙을 폐위시켜요?"

금진은 이화랑이 태후전을 들락거리며 태후 소생들에게 음악과 학문을 가르치고 있는 점에 착안하여 무서운 일을 계획했다. 그녀는 이화랑을 상천당으로 초대하여 비밀한 시간을 가지곤 했다. 여자 하인들은 이화랑이 상천당에 오는 날이면 삼삼오오 모여 쑥덕공론하느라 정신이 없었다.

"그게 정말입니까? 그이가 전사했다고요?"

"그런 소문이 저자에 떠돌기에 병부에 있는 지인에게 알아봤는데 아직 사실을 확인할 수 없다고 합니다. 조정의 공식적인 발표가 없으니 기다려 봐야겠지요."

설성이 구리지의 전사 소식을 알렸다. 정월에 고구려와 예맥(濊貊)이 모의하여 *욱리하 이북에 있는 백제 독산성을 공격하였다. 백제는 사신을 보내 신라에 구원을 요청하였다. 이에 신라 왕은 장군 주진(朱珍)에게 명하여 군사 삼천 명을 주고 백제를 지원하게 했다.

금진은 설성의 말에 전신에 힘이 빠져 그만 그 자리에 퍼더버리고 말았다. 그녀는 설성의 말에 의구심을 가지며 구리지를 기다려 보기로 했다.

보름달이 뜨는 밤 금진은 영지와 함께 서라벌 남산에 올랐다. 산꼭대기에는 달맞이 하려고 몰려든 사람들로 발 디딜 틈도 없을 정도였다. 금진은 무엇에 홀린 듯 자꾸만

* **욱리하** – 郁里河. 4~5세기 백제 시대 한강을 부르던 이름. 고구려는 아리수(阿利水), 신라는 한수(漢水)라 부르기도 했다.

동쪽 끄트머리로 가려고 했다. 영지가 뒤에서 그녀의 팔을 잡고 그만 가라고 저지했다. 금진은 끄트머리에 서서 소리쳤다.

"달님이다!"

사방에서 달을 영접하는 사람들이 소리쳤다. 집채만 한 둥근달이 동쪽에서 서서히 떠오르기 시작했다. 그런데 금진의 눈에는 달이 이상한 물체로 변해 빠른 속도로 달려오고 있었다. 그녀도 생전 처음 보는 동물의 모습이었다. 그 숨탄 것이 가까이 다가왔을 때 자세히 보니 목이 긴 동물이었다. 금진이 '아! 기린이다'를 외치자, 그 동물이 쏜살같이 달려들더니 그녀의 옆구리로 들어와 버렸다. 금진이 비명을 지르며 잠에서 깼다.

"참으로 이상한 일도 다 있구나. 여태껏 본 적 없는 기린이 어째서 꿈속에 나타난 것일까?"

금진은 고민하다가 영지에게 서라벌에서 해몽을 잘하는 사람을 수소문해서 데리고 오라고 했다. 영지가 한나절 만에 무꾸리를 전문으로 하는 늙숙한 봉사를 상천당으로 데리고 왔다. 그녀는 봉사에게 금진의 신분을 은밀히 똥겨 주었다.

"봉사님, 우리 주인님이 기린이 옆구리로 들어오는 꿈을 꾸셨어요. 그 꿈이 무슨 의미인지 해몽을 부탁하려고요."

영지의 말에 봉사는 고개를 갸우뚱거렸다.

"왕후님, 사주가 어찌 되시는지요? 현재 만나는 정인이 있는지요?"

봉사는 금진이 붕어한 법흥대왕의 후비라는 사실을 알고 최근의 동정을 물었다. 봉사는 보이지도 않는 눈을 깜빡거리며 손가락으로 무언가를 계산하는가 싶더니 조심스럽게 입을 열었다.

"왕후님, 감축드립니다. *숭덕광업을 이룰 걸출한 인물을 보실 예지몽입니다. 꿈의 효용은 보통 두세 달 정도이니까, 회임하지 않으셨다면 그 안에 정인과 합방하셔야 합니다. 또한, 명심하실 것은 삼신할미가 점지해 주신 태몽을 타인에게 발설하면 안 됩니다. *삼신할미가 심술이 나면 반대의 결과가 나올 수 있습니다."

"정말입니까?"

"소인은 지난 육십 년 동안 무꾸리로 입에 풀칠을 해 왔습지요."

봉사의 말에 금진의 입이 양 귀에 걸렸다.

"봉사님, 수고비로 은자 백 냥을 드리지요."

* **숭덕광업** – 崇德廣業. 『주역(周易)』에서 유래한 말로 덕을 숭상하고 업을 넓힌다는 뜻이다.
* **삼신할미** – 출산과 운명을 관장하는 세 명의 여신으로 마고(麻姑), 궁희(穹姬), 소희(巢姬)이다.

봉사는 벌어진 입을 다물지 못했다. 금진은 육십 년 동안 해몽했다는 맹인의 말에 기분이 최고조가 되었다. 금진은 영지에게 오늘 있었던 일을 타인에게 발설하지 말라고 단단히 일러 두었다. 그런데 금진은 당장 만나서 상합할 상대가 없었다. 구리지는 전장에 나가 아직도 생사 확인이 안 되고, 설성도 벗들과 사냥하러 간다며 집을 나간 상태였다. 꿈의 효력이 두세 달 정도밖에 안 된다는데, 그 안에 누구와 합방해야 할지 난감했다. 걸출한 아들을 낳기 위해서는 영걸의 씨앗을 받아야 했다.

"괜히 해몽 값만 날린 거 아닌가?"

금진은 봉사가 다녀간 뒤로 밤낮 '걸출한 아들' 생각만 했다. 영걸한 아들을 얻기 위해서는 진골 이상의 신분을 지닌 사내와 인연을 맺어야 했다. 다음 날 오후, 금진은 답답한 심사를 달랠 요량으로 궁궐로 향했다. 그렇지 않아도 이틀 전에 옥진으로부터 잠시 다녀가라는 기별이 있었다. 자신의 속내를 터놓고 이야기할 사람은 옥진밖에 없었다.

"언니, 이제 상천당이 지겨워. 구리지도 세상에 없으니 허전해. 전투하던 중에 전사했다는 풍문을 부정하며 천지신명께 구명해 달라고 치성을 올렸지만 아무 소용 없어."

"여태껏 돌아오지 않는 것을 보니, 풍문이 맞는가 보다. 이제 구리지는 단념해야겠구나. 네 주변에 쿠마라와 설성도 있잖니?"

"그들은 잠시 머물다 떠날 사내들입니다."

자매는 세상 사는 이야기에 시간 가는 줄 몰랐다. 옥진이 금진을 가만히 살펴보니 아직도 사내들이 혹할 미모를 유지하고 있었다. 자신은 경도(經度)도 끊어져 처소에서 똬리를 틀고 문까지 처깔한 채 두문불출하며 둔중하게 세상을 사는 데 반해 동생은 정반대였다. 옥진의 눈에는 금진이 날이 갈수록 점점 더 매초롬하게 변하는 것 같았다. 같은 배에서 나온 자매인데도 너무나 확연한 차이에 옥진은 씁쓸한 심정을 감추지 못했다. 물론 옥진이 금진보다 나이가 열네 살이나 많으니 당연히 그럴 만도 했다.

"사도가 둘째를 가졌는데 동륜왕자가 사도에게서 떨어지지 않으려고 하니 너무 힘들어해. 동생이 발이 넓으니 유모 할 사람 있으면 소개 좀 하려무나. 동륜이 어느 정도 성장했으니 유모보다는 보모(保姆)라고 보면 될 거야."

옥진의 말에 금진은 언뜻 스치는 바가 있었다.

"오홉다! 하늘이 나를 돕고 있음이야. 흰 기린은 하늘의 전령이야. 내가 날개를 달고 승천할 기회가 온 거라고."

"아우야, 흰 기린은 뭐고 승천은 또 무엇이야?"

"아무것도 아냐. 그냥 나 혼잣말을 한 거야."

금진은 꿈 해석을 해 준 봉사의 경고를 떠올리고 깜짝 놀랐다. 다행히 옥진은 금진이 중얼거리는 말을 정확히 알아듣지 못한 듯했다.

"동륜왕자는 누가 유모가 되더라도 신경 써야 할 거야. 유모 할 여인이 너무 유약하거나 어기차도 안 되겠지."

금진은 법흥대왕의 후비로 있을 때 왕의 자식을 낳지 못한 일을 두고두고 가슴 아파했다. 만약, 금진이 아들을 낳고 왕이 장수했더라면, 그녀는 수단과 방법을 가리지 않고 그 아들을 왕으로 만들었을지도 모를 일이었다. 금진은 그런 원대한 꿈이 현재도 전혀 불가능한 게 아니라고 믿고 있었다. 그녀는 언젠가 자기 자궁에 귀인의 씨앗을 파종할 수 있으리라는 희망을 포기하지 않았다. 누구에게든 일생일대의 기회는 어느 날 벼락같이 오는 법이었다.

"아우님, 뭘 그리 골몰해? 주변에 유모로 채용할 사람이 없어?"

옥진이 조바심치듯 물었다.

"언니, 내가 하면 되잖수? 언니 말대로 동륜왕자는 다음에 신라의 지존이 될 수도 있는 신분이니, 아무에게 맡길 수도 없잖아. 타인을 고용하느니 차라리 내가 유모로 들어가는 게 적격일 거야."

옥진은 금진의 말에 크게 놀라워했다. 금진의 말대로 동륜왕자는 귀한 존재이니 허드재비 같은 사람에게 맡길 수 없었다. 유모가 양육을 잘못하여 왕자가 병이 나거나 사고라도 당한다면 옥진과 사도는 망사지죄를 짓게 되어 처벌을 피할 수 없게 된다. 옥진은 금진의 말을 곰곰이 음미해 보았다. 금진의 말이 틀린 것은 아니었다.

"내가 사도에게 말해 볼게."

금진은 며칠 전에 점쟁이가 해몽한 이야기를 기억했다. 동시에 그녀는 왕을 떠올렸다. 왕은 자신보다 나이가 어리지만 인연을 두텁게 하면 그에게 두남받을 일이 생길 것 같았다. 금진은 어떻게 왕에게 접촉하여 그를 미태술(媚態術)로 사로잡을 것인지 궁리했다. 그녀의 생각은 벌써 저 멀리 앞서 달리고 있었다. 금진은 한때 비대전군을 임금에 앉히기 위해 분주하게 움직이던 때를 생각하곤 피식 웃었다. 하지만 이제는 반대편에 있던 대상이 자신에게 태산 같은 복락을 가져다줄 수 있는 임금이 되어 있었다. 금진은 돌고 도는 인생 유전에 전율하였다.

"왕후, 동륜왕자 유모로 금진 이모가 어때요?"

"이모가 유모가 되겠다고 했어요?"

"동륜왕자는 장차 태자가 될 수도 있는 귀하신 존재이니, 허접한 여인을 유모로 들일 수는 없어요. 금진이라면 왕자를 친자식처럼 위해 주며 잘 보살필 겁니다. 유모 선정은 신중해야 해요."

"먼저 대왕께 말씀드려야 할 것 같아요."

"대왕이 반대하면 왕후가 이모를 두둔하세요."

사도는 왕과 혼인하기 전에 금진으로부터 잡교를 접하고 규방술을 배우던 때가 생각났다. 그녀는 잡교의 다양한 묘술을 터득함으로써 왕을 새로운 운우의 경지에 눈뜨게 하고 자신에게 집중할 수 있도록 했다. 또한, 금진이 선대왕의 후비였던 점이 마음에 들었다. 그녀가 법흥대왕을 섬겼기 때문에 왕실의 은밀한 내막뿐만 아니라, 백성들에게 금기시되는 것들도 잘 알고 있었다.

"금진낭주를 왕자의 유모로 삼겠다고요?"

"전혀 모르는 여인에게 왕자를 맡기느니 차라리 육아 경험이 풍부한 금진 이모에게 위탁하는 게 좋아요. 우선 제가 안심이 됩니다."

왕은 금진을 동륜왕자의 유모로 채용하겠다는 사도의 제안을 흔쾌히 허락하였다. 사실 왕은 금진에게 아련한 추억을 가지고 있었다. 아버지 입종갈문왕이 생전에 금진과 눈이 맞아 한동안 태후와 냉랭하게 지내던 때가 있었다. 왕은 그때 금진이 어머니를 힘들게 한 여인이라며 안 좋은 감정을 품고 있었다. 그런데 어린 삼맥종이 왕실 행사에 참석할 때마다 금진이 친아들처럼 대해 주며, 두남두니 그동안의 원망이 눈 녹듯 사라지곤 했다. 왕이 금진을 좋아하는 이유는 그녀의 빼어난 미모와 웅숭깊은 행동 때문이기도 했다.

"대왕께서 낭주님을 동륜왕자의 유모로 낙점하셨습니다. 내일부터 소임을 맡아야 합니다."

사도가 상궁을 상천당에 보내 소식을 알렸다.

"영지야, 내가 입궐해서 입을 옷가지, 화장품, 장신구, 보약, 서책 등을 빠짐없이 챙기거라."

금진이 입궐한다는 소식을 듣고 그녀의 자식들이 모였다. 그녀는 푸짐한 밥상을 차려 자식들과 오붓한 시간을 가졌다. 금진은 서둘러 식사 자리를 파하고 내실로 들었다. 쿠마라로부터 받은 신상도가 벽에 걸려 있는데 불빛을 받아 신묘하고 영검한 기운을 뿜어내고 있었다.

"미타 신이시여! 카파이 쌍신이여! 이 가련한 여인을 도우소서. 저는 아직 할 일이 남았습니다. 신라 왕실을 온전히 대원신통의 혈통으로 채워 국론이 일통하게 하소서. 또한, 제가 대왕과 좋은 인연을 맺어 아름다운 결실이 있도록 도우소서. 비나이다."

금진의 비손하는 소리가 가득한 내실에 미타 여신과 카파이 쌍신은 화답이라도 하듯 전신에서 밝은 빛을 발산하였다. 그녀는 잡교의 신들을 영접한 뒤로 인생의 많은 부분이 달라졌다. 이전에는 보지 못했던 기이한 현상들이 보이기도 했다. 법흥대왕이 붕어하고 그의 외손자가 즉위하면서 지소가 태후가 되어 섭정하는 것을 보고 금진은 세상 보는 시각이 달라졌다. 태후는 여인이라도 권력을 움켜쥐면 얼마든지 사내들을 좌지우지할 수 있고, 자신의 포부를 펼칠 수도 있다는 것을 보여 주었다. 금진은 잡념으로 밤새 고상고상하며 숙면을 취하지 못했다. 새벽닭 우는 소리가 들리면서 금진은 겨우 노루잠을 잘 수 있었다.

"어머니, 이 봉황잠을 꽂아 보세요."

"새달이가 권하는 걸로 수식해 볼까."

영지의 도움을 받으며 몸단장하는 금진 곁에 새달이 있었다. 나이는 어리지만 외모는 이미 십 대 소녀 정도로 성숙한 상태였다. 영지가 봉황잠을 금진의 머리에 꽂으니 한층 위엄이 있어 보였다. 나라에서 금진을 선대왕 후비의 관작을 폐하지 않았기 때문에 얼마든지 후비의 예복을 입고 용잠이나 봉황잠으로 수식할 수 있었다.

"어머니, 새색시 같아요."

금진이 자식들과 하인들의 배웅을 받으며 상천당을 떠났다. 그녀가 탄 마차는 토함이 몰았다. 마차는 서라벌 저잣거리를 쏜살같이 통과하여 궁성을 향해 달렸다. 금진은 공식적으로 왕의 부름을 받고 대궐로 향하니 감개무량했다. 그녀는 지금의 행보가 자신의 몸값을 높여 주고 자식들이 영달할 수 있도록 도와줄 것으로 확신했다. 궁성에 도착하자마자 금진은 왕 부부를 알현하였다.

"이른 아침에 대왕 폐하와 왕후님을 뵙습니다."

대전 상궁이 다과를 내왔다. 금진의 화려한 자태에 왕의 눈이 바빠졌다. 그녀는 유모가 아니라 후비가 되어 왕을 배알하는 듯 했다. 왕은 다과를 들면서 사도와 금진을 은근한 시선으로 번갈아 보았다. 용안에 웃음기가 번지고 있었다.

"대왕 폐하, 동륜왕자를 비롯한 신국의 왕자는 나라의 근본입니다. 물론 원본은 대왕 폐하이십니다. 왕자는 장차 지존이 될 수도 있는 존귀한 분이니 정성을 다해 보육해야 합니다. 왕자를 매사에 당당하고 자신감 충만한 최고의 동량지재로 훈육할 것입니다."

왕은 금진의 곡진한 말이 마음에 들었다. 그는 금진이 동륜을 마치 태자처럼 생각하고 있다는 데에 흡족한 표정을 지었다. 왕은 숙명의 소생보다 사도의 자식에게 더 마음이 가 있었다. 금진은 눈치가 빨랐다. 정숙이 태후의 억지로 태자가 되긴 했지만, 왕은 그를 탐탁해하지 않았다.

"과연, 낭주이십니다. 선대왕을 모셨으니 누구보다 왕실에 관하여 잘 아실 겁니다. 짐은 무조건 낭주를 믿습니다. 낭주께서 머물 곳으로 조하방(朝霞房)을 정해 놨습니다. 짐이 짬이 나면 그곳을 방문하도록 하지요."

왕이 조하방에 들르겠다는 말에 사도의 안색이 금방 달라졌다. 사도의 눈에 금진은 예전에 보던 이모의 모습이 아니었다. 그녀의 짙은 색조 화장과 화려한 의상은 후비로 간택받기 위해 입궁한 여인처럼 보이기도 했다. 사도는 금진의 화사한 모습에 충격을 받았다. 뭔가 이상하게 돌아가는 것 같았다. 왕을 두고 이모와 조카 사이에 미묘한 분위기가 조성되고 있었다. 사도의 얼굴이 점점 굳어지면서 수심이 건듯 스치기도 했다.

"이모님 말씀대로 동륜왕자는 신라의 국본이 되리라 믿습니다. 이모님은 다양한 혈통의 자식을 양육했으니 마음이 놓입니다."

금진은 사도의 말에 뼈가 있다고 받아들였다. 사도와 금진이 대화하는 동안에도 왕의 시선은 금진의 아름다운 외모에 꽂혀 있었다. 이모와 조카 사이지만 두 여인이 풍기는 향취는 전혀 달랐다. 사도가 늦봄의 초화라면 금진은 강렬한 햇볕을 받아 벌과 나비를 벗으로 둔 만개한 여름꽃이었다. 봄꽃보다 한여름 꽃의 향기는 진해서 사람들의 후각을 강하게 자극한다. 사도는 왕이 금진을 보자마자 입가에 미소가 떠나지 않는 모양이 불안했다. 왕은 금진을 조하방 소속 최고 여관원으로 임명하였다. 조하방은 내성(內省)에 소속되어 왕실에 필요한 직물을 생산하고 관리하는 부서였다. 조하방에는 스무 명의 여인이 소속되어 있는데, 금진이 가장 높은 위치에서 그들을 관리 감독해야 했다.

조정에서도 조하방의 최고 높은 여관(女官)을 '조하방 부인'이라 하여 조정 대신에 버금가는 대우를 했다. 나머지 여인들은 그냥 성씨나 별칭을 붙여 '김씨부인' 혹은 '백설부인' 등으로 불렸다. 부인들은 대개가 기혼으로 하나같이 미색이며 몸매 또한 상당히 아름다워 사내들의 시선을 끌 만했다. 특히, 왕이 야간에 서라벌이나 인근 지역을 순시하거나 급한 일로 행차할 때 조하방에서 왕을 근위하기도 했다. 그녀들은 궁술과 창검술도 익혀 긴급할 때는 왕의 호위무사 역할도 하였다. 부인들은 두 명이 한 방을 사용하였고, 금진은 큰 방 하나를 사용하였다.

"낭주님, 대궐 입성을 감축드립니다. 저는 진주(珍珠)라고 하고 이쪽은 제 친동생 진도(珍道)라고 하옵니다. 저희 자매를 거두어 주세요. 몸을 아끼지 않고 견마지역을 다하겠습니다."

금진이 조하방에 들어오고 하루가 지난 다음 날 조하방 소속 부인 두 명이 금진을 찾아왔다. 외모가 무척 끼끗하고 길차게 생긴 자매는 조하방에서 가장 오래되었고, 다른 부인들을 쥐락펴락하는 존재라고 했다. 그들은 상당한 미모로 매사를 실수 없이 수행하여 내성의 관리들로부터 중망을 얻고 있었다.

"자매가 나를 알아요?"

"낭주님을 모르면 신라 사람이 아니지요. 낭주님 명성은 오래전부터 듣고 있었습니다. 법흥대왕 생전에 많은 총애를 받으셨다는 이야기도 들었습니다."

진주부인의 말솜씨가 무척 매끄럽고 붙임성이 있어 보였다. 유심히 얼굴을 살펴보면 약간은 요기롭게 보이기도 했다. 금진은 자매의 도저하면서 반듯한 첫인상이 마음에 들었는지 흡족한 표정을 지었다.

"마침 말벗도 필요했고, 나를 보필할 사람을 찾고 있었어요. 자매가 참으로 마음에 듭니다."

진주부인 자매는 조하방에서 오래 있었던 탓에 금진이 선대왕 재위 기간에 어떤 인물이었다는 사실을 잘 알았다. 진주부인은 화장술에 능하여 금진의 성장을 도왔고, 음식 솜씨가 뛰어난 진도부인은 금진의 식사를 챙겼다. 조하방은 금진이 생각했던 것보다 할 일이 많았다. 그녀의 주요 임무는 동륜왕자의 유모이지만, 조하방에서 수행하는 모든 일을 책임져야 했다.

동륜왕자는 금진을 잘 따르는 편이기는 하지만 자주 말썽을 피웠다. 사도가 유모를 뽑을 때 동륜왕자에게 젖까지 수

유할 수 있는 여인을 원했어도, 왕자는 이미 젖을 뗄 시기가 훨씬 지난 상태였다. 사도는 동륜왕자에게 젖 먹일 여인을 찾고 있던 게 아니라, 왕자를 보살피며 훈육할 사람을 찾던 것 같았다.

"왕자님, 먹고 입는 것과 잠자리에서 일어나서 활동하고 공부하는 일 그리고 다시 잠자리에 들 때까지 나와 함께해야 합니다."

"난 공부가 싫어. 맛난 거 먹고 부인들과 술래잡기나 말타기 놀이하는 게 좋아."

단순한 성정의 동륜왕자는 조금만 위해 주고 살펴 주면 금방 얼굴이 펴지지만, 서운하게 대하면 소리를 지르거나 물건을 집어 던지며 소란을 피우기 일쑤였다. 왕은 낮에도 불쑥 조하방에 찾아와 금진에게 별로 중요하지도 않은 이야기를 늘어놓다가 가곤 했다. 그때마다 금진은 지극정성으로 왕을 대접했다. 그녀가 왕에게 대접하는 것은 주로 다과인데 어떤 날은 단출히 마주 앉아 미주(美酒)를 나누기도 했다.

왕은 조하방을 찾을 때마다 금진에게 남몰래 꿍쳐 둔 선물을 건넸다. 선물은 주로 여인들이 좋아하는 분이나 연지 등 화장품 종류였는데, 대부분 외국에서 수입된 값비싼 물건이었다. *지대물박 강토를 다스리는 왕의 선물치고는

* **지대물박** – 地大物博. 땅이 넓고 산물이 풍부함.

작은 것이었지만, 금진은 욕심내지 않고 만족했다. 어느 날, 점심때가 지나고 왕이 조하방을 방문하였다.

"낭주가 조하방에 들어온 이후로 왕자가 많이 밝아졌습니다."

"왕자의 자품이 선하고 매사에 긍정적입니다. 나중에는 경천위지의 재능을 보이고, 조종강토를 강력하게 다스려 *보천욕일의 큰 업적을 청사에 남길 것입니다."

"동륜이만 살피지 말고 짐도 챙겨 주세요."

왕이 빙그레 웃으며 금진에게 눈을 흘겼다. 그녀는 왕의 표정이 무엇을 의미하는지 얼른 눈치챌 수 있었다. 순간 금진의 두 뺨이 빨갛게 달아올랐다. 조하방 내실에 왕과 금진 둘만 있을 때는 마치 외부와 완전히 단절된 공간에 놓인 것 같아 서로에 대한 예의나 경계가 풀어지곤 했다. 대낮이라 왕은 다과만 들고 돌아갔다.

"오라버니, 일은 잘 추진되어 가는 거죠?"

"아우님 부탁이 있기 전부터 나와 숙명은 일심(一心) 상태였어요. 양심의 가책으로 괴롭고 혹여 숙명이 잘못될까

* **보천욕일** – 補天浴日. 하늘을 깁고 해를 목욕시킨다는 뜻으로, 큰 공훈을 세움을 이르는 말.

두렵기도 해요."

"과연! 오라버니 재주는 알아줘야 합니다."

이화랑이 태후전에 들러 숙명 자매에게 학문을 가르치고 나올 때쯤 금진은 진주부인을 보냈다. 왕 이외의 사내가 조하방에 들르는 경우는 거의 없었다. 이화랑은 얼마 전에 객사한 모랑의 뒤를 이어 제4대 풍월주에 올랐다. 금진은 다과를 마련하여 이화랑을 대접했다. 그녀는 이화랑의 이야기를 듣고 입이 벌어졌다. 자신이 의도한 대로 일이 진행되고 있었다. 숙명을 궁궐에서 쫓아내면 태후의 한쪽 날개가 꺾이는 것과 같을 것이었다. 금진은 자신의 의도대로 행동하는 이화랑이 고마웠다. 그녀는 머지않아 천지개벽에 버금가는 대사건이 일어날 때를 대비해야 했다.

*아슬라(阿瑟羅)는 신라 동북단 해안에 위치한 주요 거점 지역이었다. 오래전에 그곳 군주였던 이사부가 우산국을 정벌할 때 전초기지 역할을 했었다. 왕이 최근 들어 동정서벌하며 영토 확장에 전력을 다하였다. 그는 서라벌 왕궁에

* **아슬라** - 현재의 강원도 강릉이다.

앉아서 현지에 나가 있는 장군들에게 명령만 내리는 겁 많은 군주가 아니었다. 왕은 지방에 긴급 사안 발생으로 행차할 일이 자주 있었다.

 왕은 이번에 동해 북쪽 지역으로 순수를 계획했다. 그의 순수는 비빈을 거느리고 가는 게 전통처럼 되어 있었다. 그런데 사도는 몸이 좋지 않고 이런저런 사정으로 왕과 먼 길을 동행하기에는 무리였다. 왕이 한번 순수를 가면 두세 달은 족히 걸렸다. 젊은 왕에게 비빈이나 가까운 궁인 없는 장기간의 외유는 괴고(壞苦)나 다름없는 일이었다.

 "낭주님께서 대왕의 아슬라 순수에 동행하게 되었습니다. 준비하세요. 이틀 후 아침 일찍 출발할 예정입니다."
 병부소속 관리가 조하방을 찾아와 정중한 태도로 알렸다. 금진은 그가 방금 무슨 말을 한 것인지 감을 잡지 못했다.
 "나는 조하방 소속 여관입니다. 내가 무슨 일로 대왕 폐하의 순수에 동행하게 되었는지요?"
 "낭주님, 대왕 폐하의 뜻입니다."
 금진은 왕의 뜻이라는 말에 깜짝 놀랐다. 왕이 자신을 콕 집어 선택했다면 이는 보통 일이 아니었다. 금진은 진주부인 자매에게 이번 왕의 아슬라 순수에 관하여 알아보게 했다. 그녀도 안면 있는 관리나 궁인 등을 통해 왕의 순수에 관하여 알아보았다.

"대왕의 순수에 나를 포함해 궁인 열 명이 동행한다고?"

궁궐에 지인이 많은 진주부인이 왕의 순수에 관하여 알아보았다. 금진은 뜻하지 않은 차출에 묘한 기분이었다. 당황스럽기도 하고 한편으로는 정비나 후비를 제치고 대왕에게 선택받은 것 같아 무척이나 기분이 좋았다.

"대왕 폐하께서 금진낭주를 아슬라 순수에 동참하라 했답니다."

사도는 김상궁의 말을 듣고 대경실색하였다. 그녀는 왕자의 유모를 험지 순수에 함께하려는 왕의 진의를 몰라 혼란스러웠다. 사도는 옥진을 찾아가 상의하였다.

"대왕이 말동무가 필요한가 봅니다. 동생과 대왕이 말이 잘 통하니 그리 지시했을 수도 있을 겁니다."

"어머니, 불안해요."

옥진은 사도에게 왕의 조치에 큰 의미를 부여하지 말라고 했다. 옥진은 왕과 금진이 연치 차이가 있고 다른 상궁 나인들도 따라가니 크게 걱정하지 않았다. 하지만 사도는 금진이 행여 본분을 망각하고 엉뚱한 행동을 하지 않을까 우려했다. 모녀가 처한 상태가 다르니 서로의 생각과 느끼는 바도 달랐다. 사도는 상천당에서 서역의 규방술과 미태술(媚態術)을 배울 때 금진이 사내를 능수능란하게 다룬다는 것을 알게 되었다. 그녀는 왕이 사전에 자신에게 금진을 아슬라 순수에 안동한다는 사실을 알리지 않은 게 속상했다. 사도는 왕의 순수에 동행하는 궁인 무리에 자신의 심복인 김상궁을 포함시켰다.

"낭주님, 순수에 동행하시면 중요한 역할을 맡으실 듯합니다."

금진은 진주부인의 말이 얼른 이해가 되지 않았다. 자신은 동륜왕자의 유모인데, 험지나 다름없을 아슬라 순수에 동원된다니 뭔가 잘못된 게 아닌가 고민했다. 그러나 금진은 한편으로 자신이 정말로 날개를 달고 창천을 비등할 수 있는 절호의 기회가 왔다는 예감이 들기도 했다. 그녀는 병부령에게 조하방 소속 부인을 동행할 수 있게 해 달라고 부탁했다. 금진과 진주부인은 여러 벌의 옷과 화장품 그리고 여인이 장기간 외유하는 데 소용될 방물 등을 챙겼다. 금진은 진도부인에게 동륜왕자의 보모 역할을 맡겼다.

"아슬라를 향해 출발하라."

병부령의 명령이 떨어졌다. 왕을 호위하는 근위병 오백 명, 이사부를 포함한 장군 열 명, 조예(早隸)와 잡부 등 삼백여 명, 상궁과 나인 열 명을 포함한 남녀 궁인 오십여 명이 동원되었다. 근위병에는 대관대감, 제감(弟監), 소감(少監)

등 고급 군관이 다수 포진하고 있었다. 잡부들은 병장기와 병량미 그리고 땔감 등을 실은 마차 오십여 대를 끌었다. 왕의 순수 행렬이 뽀얀 먼지를 일으키며 북쪽으로 향하는 모습은 그야말로 장관이었다.

　서라벌에서 아슬라까지 대략 칠백여 리 정도였다. 왕이 탄 어가가 가운데 위치하고 어가의 전후와 좌우로 무장한 근위병과 장군, 군관들이 포진했다. 어가는 내부 공간이 넉넉해서 어른 두세 명이 충분히 탈 수 있었다. 근위병은 보기(步騎)로 구성되어 있어 북진이 빠른 편은 아니었다. 왕이 서라벌을 떠나 십여 리쯤 왔을 때 금진을 어가에 태웠다.

　"대왕 폐하, 성은이 하해와 같나이다."

　"낭주와 명승지를 구경하고 싶었습니다."

　금진은 왕의 말에 감격하여 눈물을 흘리기도 했다. 주변에 장군과 군사들이 없다면 왕을 끌어안고 고맙다는 의사 표시를 했을 것이었다. 금진은 서라벌을 떠나 왕과 아슬라로 가는 일이 꿈이 아니기를 바랐다. 그녀는 화려한 옷 대신 전투에 나가는 여전사 차림으로 상의는 호피(虎皮)로 만든 옷을 입고, 하의는 녹피(鹿皮)로 재단한 고의를 착용하였다.

　서라벌을 떠나고 닷새째 되는 날이었다. 왕과 순수에 참가한 일행은 낮에는 북쪽을 향해 달리고 밤에는 피곤해 일찍 잠자리에 들었다. 병부령이 군사들에게 속도를 내라고 재촉했다. 산길을 지날 때 땅 위로 불쑥 솟쳐 오른 노근이나 돌덩이 때문에 보병과 말들이 북진에 방해를 받기도 했다. 왕은 해가 지면 방어하기 좋은 산지나 험지에 진을 치고 야영하도록 했다. 왕이 머무는 막사는 원형으로 열 평 남짓 되었다. 왕의 임시 막사인 만전(幔殿)이 설치된 곳이 바로 진영의 중심이 되었고, 군사들이 밤새 삼엄한 경계를 펼쳤다.

"병부령, 어두워지고 있습니다. 오늘은 저 산 중턱에 진영을 설치하는 게 좋을 듯합니다."

군사들과 잡부들은 왕의 명령에 따라 서둘러 만전과 막사를 설치하고 야영 준비를 했다. 금방 산 중턱에 크고 작은 막사 수십 동이 설치되었다. 진영은 왕의 만전을 중심으로 둥글게 설치되었는데, 순식간에 마을 하나가 생긴 듯했다. 군사와 잡부들은 막사 앞에 화톳불을 피우고 저녁 식사를 준비하느라 부산했다.

왕은 장군들과 군관들의 노고를 위무하기 위한 연회를 준비시켰다. 만전 앞에 임시로 연회장이 만들어지고 장군들과 군관 그리고 궁인들이 모여들었다. 주변에 대형 횃불이 수십 개 설치되어 흡사 대낮 같았다. 중앙에 왕과 금진이 나란히 앉고 그들 좌우로 서열에 따라 장군과 군관들이 왕을 바라보며 앉았다. 그런데 금진과 진주부인은 어느새 화사한 옷으로 갈아입고 매초롬한 자태로 변해 있었다. 왕이 자리에서 일어나더니 좌중을 한번 둘러보았다.

"서라벌을 떠나 오늘은 *야시홀군에 도착하였습니다. 이번 순수에는 많은 인원이 동원되었습니다. 각자 건강에 유의하시고 북진 중에 사방 경계에도 철저히 하기 바랍니다. 집행부는 순수 참가자에게 술과 고기를 호궤하여 그간의 피로를 풀도록 조치하기 바랍니다."

왕의 말이 끝나자 연회가 시작되었다.

"대왕 폐하, 소장이 잔을 올리겠습니다."
"낭주님, 소관이 잔을 올립니다."

눈치 빠르고 성정이 반드러운 장군들과 아기똥한 고급 군관들이 앞다퉈 왕과 금진에게 술잔을 올렸다. 장군이나 군관들은 왕이 선정한 인사들로 그들은 왕의 신임이 매우 두터운 자들이었다. 그들은 자신의 존재감을 알리고 왕과 금진에게 호감을 얻기 위해 얼러방치고 있었다. 연회 분위기가 한창 고조되었을 때 이사부가 술잔을 들고 자리에서 일어났다. 그는 신라 군부에서 가장 강력한 영향력을 행사하는 인사로 왕과 병부령조차 그의 눈치를 볼 정도였다.

"여러 장군과 군관들! 여기까지 오시느라 고생 많았습니다. 대왕께서 즉위하시고 우리 신라의 영토는 크게 확장

* **야시홀군** - 也尸忽郡. 현, 경상북도 영덕군 지역이다.

되었습니다. 대왕 폐하께서 조만간 북으로 고구려, 남으로 가야연맹, 서쪽으로 백제까지 평정하시리라 믿습니다. 대왕 폐하께서 당당히 군림하셔야 하늘과 땅이 조용하고 사해(四海)가 우리 신라를 향해 머리를 조아릴 것입니다. 여러분! 앞에 있는 잔을 드세요. 대왕 폐하의 만수무강과 금진 낭주님의 첫 장도를 축하하는 의미에서 건배하겠습니다."

"대왕 폐하, 만세!"

"금진낭주, 천세!"

왕과 금진은 이사부 장군과 군관들의 감언에 고무되어 벌어진 입을 다물 줄 몰랐다. 군신들에 이어 여기저기 너즈러져 있던 군사들도 모여들어 왕과 금진을 향해 산호만세를 외쳤다. 그 어마어마한 광경을 바라보던 궁인들은 눈이 화등잔만 해졌다. 일개 왕자의 유모를 위해 신라의 장군과 군관 그리고 군사들이 두 손을 들고 천세를 외치니 기가 막혔다. 왕과 금진 사이를 눈치채지 못한 덩둘한 궁인들은 장병들의 생뚱맞은 언동에 고개를 갸우뚱거릴 뿐이었다.

"대왕님과 금진낭주가 그렇고 그런 사이래요."

"손자가 조부의 후비를 취할 수 있는 것인가?"

밉살맞은 나인이 고개를 갸우뚱거렸다.

"막비왕신이란 말 몰라요? 신국 하늘 아래 모든 여인은 생모만 제외하고 임금님이 원하면 응해야 해요."

연회는 대궐에서 개최되는 행사만큼이나 풍성하고 거창했다. 장군과 군관들은 접배거상(接杯擧觴)하느라 여념이 없어 보였다. 술에 취한 젊은 장군 두 명이 앞으로 나오더니 흥을 살리기 위해 검무를 추기 시작했다. 이어서 고급 군관 두 명도 즉석에서 씨름하였고, 장병들은 두 편으로 나뉘어 응원하였다. 연회장은 응원, 웃음소리, 북 치는 소리 등으로 옆 사람 말소리조차 들을 수 없었다. 서너 명의 장군과 군관들이 장기를 선보이자, 왕은 한껏 기분이 고조되었다.

"대왕 폐하, 노래를 불러도 되겠습니까?"

"낭주는 가무에 탁월하니 기대가 됩니다."

금진이 여러 사내 앞으로 걸어 나가자 연회장 안은 갑자기 조용했다. 금진이 나가자 진주부인이 뒤따라 나갔다. 금진이 왕에게 눈을 한번 찡긋하고 노래를 부르기 시작했다. 풍악은 준비되지 않았으나, 금진은 악기에 의존하지 않고서도 얼마든지 노래를 부를 수 있었다. 오히려 악기 반주 없는 상태가 그녀의 진가를 뽐낼 수 있게 했다.

매화가 바람에 시들어 가요
구애하는 선랑(仙郞)들이여
꽃잎 땅에 쌓이기 전에 오세요

봄바람보다 따뜻하고 산들바람보다 부드러운 금진의 미성에 왕을 비롯한 사내들은 혼이 빠진 듯했다. 진주부인이 금진의 노래에 맞춰 춤을 추니 하급 군사와 잡부들까지 몰려들어 구경하느라 정신이 없었다. 왕이 자리에서 일어나 금진 곁으로 가더니 덩실덩실 춤을 추기 시작했다. 왕이 어설픈 자세로 춤을 추니 이사부를 비롯해 병부령과 장군 그리고 고급 군관들도 일제히 나와서 거드름춤과 깨끼춤을 추기 시작했다. 흥이 많은 일부 병사들이 곱사춤과 병신춤을 선보였다. 어떤 잡부가 까치걸음을 걷다가 공중제비를 돌자 폭소가 터지기도 했다.

매실이 익어 가고 있어요
구애하는 선랑들이여
따 온 매실 광주리에 가득해요

금진이 부르는 노래는 대개가 그녀가 지었거나 이미 알려진 노래를 개사(改詞)한 것들이었다. 가무에 빼어난 재주가 있는 금진은 법흥대왕 생전에도 노래를 지어 불러 왕에게 여러 번 하사금을 받은 적이 있었다. 끊어질 듯하다가 이어지는 애절한 노래가 고향을 떠나온 혈기 왕성한 장병들의 가슴을 고동치게 했다. 금진의 노래가 끝나자 이번에는 진주부인이 노래를 이었다.

 그녀도 금진만큼은 아니지만 가무에 상당한 재주가 있었다. 왕이 좌정했다가 금진과 춤을 추자, 장군과 고급 군관들도 모조리 나와 거대한 몸을 흔들었다. 대취한 장군들의 춤추는 모습은 참으로 가관이었다. 남자끼리 부둥켜안고 빙빙 돌거나 술에 취해 앞으로 넘어지거나 뒤로 자빠지는 자들도 있었다.

동산에 올라 임 계신 곳을 바라본다
임은 출정하여 밤낮으로 싸우시니
부디 몸조심하소서
이 몸은 밤낮으로 치성드리옵니다

 이제는 진주부인 자매의 노래 실력도 가기 정도가 되어 있었다. 연회장은 사내들뿐만 아니라 궁인들까지 발 디딜 틈 없이 몰려들어 금진과 진주부인이 펼치는 흥분의 장에 동참하였다. 술을 마시고 춤을 추며 능놀던 왕과 장군들은 어느새 옷이 땀으로 흠뻑 젖고 말았다. 두 여인의 노래가 끝나고도 흥분이 가라앉지 않았다.

 왕은 작정한 듯 술병을 들고 장내를 돌며 장군과 군관들에게 일일이 술을 따라 주었다. 금진과 진주부인이 은쟁반에 안주를 담아 뒤따랐다. 장군들이 왕이 따라 주는 술을 마시고 나면 금진이 직접 젓가락으로 안주를 집어 입에 넣어 주었다. 술을 받는 장군과 군관들은 왕과 금진에게 머리가 땅에 닿을 정도로 고개를 숙였다.

"대왕 폐하, 성은이 망극하나이다."

"대왕 폐하, 낭주님! 각골난망입니다. 충성을 다하겠나이다."

왕에게 술을 받은 장군들의 답례도 각양각색이었다. 저 멀리 동해에서 달이 떠오르고 있었다. 무릉도원과 선경(仙境)이 따로 없었다. 연회는 삼경에 접어들면서 끝났다. 왕은 흡족한 마음으로 만전으로 들었고 잠시 뒤에 금진이 따라 들어갔다. 진주부인이 조촐한 다과상을 들였다. 다과상을 비운 왕은 옥체를 씻어야 했다.

금진이 미리 준비한 따뜻한 물로 왕의 전신을 씻기니 왕은 춘심이 발동한 듯 숨소리가 고르지 못했다. 왕은 물이 가슴까지 차오르는 욕조에 옥체를 담그고 앉았다. 금진의 보드라운 손길이 스치는 곳마다 불뚝불뚝 불길이 솟아올랐다. 왕은 금진을 어색해하거나 뜨악해하는 표정을 짓지 않았다. 왕의 밭은 숨소리와 마구발방 뛰는 심장 고동 소리가 고스란히 금진에게 전해졌다.

"낭주를 짐의 눈동자에 담아도 될까요?"

"성은이 하해와 같습니다. *서간충비 같은 소비는 훗날 폐하를 따라 *욕의하더라도 아무런 미련이 없사옵니다."

"오! 과연 낭주입니다. 전국시대 위나라 종실 안릉군(安陵君)이 모시던 왕이 죽자, 자신도 왕을 따라 황천에 들어 개미를 막는 돗자리가 되겠다고 했다지요. 낭주는 쥐의 간도 아니고 벌레의 팔도 아닌, 짐에게 중요한 사람입니다."

왕은 기분이 흔연했다. 아름다운 여인이 자기가 죽으면 저승까지 따라와 봉사하겠다니, 세상에 그러한 여인을 싫어할 사내가 어디 있으랴. 금진은 왕이 자신에게 완전히 매료되어 있음을 알았다. 쿵쾅대는 심장 박동 소리가 내실에 가득했다. 그 소리는 생명을 부르는 음향이며, 동시에 극락과 지옥으로 향하는 문을 활짝 열어젖히는 신호이기도 했다. 그때 금진은 흰 기린이 자신을 향해 달려오는 환영을 보았다. 기린뿐만 아니라 용과 봉황도 보이고 이름을 알 수 없는 영물들이 주위로 몰려드는 장관을 보았다.

"상궁 나인들은 밖에 나가 있도록 하세요."

진주부인은 아무런 이유도 말해 주지 않고 만전 주변을 서성이는 궁인들에게 명령조로 말했다. 궁인들은 진주부

* **서간충비** – 鼠肝蟲臂. 쥐의 간, 벌레의 팔이란 뜻으로 보잘것없는 사람이나 물건.
* **욕의** – 褥蟻. 임금과 함께 죽는 일. 욕의는 요를 깔고 개미를 쫓는다는 말로, 죽어서도 임금에게 충성한다는 말이다.

인이 금진의 수족처럼 움직인다는 사실을 알고 있었다. 한 시진 뒤에 진주부인은 궁인들을 불러 모으고 경고했다.

"여러분은 순수 행차에서 보았던 대왕의 잠자리에 관하여는 함구로 일관해야 합니다. 입을 함부로 놀리면 국왕 모독죄로 처형됩니다."

금진은 진주부인을 통해 궁인들을 통제했다. 한 시진이 지나 금진은 만전에서 나와 궁인들이 사용하는 막사로 들었다.

"저기 아슬라가 보인다!"

왕의 행차는 서라벌을 떠난 지 열이틀 만에 아슬라에 도착했다. 아슬라 군주와 관리들이 일제히 나와 왕 일행을 영접했다. 아슬라까지는 산을 넘고 강을 건너는 험한 일정이었지만 모두 무사했다. 아슬라는 서라벌 정도는 아니지만, 이사부의 우산국 정벌 이후에 신라군이 대규모로 주둔하면서 동해 지역 중심으로 자리 잡았다. 아슬라 관아는 작은 궁궐을 방불할 정도로 건물이 단아하고 호화로웠다.

이곳을 다스리는 군주와 관리들은 왕의 행차에 바싹 긴장하였다. 그들은 왕과 장군 그리고 고급 군관들이 관아에 머무는 동안 지극정성을 다해 보필해야 했다. 왕은 아슬라 관아에서 가장 크고 웅장한 전각을 사용했다. 아슬라 관리들은 이 지역 특산물로 삼시 세끼 식사를 지어 왕과 수뇌부를 대접했다. 수백 명이 먹을 식량은 서라벌에서 가져왔지만, 군사와 궁인 그리고 잡부들은 아슬라에서 생산되는 토산물을 선호했다.

"대왕 폐하께서 우리 마을에 오셨다."

왕이 방문하는 마을마다 백성들이 모두 나와 환영하였다. 산골이나 어촌 같은 벽지의 백성들이 젊은 왕을 직접 보는 일은 평생 한 번 있을까 말까 한 대사건이었다.

"대왕 폐하의 방문을 환영합니다."

왕이 바닷가 한 마을에 도착했을 때였다. 마을 사람들은 그들이 손수 잡은 물고기와 해산물을 가져와 왕에게 바쳤다. 왕은 그들의 정성에 감복해 물고기와 해산물을 받고 열 배에 달하는 가격을 하사금으로 내렸다. 왕은 마을 장정들을 초대하여 씨름 대회를 개최하였고, 우승자들에게 상금을 내리기도 했다. 밤에는 마을 사람들을 관아로 초대하여 술과 고기를 내리고 위무했다.

아슬라는 신라가 북진 정책을 추진하는 데 있어 없어서는 안 될 국방의 핵심 지역이었다. 아슬라가 단단하면 고구려나 말갈 또는 예맥족이 감히 서라벌로 내려오지 못했다. 그 와중에 왕은 금진과 단둘이 바닷가를 산책하거나 승처를 찾아다니며 많은 이야기를 나누었다. 또한, 밤에는 합환주를 마시고 신혼 같은 나날을 보내고 있었다. 아슬라에 온 지 벌써 달포가 지나고 있었다.

"아슬라에 와서 별로 한 것도 없는데, 눈 깜짝할 사이에 달포가 지났습니다. 오늘이 마지막 밤이라니, 아쉽기만 합니다."

"대왕 폐하, 소비가 잠시 모시겠습니다."

동해의 삽상한 날씨는 세사의 근심 걱정을 잊게 했다. 땅거미가 내려앉자 금진은 진주부인에게 특별히 준비한 미주와 가효를 만전으로 들이게 했다. 이미 장군들과 한 차례 전주가 있던 터라 왕에게서 술 냄새가 풍겼다. 왕이 군신들과 격식을 차리며 술 마실 때와 금진과 함께할 때의 분위기는 전혀 달랐다.

왕은 금진이 옆에 있으면 어리광을 부리고 싶어 했다. 그녀에게는 왕이 태후에게서 느낄 수 없는 새로운 맛이 있었다. 왕은 엄격하고 정도만 고집하는 태후에게 질려 있었다. 태후가 왕에게는 훈장처럼 엄한 모성을 나타내면서도 정작 자신은 여러 사내와 복잡한 관계를 맺었다. 왕은 성인이 되면서부터 생모의 이중성을 알게 되었다.

"대왕 폐하, 이것은 *독계산주입니다."

"아! 그래요. 옛날 촉나라 장관이 나이 칠십에 이 술을

*독계산주 – 禿鷄散酒. 이 술은 육종용(肉蓯蓉), 토사자(吐絲子), 원지(遠志), 사상자(蛇床子)로 빚는다. 질병을 예방하고 정력을 높인다고 알려졌다.

마시고 자식을 셋이나 봤다고 하는 이야기가 생각납니다. 짐도 늘 이 술을 마시고 싶었습니다. 이 독계산주를 만들고 버린 술지게미를 수탉이 먹고 암탉을 올라타 내려오지 않아 암탉의 머리털이 모두 뽑혔다지요."

왕은 술맛이 좋다며 연거푸 잔을 비웠다. 금진의 양 볼도 잘 익은 능금처럼 변했다. 왕도 대취하여 주름이 용안에 덕지덕지 붙으며 나른해 보였다. 두 사람은 독계산주를 세 병째 마시다가 정신을 잃었다. 진주부인과 나인들이 왕과 금진을 침상으로 옮기고 촛불을 껐다.

"이틀 후에 서라벌로 돌아간다. 채비하여라."
왕의 지시를 받은 병부령이 명령을 내렸다. 장군들은 좀 더 있다가 갔으면 하는 눈치였으나, 젊은 군관들과 군사 그리고 잡부들은 속히 서라벌로 돌아가기를 원했다. 왕의 신라 북동부 동해 지역 순수가 마무리됐다. 군의 핵심인 병부령, 장군 그리고 군사 조직을 담당한 젊은 군관 등은 아슬라 주변 지역에 대한 세밀한 조사를 마치고 왕에게 보고하였다.

왕은 아슬라 순수 결과에 만족하였고, 아슬라 군주와 핵심 인사들의 노고를 위로했다. 왕과 금진은 서라벌에서 출발할 때와 전혀 다른 사이가 되어 있었다. 장군과 군관들은 두 사람 사이에 무슨 일이 일어나고 있는지 눈치를 채고 있었지만, 이사부의 엄명에 따라 함구해야 했다.

"대왕 폐하, 고생하셨습니다."

"왕후, 잘 지냈습니까?"

왕이 환궁하는 날 사도를 비롯하여 후비 그리고 왕실 사람들이 궁성 앞까지 나와 마중하였다. 다른 후비들은 왕을 보자 반색하는데 유독 사도만 우울한 표정이었다. 그녀는 금진의 행동을 유심히 살폈다. 두 사람의 시선이 마주쳐도 금진은 당당했다.

"왕후, 잘 다녀왔습니다. 그간 무탈하셨는지요?"

"잘 다녀오셨다니 다행입니다."

사도는 퉁명스러운 말로 금진의 물음에 답했다. 주변에 있던 다른 후비와 궁인들은 사도의 눈치를 살폈다. 왕의 아슬라 순수를 따라간 궁인 중에서 사도에게 충성을 맹세한 염알이꾼 김상궁이 있었다. 그녀는 사도에게 순수를 떠나면서 돌아올 때까지 왕에게 일어났던 일들을 부풀려 고해바쳤다.

"김상궁, 그게 사실이렷다."

사도는 뼛성 섞인 말로 물으면서도 상궁의 말을 반신반의하였다. 왕의 아슬라 순수가 끝나고 궁궐에 미묘한 기류가 감지되기 시작했다. 왕은 순수를 다녀온 후 동륜왕자를 보겠다며 수시로 조하방을 찾았다. 같은 일이 반복되면서 급기야 사도의 귀에도 왕의 수상한 행동이 보고되었다. 사도는 짚이는 바가 있어 옥진을 찾아갔다.

"이모와 대왕 사이에 무슨 일이 있을까요? 왕후는 괜한 일에 신경 쓸 필요 없어요. 그 애는 어미의 친동생입니다."

"어머니, 대왕이 이모님을 마음에 두고 있는 듯하여 걱정됩니다. 대왕은 미색이 뛰어난 여인에게는 쉽게 마음을 여는 습성이 있어요. 지난 아슬라 순수 때도 이모가 대왕의 만전에서 거의 매일 밤 함께 있곤 했답니다."

사도는 염알이꾼 김상궁이 보고한 대로 옥진에게 알려 줬다.

"밉살맞은 김상궁이 잘못 봤을 수도 있어요. 그 촉새 같은 여인은 허풍이 세다고 이미 소문이 났잖아요."

옥진은 사도의 말을 귓등으로 들었다. 옥진은 딸의 말에 속으로 불쾌한 느낌이 일었지만, 곰곰이 생각해 보니 사도의 말이 전혀 가능성이 없는 게 아니었다. 옥진은 동생과 딸 사이에서 고민해야 할 처지가 되고 말았다.

사도는 옥진을 찾았지만 답답한 심사를 그대로 안고 나와야 했다. 그렇다고 시어머니 태후를 찾아가 상의할 수도 없는 노릇이었다. 그런 일로 태후를 찾아가면 모자지간에 위화감을 조성한다며 욕만 얻어먹을 것 같았다. 태후는 왕이 어떤 일을 하든 무조건 자식 역성만 들었다. 그녀는 자기 아들이 여인 문제로 구설수에 오르는 것을 극도로 꺼렸다. 사도는 김상궁의 말에 밤낮으로 전전긍긍하는 상태가 되고 말았다.

"대왕 폐하께서 저녁에 행차하실 겁니다."

오후에 대전 내관이 금진에게 달려와 왕의 저녁 일정을 알렸다. 아침나절에도 조하방을 잠시 다녀간 왕이 부러 내관까지 보냈다는 것은 의미가 있는 일이 분명했다. 왕이 단순히 왕자만 보러 오는 게 아닐 것이었다. 금진은 왕이 아들도 보고 자신도 보겠다는 의도로 판단했다.

그녀는 목욕재계하고 경대 앞에 앉았다. 두 뺨이 잘 익은 능금보다 더 붉고 단단했고, 미소를 지을 때마다 볼우물이 십여 리쯤 들어갔다. 승하한 법흥대왕도 금진의 보조개를 무척 좋아했다. 아슬라를 다녀온 뒤로 금진은 자신이 동륜 왕자의 유모라는 직분을 잊기도 했다. 그녀는 아슬라 순수에서 있었던 일들을 떠올리면서 두 뺨이 화끈 달아올랐다.

"낭주님, 오늘따라 무척 고우십니다."

진주부인이 금진에게 다가와 속삭였다. 붉은 입술, 하얀 치아, 하얀 피부, 검다 못해 쪽빛이 흐르는 머리칼, 어떤 사내든 시선이 마주치면 벗어나기 어려운 그윽한 눈, 거울 속 여인은 늘 보던 모습이 아니었다. 신라의 지존에게 정성을 다할 준비가 된 여인이 분명했다.

"아슬라 순수 때 대왕과 인연을 맺었으니, 좋은 결과가 있을 거야."

금진은 진주부인에게 화장을 부탁했다. 그녀는 궁에 들어올 때 고급 비단옷을 입고 성장하였지만, 조하방에서는 자신의 임무가 동륜왕자를 돌보고 훈육하는 것이니만큼 지나치게 화려하거나 분수에 맞지 않는 치장은 피했다. 하지만 진주부인은 워낙 손재주가 탁월하여 무명옷을 입은 여인일지라도 그녀의 손을 거치면 월궁항아로 변모했다. 금진의 백옥같이 하얀 얼굴에 어떤 색깔의 연지든 잘 어울렸다.

거울 속에 원숙하면서 요염한 여인이 금진을 빤히 바라보고 있었다. 그녀는 붉은색, 주홍색, 보라색 등 여러 가지 입술연지를 바르다가 지우기를 반복했다. 웃을 때마다 볼우물이 파였다. 눈썹도 서천에 뜬 초승달처럼 가늘면서 애잔하게 그렸다.

"낭주님, 오늘도 두 분이 가연(佳緣)을 맺어 우리 조하방에 웃음꽃이 만발했으면 좋겠습니다."

"진주부인이 보기에 나와 대왕이 호연으로 귀결될 것 같아요?"

"대왕 폐하는 연상에게 관심이 많다고 합니다."

진주부인은 자신이 왕에 관하여 알고 있는 것들을 말해

주었다. 화장을 마치고 예복을 입은 금진은 거울에 자기 모습을 다시 비춰 보았다. 역시 진주부인의 화장 솜씨는 뛰어났다. 거울 속에 조금 전까지 요염했던 여인 대신 낯설고 신비에 쌓인 미인이 수줍게 웃고 있었다. 짙은 색조 화장을 사용하지 않았지만, 고급 화장품을 쓴 것보다 더 화사한 자태에 금진은 흡족했다. 화장을 마치고 옷치장을 마쳤어도 아직 해가 지려면 한참을 더 기다려야 했다.

"오늘 내가 폐하에게 적극적으로 나가야겠어. 아슬라 순수 때는 사람들 눈치가 있어서 행동에 많은 제약을 받았지."

금진은 오늘 밤도 대원신통 혈통을 번창하게 만들 수 있는 절호의 기회라고 보고 있었다. 그런 생각은 금진이기에 가능했다. 그녀는 그동안 자신과 인연을 맺고 운우의 정을 나눈 사내들을 그려 보았다.

법흥대왕과는 나이 차이가 커서 서로의 가치를 도(賭)하지 못하여 아름다운 추억을 쌓지 못했다. 입종갈문왕은 도둑고양이처럼 다가와 숙흘종과 용걸종을 낳게 했고, 구리지는 진심으로 접근하여 토함, 사다함, 새달을 안겨 주었다. 설성도 신실한 모습을 보이며 접근하였으나 깊은 믿음을 주지 못했다.

"대왕 폐하, 납시오!"

금진이 비몽사몽간 잠시 눈을 붙이고 있을 때 대전 내관의 우렁찬 목소리가 조하방에 울려 퍼졌다. 금진은 진주부인 자매와 함께 밖으로 달려 나갔다. 왕이 달빛을 머리에 임질한 채 내관과 시비들의 호위를 받으며 조하방으로 오고 있었다. 자극전(紫極殿)에서 금진의 처소까지는 한 *마장밖에 안 되는 거리였다.

"대왕 폐하, 어서 오세요."
"낭주, 참으로 곱습니다. 신랑을 맞는 새색시 같습니다. 짐이 성동(成童) 이후로 지금처럼 가슴이 콩닥거린 적이 없었습니다."

금진이 화사한 차림으로 맞이하자 왕의 입이 벌어져 다물 줄 몰랐다. 금진은 마치 먼 곳으로 행상 나갔다 돌아오는 낭군을 맞이하는 아낙 같기도 하고, 정말로 초야를 맞아 신랑을 동방(洞房)으로 인도하는 새색시 같기도 했다. 왕이 조하방 내실로 들어 동륜왕자를 들여다보았다. 왕자는 일찍 잠든 상태였다.

"왕자가 하루가 다르게 잘 자라고 있습니다."
"왕자와 낭주가 여러모로 잘 맞으니, 아비하고도 잘 맞는다는 뜻일 테지요."

금진은 왕의 말에 얼굴을 붉혔다. 그녀는 얼른 조하방

* **마장** - 옛날 거리의 단위. 1마장은 요즘 거리 단위로 0.4km 정도이다.

여인들에게 주안상을 보도록 했다. 왕의 행차 때 쓸 요량으로 진미와 미주를 미리 준비시켰다. 진미에는 생육, 찜, 탕, 튀김 등이 있는데 싱싱한 황육(黃肉)이 시선을 유혹했다. 두 사람의 술자리는 보통 사람의 상식을 뛰어넘는 분위기였다. 왕은 술을 마시다 기분이 흔연하면 곤포를 벗고 속적삼 차림으로 변하곤 했다.

혈기 왕성한 왕은 기분이 좋으면 술을 끝도 없이 마셔 댔다. 왕이 흥얼거리며 노래를 부르면 금진은 왕의 기분을 맞추기 위해 큰 소리로 따라 불렀다. 청천에 별들이 졸고 멀리 남산 위로 별똥별이 하얗게 사선을 그으며 무수히 떨어졌다. 술병이 추가로 여러 차례 내실로 들어갔다. 상궁 나인들과 조하방 소속 여인들은 두 사람의 술자리를 야릇한 시선으로 주시하고 있었다.

"낭주! 짐의 여인이 되어 주시오. 짐은 아슬라로 순수를 갔을 때 낭주와 함께하며 가슴 설렜던 일들이 아직도 눈에 선합니다."

사달이 나고 말았다. 수작하던 와중에 왕이 금진의 손을 잡았다. 금진은 갑작스러운 왕의 행동에 잠시 혼란스러워 지금 자신이 무엇을 어찌해야 할지 몰랐다. 보천지하막비왕토(普天之下莫非王土) 천하에 왕의 땅 아닌 곳이 없고, 솔토지빈막비왕신(率土之濱莫非王臣) 세상 사람 중에 왕의 신하

아닌 사람이 없다. 누구든 왕의 요구가 있으면 응해야 했다. 왕의 손에 힘이 들어가면서 금진의 손바닥에 땀이 고였다.

"대, 대왕과 낭주님이…."

진주부인이 문틈으로 내실을 들여다보고 중얼거렸다. 그 사품에 다른 부인과 나인들까지 달려들어 문틈을 통해 내실을 훔쳐보느라 아우성이었다. 그때 나이 많은 대전 상궁이 조하방 부인과 나인들을 밖으로 내보내고 내실 주위를 바장였다. 진주부인도 대전상궁의 말을 들어야 했다. 상궁은 검푸른 하늘을 올려다보고 한숨을 토해 내기도 했다.

"대왕께서 *이강의 부자취우(父子聚麀) 전례를 남기려는 것인가? 요즘 들어 신국이 점점 이상해지고 있다. 궁성에 봄물이 넘친다."

늙은 상궁은 내실에서 진행되고 있는 일에 관해 혼자 중절거리며 뜰 안을 빠대고 있었다.

월성에서 화제의 인물은 단연 금진이었다. 조하방은 가장 흥미 있는 이야기를 만들어 내는 곳으로 소문났고, 상궁 나인들은 조하방 주변을 힐끗거렸다. 김상궁은 하루에도 서너 차례 조하방 주변을 배회하며 쓸데없이 눈알을 부

* **이강의 부자취우** – 이강(夷姜)은 위나라 군주 선공(宣公)의 계모이다. 선공은 이강과 사통하고, 아버지가 죽자, 정비로 맞아들였다.

라렸다. 그녀는 사도에게 잘 보이기 위해 사소한 일도 그럴 듯하게 꾸며 침소봉대하는 데 탁월한 재주가 있었다. 사도는 김상궁의 말 한마디에 천당과 지옥을 오고 가는 신세가 되었다.

"나 같은 것은 죽어야 해. 곁에 왕이 있어서 사랑하는 임을 두고도 바라만 봐야 한다. 궁궐을 뛰쳐나가 임과 타지로 도망가고 싶다. 하지만 현재 내가 할 수 있는 것은 아무것도 없다."

숙명은 사도와 달리 정에 무척 약한 심성의 소유자였다. 그녀는 태후와 궁인들의 시선을 피해 이화랑과 사랑을 속삭여야 했다. 월성은 봄부터 늦가을까지 갖가지 초화나 수목이 우거져 보호막이 되지만 조락의 계절이 되면 그림자조차 숨길 곳이 없었다. 넓디넓은 월성에는 수많은 상궁 나인과 하예(下隸) 그리고 궁궐을 지키는 군사들의 따가운 시선과 촌철살인 같은 설시(舌矢)가 난무했다. 누구든 궁궐에 있으면 그들의 시야에서 벗어나기 어려웠다.

숙명과 이화랑은 장래를 함께하기로 언약을 한 상태였다. 하지만 그 언약은 쉽게 이행할 수 없었다. 이화랑이 숙명을 정인으로 삼기 위해서는 목숨을 걸어야 했다.

"이것은 숙명이 나를 찾는 소리가 분명하다."

이화랑은 허공에서 은은하게 들려오는 음성을 감지하였다. 그는 서라벌 저잣거리를 걷고 있었다. 그는 벗들과 주점에서 술을 마시고 집으로 갈지, 아니면 숙명의 처소로 갈지 고민하던 중이었다. 그런데 조금 전부터 그의 시야에 황금색으로 빛나는 거대한 금불(金佛)이 보이기 시작했다. 염불 소리와 함께 나타난 흐릿한 모습은 울고 있는 옥동자 같기도 하고 격노한 부처 같기도 했다. 그는 이상한 예감이 들어 곧바로 월성을 향해 달렸다.

"이화랑, 미안해요."

숙명이 의자 위로 올라서서 대들보에 하얀 비단 줄을 걸었다. 비단 줄은 단단하고 질겨서 바윗덩어리를 매달아도 끊어지지 않을 것 같았다. 숙명은 하얀 목에 비단 줄을 감았다. 그녀가 의자를 발로 툭 차 버리면 목에 비단 줄이 감긴 채 허공에 매달려 고통 속에 죽어 갈 것이었다.

숙명은 하염없이 쏟아지는 눈물을 주체하지 못하고 울기만 할 뿐이었다. 그녀는 유언도 남기지 않고 죽는 자신이 가련하기도 하고 옴나위없이 태후에게 불효를 저지르는 것 같아 속이 쓰렸다. 태후가 울부짖으며 손을 휘이휘이 내젓는 모습, 이화랑이 손사래 치며 달려오는 환영이 언뜻 비치기도 했다. 그때였다. 허공에서 해조음같이 청아하면서 거룩한 소리가 은은하게 들렸다.

"숙명은 들거라. 너의 태궁에는 *업과기시를 초월한 생불(生佛)이 자리했도다. 함부로 몸을 훼손하면 안 된다. 어서, 육신을 안전하게 보전할지어다!"

거대한 금불이 나타나 숙명을 꾸짖었다. 정신 상태가 혼몽한 숙명은 메아리로 울리는 그 성음을 얼른 알아듣지 못했다.

"아! 나무약사여래불. 나무약사여래불."

"너에게 장차 신국을 올바르게 인도할 성인을 점지했다. 이제부터 너의 목숨은 신국 만백성의 것이다. 어서 심신을 편하고 안정되게 하여라. 너의 부주의로 *상명지통이 벌어지면 신국은 멸망할 것이다."

허공에서 거룩한 성음이 메아리로 울렸다. 음성에서 향기가 풍겼고 마치 부드러운 물결처럼 숙명을 휘감았다.

"나무약사여래불! 부처님, 그럼, 제가 회임을 했다는 겁니까?"

숙명은 눈앞에 나투신 약사여래불을 보고 자신도 모르게 부처의 명호를 외쳤다. 그 약사여래불은 숙명이 가람에서 자주 대했던 약사여래불과 똑같았다. 그녀는 감히 부처의 명령을 거역할 수 없었다.

* **업과기시** – 業果起始. 탐욕으로 인하여 태생(胎生), 난생(卵生), 습생(濕生), 화생(化生)으로 나타나는 과보.
* **상명지통** – 喪明之痛. 아들을 잃을 슬픔이라는 뜻.

그녀는 목에 걸었던 비단 줄을 빼고 잠시 멍하니 서 있었다. 그때, 이화랑이 숙명의 처소로 뛰어 들어왔다. 그는 반쯤 정신이 나간 상태였다. 숙명은 이화랑을 보고도 멍하니 있었다.

"왕후! 이게 무슨 일입니까? 그 흰 끈은 또 무엇입니까?"

이화랑이 달려와 숙명을 안아 의자에서 내렸다. 조금만 늦었더라면 숙명은 태중의 아이와 함께 영원히 세상에서 사라질 뻔했다. 이화랑은 숙명의 상태를 보고 전후 사정을 파악했다. 숙명은 아무 말도 하지 못하고 대성통곡하였다. 잠시 후, 이상한 영감을 받은 태후도 달려와 숙명의 몰골을 보고 눈이 휘둥그레졌다.

"이게 지금 무엇 하는 짓입니까?"

숙명만 이화랑을 은애하는 게 아니었다. 태후 또한 이화랑을 진심으로 사랑하고 있었다. 신국에서 태후와 왕후의 사랑을 독차지한 사내는 이화랑이 유일했다. 한바탕 통곡하고 난 숙명은 사건의 자초지종을 태후에게 사실대로 고했다. 숙명이 이화랑의 씨앗을 받았다는 말과 약사여래불이 나타났다는 말에 태후는 큰 충격을 받았다. 태후도 가슴속에는 불심을 모시고 있었다.

"태후 폐하, 왕후께서 회임하셨습니다."

태후는 숙명의 말이 의심스러워 내의를 불러 진찰하도록 했다. 내의 말에 태후는 하늘이 무너지는 느낌이었다. 왕과 숙명이 동침한 지 반년도 더 된 마당에 회임했다면 이화랑의 씨앗이 분명할 것이었다. 숙명의 회임 소식은 금방 궐내에 파다하게 퍼지고 말았다.

"뭐라고? 그, 그게 정말이냐? 왕후전 앞에 추국장을 설치하라. 짐이 직접 고신(拷訊)할 것이다. 이 일은 기군죄에 해당하니 참수형이나 *능지로 정법해야 할 것이다."

기어코 숙명의 자결 소동의 내막이 왕의 귀에까지 들어가고 말았다. 왕의 노기 띤 용안이 무섭게 일그러지며 가슴을 쳐 댔다. 평상시에 전혀 볼 수 없는 살벌한 모습이었다. 왕은 이전에도 서너 차례 숙명과 이화랑이 다정스레 함께 있는 장면을 목격했다. 하지만 숙명이 이화랑을 스승으로 모시고 학문을 배우고 있는 처지라 왕은 뭐라고 할 수 없었다. 왕의 명령에 추국장이 차려지자 태후는 눈이 뒤집어졌다. 왕의 성정으로 미루어 분명 두 목숨이 죽어 나갈 것이 뻔했다.

숙명과 이화랑이 나졸들에 의해 추국장으로 잡혀 왔다. 사방에 무장한 별감과 나졸들이 엄중한 경비를 서고, 형부의 관리들이 곤장, 쇠몽둥이, 회초리, 십자형틀, 화로와 인두, 부젓가락, 쇠사슬 등 무시무시한 형구(刑具)를 준비

*능지 – 능지처참(凌遲處斬)의 준말. 대역죄를 지은 죄인을 머리, 몸뚱이, 팔, 다리를 찢어 죽이는 극형을 이르던 말.

해 놓고 왕의 지시를 기다렸다. 왕이 굳은 표정으로 추국장에 모습을 보이고 곧이어 태후가 소복 차림으로 울며불며 나타났다.

"대왕, 안 됩니다. 차라리, 이 어미를 죽이시오. 내가 딸 교육을 잘못시켜 이런 사달이 났으니, 내가 책임을 져야 합니다. 대왕의 손에는 아무것도 묻히면 안 됩니다. 숙명이는 장차 신라 민인들의 정신적 지주가 될 부처를 잉태하고 있습니다. 대왕의 사사로운 감정이나 원한을 골풀이하기 위해 일을 크게 벌이면 온 나라 백성이 알게 됩니다. 그때는 대왕을 비롯하여 우리 가족 모두 불행에 빠질 겁니다."

왕은 차마 태후가 울부짖으며 하소연하는 소리를 외면할 수 없었다. 왕이 태후의 간청을 뿌리치고 추국을 강행하여 숙명과 이화랑 사이의 그간 내막을 알게 되면 지옥이 펼쳐질 것이 뻔할 터였다. 태후는 숙명과 이화랑 사이를 눈치채고 있었지만, 숙명이 회임까지 할 줄은 상상도 하지 못했다. 지금 기 싸움에서 왕에게 밀린다면 숙명과 이화랑 그리고 장차 태어날 외손까지 목숨이 사라질 것이 뻔했다. 태후가 통곡하며 왕의 선처를 구하고 있을 때 이사부와 그를 따르는 중신들이 추국장에 나타났다. 그는 머리를 산발하고 태후처럼 소복 차림이었다. 그에게 숙명은 귀한 여식이었.

"대왕 폐하, 자식 훈육을 잘못시킨 소신을 대신 죽여 주소서."

늙숙한 이사부가 왕 앞에 엎드리더니 울면서 이마를 땅에 짓찧었다. 그의 이마에서 선혈이 낭자하게 흐르며 머리와 얼굴을 벌겋게 물들였다. 이사부의 모습이 마치 귀신의 형상처럼 변하고 말았다. 현장에 있던 사람들이 이사부의 모습을 보고 충격을 받았다.

"아버지!"

숙명은 생부의 처참한 모습을 보고 달려와 대성통곡하며 몸부림쳤다. 부녀가 서로를 끌어안고 통곡하자, 왕은 느끼는 바가 있었고 주변 사람들도 눈시울을 붉혔다. 숙명의 애달픈 울음이 대궐 담장을 넘고 있었다. 태후도 왕 앞에 엎으려 통곡하였다. 의부 이사부가 피를 흘리며 딸을 구명해 달라고 하고, 태후도 자신이 벌을 받겠다고 하니, 왕의 입장이 난처한 지경이 되고 말았다. 자식을 살리려는 이사부와 태후의 행동에 감명받은 신료조차 일제히 왕 앞에 엎드려 숙명과 이화랑을 살려 달라고 했다.

"추국을 잠시 미룬다."

이사부와 중신들은 왕을 향해 머리를 조아렸다. 왕은 추국장을 뒤로하고 대전으로 들어 대낮부터 술을 찾았다. 사도가 불편한 몸을 이끌고 대전에 들려고 했으나, 왕은 아무도 들이지 말라고 엄명을 내렸다. 왕은 금세 술 한 병을 비우고 깊은 고민에 빠졌다.

"혹시, 정숙태자도 이화랑의 씨앗이 아닐까?"

왕후가 바람이 나서 이화랑의 아이까지 임신했으니, 그냥 넘어갈 사안이 아니었다. 왕은 무서운 생각을 하며 연신 술잔을 비웠다. 그는 자신을 속이고 이화랑과 눈이 맞아 임신까지 한 숙명을 어떻게 처리해야 할지 골몰했다. 이번 일을 그냥 넘어간다면 자신의 입지는 물렁해지고 제왕의 체면도 땅에 떨어지고 말 것이었다.

금진은 조하방에 앉아 진주부인을 통해 현재 돌아가고 있는 내용을 전달받고 있었다. 그녀는 짙은 화장을 하고 대전으로 향했다. 그녀의 뒤로 진주부인 자매가 금쟁반을 들고 따랐다. 내관이 금진이 왔음을 알렸다. 금진이 들었다는 소리에 우울해하던 왕의 용안에 희색이 돌았다. 진주부인 자매가 왕이 좋아하는 황육찜과 명주를 금쟁반에 받쳐 들고 금진 뒤를 따랐다.

"폐하께서 독작하고 계십니다."

"마침 잘 오셨습니다. 오늘 어떤 일이 있었는지 아시지요?"

왕의 용안이 벌겋게 달아오른 상태였다. 그는 금진을 보자 숙명과 이화랑에 관련한 이야기를 쏟아 냈다. 진주부인 자매가 슬며시 자리를 피했다. 금진이 왕의 술잔을 명주로 채웠다.

"대왕 폐하, 황육찜 좀 들어 보세요."

왕이 잔을 비우자 금진이 젓가락을 들어 황육찜 한 점을 입에 넣어 주었다. 마치 어머니가 응석받이 자식을 먹여 주는 형상이었다. 금진은 왕이 가장 좋아하는 것과 원하는 바를 잘 알고 있었다. 금진의 행동은 왕이 태후에게 받아 보지 못한 모성애였고, 늘 갈구해 오던 거룩한 자애(慈愛)였다.

왕의 유년 시절은 무척 쓸쓸했다. 아버지 입종갈문왕은 법흥대왕의 그림자 역할을 해야 했다. 그는 거의 집에 붙어 있지 않았다. 생모 지소 역시 매일 월성에서 살다시피 했다. 어쩌다 이모제(異母弟)인 숙흘종과 용걸종이 놀러 오면 삼맥종은 동생들과 정신없이 놀기 바빴다. 금진은 삼맥종의 어린 시절 의모(義母)나 다름없었다. 그녀는 숙흘종과 용걸종에게 삼맥종이 좋아하는 과자를 들려 보내곤 했다.

"대왕 폐하, 숙명 왕후를 폐위한 뒤 출궁시켜 이화랑과 살게 하시지요. 마음이 떠난 사람을 붙잡고 있어야 소용없습니다. 그렇게 하시면 민인들은 대왕의 후덕함에 놀라워할 겁니다."

왕은 금진의 말에 충격을 받았는지 술잔을 잡고 금진을 뚫어지게 바라보았다. 자신이 상상도 하지 못한 대안을 제시하니 참으로 놀랍기만 했다. 감히 왕에게 그런 제안을 할 사람은 금진밖에 없을 것이었다. 왕의 용안이 잠시 붉으락푸르락하더니 이내 안정을 찾았는지 술잔을 비웠다.

"백성들이 짐을 바보라고 하지 않을까요?"

"대왕 폐하, 그렇지 않습니다. 민인들은 오히려 대왕의 성덕을 칭송할 겁니다. 왕후가 목에 비단 줄을 걸 때 금불이 현신했다 들었습니다. 왕후 태중에는 성인(聖人)이 든 것이 틀림없습니다. 지금 신라는 선대왕 때 *거차돈의 희생으로 간신히 부처님 말씀이 정착하였습니다. 금불의 현신은 왕후가 성인을 잉태했다는 증거입니다. 왕후가 궁 밖에서 마음 편히 살며 출산할 수 있도록 하면 대왕의 전도에 좋은 결과로 나타날 겁니다. 자칫 왕후가 심신이 미약하여 유산이라도 하는 날이면 불제자들의 거센 *궁서설묘가 예상됩니다. 그리되면 나라가 혼란 속으로 빠지게 되고, 대왕의 그간 노력이 물거품이 될 수 있습니다."

왕이 금진의 말을 곱씹어 보는 듯 잠시 말없이 허공을 응시했다.

"그 둘을 부부로 인정하라는 거지요?"

"대왕 폐하, 멀리 보셔야 합니다. 잠시의 분노로 패착을 두면 안 됩니다."

---

* **거차돈** – 居次頓. 이차돈의 다른 이름. 그의 희생으로 신라에 불교가 정착하는 계기가 되었다.
* **궁서설묘** – 窮鼠囓猫. 궁지에 몰린 쥐가 고양이를 문다는 뜻.

금진의 제안은 왕을 더욱 혼돈 상태로 빠트렸다. 왕은 숙명과 이화랑을 처형하여 끓어오르는 분노를 잠재우고 싶었다. 하지만 태후와 이사부가 사죄를 청하는 정성을 무시할 수도 없었다. 왕은 속이 타는지 자작으로 연거푸 술 석 잔을 입안에 털어 넣었다. 그는 술잔을 비우고 머리를 좌우로 흔들기도 하고 알 수 없는 소리를 뇌까리면서 마치 광인(狂人)처럼 행동했다. 술잔이 더해 갈수록 왕의 광기는 수그러들고 직수굿하게 앉아 하염없이 눈물을 흘렸다. 금진은 왕의 언동을 지켜보다가 곁으로 다가갔다.

"울고 싶을 때는 울어야 합니다. 바위처럼 단단한 사내는 속에 눈물이 가득하다는 것을 알고 있습니다."

금진이 왕을 살며시 안아 주었다. 왕은 금진의 품에서 대성통곡했다. 일곱 살에 신국의 왕이 되었지만, 십여 년을 태후의 섭정을 바라보며 정치를 배웠다. 왕이 친정을 하기까지 태후와 신하들에게 다친 마음의 상처가 태산 같았지만, 어린 왕은 불만을 밖으로 표출할 수 없었다. 그것들이 곪아서 응어리가 되고 마음의 병이 되어 왕의 가슴을 짓누르기도 했다.

왕은 눈물 콧물까지 흘리며 통곡했다. 금진은 마치 젖먹이를 다루듯 왕의 등을 다독거렸다. 그녀는 왕의 아비 입종 갈문왕을 위로할 때나 십수 년이 지나 그의 아들을 안아 줄 때와 별반 다른 감정을 느끼지 못했다.

"낭주의 제안대로 숙명을 출궁시키겠습니다. 이화랑의 못

된 짓도 그냥 넘어가지요. 잘났건 못났건 짐의 백성입니다. 어쩌면 태자가 이화랑의 자식일지도 모르지요."

"고맙습니다. 신라 만인이 대왕의 하해 같은 성심에 감읍할 겁니다. 정숙태자가 이화랑의 씨앗이라는 말씀은 숙고하셔야 합니다."

금진은 부전자전의 법칙을 믿었다. 그녀가 선대왕의 후비로 있을 때 입종갈문왕은 그녀를 자주 찾아와 형에 대한 불만을 털어놓고 지청구를 퍼붓기도 했다. 그러다가 제풀에 지쳐 울다 웃다를 반복했다. 그럴 때마다 금진은 입종갈문왕을 안아 주었다.

*사급불설의 진리는 변함이 없었다. 숙명과 이화랑의 사통 사건은 서라벌은 물론이고 신라 전역으로 퍼져 나갔다. 사내들은 숙명에게 연민의 정을 표하고, 이화랑에게는 온갖 욕을 해 댔다. 여인들은 숙명을 몹쓸 계집으로 매도하고, 이화랑에게는 하해 같은 연민의 정을 보였다.

---

* **사급불설** - 駟及不舌. 네 마리 말이 끄는 빠른 수레도 삽시간에 퍼지는 소문에는 못 미친다는 뜻.

색신(色臣)이 되다

금진은 상천당을 설성에게 맡기다시피 했다. 그 사품에 설성은 상천당에 거주하며 호사를 누리게 되었다. 갑자기 저택의 주인이 된 설성은 친구들을 초대하여 잔치를 열고 흥청망청 먹고 마시기에 여념이 없었다. 설만한 설성의 벗들은 가끔 새퉁스러운 행동을 일삼고 하인들에게 주정질도 하였다. 상천당에는 용걸종뿐만 아니라, 금진과 구리지 사이에서 태어난 토함, 사다함, 새달도 살고 있었다. 그들은 설성을 뜨악한 얼굴로 대했지만, 포제(胞弟)인 설원은 아끼고 돌보았다. 설성은 금진과 인연을 맺으면서 여러 요행수가 잘 들어맞았다. 그는 자신의 현재 호사가 행여 *나부지몽으로 끝나는 게 아닌지, 가끔 자신을 돌아보기도 했다.

용걸종은 온종일 방구석에 들어앉아 두문불출했다. 그는 한번 집을 나서면 두세 달 동안 방랑하다 돌아오곤 했다. 상천당 사람들은 그가 어디를 돌아다니는지 알지 못했다.

"자네는 출세했네. 도도한 금진낭주의 정인이 되고 자식까지 보지 않았는가? 어머니를 상천당으로 모시고 오게. 우리는 자네가 부럽네."

"그런 소리 마시게. 이게 어디 정상적인 사내가 할 짓인가? 어머니는 지금처럼 대행(大幸)에 사시는 게 최선일세. 사내는 칼을 차거나 붓으로 실력을 쌓아 입신출세해야 하네."

금진이 궁궐로 들어가면서 상천당은 설성의 벗들이 모이는 장소로 변했다. 여자 하인들은 밤낮 술과 음식을 만드느라 죽을 맛이었다. 토함은 궁성에 거주하면서도 수시로 상천당에 들르곤 했다. 그는 설성의 행동에 불만이 있었지만 참고 지냈다. 토함과 사다함은 상천당에 있을 때 밤낮으로 무예 연습과 공부에 여념이 없었다.

"나는 화랑이 되어 가문을 중흥하고 진충보국을 위해 기꺼이 목숨을 바칠 것이야. 사다함, 너도 나를 따르거라."

"저도 그렇게 하기로 마음먹고 있습니다."

"잘 생각했다. 화랑이 되면 실력을 쌓아 풍월주가 되어야 한다. 풍월주가 되면 장차

* **나부지몽** – 羅浮之夢. 나부산의 꿈이란 뜻으로, 덧없는 한바탕의 꿈을 말함.

출세는 보장되는 셈이거든. 지금은 이화랑님이 풍월주 노릇을 하고는 있지만, 언젠가는 우리가 그 자리에 앉아야 하지 않겠니?"

금진이 궁궐에 들어가 있지만 수시로 진주부인 자매를 상천당에 보내 집안 돌아가는 상태를 살피곤 했다. 금진이 가장 신경 쓰는 대상은 새달과 설원이었다. 토함과 사다함은 다 컸기 때문에 크게 신경 쓰지 않는 듯했다. 토함 형제는 또래 사내들보다 덩치도 크고 영민했다. 주변에서는 형제가 나중에 큰 인물이 될 거라며 칭찬이 자자했다.

신라의 화랑제도는 정착되기 전까지 우여곡절이 많았다. 화랑이 있기 전에 원화제도가 있었다. 그 제도의 목적은 행실이 뛰어난 자들을 육성하여 국가조직에 편입시키려는 일종의 인재 양성 제도였다. 두 원화의 불화로 원화제도는 폐지되고 화랑제도로 재정비되었다. 토함 형제는 바람대로 화랑이 되었고, 풍월주 이화랑은 토함을 부제로 삼았다. 그런데 토함은 자신보다 능력이 출중한 동생 사다함에게 부제를 양보했다.

"정숙태자를 폐위해야 합니다."
"맞습니다. 부정한 왕후의 자식입니다."
태후와 이사부의 눈물과 통곡으로 숙명과 이화랑은 목숨

을 건졌고, 숙명은 왕후에서 폐위되어 이화랑의 집으로 들어갔다. 서라벌 사람들은 이화랑과 숙명이 왕을 배신한 일로 목숨을 잃거나 먼 지방으로 추방당할 것으로 예상했었다. 하지만 사람들의 예상은 크게 빗나가고 말았다. 숙명은 태후와 왕의 승낙을 받아 이화랑과 정식으로 부부가 되었다. 숙명이 낳은 정숙태자는 여전히 궁궐에 거주하고 있었다.

"역시 아우의 계략은 기가 막혀. 이제 동륜왕자에게 날개를 달아 줘야 할 테지."

옥진과 사도는 대원신통에게 줄을 대고 있던 중신들을 움직였다. 모녀의 사주를 받은 중신들이 정숙태자의 정통성을 의심하는 발언을 공공연히 제기하기 시작했다. 궁궐 안팎으로 태자를 두고 분위기가 흉흉했다. 태후와 유착된 중신들은 당황하였다. 하지만 그들이 사태의 심각성을 감지했을 때 이미 대세는 정숙태자를 폐위하는 쪽으로 기울고 있었다.

"대왕 폐하, 숙명 왕후가 불미스러운 일로 폐위되었으니, 정숙태자도 폐위되어야 마땅합니다."

"대왕 폐하, 숙명 왕후의 저간 태도로 보아 정숙태자는 신라 민인들의 의심을 사고 있습니다. 조속히 처결해야 합니다."

"대왕 폐하, 폐위된 왕후와 이화랑은 오래전부터 사이가 무척 돈독했습니다. 태자의 정체성이 심히 의심스럽습니다."

어미가 눈 밖에 나면 그 자식 또한 밉게 보이기 마련이었다. 대원신통과 연계된 중신들이 왕의 가려운 곳을 긁어 주었다. 왕은 겉으로는 침착했지만 내심 기뻐하는 눈치였다. 그는 숙명을 왕후에서 폐위한 뒤로 정숙태자를 눈엣가시처럼 여기고 있었다. 하지만 태자 뒤에 태후가 버티고 있어 어찌할 수가 없었다. 중신들의 간언과 상소가 올라오자 태후는 식겁하여 자신이 믿는 신료들을 불러들였지만, 반응은 신통치 않았다. 숙명이 이화랑과 사통하여 폐위된 뒤로 태후는 이빨 빠진 호랑이로 전락하고 말았다. 이제 신라 최고의 권력자는 친정 체제를 구축한 왕이었다.

[정숙을 태자에서 폐위하고, 동륜을 태자에 봉한다.]

정숙은 태자에서 공식적으로 폐위되었고, 동륜은 신라의 태자가 되었다. 옥진이 조하방을 찾았다. 자매는 대원신통의 혈맥을 가진 동륜왕자가 태자의 위(位)에 앉은 것을 자축했다. 자세한 내막을 모르는 사도는 이화랑에게 무한한 감사를 보내고 있었다. 이화랑의 지지에 힘입어 사다함이 부제가 되니 그를 따르는 무리가 갈수록 늘었다. 사다함을 따르는 무리 중에 엄장한 풍채를 지닌 무관랑(武官郎)이 있었다. 그는 사다함보다 나이가 많았다. 무관랑은 사다함을 찾아가 사귀기를 청했다.

"공을 진심으로 받들겠습니다."

무관랑은 귀족 출신은 아니었지만, 풍신이 그럴듯하고 인정이 많았다. 외모도 칠칠하면서 깔밋한 선풍도골로 여러 면에서 사다함과 비슷했다. 신의를 위한 일이라면 발 벗고 나서는 데에 두 사람은 거의 동일했다. 사다함이 가는 곳에는 무관랑의 그림자가 어른거렸다.

선문과 낭문에서는 두 사람의 우의가 천년 바위처럼 단단하여 어떤 역경이 있어도 변함이 없을 것이라고 했다. 화랑도의 규율은 엄격했다. 부정을 저지르거나 품위를 유지하지 못하면 곧바로 퇴출되어 *풍류황권이나 낭적(郎籍)에서 제명되며, 다시는 화랑이나 낭도가 될 수 없었다.

어느 날 오후, 사다함은 오랜만에 상천당에 들러 잗다란 집안일을 할 예정이었다. 그가 무관랑과 함께 집에 도착하니 마침 금진도 있었다. 금진은 무관랑에게서 시선을 떼지 못했고, 그녀의 따가운 시선에 무관랑은 어리숭한 모습을 보였다.

"오랜만에 집안 분위기를 쇄신할 겸 잔치를 열어야겠다."

금진의 말 한마디에 상천당은 금방 잔칫집 분위기가

***풍류황권** – 風流黃卷. 화랑 단체 소속원의 명부.

되었다. 그녀는 가까이 사는 숙흘종까지 불렀다. 숙흘종, 용걸종, 토함, 사다함, 새달, 설원 등 금진의 소생들이 모두 한자리에 모였다. 자식들이 모이니 금진은 생각이 많아졌다. 자신의 배에서 나온 자식들이지만 아비가 제각각이라 여러 가지 갈등이 존재할 것만 같았다.

"어머니, 태자를 훈육하느라 노고가 많으세요."

숙흘종이 금진에게 공손히 인사를 올렸다. 그는 귀족 가문의 딸과 교제 중이었으나, 금진은 마음에 들어 하지 않았다. 숙흘종은 자주 대궐에 들어가 왕을 알현했다. 각자 생모는 다르지만 형제는 외모와 성품이 많이 닮아 있었다. 태후의 화려한 남성 편력과 골품제로 왕실의 가계가 뒤죽박죽 되어 버렸다.

"어머니, 이쪽은 무관랑이라고 하는데 소자의 사우(死友)입니다."

사다함이 무관랑을 정식으로 소개했다.

"무관입니다. 왕후님을 알현합니다."

금진은 무관랑을 내립떠보더니 흡족한 표정을 지었다. 마치 사다함과 쌍둥이가 된 형제를 보는 듯한 착각이 일었다. 무관랑은 금진의 날카로운 눈씨에 그만 고개를 숙였다. 그는 금진을 보는 순간 가슴이 글뛰는지 얼굴을 붉혔다.

"무관랑, 사다함을 많이 도와주세요. 나를 낭주라고 불러 주면 좋겠어요."

 무관랑을 바라보는 금진의 눈빛이 예사롭지 않았다. 무관랑은 풍신이 단아하고, 성품이 차분하여 처음 보는 사람에게 관심을 유발하게 하는 매력이 있었다. 그는 금진이 선호하는 사내의 전형이라고 해도 무방할 듯했다. 금진은 골품이 낮은 사내라도 행동이 조신하고 단아한 성품의 소유자라면 호감을 보였다.

"풍월주를 적극 돕겠습니다."

금진은 무관랑의 말을 무척 기꺼워했다.

"무관랑을 친형제처럼 대해 주기 바란다."

 금진의 부탁에 숙흘종 형제들은 무관랑과 속을 터놓고 이야기하는 사이가 되었다. 밤이 되면서 상천당은 오랜만에 웃고 떠드는 소리에 활기를 되찾았다. 금진이 왔다는 소문을 듣고 이웃들도 몰려들었다. 무관랑을 보는 금진의 시선이 야릇했다.

"낭주님에게 저의 순정을 전하고 싶습니다."

"무관랑, 기대할게요. 앞으로 시간은 많아요."

 금진이 무관랑의 말에 진심을 담아 응답하자 무관랑은 얼굴이 화끈거리며 가슴이 쿵쾅거렸다. 그녀는 자식들이 앞에 있는데도 대담한 표현을 하였다. 오히려 숙흘종 형제들이 금진의 말을 못 들은 척했다. 눈치 빠른 숙흘종은 동생들을 옆방으로 불러냈다.

"낭주님을 어머님으로 모시고 싶습니다."

"어머니보다 여인으로 대했으면 좋겠어요."

금진의 말뜻을 얼른 알아듣지 못한 무관랑은 어찌 행동해야 할지 몰라 속이 탔다. 무관랑은 말귀를 얼른 알아듣지 못한다고 금진이 서운한 표정을 지을까 봐 조바심쳤다. 온갖 풍상을 겪고 세상 이치에 달통한 금진에게 무관랑은 철부지 아이 같았다. *분벽사창의 안온한 내실에 두 사람만의 술자리가 길게 이어지고 있었다. 숙흘종 형제들은 금진이 술자리를 갖게 되면 온종일 걸리거나 혹은 하룻밤을 넘긴다는 습성을 잘 알고 있었다. 밤이 깊어지면서 숙흘종과 용걸종은 처소로 돌아가고, 토함과 사다함이 근심스러운 표정이 되었다.

"어머님께서 무관랑이 마음에 드시나 보다."

사다함의 얼굴이 어두웠다. 옆방에서 무관랑의 노랫가락이 흘러나오고 있었다. 노래가 끝나면 금진의 웃음과 손뼉치는 소리가 들렸다. 토함 형제는 금진과 무관랑의 술자리가 끝나기를 기다렸다. 형제는 금진과 무관랑이 함께 있는 방에 감히 들어갈 수 없었

***분벽사창** – 粉壁紗窓. 흰 벽과 비단 휘장이 쳐진 방으로 아름답게 꾸며진 규방을 말한다.

다. 내실에 촛불이 꺼졌지만 무관랑은 나오지 않았다. 형제는 충격을 받았는지 말이 없었다. 그들은 생모의 처신사나운 행동을 받아들이기 어려워하면서도 금진의 쓸쓸한 심사를 충분히 이해하고 있었다. 여명이 상천당을 희미하게 적실 무렵 무관랑은 돌아갔다.

ͽ

"풍월주, 지난번 저의 행동이 지나쳤습니다."

사다함은 무관랑이 상천당에서 금진과 함께 밤을 새운 일을 너그럽게 받아넘겼다. 왕이 금진을 새로운 정인으로 인정하면서부터 사다함은 자주 궁궐을 드나들었다. 왕이 사다함에게 화랑도에 관하여 여러 가지를 물었고, 사다함은 막힘없이 답변하였다. 사다함도 궁궐에 들어오면 동륜태자와 놀아 주었다. 먹성이 좋은 태자는 하루가 다르게 성장하였다. 금진은 조하방 일을 탈 없이 수행하면서 주변 사람들에게 능력을 인정받았다.

"대왕, 일이 생겼습니다."

저녁 때 왕이 조하방으로 행차했다. 왕이 반주를 곁들인 수라를 젓수었다. 금진이 왕의 눈치를 보다 입을 열었다. 그녀가 두 달째 몸엣것이 멈췄다고 하자 왕의 두 눈이 휘둥그레졌다.

"확실하지요?"

금진이 두수 없이 고개를 끄덕거리자 왕은 무척 놀라워했다. 그의 용안에 곧 웃음꽃이 가득했다. 금진은 며칠 전부터 왕에게 회임 사실을 고백하면 어떤 반응이 나타날지 몰라 고민했다. 그녀는 만일 아들을 낳으면 수단과 방법을 가리지 않고 자기 아들을 태자로 앉힐 자신이 있었다. 그녀가 자신감을 가지는 이유는 미타 여신과 카파이 쌍신이 도와줄 것으로 믿고 있기 때문이었다.

"왕자를 출산했으면 좋겠습니다."

왕이 속내를 드러냈다. 금진에게서 숙흘종, 용걸종, 토함, 사다함, 설원 등 다섯 명의 아들이 태어났지만, 용종으로 잉태한 싹은 없었다. 숙흘종과 용걸종은 입종갈문왕의 아들이어도 엄밀히 따지면 용종은 아니었다. 갈문왕은 나라에서 붙여 주는 존호였다. 갈문왕의 위촉 범위는 진골 중에서도 왕의 생부, 왕의 외조부, 왕의 형제 등이었다. 이사금(尼師今) 시대에는 갈문이라고 하다가 마립간 시대에는 갈문왕이라고 불렀으며, 왕의 방계 혈족도 갈문왕이 될 수 있었다.

왕에게 회임 사실을 알렸으니 내일이면 궁궐과 서라벌에 금진의 회임 소식이 파다하게 알려질 것이고, 여러 반응이 사방에서 쏟아질 것이었다. 금진은 옥진과 사도의 표정이 자못 궁금했다. 술자리를 파하고 침수에 들 시각이었다.

"낭주, 새로운 신기를 보여 주세요."

왕은 무척 달뜬 상태였다. 그는 색사를 시작하면 늘 자신의 의도대로 행동했고, 상대는 당연히 따라야 했다. 하지만 왕은 금진과 방사를 가지면서부터 여인도 잠자리에서 주도권을 가질 수 있다는 사실을 알게 되었다. 이전까지 사도를 비롯한 다른 여인들과의 상합이 가장 기본적인 형태라면 금진과 치르는 정교(情交)는 여인의 신체가 얼마나 아름답고 다양한 비기를 실행할 수 있는지 깨닫게 했다. 그녀의 몸짓에 현혹되면 그 어떤 사내도 쉽게 벗어날 수 없었다.

"대왕 폐하, 방사의 목적은 지극한 절정을 지향하려는 두 사람의 완벽한 심신의 합일에 있습니다. 어느 일방의 분주한 몸놀림보다 두 사람 행동이 일치되면 정신적으로도 하나가 될 수가 있답니다."

"낭주의 말에 동의합니다."

왕의 두 눈이 퉁방울만큼 커졌다. 왕과 금진은 혼령탈상액을 복용하였다. 회임한 상태여도 이 약은 태아에게 영향을 미치지 않았다. 단지 하룻밤의 색사를 위하여 일시적으로 성감 능력을 증강시키는 영약(靈藥)일 뿐이었다.

금진은 촛불을 서너 개 더 켰다. 내실에 촛불을 환하게 밝

힘으로써 서로의 몸을 관찰할 수 있고 곧 수줍음이나 창피함을 잊게 했다. 금진의 안색이 빨갛게 변하면서 숨소리도 거칠어지기 시작했다. 그녀는 겉옷을 벗고 속이 훤히 비치는 홑겹 옷으로 갈아입었다. 내실 벽에 깔밋해 보이면서 신비에 쌓인 미타 여신과 거늑한 카파이 쌍신의 신상도가 붙어 있었다. 여신과 쌍신이 불빛을 받자 더욱 찬란한 광휘를 발산하였다. 전후좌우 등 보는 각도에 따라 신상들이 마치 살아서 움직이는 것 같았다.

왕은 얼굴과 몸이 온통 파란색으로 빛나는 미타 여신에게 혼을 빼앗긴 듯했다. 그는 신상도를 가까이 다가가 살펴보았다. 머리에 보관을 쓰고 장식이 있는 기이한 지팡이 같은 것을 손에 들고 있는 여신은 보는 사람의 시선을 압도했다. 여신은 속이 훤히 비치는 하얀 사(紗)로 된 옷을 입었는데, 바라보는 사람의 영혼을 금방 흡수할 것 같았다. 여신의 풍만한 육덕이 왕의 음심을 자극했다. 미타 여신 옆에 붙어 있는 성화 속의 카파이 쌍신은 사슴의 얼굴과 사람의 몸을 하고 있었다. 쌍신은 서로의 신체를 끌어안고 합체된 상태였다. 금진은 두 신상 아래 향불을 피우고 주문을 외웠다.

"대왕 폐하, 서역에는 미타 여신을 숭배하는 신앙이 있습니다. 그 여신은 하늘의 정기이면서 수태의 근원이기도 하답니다. 또한, 카파이 쌍신이라 불리는 신(神)도 있답니다.

카파이 쌍신은 사슴의 머리와 인체를 지니고 있지요. 어떤 호사가는 카파이 쌍신을 대성환희자재천 또는 쌍신환희천이라고 부르기도 한답니다."

 기이한 경험을 하는 왕은 이미 꼭두각시가 되어 금진의 의도대로 움직이고 있었다. 왕은 새로운 경험을 한다는 발싸심에 흥분이 되는지, 숨소리가 거칠어지며 용안이 벌겋게 달아올랐다. 금진은 간단하게 잡교를 소개했다. 서역에서 잡교가 알려지게 되면서 음양의 교합(交合)은 수행의 방편으로 인식되었다. 이 잡교는 대륙을 거치며 도가에 방중선도(房中仙道)를 만들게 하였고, 음양쌍수와 함께 타방으로 전해지게 되었다.

 잡교는 신라에 공식적으로 전해지지 않았다. 잡교에서 숭상되는 신 중에서 미타 여신과 카파이 쌍신이 대표적이다. 카파이 쌍신은 환희지심을 나타낸다. 또한, 이는 음양 합일에서 일어나는 지극한 환희와 유관하다. 카파이 쌍신은 음양 합일을 기본으로 한 잡교를 대표하는 신이기도 하다. 잡교는 육신의 체험이 핵심을 이루고 있다.

 "낭주의 이야기가 알 듯 말 듯 합니다."

 잡교에 관하여 대강의 설명을 마친 금진은 본인이 쿠마라에게 전수받은 묘기 중에서 가장 최고의 기예를 왕에게 실연해 보이기로 했다. 금진이 왕을 푹신한 요 위로 눕게 했다. 왕은 그녀의 지시에 따라 움직여야 했다. 금진은 연신 왕에게 속삭였다.

 영(靈)과 육(肉)은 하나이다. 영 속에 육이 있고 육 속에 영이 있다. 삼라만상은 하나이고 동시에 무량수로 나뉘기도 한다. 네가 나이고, 내가 그대이기도 하다. 물아일체이며, 음양도 둘이 아니다. 암수의 지극한 복락 속에서 이루어지는 정교는 하나를 추구하기 위한 방편이다. 그 하나가 천만 억으로 분리되었다가 하나로 귀일한다. 금진은 이국의 말로 주문을 암송했다. 왕도 금진을 따라 주문을 암송하고 있었지만 그 뜻을 알지 못했다. 금진의 말과 손짓 그리고 눈빛에 따라 왕의 자세도 변화무쌍하게 바뀌었다.

 서라벌 하늘은 자주 끄느름한 상태가 되곤 했다. 봄부터 시작된 가뭄에 사람들은 하늘을 원망하였고, 왕은 기우제를 지내며 천심(天心)과 민심을 달랬다. 관아에서는 구휼미를 풀어 백성들을 구제하기 바빴다. 다행히 태풍이 불어와 비가 자주 내렸다. 금진은 회임한 사실을 두고 고민에 빠졌다. 빨리 옥진에게 사실을 말하고 사도에게도 알려야 한다는 강박감이 엄습했다. 하지만 그녀는 차일피일 미루며 여러 사람의 반응에 촉각을 곤두세웠다.

"뭐라? 그, 그게 정말이냐?"

김상궁이 사도에게 금진이 회임한 사실을 고했다. 김상궁은 궁중에서 일어나는 사소한 일들을 파악하여 사도에게 알리는 염알이꾼이었다. 사도는 왕이 조하방에 자주 간다는 사실을 알기는 했지만, 금진이 회임했다는 말을 듣고 충격을 받았다. 그녀는 암상이 발끈거리는 것을 억지로 참고 있었다.

사도는 믿는 도끼에 제대로 발등을 찍힌 기분을 어찌 석삭여야 할지 몰라 가슴만 칠 뿐이었다. 이제는 금진이 이모이기 전에 왕을 가운데 두고 싸워야 할 연적(戀敵)이 되었다. 금진에게 사내 다루는 법을 배운 사도였다. 그녀는 어떤 사내라도 금진의 능수능란한 마수에 한번 걸려들면 빠져나올 수 없다는 것을 잘 알았다. 금진이 왕의 씨앗을 품었다는 사실에 사도는 하늘이 무너지고 땅이 꺼지는 공포를 느꼈다.

"이모가 자식을 낳으면 안 된다. 아들을 낳으면 동륜태자의 지위가 위험해질 수 있다."

사도는 옥진과 상의하여 금진의 태중에 착근한 용종을 낙태라도 시킬 요량이었다. 그녀는 언젠가 꿈속에서 대조모 보미(寶美)가 경고한 말을 까맣게 잊고 있었다. 사도는 옥진을 찾았다.

"그런 일이 있었습니까? 축하할 일이 생겼군요. 왕후의 이모이니 많이 신경 써 주세요."

사도는 옥진의 뜻밖의 반응에 당황하면서 시뜻한 표정을 지었다. 옥진도 자신과 똑같은 심정일 것이라고 예단한 것이 얼마나 큰 착각이었는지 확인하는 순간이었다.

"어머니, 이모에게 낙태하라고 권하고 싶어요. 그 아이가 태어나면 왕실에 분란만 일으킬 수 있습니다."

옥진은 딸의 말에 사색이 되고 말았다.

"왕후는 이미 동륜태자와 금륜왕자를 보지 않았습니까? 지금 태중에 또 다른 대왕의 씨앗이 자라고 있고요. 동륜이 태자의 자리에 앉았는데 무엇이 두려운 게요?"

"어머니!"

"이 어미의 말을 끝까지 들으세요. 왕후가 명심해야 할 게 있습니다. 대왕이 뿌린 용종은 오로지 대왕만이 생사여탈권을 쥐고 있습니다. 만약 왕후가 이모에게 낙태를 권유하거나 술수를 사용하여 태아를 죽게 한다면 정비의 자리에서 폐위될 각오를 해야 할 겁니다."

옥진이 핏대를 세우며 언성을 높였다. 사도는 옥진의 그런 모습이 무척이나 생경했다.

"대왕이 모르게 낙태시키면 됩니다."

사도가 엉뚱한 말을 덧붙였다.

"왕후! 아직도 이 어미의 말뜻을 못 알아들었습니까? 용종으로 잉태한 생명은 최고의 영물이라 함부로 손대면 반드시 후환이 뒤따릅니다. 제발 위험한 망집을 버려야 합니다. 자칫 왕후와 이 어미까지 포함하여 우리 일족이 저잣거리에 끌려 나가 서라벌 사람들이 보는 앞에서 목이 잘릴 수도 있습니다."

옥진은 사도가 대단히 엉뚱하고 돌이킬 수 없는 일을 할까 두려웠다. 그녀는 숙명의 일을 떠올렸다. 어미의 일탈로 정숙태자까지 나락으로 떨어진 일이 얼마 전에 있었다. 사도가 질투에 눈이 멀어 몹쓸 짓을 한다면 참담한 비극이 벌어질 것이었다. 가뜩이나 태후가 사도를 무척 못마땅하게 여기고 있는 판국이었다.

"어머니가 이모에게 태중의 아이를 낙태하라고 권해 보세요."

"정신 차리세요! 왕후가 지금 얼마나 극악한 상상을 하는지 아세요? 나는 못 들은 것으로 할 테니, 다시는 그런 말 하지 마세요. 이 말은 어미가 딸에게 하는 마지막 경고입니다. 용은 역린을 건드리면 악마로 돌변할 수 있습니다. 왜 그리 아둔한 말만 자꾸 하는 게요?"

옥진은 노호하여 앙상한 손을 허위허위 내저으며 사도를

꾸짖었다. 그녀는 금진이 이화랑을 움직여 숙명 왕후를 폐위시키고 동륜이 태자가 된 내막을 말해 주려다 꾹 참았다. 옥진의 노기 띤 목소리가 귀청을 울리자 사도는 찔끔했다. 옥진은 격해졌던 심사를 가까스로 진정시키고 사도를 안심시키느라 애썼다. 사도는 새치름한 얼굴로 멍하니 앉아 있었다.

"금진이 아들을 낳는다면 내가 욕심 부리지 않도록 할 겁니다. 왕후가 불편하다면 동륜태자도 이제 다 컸으니, 이모를 출궁시키는 선에서 마무리하세요."

사도는 옥진의 말에 여러 가지를 생각했다. 자신이 아무리 신라의 정비라고 하여도 왕의 여러 지어미 중 한 명일 뿐이었다. 어떠한 일이 있더라도 지아비의 심기를 건드리면 자신에게도 좋을 리가 없을 것이고, 동륜이 태자의 자리에 있으니 더욱 조심해야 했다. 사도는 왕이 금진의 회임을 알릴 때까지 기다리기로 했다.

"내가 이모를 찾아가서 담판을 지어야 한다."

사도는 조급증이 일어 조하방으로 거동했다. 진도부인이 사도를 맞았다.

"낭주님은 출궁하셨습니다."

사도는 조하방에서 두 시진 정도 머물며 금진을 기다렸다. 땅거미가 내려앉은 시각이 되었어도 금진은 환궁하지 않았다. 동륜태자는 오랜만에 생모를 보아도 멀뚱하게 서서 사도가 묻는 말에만 답할 뿐이었다. 사도는 괜히 조하방 부인들에게 자질구레한 심부름을 시키면서 불편한 심기를 드러냈다. 사도는 금진이 돌아오지 않자, 혼잣말로 지청구를 해 댔다. 그녀는 구시렁대며 '낙태'라는 말을 여러 번 입에 올렸다. 진도부인이 사도의 말을 모두 엿듣고 말았다. 사도가 돌아가자마자 금진이 조하방으로 들어섰다. 진도부인은 금진에게 사도가 왔다 갔음을 상세히 알렸다.

"왕후가 은혜를 배신으로 갚으려 하는구나."

금진은 사도가 무서운 일을 시도하려는 정황을 알고 고민했다. 만약 진도부인이 고한 바를 왕에게 알린다면 사도는 감당하기 어려운 처지로 내몰릴 것이 뻔했다. 금진은 사도가 다녀갔다는 사실을 알고도 부러 왕후전을 찾지 않았다. 금진은 며칠을 두고 고민하였다.

"이모를 불러 궁에서 속히 나가라고 해야겠어."

사도는 옆에 김상궁이 있다는 것도 잊은 채 눈을 희번덕이며 혼잣말로 중얼거렸다. 김상궁은 사도가 암상스러운 데가 있다는 것을 잘 알고 있었다.

"왕후님, 금진낭주의 회임 건으로 마음고생이 많으세요. 요즘 불안 증세까지 보이시고 매사에 버성기는 모습에 가슴이 아프답니다. 마음을 독하게 잡수셔야 합니다."

색신(色臣)이 되다

"김상궁, 앞으로 내가 어찌하면 좋겠어?"

"수단과 방법을 가리지 말고 금진낭주를 출궁시켜야 합니다. 당초 계획하신 바는 너무 위험합니다. 용종의 생사는 오로지 대왕 폐하만 관여하실 수 있습니다."

사도 입장에서 김상궁의 진심갈력을 다하는 말이 상당히 일리가 있었다. 자신과 자식들을 보호하기 위해서 금진을 궁에서 쫓아내고 다시는 입궁하지 못하게 하려면 어떤 명분이 필요했다. 사도는 강제 낙태가 아닌 좋지 않은 수단을 고려했지만, 너무 위험성이 컸다.

우선 금진을 궁에서 쫓아낸 뒤에 자객을 보내는 방법도 있고, 낙태에 효험이 있는 약재를 선물하는 묘안도 있었다. 또한, 파락호나 개호주들을 사주하여 상천당을 난장판으로 만들어 금진이 충격을 받게 하여 낙태를 유도할 수도 있다. 그러나 악행의 배후가 밝혀지면 왕비라 해도 처형을 면할 수 없을 것이고, 옥진과 사도의 자식들은 모조리 죽임을 당하거나 또는 평민으로 강등되어 비참한 일생을 살게 될 것이 뻔했다.

"왕후께서 뵙자고 하십니다."

금진은 올 것이 왔다는 심정이었다. 사도가 보자는 전갈을 받은 금진은 착잡한 심정이었다. 신분의 고저(高低)가 사람을 변하게 만드는 게 분명했다. 처녀 시절 사도는 금진에게 늘 착하고 귀여운 조카였다. 금진은 옥진의 딸 중에서 사도를 가장 똑똑하고 영리한 조카로 보고 호의를 베풀곤 했다. 하지만 이제는 왕을 가운데 두고 적수가 된 상태에서 자신이 한심하기까지 했다.

"정면 돌파를 하는 수밖에…."

금진이 멍하니 늑진 자세로 창밖을 내다보며 혼잣말로 중얼거렸다. 그녀의 머리를 매만지던 진주부인이 조심스럽게 말을 건넸다.

"낭주님은 아직도 여염하세요."

진주부인의 생뚱맞은 말에 그만 금진의 얼굴이 풀어졌다. 그녀는 거울 속에 비친 자기 모습에 흡족해했다. 금진은 탄력 있는 몸매를 가꾸기 위해 매일 아침저녁으로 산책하고, 냉온수로 목욕하며 식사는 소식하였다. 그녀는 여러 명의 자식을 출산했어도 뱃살이 나오거나 둔부에 대책 없이 살이 오르는 현상을 철저히 경계했다. 덕분에 입던 옷을 부러 헐치어 만들어 입을 필요가 없었다. 한 달에 한 번 몸에서 피어나는 붉은 꽃은 여전히 싱싱한 진홍의 빛을 잃지 않았다. 진주부인의 말 한마디에 금진은 자기 모습을 돌아보고 자신감을 얻었다.

금진은 진주부인의 객쩍은 말에 긴장했던 심사가 약간은 풀어졌다. 금진은 사도를 만나러 가는데 부러 치장하고 가려고 했다. 그녀는 붉은 계통의 *계수금라로 지은 옷을 입었다. 치마와 저고리의 옷깃에는 금니(金泥)가 선명했다. 금진은 평상시에 조하방에서는 육두품이 사용할 수 있는 계수라(罽繡羅), 세라(繐羅), 포방라(布紡羅), 야초라(野草羅) 등의 옷감으로 지은 검소한 형식의 옷을 입었다. 용 문양이 양감된 *슬슬전을 머리에 꽂고 거울을 보았다. 머리에 황룡이 살아 움직이는 듯한 느낌에 금진은 스스로 고무되었다. 거울 속에서 사내들의 시선을 단번에 사로잡을 여인이 배시시 웃고 있었다.

"왕후님을 뵙습니다."

금진에게 사도는 예전의 조카가 아니었다. 이제는 이모와 조카가 한 사내를 두고 다투는 사이가 되었으며, 집안의 항렬 따위는 아무 소용이 없었다. 오로지 국법에 따른 서열이 존재할 뿐이었다. 서로를 바라보는 시선이 묘했다. 금진의 화려한 옷과 성장에 사도의 눈빛이 반짝거렸다. 자기 뜻에 따라 유모로 들어온 이모였으나, 이제는 왕의 사랑을 조금이라도 더 차지하기 위해 다퉈야 하는 연적이었다.

사도는 기가 막힌지 입술

- ***계수금라** – 罽繡金鑼. 신라 시대에 상류층이 즐겨 찾던 귀한 옷감.
- ***슬슬전** – 瑟瑟鈿. 벽옥을 양감하여 만든 비녀. 진골 이상의 여인들이 주로 사용하였다.

을 지그시 깨물었다. 금진은 사도의 안색이 심각하게 굳어 있는 모습에 긴장하였다. 사도는 금진의 운명을 좌지우지할 수도 있는 신라의 정비였다.

"같은 궁궐에 살면서도 낭주 얼굴을 보기가 하늘의 별 따기보다 어렵습니다. 내가 먼저 연통을 넣어야 만날 수 있으니, 왕실의 서열 체계에 심각한 문제가 있는 듯합니다."

예전에 다정다감하던 조카의 모습은 보이지 않았다. 금진은 사도의 태도로 미루어 무슨 말을 할지 대충은 감을 잡을 수 있었다. 잠시 이모와 조카 사이에 찬바람이 불었다. 사도는 임신한 상태인데도 윤왕좌 자세로 거드름을 피웠다.

"소비가 대왕의 승은을 입어 회임하였습니다."

금진이 겨우 한마디 하고 사도를 똑바로 바라보았다. 그녀는 조카에게 비굴한 모습을 보이고 싶지 않았다. 하지만 사도는 신라의 정비이고 자신은 왕과 눈이 맞아 사통하여 회임한 선대왕의 후비였다. 금진의 눈씨에 힘이 들어가 있었다. 이모와 조카의 다정했던 사이는 어느새 처음 보는 타인처럼 섬서해졌다.

"왕실의 안주인은 이 사람입니다. 왕실 소속 여인들은 나의 지시에 따라야 합니다."

예상치 못한 사도의 새통스러운 말에 금진은 정신이 번쩍 들었다. 하지만 조카에게 자존심을 구길 수는 없었다. 금진은 속에서 솟아오르는 분노를 꾹 참으며 자신을 다독였다. 자리가 사람을 만든다는 말이 하나도 틀리지 않았다. 사도의 말에 금진이 화를 참지 못하고 엉뚱한 입초시로 상황이 악화한다면 일은 수습할 수 없게 될 것이다.

"그리해야 하겠지요."

"동륜태자가 다 커서 이제는 유모가 필요하지 않습니다. 낭주께서는 그만 조하방에서 물러나 사가로 돌아가세요. 낭주가 고집을 피우거나 되지도 않는 이유를 들어 궁궐에서 잔득하게 묵새길 생각이라면 나와 일전을 각오해야 할 겁니다. 나의 태중에 있는 아이와 낭주의 뱃속에 든 아이는 품격이 전혀 다릅니다. 낭주가 아들을 낳으면 얼자(孼子)가 되고, 딸을 보면 사녀(私女)라 할 수 있겠지요."

사도의 말은 비수가 되어 금진의 가슴을 후벼 파고 있었다. 사도는 노골적으로 금진의 분노를 유발하여 불경한 행위를 하도록 조장하는 게 틀림없었다. 금진이 불손한 말 한마디, 불민한 행동이 있게 되면 즉시 궁에서 퇴출당할 것이 분명할 터였다. 금진은 불끈 솟치는 화를 석삭이고 현명한 대응을 해야 했다.

"태중에 든 용종을 소비가 마음대로 장소를 바꿔 가며 돌볼 수 없다는 것을 왕후께서 잘 아실 테지요. 왕실 법도에 따라 용종은 왕궁에서 낳고 돌보며 양육해야 합니다."

금진의 예상치 못한 반발에 사도는 순간 혼란스러웠다. 금진이 사도의 말만 듣고 출궁한다면 자칫 왕의 노여움을 살 수도 있는 일이었다. 만일 금진이 사도의 족대김을 견디지 못하고 억지로 출궁한다면 사도와 옥진도 다칠 수 있을 것이었다. 조카와 이모의 불꽃 튀는 언쟁이 더 이어졌다. 용종과 관련한 장소 변경 건은 두 여인이 감히 결론을 낼 수 없었다. 금진과 사도는 서로 얼굴을 붉히고 헤어졌다. 조하방으로 돌아가는 금진의 발걸음이 천근만근이었다. 사도에게 받은 충격은 금방 가라앉지 않을 것 같았다.

"내관은 왕후전에 연통을 넣어라."
"대왕 폐하, 오늘은 월화궁주 처소로 드시는 날입니다."
"순번을 바꿨다."
 왕은 후비들의 처소를 찾는 일자가 정해졌음에도 순번을 바꿔 사도를 찾기로 했다. 그는 금진의 회임 소식을 정비인 사도에게 알려야 한다는 압박감이 있었다. 차일피일 아닌 보살 하고 있다가 보면 나중에는 자신이 곤란한 처지에 몰릴 것만 같았다.

그동안 사도에게 알릴 기회는 얼마든지 있었으나, 자기 입으로 알리기에는 껄끄러운 면이 있었다. 왕은 태후에게는 정식으로 알린 상태였다. 태후는 옥진과 앙금이 있어도 금진에게는 그렇지 않았다. 땅거미가 내려앉을 무렵 왕은 부담스러운 심정으로 왕후전을 찾았다. 미리 연락을 받은 사도는 분단장하고 지아비를 기다리고 있었다.

 그녀는 이제 참열했던 오조증에서 오는 고통도 사라져 심신이 편편했다. 사도의 배가 나온 것이 완연하여 한눈에도 임부(妊婦)라는 것을 알 수 있을 정도였다. 사도가 처소 앞까지 나와 왕을 맞았다. 왕은 사도의 손을 잡고 나란히 왕후전으로 들었다. 두 사람의 다정한 모습을 보면 아무 문제 없는 부부가 틀림없었다. 왕후전 상궁 나인들이 바삐 움직였다. 금방 저녁 수라상이 들어왔다.

 "대왕, 금진낭주가 회임했다고 합니다."

 "왕후에게 그 소식을 전하려고 합니다."

 "낭주가 회임한 지 꽤 되었다고 들었습니다."

 두 사람은 겸상으로 수라를 젓수었다. 그런데 간간이 오가는 대화가 보통 때와 달랐다. 왕은 사도를 비중 있게 대하면서도 요즘은 금진에게 더 신경 쓰고 있었다. 그는 금진이 조하방 부인으로 들어오고 난 뒤로 수시로 그곳으로 행차했다. 조하방은 금진이 유모로 들어오기 전에 왕은 한 번도 찾지 않던 곳이었다. 그러나 왕은 이제 밤낮으로 조하방으로 건너갈 궁리만 했다. 왕은 사도의 시선이 매매 부담스러웠다.

"왕후가 금진낭주를 잘 보살펴 주세요."

왕이 기신대다가 시치름한 표정으로 겨우 한마디 했다. 지아비 입에서 전혀 다른 반응이 나오자, 사도는 은근히 부아가 치밀었다. 그녀는 왕의 미덥지 못한 응답에 가슴이 뛰고 자신도 모르는 사이에 주먹을 쥐고 몸을 부르르 떨었다. 사도는 왕이 미안하다거나 또는 그와 비슷한 말로 사통한 일에 유감의 뜻을 나타낼 것으로 기대했었다. 그 예상이 깨져 버리면서 사도는 당황하였다. 왕은 분위기가 심상치 않게 변질되자 자작으로 연거푸 술 석 잔을 비웠다.

"낭주를 출궁시키세요. 동륜태자가 다 커서 이제 유모가 필요 없어요."

사도는 간신히 가슴을 진정시키고 자기 뜻을 밝혔다. 속에 있는 말을 꺼내지 않으면 병이 날 것 같았다. 왕은 사도의 예상 밖의 말에 용안이 순식간에 변하면서 눈꺼풀이 떨렸다. 사도가 언짢은 말을 해도 왕은 지금처럼 심기가 불편한 적이 없었다. 사도가 자꾸만 같은 말로 왕을 족대기면서 두 사람 사이에 침묵의 강이 만들어졌다. 그녀의 말은 예의를 벗어났고, 지아비에게 해서는 안 되었다.

"낭주는 왕후의 이모가 아닙니까? 짐의 자식을 잉태한 사람을 어떻게 출궁시킵니까? 왕의 자식은 궁궐에서 낳고 자라야 합니다. 왕후가 너그럽게 받아들이세요."

왕이 사도에게 타이르듯 자기 뜻을 밝혔다.

"저는 그리 못 합니다. 낭주를 출궁시키세요."

사도의 입에서 앙칼진 음성이 튀어나왔다. 왕은 그녀의 매정한 반응에 기가 막혔다. 여태껏 왕에게 한 번도 대드는 모습을 보인 적이 없는 사도였다. 순간 왕은 사도에게 정나미가 떨어지고 말았다.

"어험! 참으로 고약한 일이로고…."

왕도 분노를 참지 못하고 소인배처럼 변하는 순간이었다. 그의 용안이 붉으락푸르락했다. 왕이 자작으로 술 두 잔을 게 눈 감추듯 비웠다. 그제야 사도는 자신이 조금 전에 한 말과 왕의 무서운 반응에 가슴이 덜컥 내려앉았다. 그녀는 지아비가 지금처럼 노기(怒氣)를 띠고 불만을 드러낸 모습을 처음 보았다.

사도는 옥진으로부터 용의 역린은 절대로 건드리면 안 된다는 말을 귀가 따갑도록 들어온 터였다. 하지만, 사도는 옥진의 당부를 잊어버리고 질투와 시기를 드러내고 말았다. 왕이 사도를 노려보다가 자리에서 벌떡 일어났다. 그는 사도가 야죽야죽 입을 놀리는 데 화가 난 듯했다.

"대왕! 수라를 젓수다 말고 어딜 가십니까?"

사도의 암상으로 부아가 난 왕은 기분이 상해 다른 후비의 처소로 향했다. 사도는 지아비를 잡으며 가지 말라고 했지만 소용없었다. 그녀는 멍청히 왕의 뒷모습을 바라보며 입술을 깨물었다. 왕에게 여러 후비가 있는데, 그중에 보명(寶明)은 태후와 구진 사이에서 태어났다. 왕과는 이부동모 남매였다. 그녀 역시 태후의 강력한 권고로 숙명처럼 왕과 혼인하였다.

"오라버니, 아니 대왕 폐하!"

요요한 자태와 교용을 자랑하는 보명이 뛰어나와 왕을 맞았다. 밤이슬을 함초롬하게 맞은 야화가 분명했다. 왕은 이제 보명을 여동생이 아닌 여인으로 대하고 있었다.

"잘 지내고 있지요?"

"대왕 폐하, 금진낭주와 왕후께서 임신 중이라 들었습니다. 지금 왕후를 위로하고 오시었으니, 이번에는 조하방으로 가셔서 낭주를 위로하세요. 소비는 지금 꽃물이 흘러넘치고 있습니다. 닷새 정도는 지나야 마음 편하게 폐하를 모실 수 있을 것 같습니다."

보명은 손가락을 깨물며 천연덕스럽게 곤란한 표정을 지었다. 그녀는 태후의 여러 딸 중에서 가장 미모가 뛰어난 편이었으나 돌계집이 되어 자식을 낳지 못했다. 타고난 몸바

탕이 가벼운 데가 있기는 하지만 마음씨 하나는 고운 편이었다.

"궁주는 마음 씀씀이가 넓어 좋습니다."

왕은 의미 있는 표정을 한번 지어 보이고 즉시 조하방으로 향했다. 왕은 보명에게 쫓겨난 것 같은 기분에 용안이 흐려졌다. 사도에게 언짢은 소리를 들은 것은 그렇다 쳐도 보명에게까지 내침을 당한 듯하여 잠시 심사가 울울했다. 하지만 다행히 보명이 금진의 처소로 가라고 한 말이 한편으로는 고맙기도 했다. 이미 밤이 깊어 사방이 어둡고 고요했다. 왕궁 밖에서 개들이 짖어 대는 소리가 바람을 타고 은은히 전해졌다.

"낭주를 사가로 보내야겠어. 대궐 안에서 몸을 풀면 입정사나운 어머니와 사도의 투기에 고통 당할 거야. 짐이 사가로 나가라고 해서 행여 마음의 상처를 받으면 어쩌지?"

왕은 조하방으로 향하다 말고 잠시 하늘을 올려다보며 중얼거렸다. 초승달이 희미한 빛을 발산하고 있었다. 왕은 자신이 태후와 사도 사이에서 주변 사람들의 눈치를 보는 처지가 된 것이 약이 올랐다.

"대왕 폐하, 부여비 처소로 모실까요?"

부여비는 백제 *성왕의 딸

* **성왕** - 聖王. 백제의 제26대 왕. 이름은 부여명농(扶餘明濃)이며, 554년 관산성 부근에서 신라군에게 잡혀 신라군 무장 도도(都刀)에게 참수되었다.

로 나·제 동맹 차원에서 정략적으로 혼인한 사이였다. 두 사람 사이에 자식은 없었다. 왕은 부여비가 아직도 자신을 보면 냉랭한 시선을 거두고 있지 않다는 것을 알고 있었다.

"조하방으로 간다."

내관이 지등을 들고 왕 옆에서 걷고 근위병과 상궁 나인들이 줄느런히 뒤를 따랐다. 발 빠른 나인 한 명이 쏜살같이 조하방으로 달려갔다. 미리 연락을 받은 금진이 조하방 대문 앞까지 나와 왕을 기다렸다. 갑자기 왕이 온다는 말에 금진은 가슴이 콩닥거렸다. 그녀는 오늘 밤에 왕이 사도의 처소에 드는 것으로 알고 있었다. 왕이 자신의 처소로 온다는 말에 순간 여러 가지 생각이 스쳤다. 저쪽에서 왕이 희미한 달빛을 한 아름 머리에 임질하고 천천히 걸어오고 있었다.

"대왕 폐하, 어서 오세요."

금진은 왕에게 달려가 두 팔로 끌어안았다. 마치 누이가 남동생을 안듯 했다. 금진의 따뜻한 환영에 왕의 입이 벌어졌다. 그녀에게서 발산되는 달콤한 체취가 왕을 달뜨게 했다. 두 사람은 석물(石物)처럼 움직이지 않고 붙어서 서로의 감정을 확인하는 듯했다. 궁인들은 뜨악한 얼굴로 시선을 어디에 둘지 몰라 고개를 푹 숙이거나 옆으로 돌려야 했다.

"안에 계시지 않고요?"

왕도 금진을 얼싸안고 등을 다독였다.

"잘 오셨습니다. 하늘은 높고 별들이 낮게 내려와 빛나는 밤이라 가슴이 답답했습니다. 옆에 대왕이 계시면 하염없이 떨어지는 유성우를 함께 구경했으면 했습니다."

"유성우를 자주 보면 우울증에 걸린다고 합니다. 별똥별은 종말, 죽음, 이별 등을 상징하니 오래 올려다보면 태아에게 좋지 않습니다. 짐은 왕실이 번족하기를 진심으로 기대하고 있습니다."

왕이 금진의 배를 살살 비다듬었다. 금진은 왕의 언동에 그만 눈물이 나왔다. 왕은 금진에 비해 나이는 어려도 감성이 풍부한 편이었다. 그녀는 얼른 눈물을 닦고 늘 왕을 대하던 대로 행동했다. 금진은 나인들에게 일러 주안상을 들이도록 했다. 왕은 거의 매일 밤 후비들과 어울려 수작하다 보니 어느덧 두주불사가 되어 있었다. 금진은 사도가 자신에게 협박한 말을 왕에게 일러바치고 싶었으나 꾹 참았다. 왕을 사이에 두고 이모와 조카가 사랑싸움하는 것 같아 남에게 볼썽사납고 왕에게 충격을 줄 것만 같았다.

"대왕 폐하, 태아는 잘 자라고 있습니다."

"신라 왕실은 아들이 귀합니다."

왕에게는 동륜태자, 금륜왕자 등이 있었다. 하지만 왕이 아들을 바라는 이유는 많은 의미를 담고 있는 것 같아 금진에게 무언의 암시로 다가오기도 했다. 왕의 말에 금진은 자신이 왕자를 낳으면 태산 같은 복록을 취하고 자자손손 영화를 누릴 것으로 기대했다.

"소비는 대왕이 보이지 않으면 불안합니다."

"짐도 그렇습니다."

왕의 말에 금진은 긴장하면서도 감동하는 안색이 역력했다. 그녀는 왕이 말은 그렇게 하지만 자신에게 할 말이 있는 게 분명하다고 판단했다. 하지만, 왕은 술잔을 기울일 뿐 선뜻 속내를 밝히지 않았다. 술 서너 잔을 비운 왕이 깊은 생각에 잠긴 듯했다. 금진은 사도와 거처 문제를 두고 신경전을 벌인 뒤라 왕이 무슨 말을 할지 대강은 짐작하고 있었다. 게다가 왕이 조금 전까지 사도와 함께 있다 온 것을 보면 분명했다.

"대왕 폐하, 소비와 있으면 편한지요?"

"그럼요. 아침에 눈을 뜨면서부터 낭주의 넉넉하고 아름다운 모습만 눈에 아른거린답니다. 다른 후비와 상합하면서도 낭주 생각이 났습니다. 낭주는 짐에게 꺼지지 않을 잉걸불입니다."

"그 후비가 대왕의 마음을 알면 실망하겠어요."

금진은 왕의 말을 웃으며 받아넘겼다. 왕이 끝까지 자신을 찾은 목적을 말하지 않을 것 같아 조바심이 일었다.

"낭주, 서운하게 듣지 마세요. 아이를 사가에 나가 출산하는 게 어떤지 묻고 싶군요. 사가에서 출산한다고 해도 궁궐에서 낳는 것처럼 어의와 의녀들을 파견할 것이고, 출산에 소용되는 비용을 왕실에서 지원할 겁니다. 군사를 파견해 낭주의 집 주변에 금표를 세우고 철통같이 경계를 펼쳐 잡인의 접근을 통제할 예정입니다."

왕은 취기가 오르니 그제야 금진의 회임을 입에 올렸다. 금진은 가슴이 미어졌다. 이것이 정비와 왕의 승은을 입고 회임한 자신과의 차이라고 생각하니 눈물이 날 지경이었다. 금진의 눈가에 눈물이 갈쌍갈쌍하자, 왕은 입을 굳게 다물고 멍하니 술잔을 응시했다. 금진은 이제 사도의 부당한 요구를 가슴에 담고 가슴앓이할 필요가 없다고 판단했다. 그녀에게는 차라리 잘된 일이었다.

"폐하, 오늘 낮에는 왕후가 소비에게 궁에서 나가라고 했습니다. 하지만, 소비는 대왕의 허락이 있기 전에는 절대로 나갈 수 없다고 했습니다. 대왕께는 말씀드리지 않으려고 했지만, 알고 계셔야 할 것 같아서요."

금진은 참았던 원루를 흘리며 왕에게 낮에 있었던 일을 슬며시 뚱겼다. 하지만 진도부인에게 들은 내용은 말하지 않았다. 이모 처지에서 조카에게 일방적으로 당한 설움이 연달아 터져 나왔지만, 소리 내어 통곡할 수 없었다.

"짐이 용렬하여 그런 일이 일어났습니다."

왕은 금진이 울고 있는 지금 상태가 자신으로부터 기인했다는 자책감에 고개를 들 수 없었다. 왕은 사도가 자신에게 한마디 상의도 없이 금진을 궁에서 나가라고 한 처사에 분노가 끓어올랐다. 아무리 정비이지만 신라의 지존이면서 지아비인 자신을 무시한 행동을 그냥 넘어갈 수 없었다. 왕은 마음의 상처를 입었을 금진을 달래고 위로하는 일이 급선무였다.

왕이 창망하여 미안한 마음을 전하니 금진도 고집만 부릴 수 없었다. 왕이 자신의 행동에 관하여 미안한 마음을 품고 금진에게 유리한 방향으로 개부심한다면 다행이지만, 그렇지 않고 적당한 선에서 그치려 한다면 다른 방안을 모색해야 했다. 왕실에 워낙 변화무쌍한 일들이 많아 그때그때 상황에 맞고 지혜롭게 대처해야 했다.

"대왕의 뜻에 따르겠습니다. 대왕 폐하, 조하방에 진주부인 자매가 있습니다. 그 자매를 소비와 함께 출궁하도록 허락해 주세요."

"그리하세요."

금진은 왕에게 있어 어머니나 다름없었다. 왕의 생부 입종갈문왕과 인연을 맺어 숙흘종과 용걸종을 낳았으니 당연히 그럴 만했다. 하지만 지금은 할아버지의 후비이며 아버지의 연인을 취해 회임하게 했으니, 왕의 기분도 상당히 묘한 상태였다. 왕은 태후의 반응이 궁금했다. 웬만해서 자신의 속내를 내보이지 않지만, 그녀 역시 심정이 무척 복잡할 것 같았다. 남편의 정인이었던 여인을 아들이 임신까지 시켰으니, 태후의 기분이 좋을 리가 없을 것이었다. 가뜩이나 태후는 옥진 자매를 늘 탐탁하게 여기지 않았다. 밤이 깊어가고 있었다.

"폐하, 침수 드셔야죠."

조하방 내부 주변은 상궁과 나인들 그리고 밖에는 근위병들이 잡인의 접근을 철저히 경계하고 있었다. 두 사람이 합방하면 내실은 늙은 상궁 이외에는 아무도 접근할 수 없었다. 늙은 상궁도 왕과 후비들의 잦은 상합에 신경이 날카로워졌다. 그녀는 여인의 고유 기능이 끝난 상태라 왕의 색사나 등하색에는 크게 관심이 없었다. 다만, 자신이 밤새워 수직하는 날에 행여 불미스러운 일이 일어나지 않기를 바랄 뿐이었다. 하지만 늙은 상궁도 여인이었다.

"낭주는 요분질에 재주가 있어. 법흥대왕을 후릴 때도 그리 아양을 떨더니만, 이제는 그의 외손자를 품고 혼을 빼고 있네."

늙은 상궁은 조하방 내실 앞마당을 이리저리 바장이며 하늘을 올려다보고 작은 소리로 지청구를 해 댔다. 바람이 불자 먼 데서 개 짖어 대는 소리가 아련히 들려왔다.

ೞ

 날이 밝자 조하방은 바삐 돌아갔다. 금진은 출궁할 준비를 마치고 태후를 찾아가 문후를 여쭈었다. 그녀는 이미 왕에게 자세한 내용을 들어 금진이 출궁한다는 사실을 알고 있었다. 태후와 금진은 지극히 형식적인 인사를 주고받았다. 태후전을 나온 금진은 옥진을 찾아갔다. 동생을 대면하는 옥진의 얼굴이 칙칙하게 굳어 있었다. 용종을 잉태한 동생이 출궁한다는 사실이 그녀에게는 심적으로 부담이 되었다.
"언니 노릇을 못 하는 것 같아 미안해요."
"나는 언니와 왕후에게 감정은 없어요."
 금진의 말에 옥진은 안도하는 표정이었다. 금진이 왕후전을 찾아갔으나 사도는 몸이 좋지 않다는 이유로 얼굴도 보여 주지 않았다. 진주부인 자매가 휘청거리는 금진을 양쪽에서 부축했다. 조하방 앞마당에 황금 마차가 대기하고 있었다. 왕실 전용 마차는 진골 귀족들이 타는 것보다 내부가 크고 넓었다. 조하방 부인들이 모두 나와 금진을 배웅했다. 마차는 대궐 정문을 나와 서라벌 저잣거리를 달려 곧 상천당에 도착했다.

앞마당에는 설성과 설원 그리고 새달이 나와 있었다. 그들 뒤로 영지와 하인들도 나와 주인을 맞이했다. 금진은 예상치도 않은 환대에 입이 벙그러졌다. 그녀가 상천당을 비운 시간은 그리 길지 않았지만, 그 사이에 새달과 설원은 몰라볼 정도로 성장해 있었다. 설성은 살이 올라 배가 남산만큼 나와 있었다.

"낭주, 오랜만입니다."

설성이 시큰둥한 얼굴로 금진을 맞았다.

"잘 지냈지요?"

"어머니, 어서 오세요."

"새달이와 설원이가 몰라보게 컸구나. 용걸종은 아직도 방랑하는 중인가 보구나."

금진은 남매를 꼭 안아 주었다. 그녀는 자신의 권력욕에 자식들이 희생되는 것 같아 눈물이 났다. 그녀가 권력에 대한 미련이 없었다면 상천당에서 어린 자식들 양육에 오로지했을 터였다. 상천당에 주인이 돌아오면서 활기가 넘쳤다. 그동안 쥐 죽은 듯 조용했던 저택에 사람 사는 소리가 들리고 하인들의 콧노래 소리도 담장을 넘었다. 금진이 돌아왔다는 소식을 듣고 주변에 사는 귀족들도 찾아와 인사를 하였고, 금진은 그들에게 술이나 다과를 제공하며 상냥하게 대했다.

 금진의 몸피도 점점 불어 가고 있었다. 새달은 금진 곁에서 자잘한 일들을 심부름하고 말 상대가 되어 주었다. 용결종은 산천경개를 유람하겠다며 상천당을 떠났다고 했다. 금진이 돌아온 것을 모두가 환영했지만, 설성의 얼굴이 그리 밝은 편이 아니었다. 정인이 왕의 씨앗을 품은 임부라는 사실이 퍽 기분 좋은 일은 아니었다.

 "낭주, 아이를 낳을 때까지 내가 다른 방을 쓰는 게 좋을 듯합니다."

 "나는 임부이니 자다가 무슨 일이 일어날지 모릅니다. 밤에는 그대가 내 곁에 있어야 합니다."

 금진의 말에 설성은 입맛만 다시며 머줍은 표정을 지었다. 설성은 금진의 말을 이해하면서도 한편으로는 서너 달간 상천당에 맥없이 주질러앉기가 겁이 나기도 했다. 자신은 진골이나 육두품 등 상위 골족(骨族)에 들지 못한 신분이기에 더욱 두려움이 컸다. 하지만 금진이 출산할 때까지 밤에 자신의 곁을 지켜 달라는 말에 묘한 기분이 들었다. 금진은 설성이 자신의 뜻을 알음장하도록 소지마립간의 이야기를 들려주었다.

 소지마립간은 재임 때 일곱 명의 마복자를 둔 적이 있었다. 마복자는 신라 사회에만 있던 은밀한 풍습으로 고구려나 백제 등에서는 찾아볼 수 없었다. 지아비가 임신한 지어미를 상전의 침첩으로 보내면서 마복자 관계가 형성된다. 상전은 보통 반년 정도 부하의 처와 관계하며 태어날 아이와 인연을 맺는 것이다. 일종의 의제 가족 관계를 맺는데 색공(色供)을 주요한 수단으로 삼았다. 왕의 마복자는 아무나 될 수 있는 것이 아니며, 왕과 마복자 관계를 맺는 대상은 주로 왕족이나 진골 귀족 등의 자식이었다.

소지마립간과 동침한 여인들은 하나같이 옥모화용을 자랑했다. 권력을 잡기 위하여 임신한 아내를 제공하는 귀족 사내들의 행태에 관하여 뭐라고 말하는 자는 없었다. 뜻은 있으나 용기가 없는 자들은 자식을 마복자로 만들지 못해 무척 아쉬워했다.

"아이를 낳으면 궁으로 돌아갈 건가요?"

"궁궐 출입은 내 마음대로 할 수 있는 일이 아닙니다. 그대가 이 아이의 대부 노릇을 해 주세요. 대왕께서 아시면 크게 고마워할 것이고 장차 설원이에게도 좋은 영향이 갈 겁니다."

설성은 금진의 말에 눈이 번쩍 뜨였지만, 용종을 품고 있는 금진이 부담스러웠다. 그런데 금진이 설원의 장래까지 연계하여 생각하고 있다는 사실에 설성은 속으로 고맙게 여겼다. 설성은 세상일에 타인보다 셈평이 다소 느린 편이었다. 내실에 불이 꺼졌다. 사방은 정적에 빠져들었고 간간이 멀리 토함산 쪽에서 늑대 우는 소리가 들리곤 했다.

○

"금진낭주가 어찌 지내고 있는지 궁금하구나."
 왕은 정무를 마치고 사방이 저뭇할 즈음 월화궁주의 처소를 찾았다. 그가 술잔을 들고 혼잣말하는 것을 궁주가 듣고 있었다. 월화궁주는 왕이 자신의 처소를 찾아 준 것만으로도 무척 고마워했다. 그녀는 자신이 옆에 있는데도 금진을 입에 올리는 왕의 심사를 이해할 수 없었다. 궁주는 쓰린 속을 달래며 왕에게 웃는 얼굴로 대했다. 왕은 정사를 보다가도 천장을 올려다보며 멍청하게 앉아 있거나, 다른 후비와 상합하는 중에도 금진의 화려한 신기(神技)를 상상했다.
"대왕 폐하, 금진낭주가 보고 싶으십니까?"
"미안합니다. 짐이 궁주가 옆에 있다는 사실을 잠시 망각했습니다. 금진낭주가 홑몸이 아니어서 걱정입니다."
 월화궁주가 자존심을 내려놓고 왕의 눈치를 살폈다. 그녀는 대가야 *이뇌왕과 신라 출신 양화공주 사이에서 태어났다. 양화공주는 신라 여인으로 양국의 혼인동맹에 따라 대가야로 시집갔고, 월광태자 도설지와 월화궁주를 낳았다. 월화궁주는 왕과 사이에서 천주(天柱)전군과 덕명공주를 보았다.

왕은 월화궁주가 마음씨 곱고 인정이 많아 골치 아픈 일이 있으면 그녀의 처소를 찾곤 했다. 월화궁주는 뛰어난 미색은 아니지만, 고분고분하고 뭐든지 요구하는 대로 따르는 홀진 성정이었다. 그녀의 오라비 월광태자 도설지는 신라에 귀의하여 현재 *추문촌당주로 나가 있었다. 왕은 변방 지역이나 새로 개척한 영역에 *척경비를 세울 때도 전공을 세운 장군들의 이름을 새겨 넣었다. 왕이 영산현에 세운 척경비에 도설지의 이름이 올려져 있었다.

* **이뇌왕** – 異腦王. 대가야 제8대 왕. 왕비는 신라의 이찬(伊飡) 비조부(比助夫)의 누이 양화공주이다.
* **추문촌당주** – 鄒文村幢主. 추문촌은 현재 경상북도 의성. 당주는 신라의 지방관.
* **척경비** – 拓境碑. 신라가 변방을 접수하거나 정복한 지역에 세운 비석이다.

"금진낭주에게 잠시 다녀오세요."

"주변에 시선이 너무 많습니다."

"미실이 요즘 화제의 인물로 부각되는 듯합니다. 대왕께서는 시들어 가는 화초보다 풋풋하고 상큼한 꽃을 곁에 두는 방법도 모색해 보세요."

월화궁주는 은근히 금진에게 질투심을 보였다. 하지만 도를 넘어 금진을 시기하거나 비난하면 자칫 왕의 노여움을 살 수 있기에 극도로 입조심하였다. 왕은 사도나 다른 후비들과 관계할 때마다 금진이 간절했다. 밋밋하고 허접한 후비들의 몸짓은 왕에게 전혀 색다른 맛을 제공하지 못했다. 월화궁주는 부러 미실이란 이름을 들먹이며 왕이 금진에게서 멀어지기를 바랐다.

"미실은 아직 구상유취일 뿐입니다."

왕은 월화궁주가 미실 이야기를 꺼내자 시큰둥한 반응을 보였다. 그에게 당장의 관심 대상은 금진이었다. 왕이 미실에 관해 관심이 없는 듯하자, 월화궁주는 얼른 화제를 돌렸다. 하지만 그녀는 왕에게 듣기 좋은 말만 골라 하거나 비위를 맞추는 재주는 없었다. 왕은 술 한 병을 비우고 침수 들겠다고 했다. 왕의 속내를 잘 알지 못하는 월화궁주는 당황했다. 왕은 자리에 눕자마자 코를 골았다.

"도대체 금진낭주는 어떤 비술을 가지고 있기에 대왕께서 잊지 못하시나?"

월화궁주는 가늘게 코를 골고 있는 왕을 물끄러미 바라보며 한숨만 푹푹 내쉬었다. 혼인 전에 월화궁주는 대가야에서 알아주는 미인이었다. 그런데 왕에게 시집오고 나서 세상의 미인들은 모두 서라벌 궁궐에 있다는 사실을 알게 되었다. 보명궁주, 부여비, 옥진, 금진 그리고 옥진의 딸들이 대표적인 왕실 미인들이었다. 게다가 미실까지 자주 왕실에 나타나니 왕은 속으로 웃고 있을 것 같았다. 월화궁주는 신라 왕실에서 외모 하나만으로 진정한 미인이라고 할 수 없다는 사실을 깨닫게 되었다.

"어머니, 그동안 평안하셨는지요?"

어느 날 사다함이 무관랑과 함께 상천당을 찾아왔다. 생사를 함께하기로 맹세한 두 사람의 우정은 금강석보다 단단해 보였다.

"낭주님, 무관입니다. 그동안 평안하셨는지요?"

무관랑이 금진에게 공손하게 인사를 하였다. 그는 금진을 바라보기만 해도 좋은지 상천당에 도착할 때부터 얼굴에 미소가 떠나지 않았다. 사실 그가 상천당에 온 이유는 어느새 정인이 되어 버린 금진 때문이었다. 그는 명산을 돌며 수련하는 중에도 늘 금진을 떠올리며 그리워했다. 생사를 함께하기로 맹세한 벗의 어머니이지만, 그는 금진으로 인해 인생의 참맛을 알게 되었다.

무관랑을 바라보는 금진의 시선이 뜨거웠다. 무관랑도 그녀의 시선이 남다르다는 것을 느끼고 있었다. 요즘 들어 무관랑은 밤마다 상사몽을 꾸고 있었다. 그는 금진을 단지 음욕을 해소할 수 있는 상대로만 대하고 싶지 않았다. 음심을 주체할 수 없을 때는 저자의 유곽으로 달려가 논다니나 막창(幕娼)을 억세게 안으면 될 일이었다.

"무관랑, 체격이 단단하고 실팍해 보입니다."

사다함과 무관랑은 화랑의 일원으로 신라의 명산대천을 돌아다니며 무예를 익히고 나라 사랑 정신을 함양하고 있었다. 수백 명의 화랑이 명산을 찾으면 보통은 반년 정도 야영 생활을 했다. 그들이 먹고 입는 모든 비용은 나라 재정에서 충당되었으며, 매달 일정 금액의 급료도 지급되었다. 화랑은 왕의 지시에 따라 움직였다. 물론 구체적인 행동이나 훈련은 풍월주에 의해 진행되었다. 화랑은 무예 수련으로 말타기, 활쏘기, 검술, 창술, 진법 등을 배웠다. 즉, 전쟁을 대비한 전술을 배우고 있었다. 화랑이 된 귀족 자제들에게 병영 활동은 생활의 일부분이었다.

전쟁의 위험이 상존하는 나라이기 때문에 화랑은 전쟁이 발발하면 맨 먼저 전장으로 달려갔다. 국경을 수비하는 관군이 있지만, 화랑은 그들과 성격이 달랐다. 충효 정신으로 똘똘 뭉친 화랑은 신라 사회에서 가장 강력한 집단이기도 했다. 그들은 언제든 나라를 위해 목숨을 바칠 각오가 되어 있었다. 패배는 화랑에게 가장 수치스러운 일이었다. 풍월주를 역임한 위화랑, 미진부, 모랑 등은 훌륭하게 자신이 맡은 소임을 수행했다. 세 사람은 모두 풍월주로서 공을 세웠으나, 모랑만 *비사벌을 여행하던 도중에 불행하게도 병을 얻어 요절하였다.

"아들아, 그동안 있었던 수련 과정을 들려주지 않으련? 이화랑 풍월주께서도 잘 계시지?"

사다함과 무관랑이 사랑채에 들어 저녁 식사를 하였다. 금진은 두 사람이 저녁 식사하는 모습을 보며 대견해했다. 무관랑하고는 마음이 통하는 관계라 그를 바라보는 금진의 시선이 남달랐다. 무관랑은 금진과 똑바로 시선을 맞추지 못했다. 아직 세상일을 접하거나 처리하는 데 능숙하지 않은 무관랑은 금진에게는 쉬운 상대였다.

"어머니, 이화랑 풍월주님은 잘 계십니다. 늘 화랑들에게 관대하시고 웬만큼 잘못한 경우가 아니면 모른 척하십니다. 저희는 지리산에 다녀왔습니다. 저는 그 산에 처음 가봤습니다. 고구려와 국경을 마주하고 있는 북쪽 지역의 산들과는 달리 경사가 완만하면서도 일망무제한 경치가 일품이었습니다."

* **비사벌** – 比斯伐. 경상남도 창녕의 옛 지명.

사다함이 지리산을 둘러본 소감을 들려주었다. 금진은

아들의 이야기에 몰입되어 마치 자신이 다녀온 듯한 착각이 일기도 했다.

"낭주님을 모시고 지리산에 다시 가 보고 싶습니다. 그 산은 산세가 깊고 수려하여 산짐승도 많고 처처에 있는 폭포와 기암괴석도 장관입니다. 그 산의 승처(勝處)에 가람을 지어 부처님을 모시면 좋겠다는 생각이 들기도 했습니다."

무관랑도 신이 나서 남악 지리산에 관하여 자랑을 늘어놓았다. 그가 부처를 거명하자 금진은 무관랑을 다시 보았다. 신라의 젊은 사람들은 아직 부처를 진실로 받아들일 준비가 안 되었고, 왕실이나 진골 등 일부 귀족 자제들만 불교를 접하고 있었다.

"구름이 되어 하늘을 훨훨 날아다니고, 물이 되어 이산 저산을 누비며 아름다운 산천경개를 두루 구경하고 싶답니다."

금진은 이미 명산대천을 찾아가고 있는 꿈을 꾸듯 말했다. 그녀는 태중에 아이를 장기간 담고 있는 상태가 답답하기만 했다. 하지만 용종을 받아 임신한 상태에서 먼 길을 나설 수 없었다.

"어머니, 출산하고 가까운 명산에 다녀오세요. 저와 무관랑이 모시겠습니다."

"기대하마."

금진은 서라벌에 살면서도 주변의 명산을 돌아본 적이 별로 없었다. 서라벌 사람들은 죽기 전에 신라 오악(五岳)을 돌아보는 게 소원이었다. 서라벌 오악은 동악 토함산, 북악 금강산, 남악 함월산(涵月山), 서악 선도산(仙桃山), 중악 단석산(斷石山) 등이다. 오악 중에서 신라 여인들이 가장 가보고 싶어 하는 산이 바로 선도산이었다. 그 산은 혁거세 거서간과 관련이 있었다.

된바람에 첫서리가 내리면서 서라벌 사람들은 마치 무엇인가에 쫓기듯 걸음이 빨라졌다. 농부들은 늦사리를 가을하느라 눈코 뜰 새 없었고, 아낙들은 내년 봄까지 먹을 찬거리를 준비하느라 바빴다. 부자들은 겨우내 필요한 옷이며 먹거리, 땔감 등을 창고에 쌓아 두었다. 유곽에는 예쁘게 눈비음한 기녀나 논다니들이 요염한 자세로 행음에 찌든 만무방이나 파락호를 후리기 위해 안간힘을 썼다. 나라에도 큰 변란이나 변고가 없자, 사람들은 강구연월 시대라며 태평가를 불렀다.

"천지신명님, 김씨 가문의 조상신님! 제가 용종을 받아 태중에서 잘 보살피고 있습니다. 이제 곧 용종이 사람의 모습으로 화(化)하여 세상에 모습을 드러낼 예정입니다. 태몽에서 신령한 흰 기린이 품으로 들어오기도 했습니다. 장차 신라의 동량지재로 쓰일 수 있는 대원신통의 영걸을 낳도록 도우소서. 비나이다."

금진은 아침저녁으로 상천당 뒤란에 마련된 기도처에서 천지신명과 조상신에게 치성을 드렸다. 그녀가 치성을 드릴 때면 자식들도 모두 나와 그녀 뒤에 서서 천지신명과 조상신을 호명하였다. 설성도 금진과 나란히 서서 함께 치성을 드리며, 자신의 걸출한 마복자가 태어나기를 간절히 기원했다. 금진은 신령한 동물이 나타난 태몽까지 꾸었기에 왕자를 확신했다.

상천당에 아침부터 이상 조짐이 있었다. 하인들이 긴장한 얼굴로 분주하게 오갔다. 금진의 건강을 염려한 토함이 궁궐에서 나와 있었다. 그는 왕으로부터 금진을 보살피라는 하명을 받았다. 새달은 온종일 금진 곁에서 떠나지 않고 자질구레한 심부름을 했다.

산당(産堂)은 금진의 해산을 위해 상천당에 마련된 별도 장소였다. 금진은 맨몸에 홑겹의 풍덩한 옷만 걸친 채 산당에 들었다. 지난밤부터 대궐에서 파견된 어의와 의녀 그리고 산파 등이 금진의 출산을 돕고 있었다. 왕은 금진의 상태를 보고받고 즉시 어의와 잔입질이 없는 의녀, 산파 등을 뽑아 상천당에 보냈다. 금진이 새달과 정담을 나누고 있을 때 어의가 산당에 들어왔다. 그는 금진의 진맥을 보고 여러 가지를 물었다.

"낭주님, 순산하실 겁니다."

금진은 이미 여러 번 출산한 경험이 있었기 때문에 아기 낳는 일에 걱정은 하지 않았다. 하지만 이번은 달랐다. 숙흘종, 용걸종, 토함, 사다함, 새달이 귀족의 자식인 반면에 태중에 있는 아이는 왕의 씨앗이었다.

또 한 번의 시도

오후부터 본격적으로 진통이 시작되었다. 태아의 머리 부위가 조금 보이기 시작했다. 그런데 한 시진이 지났어도 아기는 더는 나올 기미를 보이지 않았다. 화랑들과 합숙하며 훈련 중이던 사다함도 금진이 곧 출산할 예정이라는 소식을 듣고 상천당으로 향했다. 시간이 지체되자 어의와 의녀는 점차 초조해지기 시작했다. 진주부인 자매도 금진이 순산을 하지 못하거나 불행한 일이라도 일어날까 노심초사했다.
 "어째서 아기가 나오지 않나요?"
 천장 대들보에 연결된 비단 끈을 잡고 안간힘을 쓰던 금진이 산파와 의녀에게 물었다. 의녀가 그녀의 하문을 들여다보았다. 간헐적인 출혈로 요가 벌겋게 물들었다. 핏물과 이물질로 범벅이 된 아기의 머리 부분 전체가 보이기 시작했다. 의녀와 산파가 원만한 분만을 유도했으나 태아가 산도(産道)를 빠져나오는 속도는 애가 탈 정도로 느렸다. 의녀가 수시로 요 위에 깔린 수건을 교체했다. 의녀와 산파는 차츰 겁이 나기 시작했다. 그들은 출산 과정에서 아기나 산모가 잘못되면 책임을 피할 수 없게 된다. 다행히 출산 과정에 진척이 있는 듯했다.

"낭주님, 아기씨 머리가 거의 다 나왔습니다. 지금처럼 계속해서 힘을 주어 하문이 활짝 열리게 해야 합니다."

금진은 나이를 먹어 가면서 예전보다 체력이 많이 약해졌다는 것을 느꼈다.

"낭주님, 힘내셔야 합니다."

진주부인이 금진에게 속삭이며 안심시켰다. 산당은 금진이 진통을 참느라 토해 내는 애끓는 소리와 그녀를 격려하는 말로 무척 어수선했다. 밖에는 토함과 사다함 그리고 설원이 어머니가 순산하도록 기원하고 있었다. 사랑채에는 설성이 아침부터 술을 마시며 금진이 어서 무사히 해산하기만을 바라고 있었다. 그는 술 마시다 졸리면 잠을 자고 깨면 다시 술잔을 잡았다.

"낭주가 왕자를 낳으면 나는 높은 벼슬을 얻을 수 있겠지. 내가 서너 달 동안 낭주와 잠자리를 했으니, 왕자는 나의 아들이나 진배없다고. 듣기 좋은 말로 나의 마복자라고 할 수 있지. 내가 잘되면 나중에 설원이도 복을 누릴 것이야."

설성은 혼자서 술타령하며 흥얼거렸다. 영지뿐만 아니라, 하인들도 아침부터 술타령하고 있는 설성을 향해 삿대질을 하며 불만을 토해 냈다. 하지만 그들은 설원이를 생각하여 큰소리를 자제하고 있었다.

"낭주님, 한 번 더 힘을 주세요. 아기씨 발만 나오면 됩니다."

늦은 밤까지 이어지던 진통이 드디어 끝났다. 아기가 고고성을 터트렸다. 삼경이 시작될 무렵이었다.

"오! 아기가 무사히 나왔습니다. 그런데…."

진주부인이 탄성을 지르다 말고 말끝을 흐렸다. 의녀와 산파도 아기를 받아 내고 말이 없었다. 의녀가 아기를 따뜻한 물로 깨끗이 씻기니 온전한 모습이 드러났다. 진주부인 자매는 눈앞이 캄캄했다. 그들은 서로의 얼굴을 바라보며 난감한 표정을 지었다.

"나는 이번에 반드시 왕자를 낳을 것이야. 태몽도 그럴 듯했어. 나의 뜻이 이루어지면 대왕 폐하께서 무척 기뻐하실 것이고…."

자매는 금진이 했던 말을 기억해 내고 침통해했다. 금진은 장시간 진기를 빼고 무사히 출산했다는 안도감에 떡심이 풀려 까무룩 혼절한 상태였다. 금진이 정신을 차리면 맞닥뜨릴 현실에 어떤 반응을 보일지 진주부인 자매는 두려웠다. 금진이 반 시진쯤 지나 눈을 떴다. 그녀는 온전히 정신이 돌아왔는지 의녀에게 이러저러한 것들을 물었다. 의녀와 산파는 주저주저하며 얼른 대답하지 못했다. 진주부인이 용기를 냈다.

"낭주님, 경하드립니다. 공주님을 보셨습니다."

"고, 공주라고? 왕자가 아니고 공주라고?"

진주부인이 아기를 안고 다가와 금진에게 사실을 확인시켰다. 순간 금진은 충격을 받고 넋이 나간 표정이었다. 금진은 간신히 한마디 하고 울음을 터트리고 말았다. 눈물이 쉴 새 없이 볼을 타고 흘러내렸다. 산파가 아기를 안고 금진에게 안기려고 했다. 하지만 그녀는 얼굴을 옆으로 돌렸다. 한바탕 통곡하고 서운한 마음을 진정시킨 금진은 고개를 돌려 잠든 아기를 물끄러미 바라보았다. 옆에 토함과 사다함 그리고 새달, 설원이 앉아 잠들어 있는 동생을 바라보았다.

"어머니, 고생하셨어요. 아기가 어머니를 쏙 빼닮았습니다."

"엄마, 힘드셨지요? 귀여운 여동생이 생겼으니, 이제는 제가 집안에서 막내가 아니네요."

자식들의 위로와 격려를 듣고 금진은 누워서 한탄만 할 수도 없었다. 왕자가 아닌 공주를 낳았다고 실망만 하고 있다면 자식들에게 좋지 않은 영향이 있을 것이었다. 금진은 간신히 자리에서 일어나 앉았다. 아기를 낳았지만 그녀의 얼굴은 땀이 약간 흐를 뿐 산모라고 할 수 없을 정도로 무척 건강해 보였다. 워낙 다부지고 댕돌같은 체질이라 아기를 낳았다고 해서 살이 퉁퉁 붓거나 홀쭉한 상태로는 변하지 않았다.

"이 아이는 신라국 공주이며, 너희 동생이다. 너희가 이 아이를 잘 돌봐야 한다."

금진의 피붙이들은 고개를 끄덕거렸다. 금진이 자식들과 대화를 나누고 있을 때 설성이 들어왔다. 그의 입에서 술 냄새가 솔솔 풍기고 있었다. 금진은 뜨악해했지만, 설성은 아기를 한참 들여다보며 싱글벙글했다.

"낭주, 고생했습니다. 농와지경입니다. 이제 조속히 몸을 추슬러야지요. 아이들에게 공주 동생이 생겼으니, 이는 가문의 홍복입니다. 집안에 공주가 태어난 것은 오랜 세월 대원신통과 깊은 인연이 있었기 때문일 겁니다."

금진은 설성의 말에 무척 기꺼워하였다. 그녀는 새벽인데도 내일 입궐을 위하여 몸을 추스르고 탕약을 복용하는 등 바삐 움직였다. 사나흘 후에 입궐해도 되지만 그때가 되면 다른 사람의 입을 통해 왕이 공주의 출생 사실을 알게 되는 것이 싫었다.

금진은 자기 입으로 직접 왕에게 공주의 탄생을 알리고 격려의 말을 듣고 싶었다. 하지만 막상 입궐하겠다고 말해 놓고 걱정이 앞섰다. 행여나 왕이 공주를 출산했다고 노골적으로 실망하는 빛을 보이면 어떻게 뒷갈망해야 할지 두려웠다. 금진은 진주부인 자매의 도움을 받으며 몸을 정갈하게 했다. 그녀는 공주를 낳은 서운함을 빨리 잊으려 애썼다.

"서둘러야 한다."

날이 밝자 상천당은 무척 부산했다. 금진은 몸단장하며 연신 거울을 들여다보았다. 진주부인이 금진에게 진한 화장을 하고 머리도 화려하게 치장하였다. 이제 금진은 왕의 자식까지 낳았으니 당당하게 고개를 들고 대궐에 갈 수 있게 되었다. 왕자를 낳았더라면 그녀의 고개는 더욱 뻣뻣해졌을지도 모를 일이었다. 토함이 금진과 여동생을 태운 황금 마차를 몰았다. 대궐에 도착한 금진은 아기를 안고 태후전부터 찾았다. 태후는 미리 기별도 받지 못한 상태에서 금진 모녀를 맞았다.

"왕실에 새 식구가 생겼으니 경사입니다."

태후는 말로 서운해하는 듯하지만, 만면에 야릇한 웃음을 머금고 있었다. 그녀는 정숙태자가 폐위된 것을 아직도 가슴 아파하고 있는 듯했다. 태후는 사도의 소생 동륜이 태자가 된 것을 두고 남몰래 울화병을 앓는 중이었다.

"낭주, 고생하셨습니다. 고맙습니다. 짐의 여식을 낳아 준이 은혜를 어찌 갚아야 할지요. 공주의 이름은 따뜻할 난 (暖), 이룰 성(成), 난성이라 지었습니다. 공주가 낭주를 빼닮았습니다. 출산 후 산욕 기간을 충분히 갖도록 하여 몸이 얼른 원상태로 돌아와야지요."

왕은 아들과 딸에게 알맞은 이름을 각각 하나씩 미리 지어 놓았다.

"대왕 폐하, 고맙습니다. 이름이 예쁩니다."

왕은 난성공주를 안고 입이 벌어졌다. 금진은 공주를 안고 기뻐하는 왕의 너볏하고 너울가지가 좋은 모습에 긴장감이 눈 녹듯 풀렸다. 그녀는 엷은 미소를 지으며 진정으로 왕에게 고마워했다. 왕의 눈에도 아기를 낳기 전이나 지금이나 금진의 모습은 변함이 없었다. 사도는 금진이 딸을 출산했다는 소식을 듣고 긴장감이 풀어지면서 안도의 한숨을 내쉬었다.

"난성공주와 내일 입궁하세요."

왕의 의중을 알게 된 금진은 속으로 환호성을 질렀다. 왕이 자신의 의도를 알아서 말해 주니 금진의 기쁨은 이루 말할 수 없었다. 대전을 나온 금진은 난성공주를 안고 사도에게 향했다.

"이모님, 경하드립니다. 애쓰셨습니다."

사도의 반응이 의외로 따뜻했다. 그녀는 입가에 웃음을

머금고 금진을 맞았다. 그녀는 요나한 표정으로 난성공주를 한참 내립떠보았다. 그런데 공주를 바라보는 왕후의 시선에 독기가 가득했다. 금진은 입술을 깨물고 사도의 표정을 가슴에 담았다. 사도가 선웃음을 머금고 내뱉는 말은 뒷귀 밝은 금진에게는 당나발 부는 소리로 들렸다.

"공주가 이모님을 쏙 빼닮았습니다."

"왕후께서 그리 봐 주시니 고맙습니다."

두 여인이 주고받는 덕담 속에 껄끄러운 앙금이 진하게 남아 있었다. 사도를 만난 뒤 금진은 옥진의 처소로 향했다.

"적은 나이도 아닌데, 천만다행입니다."

"언니, 열 명 정도는 더 낳을 수 있어요."

자매 사이에 오고 가는 말이 처음부터 퍽 날카로웠다. 금진의 반응이 자신에게 항거하는 듯한 말로 들리자, 옥진은 긴장하는 낯빛이었다. 옥진은 금진이 앞으로 계속해서 복잡한 일을 벌일 것으로 예상하는 듯했다. 그녀가 판단하여도 금진이 왕의 총애를 입고 있는 기간에 공주 한 명만 낳고 멈출 것 같지 않았다.

"칠 남매를 봤으니, 그만하면 다복한 가정을 충분히 꾸몄다고 봐요. 적당한 선에서 농사를 갈무리하는 게 좋아요."

옥진은 난성공주를 품에 안고 눈을 흘겨 가며 엄부럭을 부렸다.

"내가 딸을 낳았으니 언니는 마음 편히 지낼 수 있을 겁니다. 조카를 만났는데 내가 딸을 낳은 것에 대해 무척 안도하는 눈치더군요. 대왕께서 내일 중으로 난성공주와 입궁하라고 했습니다."

"그게 정말이오?"

옥진은 금진의 말에 떡심이 풀리면서 눈이 휘둥그레졌다. 그녀는 왕이 임신한 금진을 대궐 밖으로 내보낸 데에는 그만한 이유가 있을 것으로 판단했었다. 그런데 금진이 출산을 마치자마자 입궁시키면 거센 풍파가 일 것이 뻔했다. 산을 넘으니 강이 나타난 격이었다. 옥진은 충격을 받았는지 얼굴이 금방 벌겋게 변하고 숨소리조차 가쁘게 들렸다.

"유모의 직분은 끝났으니 오로지 난성공주 양육에만 전념할 겁니다."

금진은 옥진의 얼굴에 실망하는 빛이 역력하게 그려진 것에 오히려 부아가 났다. 상천당으로 돌아온 금진은 즉시 입궐할 준비를 했다. 진주부인 자매와 영지는 금진의 짐을 챙기느라 바빴다. 금진이 입궐한다는 소식이 대궐에 알려지자 여기저기서 한숨 소리와 환호성이 터졌다. 가장 충격을 받은 인사는 태후와 사도였다. 태후는 보명이 왕과 혼인하여 부부가 되었으니, 그들 사이에서 왕자가 태어나길 학수고대하고 있던 터였다.

하지만 여러 해가 지나도록 보명에게는 태기가 없었다. 태후는 보명이 왕자를 낳으면 동륜태자를 밀어낼 음모를 계획하고 있었다. 사도는 금진의 성격을 잘 알기에 왕의 조치에 분노했다. 그녀는 금진이 난성공주 한 명으로 만족하지 않을 것이란 걸 예측했던 터라, 무척 혼란스러웠다.

"어머니, 저는 대왕이 무슨 마음을 먹고 이모를 다시 궁으로 불러들이는지 알 수가 없어요. 이번에 다행히 이모가 딸을 낳았지만, 다음번에 왕자를 낳을 수도 있잖아요."

"왕후, 금진이는 나이가 많아 쉽게 회임할 수 없을 겁니다. 어미가 이모에게 충분히 알아듣도록 말했습니다. 이모가 환궁하더라도 기강을 잡는다고 공연히 선불 걸지 마세요."

옥진은 결곡한 심성의 사도가 불안해하자 기가 막혔다. 그녀는 애초에 금진을 유모로 천거한 것을 후회하였다.

"어머니, 대왕이 이모를 입궁시킨 것은 난성공주만을 위한 조치가 아닐 겁니다. 대왕은 여색을 무척 탐하는 성정을 지녔어요. 현재도 저를 비롯하여 후비로 보명궁주, 월화궁주, 부여비를 후비로 두고 있으면서 이모까지 건드렸잖아요."

"금진이는 요분질뿐만 아니라, 사내를 후리는 데에는 탁월한 능력을 지니고 있지. 그 방면에 있어서 나도 그 애를 따라갈 수 없어."

옥진은 넋두리처럼 중얼거렸다. 사도는 가을꽃처럼 시들

어 가고 있는 옥진을 안타까운 시선으로 바라보았다. 서라벌의 세월은 빠르게 흘렀다.

ॐ

땅거미가 내려앉기도 전에 왕은 금진의 처소를 찾았다. 금진은 이제 조하방 부인이 아니었다. 왕의 딸을 낳았으니 후비나 다름없었다. 그녀는 법흥대왕의 후비이고, 아직도 공식적으로는 선대왕의 후비로 대접받고 있었다. 왕이 금진을 자신의 후비로 책봉한다면 후폭풍이 어마어마할 것이 분명했다. 금진은 *계총납모의 폐해를 잘 알았다. 왕은 조정 대소신료와 왕실 인사 그리고 서라벌 백성들의 시선을 의식해야 했다.

왕은 금진에게 조하방 근처에 있는 소궁(小宮)을 하사하여 그곳에서 난성공주를 양육하도록 조치했다. 소궁에 상궁 한 명과 나인 두 명도 배치하여 금진의 수발을 들도록 했다. 왕이 예고도 없이 소궁으로 행차했다. 진주부인이 얼른 다과를 들이고 주안상을 준비했다.

* **계총납모** - 啓寵納侮. 사람 사랑하기를 본분에 지나치면 도리어 업신여김을 받음.

"낭주와 공주가 입궐하니 마음이 놓입니다."

"대왕 폐하, 저희 모녀를 다시 불러 주시어 각골난망입니다. 오로지 공주를 양육하는 데 전력을 기울이겠습니다."

"고맙습니다. 짐은 낭주의 그러한 심성이 좋아요. 다른 후비들은 무슨 요구 사항이 그리 많은지 골머리가 아프답니다. 사도는 갈수록 말도 많고 원하는 바가 태산 같답니다. 보명이는 아직 회임도 하지 못한 상태에서 사도보다 욕심이 더 많아요. 어머니의 요구 때문에 할 수 없이 부부의 연을 맺기는 했지만, 아직도 철부지나 마찬가지랍니다."

"폐하, 보명궁주도 착한 후비이니 자주 찾으세요. 여인은 사랑하는 사람의 손길에 의해 육신이 덜퍽지고 유연하게 변한답니다."

"과연 낭주의 연륜이 빛을 발하고 있습니다."

왕의 행차로 금진의 소궁은 분주해졌다. 소궁에 새로 상궁과 나인이 배치되어 있어도 진주부인 자매는 금진의 곁에 머물며 수발을 들었다. 진주부인 자매가 금방 금준미주와 옥반가효를 내실로 들였다. 호주가인 왕은 풍족하게 차려진 술상을 보고 입이 벌어졌다.

"대왕 폐하, 오늘은 소비가 정분의 도(道)에 관하여 말씀드릴까 합니다. 요즘 정분난 사람들은 지극한 정도가 없이 오로지 쾌락만 추구하려고 합니다. 잘못된 운우로 인한 쾌락은 잠깐이고 그 후유증은 자칫 독이 되어 몸이 망가지고 목숨까지 앗아 갈 수 있답니다."

"과연 낭주이십니다. 사도나 보명, 부여비에게서 절대로 들을 수 없는 고급 학문일 겁니다. 정말로 기대됩니다."

금진이 따르는 술을 왕은 즉시 비웠다. 그녀는 오늘을 위해 진주부인에게 달콤하면서 독하지 않은 술을 준비시켰다. 왕은 술맛이 기가 막힌다며 연신 잔을 비웠다.

"폐하, 잡교를 생각해 보신 적이 있으신지요?"

"대강은 들어 봤지만 깊은 사색은 아직입니다."

"소비가 소개하는 잡교는 정도에서 벗어난 신앙입니다. 잡교의 목적은 고행을 멀리하고 오로지 음양의 적극적인 교환(交驩)으로 해탈을 얻으려는 것입니다. 여인의 출산력을 대표하는 미타 여신을 믿고 따르며, 정교를 통해 복(福)을 취하려는 요변스러운 신앙이라 할 수 있습니다. 여신 미타를 중심으로 사람의 원초적 본성을 자극하고 생식(生殖)을 혼용하여 수행하기 때문에 서역에서조차 비난을 받는답니다. 하지만 소비는 이 신앙이 마음에 듭니다."

금진의 청산유수에 왕의 두 눈이 휘둥그레졌다.

"낭주가 언제 그런 신앙을 접하게 되었는지 모르지만 참으로 대단합니다. 세상에 신앙은 오로지 법흥대왕 때 박염촉이 희생되면서 공인된 *구담지교와 *태상노군의 도교만 있는 줄 알았습니다. 짐은 잡교보다 우리 신라인에게 어울릴 법한 방중술에 더 흥미를 느끼고 있어요."

두 사람은 술을 마시다 말고 방중술에 관한 이야기를 주고받느라 신이 났다. 서라벌에서 방중술의 대가라는 자부심을 가지고 있는 금진이나 어녀술에서만큼은 스스로 최고라고 인식하고 있는 왕에게 잘 어울리는 화제가 틀림없었다. 그는 금진과 여러 차례 정교를 맺었지만, 오로지 쾌락을 추구하는 선에서 멈춰 있었다.

온종일 국사를 보느라 쉴 틈이 없는 국왕은 합기에 철저해야 한다. 역대 왕 중에는 과도한 색사로 단명하는 경우가 있는데, 이는 정력을 너무 많이 소모했다기보다는 피곤과 누적된 과로로 인한 부작용이라고 할 수 있다. 운우는 하늘이 인간에게 내린 최고의 선물이지만, 뒤따르는 의무를 충실히 이행해야 한다. 합기는 육신을 이용한 교접만 의미하는 것은 아니다. 배려심 없는 상합은 짐승의 야합이라고 할 수 있다.

"낭주, 고맙습니다. 지난해부터 짐의 몸이 좀 이상합니다. 자주 화기(火氣)가 올라

* **구담지교** - 瞿曇之敎. 불교를 달리 이르는 말. 부처의 성(姓) 고타마를 한자로 구담(瞿曇)이라 한다.

* **태상노군** - 太上老君. 노자(老子)를 신격화한 것으로 장자와 함께 도가(道家)의 시조이다.

오면서 머리가 무겁고 자꾸만 여인의 품속을 찾게 됩니다. 곡정의 분량도 예전 같지 않습니다."

왕은 다른 후비에게 말하기 곤란한 고민을 털어놓았다.

"대왕 폐하, 음허화동(陰虛火動)이란 증상이 있습니다. 몸에 있는 음의 기운이 허술하여 음양의 균형이 망가져 화(火)가 생동하는 현상입니다."

인체에는 음기와 양기가 균형을 잘 맞추고 있어야 정상적인 생명 활동을 유지할 수 있는데, 그 균형이 깨져서 비정상적으로 양의 기운이 많아진 것이 음허화동이다. 음이란 침, 눈물, 혈액, 음액 등을 말한다. 음이 허약해 화기를 잡지 못하면 건초에 불이 붙어 타듯 한다. 이 증상은 화기(火氣)가 올라와 양물이 계속 발기되고 기운을 소진시켜 인체를 상하게 한다.

금진의 말에 왕은 눈이 휘둥그레졌다. 그 역시 지금까지 여인과 합방할 때 완력으로 자신의 강인함을 보여 주려고만 했다. 그런 행동 방식으로 상대를 휘어잡거나 상위의 자리에 서는 것이 어녀술의 기본이라고 믿었다.

"과연 그렇습니다. 짐도 그리했으니까요."

금진의 진솔한 이야기는 점점 더 왕의 흥미와 호기심을 자극했다. 사내는 섬세한 말과 손길 혹은 다른 촉수를 이용하여 상대의 기분을 좋게 해 주고 심신을 안정되게 해 줘야 한다. 상대의 정신까지 만족시킬 수 있는 사내야말로 최고의 정력가라고 할 수 있다. 금진을 바라보는 왕의 눈에 불이 켜져 있었다. 그의 상태를 살피던 금진은 빙그레 웃으며 안다미로 따른 술잔을 건넸다. 왕은 게 눈 감추듯 연이어 술 석 잔을 비웠다. 토함산에서 수늑대가 울면 남산과 동산에 있는 암늑대들이 호응했고, 여염에서 기르는 개들은 납작 엎드려 짖지도 못하고 파란 눈알만 굴리고 있었다.

"김상궁, 잠시 쉬도록 해요."

진주부인 자매는 나이 든 상궁을 조하방에 들어가 쉬게 했다. 늙은 상궁들은 진주부인의 위세에 눌려 고분고분했다. 상궁들은 조하방 내실로 들어가 눈을 붙였다. 어둠에 휩싸인 신라 왕궁은 정적 속으로 가라앉고 잡새들이 지저귀는 소리가 간헐적으로 바람을 타고 전해졌다. 달이 구름 속으로 들어갔다. 금진의 소궁은 이제 새소리도 들리지 않고 고요의 바다에 깊이 빠져들었다.

사도는 세 번째 아들을 보았다. 왕은 아들에게 구륜(仇輪)이란 이름을 하사했다. 금진은 왕과 잦은 합방에도 불구하고 회임이 되지 않았다. 동륜태자는 이제 틀거지가 어엿하고 당당한 풍채를 자랑했다. 상궁 나인들은 그를 유혹하려고 별의별 수단을 동원했지만, 동륜은 그들을 거들떠보지도 않았다. 동륜태자가 관심을 두고 있는 대상이 있었다. 바로 태후와 이화랑 사이에서 태어난 만호(萬呼)였다. 만호는 이화랑을 닮아 빼어난 미모로 왕실 인사들의 관심을 한 몸에 받았다. 그녀는 동륜태자에게 고모뻘이었으나 연령대가 비슷하여 친구처럼 지냈다.

"만호야, 나에게 시집와야 한다."

"고모가 어떻게 조카와 혼인을 하니?"

"너는 우리 아버지가 숙명, 보명 고모랑 혼인한 거 모르니? 신국에서는 일가친척끼리도 얼마든지 혼인할 수 있어."

두 사람은 이제 사춘기였지만, 가정을 꾸릴 시기는 아니었다. 왕 부부는 우후죽순처럼 자라는 자식들 앞날을 두고 차츰 고민이 많았다. 왕실에서 가장 시급한 일은 세종전군의 혼례였다. 태후와 이사부 사이에 태어난 전군은 혼인할 시기가 지났지만, 그는 가정을 꾸릴 생각이 없는 듯했다. 전군은 시자(侍者) 서너 명을 대동하고 고구려나 백제와 국경이 맞닿는 지역을 배회하였다.

그가 다니는 지역은 정해진 곳이 없었다. 마음 내키는 대로 돌아다녔다. 태후는 홀로 짝 없이 방황하고 있는 세종전군이 불쌍하고 자닝했다. 그녀는 전군이 궁궐에 머물고 있을 때 혼인을 시키려고 마음먹었다. 태후는 아들에게 짝을 정해 주기 위해 진골 가문의 여식들을 대궐로 초청하였다. 전군의 신붓감은 외모가 일정한 수준 이상은 돼야 했다.

"어머니, 미진부의 딸 미실이 마음에 듭니다."

태후전 상궁들이 미리 행사에 참여하는 대상을 감별해 놓은 상태였다. 세종전군은 여러 규수의 신상을 일별해 보고 대면하며 이러저러한 것들을 묻기도 했다. 그는 귀족 가문의 딸 중에서 미실을 가장 마음에 들어 했다. 하지만 태후는 미실이 대원신통 계열이고, 박영실의 외손녀라는 점이 마음에 들지 않았다. 옥진과 묘도는 미실이 세종전군과 부부가 되기를 바랐지만, 태후가 은근히 훼방을 놓았다.

"이모님, 저 좀 도와주세요."

금진이 옥진의 처소에서 다과를 들며 정담을 나누고 있는데 묘도가 찾아왔다. 그녀는 궁궐 밖 독락당에서 미실과 살고 있었다. 미진부는 고구려와 접경지역 혹은 백제군과 신라군이 대치 중인 최전방을 돌아다녔다. 그는 풍월주를 역임했지만 이렇다 할 군공이 없어 서라벌 귀족들 사이에서도 입지가 좁았다. 이제는 태후의 총애도 거의 사라진 상태였다. 태후는 옥진 자매를 늘 경계했다. 그녀의 따가운 시선은 옥진의 딸과 손녀에게도 뻗쳐 있었다. 진골정통의 자손으로 신라 왕위를 이으려는 태후와 대원신통의 부흥을 노리는 옥진 자매는 자주 대립각을 세웠다.

"언니, 이번 일은 내가 해결해 볼게요."

금진이 나서자 묘도는 안도하는 눈치였다. 묘도는 재주 많은 금진이 나서면 안 되는 일이 없을 것 같았다. 금진은 현재 왕에게 가장 총애받는 여인이었다. 그녀의 말은 왕궁 내에서 태후나 사도보다 더 강력한 영향력을 발휘하곤 했다. 조정 인사들도 무소불위의 위상을 지닌 금진의 눈치를 보기 일쑤였다.

"아우님이 이번 일을 잘 해결하면 그 은혜는 오래갈 겁니다."

금진이 옥진을 찾은 이유는 사도의 득남을 축하하고 앞으로 옥진과 꾸준히 좋은 사이를 유지하고자 하는 마음 때문이었다. 금진은 사도의 득남 소식에 산후조리에 좋다는 약재를 건네고 축하했다. 왕을 가운데 두고 치정으로 얽혀 있기는 하지만 이모 노릇은 해야 했다.

"이사부 장군 댁으로 갈 것이야."

땅거미가 내려앉을 무렵 금진은 진주부인 자매를 안동하고 이사부를 찾아갔다. 이사부는 금진을 선대왕의 후비로 있을 때부터 깍듯하게 대했다. 그녀의 공식적인 직함은 여전히 선대왕 후비였다. 금진이 난성공주를 낳고부터 조정에서는 더욱 예의를 다해 대우했다.

"낭주께서 누추한 곳까지 납시셨습니다."

"장군, 잘 지내시는지요? 진작에 장군께 고마움을 전했어야 했는데 많이 늦었습니다."

금진은 선물로 가져온 보약재와 은병(銀瓶)이 든 상자를 건넸다. 이사부가 사양했지만 금진은 기어이 그 선물을 안겼다. 이사부는 자꾸만 거절하는 것도 예의에 맞지 않는 것 같아 받기는 했지만 퍽 흔연한 심정은 아니었다.

"난성공주 탄생을 진심으로 감축드립니다."

"감사해요. 주변에서 많이 도와주신 덕분입니다. 게다가 장군께서 사다함을 물심양면으로 보살펴 주시어 늘 고맙게 여기고 있습니다."

"사다함은 신라의 미래입니다. 조만간 나라에 큰 공을 세울 것입니다. 그의 진취적인 기상과 굳건함은 대왕과 많이 통하게 되어 있습니다. 사다함은 신라의 든든한 버팀목이 될 것입니다."

이사부가 사다함을 칭찬하자 금진의 입이 양 귀에 걸렸다. 이사부는 원래 속을 잘 알 수 없고 단순하면서도 우직한 사람이었다. 웬만큼 친한 사람이 아니면 속마음을 드러내지 않았다. 어려서부터 권력의 비정함을 보면서 자란 탓도 있겠지만, 타인 앞에 나서는 것을 좋아하지 않았.

"묘도는 나의 조카입니다. 장군께서 태후에게 잘 말씀드려 미실이 세종전군의 배필이 되도록 힘써 주세요."

금진의 노골적인 요구에 이사부는 말이 없었다. 그는 눈을 지그시 감고 잠시 면벽 삼매에 든 사람처럼 앉아 있었다. 이사부가 걱정하는 바는 미실이 아니라 옥진과 태후의 관계였다. 미실이 옥진의 외손녀이니 그는 생각할 것이 많았다. 옥진과 태후는 양 계파의 중심이라 유재유능한 이사부가 어느 한쪽으로 치우친다면 구설수에 오를 수도 있게 된다. 이사부는 옥진하고도 원만한 관계를 유지하고 있었다.

"태후와 이 사람 사이에서 세종전군과 숙명이 태어났지요. 숙명은 대왕 폐하와 부부의 연을 맺었지만, 이혼하고 이화랑과 동혈우가 되었습니다. 다만, 숙명의 소생으로 태자에서 폐위된 정숙과 얼마 전에 불가에 귀의한 *원광 그리고 보리(菩利)가 걱정됩니다."

금진은 이사부의 말에 잠시 찔리는 바가 있었다. 숙명과 정숙을 생각하면 미안한 일이기는 하지만, 지금은 그런 것을 고려할 때가 아니었다. 이화랑과 숙명 사이에는 원광, 보리(菩利) 이외에도 딸 화명과 옥명도 있어 나중에 이사부가 부탁할 일이 더 많을 것 같았다.

* **원광** - 圓光. 수나라에서 불교를 공부하고 귀국한 후 불교의 토착화를 이끌었으며, 화랑도를 위한 세속오계(世俗五戒)를 짓기도 한다.

"장군의 세 외손자를 힘이 닿는 데까지 적극 돕겠습니다. 두 외손녀도 신경을 쓰지요."

이사부는 셈속이 빠른 인사였다. 금진이 사도의 이모이니 장차 동륜태자가 왕위에 오르면 조정의 보이지 않는 실세로 활약할 수도 있는 인물이었다. 현재 왕의 총애를 받는 입장이라 무시할 수도 없었다. 그에 비해 태후의 권능은 점차 쇠락하는 중이었다.

"미실과 세종전군이 맺어지도록 노력하지요."

두 사람 간의 협의는 쉽게 이루어졌다. 이사부는 홀가분한 마음으로 술상을 들이게 했다. 대낮부터 이사부는 자신의 집을 방문한 신라 최고 미인과 수작하는 영광을 누리게 되었다. 동자아치와 반빗아치들이 분주하게 주방을 오가며 가효(佳肴)를 만드느라 정신이 없었다. 오고 가는 술잔 속에서 많은 말이 교류되고, 서로의 피붙이들을 챙겨 주기로 암묵적인 언약이 맺어지고 있었다. 흥이 오르면서 금진은 진주부인 자매를 내실로 불렀다. 자매가 들어오자 이사부의 눈이 휘둥그레졌다.

"장군, 조하방 소속 진주와 진도부인 자매입니다. 장군을 위해 가무를 선보이고자 합니다."

"가무? 그거 참으로 좋지요. 두 미인을 보니 십 년 묵은 체증이 쑥 내려가는 느낌입니다."

금진의 말이 떨어지기 무섭게 진주부인 자매가 이사부에게 나붓이 절을 하였다. 이사부는 처음 시퉁했던 모습은 간데없고 진주부인 자매가 합석하자 기꺼워하며 입이 벌어졌다. 그의 찬사에 자매는 얼굴을 붉혔다. 이사부는 태후를 비공식적인 지어미로 두고 있지만, 함께 대궐에서 살지 못하고 서라벌에 거주하고 있었다. 홀로 저택에 살고 있는 이사부에게는 곁을 지켜 주고 보듬어 줄 여인이 필요했다. 하지만 사람들은 그가 태후의 정인이라는 사실을 알고 있었다. 태후의 위세에 이사부에게 다가오는 여인이 없었다.

"장군님, 소인이 한잔 올리겠습니다."

진주부인이 이사부에게 술을 따랐다. 이사부 눈에 녹의홍상의 진주부인은 경국지색이 틀림없었다. 진도부인 역시 언니 진주부인에 비해 미모에 전혀 부족함이 없었다. 자매가 웃을 때마다 이사부는 몽롱해진 정신을 추스르기 바빴다.

"장군님, 이번에는 진도가 한잔 올리겠습니다."

두 여인이 술자리에 동석하자 분위기는 금방 바뀌었다. 저자의 저택에서 쓸쓸하게 노년을 보내고 있는 이사부에게는 종종 여인의 분 냄새를 맡을 기회가 있어야 했다. 갑자기 원숙한 미인들 사이에 놓인 이사부는 술에 취하고 해어화의 진한 향기에 젖어 벌어진 입을 다물 줄 몰랐다. 정신없이 술잔이 돌았다. 한 시진이 지났을 때 술 세 독이 비워지면서

네 사람의 혀도 꼬부라져 있었다.

금진과 진주부인 자매가 이사부의 집을 나섰을 때 서라벌은 깊은 적막에 빠져 있었다. 비가 오려고 하는지 끄느름한 밤하늘에는 시커먼 구름이 잔뜩 끼어 있었다. 먼 하늘에서 번쩍하고 번개가 치면 곧이어 천둥소리가 들렸다.

"어머니께서 미실을 세종전군에게 시집보내려 한다고요?"

사방에 입과 귀가 널린 서라벌에서 비밀은 오래가지 못했다. 사다함이 누구에게 소문을 들었는지 모르지만, 얼굴이 하얗게 뜬 상태로 입궐했다. 그는 늘 침착하고 언사에도 쓸데없이 언거번거한 데가 없었다. 금진은 아들이 매우 놀란 표정으로 찾아오자 잠시 혼란스러웠다. 여태껏 한 번도 본 적이 없는 생경한 모습이었다.

"무슨 말을 하는지 모르겠구나."

"미실은 소자의 정인입니다. 소자는 미실이 없으면 세상 살기 어렵습니다. 어머니, 미실이 세종전군에게 시집가는 것을 막아 주세요."

사다함의 고백은 금진에게 청천벽력과 같았다. 하지만 사다함의 부탁을 들어주기에는 이미 일이 많이 진척된 상태였다. 금진은 사다함의 심성을 잘 알고 있었다. 그는 한번 마음먹은 일은 반드시 성취해 내는 고집이 있었다. 금진은 눈앞이 캄캄했다. 자신이 이사부까지 만나 미실과 세종전군이 인연을 맺도록 앞장섰는데, 하룻밤 지난 뒤에 엎을 수도 없는 노릇이었다. 사다함은 미실을 만나게 된 계기와 현재까지의 애정이 진척된 상태를 금진에게 자세하게 이야기했다. 금진은 아들의 고백을 듣고 한숨만 토해 냈다.

"양금택목(良禽擇木)이라는 말이 있다. 영리한 새는 나무를 가려서 깃든다. 미실이는 너에게 심신의 안정을 제공할 수 있는 대상이 못 된다."

"어머니, 저와 미실은 장래를 약속했습니다."

"네가 세상을 몰라서 그런 말을 하는 게야. 미실 외할머니, 묘도, 미실이는 보통 사람과 다른 정신세계에서 산단다. 이쯤에서 그 애를 잊는 게 너와 우리 가문의 장래를 위해서 좋아. 장차 네가 환도(宦途)에 올라 *출장입상하는 데에도 그 애는 걸림돌이 될 것이야."

금진은 사다함을 설득했다. 무적의 용맹함은 어디로 가고 갑자기 나약해진 아들이 눈물을 뿌리고 있었다. 그녀는 사다함을 끈질기게 설득하며 미실을 잊으라고 했다. 사다함은 금진의 설득으로 마음을 고쳐먹기로 했지만, 앞

* **출장입상** – 出將入相. 나가서는 장수가 되고 들어와서는 재상이 된다. 즉 문무를 갖추어 장수와 재상의 벼슬을 모두 지낸다는 것을 이르는 말.

으로 자신의 운명이 어찌 변할지 예측할 수 없었다. 이사부가 태후를 찾아갔다. 두 사람이 담소하는 모습을 보면 영락없이 평범한 부부였다. 태후는 이사부의 부탁이라면 마음에 들지 않는 사안이라도 거절하는 경우가 거의 없었다.

"당신께서 그리 말씀하시니 할 수 없지요."

태후는 왕에게 세종전군과 미실의 혼인을 알리고 서둘러 달라고 주문했다. 왕도 그 두 사람의 혼인에 이의가 없었다. 삽시간에 세종전군과 미실이 부부의 연을 맺는다는 소문이 궁중과 서라벌 저자에 파다하게 퍼졌다. 전군의 혼삿날이 잡히고 궁중은 바쁘게 돌아갔다.

"미실, 나는 어찌해야 하오?"

"할머니와 어머니 그리고 이모님들의 정성을 봐서라도 나는 어쩔 수 없이 세종전군과 부부의 연을 맺어야 합니다. 우리의 지난 추억과 기억들은 이제 깨끗이 지워야 해요."

"어떻게 맺은 인연인데 그리 쉽게…."

미실은 세종전군과 혼인을 올리기 전에 서라벌 고급 주루에서 사다함을 만났다. 그 주루는 이전에도 두 사람이 자주 만나 사랑을 나누던 장소이기도 했다. 주루의 여주인은 두 사람이 늦은 밤에 방문하면 이 층 끝에 있는 조용한 객실을 내주었다. 사다함은 눈물로 자신의 감정을 호소하는 한편,

미실은 담담한 표정으로 정인의 하소연을 들어 주었다. 술과 음식이 들어왔다.

"사다함, 우리는 갈 길이 다른가 봅니다."

"그대가 보고 싶어 대궐로 찾아가면 언제든 나를 만나 줘야 합니다."

사다함은 흐느끼며 술을 걸신들린 듯 마셨다.

"대궐에 살면 운신이 자유롭지 못합니다."

미실은 울고 있는 사다함을 달래야 했다. 사다함이 술을 마실수록 복받치는 설움을 토해 내느라 제대로 대화를 할 수 없었다. 미실도 옥진과 금진의 주도로 이루어진 혼사 문제로 갈등하고 있었지만, 권력의 달콤한 유혹을 뿌리치지 못했다. 그녀는 세종전군과 어쩌다 궁궐에서 바람처럼 스쳐 지나가듯 본적은 있어도 대화를 나눠 본 적은 한 번도 없었다. 전군은 미실을 볼 때마다 두근거리는 가슴을 잡고 멍하니 서 있을 뿐이었다. 미실은 사다함의 요구에 확신을 줄 수 없었다. 왕실의 일원이 되면 개인적인 일보다 공적인 일에 많은 시간을 할애해야 했다.

"은애합니다. 죽도록 은애합니다."

사다함이 미실을 끌어안았다. 그녀도 술에 취한 상태라 맥없이 사다함의 품에 안기고 말았다. 두 사람의 은밀한 행동은 이미 여러 번 있었기에 자연스러웠다. 젊은 두 육신이 금방 하나가 되면서 객실은 열광의 도가니처럼 변하고 말았다. 두 사람의 첫 경험은 이태 전에 있었다. 그때 미실은 상천당에 자주 놀러 가곤 했다. 그녀가 놀러 올 때마다 사다함이 말동무가 되었고 둘은 시간 가는 줄 모르고 어울렸다. 게다가 사다함의 씨 다른 남동생 설원도 미실을 바라보는 시선이 예사롭지 않았다. 한 여인을 형제가 공유할 수는 없었다.

"미실, 사랑합니다."

사다함의 양팔에 힘이 들어갔다. 사내의 강인한 근력이 여리디여린 여인의 육신을 옥죄었다. 두 사람의 궁합은 완벽했다. 첫 정사 이후로 미실은 틈만 나면 사다함을 찾아갔다. 그때마다 두 사람의 풋사랑이 감칠맛을 더해 가며 무르익어 갔다. 미실은 옥진과 묘도로부터 여인으로서 갖추어야 할 기본 소양은 물론 규방에서 여인이 취해야 할 행동에 관해서 배웠다.

"미실, 우리 백제나 고구려로 도망가요. 그곳에 가면 골품제도 필요 없고 윗사람 눈치 볼 일도 없잖아요."

화려한 생활을 늘 꿈꿔 오던 미실의 귀에 사다함의 요구는 들리지 않았다. 혼인하기 전인데도 미실의 미태술은 이미 일정한 경지에 올라 있었고 되레 묘도를 가르칠 정도였다. 미실은 다양한 자세로 사다함을 열락의 늪으로 끌고 들어갔다. 사다함이 단말마와 함께 불씨를 토해 냈다. 두 사람은 서로의 육신을 끌어안고 몸속에 있던 열기가 빠져나가는 느낌을 감지했다. 소름이 돋다가 이내 사그라지면서 동시에 나락으로 떨어졌다. 서라벌 하늘에 떠 있던 무수한 별들이 명멸하고 별똥별들이 쉼 없이 남산과 동산으로 떨어졌다.

ఌ

"아우님 영향력은 최고입니다. 고생했습니다."

옥진과 묘도는 금진을 초대하였다. 제철을 맞은 화초처럼 피어난 묘도가 옥진과 금진 사이를 오가며 이야기꽃을 피웠다. 묘도는 미진부를 만나면서 만개하였다. 법흥대왕 붕어로 대궐에서 나올 때 파리하고 가냘팠던 모습은 간데없고, 이제는 몸피도 제법 흐벅지고 원숙한 티가 났다.

옥진 처소에서 조촐한 다과연이 베풀어졌다. 한낮이고 또한 옥진이 술을 별로 좋아하지 않아 다과를 차려 놓고 담소의 장을 마련한 것이었다. 붉은색, 파란색, 노란색, 검은색, 흰색 등 다양한 모양의 과자가 은쟁반에 올려져 있고 금잔에 꿀물이 찰랑거리며 달콤한 향기를 발산했다.

분위기가 훈훈할 때 묘도가 금진에게 은자가 담긴 붉은 상자를 건넸다. 이모와 조카 사이지만 고마움의 표시는 해야 하는 게 신라 귀족사회의 오랜 전통이었다. 분위기가 무르익자 미주(美酒)가 들어왔다. 술이 서너 순배 돌며 화기애애한 자리가 이어지고 있었다. 대화가 흥미롭게 진행될 무렵 사도가 옥진의 처소에 나타났다.

"이모님이 수고하셨다 들었습니다."

"왕후께서 그리 말씀하시니 몸 둘 바를 모르겠습니다. 구륜왕자를 출산하셨으니 왕실에서는 확고부동한 위치에 섰습니다. 이변이 없는 한 동륜태자가 보위에 오를 테지요."

생급스러운 금진의 말에는 진한 아쉬움이 잔뜩 묻어 있었다. 이변이라는 말에 돌돌한 사도의 미간이 잠시 좁혀지기는 했지만, 금진과 섬전(閃電)이 난무하는 언쟁을 하고 싶지 않은지 못 들은 척 넘어갔다. 예전에 약간은 까칠했던 사도지만, 이제는 권력욕에 초연한 듯 전혀 다른 사람이 되어 있었다. 이모와 조카가 왕을 동시에 모시는 묘한 상태여서 자칫 사소한 말도 언쟁으로 번질 수 있었다.

신라 궁궐은 항상 고요했다. 다만, 이모와 조카, 정비와 후비, 태후와 정비 간의 보이지 않는 암투와 질투가 소리 없이 진행되고 있을 뿐이었다. 금진은 왕의 일거수일투족을 파악하기 위해 대전 내관들을 자신의 수족처럼 부려야 했다.

"김내관, 이것은 나의 마음입니다."

금진은 은자가 든 상자를 김내관에게 건넸다. 김내관은 금진의 의도를 잘 알고 있었다. 그는 왕이 부여비나 보명 또는 월화궁주의 처소로 드는 날에도 교묘한 술수를 부려 금진의 처소로 향하게 했다. 금진은 난성공주를 낳고 육덕이 더욱 덜퍽지게 변했다. 왕은 금진을 왕후에 준하는 수준으로 대했다. 세종전군과 미실이 부부의 연을 맺으면서 자연히 왕과 미실이 궐내에서 빈번하게 마주쳤다. 그때마다 왕은 그녀를 시부저기 유심히 살폈다.

"잘 지내고 있지요?"

어느 날, 햇살이 대전 뜰에 소복이 쌓여 있을 때 왕은 미실을 대전으로 불렀다. 세종전군은 태후의 뜻에 따라 군문에 소속된 군인 신분이었다. 그는 현재 백제와 분쟁이 끊이지 않는 지역에 나가 있었다. 왕은 독수공방하는 미실에게 연민의 정을 느꼈다. 미실은 사다함을 만나 궁궐 후원을 거닐기도 했다. 궁인들 사이에서 그런 미실을 두고 뒷말이 무성했다.

"대왕 폐하 덕분에 무료하지 않습니다."

"아우가 머지않아 돌아올 수 있을 겁니다."

왕의 끈적한 시선이 미실에게 머물렀다. 미실은 왕의 강렬한 시선에 숨이 막힐 지경이었다. 왕이 왕후 이외에도 여러 여인을 거느리고 있다는 사실을 미실은 알고 있었다. 두 사람이 정담을 나누고 있을 때 금진이 들었다. 그녀는 난성공주를 품에 안고 있었다. 그녀의 뒤로 진주부인 자매가 금쟁반과 은쟁반을 들고 서 있었다. 금진은 왕이 미실을 바라보는 시선이 야릇하다는 사실을 특유의 감각으로 감지했다. 하지만 그녀는 모르는 척 행동했다.

"공주가 보고 싶었는데, 마침 잘 오셨습니다."

왕이 난성공주를 안았다. 부쩍 자란 공주의 모습에 왕의 입이 벌어졌다. 진주부인 자매가 다과를 탁자 위에 올려놓았다.

"대왕 폐하께서 좋아하는 다과를 가져왔습니다. 미실궁주도 같이 맛 좀 봐요."

왕은 차를 마시며 금진과 미실을 바라보았다. 금진이 원숙미가 질탕한 가을 국화라면 미실은 초봄의 진달래꽃 같으면서 약간은 잔망스러운 데가 있었다. 태후와 달리 왕은 인통에 관하여 집착하거나 쓸데없는 고집을 부리지 않았다. 그는 어떤 인통이든 자신의 씨를 받아 세상에 태어나는 자식은 같다고 보고 있었다.

금진은 미실을 왕에게서 떼어 놓고 싶었다. 현재 세종전군도 전선에 나가 있는 터라, 왕이 마음만 먹으면 언제든지 미실을 취할 수도 있었다. 그녀는 한 가지 묘안을 생각해 냈다. 금진은 왕이 미실을 바라보는 시선이 예전 같지 않다는 느낌을 포착했기 때문에 그냥 지나칠 수 없었다. 계책을 써서 미실을 *등루거제 상태로 몰아붙일 수도 있으나, 그렇게 하기 위해서는 그럴듯한 명분이 필요했다.

"대왕 폐하, 간밤에 이상한 꿈을 꾸었습니다."
"오! 그래요? 어떤 꿈인지 궁금합니다."
"소비가 잠을 자는데 숨이 막히고 답답하여 집 밖으로 나갔더니, 비바람이 불면서 어디선가 이상한 소리가 들리는 게 아니겠어요? 온몸이 오싹함에 주변을 둘러보았습니다."

금진이 진지한 표정으로 당시 상황을 묘사해 가며 그럴듯하게 이야기를 풀어 냈다. 왕은 침을 삼켜 가며 금진의 이야기에 빠져들었다. 곁에 있던 미실도 금진의 이야기에 넋을 빼고 있었다.

"그래서요?"
"소비가 소리 나는 쪽을 보니 거대한 구렁이가 지붕 위에 똬리를 틀고서 소비를 노려보고 있었어요. 소비는 겁에 질려 그 자리에서 꼼짝도 하지 못하고 서 있는데, 그 구렁이가 소비에게 서서히 다가오고 있는 게 아니겠어요? 소비

* **등루거제** - 登樓去梯. 다락에 오르게 하고 사다리를 치운다는 뜻으로, 사람을 꾀어서 어려운 처지에 빠지게 함을 비유적으로 이르는 말.

는 도망가려고 무진히 애를 썼지만, 발이 떨어지지 않았어요. 뱀이 붉은 혀를 날름거리면서 다가와 소비를 휘감았어요. 소비는 그만 비명을 지르고 잠에서 깼답니다."

금진이 놀란 표정을 지어 가면서 이야기했다.

"낭주님, 길몽입니다. 뱀은 다산을 의미한다고 알고 있어요. 뱀꿈은 *농장지경의 예지몽이기도 하고요. 더군다나 보통 뱀도 아니고 거대한 크기이니 이무기나 비상을 꿈꾸는 용이 틀림없어요. 낭주님께서 큰 인물을 낳을 예지몽입니다. 아마도 일세를 풍미할 인물이 날 것입니다. 훌륭한 몽조에 진심으로 경하드립니다."

미실이 금진의 뱀꿈을 태몽이라고 하자, 왕의 눈이 휘둥그레지면서 반짝거렸다. 왕이 말은 하지 않았지만 금진이 기린을 태몽으로 꾸었다고 했을 때 왕자가 태어날 것으로 기대했었다. 하지만 공주가 태어나자 왕의 실망은 이루 말할 수 없을 정도였다. 서라벌 사람들은 뱀꿈을 아들 낳을 조짐으로 인식하고 있었다. 이미 아들을 서너 명씩이나 둔 왕이지만 아들이라는 말에 입이 벌어졌다. 그는 지금 당장 금진과 합방할 수 있는 사내는 자신밖에 없다고 판단하니 더욱 흥분되는지 용안이 벌

* **농장지경** – 弄璋之慶. 아들을 낳은 기쁨. 반대는 농와지경(弄瓦之慶).

겋게 상기되었다.

"좋은 일은 즉시 성사시켜야 합니다."

금진의 양 볼이 빨갛게 변하면서 눈을 내리깔았다. 왕은 소녀처럼 구는 금진의 언동이 마음에 든 듯 호쾌하게 웃으며 밖에 대기하고 있던 진주부인을 들게 했다.

"지밀전에 주연을 준비하라."

금진의 꿈 이야기로 갑작스럽게 합궁을 위한 주연이 마련되었다. 미실은 왕과 금진이 다정하게 지밀전으로 향하는 모습을 멍하니 바라보고 궁싯거리며 주먹을 불끈 쥐었다.

"내가 쓸데없는 말을 했어. 뱀은 악마라고. 나는 절대로 뱀꿈 따위는 꾸지 않을 것이야."

음식 솜씨 좋은 진주부인과 진도부인이 상궁 나인들과 고량진미를 준비했다. 해가 서산을 향해 헐떡거리며 달음박질치고 있었다. 대낮에 왕이 여인과 지밀전에 들어 주연을 갖는다는 것은 곧 상합한다는 의미이기도 했다. 진주부인 자매가 가효와 미주를 지밀전으로 들였다. 금진은 꽃물이 끝나고 여러 날 지났기 때문에 임신할 가능성이 매우 컸다.

술잔이 오가면서 분위기는 서서히 달아올랐다. 왕은 사도나 다른 후비들에게서 밋밋함과 자신에게 굴종하는 태도만 보아 왔다면 금진은 그녀들과 전혀 달랐다. 금진은 왕이 이제까지 알고 있던 여인들에 관한 통념을 송두리째 바꾸게 했고, 진정으로 운우의 그윽한 맛을 느끼게 했다. 금진이 진주부인에게 수신호를 보내자 붉은 약상자를 가져왔다.

"대왕 폐하, 왕자를 출산하면 소비에게도 일정 분량의 힘을 주세요."

왕은 금진이 말하는 힘의 의미를 모르는 게 아니었다. 숙명이 낳은 정숙이 태자에 올랐다가 폐위된 적이 있었기 때문에 왕은 왕자가 태어나면 여러 가지 고민을 해야 했다. 현재 동륜태자가 있으므로 이상이 없는 한 차기 신라의 지존은 그가 될 것이었다. 하지만, 왕은 정변이나 예상치 못한 일로 동륜태자의 지위가 흔들릴 경우를 대비하여 차선책도 준비해야 했다.

그러한 생각은 왕 혼자만 고민해야 하는 문제였다. 왕은 미욱한 언동을 자주 일삼는 동륜태자의 자질을 의심하기 시작했다. 왕은 사도나 다른 후비 또는 왕실 사람들에게 그 같은 속내를 비친 적은 없었다. 하지만 태자와 관련한 왕의 어투에 불만이 섞여 있었다. 금진은 이미 왕의 의중을 헤아리고는 있었으나, 입 밖으로 일절 토설하지 않았다.

"오늘 합방하여 왕자가 탄생한다면 짐은 그 아이에게 큰 권세를 줄 겁니다. 낭주가 꿈에서 본 뱀은 잠룡이 분명할 겁니다."

금진은 왕의 이야기에 덜컥 두려운 마음이 일었다. 그녀는 자신의 기원이 행여 권력 집착에 따른 망상이 아닐지 우려하였다. 또한, 왕과 미실을 떼어 놓으려고 한 말이 독배(毒盃)가 되지나 않을까, 걱정이 되기도 했다. 그녀는 복잡한 마음을 털어 버리고 왕의 혼을 빼놓기로 마음먹었다. 상대가 대취하면 의도한 바와 같은 효과가 나타나지 않을 수도 있기에 금진은 왕에게 술을 권하지 않았다. 왕이 취기가 오르는 듯하자, 금진은 왕에게 미태술을 걸었다.

지밀전은 보통의 침방에 비해 넓고 큰 공간이라 그 안에서 어떤 행위를 해도 밖에서는 전혀 알 수 없었다. 지밀전에 배치된 상궁이나 나인 이외에는 그 누구도 왕의 언동을 감지할 수 없었다. 금진이 붉은 상자를 열고 작은 약병과 금박에 쌓인 환약을 꺼냈다.

"폐하, 이 약은 예전에도 복용한 적이 있는 혼령탈상액이고, 이 환약은 용호작현고입니다. 모두 미약이라 잠자리에 들 때 미리 복용하면 크게 도움을 받을 것입니다. 절륜함도 외부 물질이나 약효를 빌어 배가시키면 즐거움도 그만큼 크고 오래갈 것 같습니다."

금진의 그럴듯한 말에 왕은 두 가지 미약을 즉시 복용하였다. 왕은 용안을 찡그리고 가슴을 두드렸다. 금진이 얼른 꿀 한 숟가락을 왕의 입에 넣어 주었다. 미약이 써서 웬만한 사람은 토하거나 눈물을 흘릴 정도였다. 금진은 얼른 비단 금침을 펼쳤다. 불빛을 받은 금침에서 황금빛이 찬란하게 발산되면서 지밀전이 한층 밝아졌다.

"속에서 불이 날 듯합니다."

"대왕 폐하, 조금만 참으시어요. 오늘은 난쌍무를 선보일 것입니다."

난쌍무는 본래 난새 암수가 서로 반대 방향으로 자세를 잡고 합기하는 비술이지만 금진이 일부를 변형하였다. 난새 두 마리가 원형으로 춤추는 모양을 본떠 고안한 것으로 이미 검증을 마쳤다. 난새는 상상 속의 새인 봉황의 한 종류로 영물로 취급되고 있었다. 머리는 닭과 비슷하고 몸체는 붉은색의 깃털이 덮여 오채(五彩)가 섞였으며, 다섯 가지 소리를 낸다고 알려졌다. 왕의 옥체가 서서히 달아오르고 있었고, 금진은 주문을 외며 분위기를 고조시켰다.

왕실 여인들은 진골정통과 대원신통으로 갈라져 갈등과 알력이 끊이지 않았다. 그 와중에 미실의 등장으로 두 파벌 간에 갈등이 더욱 팽팽한 긴장 상태로 이어지고 있었다. 그녀가 세종전군의 지어미가 되면서 태후는 심한 압박감을 느꼈다. 신라 왕실은 태후 자리 이외에는 대부분 대원신통 계열이 장악한 상태였다. 대원신통의 핵심인 옥진은 이제 상징적인 존재로 남아 있을 뿐이었다. 하지만 금진과 사도가 왕의 자식을 출산하면서 대원신통의 혈맥을 잇기 위해 정성을 다하고 있었다. 게다가 옥진의 외손녀 미실까지 가세하자 태후는 신경 쇠약증에 걸릴 정도였다.

"내가 대원신통 계집들에게 포위되었어. 사도를 내쳐야 한다. 그 계집을 궁에서 내쳐야 진골정통이 융성할 수 있다. 그다음에는 자연스럽게 동륜이를 태자의 자리에서 끌어내리는 거야. 그 안에 보명이가 왕자를 출산할 테지."

태후는 사도만 궁에서 내치면 모든 일이 쉽게 해결될 수 있을 것으로 보았다. 사도가 궁궐에서 퇴출당한다면 동륜태자도 자연히 폐위될 것이었다. 그러나 사도를 출궁시키기 위해서는 그럴듯하고 확실한 명분이 필요했다. 명분이 없는 싸움은 오히려 자신이 역풍을 맞을 수도 있기 때문이었다. 태후는 상궁과 나인들을 동원하여 사도와 동륜태자의 일거수일투족을 감시하게 했다. 그녀가 동륜태자를 살피는 이유는 만호가 동륜태자와 붙어 다니는 것을 자주 봤기 때문이었다. 그때마다 태후는 만호를 불러 동륜태자와 가깝게 지내지 말라고 했다. 하지만 만호는 태후의 말을 귓등으로 듣고 신경 쓰지 않았다.

"사도가 나를 어렵게 여기지 않는다. 그 계집이 나를 능멸하는 망동이 일정 수위에 오르면 폐위시킬 것이야. 동륜이도 내쫓을 것이고…."

태후는 미실이 곁에 있을 때 지나가는 어투로 사도에 대해 험담한 적이 있었다. 미실이 태후의 말을 모두 듣고 말았다. 그런데 그 말이 궐내 이곳저곳을 돌고 돌다가 태후 귀에 들어왔다.

"태후 폐하께서 며칠 전에 한 말이 왕후에게 전달되었고, 왕후는 대왕 폐하를 움직이고 조정 중신들을 규합하여 자신을 방어하려고 한답니다. 미실궁주가 고의로 소문을 낸 듯합니다. 서둘러 조처하셔야 합니다."

태후가 사도 왕후전에 심어 놓은 상궁이 달려와 아뢰었다.

"그 계집 입이 그리 가벼운 줄 몰랐다. 내가 궐 안에 호랑이 새끼를 키우고 있었구나. 절대로 가만히 두지 않을 거야."

태후는 미실의 가벼운 입을 탓하며 사도보다 먼저 미실을 궐내에서 쫓아내야겠다고 마음먹었다. 그녀는 미실이 세종 전군의 지어미가 된 뒤로 백주에 대궐에서 사다함을 만났다는 사실을 알아냈다. 태후는 여러 궁인 앞에서 미실에 관한 온갖 험담과 욕을 쏟아 냈다. 태후가 미실에게 욕을 하며 노발대발했다는 소문이 즉시 궁궐 내에 파다하게 퍼지고 말았다. 옥진과 미실은 그러한 소문을 듣고 걱정이 이만 저만이 아니었다.

"네가 엄연히 지아비가 있는 몸이거늘 대낮에 궁궐에서 사사롭게 외간 사내를 만났다는 소문이 있다. 너의 그러한 행동이 지벌 입을 일인 것을 몰랐느냐? 그 내막을 자세히 아뢰어라."

태후는 미실을 호출하여 잡아먹을 듯 추궁했다. 미실은 생급스러운 태후의 물음에 하늘이 노랗게 보였다. 미실은 세종전군과 부부의 연을 맺은 뒤로 궁궐에서 사다함을 서너 차례 만나 대화를 나눈 적이 있었다. 사다함은 설원이나 혹은 새달을 안동하고 금진을 만나기 위해 종종 궁궐을 방문하곤 했다. 그때마다 사다함은 미실을 불러내 대궐 후원을 거닐며 이야기를 나누었다.

"태후 폐하, 실은…."

"실은 무엇이냐? 어서 사실대로 말해라."

태후는 미실이 주저주저하며 얼른 답변을 못 하자 도끼눈을 뜨고 닦아세웠다. 미실은 태후가 자신의 행동을 이미 알고 있을 것이기에 거짓말을 할 수 없었다. 미실이 진땀을 흘리다가 겨우 입을 열었다.

"태후 폐하, 얼마 전에 사다함이 입궐했기에 잠시 월지(月池) 주변을 거닐며 사소한 이야기를 나누었을 뿐입니다."

"지아비가 최전선에 나가 있는데, 네가 그사이를 못 참고 사내를 불러들여 보쟁이는 것이냐? 너의 파렴치한 망동을 절대로 묵과할 수 없다. 네가 신성한 왕실을 단단히 욕보인 것이다."

태후는 안색까지 바꿔 가며 미실을 몰아붙였다. 그녀는 마치 미실을 질책할 호기를 잡았다고 여기는 듯했다. 태후는 미실과 사다함의 만남을 불미스러운 일로 침소봉대하려고 했다.

"태후 폐하, 사다함과 집안 이야기를 했을 뿐입니다. 저희는 가까운 인척이라 예전부터 스스럼없이 대화를 주고받는 사이입니다."

"왕실의 혼도를 어지럽히는 부정한 여인은 나의 며느리가 될 수 없다. 당장 너의 친정으로 돌아가거라."

태후는 엉뚱한 말로 미실을 부정한 여인으로 몰아갔다. 태후가 뱉어 내는 말이 비수가 되어 미실의 가슴에 박혔다. 미실은 사소한 일을 크게 키우려고 하는 태후에게 강력하게 응대하고 싶었지만, 그러지 못하고 가슴을 쳐야 했다. 속 시원하게 변명할 말이 떠오르지도 않았다. 하지만 그녀가 꿀 먹은 벙어리처럼 있으면 태후가 더욱 역정을 내며 길길이 날뛸 것만 같았다.

"태후 폐하! 그게 무슨 말씀입니까? 집안 인척과 이야기를 나눴을 뿐입니다. 너무하십니다."

"말이 많구나."

미실이 태후에게 따지듯 물었지만, 태후는 눈도 깜짝하지 않았다. 오히려 미실의 행동이 태후를 더욱 화나게 했다. 태후의 쌀쌀맞은 태도와 청천벽력 같은 말에 미실의 가슴이 무너져 내렸다. 미실은 자세를 낮추고 납작 엎드렸다.

"태후 폐하! 앞으로는 외부인과 대화도 나누지 않을 것이며 매사 몸가짐에 조심하겠습니다. 한 번만 용서해 주세요."

미실은 얼른 태도를 바꾸고 태후의 비위를 맞추기 위해 비나리쳤다.

"상궁 나인들은 저 부정한 계집을 내쳐라."

태후는 입에 거품까지 물어 가며 상궁 나인들을 재우쳤다. 미실은 떨리는 가슴을 부여잡고 무릎을 꿇었다. 지금 당장은 뒷생각하지 말고 태후의 마음을 누그러뜨리는 게 우선인 듯했다. 미실은 떨리는 몸을 굽닐며 울음 섞인 목소리로 용서를 빌었다. 그녀는 여태껏 무릎을 꿇어 본 적이 없었다. 하지만 왕보다 더한 권력을 쥐고 있는 태후의 명을 거역할 수 없었다.

신라에서 그녀의 말이 곧 법이었다. 누구든 태후에게 대들면 열 배로 날아오는 보복을 뒷갈망할 수 없었다. 미실이 흐느끼며 애면글면 용서를 구했지만, 태후는 상궁 나인들에게 미실을 태후전에서 내치라는 말만 했다. 태후에게 더는 말이 통할 것 같지 않았다. 그때 미실의 뇌리에 어룽어룽 떠오르는 사람이 있었다. 미실은 외할머니 옥진보다 이모할머니 금진이 자신의 곤란한 처지를 이해하고 구해 줄 수 있을 것 같았다. 그녀는 까무룩 떡심이 풀린 채 비치적대며 태후전을 나와 금진을 찾았다.

"궁주, 마음 가라앉히고 천천히 말해 봐요."

"태후께서 제가 사다함과 이야기를 나눴다고 이리 엄하게 나올 줄은 몰랐습니다. 이모할머니, 저 좀 살려 주세요."

금진은 언젠가 한 번쯤은 이런 일이 올 것으로 예상했다. 태후가 법흥대왕 때부터 대원신통 계열 여인들을 눈엣가시처럼 여기고 있으니, 그들 자식까지 탐탁하게 여기지 않을 것은 당연하였다. 금진은 미실의 일을 계기로 태후가 옥진과 자신에게까지 화살을 겨누고 있다는 경고로 받아들였다. 이번 일을 확실하게 처리하지 않으면 난성공주뿐만 아니라, 장차 자기 몸을 빌려 태어날지도 모를 왕의 자식들에게도 안 좋은 영향이 갈 것이 분명했다.

"궁주, 일단 돌아가 있어요."

금진은 미실을 돌려보내고 곰곰이 생각해 보았다. 금진으로서도 태후의 억지는 대원신통에 대한 명백한 도전이었다. 그렇다면 태후와 결사 항전을 피할 수 없을 것이었다. 금진은 왕을 앞세워 태후와 미실을 한꺼번에 덮쳐누를 수 있는 절호의 기회로 만들고 싶었다. 하지만 자존심이 허락하지 않았다. 자신에게 도움의 손길을 갈구하는 손녀를 차마 나락으로 떨어뜨리기에는 옥진과 묘도의 시선이 너무 부담스러울 것 같았다.

"미실을 출궁시키는 것이 좋을 것 같다. 그 애가 궁궐에 남아 있으면 구설거리만 양산할 것이야. 사다함이 미실과 깊은 관계였고 미련을 완전히 정리하지 못했다. 미실이 궁 밖으로 나가면 둘의 관계를 말끔하게 정리하도록 해야겠어."

금진은 여러 경우를 곱새기다가 들릴 듯 말 듯 혼잣말로 중얼거렸다. 그녀의 처지에서 보면 미실도 자신의 경쟁자가 될 우려가 있었다. 그런 추측은 열 여인 마다하지 않는 왕의 취향을 보면 더욱 명확해진다. 손녀뻘 되는 미실하고도 한 사내를 가운데 두고 연적이 된다는 것이 자존심 상하는 일이기는 했다. 금진은 미실을 출궁시켜 후일을 모색하는 방향으로 마음먹고 옥진을 만나기로 했다. 옥진의 처소에 묘도가 와 있었다.

"아우님, 잘 왔어요. 방금 미실이 다녀갔어요."
"이모님, 어찌해야 좋을지 모르겠어요."
옥진과 묘도가 한숨을 내쉬었다.
"태후의 명에 따르는 게 좋을 듯해요."
"이모님, 미실이 환궁하지 못할 수도 있어요."

금진의 말에 묘도의 얼굴에 서운함이 짙게 드리워졌다. 믿었던 이모 입에서 충격적인 말이 나오니 묘도는 눈앞이 캄캄했다. 옥진도 금진의 말에 크게 실망하는 안색이었다.

"태후는 태생적으로 우리와 갈등하게 되어 있어요. 혈맥으로 따지면 나와 언니는 태후와 그리 먼 사이가 아닙니다. 우리 어머니 오도부인과 태후의 생모 보도부인은 이부동모의 자매지간입니다. 하지만 어머니와 보도부인은 늘 사이가 좋지 않았습니다. 보도부인은 자신이 진골정통이고 우리 어머니를 대원신통이라고 여긴 까닭이겠지요. 진골정통 계열 여인들에게 우리 자매와 조카들은 보이지 않는 차별을 당했습니다."

잠자코 듣고 있던 옥진이 고개를 주억거렸다. 묘도는 두 눈을 동그랗게 뜨고 금진의 말을 듣고 있었다. 모녀가 금진의 말을 받아들이는 감정이 다른 듯 보였다.

"아우님 말이 맞아."

"태후는 한번 꺼낸 말을 철회하지 않을 것입니다. 우리가 단결하여 미실이 반격할 기회를 만들어야 합니다. 태후의 말을 들어주는 척하며, 때를 기다리는 게 좋을 것 같아요."

옥진은 입술을 깨물었다. 궁중에 있는 대원신통의 여인들이 태후의 눈 밖에 난다면 그것은 보통 일이 아니었다. 대원신통의 중심과도 같은 옥진과 금진 그리고 사도가 극도의 위험에 처할 수 있는 일이었다. 금진은 우선 미실 한 사람을 출궁시켜 대원신통의 불안한 입지를 정리하고자 했다.

"묘도야, 이모 말대로 하자."

"어머니!"

묘도는 억울한 듯 한동안 흐느끼며 눈물을 훔쳤다. 금진은 묘도에게 미실이 출궁하면 쿠마라를 만나 보라고 조언했다. 금진이 그런 제안을 한 것은 미실의 외모와 육신은 눈부실 정도로 빼어났지만, 규방술이나 미태술은 아직 경지에 도달하지 못했을 것으로 판단했기 때문이었다. 쿠마라 이야기가 나오자 옥진은 지난 일을 회상하는 듯 두 눈을 지그시 감았다. 잠시 후에 옥진이 입을 열었다.

"묘도야, 이모 말씀 들었지? 내가 미실이를 어려서부터 단련시키기는 했지만 완벽하지 않다. 세종전군이 돌아오면 분명히 미실이를 찾게 될 거야. 그때를 대비하여 그 애를 탁마하여 완벽한 여인으로 만들어 보자."

"조카, 그렇게 해. 상천당 별채를 내줄 테니…."

금진의 의도와 방법이 통했다. 미실은 다음 날 아침 출궁하기로 마음을 다잡았다. 어머니와 두 분 외할머니의 의견에 따르기로 한 것이다. 미실은 내일 출궁할 때 가지고 나갈 소지품을 챙겼다. 그녀가 가지고 나갈 소지품은 옷 서너 벌과 여인들이 필요한 소품이 전부였다. 밤이 깊은데도 미실은 홀로 술을 마셨다.

"태후의 말 한마디에 내 인생이 바람 앞의 촛불처럼 힘없이 흔들리는구나. 언젠가는 내가 그 악녀보다 더 막강한 권력을 움켜쥘 날이 있을 것이다."

미실이 흐느끼며 술잔을 비웠다. 그녀의 처소에 소속된 상궁 나인들이 숨을 죽였다. 밤이 깊었지만 쓸쓸한 독작은 끝날 줄 몰랐다. 미실은 자신의 뿌리를 다시 한번 곰곰이 돌아보았다. 대원신통이나 진골정통 계열 여인들의 주요 임무는 신라 최고 권력자에게 색공(色供)을 제공하는 것이었다. 단지 색공만 제공하면 되는 일이기는 하지만, 남녀가 접촉하면 생명이 태어나니 문제가 발생하게 마련이다. 태후는 박영실과 이사부 등의 부탁이 있어 사도를 며느리로 들였지만, 이제는 마음이 변한 상태였다.

"태후 폐하, 옥체 무강하소서."

미실이 태후전에 인사차 들렀지만, 태후는 문도 열어 보지 않았다. 극심한 굴욕감을 맛본 미실은 입술을 깨물며 주먹을 불끈 쥐고 흔들었다. 그녀는 옥진의 처소로 향했다.

"할머니, 옥체 평안하세요."

"잠시만 참고 견디거라. 세종전군이 서라벌로 돌아오면 너를 다시 찾을 것이야. 누구나 일생에 세 번의 기회가 있단다. 비가 온 뒤에는 땅이 더 굳는 법이야. 할미가 너 어릴 때 자주 들려준 *새옹지마 이야기를 기억할 것이다."

옥진은 새옹지마 고사를 들려주며 미실을 달랬다. 미실의 두 눈에는 눈물이 갈쌍갈쌍하여 건드리면 금방 울음이 터질 것만 같았다. 그녀는 휘친대는 걸음으로 왕후전을 마지막으로 들르고 간신히 궁궐을 나와 친정으로 향했다. 미실이 쓸쓸한 모습으로 독락당에 도착하자 묘도는 주질러앉아 가슴을 쳐 댔다.

"그 늙은 여우가 우리 모녀를 비참하게 만들었구나. 그렇다고 우리가 당하고만 있지는 않을 것이다. 내 동생이 신라의 정비이고 조카가 태자의 자리에 있다. 어머니와 금진 이모님도 아직 건재하다. 언젠가는 그 노호(老狐)에게 이 설움을 백배로 갚아 줄 것이야. 그 못된 성질머리는 황음으로 찌든 아비를 닮았구나."

묘도의 얼굴이 붉으락푸르락 변해 지청구를 해 대며, 궁궐이 있는 방향으로 삿대질을 해 댔다. 그녀는 법흥대왕의 후궁으로 있을 때 당한 설움이 복받치는지 가슴까지 쳐 댔다.

"어머니, 저는 괜찮아요. 신경 쓰지 마세요."

"미실아, 친정에 있는 동안 조심해야 한다. 너를 주시하

* **새옹지마** - 塞翁之馬. 화가 복이 되고, 복이 화가 되는 등 길흉화복의 변화가 잦은 인간사를 비유하는 말이다.

는 시선들이 많을 것이야. 너는 세종전군의 지어미로 잠시 친정에 나와 있는 것이야. 파혼당한 게 아니다."

미실은 밤마다 자신의 품 안에서 어린아이처럼 굴던 세종전군을 떠올렸다. 그는 미실에게 사랑을 고백하였고, 죽을 때까지 함께하겠다고 맹세도 했다. 그는 여러 여인과 잠자리를 한 경험이 있었으나, 첫날밤부터 미실의 교태와 미태술에 혼이 나갔다. 친정으로 돌아온 미실은 낮에는 집에만 박혀 있다가 땅거미가 내려앉으면 미생(美生)과 독락당 근처를 돌아다니며 바람을 쐬기도 했다. 미생은 미실을 어릴 때부터 따르며 좋아했다. 남들이 보면 남매를 마치 연인 사이로 착각할 만큼 띠앗머리가 좋았다.

"미실 누이, 사랑하오."

미실이 혼인하기 전에 집에 남매만 있으면 묘한 일이 벌어졌다. 남매는 부모가 집을 비우는 날이면 한 방에 들어가 부모가 귀가하기 전까지 붙어 있었다. 하인들은 남매의 기이한 행동을 눈치채고 고개를 갸우뚱거렸다. 급기야 미실과 미생이 서로 사랑을 나누는 사이라는 소문이 나기 시작했다. 하지만 당사자들은 인정도, 부정도 하지 않아 소문은 더욱 번져 나갔다. 미실은 이제 지아비가 있는 몸이니 미생이 자꾸만 족대겨도 접근을 허락하지 않았다. 사다함이 말 두 필을 끌고 독락당을 찾아왔다.

"미실, 이제야 나는 비로소 살아 있다는 느낌이 든답니다. 그대가 궁중에 있을 때 나는 아무런 희망이 없었어요. 남을 시기하고 질투하며 자기 허물을 타인에게 전가하는 지다위질이 난무하는 궁궐입니다. 독락당에 있으면서 그동안의 마음고생을 빨리 잊도록 해요."

"사다함, 나는 세종전군의 지어미입니다. 전군이 전선에서 돌아오면 나를 찾을 겁니다. 항상 환궁할 준비를 하고 있답니다."

미실은 사다함의 입장은 생각하지 않고 생뚱맞은 소리를 했다. 사다함은 못 들은 척했다. 두 사람은 함께 아침 식사를 마치고 독락당 후원을 거닐었다. 상천당만큼은 아니지만 두 사람이 바람을 쐬고 대화를 나누기에는 적당한 장소였다. 미실은 집 안이라 마음이 편했다. 자기 말을 엿듣거나 살피는 시선이 없어 마음 놓고 행동할 수 있었다. 사다함은 자꾸만 지난 이야기를 꺼내며 미실의 마음을 돌리려고 했다. 하지만 미실은 사다함의 이야기를 깊이 받아들이지 않았다.

"상천당으로 가요. 거기 후원이 크고 볼 게 많아요. 내일부터 쿠마라 대인에게 비술을 전수받기로 했다고 하니 미리 한번 가 보는 것도 나쁘지 않을 겁니다."

"나는 밖에 나가기 싫어요."

사다함은 싫다는 미실을 억지로 말에 태워 상천당으로 향했다. 두 사람은 말을 달려 서라벌 교외를 한 바퀴 돌고 문상으로 향했다. 다행히 그들을 본 사람은 없었다. 금진의 지시로 상천당은 말끔히 청소되었고, 별채는 새로 지은 집처럼 벽과 마루가 새롭게 단장되어 있었다.

"어머나! 별채는 정말로 신령한 장소네요."

"이곳은 사도 왕후가 혼인하기 전에 잠시 들르기도 했고, 옥진 이모도 서너 번 들렀던 것으로 알고 있습니다. 그때 옥진 이모는 쿠마라에게, 사도 왕후는 어머니에게 신묘한 서역의 비술을 배웠다고 합니다."

사다함은 미실이 당장 내일부터 사용할 상천당의 별채를 둘러봤다. 두 사람은 별채 벽에 붙어 있는 미타 여신과 카파이 쌍신의 신상을 보고 한동안 말문이 막혀 멍하니 바라만 보았다. 신상 앞에 있는 탁자 위에는 진언과 각종 서적이 놓여 있는데 모두가 외국어로 쓰여 있어 읽을 수 없었다.

사다함과 미실은 카파이 쌍신도에서 눈을 떼지 못했다. 인간의 몸에 사슴의 두상을 지닌 암수의 환상적인 합체에 두 사람은 괴기와 춘정을 느꼈다. 벽에 붙어 있는 다양한 신상도는 외설이라기보다는 고고한 양성 교합의 극치를 보여주며 우주의 섭리를 무언으로 암시하는 상징이 분명했다. 그것은 완벽한 음양의 조화를 가장 아름답게 표현한 상징성 짙은 음화이기도 했다. 삼천대천의 모든 존재는 음양의 적절한 조화에서 생성되고 소멸된다.

두 사람의 시각을 통해 가장 강하게 다가오는 것은 카파이 쌍신의 기괴하면서도 흥분을 유발하는 합기 자세였다. 청춘 남녀가 밀실에 함께 있는 것도 숨 막히게 흥분되는 일인데, 신들의 해괴하고 다양한 교상(交像)을 보는 미실과 사다함은 정신이 아득했다. 두 사람은 이미 수다하게 색사를 가진 사이라 묘한 기분이 들면서 자연스럽게 이심전심의 상태로 변해 가고 있었다. 사다함은 미실의 눈빛만 봐도 그녀의 속마음을 알 수 있었다. 그가 미실의 하얀 옥수를 잡았다. 그녀의 손바닥이 땀으로 촉촉했다.

밖은 조용했다. 별채 댓돌 위에 신발 두 켤레가 나란히 올려져 있는 것을 본 상천당 하인들은 숨을 죽여 가며 마당을 지나다녔다. 영지가 사다함과 미실이 별채로 든 것을 알고 문을 통제하며 하인들의 근접을 경계했다.

"사다함, 사랑해요."

"미실, 우리 지금처럼 천년만년 함께해요."

두 사람은 금진이 바라는 바와는 정반대의 상황을 만들어 가고 있었다. 영지가 내실에서 흘러나오는 소리에 민감하게 반응했다. 그녀는 상전의 정사 장면을 수없이 훔쳐본 전력이 있었다. 영지는 문틈으로 흘러나오는 미세한 열음으로 안에서 벌어지고 있는 일들을 상상해 냈다.

"미실궁주는 지아비가 있는 몸인데…."

영지가 혼잣말로 중얼거리며 별채를 나가고 한 시진쯤 지나 미실과 사다함이 밖으로 나왔다. 미실은 얼굴이 빨갛게 상기된 채 상당히 지쳐 보였다. 반면에 사다함은 무엇이 그리 좋은지 입가에서 미소가 떠날 줄 몰랐다. 사다함은 하인들과 마주치면 웃으며 눈인사했고, 미실은 고개를 숙였다. 사다함은 영지에게 다녀올 곳이 있다며 미실과 집을 나섰다. 두 사람이 상천당을 떠나자 문상 주변은 적막감에 휩싸였다.

쿠마라가 오는 날 금진은 진주부인 자매와 상천당으로 향했다. 그들이 도착했을 때 곧이어 쿠마라도 당도했다. 금진은 쿠마라와 함께 별채로 들었다. 미실이 뜰 안에서 서성거리다 다가와 금진에게 인사했다. 쿠마라는 상천당에 오랜만에 들른 탓에 어색해했다. 그는 여전히 당당하면서도 수려한 외모를 자랑하고 있었다. 그가 잡교를 신라 상류층 여인들을 대상으로 포교했지만, 올바른 신앙을 전파하기보다는 그것을 이용해 인생을 쉽게 살려는 의도가 엿보였다. 그들은 내실로 들었다. 금진이 눈신호를 보내자 미실이 쿠마라에게 날아갈 듯 절을 하였다.

"쿠마라 님을 뵙습니다. 미실이라고 합니다."

금진은 묘도와 미실에게 쿠마라에 관하여 소개한 적이 있었다. 미실은 이방인에게 새로운 방중술과 미태술 등을 배우게 된다는 말에 호기심과 기대감이 팽만했다.

"과연! 신라 최고의 미색이 틀림없습니다."

쿠마라는 은근히 미실과 금진을 번갈아 바라보며 비교하는 듯했다. 금진이 산전수전을 모두 겪어 인생을 달관한 경지에 있다면 미실은 대원신통의 중심인물로 성장하기 위해 출발선상에 선 초보자였다. 진한 방향을 풍기며 어떠한 사내라도 녹일 수 있는 금진이었다. 미실은 아직 덜 다듬어진 원석으로 여러 가공의 단계를 거치면 신라를 혼돈으로 빠뜨릴 여걸이 될 것이 분명했다. 쿠마라는 미실의 얼굴을 유심히 살피며 골상과 속 깜냥 정도를 파악하는 듯했다. 그는 미실의 얼굴을 한참 동안 뚫어지게 바라보며 눈을 감았다 떴다를 반복했다.

"낭주님을 통해 미실님을 대략 알 수 있었습니다. 과연 일안고공(一雁高空)의 범접할 수 없는 귀인상을 지녔습니다. 왕실 여인은 상합에 필요한 기교를 터득함으로써 자신의 가치를 한층 높일 수 있습니다."

쿠마라는 신라 왕실을 훤히 들여다보고 있었다.

"대인님이라 부르겠습니다. 방금 하신 말씀 중에서 상합에 필요한 기교란 무엇인지요?"

"역시 미실님은 뒷귀가 좋군요. 기교란 사람을 홀리는 기술이 아닌 상대를 자신이 의도한 대로 움직이게 하여 목표한 바를 성취할 수 있는 고도의 기술을 말합니다. 그 기술은 귀신도 흉내 낼 수 없을 정도로 기이하고 신비하답니다. 이 사람을 믿고 지시하는 바를 매진하면 터득할 수 있을 뿐만 아니라, 그 기교를 이용해 사내를 마음대로 부릴 수 있는 능력을 얻게 될 겁니다. 그러한 기술을 완벽하게 익히면 *화락천에 사는 것과 같을 것입니다."

미실은 사람을 전혀 다른 형태로 변형시켜 능력을 부여한다는 말에 매우 놀라는 눈치였다. 사람이 물건이 아닌데 도대체 어떻게 변형시키겠다는 것인지 궁금했다. 금진과 미실이 쿠마라와 함께하면서 다양한 이야기를 나누며 즐거운 한때를 보내고 있었다. 진주부인 자매는 상천당 소속 하인들과 다과를 준비했다. 자매가 다과를 가지고 내실로

* **화락천** – 化樂天. 육욕천(六欲天)의 하나로 이곳에 태어나면 바라는 바가 무엇이든 이루어지고 복락을 누릴 수 있다고 한다.

또 한 번의 시도

들어왔다.

"마침 출출하던 차였는데 잘되었네. 부인들도 함께 들어요."

금진이 쿠마라에게 진주부인 자매를 소개하고 궁궐 조하방에 관하여 알려 주었다. 쿠마라는 진주부인 자매가 신라 왕궁의 조하방 소속이라는 말에 매우 놀라는 눈치였다. 금진의 권세가 왕궁의 여인들까지 부릴 정도라는 것에 쿠마라는 속으로 감탄했다. 그는 금진으로 인하여 귀족층 여인들과 인연을 맺게 되니 기대하는 바가 컸다.

"어머나!"

다과를 들다가 내실을 살펴보던 진주부인이 깜짝 놀랐다. 그녀는 카파이 쌍신과 미타 여신 그리고 여러 신상도의 기이한 모습을 보고 충격을 받았다. 특히, 카파이 쌍신의 기괴한 정교(情交) 모습에 반쯤 정신이 나간 듯했다. 거대한 양근과 음곡이 결합한 신상도는 진주부인의 상식을 한순간에 깨부수었다. 그녀도 서라벌에 서역 상인들이 상당수 있다는 것을 알고는 있었지만, 그들 중에 쿠마라 같은 기인이 있는 줄 몰랐다. 금진은 진주부인에게 쿠마라에 관하여 자세히 소개하며 관심을 가지고 지켜보라고 했다.

"진주와 진도부인도 이왕에 쿠마라 대인님을 뵈었으니 지도를 받아 봐요. 대인님에게 단 하루만이라도 배우고 익히면 인생 사는 맛이 달라질 겁니다. 나는 사다함과 할 일이 있어요."

 금진이 밖으로 나왔다. 상천당에 사다함이 머물고 있었다. 그는 풍월주로서 그동안 눈코 뜰 새 없이 공무에 매달렸다. 수천 명의 화랑과 낭도를 지도하며 집단생활을 하는 일은 절대 쉽지 않았다. 심신이 피곤할 때마다 사다함은 상천당으로 달려와 잠시 쉬곤 했다. 금진도 새달과 설원이 늘 눈에 밟혔다. 난성공주를 낳고 부러 짬을 내서 상천당에 가는 일도 쉽지 않았다. 금진이 본채로 들어가니 사다함과 무관랑이 달려와 인사를 하였다.

"사다함, 잘 지냈니? 무관랑도 잘 지냈지요?"
"소자는 어머님이 신경 써 주는 바람에 잘 지내고 있습니다."
"낭주님께 문후 올립니다."

 금진은 관옥 같은 무관랑의 얼굴을 보자 입가에 미소가 잔즐거렸다. 풍채도 그새 더욱 단단해진 듯했다. 무관랑은 사다함의 절친이면서 동시에 금진의 은밀한 정인이었다. 사다함은 금진이 무관랑을 보고 무척 반가워하자 덩달아 기분이 흔연했다. 부끄러움이 많은 무관랑은 금진을 똑바로 바라보지 못했다. 금진은 무관랑을 자세히 살펴보았다. 그동안 무관랑은 몸이 더욱 덜퍽지고 틀거지도 무척 근사해진 듯했다. 사다함은 어머니와 무관랑이 서로 은애하는 사이라는 것을 알고 두 사람이 담소라도 나눌 시간을 주고 싶었다. 무관랑은 사다함의 온갖 일에 신경을 쓰고 자질구레한 일까지 소리 없이 처리하고 있었다.

"어머니, 오셨어요?"

새달과 설원이 금진이 왔다는 소식을 듣고 나타났다. 남매는 하루가 다르게 성장하는 새싹이었다. 금진은 그사이에 불쑥 커진 남매를 끌어안고 등을 다독거렸다.

"미안하구나. 언젠가 엄마가 너희들과 함께할 날이 있을 것이야. 조금만 참고 기다리거라."

"어머니, 걱정하지 마세요. 제가 설원이를 잘 돌보고 있습니다."

금진은 아비가 있으나 마나 한 상태로 홀로 크다시피 한 막내아들이 불쌍하였다. 남매를 궁궐로 데리고 들어가고 싶었지만, 설원의 아비 설성이 낮은 품계라 대궐에 동행하기에 부담이 컸다. 새달은 얼마 전부터 달거리를 시작하여 금진은 부쩍 신경이 쓰였다. 그녀는 영지에게 특별히 새달을 신경 써서 돌보라고 지시했다. 토함과 사다함 형제가 상천당에 있을 때면 새달을 챙겼다. 하지만 이제부터는 오라비들보다 여인의 보살핌이 필요했다.

금진은 안채 내실로 사다함, 무관랑, 새달, 설원을 불러들여 다과를 베풀었다. 용걸종은 사흘 전부터 출타 중이라고 했다. 영지와 하인들이 재바르게 움직이며 금진의 지시를 받들었다. 금진은 늘비하게 앉아 있는 자식들을 보며 잠시 즐거운 한때를 보내고 싶었다. 다과가 끝나고 사다함이 저 잣거리에 나가서 구입할 물건이 있다며, 새달과 설원을 데리고 밖으로 나갔다. 두 사람만 덩그러니 넓은 안채 내실에 남게 되었다.

"무관랑, 우리 오랜만에 술 한잔 할까요?"

영지가 술과 고량진미를 급히 내실로 들였다. 금진은 무관랑과 밀실로 자리를 옮겼다. 그녀는 무관랑에게 큰 잔으로 술을 따라 건넸다. 무관랑의 잔이 비워지기 무섭게 술로 가득 찼다. 금방 술 서너 병이 비었다. 금진이 덥다며 윗옷을 벗었다. 그녀의 뽀얀 속살이 얇은 적삼 속에서 신비로운 자태를 드러냈다. 금진의 행동이 전혀 추비하거나 객심스럽지 않았다. 연신 마셔 댄 술 탓인지 무관랑은 금방 얼굴이 벌겋게 달아올랐다. 원숙한 여인을 홀로 완상(玩賞)하는 호사에 무관랑은 정신이 혼몽했다.

그는 밤마다 금진과 치른 꿈결 같은 정사를 떠올리곤 했다. 사다함을 통해 금진에 관한 소식을 듣고는 있었지만, 자세한 내용을 묻기는 어려웠다. 그때 영지가 술병을 들고 내실로 들어왔다. 그런데 내실에 사람은 없고 밀실에서 웅성거리는 소리가 났다. 영지는 밀실 문을 열려다가 망설였다. 그때 다른 여인이 금쟁반에 안줏감을 들고 내실로 들어왔다. 영지가 얼른 손가락을 입에 갖다 대고 여인에게 주의를 시켰다.

"대인님, 다시 한번 말씀해 주세요. 처음에는 전혀 무슨 말씀인지 알지 못했는데, 한 번 더 들으면 이해할 수 있을 것 같아요."
"벽에 걸려 있는 쌍신도를 보세요."
미타 여신 옆으로 황금빛 사슴 얼굴의 카파이 쌍신은 서로를 강하게 끌어안고 있었다. 세 여인은 기묘한 형상의 신상도를 바라보는 것만으로도 형언할 수 없는 흥분과 전율이 파도처럼 일었다. 쿠마라가 천천히 신상도를 가리키며 이야기를 전개해 나갔다. 세 여인의 기대와 호기심 어린 눈이 반짝거렸다. 쿠마라의 진중한 설명이 세 여인들 가슴에 고스란히 박혔다.

미실은 새롭게 태어나기 위한 훈련이었고, 진주부인 자매는 우연히 쿠마라를 만나 새로운 성애의 세계를 접하게 되었다. 쿠마라는 말하는 중간에 벽에 붙어 있는 신상도를 가리키며 재차 설명하였다. 그가 가리키는 신상도는 똑바로 바라보기 민망했다. 다양한 자세로 묘사된 교합상(交合像)은 인간이 아닌 거룩한 신의 모습이었다.

"첫날이지만 연습에 들어가겠습니다."

첫날부터 시작된 쿠마라의 강습은 사내를 후리는 데 뛰어난 재주를 지닌 미실과 진주부인 자매를 달뜨게 했다.

"내가 그대이고, 그대가 나입니다. 물아일체이지요. 둘이 하나가 돼야 거기서 다른 하나가 나오고 소우주가 탄생합니다. 교합은 하나가 되기 위함이며, 그 하나가 곧 둘이 되고, 수억이 되다가 다시 하나가 됩니다."

쿠마라의 설법은 미실과 진주부인 자매의 뇌리를 뒤흔들었다. 그녀들이 지금까지 알고 있던 지극히 보편타당한 상식이 무너지는 순간이었다. 오묘한 교리를 한 번 듣고 이해할 수는 없지만, 자주 듣고 실전으로 수행하다 보면 곧 알게 될 것이었다.

"대인님, 정교를 통한 경지를 말씀해 주세요."

미실은 쿠마라에게 애원했다. 막연하게 알고 있던 잡교의 신기를 접하니 그녀는 반드시 체득하겠다는 욕심이 생겼다. 미실은 지금 상태라면 무슨 일이라도 할 수 있을 것 같았다. 그녀는 이미 쿠마라의 언동에 홀린 게 분명했다.

"대인님, 저희에게도 진기를 시전해 주세요."

비기를 흡수하려는 발싸심에 진주부인 자매도 열성을 보였다. 그들은 쿠마라의 언변과 풍신에 홀려 정상적인 생각의 통로가 교란된 것이 분명했다. 쿠마라가 소를 말이라고 하면 그렇다고 믿을 정도였다. 진주부인 자매는 미실의 열성에 은근히 질투를 느끼기도 했지만, 미실은 세종전군의 지어미였다.

"저 신상도는 지극히 자연스러운 모습입니다. 저 자세에는 강제와 이권이 없는 청정무구한 경지를 묘사하고 있습니다. 신상이 보기 민망하면 나무라고 생각하세요. 그림에 어떤 목적이 있을 것으로 의심한다면 수련은 하나 마나입니다."

쿠마라는 다양한 정교 모습이 그려진 신상도를 세밀하게 설명하였다. 세 여인이 고개를 갸우뚱거리면 쿠마라는 다시 한번 부연 설명하면서 이해를 돕기도 했다. 신상도에 관한 지루한 설명이 끝나자 쿠마라는 미실과 진주부인 자매에게 미소를 지어 보였다. 쿠마라는 세 여인에게 몸을 씻고 오라고 했다. 내실 뒷문으로 연결된 작은 밀실에 침상이 놓여 있고 욕실도 있었다.

쿠마라가 내실 한쪽에 있는 장롱을 가리키며 수련에 필요한 도구를 꺼내도록 했다. 진주부인 자매가 장롱 안에서 잠자리 날개처럼 생긴 투명한 옷 세 벌과 푹신한 요를 세 개 꺼내 내실에 펼쳤다. 쿠마라의 지시에 따라 여인들은 날개옷으로 갈아입었다. 풍만한 속살이 훤히 들여다보였다. 쿠마라도 속살이 훤히 비치는 옷으로 갈아입었다. 세 여인은 쿠마라의 우람한 육신을 보고 가슴이 콩닥거렸다. 그때 쿠마라가 병을 꺼내 뚜껑을 열었다.

"이 약을 세 숟가락 드시고 물 한 모금을 마시세요. 이 영약은 혼령탈상액입니다. 영약을 드셔야 빨리 경지로 올라설 수 있습니다."

미실이 먼저 이맛살을 찌푸리며 영약을 세 숟가락 입안으로 털어 넣었다. 진주부인 자매도 미실을 따라 영약을 복용하였다. 세 여인은 영약을 복용하고 나자, 얼굴이 빨갛게 변하면서 몸을 사시나무 떨듯 부들부들 떨었다. 쿠마라는 창문을 닫고 장막을 드리우고 주문을 암송하며 엄중한 분위기를 조성했다.

여인들은 욕심을 내며 조금이라도 더 배우려고 눈을 희번덕였다. 갑자기 어두워지면서 실내를 살펴볼 수 없는 상태가 되었다. 쿠마라는 촛불 한 개만 켜 놓고 향을 피웠다. 세 여인에게 방중술의 기본을 전수할 준비가 끝났다. 쿠마라는 여인들을 요 위에 눕도록 했다. 여인들은 살아 있는 꼭두각시처럼 쿠마라의 말과 손짓에 따라 움직였다.

"미실님과 두 항아님도 수련하고 있나?"

영지는 별채를 기웃거렸다. 지독한 향내가 집 안 곳곳에 퍼져 있어 인상을 찡그렸다. 쿠마라가 알아들을 수 없는 말로 주문을 암송했다. 주문이 끝나면 애절한 여인의 신음이 흘러나왔다. 그렇게 두 시진 지나니 쿠마라에게 묘술을 전수받은 여인들은 하나같이 얼굴에 행화(杏花)가 함빡 피어 있었다. 영지는 문틈으로 내실을 살펴보다가 그 자리에 풀썩 주저앉았다.

"성난 황소가 암소들을 향해 영각하듯 하네."

영지는 두 손으로 얼굴을 감싸고 밖으로 뛰쳐나왔다. 그녀는 별채에서 벌어지고 있는 일들을 목격하고 나서 자신의 정신 상태가 잘못되는 것이 아닌지 우려했다.

"무관랑, 매달 보름 *술시쯤 궁궐로 나를 찾아와요. 내가 궁궐 문지기에게 미리 말해 놓을 테니 안심하고 오면 돼요. 내가 거주하는 소궁은 월성 맨 동쪽 끝에 있어요."

금진과 무관랑은 후원 연지 주변을 서너 바퀴 돌았다. 그때 미실과 진주부인 자매도 쿠마라와 다정하게 연지 쪽으로 걸어오고 있었다. 그들은 웃고 떠들며 콧노래를 부르기도 했다.

"쿠마라 대인님과 손님을 별채에 모셔 놓고 나만 호젓하게 연지를 거닐었나 봅니다."

"낭주님께서 추천한 분들인데요."

"대인님, 미실을 잘 부탁합니다. 두 부인은 나중에 또 보내겠습니다."

*술시 - 戌時. 오후 7시부터 9시 사이.

금진은 미실에게 매일 상

천당 별채에 와서 쿠마라에게 오늘처럼 가르침을 받으라고 했다. 금진은 영지에게 손님들을 위한 주연을 준비하라고 지시했다. 금진은 일행과 연지를 서너 바퀴 돌고 안채로 향했다. 그때 마침 사다함이 새달과 설원을 데리고 안채로 들어섰다. 갑자기 상천당은 왁자한 분위기 속에서 잔치가 시작되었다.

영웅 사다함

태후는 미실을 강제로 출궁시킨 뒤 의기양양했다. 그녀는 미실의 퇴출 건으로 자신이 얼마나 대원신통을 하찮게 보고 있는지 만인에게 보여 준 것 같아 속이 시원했다. 미실이 궁에서 쫓겨나자 대원신통 계열은 잔뜩 움츠러들었다. 옥진은 자신의 처소에서 옹송그리며 묵새기고 있었고, 사도는 태후에게 문후 여쭈는 일도 자주 걸렀다. 태후와 사도가 대면해도 두 사람 사이가 전과 다르게 무척 섬서했다. 금진은 태후와 두드러진 심적 갈등은 없는 편이었다.

"융명아, 네가 진골정통을 이어야 한다."
"어머니! 그게 무슨 말씀이세요?"

융명(肜明)은 태후가 지금 무슨 말을 하는지 알 수 없었다. 태후가 자세한 이야기를 하며 융명을 설득하려 들었다. 그녀는 오라비인 세종전군과 부부의 연을 맺으라는 말에 기가 막혔다. 융명은 태후와 죽은 입종갈문왕의 친동생 진종(眞宗) 사이에서 태어났다. 세종전군과 융명은 이부동모 남매지간이었다. 진종은 지증마립간과 연제부인 박씨 사이에서 태어났다. 그는 태후가 첫 번째 지아비 입종갈문왕이 죽고 박영실과 잠시 부부의 연을 맺고 있을 때 접촉했다. 태후가 시동생과 사통한 것이었다.

"숙명이와 보명이도 오라비인 지금의 왕과 혼인했다. 네가 세종전군과 부부가 되고 왕자를 낳는다면, 그 아이를 신라의 태자로 삼을 것이야."

"어머니, 오라비와 어떻게 한 이불을 덮어요?"

융명은 태후가 장난치는 줄 알았다. 태후가 진지한 태도로 이야기하자 융명은 가슴이 두근거려 숨이 막힐 지경이었다. 그녀는 왕과 언니 숙명이 부부의 인연을 맺었다가 결론이 안 좋게 끝나는 것을 가까이서 지켜보았다. 아무리 진골정통의 혈맥을 잇는 게 중요하다고는 하나 남매가 부부가 된다는 게 쉽지 않았다. 설령 남매가 부부가 되더라도 관계를 맺는 것이 심적 부담이 되고 왕실 사람들이나 서라벌 귀족들 보기에 부끄러운 노릇이었다.

"그건 걱정할 게 못 된다. 너는 그냥 모르는 척하고 전군과 부부의 연을 맺거라."

"어머니, 저에게 생각할 여유를 주세요."

융명은 시간을 벌었으나 전선에 나가 있는 세종전군이 언제 서라벌로 귀경할지 몰라 불안한 나날을 보내야 했다. 모녀가 나눈 말이 금방 궐내에 파다하게 퍼졌다. 태후의 의도를 잘 알고 있는 옥진은 금진을 불러 대책을 논의하기로 했다. 가만히 앉아 있다가는 대궐 밖에 나가 있는 미실이 끈 떨어진 뒤웅박 신세가 될 수도 있다는 불안감이 옥진을 괴롭혔다. 옥진이 더 걱정스러운 것은 태후의 의도였다.

예전에 왕과 숙명 사이에 태어난 정숙이 태자가 되었듯이 세종전군과 융명 사이에 아들이 태어나면 동륜태자를 밀어낼 수도 있을 것이었다. 태후가 독하게 마음을 먹고 자기 사람들을 동원한다면 왕의 아들이 아닌 전군의 아들을 태자로 삼는 것도 가능할 것이었다. 조정을 좌지우지하는 이사부, 영실, 진종, 구진, 이화랑 등은 태후의 애인들이었다.

"미실이 세종전군에게 배척당하는 불상사가 없도록 해 봐요."

옥진은 금진의 손을 잡고 간청했다.

"전군이 돌아오면 만나 볼게요. 미실이 지금 엄청난 것을 준비하고 있어요. 전군은 절대로 미실과 헤어지지 못해요. 그리고 융명은 체구나 얼굴이 미실이에게 비할 바가 못 됩니다."

옥진은 자신도 쿠마라의 능력을 잘 알고 있기에 금진의 말을 충분히 수긍하였다. 미실이 만약 사내를 단번에 후릴 수 있는 비술을 완벽하게 터득하여 경지에 오른다면 장차 신라 왕실에는 일대 파란이 일 수도 있는 일이었다. 옥진은 미실이 초조를 시작할 무렵 여인으로서 갖춰야 할 교양 등에 관하여 가르친 적이 있었다.

그때는 미실이 어려 육신이 덜 성숙했었고, 세상 물정을 몰라 지도하는 데에 한계가 있었다. 하지만 이제는 지아비를 둔 유부녀로서 쿠마라에게 추가로 배운다면 더할 게 없을 것이었다. 옥진은 미실이 완벽하게 다시 태어나는 길이 자신과 가문을 지키는 첩경이라고 믿었다.

"역시 아우님이 정확한 판단을 했어요."

옥진은 자분치가 희끗희끗하고 눈가에 잔주름이 자글자글했다. 머리에는 만년설이 잔뜩 쌓여 일 년 내내 녹지 않았다. 옥진을 바라보는 금진의 시선에 연민의 정이 잔뜩 묻어 있었다. 붕어한 법흥대왕을 함께 모신 적이 있었기에 자매의 정이 돈독해 보이기는 했다. 하지만 쏜살같이 흐르는 세월을 막지 못하고 늙어 가는 처지가 서럽기만 했다. 금진은 조카들과의 미묘한 관계에서 자신의 입지가 수시로 흔들리며 혈육 간의 시기와 질투가 가장 큰 위협으로 다가올 수 있음을 알게 되었다.

"언니의 기대에 부합하는 결과가 나올 겁니다. 앞으로 숙흘종, 용결종, 토함, 사다함, 새달, 설원, 난성공주를 챙겨 주세요."

"아우님은 아이를 더 봐야지요."

옥진이 예전과 다른 소리를 했다. 금진이 왕자를 출산하면 사도에게 어떤 일이 일어날지 뻔히 알면서 하는 헛소리이거나 금진의 의도를 뜨개질하려는 것 같았다.

"이제는 몸이 예전 같지 않아요. 대왕과 방사를 치르고 나면 사나흘은 꼼짝도 못 해요."

금진은 엉뚱한 말로 옥진을 안심시키려 했다. 자매는 다과를 들면서 지나간 추억을 곱씹으며 객쩍은 이야기로 시간을 보냈다. 자매는 이제 일선에서 물러나고 싶지만, 딸과 손녀 등을 통한 대원신통으로의 왕위 계승을 위해 수고로움도 마다하지 않았다. 옥진은 이제 여인으로서 기능을 완전히 상실하여 딸과 손녀들에게 훈수를 두는 일에 만족해야 했다. 하지만 금진은 아직도 여러 건의 정분이 진행 중이었다. 그녀는 왕을 대상으로 건곤일척의 역사를 계획했다.

첫 역작이 빗나가고 두 번째 대사도 성공적으로 이어지지 않았다. 얼마 전에 그럴듯한 뱀꿈 이야기로 왕과 상합을 가졌으나 소득이 없었다. 왕도 금진의 예지몽에 큰 기대를 걸고 있었으나, 회임 소식이 없자 무척 실망하는 안색이었다. 태후와 사도 역시 궁궐에 떠도는 금진의 뱀꿈 이야기를 듣고 바싹 긴장하기도 했다. 세종전군이 예상보다 빨리 전선에서 돌아왔다. 그는 미실이 강제로 출궁당했다는 사실에 가슴이 미어지면서도 말은 못 하고 벙어리 냉가슴 앓듯 지내야 했다.

"전군, 일이 잘 풀릴 수 있도록 할게요."

금진이 세종전군을 찾아가 미실의 근황을 대충 알려 주었다.

"고맙습니다. 낭주께서 공주를 얻으셨다고 들었습니다. 농와지경의 경사를 경하드립니다."

세종전군은 미실을 그리워하기도 전에 태후의 강요로 융명과 혼인해야 할 처지가 되었다. 그는 융명과의 혼인을 결사적으로 거절하였으나, 거듭되는 태후의 회유와 설득에 이러지도 저러지도 못하는 상태가 되고 말았다. 왕과 전군은 지극한 효자였다. 세종전군이 혼인 문제를 놓고 태후와 갈등하고 있을 때 금진이 그를 자신의 처소로 초대하였다. 전군은 태후의 지시에 따라 미실이 출궁당해 친정에 나가 있다는 내막을 듣고 충격을 받았다. 금진이 전군의 아픈 곳을 다독거리며 그의 지원군을 자처하였다.

"어머니 강요로 어쩔 수 없이 동생과 부부의 연을 맺는다고 하여도 동침할 수 없습니다."

"전군의 고통을 알고 있습니다. 전군은 내가 시키는 대로 하세요. 그래야 미실이와 한 이불을 덮을 수 있습니다."

세종전군은 자리에서 벌떡 일어나더니 금진에게 절을 하였다. 금진은 얼른 맞절로 응대하였다. 그녀는 진주부인에게 술상을 들이도록 했다.

"전군, 융명과 혼인하세요. 차츰 이런저런 사유를 들어 잠자리를 거부하거나 불평불만을 늘어놓으면 융명이 자연히 전군 곁을 떠날 겁니다. 그때 태후에게 미실을 입궐시켜 달라고 하세요."

금진은 융명을 오랫동안 봐 왔기 때문에 그녀의 성격이나 습관 등을 잘 파악하고 있었다. 금진은 융명이 세종전군에게 정나미가 떨어지게 행동하는 방법과 스스로 전군을 포기하고 물러나게 하는 요령 등에 관하여 자세히 알려 주었다.

태후의 고집으로 세종전군은 융명과 부부의 연을 맺었다. 융명은 체격이 왜소하고 살집이 없는 편이었다. 미실에 비하면 너무 볼품이 없었다. 세종전군은 초야부터 융명을 냉대하며 뚱한 표정으로 대했다. 하지만 태후의 노한 얼굴이 두려워 전군은 할 수 없이 융명과 잠자리에 들었다. 전군의 까탈스러운 요구에 융명은 당황하였다. 사내를 모르는 융명은 오라비의 벌거벗은 육신이 두려웠다. 그녀는 이리저리 피하다 한 이불을 덮어야 했다.

"나를 오라비가 아닌 사내로 보거라."

"오라버니, 그게 말처럼 쉽지 않아요."

융명은 첫날밤이 야릇한 기대보다는 실망과 부끄러움으로 점철된 추억이 될까 우려했다. 전군은 융명이 미실처럼 자신의 어떠한 요구에도 응해 줄 것으로 기대했다. 전군도 촛불을 켜 놓고 색사를 갖는 습성이 있었다. 미실도 어두운 공간보다 대낮같이 밝은 내실에서 이루어지는 합기를 선호했다.

"융명아! 이것이 우리 남매의 운명이라면 차라리 가슴을 활짝 열고 나를 받아들이거라."

세종전군이 융명을 억세게 안았다. 육신이 투실하지 못한 융명은 전군을 밀어내려고 했다. 그녀는 실내가 너무 밝다며 촛불도 끌 것을 요구했다. 두 사람은 촛불을 가지고 언쟁하며 아까운 시간을 낭비했다. 전군은 할 수 없이 융명의 요구를 들어주었다. 겨우 두 육신이 일체가 되면서 융명은 눈에서 불꽃이 튀고 전신에 소름이 돋았다. 새벽 여명이 창문에 드리우고서야 어렵게 부부의 첫 상합이 이루어졌다. 융명은 초주검이 되었고, 전군도 진기를 모두 소진했다.

"저러다가 융명 공주님이 죽게 생겼어."

"미실궁주 때는 저러지 않았는데."

"미실궁주는 그 일에 천부적인 재능이 있다고 소문났잖아. 전군과 미실궁주는 찰떡궁합이야. 그런데 저 두 분은 궁합이 안 맞는 것 같아서 앞날이 참으로 걱정이다."

나인들은 세종전군의 처소에서 흘러나오는 융명의 미음(微音)에 민감하게 반응했다. 그들은 왕후와 공주 또는 궁주들의 합궁에 관하여 속속들이 알고 있었다. 잠자리에서 사도는 어떤 체위를 선호하고 어떻게 왕을 대하는지, 금진이 왕과 합기할 때는 어떤 자세를 선호하는지, 심지어 언제 꽃물이 시작되는지 등 시시콜콜한 것들을 꿰차고 있었다.

왕과 후비들의 성적 취향과 습관은 나인들 사이에서 공유되다시피 했다. 나인이 상궁으로 승차하기 위해서는 왕과 후비들의 신체적 특징과 취향 그리고 계절에 따른 섭생의 방법까지도 알고 있어야 했다. 전군과 융명이 초야를 무사히 치르고 있다는 보고를 받은 태후의 입가에 묘한 웃음기가 번졌다. 어미의 욕망에 애꿎은 자식들은 손바닥으로 하늘을 가려야 했다.

"어머니, 편안히 주무셨습니까?"

이른 아침 세종전군이 융명과 함께 태후를 방문하여 문후를 여쭈었다. 융명은 오라비와 한 이불을 덮었다는 것이 부끄러운지 고개를 들지 못했다. 하지만 태후는 흔연한 얼굴로 남매를 대견스러워했다. 세종전군도 떳떳한 바가 없어 어색한 태도로 겨우 체면치레하였다. 태후는 자신의 배에서 나온 남매이지만, 아비가 다르니 크게 흠될 것이 없다는 심정이라 남매에게 당당했다.

"융명이는 전군의 정실입니다. 미실이는 잊으세요. 그 애는 우리 가문에 전혀 도움이 되지 않습니다. 융명이 비록 내 배에서 나온 딸이지만, 얼마나 곱고 착한지 모르겠어요. 두 사람이 아들을 생산하면 내가 큰 선물을 내릴 겁니다."

"저희는 조용히 살고 싶습니다."

세종전군이 태후의 의도를 알고 한마디 했다. 하지만 태후는 아들의 그런 말이 듣기 싫었다. 그녀는 사도가 출산한 동륜태자가 마음에 들지 않았다. 첫 번째 열매였던 정숙태자가 폐위되자 태후는 원한을 품고 사도를 내치기 위한 도전을 감행하는 중이었다. 태후는 융명이 아들을 낳으면 세종전군을 갈문왕으로 올리고 그의 아들을 왕자로 격을 높일 계획이었다. 음흉한 태후 입장에서 왕자를 태자로 둔갑시키는 일은 그리 어려운 게 아니었다.

"어머니, 소녀가 딸을 낳으면 어찌 되나요?"

"왕자를 볼 때까지 계속 낳아야 하겠지요."

태후의 말에 융명은 눈앞이 캄캄했고, 세종전군은 신음을 토해 냈다. 전군은 태후가 옥진과 금진 그리고 그들의 자식들을 질투한다는 사실을 알고 있었다. 하지만 전군은 어머니가 목숨을 거는 인통 싸움에 깊이 관여하고 싶은 마음이 없었다. 그는 자신이 아들을 보면 태후가 어떻게 나올지 앞날이 충분히 예상되었다. 전군은 태후와 사도가 다투면 자신과 현재의 왕이 갈등으로 얽히고설켜 형제가 견원지간이 될 수도 있음을 우려했다. 전군은 간밤에 융명과 첫날밤을 맞아 상합하였지만 파정하지 않았다. 그의 그런 배려는 왕과 좋은 관계를 유지하고 싶은 마음에서 비롯되었다.

"미실이 보고 싶다. 융명이를 여인으로 보려고 해도 그게 안 된다."

세종전군은 융명과 한 차례 운우를 치르고 나서 잠시 밖으로 나왔다. 깊은 새벽 묵천에 떠 있는 달이 교교히 서천으로 미끄러지듯 흐르고 있었다. 그는 혼잣말로 달을 올려다보며 중얼거렸다. 미실의 삼삼한 몸매며 사내 가슴에 불을 지펴 대는 능숙한 미태술이 사무치도록 그리웠다. 미실은 전군이 첫 지아비이지만 타고난 천성이 있어서 한번 방사를 시작하면 밤새 활활 타올라 재가 될 때까지 열정적이었다. 그녀의 미끈한 몸매와 옥진과 묘도에게 배운 진기(珍技)는 전군의 영혼까지 흘렸다. 전군은 밤마다 뜰 앞을 서성이며 미실과의 *금슬상화를 그리는 일이 일상이 되다시피 했다.

"전군, 몸이 아프다고 하고 자리에 누우세요."
 금진은 세종전군에게 주저하지 말고 자신이 알려 준 대로 행동하라고 했다. 하지만 효심 깊은 전군이 결단을 내리지 못했다. 그는 태후와 미실 관계에서 어느 쪽에 더 주안점을 둘 것인가를 놓고 한참 고민하였다. 금진은 미실이 전군을 잊지 못하고 오매불망 다시 궁으로 돌아갈 날을 학수고대한다고 똥겨 주었다. 미실이 전군을 다시 만나면 건넬 선물을 준비하고 있다는 말도 덧붙였다. 금진의 말에 전군의 입이 벌어졌다.
 "낭주님이 알려 준 대로 해야겠습니다."
 "태후에게는 말보다 행동으로 보여야 합니다."
 세종전군은 몸이 불편하다며 자리에 누웠다. 그가 자리에 누웠다는 말에 태후는 매우 놀라 어의를 대동하고 달려왔다. 어의가 전군의 상태를 진찰하였다.
 "전군, 어찌 된 일입니까?"
 태후는 왕보다 전군에 대한 애착이 더 컸다. 그녀의 첫 지아비 입종갈문왕은 삼맥종을 남기고 사망했다. 태

* **금슬상화** – 琴瑟相和. 잘 어울리는 거문고와 비파의 소리처럼, 부부의 사이가 다정하고 화목함을 비유적으로 이르는 말.

후는 입종을 생각하면 어사추여랑과 금진의 안 좋은 기억만 떠오를 뿐이었다. 하지만 이사부는 태후에게 진심으로 다가갔고, 태후는 그를 맹목적으로 따르며 좋아했다. 그녀는 전군의 손을 잡고 눈물을 글썽거렸다.

"어의, 전군의 상태가 어떤가요?"

태후의 물음에 어의는 시원한 대답을 하지 못하고 우물쭈물했다. 어의가 말을 잇지 못하면서 세종전군의 눈치를 살폈다. 그때 전군이 태후 몰래 어의에게 한쪽 눈을 찡끗하였다.

"태후 폐하, 전군께서 마음의 병이 깊은 듯합니다. 마음의 병을 방치하면 육신의 병이 되어 자칫 회복할 수 없는 지경에 이를 수도 있습니다."

"마음의 병이라고요?"

태후는 어의의 뜻밖의 말에 어이없어했다.

"마음의 병은 전군께서 심적으로 큰 충격을 받거나, 강제이별이나 사별, 붕우의 행방불명, 나라의 병화(兵禍) 등으로 인한 고통이 원인이 됩니다. 그중에서 생이별하였을 때, 그 고통의 강도는 이루 말할 수 없을 정도입니다. 빠른 처방이 필요합니다."

"빠른 처방에는 뭐가 있나요?"

"전군께서 원하는 바를 들어주시는 게…."

어의가 태후에게 세종전군의 뜻을 대신 전하고 있었다.

어의의 말에 태후의 미간이 좁혀지면서 눈살을 찌푸렸다. 그녀는 멀거니 앉아서 뭔가를 골몰하다가 입을 열었다.

"전군, 미실이를 입궁시키면 일어날 거지요?"

"어머니, 고맙습니다."

"융명이가 그렇게 싫습니까?"

"융명이 싫은 것이 아니고, 동생과 잠자리를 가지려니 무척 불편합니다. 이불 속에서도 도저히 부부의 원활한 행동을 할 수가 없습니다. 운우를 나누려고 해도 무슨 조홧속인지 소자의 몸이 돌처럼 굳어져 말을 듣지 않습니다."

세종전군의 말에 태후는 충격을 받았다. 그녀의 눈에도 미실과 융명은 외모며 몸매에서 차이가 컸다. 미실은 서라벌 사내들이 흑심을 품을 정도로 뛰어난 외모와 육덕을 자랑하였고, 융명은 바싹 마른 몸과 평범한 외모에 사내들의 시선을 잡아 둘 매력이 거의 없었다. 여인의 눈에도 그리 보일 정도라면 사내들 눈에는 말해 무엇 하랴. 태후도 자신이 사내라면 융명보다 미실을 선호할 것이었다.

"미실이를 다시 불러도 융명이는 전군의 지어미입니다."

"어머니, 미실이 정실이 되고 융명이는 측실이 돼야 합니다. 그렇게 하지 않으면 소자의 병이 오래갈 것 같습니다."

태후는 아들의 요구에 기가 막혔지만 우선 전군을 정상적인 삶으로 복귀시켜야 했다. 그녀는 전군이 융명을 내치지 않은 것만으로 안도해야 했다. 태후는 전군의 요구를 수용하기로 했다.

"내가 그 아이를 쫓아냈는데 어떻게 다시 불러들인단 말인가?"

태후는 미실을 다시 불러들일 방법을 강구했지만, 묘안이 얼른 떠오르지 않았다. 태후가 답답해하자 세종전군이 나지막하게 속삭이듯 말했다.

"어머니, 금진낭주에게 부탁하시면 됩니다."

"전군, 금진 자매는 어미와 견원지간이란 걸 모르세요?"

세종전군의 입에서 금진의 이름이 튀어나오자 태후는 발끈했다. 그녀도 금진이 대원신통 계열의 여인들 가운데 자신과 어느 정도는 말이 통하는 상대로 감안은 하고 있었다.

"금진낭주와 소자는 말이 통합니다."

태후는 고민하던 끝에 금진을 초대했다. 그녀는 아들을 위해서라면 그 어떤 사람하고도 협력할 준비가 되어 있었다. 태후의 부름을 받은 금진은 조용히 미소를 지었다. 그녀는 태후에게서 소식이 있을 것으로 예상하고 있었다.

"그동안 격조했습니다."

태후는 선웃음을 흘리며 인자한 모습을 보였다.

"소비를 불러 주시니 몸 둘 바를 모르겠습니다."

태후는 자존심을 내려놓고 금진에게 미실을 환궁할 수 있도록 도와 달라고 했다. 두 여인은 진골정통과 대원신통의 혈맥을 이끄는 선두 주자였다. 금진은 이미 셈평을 마친 상태였다.

"태후 폐하, 곧 미실궁주를 입궁시키겠습니다."

"미실이 입궁할 날짜를 정해서 알려 드리지요."

태후는 금진에게 은자가 든 상자를 건넸다. 태후와 금진은 참으로 미묘한 관계였다. 이미 사망한 입종갈문왕 처지에서 보면 태후나 금진은 똑같이 지어미이며, 현재의 왕을 보면 태후는 금진의 시어머니였다. 신라 왕실의 복잡한 혼인 관계가 웃지 못할 현상을 만들어 낸 것이었다. 금진은 옥진을 찾았다. 옥진은 입에 침이 마르도록 금진을 칭찬했다. 옥진은 즉시 독락당에 사람을 보냈다. 옥진의 전갈을 받은 묘도는 입이 벌어지면서 부산을 떨었다.

"미실아, 곧 입궐하라는 지시가 올 거야."

미실은 독락당을 나와 상천당으로 향했다. 그녀는 사다함이 땅거미가 내려앉아야 상천당으로 돌아온다는 것을 알고 있었다. 새달이 미실을 언니라 부르며 반가워했다. 새달이 집안 내의 항렬로 따지면 미실보다 위였다. 새달과 미실은 상천당 주변을 함께 거닐었다. 새달이 소녀임에도 멀리서 보면 시집가도 될 처녀처럼 보였다. 그녀는 미실이 사다함을 좋아하고 있다는 사실을 알고 있었다. 미실이 산책을 마치고 새달의 방에 들어가 쉬기로 했다. 서너 시진이 지났을 무렵이었다. 밖에서 누군가를 부르는 소리에 미실이 눈을 떴다. 잠시 후에 사다함이 방으로 들어왔다.

"언제 오셨어요? 내가 낮잠에 빠져 있느라…."

오늘은 사다함을 그림자처럼 따르던 무관랑이 보이지 않았다. 사다함은 미실을 꼭 안아 주었다. 얼마나 세게 안았는지 미실은 숨이 막힐 듯했다. 그렇게 두 사람은 말없이 서로의 온기를 나누며 한 몸이 되어 서 있었다.

"나에게 할 말이 있으면 해요."

미실은 자신이 곧 궁궐로 돌아갈 예정이라는 말을 차마 할 수 없었다. 자신이 궁으로 돌아가는 데 결정적인 역할을 한 사람이 금진이라는 이야기는 더더욱 할 수 없었다. 밖에는 이미 땅거미가 내려앉아 사방이 어둑시근했다. 젊은 남녀가 좋은 감정을 나누며 안고 있으면 반응이 일어나게 마련이었다. 사다함의 뜨거운 입김이 미실의 입술과 목덜미에 스멀스멀 전달되었다. 적당한 명도의 불빛 아래서 사다함의 헌헌한 풍신과 들릴 듯 말 듯 속삭이는 밀어는 미실을 한없이 달뜨게 했다.

"오라버니! 저녁 식사…."

새달이 방문을 열다가 그만 오라비의 은밀한 색사를 보고 말았다. 소녀의 눈에는 두 나신이 아름답게만 보였다. 새달은 반쯤 문을 닫고 숨을 죽여 가며 자신의 침상에서 일어나고 있는 신비한 율동을 눈동자에 담았다. 새달은 조용히 밖으로 나갔다가 한 식경 지나서 내실 문을 두드렸다. 사다함과 미실은 옷매무새를 만지다가 새달을 보고 배시시 웃었다. 세 사람은 다정하게 식당으로 들어갔다. 설원이 식탁에 앉아 있다가 사다함과 미실을 보고 벌떡 일어나 인사를 했다. 설원은 어느덧 칠칠하고 미끈한 소년으로 성장해 있었다. 그는 식사를 마칠 때까지 미실에게서 시선을 떼지 못했다.

"어머님께서는 평안하시죠?"

사다함이 화랑들의 훈련을 참관하기 위해 나갈 준비를 하던 참인데 진주부인 자매가 상천당에 도착했다. 진주부인이 금진이 보낸 서신과 약재가 든 상자를 사다함에게 건넸다. 사다함 곁에는 무관랑이 서 있었다.

"내일모레쯤 어머님을 찾아뵐까 합니다."

"낭주님께서 무척 좋아하실 겁니다."

진주부인은 배시시 웃으며 사다함을 바라보았다. 서라벌 여인들은 사다함의 명성을 익히 알기 때문에 저잣거리에서 그를 만나면 달려와 인사를 하였다. 진주부인 자매도 사다함을 보는 시선이 예사롭지 않았다. 자매가 돌아가고 사다함은 금진이 보낸 서신을 읽었다. 자식들을 그리워하고 건강을 염려하는 모정이 서신에 진하게 묻어 있었다. 서신 끄트머리에 무관랑의 안부를 묻는 내용도 있었다. 사다함은 무관랑에게 서신을 건넸다. 무관랑은 금진이 자신을 언급한 것에 관해 무척 기뻐했다. 사다함과 무관랑은 상천당을 나와 남산 기슭에 있는 훈련장으로 향했다.

"무관랑, 모레쯤 나와 같이 궁궐에 가서 어머님을 만나 보는 게 어때요?"

"풍월주님 뜻에 따르겠습니다."

사다함은 금진과 무관랑의 관계를 잘 알고 있었다. 의붓아버지 설성은 늘 밖으로 베돌았고, 명산을 찾아 유람을 떠난 용걸종은 소식이 없었다. 그런 분위기 탓에 금진이 상천당에 오면 무척 외로워 보였다. 현재 금진이 왕의 총애를 받고 있으나, 사도와 태후의 견제로 언제 출궁당하는 처지가 될지 알 수 없는 상태였다.

금진은 사내들과 인연을 맺으며 인생의 황금기를 보내는 중이었다. 사다함은 불나비처럼 사랑을 찾아 방황하는 금진에게 연민의 정을 느끼고 있었다. 그는 자식으로서 효도할 수 있는 길은 금진이 추구하는 바를 도우며, 그녀가 원하는 것을 성취하게 해 주는 것으로 이해했다. 그런 생각을 지닌 사다함이기에 무관랑이 금진과 도타운 시간을 가지더라도 크게 개의하지 않았다.

"사람이 사람을 좋아하는 것은 지극히 정상적인 현상입니다. 상대가 누구든 상관없습니다."

사다함은 선남선녀가 만나 정이 들고 사랑을 나누는 일에는 비교적 관대했다. 사랑을 나누는 일은 서로의 의사가 합일되었을 때 가능한 것이며, 아울러 두 사람이 결과에 관해 철저하게 책임을 져야 했다. 사다함은 어려서부터 금진이 사내들을 만나서 어떻게 대하는지 가까이서 봐 왔다. 금진이 사내들을 대하는 법은 단순했다. 사랑할 때는 불처럼 뜨겁게 하고, 지고한 일을 추진할 때는 얼음처럼 차가워야 하며, 인연이 끝나면 뒤도 돌아보지 않았다.

사다함과 무관랑은 훈련장에 도착하여 화랑과 낭도들을 사열하고 훈련에 돌입했다. 낮에는 부대별로 기마, 궁술, 검술, 창술, 진법(陣法) 등을 집중적으로 훈련했고, 야간에는 매복, 야습, 화전(火戰), 부대 이동 등 특수 훈련에 집중했다. 상산에는 솔연(率然)이라는 뱀이 있었다. 그 뱀은 머리를 치면 꼬리가 재빠르게 반격해 오고, 꼬리를 치면 머리가 습격해 온다. 한가운데를 치면 머리와 꼬리가 동시에 양쪽에서 달려든다. 진법에서 솔연과 같이 움직이라는 의미로 상산지사(常山之蛇)라고 한다. 사다함은 실전을 대비하여 상산지사 전술을 응용하여 화랑도에게 진법을 집중적으로 훈련시켰다.

사다함은 구리지의 혈통을 고스란히 물려받아 무예에 달인으로 통했다. 그에게 궁술과 창검술을 단계적으로 가르친 자는 화랑 문노(文努)였다. 그는 신라의 비조부(比助夫)와 가야국 출신 문화공주 사이에서 태어났다. 문노는 풍월주 버금가는 인기를 누렸다. 나이는 문노가 열 살 이상 위였으나, 사다함에게는 깍듯하게 대했다. 문노는 격검과 창술의 달인이었다. 신라에서 그의 창검술을 능가할 자가 없었다. 사다함은 사적으로는 문노를 늘 스승으로 대했다.

"낭주님께서 고기를 보내 주셨습니다."

무관랑이 사다함에게 알렸다.

"훈련이 끝나면 고기와 술을 화랑과 낭도에게 호궤하세요."

왕도 달포에 한두 번씩 고기와 술을 보내와 화랑과 낭도들의 사기를 높였다. 왕뿐만 아니라, 상대등이나 병부령 등 조정의 고관대작들도 고기와 음식 또는 술을 보내오곤 했다. 그런 일은 풍월주가 누구냐에 따라 왕실과 조정 대신들의 관심이 다르게 나타났다. 사다함은 왕과 여러 중신에게 총애받고 있었다. 금진은 사다함이 풍월주가 되기 전부터 화랑과 낭도에게 특식을 보내 주곤 했다.

"여러분! 오늘 훈련받느라 고생했습니다. 훈련을 면밀하게 살펴보았습니다. 전투력이 지난번보다 월등히 향상되었습니다. 이대로 꾸준히 훈련을 이어 간다면 장차 여러분은 구국의 간성이 되리라 믿어 의심치 않습니다. 준비한 음식으로 고단한 심신을 풀고 평안한 밤 되길 바랍니다."

사다함의 훈시가 끝나자 동시에 모든 화랑도는 두 손을 들고 산호만세를 외쳤다. 누가 시킨 것이 아니라 자발적인 현상이었다. 화랑 집단에서조차 금진의 인기는 하늘 높은 줄 몰랐다. 그녀의 아들이 풍월주라서 그런 것만은 아니었다.

사다함이 이화랑에 이어 제5대 풍월주로 임명될 때 금진은 사다함의 손을 잡고 선문과 낭문을 찾은 적이 있었다. 그때 금진을 모르던 화랑도는 그녀의 모습을 보고 한눈에 반했다. 그들은 조정에 일정한 영향력을 가지고 있는 풍월주를 원했다. 사다함이 풍월주가 되면서 화랑도는 열광했다. 사다함의 무예 실력도 한몫했지만, 무엇보다 구리지와 금진 그리고 이화랑이라는 화려한 인맥이 빛을 발했다.

"어머니, 그동안 평안하셨는지요?"

"낭주님을 뵙습니다."

사다함과 무관랑이 해 질 녘에 입궐하여 금진의 처소를 방문하였다. 금진이 이제 혼자서 걸음마를 제법 할 줄 아는 난성공주의 손을 잡고 정원을 거닐고 있다가 두 사람을 맞이했다. 사다함이 난성공주를 번쩍 들어 안았다. 비록 아비는 다르지만 한 어미의 태궁에서 나왔기에 사다함은 난성공주를 무척 귀여워했다. 금진은 남매의 정겨운 모습을 보고 환하게 웃었다. 그녀는 아침부터 사다함이 올 거라며 진주부인 자매와 나인들에게 고량진미와 미주를 주문했다.

"난성공주가 어머니 모습을 쏙 빼닮았습니다."

"공주님이 나중에 가문을 빛낼 겁니다."

사다함과 무관랑의 칭찬에 금진은 벌어진 입을 다물 줄 몰랐다.

"이 아이만큼은 평범하게 살았으면 합니다."

금진의 말을 사다함은 깊이 이해하고 있었지만, 무관랑은 무슨 뜻인지 모르는 눈치였다. 금진은 자의가 아닌 온전히 타의에 의해 승하한 법흥대왕의 후비가 된 경우였다. 호색의 기질이 다분한 법흥대왕은 딸 지소의 권유로 금진과 묘도까지 자신의 후비로 삼았다. 어쩌면 사도가 삼맥종 왕의 정비가 될 수 있었던 것도 옥진과 금진 그리고 묘도가 법흥대왕을 모신 공로를 인정받은 탓일 수도 있다. 대낮이라 진주부인과 진도부인은 차와 과자를 들였다. 사다함은 무관랑과 함께 금진에게 술을 올리고 싶었다.

"어머니, 차보다 술을 마시고 싶습니다."

진주부인 자매가 금방 술상을 준비했다. 사다함과 무관랑이 금진에게 술을 따랐다. 사다함이 술을 따를 때 금진은 흐뭇한 표정이었으나 무관랑이 술을 따를 때는 약간 긴장한 듯했다. 술잔을 비우고 나서도 금진은 무관랑에게 시선을 떼지 못했다. 금진의 처소는 월성에서도 동쪽에 자리하고 있어 늘 한적하고 조용했다. 그곳은 소나무와 참나무 등이 울창하여 풍악을 울려도 다른 전각의 궁인들이 모를 정도였다. 두 장정이 금방 술 두 독을 비웠다.

"어머니, 앞으로도 궁에 계실 건가요? 어머님께서 상천당에 계셔야 집안이 두루 평안할 것 같아서 드리는 말씀입니다."

사다함이 집안 사정을 들먹이자, 금진은 우울한 표정을 지었다. 사다함이 형제들 핑계를 댔으나, 실상은 금진이 자칫 예상치 못한 일로 불행해질까 두려운 것이었다. 사다함은 태후의 교활함과 사도의 질투 그리고 미실의 허망한 욕심을 잘 알고 있었다. 그는 옥진이 금진의 친언니이기에 안심할 수 있었지만, 태후와 사도는 진골정통과 대원신통의 대표 주자로서 갈등을 겪고 있는 것이 걱정되었다. 사다함은 금진이 난성공주를 낳고도 왕자를 낳겠다는 꿈을 포기하지 않으니, 언젠가 태후나 사도와 크게 부딪칠 것을 우려했다.

"아들아, 대왕이 어미에게 관심이 지대하니 출궁하겠다는 말도 할 수 없구나. 때가 되면 상천당으로 돌아갈 것이니 염려하지 말거라."

사다함은 더는 말을 잇지 못하고 술잔을 잡았다. 모자의 대화가 점점 건조하게 진행되는 것 같아 무관랑이 무엇이라도 해야 분위기가 전환될 것 같았다. 화랑들은 무관랑이 검무를 잘 추고 노래도 수준급이라고 했다.

거대 집단인 화랑도는 일 년에 서너 차례 전체 화랑과 낭도가 모인 가운데 단합을 위한 오락을 개최하는데 무관랑은 그때마다 빠지지 않고 노래를 부르고 검무를 추었다. 화랑들은 대부분 검무를 출 줄 알지만, 대결무는 뛰어난 실력을 지니고 있어야 가능했다. 사다함과 무관랑은 서로에게 호적수였지만 대결무는 피했다.

"술자리에는 노래가 있어야 제격입니다. 두 분께서 괜찮다면 제가 노래를 불러 볼까 합니다."

"그럼 내가 가야금을 탄주하지요."

"소자가 춤을 추면 어울리겠죠?"

사다함의 가간사 이야기로 딱딱해진 술자리가 다르게 변할 순간이었다. 진주부인 자매와 나인들이 술과 음식을 가져오더니 밖으로 나가지 않고 앉아 있었다.

벌가여하비부불극(伐柯如何匪斧不克)
취처여하비매불득(取妻如何匪媒不得)
벌가벌가기칙불원(伐柯伐柯其則不遠)
아구지자변두유천(我覯之子籩豆有踐)

사내가 여인의 목소리를 내고 있었다. 무관랑의 목소리는 매끄럽고 수면 위를 날 듯 헤엄치는 물고기의 움직임보다 유연하면서 부드러웠다. 노래의 고지와 장단을 이어 가는 무관랑의 아름다운 모습에 가야금을 타는 금진의 손에 힘이 들어가 있었다. 빠른 부분에서는 금진의 하얀 손이 보이지 않을 정도로 빠르게 움직였다가 느린 부분에서는 오뉴월 쇠불알 늘어지듯 했다. 사다함은 무관랑의 노래를 자주 들어 익숙했다. 아들의 춤사위에 금진은 입이 함지박만 해졌고, 진주부인 자매와 나인들은 손뼉을 치며 분위기를 한껏 끌어올렸다.

> 도낏자루는 어떻게 베나
> 도끼 아니면 베지 못한다네
> 아내는 어떻게 맞나
> 중매가 아니면 얻지 못한다네
> 도낏자루는 어떻게 베나
> 그 본보기가 멀지 않다네
> 내가 임을 만나려면
> 예물을 차려서 실천해야 한다네

화랑들은 호국이나 애민을 강조하는 노래를 술자리에서

는 잘 부르지 않았다. 무관랑이 부르는 노래는 『시경(詩經)』에 실려 있는 「벌가(伐柯)」로 일명 도낏자루였다. 노래 전반에는 사내가 여인을 유혹하려는 의도가 깔려 있었다. 도끼와 자루는 음양을 나타내며 남녀의 상합을 은유했다. 금진은 노래의 의미를 알고 속으로 웃으며 무관랑에게 한없이 사랑스러운 시선을 보냈다. 사다함도 그 뜻을 알고 빙그레 웃으며 춤을 추었다. 진도부인은 노래가 너무 노골적이라 그런지 얼굴을 붉혔다.

한바탕 노래하며 춤추고 노느라 옷이 땀에 젖는 줄도 몰랐다. 진주부인이 물수건을 가져와 한 개씩 나누어 주었다. 땀을 흘리고 나니 갈증을 느끼는지 세 사람은 연신 술잔을 비웠다. 잔이 비워지면 진주부인 자매가 얼른 안다미로 잔을 채우고 눈웃음을 살살 쳐 댔다. 사내들은 술에 취하고 노래와 춤에 홀리면서 사리 분별력이 점점 흐려지기 시작했다. 술을 더 마시면 완전히 인사불성이 될 것 같았다. 사다함과 무관랑은 대취하여 술상에 엎어져 잠이 들고 말았다.

"두 사람을 별실로 옮기세요."

금진의 지시에 사다함과 무관랑은 진도부인과 나인들의 부축을 받으며 별실로 이동하였다. 달이 구름 속을 들락거리며 서천으로 달음박질치고 있었다. 멀리 남산 쪽에서 늑대 한 마리가 울면 사방에서 늑대들이 울부짖었다. 대궐 담장 뒤편에서 이름을 알 수 없는 새들의 울음소리도 들려오면서 스산한 분위기가 되었다.

ꙮ

왕은 국토 확장 정책에 따라 서정북벌하면서 영토를 넓혔다. 백제와 합동으로 고구려를 공격하여 북쪽 영토를 확보하였고, 나중에는 백제의 뒤통수를 쳐 욱리하 하류 지역을 순식간에 점령하기도 했다. 그의 정복 전쟁을 가장 호응하는 사람은 다름 아닌 태후였다. 태후와 왕은 장차 백제와 고구려 등을 도모하기 위해서는 등 뒤에 있는 가야연맹을 먼저 정복해야 한다는 공통된 의견을 가지고 있었다. 그 같은 생각은 군부를 움직이는 이사부와 김무력 등의 장군들도 동일했다. 그때 대가야 월광태자 도설지는 신라에 귀의하여 왕의 뜻에 따라 신라의 영토 확장 전쟁에 참여하고 있었다. 대전에서 가야연맹의 정복을 위한 중신 회의가 개최되었다.

"지금 왜국과 백제 그리고 가야연맹의 유대가 매우 느슨해진 상태입니다. 신라가 천년 제국으로 발돋움하기 위해서는 포악한 난군(亂君)들이 다스리는 가야연맹의 소국들을 반드시 평정해야 합니다."

왕과 태후 그리고 군 수뇌부는 김무력의 말에 고개를 끄덕거렸다. 김무력은 법흥왕 때 신라에 항복한 금관가야의 왕자로 구형왕(仇衡王)의 세 아들 중 둘째였다. 그는 구형왕을 따라 신라로 들어와 진골에 편입되었으며, 관산성 전투를 승리로 이끌어 백제 성왕을 죽이는 성과를 올렸다.

"신, 절부지 역시 김장군과 뜻이 같습니다."

절부지의 말에 태후와 이사부 등 군 수뇌부와 강경론에 동조하는 중신들은 손뼉을 치면서 지지하였다. 왕도 얼굴이 벌겋게 달아올라 연신 고개를 끄덕거렸다. 왕은 회의석상에서 나온 여러 의견을 취사선택하여 최종적인 결론을 조율하고 명령을 내렸다.

"아라가야, 다라국, 거열국, 사이기국, 졸마국, 고차국, 자타국, 산반하국, 걸손국, 임례국 등을 즉시 정벌하라."

왕의 명령이 떨어지고 신라군은 질풍노도처럼 *황산강을 건너 아라가야로 쳐들어갔다. 수만 명의 신라군이 갑자기 밀려들면서 아라가야는 단 사흘 만에 점령되고 말았다. 아라가야의 왕과 지도층들은 손도 제대로 써 보지도 못하고 나라를 고스란히 내줘야 했다. 신라군은 반항하는 자들을 모두 참수하였고, 아라가야 왕실 인사들과 중신들을 모두 포로로 잡아 서라벌로 압송하였다. 이름뿐인 기타 가

* **황산강** - 黃山江. 지금의 낙동강.

야연맹 소국들도 맥없이 신라에 정복당하고 말았다.

가야연맹의 정벌은 이미 오래전부터 역대 신라 왕들이 꿈꿔 온 과제였다. 국제정세에 어두운 가야 왕족들과 달리 백성들은 자연스럽게 신라 양민으로 흡수되었다. 하지만 가야연맹 중에서 일명 *반파국으로 불리는 대가야는 격렬하게 저항하였다. 신라군이 여러 차례 공격하였지만, 번번이 정복에 실패하였다. 왕과 신라 군부의 체면이 말이 아니었다.

금진은 여러 날 밤잠을 이루지 못하고 전전긍긍하였다. 지금 같은 때 자신이 할 수 있는 역할이 있을 듯했다. 지금까지 왕이나 왕실 인사에게 색공을 바치거나 진골정통 여인들과 암투를 이어 왔다면 이제는 진정으로 자신의 진가를 발휘하고 싶었다. 그녀는 사다함과 대가야 정벌전에 관하여 깊은 대화를 나누었다. 사다함의 무예는 신라에서 알아주는 수준이었고, 문노와 대적해도 밀리지 않을 정도였다. 금진은 결심한 바가 있어 즉시 왕을 알현했다.

"사다함이 용맹하고 무예 또한 뛰어나다는 이야기를 들었습니다. 풍월주가 실전 경험이 약간 있기는 한데 대군을 이끌고 출전하기에는 다

* **반파국** – 伴跛國. 대가야로 알려져 있으며, 후기 가야연맹의 정세를 주도한 것으로 보인다.

소 불안합니다. 앞으로 출전할 기회가 얼마든지 있습니다."

"나라를 위해 공을 세우고 싶습니다."

"낭주, 단번에 대가야를 정벌하지 못하면 장기전으로 갈 수 있습니다. 나중에 사다함을 반드시 중용하지요. 짐이 약속합니다."

왕은 실전 경험이 없는 사다함에게 군사를 맡기고 싶은 마음이 없었다. 더구나 대가야 주력군은 다른 가야연맹의 군대보다 드세고 강력한 철기(鐵騎)로 조직되어 있었다. 사다함이 화랑을 이끌며 전술훈련을 하고 뛰어난 전과를 보여 주었다고 하지만, 실제 전장에서의 목숨을 건 싸움과는 차원이 달랐다. 금진은 왕이 사다함의 기량에 의구심을 나타내자 몹시 서운해했다. 자신이 부탁하면 왕이 선뜻 들어줄 것으로 믿었다. 말로 부탁해야 소용이 없다는 것을 깨달은 금진은 일단 물러 나와 숙고했다.

힘을 비축한 용이 물 밖으로 나오면 현룡(見龍)이고, 한번 도약했다가 다시 못에 잠기면 약룡(躍龍)이며, 하늘로 날아올라 정상에 오르면 비룡이 된다. 더는 오를 지위가 없으면 항룡이라 한다. 하지만 왕은 여러 종류의 신령 중에서도 잠룡의 출현을 기대하고 있었다. *『회남자』의 인간훈에 '잠룡물용자언시지불가이행야(潛龍勿用者言時

*『회남자』 - 淮南子. 전한 시대 사상가 회남왕 유안(劉安)이 편찬한 일종의 〈잡학사전〉이다.

之不可以行也)'라고 나온다.

  물속에 잠겨 있는 용을 쓰지 말라는 것은 시기가 행해질 만하지 않다는 뜻일 것이다. 왕은 사다함이 초택의 필부가 아닌 삼한의 낭중지추이며 잠룡으로 보고 있었다. 금진은 왕의 속마음을 모르고 있었다. 그녀는 이사부를 떠올렸다. 자신과 사이도 좋으므로 부탁하면 들어줄 것 같았다. 금진은 진주부인을 이사부에게 보냈다. 땅거미가 내려앉을 무렵 이사부가 금진의 처소에 들었다.
  "낭주님을 뵙습니다."
  "공사다망하신 장군님을 오시라 했습니다."
  금진은 이사부가 온다는 말을 듣고 대문 앞까지 나가 그를 맞이하였다. 이사부는 금진에게 깍듯하게 고개 숙여 문후를 여쭈었다. 그에게 금진은 선대왕의 후비이며, 현재 왕의 딸까지 낳은 영향력이 큰 여인이었다. 이사부가 내실로 들어서면서 눈이 휘둥그레졌다. 그가 좋아하는 고량진미가 만냥판으로 차려져 있었기 때문이었다. 금진이 이사부에게 잔을 건네고 술병을 들었다. 그녀의 하얀 옥수(玉手)가 노회한 장군의 시선을 잡아끌었다.
  "사다함을 대가야 원정에 출전시켜 주세요."
  "다른 부모들은 자식들이 전쟁에 차출될까 걱정하고 있

는데, 낭주께서는 자식의 출정(出征)을 원하시니 과연 나라를 생각하는 마음이 남다릅니다. 사다함은 일세의 호걸이 될 만한 자질을 갖추고 있습니다."

이사부는 진심으로 금진에게 고마움을 전했다. 그는 금진도 여느 귀족들처럼 자식들을 아끼고 위험한 전장에는 나가지 못하게 하는 이기적인 여인쯤으로 여기고 있었다. 이사부는 사다함의 무예 실력을 잘 알고 있었다.

"장군은 과연 신라의 호걸이며 *백락이십니다."

"낭주께서 이 늙은이를 놀리십니다."

"진정으로 드리는 말씀입니다. 현재 신라 군부의 핵심은 장군이 아니십니까? 그동안 장군은 나라의 국토를 확장하느라 평생을 말 잔등에서 잠을 자며 동분서주했습니다. 우산국을 정벌하고 금관가야를 합병하였으며, 욱리하 주변 백제 영토를 점령하였습니다. 이제 대가야만 정벌하면 신라는 서둘러 서쪽과 북쪽으로 진출해야 합니다."

이사부는 나라의 국방 문제에 관해 기염을 토해 내고 있는 금진을 보며 전율하였다. 그녀는 보통 귀족이 아니었다. 진정한 애국심의 소유자가 아니면 절대 할 수 없는 말이었

* **백락** – 伯樂. 춘추 시대 상마가(相馬家). 그의 말을 감별하는 뛰어난 안목이 인재를 등용하는 능력으로 비유되곤 한다.

다. 이사부는 예전에 금진이 자신을 찾아와 비대전군을 차기 신라의 지존으로 옹립하는 데 도와 달라는 부탁을 들어주지 못한 것이 늘 마음에 걸렸다.

"과연 낭주님이십니다."

"지아비가 전사하고 두 아들이 화랑에 있으니, 우리 가족은 늘 전장에 가까이 있습니다."

"듣고 보니 과연 그렇습니다. 내일 점심때가 좀 지나서 사다함을 대전으로 들게 하세요."

자리가 화기애애하게 돌아가고 있었다. 눈치 빠른 진주부인과 진도부인이 곁에 앉아 시중을 들었다. 이미 한 차례 인연이 있었던 터라 이사부와 자매 사이는 마치 친남매 같았다. 진주부인이 이사부의 잔에 술을 따르면, 그는 즉시 잔을 비우고 진주부인에게 술을 따라 주기도 했다. 영웅은 역시 호방하고 배포도 컸다. 앞에 금진이 있어도 이사부는 전혀 주눅 들지 않고 술을 마시며, 속에 있는 이야기를 가감 없이 토로했다.

구리지는 내물마립간 칠 세손(世孫)이 되고, 이사부는 내물마립간 사(四) 세손이 된다. 피는 물보다 진했다. 이사부와 사다함은 같은 가문의 사람이니 보통 사람들에게는 보이지 않는 끈끈한 유대감이 자리하고 있었다. 이사부도 사내였다. 옆에 탐스럽게 만개한 해어화가 있으니 자연히 기분이 흔연해질 수밖에 없었다.

"장군님, 소인이 한잔 올리겠습니다."

"오! 그래. 우리 그러고 보니 구면이네."

진주부인 자매는 산전수전 다 겪은 여인들이었다. 외모도 아름답지만 말솜씨와 행동 또한 사내들 혼을 쏙 빼놓을 정도였다. 게다가 춤과 노래도 수준급이어서 기루의 가기가 아닌 조하방 소속 궁인으로서 보기 드문 경우였다. 진도부인이 이어서 이사부에게 술을 골막하게 따랐다.

금진이 하고 싶은 행동을 진주부인 자매가 알아서 하고 있었다. 진주부인 자매의 술 세례로 이사부는 금방 어량한 상태가 되고 말았다. 금진이 진주부인에게 한쪽 눈을 찡끗했다. 진주부인이 고개를 한번 끄떡하고는 얼른 자리에서 일어나 가야금을 가져왔다.

"장군님, 노래를 부를까 합니다."

이사부는 대답 대신 호쾌하게 웃으며 고개를 끄덕거렸다.

물수리는 물가에서
저 혼자 노닐고
아리따운 저 처자는
군자의 좋은 배필인데
한나절 하염없이

연꽃을 이리저리 헤치네

 이사부는 술잔을 비우더니 진주부인이 부르는 노래에 맞춰 어깨를 좌우로 흔들었다. 금진이 진도부인에게 신호를 보내자, 그녀는 이사부의 손을 잡고 일어섰다. 이미 아는 노래라 두 사람은 노래에 맞춰 자연스럽게 춤을 추었다. 이사부가 사내다운 보폭과 손짓으로 큰 체구를 좌우로 흔들었고, 진도부인은 이사부의 몸짓에 맞춰 가는 허리를 살살 돌렸다. 노랫가락의 고저장단에 맞춰 추는 두 사람의 춤이 참으로 볼만했다. 금진은 큰 소리로 웃으며 손뼉을 쳤다. 진주부인이 노래를 마치자 이번에는 금진이 노래를 부르며 가야금을 탔다. 진주부인 자매가 이사부를 가운데 두고 요염한 난무를 추는 모습은 오늘 술자리의 압권이었다.

**아리따운 처자를
오매불망 구하려 하는데
구하려고 애를 써도
구하지 못하니
밤새 그리워하고
뒤척이며 잠들지 못하네**

금진과 진주부인 자매는 흥에 겨우면 끼를 감추지 못했다. 이사부는 술에 취하고 해어화 진한 향기에 몽롱해져 여기가 천상인지 인간 세상인지 분간할 수 없을 지경이었다. 이사부는 금진과 두 번씩이나 흥겹게 어울리자, 서로에 대한 믿음과 공감대가 형성되었다. 늦은 밤까지 흥이 계속 이어졌다. 하지만 대궐이라, 자시(子時) 이후의 가무는 곤란했다. 술자리가 파하고 이사부는 금진에게 걱정하지 말라며 자리를 떴다.

"아들아, 며칠 전에 말한 바와 같이 지금 나라의 장래가 달린 가야연맹 정벌전이 한창 진행 중이다. 다른 가야 소국들은 대부분 정벌하였지만, 대가야는 어려운 듯하구나. 아버지도 외적을 상대로 싸우다 장렬하게 전사하였다. 네가 이번에 가문의 영광을 살려 보거라. 너는 신라의 자랑스러운 화랑의 풍월주가 아니냐? 이번에 네가 대가야 정벌전에서 전공을 세우면 피안의 아버지도 너를 무척 대견하게 여기실 거야."

"어머니의 뜻에 따르겠습니다."

"고맙다. 네 아버지의 명성이 더욱 빛나게 되었구나. 나는 너의 능력을 믿는다. 어미와 여기서 식사하고 잠시 쉬었다가 점심때 조금 지나 대전에 들거라. 대왕 폐하께 대가야 정벌전에 참전하겠다고 말하고 윤허를 받아 내거라. 이사부 장군이 너를 도울 것이야."

사다함이 물러가고 금진은 설성을 급히 궁으로 불렀다. 설성은 벗들과 술타령하다가 금진의 부름을 받았다.

"낭주께서 이 사람을 호출하셨습니다."

"지금 대왕께서 대가야를 정벌하기 위한 준비를 하고 있습니다. 이번에 어쩌면 사다함이 대가야 정벌전에 선발대장으로 출정하게 될 것 같습니다. 당신께서도 이번 정벌전에 참가하여 공을 세워 보세요. 내가 병부령에게 말해 놓겠습니다. 전공을 세우면 벼슬도 오를 수도 있을 겁니다. 그리된다면 장차 우리 설원이가 출세하는 데에도 크게 도움이 될 수도 있을 겁니다."

"역시 낭주는 보통 사람과 다릅니다."

금진은 상천당에 묵새기고 앉아 벗들을 불러 세월 가는 줄 모르고 술타령으로 소일하고 있는 설성을 대가야 정벌전에 참가하게 했다. 설성은 아들의 장래를 위하는 일이라면 무엇이든 할 각오가 되어 있었다. 다행히 설성은 금진의 제의를 흔쾌히 받아들였다. 그는 늘 자신의 골품이 너무 낮은 것에 불만이 많았다. 하지만 골품은 노력과 주변 권력자들의 지원이 있으면 승차하는 데 문제가 없을 것이었다. 금진은 설성이 벗들과 먹고 마시고 노는 데 정신이 팔린 상태가 마음에 들지 않았다. 막내아들을 출세시키려면 자신보다 아비인 설성이 나라에 공을 세우고 귀족들과 폭넓게 교류하면서 지위를 높여야 했다.

"대왕 폐하, 풍월주 사다함 들었습니다."

왕이 대신들과 국정에 관한 사안을 논의하고 잠시 한담하는 중에 사다함이 대전에 들자 모두 눈이 휘둥그레졌다. 사다함은 병장기는 손에 들지 않았지만, 붉은 투구와 화염문이 새겨진 누런 갑옷을 입은 상태였다. 왕은 그의 기상과 늠름한 자세에 크게 놀라워했다. 출정 태세를 갖춘 사다함의 외모에서 강력한 신기(神氣)까지 감돌았다. 당당한 체구와 준수한 용모에 붉은빛 갑주는 풍월주 사다함의 위용을 한층 높였다. 중신들은 태산 같은 사다함의 위풍에 기가 질렸다.

"대왕 폐하, 풍월주 김사다함입니다."

"화랑도를 이끄느라 고생이 많구나."

"대왕 폐하, 소신에게 대가야 정벌전 참전을 윤허하소서. 선발대를 이끌고 공을 세워 대왕 폐하를 기쁘게 해 드리겠습니다."

사다함의 우렁찬 목소리가 대전을 뒤흔들었다. 그 사품에 왕과 중신들은 정신이 번쩍 들었다. 그들은 사다함이 용감하다는 말을 자주 들어 온 터라 왕을 찾아와 당당하게 참전을 요구하는 모습에 신선한 충격을 받았다. 중신들은 사다함의 강인하고 태산 같은 위용에 그만 주눅이 들었다. 하지만 이사부는 만면에 웃음을 머금고 사다함을 그윽한 시선으로 바라보았다.

"사다함 풍월주의 충심은 참으로 갸륵하다. 전투를 지휘하는 자는 자신은 물론 동료의 목숨도 책임져야 한다. 전쟁은 장난이 아니다."

"대왕 폐하, 소신은 나라를 위해 목숨을 내놓은 지 이미 오래되었습니다. 대가야 정벌전을 반드시 승리로 이끌 자신이 있습니다. 소신의 참전을 윤허하소서."

사다함은 물러날 기미가 없었다. 중신들은 서로의 눈치만 보며 말이 없었다. 왕은 사다함의 당찬 기개에 속으로 기뻐하면서도 확신이 서지 않는 듯 잠시 머뭇거렸다. 사다함이 금진의 아들이라 정이 갔지만, 전쟁을 이끌 지휘관의 선정은 심사숙고해야 했다. 능력 없는 자를 인정에 끌려 지휘관으로 임명하면 그 결과는 뻔한 것이었다. 중신들은 숨을 죽이고 왕의 결단에 촉각을 곤두세웠다. 그때 *상화가 아름다운 이사부가 앞으로 나섰다. 그가 왕 앞에 서자 일순간 대전은 적막했다. 모두가 숨을 죽이고 이사부를 응시했다.

"대왕 폐하, 소신이 사다함과 함께 출전하고자 합니다.   ***상화** – 霜花. 흰머리와 흰 수염.

사다함 풍월주는 실전 경험은 많지 않으나, 젊은 장수 중에서 용기와 무예 실력은 신라 최고입니다. 게다가 군진(軍陣) 운용 실력도 수준급입니다. 소신이 사다함 풍월주와 출정하여 반드시 대가야를 무너뜨리겠습니다. 사다함의 출정을 윤허하소서."

이사부가 나서서 사다함을 적극적으로 천거하며 함께 출전할 것을 건의하자 왕도 곤란한 입장이 되고 말았다. 왕은 또 한동안 침묵하였다. 모두가 왕의 결정을 기다리고 있었다. 옆 사람 숨소리가 들릴 정도로 대전은 고요했다. 왕이 사다함을 한번 유심히 바라보고 나서 의부 이사부를 쳐다보았다. 두 사람의 시선이 마주쳤을 때 이사부는 살짝 미소를 지으며 고개를 끄떡거렸다. 그는 태후의 정인이기도 하며 세종전군과 숙명의 생부였다. 왕은 중신들 앞에서 한때 장인이었으며, 현재 의부인 이사부의 체면을 깎아내릴 수 없었다. 신라 최고 명장의 청을 불허하면 당사자는 물론 왕에게도 부담으로 작용할 것이었다.

"*태종께서 그리 말씀하시니 안심이 됩니다. 총사령관을 태종께 맡기고 사다함을 *귀당비장에 봉해 선봉장으로 삼겠습니다."

* 태종 – 苔宗. 이사부의 다른 이름.
* 귀당비장 – 貴幢裨將. 신라 지방 군단의 하나인 귀당(貴幢) 소속의 비장.

중신들은 왕이 사다함을

선봉장으로 삼자 크게 놀라워했다. 그들도 왕처럼 사다함이 실전 경험이 많지 않음을 은근히 걱정했다. 하지만 신하들은 왕의 결정을 두고 뭐라고 이의를 제기할 수 없었다.

 금진의 계략이 빛을 발하는 순간이었다. 왕의 결정에 조정 중신들 그리고 왕실 사람들도 사다함과 이사부의 출전에 큰 기대를 걸었다. 누구보다 가장 기뻐한 사람은 금진이었다. 사다함의 출전 소식을 듣자마자 옥진과 사도 그리고 묘도가 금진의 처소를 찾아왔다. 옥진의 딸들이 신라 왕실의 실세로 떠오르고 있었지만, 장차 밖에서 그녀들의 뒤를 든든하게 받쳐 주는 인물은 바로 사다함이 될 것이었다.
 사다함이 이번에 출전하여 대가야를 정복한다면 금진의 위치는 더욱 상승할 것이었다. 후비들은 외부에 자신들의 뒷배경이 될 수 있는 강력한 세력이 있어야 안심할 수 있다. 아무리 잘난 후비라고 하여도 친정이 권력이 없거나 빈한하면 궁궐 내에서 힘을 쓸 수 없다. 옥진에게도 박영실과 사이에 난 아들로 노동(弩同)과 법흥대왕의 피를 받은 비대전군이 있었지만, 무인의 기질은 사다함에게 비할 바가 못 되었다.
 "역시 아우님입니다. 축하해요. 아우님은 팔방미인입니다. 마음만 먹으면 무엇이든 이루지 못하는 일이 없습니다."
 "언니, 사다함이 출정하여 결과가 좋아야 해요."

옥진과 금진의 대화에 희망과 기대가 가득했다. 후비들은 왕궁에 앉아 있어야 하기에 큰 공을 세울 수는 없었다. 사도에게 동륜, 금륜 등 왕자가 있었지만, 모두 문약하고 손에 병장기를 들어 본 적도 없었다.

사다함이 대가야를 정벌하는 데 혁혁한 공을 세운다면, 금진은 신라 최고 권력에 한발 더 가까이 다가갈 수 있게 된다. 그리 된다면 태후나 사도 등도 금진을 무시할 수 없을 것이다. 훗날 다대한 공을 쌓은 사다함이 *각간이나 상대등에 올라 화백회의를 주재하는 위치가 된다면, 때에 따라 왕이나 태후보다 더 막강한 권한을 가질 수 있게 된다. 왕의 후사가 없거나 태자가 자질이 모자라면 사다함은 지존의 자리도 넘볼 수 있을 것이다.

"이모님, 사다함이 승전보를 보내올 겁니다."

"이모님, 대가야 운명은 사다함 풍월주 손에 달렸습니다."

사도는 당장 금진에게 아쉬운 게 없었다. 하지만 사다함이 장차 어떤 위대한 인물로 성장할지 모르기 때문에 지금부터 금진에게 잘 보일 필요가 있었다. 사다함이 신라의 영웅이 된다면 장차 동륜태자가 왕위에 오를 때쯤 그는 최소한 *대등 정도는 되어 있

* **각간** – 角干. 신라 시대 벼슬 17관등 중 최고 관직.
* **대등** – 大等. 신라 중기 고위 신료 집단. 귀족 회의인 화백회의의 구성원이며, 이들을 대표하고 통솔하는 사람을 '상대등'이라고 했다.

을 것으로 예측되었다. 대등은 화백회의 일원으로 왕을 선정하거나 나라의 중요 사안을 정하는 데 핵심적인 역할을 한다. 금진은 자신과 사다함을 축하하기 위해 찾아온 옥진 일행에게 다과를 제공했다. 다과를 들던 옥진이 술을 원하자, 진주부인 자매가 얼른 고량진미와 미주를 준비했다.

"우리 조카의 출정과 승리를 위하여 듭시다."
"언니! 고마워요. 왕후와 조카도 고마워요."
갑자기 진행된 조촐한 주연이었다. 하지만 미실의 입궁에 관한 말은 누구도 꺼내지 않았다. 나라가 전쟁을 수행하는 중이라 차마 미실의 이야기를 꺼내지 못하고 있는 듯했다. 묘도는 자주 궁궐을 들락거리기는 했지만, 미실을 입궐시키라는 태후의 지시는 떨어지지 않아 애를 태우고 있었다.

사다함은 독락당에서 미실을 만나고 있었다. 그곳에는 하인들만 있을 뿐이었다. 두 사람은 초저녁부터 내실에 들어 정담을 이어 나가고 있었다. 묘도가 없으니 집 안이 꽤 적막했다. 사다함은 미실이 태후에게 내침을 당했으니, 대궐에 들어갈 수 없을 것으로 판단했다. 하지만 사다함은 미실의 의중을 정확히 알지 못했다. 늘 일상적인 대화를 하는 수준이니 미실의 권력을 향한 거대한 욕망을 사다함은 잘 알지 못했다.

"미실, 나는 대가야 정벌전에 참가합니다. 내가 전장에서 돌아올 때까지 기다려 줘요."

"사다함, 아무 생각 하지 말고 전공 세울 생각만 오로지하세요."

"전장에서 돌아오면 나는 그대에게 정식으로 혼인을 청할 것입니다. 내가 살아 있는 이유는 그대가 내 곁에 있기 때문일 겁니다."

"사다함!"

"미실, 내가 전공을 세우고 개선하면 혼인해 주겠다고 약속해 줘요."

미실은 대답 대신 마지못해 고개만 서너 번 끄덕거렸다. 미실은 사랑을 고백하는 사다함에게 자신의 속내를 확실하게 보여 주지 못하고 주저하고 있는 자신을 질책했다. 그녀는 굳이 전쟁에 나가는 사다함에게 자신의 향후 행보를 털어놓고 싶지 않았다. 사다함은 미실에게 일방적으로 사랑의 고백을 전하고 돌아갔다. 사다함이 돌아간 뒤에 미실은 고민이 컸다. 그녀는 밤새워 전전반측했지만, 나중에라도 사다함의 불만을 잠재울 뾰족한 방안이 생각나지 않았다.

다음 날 아침, 금진은 독락당에서 미실을 만났다. 그녀는 자신이 앞장서서 미실을 다시 대궐로 불러들이는 역할을 하는 사실을 사다함에게는 철저히 비밀에 부쳤다. 금진은 자신이 그런 일을 하는 것에 양심의 가책을 느끼기는 했지만 크게 개의치 않았다. 그녀는 앞날을 예측할 수 없는 궁궐에서 미실을 장래의 연적으로 간주하고 있는 게 분명했다. 같은 여인의 눈에도 미실은 빼어난 미색이었다. 금진은 사도보다 미실이 더 신경 쓰였다.

만약 왕이 미실에게 관심을 둔다면 금진은 자칫 끈 떨어진 뒤웅박 신세로 전락할 수도 있을 것이었다. 금진의 *의심암귀가 차츰 커지기 전에 미실의 속을 알고 싶기도 했다. 지금 당장은 미실을 사다함에게서 떼어 놓는 게 급선무였다. 그녀는 불상사를 미리 방지하는 방법으로 미실과 세종전군을 다시 붙여 주는 것이 최선책이라고 판단하는 듯했다. 찻잔을 앞에 놓고 두 여인은 한동안 말이 없었다.

"사다함은 대가야 정벌전에 출전하게 되었습니다. 내가 온 것은 두 사람의 관계를 깨끗이 아퀴 짓기를 바라는 마음을 알리기 위해서입니다.

* **의심암귀** – 疑心暗鬼. 의심하는 마음이 있으면 있지도 않은 귀신을 낳는다는 의미.

궁주는 곧 궁궐로 돌아갈 것이니 사다함을 잊었으면 해요. 그 아이는 마음이 여립니다. 세종전군이 궁주를 강력히 원하고 있으니, 당연히 궁으로 돌아가야 하겠지요."

"어제 사다함을 만났습니다. 사다함은 전장에서 돌아오면 저에게 청혼하겠다고 말했습니다."

미실의 말에 금진은 고개를 좌우로 흔들었다.

"그런 일은 절대로 일어나서는 안 됩니다."

미실은 금진의 단호한 태도에 적이 실망하였다. 그녀는 다시는 사다함에게 갈 수 없다는 것을 알면서도 금진의 말에 크게 상처받았다.

"사다함은 제가 대궐로 돌아간다는 사실을 모르고 있습니다."

"궁주는 세종전군 지어미이니 지엄한 왕실의 혼도를 지켜야 합니다. 궁주가 사가에 나와 있는 동안 사다함을 만난 사실을 왕실 사람들이 알면 안 됩니다."

금진은 미실을 상천당으로 오라고 할 수도 있었지만, 주변의 시선을 의식해야 했다. 미실은 그렇지 않아도 자신이 입궁하고 나면 전장에 나가 있는 사다함에게 어떤 영향을 미치지나 않을까 걱정하고 있었다. 그러던 차에 금진이 찾아와 사다함을 잊으라고 하니 시원하면서도 한편으로는 섭섭한 마음이었다. 금진은 사다함을 잊으라는 말만 남기고 휑하니 대궐로 돌아갔다. 미실은 자신의 울적한 심사를 노래로 지어 표현했다. 그 노래는 그동안 사다함을 사랑했던 자기 마음의 표시이며 다시는 사다함을 보지 않겠다는 역설적인 표현이기도 했다. 미실은 분루를 삼키며 이를 악물었다.

바람이 분다고 해도
임 앞에 불지 말고
물결이 친다고 해도
임 앞에 치지 말고
빨리빨리 돌아오라
다시 만나 안고 보고
아흐, 임이여 잡은 손을
차마 물리랴뇨

미실은 향가보다 *회소곡에 가까운 「풍랑가(風浪歌)」를 지어 부르면서도 한편으로는 대궐에서 하루빨리 좋은 소식이 있기를 고대했다. 하루하루가 그녀에게는 불안과 고통의 연속이었다. 이미 태후가 자신을 부를 것이란 통보를 받았으나, 너무 지체되고 있어 혹

* **회소곡** – 會蘇曲. 신라 유리이사금 9년(AD 32년) 때 길쌈 내기에서 여인들이 부르던 노래.

여 태후나 세종전군의 마음이 변한 게 아닌지 걱정했다. 태후의 마음만 변하면 크게 우려할 바는 아니었다. 지금은 세종전군 의중이 중요했다. 보다 못한 묘도가 금진을 찾아와 미실의 상태를 알렸다.

"이모님, 미실이 불쌍해 죽겠어요. 저렇게 놔두면 병에 걸릴 것만 같아요. 이모님, 서둘러 주세요. 세종전군의 마음이 변할까 두렵습니다."

"조카, 내가 태후를 만나 보지요."

묘도는 금진에게 매달렸다. 그녀 역시 지금의 사태를 원만하게 해결할 수 있는 사람은 오직 금진밖에 없다고 믿고 있었다. 묘도의 통사정이 있고 나자 이번에는 옥진까지 금진을 찾아왔다.

"아우님, 미실이가 조속히 입궁할 수 있도록 힘 좀 써 줘요. 사악한 태후가 무슨 술수를 쓰려고 하는 게 아닌지 의심스러워요. 태후의 말은 도무지 믿을 바가 못 됩니다."

옥진은 곧 숨이 말려 넘어갈 것만 같았다.

"언니, 걱정하지 마세요. 태후는 사악하지만 영민하지 못해요. 내가 무슨 일이 있어도 미실이를 입궁시키도록 할게요."

금진은 옥진 모녀를 안심시켰다. 그녀는 태후를 어떻게 다뤄야 이 일을 원만하게 해결할 수 있을지를 두고 골몰했다. 그는 태후를 찾아가기로 마음먹었다.

"어머니, 소자가 죽을 것 같아요. 간밤에도 헛것이 보였습니다. 소자의 정신이 흐리마리하고 세상 살고 싶은 마음이 사라지고 있습니다. 이러다가 소자가 영영 자리에서 일어나지 못하는 게 아닌지 두렵습니다."

사다함이 대가야 정벌전에 나가 있는 동안 월성에서는 전쟁과 전혀 무관한 일이 벌어지고 있었다. 태후는 세종전군의 요구를 뿌리칠 수 없었다. 그녀는 미실을 곧 입궁시키겠다고 했으나 확답을 내리지 않아 남몰래 가슴앓이해야 했다. 그녀는 내키지 않는 약속을 해 놓고 차일피일 미루자, 궁궐에서도 불길한 소문이 무성했다. 금진이 태후를 찾았다.

"미실이 입궐을 학수고대하고 있습니다. 하지만 기다리다 지친 나머지 그 애가 마음을 바꿀 조짐을 보이고 있습니다. 그리되면 전군은 돌이킬 수 없는 지경에 이르게 될 겁니다."

금진은 당장 미실을 입궐시켜 세종전군의 병을 치료해야 한다고 권고했다. 자칫 미실의 입궐 시기가 늦어 정말로 전군이 중병에 걸리거나 미실이 변심한다면 태후가 모든 책임을 져야 한다면서 은근히 겁박했다. 미실이 변심할 수 있다는 말에 태후는 가슴이 뜨끔했다. 갑자기 태후의 마음이 급해졌다.

"내일 중으로 그 애를 입궁시키세요."

금진은 태후로부터 확답을 받아 내고 다음 날 미실을 입궁시켰다. 미실이 세종전군의 정실이 되고 융명은 제2부인으로 밀려났다. 미실이 입궁하자 전군의 얼굴에 미소가 떠나지 않았다. 미실이 환궁한 날 전군은 성대한 만찬을 준비하여 미실과 단둘이 새벽이 되도록 먹고 마시며 회포를 풀었다.

　"부인, 참으로 잘 돌아왔습니다. 마치 흉노의 호한야에게 시집갔던 *왕소군이 천신만고 끝에 살아 돌아온 듯한 느낌입니다."

　"제가 환궁하는 데 전군께서 많이 수고하셨다 들었습니다. 이 은혜 각골난망입니다."

　"내가 아니라, 금진낭주입니다. 낭주께서 정말로 우리 부부를 위해 애를 많이 썼습니다. 그는 우리 두 사람의 은인입니다. 두고두고 은혜를 갚아야 합니다."

　세종전군은 융명과 합방했어도 지아비라는 의무감으로 임했을 뿐이었다. 하지만 태후의 밀명을 받은 융명은 몸이 달았다. 태후의 소원은 조속히 융명이 전군의 씨앗을 받아 아들을 출산하는 거였다. 융명은 태후나 다른 사람으

* **왕소군** - 王昭君. 기원전 1세기 흉노의 호한야(呼韓邪) 선우의 처. 본래 한나라 원제의 궁녀였는데, 흉노와 평화를 유지하기 위해 호한야에게 시집보내졌다.

로부터 규방술이나 잠자리에서 사내의 관심을 끄는 방법을 전혀 배우지 못했다. 이미 미실이나 다른 여인들에게 미태술과 방중술을 맛본 전군은 융명과의 밋밋하고 불편한 음사에 흥미를 잃었다.

"전군, 사랑합니다."

물기가 촉촉이 밴 미실의 우윳빛 나신은 촛불 아래서 더욱 찬란하게 빛을 발산하였다. 출산한 적이 없는 육신임에도 흐벅진 미실의 육덕은 세종전군의 시선을 강탈했다. 풀어 헤친 머리카락이 하늘거리며 풍만한 둔부 아래까지 덮어 신비감을 더했다. 전군은 발칙하게도 머리 길이가 구 척이나 되었다는 고구려 중천왕의 후비이며, 장발 미인으로 유명했던 *관나부인을 연상하였다. 검고 탐스러운 머리칼은 사내들에게 음심을 유발시키는 촉진제이기도 했다. 전군은 환상적인 미실의 육신을 바라만 보아도 양기가 차오르며 강하게 불뚝거렸다. 빨리 일을 벌이지 않으면 육신이 곧 폭발할 것만 같았다.

세종전군은 예전에도 환한 불빛 아래에서 환상적인 색사를 치른 적이 있었지만, 그때는 미실의 나신을 감상하

* 관나부인 – 貫那夫人. 고구려 중천왕(재위: 248~270년) 후비로 왕후 연씨(椽氏)를 투기하다 가죽 부대에 담겨 수장당했다.

거나 자세히 보지 못했다. 매번 술에 대취하여 곧바로 본론으로 직행하는 것이 전군의 취향이었다. 합방 준비를 마친 두 사람은 마치 초야를 치르는 기분이었다. 전군은 전선에 나가서도 서라벌로 돌아가 미실과 운우지락을 즐길 꿈을 꾸곤 했다. 그의 눈앞에 환희의 세계가 펼쳐졌다.

"부인, 은애합니다."

부부의 내실은 미실의 취향에 맞게 꾸며져 있었다. 미실이 세종전군과 다시 부부가 되면서 새롭게 꾸민 침방이었다. 어른 서너 명이 누워도 충분할 만큼 침상은 넓고 호화로워 보였다. 천년 금강송으로 만들어진 침상은 상단 좌우에 백룡과 청룡이 여의주를 입에 물고 금방이라도 비상할 것처럼 날고 있고, 그 아래 구름이 유유히 흘러가는 몽유도(夢遊圖) 한 폭이 양각으로 조각되어 있었다. 침상에는 황금색 이부자리와 베개 두 개가 정갈하게 놓여 있었다. 촛불 네 개가 켜지면 침실뿐만 아니라 주변까지 환하게 밝았다. 미실궁에 배치되어 밤새 수직을 서야 하는 상궁 나인들은 숨을 죽여 가며 주변을 감시했다.

"전군께서 전선에 나가 있는 동안에 이국의 절기(絶技)를 익혔습니다. 먼저 잠자리에 들기 전에 이 영약을 복용하세요."

세종전군은 미실이 절기를 배웠다는 말에 크게 고무되어

가슴이 쿵쾅거렸다. 그는 미실이 건넨 혼령탈상액과 용호작현고를 단번에 복용하였다. 전군은 그 약을 보약이나 강장제쯤으로 여기고 있는 듯했다. 초반부터 미실은 예전과 전혀 다른 방식으로 전군을 달뜨게 했다. 그녀의 손짓과 몸짓 그리고 입김에 전군은 전율하였다. 대낮 같은 침상 위에서 말은 필요 없었다. 미실은 전군을 상대로 초반부터 쿠마라에게 배운 다양한 절기를 선보였다. 전군은 한눈에 들어오는 미실의 풍만하고 매끈한 뒤태에 입이 벌어졌다. 미실은 이국의 기술만 적용하여 합기의 기쁨을 최고조의 경지로 끌어올렸다.

"부인, 내 몸이 터질 것 같습니다."

미실은 상천당에서 쿠마라에게 배운 비술 중에서 가장 감각적이고 매혹적인 비술을 사용하기로 마음먹었다. 미실은 호랑이 걸음걸이 자세를 취했다. 호랑이는 울창한 수림과 고봉준령을 터전으로 삼아 그 바닥에서 활동하는 숨탄것들을 통제하고 때에 따라서는 체력을 보충하는 먹이로 사용하기도 한다. 호랑이는 일자로 걷기 때문에 이리, 늑대, 곰 등 기타 동물과 구별된다. 호랑이의 독특한 행보가 보기에는 썩 점잖지 못하지만, 사지에 힘이 들어가면서 근골이 골고루 발달한다. 선각자들은 그런 사실을 알고 호랑이 걸음을 응용하여 인체를 단련하고 그 도도한 보법으로 규방술을 고안해 냈다.

  전군의 시선은 잠시도 다른 곳을 향할 수 없었다. 그대로 접촉하면 극강의 희열로 이어질 수 있는 체위를 마다할 사내는 없으리라. 미실은 그 자세에서 옥진에게 배우고 쿠마라로부터 체득한 기이한 비술을 연결했다. 전군은 거친 황야를 뛰듯 고지를 향해 달렸다. 한 시진가량 이어지던 환상적인 음양의 가교는 한순간 폭발하면서 녹아 내렸다. 전군은 은애하는 여인을 위하여 마지막 열정까지 옴나위없이 쏟아 가며 봉사했다. 두 사람은 그대로 일체가 되어 스러졌다. 밖에서 내실을 은밀히 엿보던 나인들은 얼이 나간 채 명멸하는 별들을 세고 있었다.

암울한 전조

*부용국처럼 여겨지던 대가야를 정벌하기 위해 군대가 파병된다는 소식이 신라 전역으로 퍼져 나갔다. 대가야는 신라의 침공에 대비하여 이미 백제와 왜국에서 건너온 군사로 연합군을 결성한 상태였다. 서라벌은 긴장감에 휩싸였고 전선에 아들을 보내는 부모들은 이사부와 사다함이 이끄는 신라군이 부디 승리하기를 기원했다. 사람들은 두 장수의 호흡이 잘 맞는다는 소식에 안도하였다. 그들은 자식이 대가야 정벌전에 참전하여 *낭사를 맞이하지 않을까 우려하기도 했다.

* **부용국** – 附庸國. 종주국에 속하는 약소국가.
* **낭사** – 浪死. 헛된 죽음.

"짐이 분신처럼 아끼던 명

마이니라. 초패왕 *항우의 오추마보다 기량이 더 뛰어날 것이야. 부디 좋은 결과가 있으면 한다."

"대왕 폐하, 성은이 하해와 같나이다."

왕은 선봉장이 된 사다함에게 특별히 아들 같은 천기(天驥)를 하사했다. 천기는 하루에 천 리를 달릴 수 있는 명마로 왕이 애지중지했다. 천기는 일반 전투마와 비교가 불가할 정도로 뛰어난 명마였다. 일반 말을 옆에 세우면 마치 어른과 아이 정도로 천기의 당당한 체구와 늠름한 기상이 돋보였다.

"사다함, 대가야를 유린하라! 그대에게 선참후계 권한을 부여하고, 부월(鈇鉞)을 전하니 이사부와 더불어 정벌군을 잘 이끌기 바란다."

부월은 왕이 출정하는 장군에게 전권을 위임한다는 뜻에서 주는 도끼를 말한다. 왕은 사다함에게 천기에 이어 붉은 자루의 장창을 건넸다. 그는 사다함이 창술에 탁월하다는 것을 알고 신라 최고 장인(匠人)에게 특별 주문했다. 장창의 창날 아래 반월 모양의 도끼가 달려 있는데, 창과 도끼의 기능을 동시에 지닌 무서운 병장기였다. 장창의 무게만

* **항우** – 項羽. 서초 패왕으로 재위는 BC 206~202년이다. 유방과 천하를 두고 다투다 해하(垓下)에서 패했다. 오추마(烏騅馬)는 그의 애마이다.

대략 육십 근(斤)이 넘었다.

"존명!"

왕은 사다함의 등을 두드려 주고 중신들과 궁성 밖 십 리까지 나가 정벌군을 환송했다. 서라벌 사람들도 연도에 구름처럼 몰려들어 출정하는 군사들에게 손을 흔들어 주었다. 어떤 여인들은 술동이를 가져와 군사들에게 표주박으로 술을 떠서 건네기도 하고 또 어떤 사람들은 꽃잎을 뿌리는 등 군사들의 사기를 높였다. 정인을 전쟁에 보내는 여인들은 버드나무 가지를 꺾어 던지며 무사 귀환을 기원했다.

설성도 전투에 참여하였다. 그는 사다함의 뒤를 따르며 그림자처럼 움직였다. 이사부가 이끄는 신라 정벌군은 보기(步騎)를 합쳐 총 삼만 오천 명이었다.

"아들아, 군공을 세우고 무사히 귀환해야 한다. 설성, 미안합니다. 고맙습니다. 사다함과 반드시 서라벌로 돌아와야 합니다."

금진은 월성이 내려다보이는 *낭산에 올라 두 손을 모은 채 남진하는 정벌군을 바라보았다. 그녀는 사다함의 늠름한 모습을 눈에 담았고 그의 뒤에 바싹 붙어 있는 설성을 보며 짠한 마음을 달랬다. 천기 위에 앉아 어른 키 두 배 정

* **낭산** – 狼山. 경주시 보문동에 있는 산으로 실성이사금(實聖尼師今) 때부터 성스러운 산으로 여겨졌다.

도 되는 붉은 장창을 꼬나든 사다함은 무적의 신장(神將) 모습이었다. 투구를 쓰고 황금색 갑옷을 착용한 사다함의 위용은 이사부보다 강렬하고 창대했다.

특히, 사다함이 지닌 육십 근짜리 장창은 어른조차 들기 버거웠다. 장창 옆으로 붙어 있는 반월 모양의 무시무시한 도끼날이 햇빛을 받을 때마다 시퍼런 빛을 뿜어냈다. 환송 나온 서라벌 사람들의 시선이 사다함이 들고 있는 붉은 장창에 집중되었다. 사다함은 연도에 늘어선 사람들을 위해 장창을 들어 허공을 가르는 묘기를 선보였다. 그때마다 사람들은 '사다함'을 부르며 환호작약했다.

서라벌을 떠나 사흘 후 아침, 정벌군은 신라와 대가야의 경계에 도착했다. 신라군은 밤낮을 쉬지 않고 산을 넘고 강과 내를 건너 강행군했지만, 전혀 지친 기색이 없었다. 이사부는 척후대를 오십 리 밖까지 밀파하여 적정을 염탐하게 했다. 군사들은 이사부가 총사령관이라는 점에 큰 자부심을 느끼는 듯했다. 군사들은 사다함이 용맹하고 지략을 겸비했다는 사실을 알지만, 그를 크게 미더워하지는 않았다. 대가야 공격을 앞두고 이사부가 지휘관들을 소집하였다.

"대왕께서 대가야 정벌을 명하셨다. 우리가 그동안 복속한 여러 소가야와 대가야는 다르다. 대가야에는 철갑으로 무장한 기병대가 있다. 또한, 왜군과 백제군도 대가야 군과 합류했다는 첩보도 있다. 이번 전투는 팔 년 전에 있었던 *관산성 전투보다 더 치열할 것이다. 전투에 임해서 살려고 눈치만 보는 자는 죽고, 죽기 살기로 싸우는 자는 산다. 모두 임전무퇴의 정신으로 전투에 임해 주길 바란다."

대가야 정벌전에는 김무력, 거칠부, 절부지 등 신라군 명장들과 대가야 출신으로 신라에 귀의한 월광태자 도설지도 참가하였다. 신라군 주력을 이사부와 사다함이 지휘하고, 좌군은 거칠부와 절부지 장군이 지휘하며, 우군은 김무력과 도설지가 이끌었다. 설성은 군의 연락책으로 선발되었다. 연락병들은 다섯 개 조 열 명으로 구성되었는데, 모두 기마대에 오래 몸담고 있었던 전력으로 말 타는 데 귀신같았다. 그들은 총사령관 이사부의 명령을 좌군과 우군 그리고 선발대장 사다함에게 전달하는 역할을 맡았다.

"전공을 세워 어머니를 기쁘게 해 드리게."

"의부님! 몸조심하세요."

설성이 사다함을 격려했다. 신라군이 대지를 달릴 때면 지둥 치듯 굉음과 함께 땅거죽이 흔들리고 병사들은

* **관산성 전투** – 管山城 戰鬪. 554년 7월, 관산성(현재 충북 옥천)에서 백제와 신라의 전투로 신라의 승리로 끝났다.

속이 울렁거리기도 했다. 기마대가 앞서 쏜살같이 달리고 난 뒤로 흙먼지가 천지를 뽀얗게 뒤덮었다. 좌군과 우군은 주력이 아니어서 *별파유군의 성격이 짙었다. 총사령관 이사부와 사다함이 전군을 이끌며 신속하게 남진했다. 사다함은 적군과 마주하면 즉시 주력군 선봉대를 이끌기로 되어 있었다. 신라군은 금산재를 넘어 *주산성을 공략하기로 했다. 신라군은 식사를 마치고 공격 명령을 기다렸다. 조금 전에 척후대가 돌아와 이사부에게 적정을 알렸다.

"지휘관들은 즉시 맡은 임무를 수행하라."

이사부의 작전 개시 명령에 따라 거칠부와 절부지는 좌군 일만여 명을 이끌고 사전에 고지된 지역으로 출전했다. 거칠부는 왜군을 뒤쫓았고 절부지는 황산강을 건너 대가야로 이동하는 모든 배를 통제하였다. 김무력과 도설지는 우군 일만여 명을 이끌고 대가야 궁성으로 통하는 지점으로 향했다. 이사부는 사다함과 호흡을 맞춰 주력군을 이끌고 금산재로 향했다. 금산재 아래에 대가야 궁성인 주산성이 있었다.

이사부와 사다함이 지휘하는 본대는 보병과 기병의

* **별파유군** – 別派遊軍. 일정한 소속 없이 필요에 따라 아군을 지원하고 적을 공격하는 부대.
* **주산성** – 主山城. 경상북도 고령군 대가야읍 주산리에 있는 성(城).

혼성군 형태로 병력은 일만 오천 명 정도인데, 이 중 오천 여 명이 사다함이 이끄는 기마대로 적군의 중심을 공격하는 임무를 맡고 있었다. 기마대에는 화랑도 삼천여 명이 혼재해 있어서 풍월주 사다함의 명령에 적극적으로 호응하였다. 화랑도는 임전무퇴의 정신으로 단련된 신라군 최고 정예 집단이었다. 그들은 오직 전진만 알고 후퇴하는 법을 알지 못했다.

"군사들은 잠시 쉬어라."

기마대를 선발로 이끌고 금산재를 넘어온 이사부와 사다함은 주산성이 내려다보이는 능선에 올라 대가야 도읍지를 조망해 보았다. 대가야를 지원하기 위하여 주산성으로 달려오던 백제군과 야마토[大和] 군대는 준령에서 김무력이 이끄는 군대의 매복에 걸려 고전하면서 가야 연합군의 전열은 무너지고 말았다. 설성은 즉시 김무력 장군의 승전 소식을 이사부에게 전했다. 백제와 왜의 지원군이 신라군에게 무너졌다는 소식이 대가야 철기부대에 전해지자, 그들은 전의를 상실하고 말았다.

"장군, 지금이 기마대를 출동시킬 적기입니다."

"사다함! 출전하라. 후퇴는 없다. 오직 전진만 있을 뿐이다."

사다함이 이끄는 기마대가 뽀얀 먼지를 날리며 주산성을 향해 달렸다. 설성은 사다함을 지켜야 한다는 의무감으로 기마대에 합류했다. 주산성에는 대가야 왕자가 정예부대를 배치하고 지키고 있었다. 그는 도설지의 이복동생으로 대가야 맹장으로 소문난 자였다. 대가야 병사들은 예전에 백제 연합군으로 관산성 전투에 참여했다가 신라군에게 몰살당한 기억 때문에 전투를 치르기도 전에 사기가 침체되어 있었다.

"신라 기마병이 오고 있다."

신라군 기마대가 대오를 갖춰 새카맣게 달려오자 대가야 군사들은 오금이 저렸다. 주산성 안에는 철기가 없었다. 철갑으로 무장한 대가야 철기는 신라국 군사들이 넘어올 것으로 예상되는 금산재 아래 진을 치고 있었다. 이사부는 척후를 통해 대가야 철기가 금산재 아래에 포진하고 있다는 정보를 입수하였고, 김무력에게 협공할 것을 지시하였다. 사다함의 오천 기마대가 금산재 아래에 내려왔을 때 계곡에서 함성과 함께 대가야 철기가 나타났다. 대가야 철기가 사다함이 이끄는 신라군 선봉대보다 규모가 커 보였다.

사다함이 이끄는 신라군 기마 선봉대와 대가야 철기가 혈전을 벌였다. 대가야 철기는 신라 기마대를 원형으로 포위하려고 했고, 사다함은 대가야 철기의 전술을 간파했다. 그는 즉시 동서남북으로 기마대를 분리하여 상산지사 진법으로 포위망을 격파하도록 했다. 사다함은 평소 화랑도에게 상산지사와 사분진법(四分陣法)을 집중 훈련시켰다. 상산지사는 뱀의 잔인한 성질을 원용한 진법이었다.

두 진법을 혼용하니 어마어마한 위력을 발휘했다. 네 마리 거대한 뱀이 대가야 철기의 포위망을 갈가리 찢어 놓았다. 설성은 사다함의 뒤를 쫓았다. 그는 시위에 화살을 걸고 사다함에게 달려드는 가야군을 향해 화살을 날리기도 하고 급한 경우에는 칼을 뽑아 적군을 대적했다.

"의부, 조심하세요."

"귀당비장! 내 걱정은 하지 마시게. 전공을 세워 어머니를 기쁘게 해 드려야 하네. 나도 그리할 것이네."

설성이 사다함에게 소리치며 손을 흔들었다. 사다함은 행여 설성이 다치기라도 할까 봐 신경이 쓰였다. 사다함은 장창을 휘두르며 대가야 군사를 짓밟았다. 그의 뒤로 설성과 무관랑이 그림자처럼 따라붙었다. 붉은 장창을 한번 휘둘러 적병 두세 명을 한꺼번에 참수하는 신묘한 기술은 사다함의 특기였다.

대가야군의 전술은 실패했고 그들의 전열이 무너져 가고 있을 때였다. 대가야 진영에서 기병 두 명이 장창을 비껴들고 나타났다. 갑옷과 투구가 일반 병사들과 달랐다. 그들은 적군을 이끄는 장수가 분명했다. 한 명은 보통 체구였으나 다른 한 명은 덩치가 태산처럼 거대했다. 신라군과 대가야 군사들은 양 진영으로 갈라져 잠시 숨을 돌렸다.

"나는 대가야군 총사령관 뇌주(腦朱)라고 한다."

뇌주는 신라에 귀의한 도설지의 이복동생으로 대가야 총사령관을 맡고 있었다. 그의 생모는 이뇌왕의 이름 없는 후궁이었다. 배다른 형제는 지금 아군과 적군으로 갈라져 서로를 죽이려고 혈안이었다. 도설지가 신라로 망명하여 귀의한 것도 뇌주의 끊임없는 협박과 위협 때문이었다. 뇌주는 신라 출신 공주의 아들인 형 도설지를 암살하기 위해 서라벌로 자객을 파견한 적도 있었다.

"나는 대가야 뇌주 왕자 부관이다. 너희 중에 사다함이란 놈이 있느냐?"

식인귀처럼 생긴 부관이란 자가 눈을 부라리며 소리쳤다. 대가야 군사들이 신라군의 선봉대장이 사다함이라는 사실을 알고 있는 듯했다. 사다함이 이사부에게 적장 두 명을 동시에 상대하겠다고 했다. 이사부는 기마 전사 두세 명을 더 데리고 나가라고 했다. 사다함은 이사부를 향해 한번 웃어 보이고 혼자 말을 몰아 대가야 두 전사를 향해 달려 나갔다. 그의 뒤를 설성이 어설프게 따랐다.

"어떤 놈이 감히 나를 찾느냐?"

사다함이 뇌주와 그의 부관이란 자를 노려보았다. 설성은 사다함 뒤에 서 있는데 대가야 부관의 험상궂은 모습에 겁을 먹었는지 얼굴이 하얗게 질린 상태였다.

"너희들은 대가야를 침범하였다. 지금 즉시 물러가면 용서하겠다. 그러나 계속 싸우고자 한다면 나의 창이 용서하지 않을 것이다."

뇌주가 창을 비껴들고 소리쳤다.

"참으로 가소롭구나. 너희들은 백제와 열도의 원숭이들까지 끌어들여 신라를 침범하려 했다. 네놈은 내가 누구인지 전혀 모르는 모양이구나. 너희 두 놈을 동시에 대적해 주겠다."

사다함이 점잖게 타이르듯 말했다.

"뭐라고? 우리 둘을 동시에 대적하겠다고?"

"네놈이 미쳤구나. 우리 두 사람이 대가야 최고 전사라는 걸 모르고 있구나."

신라군은 풍월주 사다함이 대단한 무공을 지니고 있다는 소문은 들어서 알고 있었지만, 실전을 직접 보기는 처음이었다. 그런데 사다함이 혼자서 적장 두 명을 동시에 상대한다고 하니 신라군은 웅성거렸다. 이사부도 사다함이 전공에 눈이 멀어 무리한 싸움을 한다고 우려하였다. 뇌주가 그의 부관에게 손짓하며 무슨 신호를 주고받는 듯했다.

이 대 일의 접전이 시작되었다. 뇌주와 그의 부관이 나란히 붙어 사다함을 가운데 두고 빠르게 회돌이하는 여울처럼 돌았다. 사다함은 원 안에서 그들과 반대 방향으로 천기를 몰았다. 뇌주와 그의 부관이 탄 말이 한 바퀴 돌 때 사다함의 천기는 두 바퀴를 돌았다. 뇌주가 탄 말은 천기보다 작아 보였다. 거대한 몸집의 부관을 태우고 달리는 말이 자주 거친 투레질을 해 댔다. 두 적장이 서너 바퀴 돌다가 갑자기 사다함을 향해 전속력으로 달려들었다.

창과 창이 부딪치면서 우렛소리와 함께 파란 불꽃이 튀었다. 두 명의 대가야 전사와 대결을 펼치는 사다함이 무척 불리해 보였다. 이 합, 삼 합, 사 합…. 십 합이 끝나고 다시 원을 그리며 말을 달리던 뇌주와 그의 부관이 일직선으로 사다함을 향해 창을 겨누고 달려들었다. 두 적장 사이에 사다함이 낀 형국이었다. 이사부와 신라군은 사다함이 밀리거나 실수라도 하면 곧장 뛰어나갈 준비를 하고 있었다.

"아! 사다함이 위험하다. 내가 도와야겠다."

그때 난데없이 설성이 말을 달려 뇌주를 향해 돌진했다. 그의 손에 장도가 들려 있는데 뇌주의 상대가 되지 않을 듯했다.

"네놈은 뭐냐?"

뇌주가 설성을 보고 소리쳤다. 하지만 설성은 전혀 기가 죽거나 주눅 들지 않았다.

"대가야 왕자라고? 네놈은 내가 대적하겠다."

"의부! 안 됩니다. 물러나세요."

사다함이 소리쳤지만, 설성은 이미 뇌주와 접전을 벌이고 있었다. 병장기 부딪히는 소리가 서너 번 들리는가 싶더니 설성이 뇌주의 창에 가슴을 찔리고 말에서 떨어졌다.

"의부!"

말에서 떨어진 설성이 가슴을 움켜잡고 버둥거렸다. 뒤에서 대기하고 있던 신라 군사들이 달려와 설성을 구해 진중으로 돌아갔다. 대가야 철기군 진중에서 '와!' 하는 함성이 천지를 울렸다. 이사부는 전혀 예상치 못한 상황에 어리둥절했다. 그는 자칫 설성의 패배로 인해 신라군의 사기가 땅에 떨어질 것을 염려했다.

"네놈도 저렇게 만들어 주겠다."

뇌주와 그의 부관이 사다함을 향해 달려들었다. 그들은 설성을 제압하고 의기양양했다. 하지만 사다함은 전혀 흔들림이 없었다. 오히려 그의 전의만 돋우었다.

"이놈들! 한꺼번에 덤벼라."

사다함이 붉은 장창을 머리 위로 치켜들어 허공을 한번 가르고 나서 자세를 취했다. 이사부는 사다함의 무예가 출중하다고 하더라도 범 같은 대가야 장수 두 명을 동시에 대적하는 것은 무리라고 보는 듯했다. 사다함은 처음처럼 크게 원을 그리며 뇌주와 반대 방향으로 돌았다. 사다함이 전속력으로 두세 바퀴 돌고 뇌주와 그의 부관과 이십여 보(步)

정도 가까워졌을 때였다.

사다함이 천기에게 서너 차례 박차를 가했다. 천기는 전속력으로 달렸다. 사다함과 뇌주의 사이가 스무 발자국 정도 되었을 때 사다함이 갑자기 천기의 고삐를 당겼다. 천기가 놀라 앞다리를 뻗대는가 싶더니 사다함이 반동을 이용해 공중으로 솟구쳐 오르면서 장창으로 오른쪽에서 왼쪽으로 사선을 그으며 내리쳤다. 그 속도가 어찌나 빠른지 병사들은 번쩍하는 하얀빛만 봤을 뿐이었다. 허공으로 솟구쳤던 사다함이 앞으로 날아가 천기의 잔등에 사뿐히 내려앉았다. 두 번의 날카로운 단말마가 울려 퍼지고 이내 조용했다. 전광석화처럼 벌어진 일이라 양측 군사들은 두 눈을 뜨고도 기가 막힌 장면을 제대로 보지 못했다.

"앗! 뇌주 왕자님과 부관의 목이 잘렸다."

"단칼에 두 장수가 참수될 수 있단 말인가."

"사다함이란 적장은 사람이 아니다."

순식간에 사다함의 장창에 두 적장의 목이 잘리는 장면을 목격한 대가야 군사들은 잠시 넋을 빼고 있다가 도망치기 시작했다. 그들은 사다함의 귀신같은 무공을 보고 싸울 마음이 사라졌다. 이미 철기도 상당수 전사하거나 다친 상태라 지금의 전력과 사기로 신라군과 대적해야 승산이 없다고 판단한 듯했다.

"과연 사다함이로다! 기가 막히는구나."

이사부는 벌어진 입을 다물지 못했다. 그는 사다함과 신라군을 이끌면서 사다함을 불안하게 보고 있었다.

"사다함 풍월주는 하늘이 내린 장수다."

"우리가 그동안 귀당비장을 잘 모르고 있었다. 신라에 영웅이 탄생했다."

신라 군사들도 한동안 멍한 상태로 사다함을 바라보며 벌어진 입을 다물지 못했다. 사다함은 신라 군사들에게 명령을 내렸다.

"대가야 놈들을 척살하라!"

사다함의 명령에 신라군은 고삐 풀린 부사리처럼 도망치는 대가야군을 향해 달려들었다. 맨 앞에서 사다함과 무관랑의 창칼이 춤을 추자, 대가야 군사들의 머리통이 허공으로 날아다녔다. 신라 군사들은 마치 신들린 듯 대가야군을 무자비하게 참살하였다. 대가야 철기의 명성이 질풍노도같이 달려드는 신라군 앞에 무색해졌다. 전의를 상실한 대가야군은 싸움을 포기하였다.

설성이 사라지자 무관랑이 사다함 뒤를 따르며 호위했다. 반 시진도 안 되어 대가야 군사 상당수가 죽임을 당하고 말았다. 땅바닥에는 참수된 대가야 병사들의 머리통이 태풍에 떨어진 도사리같이 굴러다녔다. 뒤늦게 달려온 김무력의 기마대가 함성을 지르며 대가야 철기 후미를 공격하였다. 동과 서에서 협공하자 용맹한 대가야 철기는 허망하게 무너지고 말았다.

"귀당비장! 곧바로 주산성을 공격하라."

이사부가 사다함에게 명령을 내렸다. 사다함이 지휘하는 기마대는 대가야 궁성이 있는 주산성으로 달려갔다. 주산성까지 대략 오 리쯤 되는 거리였다. 신라군 기마대가 전속력으로 달리자, 주변은 물론 하늘까지 누런 흙먼지로 휩싸였다. 흙먼지에 햇빛이 차단되어 갑자기 주변이 어두웠다. 신라 기마대의 말발굽 소리에 천신과 지신(地神)이 놀라 벌떡 일어날 법도 했다. 주산성 주요 성문 앞에는 *거마창이 설치되어 있어 신라군은 조심스럽게 접근해야 했다. 선봉대가 밧줄을 던져 거마창을 끌어내고 활로를 열었다.

"화살을 날리고 성문을 격파하라!"

"불화살도 날려라!"

사다함의 명령에 따라 신라군 선발대인 기마대가 주산성에 도착하여 성안을 향해 불화살과 화살을 날리고 주산성 동서남북 네 곳에 있는 성문을 깨부쉈다. 성안에 있는 대가야 군사들은 철기가 격파

* **거마창** - 拒馬槍. 전쟁에 쓰던 방어용 무기. 요충지에 두고 적의 기병을 막았다.

된 사실을 알고 전의를 상실한 듯했다.

성안은 금방 한 치 앞도 분간할 수 없을 정도로 연기가 자욱했다. 군사들의 비명과 말 울음소리 등이 한데 뒤섞여 주산성은 화탕지옥을 방불케 했다. 성문을 방어하던 대가야군의 소규모 저항이 있었으나, 신라군이 주산성의 정문인 전단량(旃檀梁)을 격파하면서 저항은 금방 사그라들었다.

대가야 주력군은 대부분 성 밖에서 신라군과 대적하다 몰살되었다. 땅거미가 질 무렵 신라군은 주산성을 점령하였다. 대가야는 가락국 시조 수로왕과 함께 구지봉에서 태어난 여섯 명의 동자 중에서 둘째인 *이진아시가 건국했다. 결국, 대가야는 520년 만에 신라 정벌군에게 멸망했다.

"의부님, 고맙습니다. 어머니는 제가 잘 모시고 설원이도 보살피겠습니다. 편히 영면하세요."

사다함은 의부 설성을 일반 전사자들과 다른 곳에 안장했다. 그는 설성의 가묘(假墓) 앞에 꿇어앉아 흐느꼈다. 상천당에 있을 때는 잘 몰랐는데, 자신을 보호하기 위해 과감하게 목숨을 버린 설성을 다시 생각하게 되는 계기가 되었다. 사다함은 나중에 설원과 찾아와서 설성을 서라벌로 이장하리라 마음먹었다.

* 이진아시 – 伊珍阿豉. 재위 기간은 서기 42~117년으로 대가야 초대 국왕이다.

신라군은 대가야 귀족들과 신체 건강한 젊은 남녀 수천 명을 포로로 잡아 서라벌로 향했다. 이사부는 주산성과 대가야 주요 지역에 신라군을 주둔시켜 혹시 있을지 모를 소요 사태에 대비했다. 서라벌로 돌아온 사다함은 신라의 영웅이 되어 있었다. 서라벌 저잣거리는 오색 깃발이 나부끼고 상가마다 입구에 술과 안주를 준비하여 대가야를 정벌하고 돌아오는 신라 원정군에게 제공하며 노고를 위로했다.

이사부와 사다함이 선봉대를 이끌며 서라벌 거리를 행진할 때 사람들이 구름처럼 몰려들어 '사다함'과 '이사부'를 연호하였다. 두 사람은 말에서 내려 서라벌 사람들에게 고개 숙여 인사하고 손을 흔들어 주었다. 사다함의 인기는 하늘 높은 줄 모르고 치솟았다. 이사부는 장병들에게 잠시 행군을 멈추고 서라벌 사람들에게 인사를 하게 했다.

"이사부 장군, 만세!"

"사다함 비장, 만세!"

사람들은 사다함의 손을 잡아 보려고 아우성쳤다. 여인들은 무예가 출중할 뿐만 아니라 풍신도 당당한 사다함에게 반해 그와 시선이라도 마주치면 기절하기도 했다. 어떤 여인은 술을 가져와 즉석에서 사다함에게 술을 건네기도 하고 또 어떤 여인들은 사다함 앞에서 노래를 부르며 춤을 추기도 했다. 이사부는 빙그레 웃으며 그 광경을 지켜보았다.

여인들이 노래하자 군중들은 손뼉을 치며 노래를 따라 하거나 '사다함'을 연호하였다. 왕과 대소신료는 월성 밖까지 나와 정벌군을 맞이했다. 이사부와 사다함 그리고 장군들이 왕 앞에 나가 승전 보고를 하였다.

"태종 사령관! 애쓰셨습니다. 사다함 귀당비장! 장하다. 대가야 정벌전에서 혁혁한 전공을 세웠구나. 짐은 앞으로 화랑에서 뛰어난 인재를 선발하여 나라의 간성으로 성장시킬 것이다."

왕은 이사부와 장군들의 손을 잡아 주고 나서 사다함의 등을 두드려 주었다.

"대왕 폐하의 성은 덕분에 승리하였습니다."

"대왕 폐하, 소장을 믿어 주시어 고맙습니다."

이사부와 장군들 그리고 사다함의 이마가 땅에 닿을 듯했다.

"금진낭주가 자식 농사를 잘 지었구나. 앞으로 귀당비장의 활약을 기대한다."

왕은 벌어진 입을 다물지 못했다. 조정 중신들도 승전보를 가지고 온 이사부와 사다함 그리고 휘하 장수들에게 치하했다. 왕은 이사부와 장군들을 위로하고 그들에게 큰 상을 내렸다. 왕과 대소신료는 사다함의 귀신같은 무예를 입에 올리며 칭찬하느라 정신이 없었다.

왕은 특별히 사다함에게 대가야 포로 중에서 삼백여 명을 노비로 하사하고 수천 평의 전답도 내렸다. 하지만 사다함은 노비를 모두 방량(放良)하였고, 전답은 알천 지역의 거친 땅으로 바꿔서 받았다. 왕은 도설지를 임시로 대가야 통치자에 임명하고, 고향으로 돌아가 백성들을 위무하게 했다. 사다함 덕분에 화랑들 역시 몸값이 천정부지로 올라갔다. 아들 덕분에 금진의 명성도 신라 전역에 퍼지며, 그녀의 정치적 입지도 굳건해졌고 왕의 총애는 더욱 두터웠다.

"아들아, 장하구나."

사다함은 왕을 알현하고 나서 금진의 처소를 찾았다. 그의 곁에는 무관랑도 있었지만, 안색이 퍽 밝지 않았다. 그도 대가야 정벌 전쟁에 참여하여 전공을 세웠지만 사다함의 막대한 전공에 가려 빛을 보지 못했다. 무관랑은 다른 화랑들과 함께 군부로부터 위로의 말과 약간의 상금을 받은 것으로 만족해야 했다.

"어머님과 형제들이 염려해 주신 덕분입니다. 어머니, 설성 의부님이 전투 중에 전사했습니다. 적장과 싸우는 소자를 비호하려다 적장의 창칼에 그만…. 가야 땅에 가묘를 만들어 드렸습니다. 나중에 설원이와 함께 의부를 서라벌로 모셔 올 계획입니다."

"설성이 전사했다고? 내가 괜히 전장에 나가 공을 세우라고 했구나. 설원이에게 어떻게 말해야 한단 말인가?"

그때 설원이 사다함이 개선장군이 되어 돌아왔다는 소식을 듣고 금진의 처소로 찾아왔다. 그는 설성이 전사했다는 소식을 듣고 울고 있었다.

"형님, 고생하셨습니다."

"의부께서 전사하시어 너를 볼 면목이 없구나."

"형님, 아버지는 어머님에게 그동안의 고마움을 표시한 것입니다. 이제는 고혼이 되신 아버님을 많이 생각해 주세요."

금진은 설원을 꼭 안아 주며 눈물을 흘렸다. 그녀는 아버지의 죽음을 대승적 차원에서 받아들이는 설원이 믿음직스러웠다. 사다함도 설원의 등을 다독이며 위로했다. 금진은 무관랑의 우울한 표정을 보고 마음이 무거웠다. 사다함과 함께 출전하여 전공을 세우기는 했으나, 아들의 전공에 가려 빛을 보지 못한 것이 마치 자신의 책임인 듯 느껴졌다. 그녀는 무관랑에게 아무것도 묻지 않았다. 잡다한 것을 물어보면 그의 노여움만 키울 것 같았다.

금진은 사다함과 무관랑을 위하여 위무연을 열어 주기로 했다. 눈치 빠른 진주부인 자매가 고량진미와 미주를 내실로 들였다. 먼저 금진이 술병을 들어 사다함과 무관랑에게 술을 따라 주었다. 무관랑은 정색하고 잔을 받았다.

"낭주님께서 손수 술을 따라 주시니 감개무량하옵니다."

"무관랑이 대가야 정벌전에서 공을 세우고도 합당한 상을 받지 못했다 들었습니다. 하지만 너무 우울해하지 마세요. 내가 폐하께 무관랑의 활약상을 자세하게 말씀드릴 것입니다."

"어머니, 무관랑의 일은 곧 소자의 일입니다."

"낭주님께 견마지로를 다하겠습니다."

"오늘은 아무것도 생각하지 말고, 술을 들면서 그간의 피로를 풀도록 해요."

금진의 말에 순간 무관랑이 걸싸게 일어나더니 절을 하였다. 그 장면을 바라보는 사다함의 얼굴이 밝아졌다. 무관랑이 절을 하고 나자, 흔연한 심정이 금진의 얼굴에 나타나 있었다. 무관랑은 자잘한 상을 받는 것보다 금진이 자신의 공적을 왕에게 고해 준다는 데에 감복했다. 그녀의 말에 사다함도 적이 안심하는 듯했다. 그 역시 무관랑이 전공을 세우고도 일반 화랑처럼 대접받는 게 안타까웠다. 사다함은 금진이 왕에게 별도로 무관랑의 활약상을 전한다니 안도할 수 있었다.

"어머니, 소자는 이미 무관랑과 생사를 함께하기로 맹세했습니다."

"낭주님 성은에 충심으로 보답하겠습니다."

금진은 무관랑의 낯빛이 밝아지자 안심이 되었다. 술잔이 서너 번 돌며 흥취를 더욱 고조시켰다. 무관랑과 사다함이 권하는 술잔을 금진은 마다하지 않고 마셨다. 술이 약한 사다함은 이미 양 볼이 잘 익은 능금처럼 변하고 말았다. 무관랑도 약간 취한 듯했으나, 술 한 독은 더 마실 수 있을 것 같았다. 금진은 술을 마시면서도 사다함과 무관랑을 유심히 살폈다. 그녀는 진주부인을 부르더니 귓속말로 속삭였다.

"두 사람은 진주부인 자매와 좀 더 흥겨운 자리를 갖도록 해요."

"두 분은 저희가 책임지고 모시겠습니다."

금진이 자리를 피해 주었다. 사다함과 무관랑 곁에 진주부인 자매가 앉아 시중을 들었다. 호기심이 많은 진도부인이 사다함에게 대가야 정벌전 이야기를 듣고 싶다고 하였다. 그러나 사다함은 별로 할 이야기가 없다며 술잔만 만지작거렸다. 무관랑이 멀뚱히 있다가 나섰다.

"대가야 정벌전에서 풍월주님이 적장 두 명을 단칼에 참수한 이야기를 들려드리지요."

무관랑은 사다함이 선봉대장이 되어 대가야 왕자 뇌주와 그의 부관을 단칼에 참살한 이야기를 들려주었다. 자매는 무관랑의 이야기가 끔찍하면서도 재미있다며 관심을 보였다. 무관랑이 이야기하는 도중에 흥분하여 자리에서 일어나 창을 휘두르는 흉내를 내기도 했다. 자매는 감탄사를 연발하며 벌어진 입을 다물지 못했다. 두 적장의 목을 베는 장면에서 자매는 비명을 질러 대기도 했다. 무관랑이 당시 상황을 어찌나 사실적으로 잘 표현하는지 진주부인 자매의 손에 땀이 고였다. 사다함은 모르는 체하며 술잔을 비우고, 무관랑은 더욱 신이 나서 이야기를 풀어 나갔다. 무관랑의 큰 목소리와 과장된 행동이 뒤섞이면서 분위기는 잠시 귀살쩍고 어수선했다.

"풍월주님은 대단하세요. 어떻게 달리는 말 잔등 위에서 솟구쳐 적장 두 명을 순식간에 참살할 수 있어요?"

자매는 놀란 표정을 감추지 못했다.

"풍월주님 무공은 듣기만 해도 소름이 돋아요. 마치 제가 전장에 있는 느낌입니다."

진주부인 자매의 칭찬이 이어지면서 술자리는 더욱 흥분의 도가니가 되고 말았다. 술잔이 수도 없이 돌았다. 흥이 오르자 진주부인이 가야금을 연주하며 노래하고 진도부인은 춤을 추었다. 나인들은 연신 술과 가효를 대령하느라 바빴다. 진도부인이 춤을 추자 사다함과 무관랑도 일어나 덩실덩실 춤을 추기 시작했다. 그렇게 한 시진가량 가무를 곁들인 주연이 이어지고 있었다. 하지만 술에 장사는 없었. 이미 *사경에 접어든 시각이었다.

사다함이 먼저 대취하였다. 잠시 후에 무관랑도 술을

*사경 – 四更. 새벽 1시부터 3시 사이.

이기지 못하고 상에 엎어져 잠이 들었다. 자매는 사다함과 무관랑을 내실로 부축하였다. 사다함은 자매에게 부축되어 가면서 들릴 듯 말 듯 한 소리로 '미실'을 연호하였다. 반달이 중천에 떠올라 하늘이 무척 청명했다. 새벽이 되면서 뽀얗게 내린 밤이슬에 천지는 촉촉이 젖었고 사방은 무덤 속 같이 적막했다. 다음 날, 왕은 금진으로부터 설성의 우국충절에 관하여 자세히 듣고 그의 관작을 높여 추봉하였으며, 무관랑에게도 합당한 조치가 있었다.

서라벌 사람들의 일상은 꽤 단조롭고 평화로웠다. 태평성대라고 해도 크게 틀린 말은 아닐 듯싶었다. 신라는 대가야를 정복하자 대내외로 국력이 급속하게 팽창하였다. 신라는 북동부 지역으로 진출하였고 혈기 왕성한 왕은 자신이 지나간 곳에 순수비나 척경비를 세웠다. 신라의 과감한 팽창 정책에도 불구하고 고구려는 돌궐과 전쟁하고 있어 신라에 제대로 대응할 수 없었다. 고구려는 신라가 새로 개척한 땅을 용인하며, 더는 북쪽으로 진출하지 말라고 달래는 것으로 끝내야 했다.

서라벌은 국제적인 도시로 점차 변모하고 있었으며, 여러 나라에서 들어온 무역 상인들과 물산으로 무척 번잡했다. 월성에서는 여전히 태후와 대원신통 계열의 여인들 간에 치열한 암투가 벌어지고 있었다. 두 인통은 완전히 적대 세력으로 갈라져 서로를 잡아먹지 못해 난리였다.

"어머니, 소자는 만호를 은애합니다."

어느 날 동륜태자가 사도를 찾아와 만호를 들먹였다. 동륜태자는 어느덧 기골이 장대한 청년으로 성장해 있었다. 그는 하라는 공부는 하지 않고 좀생이 같은 미실의 남동생 미생과 어울려 저잣거리를 돌아다니며 못된 것만 보고 배웠다.

"하고많은 여인 중에 하필이면 만호입니까?"

"만호가 소자의 자식을 잉태한 듯합니다."

"뭐라고요? 그, 그게 정말입니까?"

신국이 대가야를 정벌하고 백제와 혈투를 벌이는 동안에도 월성에서는 크고 작은 사건이 연달아 벌어지고 있었다. 평소에도 동륜태자는 만호와 스스럼없이 지내더니 사달이 나고 말았다. 사도는 아들이 여인을 후리는 기질에 탄복했다. 부전자전의 기이한 자질이 증명되고 있었다. 그녀는 여러 날 고민했지만, 아들이 저지른 일을 두고 왈가왈부해야 자신의 체면만 깎일 것 같았다. 사도는 이미 만호가 동륜의 씨앗을 잉태한 상태라 없던 일로 할 수도 없었다. 만호는 태후와 이화랑 사이에서 태어난 사녀(私女)였다.

"요즘 너의 행동이 굼뜨고 식사도 거르는 것이 이상하구나. 무슨 일이 있는 것이냐?"

만호는 출산 경험이 많은 태후의 예리한 시선을 피하지 못했다. 만호는 두 달 전부터 달거리가 끊기고 자주 얼굴이 화끈거리자, 저잣거리에 있는 의원을 찾아가 자신이 임신한 사실을 확인하였다. 하지만 그녀는 동륜태자에게만 임신 사실을 알리고 혼자 고민했다.

"어머니, 소녀가, 소녀가 사실은…."

태후가 만호의 이상 행동을 눈치채고 닦달했다. 그녀는 만호가 동륜태자와 사통하여 임신했다는 사실을 알았다. 태후는 딸의 거짓말 같은 고백에 충격을 받았다. 태후는 곧 만호에게 격려를 아끼지 않았다. 만호가 동륜의 아들을 낳으면 진골정통 혈통으로 장차 왕위에 앉을 수 있기 때문이었다. 만호는 태후의 변덕스러운 반응에 잠시 혼란스러웠다. 그녀는 태후에게 크게 야단을 맞으리라 예상했었다.

"일이 참으로 묘하게 되었구나. 네가 왕자를 낳으면 그 아이는 진골정통이 되는 거지. 그런데, 언거번거한 동륜태자가 대원신통 혈통이니 문제이긴 하다. 현재의 왕에서 네가 낳을 아들에게 곧장 왕위가 건너가면 더 좋을 텐데, 무슨 방법이 없을까?"

태후는 만호가 아들을 낳을 것처럼 말했다.

"어머니, 그게 무슨 말씀이세요? 당연히 동륜태자가 먼저 왕위를 잇고 그다음으로 제가 낳을 왕자에게 양위돼야죠?"

만호도 자신이 아들을 낳을 것이라 확신하는 듯했다. 그녀는 태자비가 될 꿈을 꾸고 있는 게 분명했다.

"동륜이와 혼인하거라."

모녀는 순간이지만 같은 꿈을 꾸며 각자 다른 속셈을 하였다. 태후는 사도를 왕후에서 폐위시켜 쫓아내려는 계획을 중단했다. 그 계획은 왕이 뒤에서 버티고 있는 한 실현될 가능성도 적었다. 태후에게 손을 대지 않고 코를 풀 수 있는 호재가 생긴 것이었다.

"동륜이가 만호를 임신시켰다고요?"

"아들이 아비를 닮았으니 이상할 게 없지요."

사도는 태자의 일을 지아비에게 알렸다. 왕 역시 태자의 행동에 기가 막혔지만, 자신의 동모제인 만호가 아들의 씨앗을 받은 상태에서 어찌해 볼 방도가 없었다. 갑자기 왕은 그가 가장 염오하던 이화랑과 사돈지간이 되고 말았다.

동륜태자와 만호의 혼례는 왕실 인사만 초대된 가운데 조촐하게 거행되었다. 왕은 이리저리 꼬이고 얽히고설킨 왕실의 혈맥에 혀를 내둘렀다. 자신도 여동생 숙명과 보명하고 혼인한 전력이 있는지라, 아들에게 뭐라고 나무랄 수 없었다.

"만호가 기어이 동륜태자와 눈이 맞았구나."

만호가 동륜태자와 부부의 연을 맺자, 가장 상처를 받은 사람은 금진의 큰아들 숙흘종이었다. 만호는 동륜태자와 사통하기 전에 숙흘종과 빈번한 만남을 가졌었다. 그는 자신이 만호를 만나는 것을 금진이 알까 봐, 전혀 내색하지 못하고 가슴앓이하고 있었다. 그가 갈피를 잡지 못하고 있을 때, 다혈질의 동륜태자가 만호에게 돌진한 것이었다. 숙흘종은 만호와 동륜태자가 부부의 연을 맺는 날 밤에 금진에게 그동안의 일을 고백했다.

"숙흘종, 진작에 이 어미에게 말하지 않고? 나는 네가 서라벌 귀족 처녀를 만나는 것 같아서 좋은 소식을 기대하고 있었다."

"어머니와 태후 사이가 좋지 않아 소자는 고민하고 있었습니다. 소자가 미련했습니다."

금진은 혼기가 차도록 혼인할 생각을 하지 않던 숙흘종의 고백에 크게 놀랐다. 그녀는 숙흘종이 서라벌 상류층 처녀를 만나고 있기에 조만간 좋은 소식이 있을 줄 알았다. 하지만 숙흘종은 그 처녀와 마음이 맞지 않아 헤어지고 만호를 만났다고 했다. 금진은 태후를 찾았다.

"낭주가 감히 나에게 협박하는 겁니까?"

"사실을 알려 드렸을 뿐입니다."

태후는 휑하니 일어나 만호의 거소로 향했다. 그리고 한 시진쯤 후에 그녀가 다시 금진을 만났다. 당당하던 태후의 얼굴이 하얗게 변해 있었다. 금진은 태후의 얼굴에 소금꽃이 함초롬히 피어 있는 것을 보았다. 태후는 금진의 얼굴을 똑바로 바라보지 못했다. 두 여인 사이에 무거운 침묵이 가득했다. 태후가 금진의 눈치를 보더니 어렵게 입을 열었다.

"낭주, 만호와 숙흘종이 잠시 사귀었다는 것을 비밀로 해둡시다. 내가 간곡히 부탁드립니다."

태후의 당당한 태도는 간데없었다. 그녀는 금진의 손까지 잡아 가며 비굴한 표정을 지어 보였다. 금진은 희열을 맛보고 있었다.

"주는 미덕에는 받는 기쁨이 있어야 하겠지요."

"낭주, 무엇을 바라는 겁니까?"

"황화를 숙흘종에게 주세요."

황화는 태후와 박영실 사이에 태어났다. 금진은 태후가 여러 명의 딸 중에서 황화를 가장 예뻐한다는 것을 잘 알고 있었다. 금진에게 단단히 약점을 잡힌 태후는 주먹을 쥐고 부르르 떨었다. 태후가 금진의 요구를 들어주지 않으면 어떤 무서운 일이 일어날지 알 수 없었다. 태후는 제2의 정숙태자 사건이 재현되는 게 아닌지 우려했다. 태후가 자신의 귀여운 딸을 숙흘종에게 시집보내는 결정은 빠르면 빠를수록 좋을 것이었다. 금진의 요구 사항이 박영실의 귀에 들어갔다.

"황화, 나를 그동안 어떻게 보았습니까?"

"어머니의 첫 번째 지아비가 입종갈문왕이라 들었습니다. 오라버니는 그분의 자제분이시니 소녀와 멀지 않은 사이죠. 신라 왕실의 혈통은 알다가도 모르겠어요. 혈맥이 너무나 심하게 뒤엉켜 있어 머리가 아픕니다."

숙흘종과 황화가 월지에서 만나 산책을 하고 있었다. 월지는 월성 동쪽에 있는 연못으로 봄부터 가을까지 부용과 연꽃 등이 만발하여 왕실 인사들이 자주 찾는 곳이었다. 넓은 연못에 조각배를 띄우고 뱃놀이도 할 수 있었다. 보름달이 뜨면 왕자와 공주들이 몰려와 조각배를 타고 즐거운 한때를 보내기도 했다.

"현재의 대왕 폐하와 나는 같은 아버지를 둔 형제지간이지요. 공주는 대왕 폐하와 아버지가 다른 남매지간이고요. 공주의 말처럼 신국 왕실은 대원신통과 진골정통으로 나뉘어 오랜 세월 암투를 벌였습니다. 나나 그대 역시 그 두 세력이 반목하는 와중에 태어났지요."

황화와 숙흘종은 두 집단의 특질을 너무나 잘 알고 있었다. 오로지 자신들의 이권 때문에 이합집산을 할 뿐이었다.

황화는 동생 송화보다 체구가 작고 체질도 무척 약해 보였다. 태후의 몸에서 현재의 왕을 비롯하여 여러 자식이 나왔지만, 황화는 속을 썩이지 않았다.

"오라버니, 힘들어요."

몸이 약한 황화가 갑자기 얼굴이 하얗게 변하며, 진땀을 흘렸다. 숙흘종은 황화가 좌우로 휘청대자 얼른 등을 가져다 댔다. 다행히 주변에 아무도 없었다. 숙흘종이 황화를 업고 태후전 쪽으로 급히 가는 모습을 공교롭게도 금진이 먼 발치에서 보고 말았다. 금진은 숙흘종과 황화가 시야에서 사라질 때까지 멀거니 서 있었다.

"어머니, 이게 어찌 된 일입니까? 소자가 대가야 정벌전에 나가 있는 동안에 미실이 세종전군의 정실부인이 되었답니다. 미실은 소자와 한평생 동고동락하기로 약속했습니다. *동혈우가 되기로 약속했다고요. 미실은 절대 식언할 여인이 아닙니다. 소자는 마치 귀신에 홀린 기분이 되어 아무것도 할 수 없습니다."

사다함은 이성을 잃고 미실을 들먹이며 금진을 닦아세우려 했다. 그의 생경한 행동에 금진은 깜짝 놀랐다. 모

* **동혈우** - 同穴友. 동혈지우의 준말. 죽어서 무덤에 같이 들어간다는 뜻으로, 다정한 부부를 말함.

자 사이에 여태껏 한 번도 일어나지 않던 광경이었다.

"아들아, 미실이는 너의 반려자가 될 수 없다. 설령 네가 원한다고 해도 나는 그 애를 며느리로 받아들일 수 없다."

대가야를 정벌하는 데 큰 공을 세우고 돌아와서도 사다함은 눈코 뜰 새 없이 바쁘게 지내야 했다. 조정에서 거행하는 각종 행사에 그는 빠짐없이 참석해야 했으며, 심지어 불자들도 신라의 영웅이 된 사다함을 보고자 가람으로 초청하여 그의 무용담을 듣기도 했다. 서라벌 사람들도 사다함의 말 한마디에 따라 행동이 달라졌다.

사다함이 진충보국을 소리 높여 외치면 서라벌 사람들은 너나 할 거 없이 애국을 입에 올렸다. 심지어 그가 입고 있는 옷이며, 걸음걸이 또는 말하는 태도까지 따라 하려는 사내들이 많았다. 서라벌의 잘나가는 기루에서는 어떻게 하면 사다함을 초빙할까 골몰하기도 했다. 공적인 행사에서 어느 정도 자유롭게 된 사다함이 독락당에 갔는데 미실을 만날 수 없었다.

"사다함, 미실이 궁궐로 들어갔어. 본래 세종전군의 지어미였잖아. 전군과 태후가 강력하게 원해서 그리되었구나."

사다함은 묘도의 말을 믿을 수 없었다.

"누님, 저와 미실이는 장래를 약속했습니다."

"사다함, 그 일은 어머니에게 물어보면 자세히 알려 줄 거야."

묘도는 미실의 행방을 묻는 사다함에게 금진에게 물으면 시원하게 답변해 줄 거란 말만 되풀이했다. 사다함은 독락당에서 월성까지 쉬지 않고 말을 달렸다. 그가 달려가자 사람들이 보고 쑤군거렸다. 사다함은 궁성에 도착하자마자 금진에게 그동안 미실에게 무슨 일이 있었는지 물었다.

"아들아, 미실은 본래 세종전군의 지어미였다. 잠시 태후의 눈 밖에 나면서 사가에 나가 근신하던 중이었단다. 하지만 전군이 전선에서 돌아오면서 미실의 환궁을 원했다. 전군뿐만 아니라, 태후도 미실의 입궁을 원했다."

"어머니, 세종전군은 미실이 출궁한 뒤로 융명공주와 혼인하지 않았습니까? 소자는 미실이 없으면 세상 살아가기 어렵습니다."

금진은 사다함이 미실을 은애하는 정도가 상당히 깊다는 것을 알고 당황했다. 하지만 자신이 앞장서서 미실을 입궁시켰고, 미실에게 사다함과 영원히 이별할 것을 요구했었다. 사다함의 답변 요구에 금진은 무슨 말이라도 해야 했다. 사다함이 이렇게 나올 것이라고 전혀 예측하지 못한 금진은 답변이 궁색해졌다. 그렇다고 아들에게 교묘한 언사로 능갈치며, 그간 자신의 행동에 대해 엉뚱한 변명을 할 수도 없었다.

"사다함! 너는 이제 신라 만백성으로부터 중망을 받는 영웅이 되었다. 영웅이 그깟 요사스러운 계집에게 혹해서 자신의 앞날을 스스로 망치는 행위는 세상 사람들의 비웃음만 살 뿐이다. 어미가 미실보다 여러모로 더 뛰어난 처녀를 알아볼 테니 그 애는 잊거라. 미실은 정신 상태가 올곧지 않고 순수함을 잃은 지 오래였다. 서라벌에 빼어난 미모를 자랑하는 처녀가 많이 있단다."

"다른 여인은 눈에 들어오지 않습니다."

"사다함, 네가 대가야 정벌 전쟁에서 혁혁한 전공을 세웠다만, 아버지는 그보다 더 큰 전공을 원하실 게다. 네가 잘돼야 형제들이 신라 귀족들 사이에서 우뚝 설 수 있단다. 그깟 하찮은 계집 때문에 가문을 욕되게 하면 안 된다."

금진의 미실을 향한 완고한 반대에 사다함은 눈물을 쏟았다. 미실을 데리고 간 세종전군과 창칼로 대결한다면 얼마든지 이길 자신이 있었다. 하지만 태후의 아들이며 왕의 동생인 세종전군을 어찌할 수 없다는 것이 사다함에게 절망으로 다가왔다. 사다함이 출전하기 전에 미실의 암묵적 언약을 믿은 것이 사달을 만들었다. 사다함은 금진에게 시원한 답변을 듣지 못하고 상천당으로 돌아왔다.

"술을 가져오너라."

사다함은 집으로 돌아와서 술만 찾았다. 영지가 식사를 대령해도 사다함은 숟가락도 들지 않았다. 그녀가 식사를 권하면 사다함은 도리어 화를 낼 뿐이었다.

 "오라버니! 정신 차리세요. 세상에는 미실궁주 말고도 아름다운 여인은 얼마든지 있다고요. 오라버니가 이러시면 저승에 드신 아버지가 얼마나 가슴 아파하겠어요. 오라버니가 유부녀를 잊지 못해 밤낮 술만 마신다고 소문나면 세상 사람들이 뭐라고 하겠어요? 오라버니는 신라 민인들의 위대한 영웅이잖아요."

 "오라비를 생각하는 사람은 너밖에 없구나."

 새달이 보다 못해 사다함에게 한마디 했다. 사다함이 가장 사랑하는 여동생이었다. 하지만 여동생의 말에도 불구하고 사다함은 술을 멀리하지 못했다. 그는 정말로 세상 살아갈 의욕을 잃은 듯했다. 사다함이 여러 날 화랑을 돌보지 않자 무관랑은 몸이 달았다. 그는 사다함의 그림자처럼 행동했지만, 정인을 잃고 방황하는 사다함에게 전혀 도움이 되지 못한다는 사실에 자괴감이 들었다. 사다함은 「청조가」를 지어 부르며, 야박한 세상인심을 탓했다.

청조청조피운상지청조(青鳥青鳥彼雲上之青鳥)
호위호지아˚두지전(胡爲乎止我豆之田)

청조청조내아두전청조(靑鳥靑鳥乃我豆田靑鳥)
호위호갱비입운상거(胡爲乎更飛入雲上去)
기래불수거우거위하래(旣來不須去又去爲何來)
공령인루우장란수사진(空令人淚雨腸爛瘦死盡)
오사위하귀오사위신병(吾死爲何鬼吾死爲神兵)
비입*전주호위신(飛入殿主護爲神)
조조모모보호전군부처(朝朝暮暮保護殿君夫妻)
만년천년부장멸(萬年千年不長滅)

파랑새야 파랑새야 저 구름 위의 파랑새야
어찌하여 내 콩밭에 머무는가
파랑새야 파랑새야 내 콩밭의 파랑새야
어찌하여 다시 날아들어 구름 위로 가는가
왔으면 가지 말지, 갈 것을 어찌하여 왔는가
부질없이 눈물짓게 하여 가슴 아프게 하는가
나는 죽어 신병(神兵) 되리
임 부부 계신 궁전에 날아들어 호위신이 되어
매일 아침저녁으로 두 분을 보호하여
천년만년 살게 하리라

「청조가」는 사다함이 자신과의 묵약을 깨고 세종전군의 품으로 떠난 미실을 원망하며 지은 노래였다. 철석같이 믿었던 정인에 대한 서운함과 배신감에 치를 떨며 지은 애가(哀歌)였다. 사다함은 미실을 놓을 수 없었다. 그의 노래는 미실은 떠났지만 자신은 죽더라도 천년만년 정인의 곁에 머물겠다는 다짐의 노래이기도 했다. 청조는 연인 사이에 소식을 전달하는 전설상의 신성한 새이다.

사다함이 「청조가」를 지은 이유는 시공을 초월하여 미실에 대한 염원을 실현하고자 함이었다. 현실 세계든 꿈속이든 두 사람 사이를 오가며 언제든지 소식을 전달해 줄 수 있는 존재가 바로 파랑새이기 때문이다. 그는 결코 미실을 가슴에서 지울 수 없었다. 「청조가」에는 이승에서 맺지 못할 사랑이라면 죽어서 저승에 들더라도 기어이 사랑의 결실을 보겠다는 비장한 각오가 내재해 있다. 사다함은 대취하여 취생몽사의 상태에서 「청조가」를 부르며 대성통곡하였다.

"풍월주, 이제 술은 멀리하고 일어나야죠? 화랑들이 풍월주가 어서 나오기만을 학수고대하고 있습니다."

"무관랑, 나는 풍월주고 뭐고 다 싫습니다."

무관랑은 사다함이 만사에 의욕을 잃은 이유를 알고 있

* **두지전** – 콩밭으로 사다함의 마음의 밭을 빗댄 표현.
* **전주** – 미실을 빗댄 표현으로 사용됨.

었다. 그는 사다함을 예전의 상태로 돌리려고 했지만 쉽지 않았다.

"풍월주, 이러시면 안 됩니다. 풍월주는 신라 젊은 사람들의 횃불입니다. 앞장서서 횃불을 밝혀야 신라 청년들이 뒤를 따릅니다."

"무관랑, 나는 이제 아무 희망이 없습니다."

"안 됩니다. 미실궁주를 그리워하기 전에 어머님을 생각하셔야 합니다. 낭주님에게 *참척이나 *상명지통의 슬픔을 드리면 안 됩니다. 춘사(椿事)는 가문과 나라에 상처로 남을 뿐입니다."

무관랑이 거북한 말까지 하면서 사다함을 일으켜 세우려고 애를 썼다. 하지만 사다함은 무관랑의 말을 들으려 하지 않았다. 무관랑은 얼마 전에 금진이 한 말을 기억해 냈다. 오늘 밤이 바로 보름이었다. 보름은 무관랑이 궁궐에 들어가 금진을 은밀히 만나기로 약속된 날이었다. 그는 금진을 만나면 사다함의 문제를 진지하게 상의하기로 마음먹었다.

무관랑은 저자의 주점에서 홀로 술을 마시며 사다함과 금진 사이에서 자신의 위치

***참척** – 慘慽. 자손이 부모보다 먼저 죽는 일.

***상명지통** – 喪明之痛. 눈이 멀 정도로 슬프다는 뜻으로, 아들이 죽은 슬픔을 비유적으로 이르는 말.

를 곰곰이 생각해 보았다. 그는 모자 사이에서 감초 역할을 하고 있다고 판단했다. 사방에 땅거미가 내려앉았다. 무관랑은 주점을 나와 월성 정문에 도착했다. 문지기 군사가 무관랑에게 용무를 물었고, 그는 금진을 들먹였다. 군사는 방문록에 무관랑의 이름과 나이 등을 기록했다.

"*해시가 시작되기 전에 출궁해야 합니다."

군사들은 무관랑의 비위를 덧들이지 않으려고 입궐을 허락했다. 무관랑은 왕실 사람이나 궁인이 아니면 해시 이전에 출궁해야 한다는 사실을 오늘 처음 알게 되었다. 일반인은 해시 이전에 궁에서 나가야 하는 규정은 궁궐의 안전을 위한 조치였다. 궁궐의 통행금지 시각은 보통 해시 이후부터 대궐 문이 열리는 *진시까지였다. 통행금지 시간에 궁궐 주변을 어슬렁거리거나 혹은 담장을 기웃거리다가 순라군에게 잡히면 죽도록 얻어맞고 감옥에 갇혀야 했다.

금진의 처소는 궁궐 정문을 들어서서 여러 전각과 대문을 통과해야 갈 수 있으므로 여러 궁인과 부딪쳐야 했다. 무관랑이 금진의 처소에 도착했을 때 대문 앞은 환하게 불이 밝혀져 있어 마치 대낮 같았다. 무관랑이 대문 앞에서 주

* **해시** – 亥時. 밤 9시부터 밤 11시 사이.
* **진시** – 辰時. 아침 7시부터 9시 사이.

저주저하자, 한 궁인이 다가와 아는 체를 했다.

"무관랑이시죠? 낭주님께서 기다리고 계세요. 그런데, 지난 보름날에는 왜 안 오셨어요? 그날도 낭주님께서 밤늦게까지 기다리셨는데요."

약간 되바라져 보이는 여인이 걸으며 무관랑 옆모습을 훔쳐보았다. 그 궁인은 금진이 보름날 밤마다 기다리는 사내가 누구인지 무척 궁금한 듯했다. 보름달이 막 솟아오르며 서라벌을 환하게 밝혔다. 집채만 한 보름달이 떠오르는 밤이면 서라벌 저잣거리뿐만 아니라 왕궁도 들썩였다. 젊은 사람들은 주점으로 몰려들었고, 궁성에서도 밤새 웃음소리와 노랫소리가 난무했다. 보름날 밤에는 왕이 태후, 왕후, 태자, 태자비, 상대등, 각간 등을 초빙하여 연회를 개최하였다.

"무관랑, 기다리고 있었어요."

"낭주님, 그동안 무탈하셨는지요? 하찮은 소랑을 이리 반겨 주시니 몸 둘 바를 모르겠습니다."

금진은 무관랑이 오고 있다는 소식을 듣고 뜰 앞까지 나와 있었다. 그녀는 뽀얀 달빛을 머리에 임질하고 온 무관랑을 환대했다.

"무관랑은 나에게 무척 귀한 분입니다."

금진의 환대에 무관랑은 정신이 반쯤 나간 상태였다. 아름다운 얼굴에 달빛을 담으니, 금진의 모습이 방금 하강한 선녀와 같았다. 그녀의 눈부신 미모에 무관랑은 차마 금진을 똑바로 바라볼 수 없었다. 금진이 무관랑 손을 잡아 내실로 이끌고 있었다. 무관랑이 오자 금진의 처소는 금방 생기가 돌았다. 진주부인 자매와 나인들은 술상을 준비하느라 분주했다.

"동천에 탐스러운 만월이 올랐는데 마치 무관랑 얼굴 같아요."

금진이 무관랑에게 술을 따라 건넸다. 이미 전주가 있기는 하지만 무관랑은 개의치 않고 잔을 비웠다. 저잣거리 주점에서 마신 술과는 맛이 확연히 차이가 있었다. 잔을 비우면 금진이 젓가락으로 고기 안주를 집어 무관랑의 입안에 넣어 주었다. 그렇게 술이 쉴 새 없이 무관랑의 입안으로 부어졌다. 금진도 전주가 있는지 술 냄새가 살짝 풍겼다.

낮에도 종종 왕이 예고도 없이 찾아와 한동안 쉬었다 가곤 했다. 그때마다 금진은 어렵게 용종을 받았으나, 쉽게 회임으로 이어지지 않았다. 요즘 금진의 목적은 오로지 용종을 받아 회임하는 거였다. 매일 밤 여인들의 포궁에 용종을 퍼붓는 왕의 쇠약해진 정기(精氣)는 무관랑의 그것과 비교할 바가 아닐 것이었다. 잦은 방사는 불임을 초래할 가능성이 컸다.

"무관랑, 그동안 잘 지냈지요?"

"낭주님 덕분에 잘 지내고 있습니다. 그런데 풍월주께서 매일 술로 사십니다. 빨리 예전의 상태로 돌아와야 하는데 큰일입니다."

"무관랑, 오늘 밤에는 우리 이야기만 해요. 사다함은 곧 훌훌 털고 일어날 겁니다. 걱정하지 않아도 됩니다."

무관랑은 금진의 성정을 잘 알고 있었다. 두 사람 사이에 오로지 여인의 열망과 이제 막 여체의 진가를 알게 된 무관랑의 설렘만 있을 뿐이었다. 진주부인 자매가 수시로 내실을 들락거리며 술과 안주를 대령했다. 금진이 술 마시는 속도가 무척 빨랐다. 예전에는 흥이 일면 손수 가야금을 타거나 노래를 부르기도 했지만, 오늘은 무엇에 쫓기는 사람처럼 서두르는 듯했다. 금진이 그렇게 행동하는 이유를 진주부인 자매만 알고 있을 것이었다.

"무관랑, 오늘은 일찍 쉬고 싶어요."

"피곤하시면 소랑은 이만 물러가겠습니다."

무관랑이 눈치 없이 희떠운 소릴 하자 금진이 눈을 흘겼다. 금진의 반응에 무관랑은 양 볼이 빨갛게 변했다. 진주부인 자매가 얼른 술상을 밖으로 내갔다. 보름달은 흑천에 덩그러니 홀로 떠서 구름 속을 들락거렸다. 밀폐된 공간에 남녀가 장시간 함께하면 야릇한 사건이 벌어지는 게 당연한 이치였다. 금진과 무관랑은 자의 반 타의 반으로 움직였다. 원초적 갈망이 머리를 들면서 내실은 화탕(火湯)으로 변하고 촛불도 심하게 흔들렸다. 같은 일이 수도 없이 반복되고 있었다.

시간은 영원으로 이어진 듯했다. 극락과 지옥이 따로 있지 않았다. 비몽사몽간에 밤이 흐르고 있었다. 무관랑은 수시로 허벅지를 꼬집어 보았다. 멀리서 첫닭 우는 소리가 들렸다. 무관랑은 날이 밝기 전에 궁성을 빠져나가려 했다. 날이 밝은 뒤에 출궁하면 금진에게 누가 될 것 같았다. 뜬눈으로 밤을 지새운 무관랑은 다리가 심하게 후들거렸다.

"날이 새기 전에 궁궐을 나가야 한다."

무관랑은 잠에 빠져 있는 금진을 뒤로하고 살며시 내실을 나왔다. 하늘에 구름이 잔뜩 껴 있어 사방이 아직은 어둑했다. 처소를 나온 무관랑은 동쪽 궁궐 담장으로 이동했다. 궁성은 해자(垓字)로 둘러싸여 외부인이 침입하기 어려웠다. 해자는 못과 도랑이 반복적으로 이어져 있는데, 도랑둑에는 가시가 달린 나무들이 빽빽하게 심어져 있어 쉽게 다닐 수 없었다. 궁성 담장의 높이는 어른 키의 세 배 정도여서 사다리를 놓거나 밧줄을 걸지 않으면 넘을 수 없었다. 무관랑이 낮은 담장을 찾기 위해 어둠 속을 헤매고 있을 때였다.

"저기 누가 있다!"

"자객일지 모른다. 잡아라!"

마침 궁궐 수비군들이 순라를 돌고 있었는데, 그들 눈에 무관랑의 어슬렁거리는 모습이 포착되고 말았다. 다급해진 무관랑은 나무를 타고 담장 위로 올라갔다. 순라군에게 잡히면 자신은 물론 금진도 위험에 처할 수도 있게 된다. 무관랑은 자신으로 인해 금진과 사다함까지 잘못되는 것을 도저히 용납할 수 없었다. 무관랑은 이 고빗사위를 무사히 넘겨야 했다.

"서라!"

순라군들이 호각을 불며 달려오고 있었다. 무관랑은 담장 밖으로 뛰어내리려고 했으나 높이가 만만치 않았다. 그러나 담장 위에 있으면 곧 잡힐 것이 분명했다. 담장을 넘으면 한 *자 폭의 바닥이 있고 구지(溝池)를 통해 여러 개의 연못으로 이어져 있어 무척 위험했다. 해자의 연못 한 개의 길이와 폭이 보통 육십 자 정도이고 깊이도 상당하여 쉽게 건널 수도 없었다.

무관랑은 두 눈을 질끈 감고 담장 밖으로 내리뛰었다. 무관랑이 바닥으로 떨어지면서 둔탁한 소리와 함께 왼쪽 다리가 부러지고 머리도 심하게 다치고 말았다. 그는 순간

*자 - 尺. 한 자는 한 척이며, 한 척은 33.33cm이다.

까무룩 정신을 잃었으나 곧 의식을 찾았다. 정신을 차린 무관랑은 연못으로 몸을 던지고 죽을힘을 다해 헤엄치기 시작했다. 전신이 피범벅이 되었어도 그는 아픈 줄도 몰랐다.

"괴한이 담장 위에서 뛰어내렸다."
"밖으로 나가 저놈을 잡아야 한다. 동문 밖으로 나가 저놈을 쫓아라. 놓치면 안 된다."

순라군의 일부는 동문 쪽으로 달려가고 나머지는 담장 위로 기어오르려고 했다. 무관랑은 이를 악물고 연못을 건너기 위해 발버둥 쳤다. 순라군들이 동문을 열고 나와 무관랑이 떨어진 곳에 도착했을 때 무관랑은 이미 해자를 건너 모습을 감추었다. 그가 떨어진 담장 아래에는 핏자국이 선명하게 남아 있었다. 궁성 수비를 책임지고 있는 수비대장이 부하들의 보고를 받고 현장으로 달려왔다.

"어젯밤에 궁성에 들어온 자를 알아봐라. 나머지 군사들은 도망친 자를 뒤쫓아라."

간신히 저자로 접어든 무관랑은 한 마차꾼의 도움을 받아 상천당에 도착할 수 있었다. 이른 아침에 대문을 두드리는 소리가 상천당에 울려 퍼졌다. 남자 하인이 무관랑을 발견하고 즉시 사다함에게 달려갔다. 하인의 보고를 받고 놀란 사다함이 달려 나왔다.

"무관랑! 이게 어찌 된 일이야?"

"낭주님을 뵙고 나오다 순라군에게 발각되어 담장에서 뛰어내리다 그만…."

전신이 피투성이가 되어 두억시니처럼 변한 무관랑은 더는 말을 잇지 못하고 혼절했다. 참으로 목불인견이었다. 처참한 상태로 상천당까지 달려온 것이 천만다행이었다. 사다함은 피투성이가 된 무관랑을 업고 내실로 들었다. 영지가 세숫대야에 따뜻한 물을 떠 오고 사다함은 물수건으로 무관랑의 얼굴을 닦아 주었다. 무관랑은 왼쪽 다리가 부러졌고 머리에서도 피가 흐르고 있었다. 정신을 잃은 무관랑은 죽은 듯 누워 있었다. 남자 하인이 급히 의원을 데리고 왔다.

"나의 벗이오. 사냥하다 다쳤습니다."

사다함의 말에 의원은 게슴츠레한 눈으로 무관랑을 이리저리 살펴보았다. 무관랑의 안색이 점점 검푸르게 변해 가고 있었다. 머리부터 발끝까지 무관랑의 상태를 살펴본 의원은 매매 머리를 절레절레 흔들었다.

"환자가 머리를 심하게 다쳐 두개골이 깨지고 뇌의 손상도 심각합니다. 게다가 다리도 부러져 출혈이 심했습니다. 지금 상태가 아주 위험합니다. 나의 의술로는 어찌해 볼 요량이 없습니다. 일단 응급처치를 하겠습니다."

"의원, 무슨 말이오? 무조건 살려 내야 하오."

"최선을 다했지만 위험합니다. *편작이 와도 어려울 겁니다."

 의원은 응급처치 후에 약을 두고 돌아갔다. 의원의 말에 낙담한 사다함은 의식을 잃고 누워 있는 무관랑을 보고 가슴을 쳐 댔다. 그는 무관랑이 왜 이렇게 되었는지 대강 짐작했다. 사다함은 불편한 몸을 이끌고 즉시 궁궐로 향했다. 금진은 아직 단잠을 자는 중이었다. 사다함은 급히 금진을 깨웠다. 사다함은 금진에게 무관랑의 상태를 자세히 알렸다. 사다함의 말에 금진은 놀라서 가슴이 벌렁거렸다.
 "그게 정말이냐? 무관랑이 위험하다고?"
 금진은 급히 냉수를 찾았다. 냉수 한 대접을 비운 금진은 지금의 이 사태를 어찌 처리해야 할지 몰라 당황했다. 정신을 차린 금진은 연신 한숨만 푹푹 내쉬었다. 그녀는 사다함에게 간밤에 무관랑이 다녀간 사실을 알려 주었다.
 "아들아, 이제부터 어미가 하는 말을 잘 들어야 한다. 자칫 이 일로 이상한 소문이 나면 어미와 난성공주는 위험에 처하게 되고, 너는 하루아침에 지탄받는 인사가 될 수 있다. 우리 가문이 멸문지화를 당할 수 있단 말이다. 집에 돌아가면 무관랑을 별채로 옮겨 정성을 다해 치료하고, 집안사람들 입조심 시켜야 한다. 만약 무관랑이 숨을 거두면 즉시

* **편작** – 扁鵲. 옛날 주대(周代) 전설적인 명의.

부모에게 연락해 장사 지내도록 하거라."

사다함은 금진의 말에 충격을 받았다. 무관랑이 사경을 헤맨다는 말에 냉정하게 변하는 금진의 태도에 사다함은 앞에 있는 여인이 정말로 자신을 낳은 생모인지 의구심이 들었다. 그는 절망감을 안고 궁궐을 나왔다. 사다함이 떠나자마자 궁궐 수비대장이 금진을 찾아왔다.

"낭주님, 무탈하신지요? 새벽녘에 괴한이 궁궐에 침입한 사건이 있었습니다. 어제저녁에 한 선랑이 낭주님을 뵈러 입궐했다는데 사실인가요? 사실이라면 그 선랑은 언제 나갔나요?"

"새벽에 그런 일이 있었군요. 어젯밤 나를 찾아온 그 선랑은 집안사람으로 내가 긴히 전할 말이 있어 잠시 불렀습니다. 그 선랑은 나를 만나고 즉시 퇴궐했습니다."

금진은 생글거리며 대답했다. 수비대장은 금진이 어떤 심성을 가진 여인인지 잘 알았다. 그녀의 눈 밖에 나면 누구든 무사하지 못했다.

"알겠습니다. 그럼, 소장은 이만 물러갑니다."

금진이 물러가는 수비대장을 불렀다.

"대장에게 내리는 은전입니다. 받아 두세요."

금진은 은자가 든 여염 주머니를 수비대장에게 건넸다. 부하들을 살천스럽게 대하는 수비대장은 금진이 건네는 여염 주머니를 거절할 수 없었다. 그녀가 왕의 총애를 받고 있으며, 난성공주까지 출산한 상태라 관리들은 그녀 앞에 서면 몸을 사렸다. 금진의 천연덕스러운 태도에 궁궐 수비대장은 서름한 표정으로 더는 아무것도 묻지 못하고 물러갔다. 그가 금진에게 혐의를 두고 선불 걸 수도 있지만, 그렇게 하려면 확실한 증거를 가지고 자신의 목숨도 걸어야 했다. 수비대장은 간밤에 입궐한 무관랑이 퇴궐하는 모습을 본 군사들이 없다는 사실을 파악하고 있었지만 불문에 부쳤다.

"그 괴한은 좀도둑이었다."

수비대장은 부하들에게 간밤에 일어났던 일을 함구하라고 명령했다. 군사들은 수비대장의 지시에 의구심을 품었어도 어찌할 수가 없었다.

무관랑의 상태는 시시각각 변하고 있었다. 얼굴에 핏기가 사라지고 죽은 듯 누워 있는 모습을 보면 이미 저승 사람이나 진배없었다. 사다함이 그의 곁에서 병간호했지만, 무관랑은 빠른 속도로 생명이 꺼져 가고 있었다. 사다함은 집안 내 하인들을 모아 놓고 단단히 입단속을 시켰다. 새달이 서라벌에서 유명하다는 의원을 데리고 왔다. 그 역시 무관랑을 이리저리 살펴보고 '가망이 없다'는 말만 할 뿐이었다.

"오라버니, 무관랑은 어머니가 총애하는 분이잖아요. 어머니에게 알려 어의를 부르세요."

새달은 무관랑이 다친 내막을 알지 못했다.

"어의는 대왕의 명령이 없으면 궁 밖 출입을 할 수 없단다."

"오라버니, 그럼, 어떻게 해요? 무관랑께서 점점 더 상태가 악화하고 있어요. 무관랑이 잘못되면 어머님이 크게 역정 내실 텐데요."

사다함과 새달은 죽어 가는 무관랑을 앞에 두고 어찌할 방법이 없어 발만 동동 굴러야 했다. 머리를 붕대로 칭칭 감고 부러진 다리에도 부목을 대고 누워 있는 무관랑의 처참한 모습에 사다함은 가슴만 쳐 댈 뿐이었다. 무관랑이 머리뼈가 깨졌다면 의원 말대로 뇌를 크게 다쳤을 것이고, 지금의 의술로는 고칠 수 없었다. 사다함은 생사를 함께하기로 맹세한 벗이 죽어 가는 마당에 화랑들에게 대놓고 알릴 수도 없었다.

무관랑이 금진의 정인이란 사실을 아는 사람은 사다함 형제와 진주부인 자매뿐이었다. 만약 무관랑이 밤새 금진을 만나고 새벽에 대궐 담장을 넘다 다쳐 생사의 갈림길에 있다는 소문이 퍼지면 서라벌은 벌집 쑤신 듯 큰 혼란에 휩싸일 것이다. 사다함은 무관랑의 소식을 그의 본가에 알릴 수도 없는 난감한 처지였다.

"무관랑, 네가 나로 인하여 이리되었구나. 네가 나와 동무가 아니었다면 천수를 누릴 것인데, 나 때문에 이리된 것이야. 나 때문에…. 네가 죽으면 나도 너의 뒤를 따를 것이다."

사다함이 흘리는 눈물이 무관랑의 하얀 얼굴 위로 떨어지고 있었다. 새달이 사다함에게 손수건을 건넸다.

"오라버니, 자책하지 마세요. 인명은 재천이라 했습니다. 무관랑께서 이리된 것은 모두 자신의 업보에 따른 것입니다. 오라버니가 따라 죽는다는 말은 사리에 크게 어긋납니다. 부모 형제도 아닌데 어찌 벗을 따라 죽는다고 하세요?"

새달이 제법 어른스러운 말로 사다함을 책망했다. 무관랑은 죽은 듯 누운 상태로 이틀을 보냈다. 사다함은 수시로 의원을 불러 댔으나 효과는 없었다. 오후에 대궐에서 진주부인 자매가 상천당을 찾았다. 자매는 금진의 명으로 무관랑의 상태를 살피기 위해 나온 것이었다. 진주부인은 무관랑의 상태를 살피고 진맥했다.

"풍월주님, 무관랑이 하루 이틀 넘기기 어려울 듯합니다. 마음 단단히 잡수셔야 할 것 같습니다. 낭주님도 걱정이 크신지 요즘 밤잠을 못 주무십니다."

"제가 어머니에게 큰 불효를 저질렀습니다."

"두 분은 이번 일에 관련이 없는 겁니다."

무관랑은 자리에 누운 지 사흘째 되는 날 새벽에 숨을 거두고 말았다. 그제야 사다함은 화랑들에게 무관랑의 죽음을 알렸다. 사람들은 갑자기 무관랑이 왜 죽었는지 궁금했지만, 자세한 내막을 아는 사람은 없었고 온갖 낭설만 난무했다. 아들이 죽었다는 소식을 듣고 무관랑의 부모가 달려와 대성통곡하였다. 그들 역시 아들의 죽음에 관한 자세한 내막을 알 수 없었다. 단지 사냥을 나갔다가 크게 다쳤다는 이야기만 들을 수 있을 뿐이었다.

사다함과 화랑들은 무관랑을 서라벌 남산 양지바른 곳에 장사 지냈다. 장례에 참석한 화랑 중에는 무관랑을 비난하는 자들이 꽤 있었다. 그들은 무관랑이 사다함의 그림자를 자처하며 풍월주에게 아부했다고 여기고 있었다. 게다가 금진이 무관랑을 친아들처럼 위한다는 소문에 질투심까지 품고 있었다.

"무관랑이 풍월주와 사냥 갔다 크게 다쳐서 그리되었다는구먼."

"금진낭주께서 자식처럼 아꼈다는데…."

화랑들은 무관랑의 죽음에 충격을 받았다. 사다함은 차마 무관랑의 무덤을 떠나지 못하고 옆에 초막을 지어 머물렀다. 그는 초막에 들어앉아 아무것도 먹지 않고 밤낮으로 울기만 할 뿐이었다. 사다함이 집에 돌아오지 않고 무관랑 무덤에서 기거한다는 소식을 들은 금진은 가슴이 덜컥 내려앉았다. 그녀는 진주부인 자매와 함께 사다함을 찾아갔다.

"아들아, 이게 무슨 일이냐? 아무리 문경지우라고 하지만 이건 너무 심한 처사다."

"소자는 무관랑과 한날한시에 죽기로 맹세한 사이입니다. 저도 무관랑의 뒤를 따를 겁니다."

사다함의 말에 금진은 기가 막혔다.

"아들아, 문경지교니 사우니 하는 희떠운 소리는 옛 선현들이 붕우유신(朋友有信)을 강조하기 위해 한 말이야. 너는 어미보다 벗이 더 소중하단 말이니?"

금진은 가슴을 쳐 대며 통곡했다. 곁에 있던 진주부인 자매가 사다함과 금진을 달랬지만 모자는 통곡을 멈추지 않았다. 진주부인이 사다함에게 효도에 관하여 말하며 달래려고 했다.

"풍월주님, 이러시면 안 됩니다. 풍월주님을 기다리는 화랑들을 생각하셔야 합니다. 당장 낭주님께서 병이 나실 듯합니다. 어서 일어나 어머님을 챙기세요. 지금, 이 상태에서는 벗보다 어머님이 더 소중합니다. 서라벌 사람들이 풍월주님의 지금 이 행동을 알면 크게 실망할 겁니다. 어떠한 우정도 효도를 대신할 수 없습니다."

진주부인의 간청과 자신의 잘못된 처신으로 가슴 아파하는 금진의 모습에 사다함은 더는 초막에 머물 수 없었다. 금진은 사다함을 부축하여 간신히 상천당으로 돌아왔다. 그가 돌아왔다는 말에 화랑들이 몰려들었다.

"풍월주, 원기를 회복하시고 예전처럼 화랑을 이끌어 주세요."

"모두 풍월주님을 애타게 기다리고 있습니다."

화랑들의 성화에 사다함은 예전으로 돌아가겠다고 약속했다. 금진은 사다함의 행동을 보고 안도하였다. 사다함은 현재 미실의 배신과 무관랑의 허무한 죽음으로 심적 고통을 겪고 있었지만, 그 누구에게도 자신의 속사정을 말할 수 없었다. 무관랑의 허망한 죽음으로 그동안 참고 있던 울분이 한꺼번에 분출하면서 사다함은 세상 살아갈 의욕을 잃었다. 금진은 불안한 심정으로 궁궐로 돌아가고 새달은 밤낮으로 사다함 주변을 떠나지 않고 보살폈다. 사다함은 낮에는 내실에서 조용히 있다가 밤이면 통곡했다.

"*인상여와 염파도 우리의 우정보다 고고하지는 않았을 것이다. 그런데 하필이면 중간에 어머니가 개입된 일이라니…."

사다함은 진정으로 무관랑을 사랑하고 신의를 저버리지 않겠다고 굳게 마음먹고 지내 온 터였다. 그는 상천당에 들어앉아 끼니는 물론 물 한 모금 마시지 않았다.

* **인상여** - 藺相如. 전국시대 조(趙)나라 재상. 그때 조나라에 염파(廉頗)라는 장군도 있었다. 두 사람은 서로를 존경하며 신념과 우정으로 조나라를 이끌었다.

"조카님, 이렇게 누워만 있으면 어떻게 하는가? 조카가 만약 일어나지 못한다면 누가 풍월주를 계승할 것인가?"

이화랑이 상천당을 찾았다. 그는 사다함이 자리에 누웠다는 소식을 처음 들었을 때 크게 걱정하지 않았다. 그러나 심상치 않은 소문이 끊임없이 들리자 직접 상천당을 찾은 것이다.

"세종전군이 모랑공(毛郎公)의 고사(故事)에 의거하면 가능하지 않겠습니까?"

모랑은 제3대 풍월주로 법흥대왕과 백제 출신 보과공주 사이에서 출생했다. 그는 위화랑의 딸 준화(俊華)와 혼인하였으나, 객사하여 부제였던 이화랑이 풍월주가 되었다. 사다함은 자신이 잘못되면 세종전군에게 풍월주 자리를 물려주면 좋겠다는 표현을 모랑의 옛일을 들어 에둘러 표현했다. 이화랑을 보자 새달의 눈빛이 반짝거렸다. 나이 차이가 많이 났지만, 새달은 이화랑을 사모하고 있었다.

만사가 휴의되다

무관랑의 죽음에 충격을 받은 사다함이 예전 같지 않자, 금진은 진주부인과 청송자(靑松子)를 찾아갔다. 그의 집에는 왕실 사람은 물론 신라의 귀족층 여인들의 발길이 끊이지 않았다. 그는 사람의 미래뿐만 아니라, 별들의 움직임까지 예견하는 등 천지인의 변화무쌍한 운명에 정통했다. 천기(天機)가 수상할 때는 나라의 앞날을 예고하기도 했다.
  청송자를 찾아오는 상류층 인사들의 관심사는 애인의 배신 여부나 지아비 또는 아들의 승진 등이었다. 자주는 아니지만 조정 대신들도 청송자를 찾아와 은밀한 사안을 묻기도 했다.
  "낭주님께서 누추한 데를 오셨습니다."

"도사님, 저의 아들을 살려 주세요. 아들이 요즘 질곡에 처해 있습니다. 그 애가 떡심이 풀리고 매사에 의욕도 없습니다. 아들을 예전의 상태로 되돌려 주세요."

청송자는 금진에게 사다함의 사주팔자를 요구하였다. 금진이 사다함의 사주팔자를 알려 주자, 청송자는 점성술 서적을 뒤적거렸다. 그는 서책을 읽으면서도 연신 고개를 갸우뚱거렸다. 청송자는 사주와 점성술 서적 중에서 특정 부분을 반복하여 살폈다. 지루하고 무거운 시간이 흐르고 있었다. 두 식경이 훌쩍 지나가면서 금진이 청송자의 머줍은 행동을 참지 못하고 물었다.

"도사님, 무엇이 잘못되었나요?"

"낭주님, 사다함 풍월주는 북두칠성 중에서 *염정성의 정기를 타고 태어났습니다. 그런데 주변에 있는 두 흉성이 풍월주의 앞길을 흥글방망이놓고 있습니다. 다행히 흉성 하나는 빛을 잃었고, 다른 하나는 점점 더 요사스러운 기운이 강해지고 있습니다. 혹시, 사다함 풍월주께서 현재 여인을 사귀거나 이별한 일이 있는지요?"

"얼마 전에 죽마고우처럼 지내던 벗이 사고로 죽고, 사귀던 여인과도 헤어졌습니다."

* **염정성** – 廉貞星. 북두칠성의 다섯 번째 별로 권력을 받치는 별이다. 하늘의 형벌을 시행하기도 한다.

금진은 청송자에게 미실과 무관랑에 관하여 상세하게 들려주었다. 금진의 이야기를 듣고 난 청송자는 안색이 하얗게 변하더니 몸을 떠는 듯했다. 청송자는 무관랑과 미실의 실체를 묻고 그들의 나이와 사주를 알려 달라고 했다. 금진은 미실의 사주를 알고 있었지만, 무관랑의 사주는 알지 못했다. 다만, 무관랑이 정월에 태어났다는 사실만 알 뿐이었다.

　"빛을 잃은 흉성은 죽은 자를 상징하는 *타라성으로 이미 천상과 지상에서 빛을 잃었습니다. 그렇다면 다른 흉성은 *지겁성으로 장차 광풍을 몰고 올 염려가 있습니다. 그 지겁성이 주변 사람들에게 위해를 가하기 위해 이 순간에도 활발하게 움직이며 세력을 키우고 있는 듯합니다. 염정성과 지겁성은 *삼상처럼 영원히 가까이할 수 없는 성질을 지니고 있습니다. 염정성은 어려움이 닥쳐도 잘 참아 내기는 하지만, 어쩐 일인지 풍월주의 전도를 훼방 놓으려는 마각이 지겁성 이외에도 주변에 널려 있습니다.

　"아들을 지키려면 어찌해야 합니까? 도사님, 아들을 살릴 방법을 알려 주세요."

* **타라성** – 陀羅星. 북두의 별로 오행은 신금(辛金)에 속하고 보조성의 하나이다.
* **지겁성** – 地劫星. 오행이 화(火)에 속한다. 일신이 불안하여 이동이 많다.
* **삼상** – 參商. 삼성과 상성. 두 별은 뜨고 지는 시간이 달라 같은 밤하늘에 떠 있을 수 없다.

"풍월주를 보호하는 가장 좋은 방법은 흉성의 정기를 타고난 인사를 제거하거나, 그 인사의 마음을 돌려 풍월주와 심신이 합일되도록 하면 흉살의 기운을 없앨 수 있습니다."

"죽이거나 사다함과 하나가 되게 하라?"

금진은 눈앞이 캄캄했다. 청송자의 방안은 점입가경이었다. 어떤 일이 있어도 사람의 목숨을 강제로 빼앗을 수는 없다. 금진은 천기의 흐름을 파악하여 위급한 경우에는 자신에게 알려 달라고 부탁하고 은자 한 상자를 건넸다. 대궐로 돌아온 금진은 콩닥거리는 가슴을 부여잡고 사다함을 살릴 방법에 골몰했다. 청송자가 알려 준 두 가지 방법은 이행하기 어려웠다. 사다함을 살리기 위해 타인의 목숨을 희생시킨다면 자신뿐만 아니라, 난성공주와 여러 자식의 목숨도 위험해질 수 있다. 골머리를 앓고 있는 금진에게 진주부인이 귓속말로 속삭였다.

"낭주님, 미실궁주를 설득해 보세요. 청송자가 한 말을 사실 그대로 들려주고 풍월주님을 살려 달라고 하세요. 지금으로서는 그 방법밖에 없는 듯합니다. 낭주님이 상명지통의 화란을 맞을 일이 절대로 아닙니다."

"나도 그런 생각을 해 보았습니다. 하지만 세종전군에게 돌아간 미실의 마음을 어떻게 돌린단 말인가요? 내가 앞장서서 주도한 것을…."

금진은 진주부인의 말을 숙고했다. 그녀는 스스로에게도 말이 되지 않는다며 회의적인 태도를 보였다. 하지만 가만히 앉아서 아들을 죽게 할 수는 없었다. 금진은 여러 가지 방안을 궁리한 뒤에 미실을 찾아가기로 했다. 천하의 강심장인 금진도 미실의 처소로 가기 전에 독주를 한 사발 들이켰다. 미실궁으로 향하는 그녀의 발걸음이 무거웠다.

"궁주에게 한 가지 부탁이 있어서 왔어요."

금진은 사다함에게 일어난 일련의 불미스러운 일을 자세히 알렸다. 미실은 길게 한숨을 내쉬었다. 금진은 자신이 미실과 세종전군을 다시 맺어 주었지만, 이제는 그 반대의 요구를 해야 하는 처지였다. 그녀는 앞뒤가 맞지 않는 말을 하면서 미실의 눈치를 살폈다.

"세종전군을 버리고 사다함에게 돌아가란 말씀이군요. 제가 사다함에게 돌아간다면 저의 인생은 어떻게 되나요? 누가 제 인생을 책임져 주나요? 제가 신라 왕실에서 몹쓸 년으로 낙인찍히면 앞으로 어떻게 살아가야 하는지요? 저의 처지를 조금이라도 생각해 보셨나요?"

미실이 눈을 하얗게 뜨고 금진에게 덤벼들 태세였다. 금진은 그녀의 강렬한 반응에 속으로 뜨악해했다.

"우선, 사람 목숨을 살리고 봐야지요. 나의 처지를 한 번만 생각해 줘요."

"안 됩니다. 절대로 그리할 수 없습니다. 저는 사다함에 관한 모든 것을 정리했습니다."

미실의 언성이 차츰 높아지고 있었다. 얼굴도 빨갛게 상기된 채 금진에게 점점 더 도발적인 태도를 보였다. 이전의 미실이 아니었다. 그녀는 마음속으로 풍랑가까지 지어 부르며 사다함을 말끔히 지워 버렸고, 다시는 죽어도 사다함을 만나지 않겠다고 수없이 다짐했다. 금진은 미실의 쌀쌀맞은 태도에 충격을 받았다. 입궐하기 전까지만 해도 미실은 금진이 어떠한 지시를 내려도 군소리 없이 따랐다. 하지만 이제는 금진의 말을 무시하거나 못 들은 체하는 태도로 일관했다. 두 사람 사이의 분위기가 참렬하고 격해져 서로 똑바로 바라보지 못했다.

"그 애와 사랑하던 사이가 아니었습니까?"

"이모할머니, 죄송하지만 저는 사다함에게 갈 수 없어요. 저의 지아비는 세종전군입니다. 지아비가 있는 몸으로 어떻게 외간 사내를 만날 수 있나요? 저는 벼랑 끝으로 가고 싶지 않아요."

미실의 냉정한 답변에 금진의 가슴이 무너져 내렸다. 그녀의 부탁이면 미실이 인사치레로 한 번쯤은 상천당에 나가 사다함을 만나 볼 것으로 예상했었다. 미실의 답변에 금진은 말문이 막혔다. 금진도 쉽게 물러나지 않았다.

"궁주, 상천당에 가서 사다함을 잠깐 만나 보기라도 해요. 어미 된 처지에서 자식을 저대로 죽게 놔둘 수는 없습니다. 제발 부탁합니다. 나의 부탁 좀 들어줘요. 들어주면 그 은혜는 절대로 잊지 않을게요. 내가 이렇게 사정합니다."

금진이 미실의 이모할머니라는 사실에도 불구하고 무릎까지 꿇었다. 할머니가 손녀에게 차마 할 수 있는 행동이 아니었다. 미실은 고개를 옆으로 돌리고 눈을 감았다. 잠시 무덤 속 같은 침묵이 자리했다. 두 여인의 거친 숨소리만 내실에 가득할 뿐이었다.

"저는 절대로 갈 수 없습니다. 이번에 나가면 저는 태후와 전군의 눈 밖에 나서 대궐에서 쫓겨납니다. 그리고 영영 환궁할 수 없게 됩니다. 이모할머니, 저의 딱한 입장도 생각해 주세요."

미실의 말에 금진의 성정이 폭발했다.

"네가 감히 나를 우습게 만들어? 인두겁을 쓰고 *사갈이나 *효경처럼 구는 게 아니다. 지금의 너를 있게 한 나의 공로를 무시하다니? 네가 얼마나 잘나가나 두고 볼 것이다."

* **사갈** - 蛇蝎. 뱀과 전갈을 아울러 이르는 말.

* **효경** - 梟獍. 어미를 잡아먹는다는 올빼미와 아비를 잡아먹는다는 짐승.

미실의 불손한 태도에 부아가 난 금진은 이성을 잃고

언성을 높였다. 그는 자신이 미실의 환궁을 위해 노력했던 행동을 후회하였다. 그때는 사다함이 깨끗한 여인을 만나기를 바라는 마음에서 앞장서서 미실을 입궁시키는 데 노력했지만, 이제 와 생각하니 헛웃음만 나왔다.

처소로 돌아온 금진은 생각할수록 속에서 천불이 끓어올라 참을 수가 없었다. 그녀가 여태껏 겪은 배신 중에서 가장 지독한 경우였다. 금진은 손에 잡히는 물건을 내동댕이치며 통곡했다. 진주부인 자매가 대경실색하며 금진을 말렸지만, 금진은 가슴을 쳐 대며 웃다 울다를 반복했다. 진주부인이 얼른 독주를 들였다. 금진은 눈 깜짝할 사이에 독주 한 병을 비웠다.

"그년이, 감히 나를 무시해? 궁에서 쫓겨난 년을 살려 놨더니 나를 무시해? 차라리 살수(殺手)를 보내 그년 목숨을 거둬?"

"낭주님, 안 됩니다. 그리하면 가족 모두가 위태롭게 됩니다. 부디 침착하셔야 합니다."

진주부인이 술에 취해 험악한 말을 쏟아 내는 금진을 달랬다. 취한 상태에서 금진이 정말로 자객을 고용해 미실을 해칠 수도 있을 것 같았다. 진주부인은 금진에게 연신 술을 따르며, 어서 취해 잠자리에 들기를 바랐다. 금진은 취했지만 대성통곡하며 쉽게 잠자리에 들지 못했다. 그녀는 술 한

병을 더 비운 다음에 겨우 침상에 올랐다.

"내 아들이 잘못되면 그년을 절대로 가만히 두지 않을 것이다."

금진은 침상에 오르고도 미실을 향해 한참 동안 악담을 퍼부었다. 진주부인 자매는 금진의 술주정을 들으며 심각한 표정을 짓기도 했다. 자매는 약속이라도 한 것처럼 주인을 위해 무슨 일이라도 할 것같이 비장한 얼굴이었다.

새달은 하루하루 몰라보게 변해 가는 사다함을 보며 가슴을 쳐 댔다. 그녀는 사다함이 무슨 일로 세상을 포기하고 삶을 내려놓으려 하는지 대충은 알고 있었다. 사다함은 전장에서 돌아와 미실이 세종전군에게 돌아갔다는 말을 들었을 때부터 곡기를 끊었고, 무관랑을 장사 지낸 뒤로부터는 물 한 모금도 마시지 않았다.

"오라버니, 이 암죽으로 볼가심이라도 해 보세요. 오라버니를 위해 맛있게 쑤었어요. 벌써 여러 날째 아무것도 들지 않았어요. 이러다가 점점 더 심신이 내약해져 정말로 큰일 납니다."

"새달아, 고맙구나. 나는 패배자다."

"오라버니는 승리자이며 신라 만백성의 중망을 받는 영웅입니다. 영웅이 나약한 모습을 보이면 사람들이 슬퍼할 겁니다. 오라버니는 염정성의 정기를 타고나시어 범부의 *분단생사와 거리가 있습니다. 그러니 일어나시어 이 미음을 한 숟가락이라도 들어 보세요. 오라버니는 우리 가문을 크게 일으켜 세울 분입니다."

새달이나 설원이 물그릇을 건네면 마지못해 한두 모금 마시는 척만 할 뿐이었다. 아무리 천하장사라도 열흘 이상 식음을 전폐하면 버텨 낼 재간이 없다. 새달은 잠을 잊은 채 밤새 사다함 곁에서 간호했다. 눈이 십 리만큼 움푹 들어간 사다함의 모습을 볼 때마다 새달은 금진을 원망했다.

"도대체 어머니는 무엇이 부족해서 왕자를 낳으려고 하는 것이야? 왕자를 낳는다고 그 아이가 장차 신라의 왕이 된다는 보장도 없잖아. 집안이 쑥대밭이 되어 가는데 당신의 영달만 추구하려는 심사를 이해할 수가 없다."

새달은 밖으로 나와 서산으로 넘어가려는 달을 보며 지청구를 쏟아 놓았다. 남들은 금진을 어머니로 둬 부러워하지만, 새달에게는 어머니가

* **분단생사** – 分段生死. 목숨과 과보(果報)에 길고 짧음이 있는 범부(凡夫)들의 생사.

선대왕과 지금의 왕에게 총애받았다는 것이 아무 소용 없었다. 남들처럼 부모와 자식들이 한 집안에서 오순도순 살아가는 것이 새달은 부러웠다. 사다함은 새달이 나가자, 온 힘을 다해 붓을 들었다. 그는 한참 생각하다가 글을 써 내려갔다.

어머님 전 상서

어머니께서 이 글을 읽으실 때면 소자는 이 세상 사람이 아닐 겁니다. 사내대장부로 태어나 뜻한 바대로 살지 못한다면 차라리 아니 태어남만 못할 겁니다. 소자가 어찌 어머니 때문에 마음을 상했겠습니까. 이제 살아서 어머니의 은혜를 갚을 수 없게 되었습니다. 먼 훗날 소자가 어머니를 저세상에서 뵈면 그때 꼭 은혜를 갚겠습니다. 부디 만수무강하시길 빕니다.

- 불효자 사다함 -

유서나 다름없는 글을 써 놓고 사다함은 밤새 흐느꼈다. 그는 글을 곱게 접어 베개 밑에 숨겨 놓았다. 뜬눈으로 밤을 지새운 새달은 아침 일찍 대궐로 향했다. 금진은 간밤에 마신 독주로 아직 잠자리에 있었다. 새달은 옆방에서 잠들어 있는 난성공주를 살펴보았다. 비록 씨앗이 다른 이부동모의 자매지간이지만 공주의 모습은 금진을 빼어 박은 듯했다.

"공주야, 우리 같은 어머니 배에서 나왔지만, 앞으로의 삶이 어떻게 전개될지 걱정이구나. 너는 왕의 씨앗이니 한평생 옥의옥식하겠지. 하지만 나는 너 같은 골품이 없으니 걱정이구나."

새달이 난성공주를 내려다보며 잡념에 빠져 있을 때 진주부인이 금진이 기침했다고 알려 주었다. 새달이 금진을 만났을 때 그녀는 소세를 하고 경대 앞에 앉아 있었다.

"어머니, 오라버니가 세상을 포기한 듯합니다. 어머니가 오라버니를 달래 봐야 할 것 같아요. 오라버니가 소녀의 말은 전혀 듣지 않습니다. 곡기를 끊은 지 오래라, 피골이 상접하여 하루가 다르게 무서운 모습으로 변해 가고 있습니다."

새달의 말에 금진은 놀라는 기색도 없었다.

"사다함이 문경지교의 허상을 진정으로 믿고 있는 것이야. 아무리 친한 벗이라도 자신의 목숨을 쉽게 내주는 것이 아니야. 붕우유신은 서책 안에만 존재하는 거라고. 그런데 정말로 아들이 잘못되면 어찌해야 하나?"

금진은 혼잣말로 중얼거리며 탄식하였다. 새달은 금진이 오늘따라 다른 사람처럼 보였다. 자식의 일이라면 만사를 제쳐 놓고 달려가던 예전의 금진하고는 거리가 멀어 보였다.

"어머니, 오라버니를 저렇게 방치하면 큰 사달이 나고 말

겁니다."

 금진은 새달과 진주부인 자매를 앞세우고 상천당으로 향했다. 아침 안개에 휩싸인 서라벌 저잣거리는 장사를 준비하는 상인들과 행인들로 번잡했다. 모녀를 태운 황금 마차가 금입택이 즐비한 대로를 질주했다. 상천당에 도착한 금진은 사다함에게 달려갔다.

 "사다함!"

 "어어, 어머, 어머…."

 사다함은 이제 말도 제대로 할 수 없는 상태였다. 얼굴은 누렇게 떠서 핏기라곤 찾아 볼 수 없었고, 눈의 초점도 잃어 천장만 멍하니 바라보고 있었다. 금진은 사다함의 모습에 기가 막혔다. 그녀 앞에 있는 아들이 낯설게 느껴졌다.

 "아들아! 이게 어찌 된 것이냐? 며칠 사이에 전혀 딴사람이 되었구나. 적장 두 명을 단칼에 참수했던 용감한 무사가 어째서 이리 허망하게 병석에 누워 있는 게야? 문경지교가 다 무엇이고, 그깟 계집이 다 뭐란 말이냐? 신라 만인에게 중망을 받는 위대한 영웅이 겨우 이것밖에 안 된단 말이냐?"

 금진은 사다함의 파리한 손을 잡고 통곡하였다. 그녀는 며칠 사이에 몰라보게 초췌해진 아들이 자신의 불찰로 인한 것 같아 형언할 수 없는 단장의 고통을 느끼고 있었다. 신라의 영웅으로 떠오른 아들이 이렇게 된 것이 선현들이 강조하던 붕우유신(朋友有信)이나 교우이신(交友以信) 같은 말장난에 속은 것 같아 속이 쓰렸다.

신라 전역을 찾아보면 미실보다 뛰어난 미색이 얼마든지 있을 것인데, 숫된 아들이 한 여인에게 매달리고 있는 게 안타까웠다. 금진이 통곡하자 사다함이 새달의 부축을 받아 간신히 자리에서 일어나 앉았다. 그는 일어나 앉아 있어도 고개를 가누지 못해 새달에게 기대야 했다. 대가야를 정벌한 용맹한 장수의 모습은 간데없고 죽음을 앞둔 추레한 병자의 표정에 금진의 가슴이 까맣게 타들어 갔다. 그녀는 의원을 불러오게 했다.

"어, 어머, 죄송…."

사다함이 들릴 듯 말 듯 말했다.

"사다함, 너는 내 목숨과도 같은 아들이다. 그깟 우정이 다 뭐란 말이냐? 배신을 밥 먹듯 하는 독사 같은 계집이 무에 그리 소중하단 말이야? 이 어미와 형제를 생각해서라도 자리에서 일어나거라. 신라 만백성이 너를 기다리고 있단다. 너의 양어깨에 가문과 이 나라의 미래가 달렸어. 그런데 네가 허약한 모습을 보여 준다면 나라 사람들이 얼마나 실망하겠느냐?"

"어머, 어머…."

사다함은 금진이 숟가락으로 떠 주는 물을 간신히 한 모금 받아 마셨으나 곧 토하고 말았다. 금진은 아들이 물 한 모금도 넘기지 못하자, 이제는 소생시키기에 때가 너무 늦은 게 아닌지 의구심이 들었다. 그때 의원이 도착하여 사다함의 상태를 살폈다. 그는 사다함의 파리한 손목을 쥐고 맥을 살폈다. 다리부터 머리끝까지 세밀하게 진찰하고 숨소리까지 들어 보았다. 의원은 진찰하는 도중에도 자주 고개를 갸우뚱거렸다. 진찰을 마친 의원은 중대한 말이 있는지 금진을 밖으로 불러냈다.

"낭주님, 마음의 준비를 하셔야 합니다."

"그게 무슨 말입니까? 알아듣도록 말해 보세요."

"풍월주님이 이삼일 넘기기가…."

의원은 더는 말을 잇지 못했다. 금진은 충격을 받고 마음이 다급해져 진주부인과 함께 청송자를 찾아갔다. 그는 예고도 없이 방문한 금진을 보고 놀랐다. 금진은 얼마 전에 청송자에게 염정성을 밤마다 살펴 달라는 부탁을 한 적이 있었다.

"도사님, 어젯밤 염정성이 어땠는지요?"

"낭주님, 어제도 동자와 함께 밤새도록 북천의 *자미원과 태미원 그리고 천시원을 자세히 관찰하였습니다. 주

* **자미원** – 옛날에 북반구 별자리를 28수(宿) 외에 삼원, 즉 자미원(紫微垣), 태미원(太微垣), 천시원(天市垣)으로 구분했다. 자미원은 옥황상제가 살고, 태미원은 조정에 해당하며, 천시원은 백성들이 거주하는 구역에 해당한다.

변의 북극성과 북두칠성까지 살폈고, 특별히 염정성에 관하여 정밀하게 관찰하고 분석했습니다. 하오나 불미스럽게도 염정성을 향하는 지겁성의 살기가 더욱 강해져 있었습니다. 소인이 낭주님께 더는 드릴 말씀이 없습니다. 지금으로서는 흉성의 발흥을 막을 방도가 없습니다. 정말로 송구합니다."

청송자는 금진에게 머리를 조아렸다.

금진은 자신이 더는 어떻게 할 수 없다는 현실 앞에 낙담하였다. 금진은 청송자에게 사다함을 살려 달라고 애걸했다. 지금 상태에서 금진이 매달릴 수 있는 사람은 청송자밖에 없었다. 그러나 그는 '송구하다'는 말만 반복하며 금진을 절망에 빠뜨렸다.

"도사님! 제발, 아들을 살려 주세요. 내가 지금 매달릴 수 있는 분은 도사님밖에 없습니다."

"소인이 마지막이라는 심정으로 풍월주님의 구명을 위해 천제(天祭)를 지내겠습니다. 하지만 인간의 능력으로 하늘이 하는 일에 얼마나 영향을 미칠지 모르겠습니다. 정성을 다하겠습니다."

"도사님은 천문에 밝고 *기문둔갑술까지 운용하실 수 있다고 들었습니다. 사다함

* **기문둔갑술** - 奇門遁甲術. 음양의 변화에 따라 있는 것도 없게 하고, 없는 것을 있게 하며, 사람과 귀신을 자유자재로 부린다는 술법.

을 살려 주세요. 보상은 충분히 하겠습니다."

금진의 애원에 청송자는 곤란한 지경에 처했다. 그는 최선을 다해 보겠다는 말만 반복할 뿐이었다. 금진은 청송자에게 추가로 은자가 든 상자를 건네고 대궐로 돌아왔다. 그녀는 즉시 왕을 만나 사다함의 근황을 전했다. 금진의 말에 왕은 매우 놀랐다. 그는 어의를 부르더니 왕명을 하달했다.
"사다함은 신라의 미래입니다. 어의는 무슨 일이 있어도 사다함을 살려 내야 합니다."
금진은 처소로 돌아와 뒤꼍 느티나무 아래에 정화수를 떠 놓고 하늘에 축원하였다. 마침 반달이 동산 위로 솟아오르고 있었다. 그녀의 곁에는 나인 상궁들과 진주부인 자매가 함께했다. 금진이 달을 향해 절을 하면 나인 상궁과 진주부인 자매도 절을 하였다.

"천지신명님, 달님! 사다함을 살려 주세요. 아직 살아갈 날이 많이 남은 아들입니다. 나라와 백성을 위해 해야 할 일이 많은 신라의 아들입니다. 신라는 사방이 적입니다. 사다함 같은 청년이 신라를 지켜야 합니다. 어쭙잖은 우정이나 여인의 치맛바람으로 사다함이 위험에 처했다면 말이 안 됩니다. 제발, 사다함이 천수를 누릴 수 있도록 굽어살피소서. 비나이다."

궁궐에도 사다함이 위독한 지경에 처했다는 소문이 왜자했다. 그 소문은 미실의 귀에도 들어갔으나 그녀는 전혀 움직이지 않았다. 궁궐에서 사다함이 쓰러진 내막을 정확하게 아는 사람은 없었다. 어의가 상천당에 파견되어 사다함의 상태를 살폈다. 그는 죽은 듯 누워 있는 사다함에게 수시로 이것저것을 물었으나, 사다함은 기력이 쇠잔해 대답도 할 수 없었다.

"이미 경계를 넘은 듯하다."

어의는 사다함을 진찰하며 작은 소리로 중얼거렸다. 하지만 왕의 명령이 있었기에 진맥하고 탕약을 달여도 사다함은 약 한 모금도 넘기지 못했다. 사방에 땅거미가 내려앉자, 청송자는 북녘 하늘을 올려다보며 천제를 지냈다.

"천지신명님, 북두칠성님! 신라국 서라벌 문상에 염정성의 기운을 얻어 태어난 사다함이 있습니다. 바라옵건대, 그가 천수를 누릴 수 있도록 도우소서. 사다함은 신라의 희망입니다. 천지신명님과 칠성님께서는 사다함을 겁박하는 흉성을 물리쳐 주소서."

대궐에서 그리고 저자에서 사다함을 살리기 위한 갸륵한 치성이 이어졌다. 서라벌의 여러 가람에서도 고승 대덕이

모여 부처에게 빌며 사다함의 쾌차를 위해 정성을 다했다. 사다함을 아끼는 서라벌 사람들은 저잣거리로 쏟아져 나와 광장에 단을 쌓고 불을 피워 밤새 사다함의 이름을 부르며 쾌유를 빌었다.

"천지신명님! 사다함 풍월주를 살려 주소서."

"하늘님! 풍월주님은 신라의 지주입니다. 제발 살려 주세요."

"천지신명님, 하늘님! 사다함 풍월주님은 모든 신라인의 희망입니다. 제발 살려 주세요."

여인들은 울면서 천지신명에게 사다함을 살려 달라고 기도했다. 상당수의 서라벌 사람이 문상 상천당으로 몰려와 사다함을 연호하며 울부짖기도 했다. 상천당 주변은 몰려든 사람들이 피운 화톳불로 불야성을 이뤘다. 특히, 금진이 자주 불공을 드리던 황룡사의 승려들은 사다함의 소식을 듣고 부처에게 치성을 올렸다.

대궐은 밤이 깊어 사방이 정적 속에 숨을 죽이고 있을 시각이었다. 괴한 두 명이 미실궁으로 접근하고 있었다. 어둠 속에서 은밀하게 움직이는 걸음걸이와 모양으로 보아 도둑인지 자객인지 구분할 수 없었다. 세종전군과 미실이 동침하고 있는 침소는 불이 꺼진 상태였다. 두 괴한은 한 자리에서 잠시 두리번거리며 주변을 살폈다. 그들은 대궐 안 사정을 잘 알고 있는 듯했다.

월성에는 밤마다 군사들이 일정한 시차를 두고 대궐 곳곳을 누비며 순라를 돌았다. 괴한들은 군사들이 순라를 도는 시각을 잘 알고 있는 게 분명했다. 마침 하늘이 구름으로 덮여 끄느름한 상태라 달과 별들도 보이지 않았다. 미실궁 주변으로 바람만 간간이 불 뿐이었다. 멀리서 개 짖는 소리가 간헐적으로 들리기도 했다. 사방이 칠흑같이 어두워 바로 앞에 있는 사람도 알아볼 수 없을 정도였다.

"상궁과 나인도 보이지 않는다. 궁주만 죽이면 된다. 전군이 아직 잠들지 않았을 수도 있으니 조심해야 한다."

"밖에서 망을 보세요. 나 혼자서 충분해요."

괴한 한 명이 비수를 뽑아 들고 내실로 잠입하였다. 괴한이 내실에 들었으나 너무 캄캄하여 사물을 분간할 수 없었다. 다행히 침실로 통하는 문이 반쯤 열려 있었다. 그는 침상에 두 사람이 누워 있다는 것을 숨소리를 통해 인지하고 행동에 옮기려 했다. 미실이 방사를 치르기 전이라면 불을 환하게 밝혔을 것이었다.

괴한은 좀 더 가까이 접근하기 위해 숨소리를 죽이고 발

걸음을 옮겼다. 괴한과 미실이 두세 발짝까지 가까워졌다. 괴한이 몸을 숙여 얼굴을 앞으로 내밀고 침상의 상태를 살폈다. 다행히 창문 틈을 통해 들어오는 아슴푸레한 빛이 겨우 사물의 윤곽을 분간할 수 있게 했다. 시간이 지날수록 점점 내실의 모습이 뚜렷하게 시야에 들어왔다. 괴한이 미실의 목을 찌르려다가 침상과 주변에 펼쳐진 광경에 입을 다물지 못했다.

"세상에나!"

괴한은 자신도 모르게 탄성을 내질렀다. 부부는 침상 위에 누워 있었지만, 실오라기 하나 걸치지 않은 상태였다. 세종전군은 똑바로 누워 천장을 올려다보는 자세였고, 미실은 머리를 풀어 헤치고 몸을 옆으로 틀어 전군의 떡 벌어진 가슴팍을 끌어안고 있었다. 그런데 어둠 속에서 흐릿하게 보이는 미실의 흐벅지고 투실한 둔부가 어찌나 탐스러운지 괴한은 자신도 모르게 손을 뻗어 만지려다 깜짝 놀라기도 했다.

그녀의 풍만한 둔부는 초가지붕에서 달빛을 받고 익어 가는 커다란 박의 모습 같았다. 전군의 노골적인 전신을 목격한 괴한은 꼴깍 마른침을 삼켰다. 축 늘어진 양근은 오뉴월 소의 그것과 흡사했다. 비수를 든 괴한은 갑자기 야릇한 기분이 되어 자기 소임을 잊은 듯 밭은 숨을 내쉬며 한참 동안 머뭇거렸다. 바닥에는 두 사람의 속옷이 어지럽게 널브러져 있어 부부의 질탕한 운우를 짐작하게 했다. 그때 감각이 예민한 전군이 몸을 옆으로 돌리려다 인기척을 느끼고 눈을 떴다.

"누구냐!"

세종전군이 소리치자 괴한은 밖으로 달아났다.

"이런! 거사가 실패로 끝나다니…."

괴한은 달아나면서 혼잣말로 중얼거렸다. 그런데 달아나는 과정에서 괴한 한 명이 그만 땅바닥에 넘어졌다. 그는 얼른 일어나 다리를 절며 어둠 속으로 사라졌다. 전군이 수상한 낌새를 눈치채고 칼을 들고 밖으로 나왔다. 그는 알몸으로 칼을 든 채 궁인을 부르며 전각 주변을 살폈다. 그제야 수직을 서는 나인들이 전군의 외침 소리에 놀라 달려왔다.

"전군님, 무슨 일 있습니까?"

"어머나! 전군님, 옷을 안 입으셨어요."

한 나인이 기겁하며 고개를 돌리자, 전군은 내실로 뛰어들더니 옷을 입고 다시 밖으로 나왔다. 나인들은 킥킥대며 조잘거렸다.

"방금 괴한이 내실에 침입했다가 나를 보고 도망쳤다. 너희들은 보지 못했느냐?"

"저희는 보지 못했습니다."

"알았다. 소란 피우지 말고 다른 나인이나 상궁들을 불러서 주변 경계를 철저히 하게 하라. 아직 괴한이 궁 안에 머물고 있을지도 모른다. 외부에는 괴한의 침입 사실을 알리지 말라."

세종전군은 궁궐 내에 미실을 둘러싼 잡음이 이는 것을 원하지 않았다. 그는 뜬눈으로 밤을 지새우고 날이 밝을 때쯤 미실과 간밤에 일어난 불상사에 관해 상의했다. 그녀 역시 자신의 처소에서 일어난 일이 외부로 알려지는 것을 원하지 않았다. 궁궐 수비대장이 소식을 듣고 찾아오자, 전군은 괴한이 침입했던 일을 함구하라고 명령했다. 수비대장은 전군 부부의 침소 주변에 평소보다 두 배 이상의 경비병을 배치하고 소문이 나지 않도록 부하들의 입을 단속했다.

"전군, 간밤에 침입한 괴한이 누굴까요?"

"두려워하지 말아요. 침소 주변에 경비병을 두 배로 늘려 배치했습니다. 외부에 알려지면 안 됩니다. 며칠 더 두고 보면서 범인을 잡아야겠습니다. 기껏해야 뱅충맞은 좀도둑일 겁니다."

날이 밝자 금진은 진주부인 자매를 대동하고 상천당으로 향했다. 그런데 진도부인의 걸음걸이가 평소보다 느리면서 걷는 게 무척 부자연스러웠다. 사다함이 병석에 있는 관계로 상천당 사람들은 모두 침울한 표정이었다. 금진이 내실에 들어 사다함을 살펴보았다.

"어미입니다. 눈을 떠 보세요."

사다함은 금진이 곁에 있는 것을 아는지 모르는지 숨소리조차 내지 않고 깊은 잠에 빠진 듯했다. 아들을 바라보는 금진의 두 눈에 어느새 눈물이 갈쌍갈쌍했다. 그녀가 흐느끼자 옆방에서 잠깐 눈을 붙이고 있던 어의가 나타났다.

"어의, 간밤에 사다함의 상태가 어땠습니까?"

"낭주님, 아무래도…."

어의는 상세한 말은 피했으나 그의 어두운 낯빛과 어눌한 말로 보아 금진은 사다함이 이승의 망고에 도달했음을 감지할 수 있었다. 금진은 참았던 울음을 터트렸다. 토함과 설원 그리고 새달이 금진의 통곡 소리에 놀라 달려왔다.

어의가 사다함을 진맥해 보고 전신을 천천히 살폈다. 죽은 사람처럼 누워 있는 사다함은 온몸이 검푸르게 변해 부어 있고 군데군데 홍반도 생겨났다. 인간이 아무리 빌고 발버둥 쳐도 하늘이 이미 정해 놓은 일은 되돌릴 수 없었다. 금진이 사다함을 살리기 위해 백방으로 뛰어다녔지만, 운명의 신은 저 멀리서 쌀쌀맞게 미소만 짓고 있을 뿐이었다.

"아들아, 못난 어미를 용서해 다오."

믿었던 정인의 배신을 감내하며 벗의 죽음을 슬퍼하던 사다함은 자리에 누운 지 이레 만에 세상을 뜨고 말았다. 사다함이 이승을 뜰 때 문상 하늘에 적록색의 홍예(虹蜺)가 떴다. 홍예는 무지개의 모습을 하고 있는데, 양을 홍이라 하고 음을 예라고 했다. 홍예의 색은 홍이 예에 비해 화려했다. 홍예가 조화로 인화(人化)하여 현현할 때 홍은 적색이나 녹색의 옷을 입은 사내로, 예는 추레한 노파로 변신한다고 했다. 홍예가 사라지자, 이번에는 뇌성벽력이 한 시진 가까이 서라벌의 지축을 흔들었다.

"아들아!"

"형님!"

"오라버니!"

문상의 상천당에 갑자기 통곡 소리가 울려 퍼졌다. 상천당은 울음 바다로 변하고 말았다. 사다함이 숨을 거두었다는 소식이 삽시간에 서라벌 전체로 퍼져 나갔다. 낙엽이 지기 시작한 늦가을 열일곱 살의 신라의 영웅 사다함은 애석하게도 요절하고 말았다. 사다함이 숨을 거두자 금진은 혼절하였고, 토함, 새달, 설원은 목 놓아 울었다. 화랑과 낭도들도 소식을 듣고 상천당으로 몰려들어 북새통을 이루었다. 숙흘종과 용걸종도 소문을 듣고 달려왔다. 숙흘종은 서둘러 궤연을 설치하고 조문객의 문상을 받았다. 상천당 앞마당에는 화톳불이 피워지고 천막이 설치되었다. 화랑들은 서로를 끌어안고 '사다함'을 연호하며 오열하였다.

"신라의 앞날이 어찌 될 것인지, 암담하다."

"우리가 풍월주를 지키지 못했다."

화랑들은 울면서 사다함의 죽음이 자기 탓인 양 자책했다. 문상 주변에 사는 사람들까지 상천당으로 몰려들어 영웅의 죽음을 애도했다. 그의 존재감은 다른 무인들에 비교할 바가 아니었다. 금진은 아들 덕분에 왕실에서 위상이 높아졌으며, 사람들은 그녀를 다시 보기 시작했다. 금진에게 사다함은 자신의 목숨과도 같았다. 귀한 아들이 허무하게 사망하자 금진은 눈앞이 캄캄했다. 사다함의 죽음으로 서라벌은 침울한 분위기에 빠져들었다.

[나라에 큰 공을 세우고 안타깝게 세상을 뜬 풍월주 김사다함에게 *잡찬을 추증하고 그의 충정을 오래 기억하고자 한다.]

왕은 사흘간 조회를 중지하고 조명(詔命)을 내려 망자를 위로하였다. 왕과 사다함은 똑같이 내물마립간의 후손으로 그리 멀지 않은 사이였다. 그는 온종일 대전에 앉아 홀로 술잔을 기울이며 젊은 인재의 죽음을 애도하였고, 비빈들과 왕실 사람들은 왕의 눈치를 살피며 숨을 죽였다.

"아들아, 미안하구나. 내가 너를 이렇게 만들었구나. 어

* **잡찬** – 迊飡. 신라 17관등 중 셋째 등급의 벼슬.

미가 너를 세상을 뜨게 했어. 부디, 저승에 들거든 이승의 일들은 모두 잊고 편히 쉬기 바란다."

"아우야! 미안하다. 너를 보살피지 못했구나."

"아우야! 이 못난 형을 용서하거라. 너를 지켜 주지 못했다. 너의 극락왕생을 빌어 주마."

"아우야, 미안하구나. 내가 형 노릇을 못 했구나. 용서하거라."

"형님! 부디 좋은 곳으로 가세요."

"오라버니! 저는 오라버니를 보낼 수 없어요."

숙흘종 형제들은 사다함의 영전에 향을 사르며 자신들의 불찰을 탓했다. 상천당에 마련된 사다함의 빈소에 조정 대소신료와 군부 인사, 화랑, 낭도, 서라벌 민인들이 몰려들어 발 디딜 틈도 없었다. 사다함을 장사 지내는 날 아침, 금진은 관을 붙잡고 대성통곡하며 몸부림쳤다. 숙흘종 등 형제들은 소복을 입고 상여 뒤를 따르며 통곡하였다.

사다함의 상여가 지나가는 길마다 서라벌 사람들이 인산인해를 이루었다. 여인들은 길가에 퍼더버리고 앉아 땅을 치며 통곡하였고, 사다함을 흠모했던 화랑과 낭도들은 오색의 만장기를 들고 상여 뒤를 다르며 울음을 삼켰다. 금진과 새달의 애끓는 울음소리와 선소리꾼의 구슬픈 해로성에 사람들은 참았던 눈물을 쏟으며 사다함의 마지막 길을 애도

했다. 상천당을 떠난 상여는 울음바다가 된 서라벌 저잣거리를 지나 남산으로 향했다.

"미실이 배신하여 풍월주께서 돌아가셨다."

"여우 같은 계집이다. 장차 신라 왕실은 그 계집의 방탕함으로 인해 큰 혼란에 빠질 것이다. 조속히 궁에서 쫓아내야 한다."

"아이고! 젊은 풍월주님이 가시다니. 억울해서 어찌할꼬."

"미실인지 뭔지 하는 배라먹은 흉물이 풍월주님을 돌아가시게 했다. 저자에 나오면 가만두지 않을 것이다."

여인들은 상여를 가로막고 통곡하며 길을 비켜 주지 않았다. 숙흘종 형제와 토함이 간신히 여인들을 달래 상여가 나갈 수 있게 했다. 사다함을 무관랑이 묻혀 있는 남산 양지바른 곳에 장사 지내고 나자, 서라벌에는 뇌우가 쏟아졌다. 사람들은 하늘이 억울하게 세상을 뜬 사다함의 혼령을 위로하는 비라고 했고, 또 어떤 사람은 '사다함의 눈물'이라고 했다.

사다함의 죽음 이후로 서라벌 저자에는 미실을 원망하는 소리가 끊이지 않았다. 사람들은 주점에 모이면 미실과 관련한 근거 없는 말을 만들어 내며 안주로 삼았다. 그런 분위기는 왕실에도 고스란히 전해져 옥진과 묘도, 사도, 흥도, 초도 그리고 미실은 한동안 외부 출입을 삼가는 등 몸가짐에 조심하였다.

"대왕 폐하, 소비는 심신이 무겁고 신산스러워 공주와 당분간 사가에 나가 있고자 합니다. 윤허하여 주소서."

금진이 난성공주와 대전에 들렀다.

"그리하세요. 아들의 갑작스러운 죽음으로 낭주의 상심이 오래갈까, 걱정입니다. 사가에 가시거든 자식들 건사 잘하시고 얼른 예전의 상태가 되도록 하세요. 짐이 낭주와 공주를 너무 오래 기다리지 않도록 하세요."

왕은 금진에게 임금이 타는 어가를 내주었다. 그뿐만 아니라, 쌀과 잡곡 삼백 *석을 내려 위로하고, 궁궐 소속 나인과 진주부인 자매를 금진에게 딸려 보내는 등 파격적인 조치를 하여 왕실 사람들의 부러움을 사기도 했다. 앞쪽에 검은 깃발을 꽂은 어가가 월성을 출발하여 상천당에 이르기까지 군사들이 전후좌우에서 호위하였다. 어가가 서라벌 저잣거리를 통과할 때 사람들은 일제히 허리를 굽혀 예의를 갖추었다.

금진이 상천당에 도착했다. 새달과 영지가 가장 반가워했고, 용걸종과 설원은 멀

* **석** – 石. 무게의 단위로 신라 시대에 1석은 15~20말. 현재 단위로 150~200kg에 해당함.

둥한 표정으로 생모를 맞이했다. 상천당 하인들은 금진이 귀가하자 긴장하였다. 금진이 사다함의 죽음으로 상심해 있는 터라, 집안은 숨소리조차 들리지 않을 정도로 고요했다. 그녀는 밤낮으로 잡다한 생각에 묻혀 있었다. 금진은 왕후에 버금가는 권력을 추구하는 방안에 골몰했다. 하지만 좀처럼 좋은 방도가 떠오르지 않았다. 그때 금진의 뇌리에 쿠마라가 떠올랐다. 그는 대오한 사람이기에 자신에게 묘안을 알려 줄 것만 같았다.

"영지야, 쿠마라가 아직도 서라벌에 있니?"

"서라벌 저잣거리에 가끔 나타난다고 합니다."

영지는 서라벌 저자에 알고 지내는 상인들에게 쿠마라의 행방을 수소문하여 한나절 만에 그가 있는 곳을 알아냈다. 쿠마라는 여전히 사탁부에 거주하면서 그의 추종자들과 서역과 대륙의 물건을 수입하여 큰 이문을 남기고 있었다.

그는 서라벌의 상류층을 상대로 잡교도 포교하고 있었지만, 오랜 세월 토속 신앙이 깊이 뿌리내린 터라 활동에 어려움이 많았다. *박염촉의 순교로 부처의 가르침이 신라 왕실 및 귀족층에 서서히 전파되고는 있었다. 그러나 일반 백성들에게 불교는 아직 낯선 신앙이었다. 쿠마라가 온다

* **박염촉** – 朴厭髑. 법흥왕의 근신이자 신라 불교 최초의 순교자로 성은 김씨 또는 박씨이며, 이름은 이차돈(異次頓)이라고도 한다.

는 소식에 금진은 대문까지 나가 그를 맞이하였다.

"대인님, 어서 오세요. 오랜만에 뵙습니다."
"낭주님을 뵙습니다. 아드님의 불행한 소식을 듣고 가슴이 아팠습니다. 심심한 위로의 말씀을 전합니다."

금진은 쿠마라를 별채로 안내했다. 진주부인 자매도 쿠마라에게 허리 숙여 깍듯하게 인사하였다. 진주부인은 다과를 준비하여 별채에 들었다. 쿠마라는 변함없이 당당한 모습이었지만, 세월의 풍상을 겪은 흔적이 얼굴에 얼핏 보였다. 두 사람은 화기애애한 분위기 속에서 대화를 나눴다.

"우리 인생은 지나가는 바람처럼 이승에 잠시 흔적을 남겼다가 사라지는 허망한 존재에 불과합니다. 이제 낭주님께서도 지금까지 추구해 오신 목적과 방식을 바꿔 보실 때가 된 듯도 합니다. 삼라는 항상 생사와 인과가 끊임없이 윤회하므로 한 모양으로 머물러 있지 않으니, 사람도 그에 따라야 합니다. 만상(萬像)은 종연생종연멸의 법칙에 따르므로 영원하고 불변하는 본성인 나는 존재하지 않습니다. *제행무상이고, *제법무아입니다. 삼천대천의 만법은 본

* **제행무상** – 諸行無常. 우주 만물은 끊임없이 윤회하므로 한 모양으로 머물러 있지 않다.

* **제법무아** – 諸法無我. 모든 사물은 인연으로 생겼으며, 불변하는 자아의 실체는 존재하지 않는다.

디 한가하건만, 사람들 스스로가 시끄러울 뿐입니다."
 "대인님, 제가 알아듣기 쉽게 말씀해 주세요."

 쿠마라는 금진에게 지금까지 음양에 기초하여 권력을 탐하고 상대를 비방하거나 권모술수를 사용하여 자신을 위한 방어망을 쳤다면 이제는 *방하착할 때라고 했다. 그는 또 금진이 이전에 자신이 행한 행동으로 다른 사람 가슴에 커다란 상처가 남아 있을 수 있으니, 회개와 함께 자신의 인생을 정화해야 한다고 설파했다.
 금진은 처음에는 쿠마라의 말뜻을 잘 알아듣지 못했으나, 자신의 지나간 세월을 반추해 보니 모두 맞는 말이었다. 갑자기 금진은 가슴속 깊은 곳에서부터 뜨거운 것이 용솟음치는 듯한 기분을 느꼈다. 그것은 이제까지 한 번도 경험하지 못한 현상이기도 했다. 회개하고 반성하며 자기 잘못을 씻어 내려고 노력하지 않으면, 자식들에게 악영향이 갈 수 있다는 말에 금진은 전율했다. 쿠마라의 말은 금진의 기대에서 점점 멀어지고 있었다. 금진의 낯빛이 어두웠다.
 "낭주님, *삼보에 귀의하세요."
 "네에? 사, 삼보요?"

* **방하착** - 放下着. 손을 내려 밑에 둔다는 뜻이다. '내려놓는다'라는 의미로 불교에서 화두이다.
* **삼보** - 三寶. 불보(佛寶), 법보(法寶), 승보(僧寶). 불보는 석가모니, 법보는 교법, 승보는 불제자를 말함.

금진은 쿠마라의 생급스러운 말에 정신이 혼란스러웠다. 그녀는 지금의 이 상황을 어떻게 받아들여야 할지 몰라 한참 동안 멍하니 앉아서 창밖을 내다보았다. 침묵이 흐르고 있었지만, 금진은 여전히 생각의 갈피를 잡지 못한 듯 한숨만 푹푹 내쉬고 있었다.

"잡교는 낭주님이 현실에서 어떤 특정 목적의 실현을 위한 임시적인 방편으로 적합하나, 이제는 영혼을 정화하고 지난 업연(業緣)을 좋게 돌리기 위해서는 싯다르타에게 귀의해야 합니다. 왕후장상이나 하찮은 사람이나 모두 염부주에서 인생은 한 번입니다. 권력은 정점에 도달했을 때 내려놓아야 아름답습니다. 하해 같은 욕심을 내면 끝이 추해지고, 자신과 주변인까지 악의 구렁텅이에 빠트릴 수 있습니다."

이제까지 쿠마라가 찬양했던 미타 여신이나 카파이 쌍신 같은 잡교의 신(神) 대신에 싯다르타가 언급되자, 금진은 천 길 낭떠러지에서 떨어져 깊이를 알 수 없는 늪으로 빠져드는 느낌이었다. 쿠마라가 금진에게 잡교에서 불교로 신앙을 바꾸라고 한 것은 많은 뜻이 내포되어 있었다. 그는 잡교와 불교의 교리를 모두 이해하고 양쪽을 자유롭게 넘나들고 있는 듯했다.

　쿠마라는 이제 금진의 연령이 세상을 알 정도가 되었기에 빼어난 육신과 절기(絶技)를 앞세워 사내들의 시선을 어지럽게 하고, 황음을 추구하기에는 적절하지 않다고 판단한 듯했다. 금진은 이국 사내가 자신의 신체적 변화를 간파하고 있다는 데에 부끄러움을 느끼면서도 끊임없이 권력을 추구하려 했던 의도가 노출된 것 같아 얼굴이 화끈거리고 슬며시 부아가 치밀었다.

"서라벌에 영흥사가 있습니다. 예전에 법흥대왕의 정비였던 보도부인이 출가하여 말년을 보낸 도량이기도 합니다."

쿠마라의 출가 권유에 금진은 분노심을 느껴야 했다. 자신은 아직도 해야 할 일이 산더미 같은데 모든 것을 내려놓으라니, 손에 쥐고 있는 권력을 버리라니, 금진은 은근히 짜증이 났다. 그녀가 듣고 싶은 이야기와는 너무 거리가 멀었다. 금진은 쿠마라의 말에 반발심이 생기며 기분이 무겁게 가라앉았다.

"제가 어떻게 해야 지금보다 더 큰 영달을 누리고 자식들이 잘될 수 있는지 조언을 구하고 싶었습니다. 실망스럽습니다."

금진의 언성이 갑자기 높아지고 얼굴이 상기되더니 쿠마라를 노려보았다. 쿠마라는 금진의 말에 크게 놀라워했다. 그는 여태껏 금진과 많은 대화를 하였지만, 지금같이 분위기가 돌변한 경우는 처음이었다. 갑작스러운 금진의 태도에 충격을 받은 쿠마라는 정신이 번쩍 들었다. 그녀는 엄연히 신라의 후비이며, 신라왕의 총애를 받고 있는 실력자이기도 했다. 쿠마라는 금진과 계속 대화를 이어 나가다 실수할 것 같아 얼른 상천당을 뜨려고 했다.

"지나간 날은 다시 돌아올 수 없습니다. 대궐에서 비단옷을 입고 고기를 먹는 것보다, 상천당에서 자녀들과 나누는 차 한 잔의 향기가 백배 천배 더 소중한 것일지도 모릅니다. 낭주님을 아끼는 마음에서 말씀드린 것이니 오해가 없었으면 합니다."

쿠마라와 금진의 만남은 서로의 얼굴을 붉히며 끝나고 말았다. 쿠마라는 자신의 제안을 다시 생각해 보라는 말을 남기고 서둘러 상천당을 떠났다. 그가 떠나자 금진은 술상을 들이도록 했다. 진주부인 자매는 대낮부터 술을 찾는 금진의 상태를 이해할 수 없었다.

"낭주님, 아직 해가 중천에 있습니다."

"나는 술이 필요해요. 독주를 가져오세요."

금진이 화난 표정으로 언성을 높였다. 영지와 진주부인 자매는 서둘러 술상을 준비하였다.

"어머니, 이러시면 안 됩니다."

"어머니, 고정하세요."

새달이 난성공주 손을 잡고 별채에 나타났다. 설원도 달려와 금진의 음주를 말렸지만 소용없었다. 다른 사람이 말렸다면 혼이 나거나 더욱 반발하는 분위기가 되었을 것이었다.

"자식밖에 없구나. 너희가 있어 이 어미가 더욱 기를 쓰고 더 높이 올라가야 해. 여기서 멈추면 그동안 나의 시도는 *공휴일궤가 된다."

금진은 자식들을 보고 웃다가 울다가를 반복하였다. 다행히 밤이 깊어지자 금진은 제풀에 지쳐 대취한 채 잠이 들었다. 진주부인 자매는 별채를 지키며 주변을 경계하였다. 금진이 잠들자 상천당은 적막에 잠겼다. 하인들은 다행이라며 안도하는 분위기였고, 새달은 곤히 잠든 금진의 모습을 바라보았다. 자기를 낳고 키워 준 어머니이지만 오늘 밤에는 낯설게 보였다. 멀리서 부엉이 우는 소리가 바람을 타고 들리고 이따금 늑대 우는 소리도 서라벌의 차가운 허공을 갈랐다.

* **공휴일궤** – 功虧一簣. 거의 성취한 일을 중단하여 오랜 공로가 보람 없이 됨을 비유적으로 이르는 말.

"어머니! 마음 편하게 사세요. 그깟 권력이 다 무슨 소용이랍니까? 권력의 맛을 어느 정도는 보셨으니, 이제부터 어머니 자신을 위한 시간을 가지세요."

사다함이 금진의 손을 잡고 간절하게 애원했다. 그는 생전의 모습과 다르지 않았다. 오히려 지금의 모습이 훨씬 더 칠칠하고 보기 좋았다.

"부인, 사다함 말이 맞아요. 내가 일찍 이승을 뜨는 바람에 당신에게 지아비 노릇을 오래 할 수 없었습니다. 당신이 왕자를 낳는다고 한들 그 아이가 동륜태자나 금륜, 구륜왕자를 뛰어넘을 수는 없습니다. 비대전군이나 정숙의 경우를 잘 알지 않습니까? 배륜을 다반사로 일삼는 궁중은 귀소(鬼巢)나 복마전과 같습니다."

갑옷을 입은 구리지의 근엄한 모습은 여전했다. 풍신이 오히려 예전보다 더 말끔하고 헌걸차 보였다. 다만 등에는 부러진 화살 두 발이 박혀 있었는데, 전혀 통증을 못 느끼는 듯 보였다.

"낭주, 의부님과 사다함 말이 맞아요. 궁궐은 심성이 독하지 못한 사람은 살 수 없습니다. 상천당이 낭주의 최고 보금자리입니다. 숙흘종, 용걸종, 토함, 설원, 새달, 난성공주는 낭주의 보물입니다. 그 아이들을 보듬어 안아야 합니다. 어미가 잠시 한눈을 팔면 세상의 악독한 귀신들이 그 자식들에게 달려들 수 있습니다."

설성은 아직도 가슴에 핏자국이 남아 있는데 통증이 있는지 말하는 중간에 인상을 쓰기도 했다.

"낭주님, 이제는 다 내려놓으세요. 저는 황천에 들었지만, 낭주님을 원망하지 않습니다. 이승에 남아 있는 낭주님의 피붙이들 앞날을 위해서라도 청정하게 사셔야 합니다."

금진은 구리지, 사다함, 설성, 무관랑을 만나고 있었다. 그들은 살아생전 마지막 모습 그대로였다. 네 사내는 하나같이 금진과 그의 자식들 앞날을 걱정하였다. 금진은 사내들을 보자 실실 웃기만 할 뿐이었다. 이승을 떠난 자들이지만 금진과의 인연은 끈끈하게 이어지고 있었다.

일행은 돛대도 없는 배를 타고 은하수를 항해했다. 편주에는 술병과 고량진미가 가득했다. 생전에 금진이 궁궐이나 상천당에서 자주 맛보던 술과 음식이었다. 산들바람과 함께 하늘에서 풍악 소리가 들리고 별똥별이 무수히 은하수 위로 떨어지기도 했다. 금진이 북두칠성을 올려다보았다. 별들이 손을 뻗으면 손에 잡힐 듯 바로 머리 위에 내려와 있었다. 일곱 개 별 중에서 다섯 번째 별인 염정성이 보이지 않았다. 금진은 그제야 사다함이 염정성이란 사실을 알고 고개를 끄덕거렸다. 그런데 무관랑의 머리 위에 작은 별이 하나 올려져 있는데, 검게 변한 것이 마치 죽은 사람의 얼굴 모습과 같았다.

기분이 묘한 상태에서 금진이 북쪽 하늘을 올려다보니 집채만 한 붉은 흉성 하나가 북두칠성 주변을 맴돌다가 금진 일행이 있는 곳으로 길게 꼬리를 매달고 떨어지고 있었다. 하지만 금진은 자주 보는 별똥별로 여기고 신경 쓰지 않았다. 사내들은 쪽배를 향해 거대한 흉성이 빠른 속도로 떨어지는 것을 모르고 있는 듯했다. 네 사내 앞에는 술잔이 놓여 있었지만, 서로의 눈치만 볼 뿐이었다.

"자! 우리의 행복을 위하여 잔을 들어요."

금진이 건배를 제의하자, 그제야 사내들은 마지못해 잔을 들었다. 사내들은 술잔을 들고도 우울한 표정이었다. 금진이 기분을 내 보려고 쉴 새 없이 사내들의 잔에 술을 따르며 건배를 외쳤다. 한층 기분이 고조된 금진이 일어나 노래를 부르고, 춤을 추면서 배 위를 이리저리 바장였다.

"부인, 마지막으로 드리는 부탁입니다. 이제 다 내려놓고 마음 편히 사세요. 궁궐에는 절대로 들어가지 마세요."

"어머니, 미실은 흉성입니다. 그녀를 가까이하시면 어머니와 형제들의 목숨이 위험에 처할 수 있습니다. 제발, 저의 간청을 들어주세요."

구리지와 사다함이 간절한 심정으로 금진에게 애원하였다. 하지만 금진은 자신은 아직도 할 일이 많다면서 부자의 요구를 묵살하였다. 분위기를 살피던 설성이 금진에게 울면서 말했다.

"낭주, 설원이가 불쌍하지 않습니까? 그 애는 우리 애정의 상징입니다. 머지않아 그 아이 후손 중에서 신라 민인들에게 추앙받는 성인(聖人)이 태어날 예정입니다. 설원이가 다치지 않도록 제발 부탁합니다."

"낭주님, 세 분의 말씀을 들으셔야 합니다. 미실궁주는 신라의 왕까지 잡아먹을 요물입니다. 낭주님은 그녀를 상대하면 안 됩니다. 숙흘종, 용걸종, 토함, 새달, 설원, 난성공주를 진정으로 사랑한다면 궁에서 나와 마음을 비우셔야 합니다."

구리지와 사다함에 이어 설성, 무관랑까지 충고하자 금진은 부아가 났다. 그녀는 오랜만에 나타나 자신에게 쓴소리하는 구리지가 얄미웠다. 구리지가 자주 집을 비우는 사품에 금진은 설성과 사통하였고 설원이 태어나기도 했다.

"일어나서 춤을 춰요. 곧 배가 은하수 서쪽 끝에 도달하게 됩니다. 어서 일어나 춤을 춰요."

금진이 일어나 춤을 추기 시작했다. 그녀의 모습은 평소와 달라 보였다. 노래를 부르며 춤을 추는 금진의 모습은 무척 처연했다. 아무도 금진의 기분을 맞춰 주지 않자, 그녀는 짜증을 내기도 했다.

"부인!"

"어머니!"

"낭주!"

"낭주님!"

사내들은 자신들의 충고에도 불구하고 동문서답으로 일관하고 있는 금진이 답답한지 일제히 소리쳤다. 그때 배를 향해 빠른 속도로 떨어지고 있던 집채만 한 흉성이 가까이 다가왔을 때 풍랑이 일었다. 흉성이 굉음을 내며 은하수에 떨어지자 거대한 풍랑이 일고 배가 뒤집힐 듯 출렁거렸다. 그 바람에 네 사내는 배에서 떨어지고 말았다. 그들은 헤엄을 치며 금진에게 다가오려고 했지만, 어쩐 일인지 배에서 점점 더 멀어지고 있었다.

"부인, 궁궐에서 나와요. 그곳은 복마전입니다."

"어머니, 궁에서 나오셔야 형제들이 살 수 있습니다. 제발 소자의 간청을 들어주세요."

"낭주, 설원이를 부탁합니다."

"낭주님, 만수무강하세요."

사내들이 각자 한마디씩 하고 나니 거대한 파도가 그들을 덮쳤다. 그 파도가 얼마나 크고 강력한지 하늘에 있는 별들까지 모두 삼키고 말았다. 은하수는 온통 핏빛으로 물들고 부글부글 끓어올랐다. 거대한 고래와 상어들이 울부짖으며 허공으로 튀어 올랐다가 다시 은하수로 떨어졌다. 눈 깜짝할 사이에 일어난 일이라, 금진은 놀라서 비명을 질러 댔다. 금진이 타고 있던 배도 거친 파도에 뒤집히고 말았다.

"구리지! 사다함! 설성! 무관랑!"

금진이 소리를 질러 대는 바람에 새달이 깜짝 놀라서 일어났고, 난성공주도 잠에서 깨어 칭얼거렸다. 금진의 비명을 듣고 진주부인 자매가 달려와 불을 켰다. 금진은 그때까지도 자리에 누운 채로 두 손을 휘휘 저으며 저승에 든 사내들의 이름을 불렀다. 진주부인이 수건으로 금진의 이마에 솟아난 땀을 닦아 주었다. 그제야 눈을 뜬 금진은 옆에 있는 두 딸과 진주부인 자매를 멀거니 올려다보았다.

"낭주님, 흉몽을 꾸셨나 봅니다."

진주부인이 냉수가 든 그릇을 건네니 금진은 순식간에 비웠다. 아직도 정신이 덜 돌아왔는지 금진은 자꾸만 머리를 좌우로 흔들어 댔다. 얼마나 땀을 많이 흘렸는지 금진이 입고 있는 속옷이 흠뻑 젖어 있었다. 금진은 새달과 난성공주를 끌어안고 통곡하였다. 그 사품에 공주는 영문도 모르고 울었고 새달도 훌쩍거렸다. 진주부인 자매가 밖으로 나가고 난 뒤에도 세 모녀는 한참 동안 울음을 멈추지 않았다. 동창

(東窓)이 여명에 젖어 희미하게 빛나기 시작했다. 모녀는 그렇게 우울한 아침을 맞았다.

금진은 온종일 별채에 들어앉아 꿈속에서 보고 들은 바를 곰곰이 되새겨 보았다. 꿈속에서 본 구리지와 사다함의 모습은 너무나 생생하여 오랫동안 잊히지 않을 것만 같았다. 하루, 이틀, 사흘…. 금진은 한동안 집에서 꼼짝도 하지 않았다. 그녀는 자신이 제대로 남은 인생을 살기 위해서는 심기일전이 필요하다는 것을 절감했다. 지금처럼 살다가는 자신뿐만 아니라 자식들까지 정말로 귀신에게 희생될 것만 같았다.

그런데 지금까지 그녀의 시야에 들어오지 않았던 잡교의 상징인 미타 여신과 카파이 쌍신도가 낯선 모습으로 다가왔다. 신성하게만 보이던 그림이 험악한 악령의 모습으로 보인 것이다. 금진은 진주부인에게 신상도를 떼어 내 불태우라고 지시하고 잡교를 전수받을 때 사용하던 물건들도 땅속에 묻어 버리라고 했다.

"동륜태자가 죽었다."

만호와 부부의 연을 맺고 세 명의 아들까지 둔 동륜태자가 승야월장하다 *개에게

* **개** - 왕실에서 키우는 개를 오(獒)라 불렀다. 키가 4척이나 되는 큰 개로 맹견이다.

물려 죽었다. 그는 요즘 들어 밤마다 보명궁주를 만나 사통하였다. 동륜태자는 만호와의 사이에서 백정(伯淨), 백반(伯飯), 국반(國飯) 등 형제를 남겼다. 동륜이 보명의 처소를 찾을 때면 개들은 우리에 갇혀 있었다. 그런데 어쩐 일인지 그날은 우리 문이 열려 있었다. 갑자기 미망인이 된 만호는 기가 막혔다. 태자의 죽음을 둘러싸고 궁궐 안팎에서 말이 많았다.

 태자는 아버지의 후비 보명에게 흑심을 품고 있었다. 그에게 지어미 만호가 있었음에도 넘쳐나는 봄기운을 주체하지 못했다. 그뿐만 아니라, 그는 작은아버지인 세종전군의 부인 미실과도 잠통하는 사이였다. 하지만 미실은 욕심이 많은 여인이었다. 그녀가 태자와 잠통하는 사실은 사도만 알고 있을 뿐이었다.
 "동륜은 본래 심성이 착한 아이다. 태자와 더불어 정을 나누고 아들을 출산하면 너를 장차 정비로 삼을 것이다."
 동륜태자가 죽기 전에 사도와 미실은 밀약을 맺은 바가 있었다. 미실은 동륜태자의 약점을 잡기 위해 온갖 방법을 동원하여 그와 정교(情交)를 가졌다. 그러나 그녀의 하해와 같은 욕심은 더 높은 곳을 향했다. 동륜은 계속 미실과의 잠통을 이어 가려고 했지만 뜻대로 되지 않았다. 미실이 왕과 사통하면서 동륜은 귀찮은 존재가 되고 말았다.

미실이 자기 뜻을 들어주지 않아 낙심하고 있을 때, 태자의 시야에 들어온 여인이 바로 보명궁주였다. 그녀는 어쩌다 찾아오는 왕을 위하여 살아가는 각다분한 생활에 지쳐 있었다. 동륜태자가 보명과 정을 통하고 있다는 사실을 알고 있는 사람은 미실 남매뿐이었다. 미생은 미실의 꼭두각시처럼 움직였다. 그녀의 지시라면 미생은 어떤 일이든 가리지 않고 실행에 옮겼다.

"이놈들, 이실직고하라!"

왕은 즉시 형부(刑部)를 동원해 사건의 실체를 파헤치게 했다. 평소 동륜태자를 따르던 저자의 파락호들이 잡혀 와 고신(拷訊)을 받았다. 혹독한 매를 감내할 자는 없었다. 그들의 입에서 기가 막힌 사실들이 튀어나왔다. 왕은 동륜의 지난 일탈 행위를 알고 충격을 받았다. 미실은 소리 없이 슬그머니 출궁하였고, 미생은 잠적하였다. 그녀는 왕의 정인이 되어 이제 막 총애를 받기 시작한 상태였다. 왕은 미실에게 아무런 조치를 취하지 않았다.

보명은 두려움에 떨고 있었다. 다시 한번 태후가 딸 보명의 목숨을 구명하고 나섰다. 가뜩이나 노환으로 몸이 정상이 아닌 태후는 충격으로 각혈하더니 덜컥 병석에 눕고 말았다. 그녀의 영화도 종말이 다가오고 있었다. 시름시름 앓던 태후는 온갖 영욕을 뒤로한 채 눈을 감았다.

"왕후가 알아서 처리하시오."

떡심이 풀린 왕은 어머니와 아들을 잃은 충격에서 헤어나지 못하고 밤낮으로 술에 취해 있었다. 최근 들어 주독(酒毒)과 산적한 국사(國事) 처리로 왕의 옥체가 무너지고 있었다. 왕은 세사가 귀찮아지면서 사도에게 국사를 맡기고 지밀전에 들어 움직이지 않았다. 어의가 하루에도 서너 번씩 왕의 상태를 살피고 탕약을 올렸다. 자신이 얼마 살지 못할 것을 알았는지 왕은 고승 한 명을 초빙하였다. 그는 부처에 귀의하겠다며 불당을 차리고 머리를 깎고 말았다.

고승은 왕에게 법운(法雲)이라는 법호를 부여했다. 왕은 외부 인사들로부터 완전히 단절된 상태였다. 그는 하루가 다르게 쇠약해지고 있었다. 이제는 온종일 누워 있다시피 했다. 왕의 곁에는 수발을 드는 늙은 상궁 한 명만 붙어 있었다. 왕은 의미 없는 삶을 이어 갈 뿐이었다.

갑자기 국사를 떠맡은 사도는 미실을 궁으로 불러들였다. 사도는 혼자 막중한 국사를 도맡아 처리할 수 없었다. 미실은 왕이 건강할 때 왕의 국사 처리를 도우며, 자문을 한 적이 있어 국정 흐름과 처리 방법을 잘 알고 있었다. 신라의 권력은 사도와 미실의 손에 떨어졌다. 미실의 손에 신라의 국새(國璽)가 넘어가고 그녀는 국정을 최종 처리하는 새주

(璽主)가 되었다. 국정은 두 여인이 좌지우지했고, 신하들은 마지못해 따를 뿐이었다. 중신들은 왕을 알현하고자 했으나, 미실과 사도는 허락하지 않았다.

"어머니, 만호를 배필로 맞고 싶습니다."
"안 됩니다. 만호에게는 죽은 동륜태자의 피붙이가 셋이나 달려 있습니다. 다른 귀족 집안의 여식을 알아보세요."
 숙흘종은 동륜태자가 죽자마자 만호를 찾아갔다. 그는 만호가 동륜태자와 부부가 된 뒤로도 늘 만호를 잊지 못하고 그녀의 주위를 베돌았다. 그는 만호의 배다른 자매 황화를 만나 보기도 했지만 성격이 맞지 않았다. 또한, 황화는 몸이 약해 숙흘종의 요구를 받아 줄 수 없었다. 숙흘종은 만호를 설득하여 남은 인생을 함께하자고 했다. 만호 입장에서는 마다할 이유가 없었다.
"동륜의 자식들도 소자가 보살피겠습니다."
 금진은 숙흘종의 고집을 잘 알았다. 그는 한번 마음먹은 일은 기어코 해내고야 마는 집요함이 있었다. 금진은 직접 만호를 만나 당사자의 의견을 물었다.
"숙흘종 오라버니의 진실한 마음을 알았습니다. 낭주님이 허락하시면 저는 세 자식 키우며 오라버니와 함께하고 싶습니다."

금진은 왕이 와병 중이라 왕실 인사들에게 말도 못 하고 있었다. 그녀가 오랜만에 난성공주와 대궐에 들었다. 왕은 다른 사람은 몰라도 금진과 난성공주의 방문을 허락했다.

　"대왕 폐하, 문후 여쭙니다."

　"아버님, 소녀가 문후 드립니다. 빨리 병상에서 일어나셔야죠."

　모녀가 병석에 있는 왕에게 나붓이 절을 하였다. 금진이 왕을 찾은 것은 실로 오랜만이었다. 당당하던 왕은 *계피학발의 모습이었다. 마치 초로의 노인처럼 변해 있었다. 이제 마흔세 살인데도 왕의 머리는 백발이고, 팽팽했던 용안도 쭈글쭈글해져 옛 모습을 찾아 볼 수 없었다. 몰라보게 달라진 왕을 보자 금진은 흐느꼈다. 그녀는 자주 왕을 찾아보지 못한 자신을 탓했다. 왕도 금진 모녀를 보자 눈굽이 촉촉이 젖어 들었다.

　"낭주, 그동안 어떻게 지냈습니까? 난성공주가 많이 컸습니다."

　금진은 왕의 앙상한 손을 잡아 주었고, 난성공주는 손수건으로 부왕의 뺨을 타고 흐르는 눈물을 닦아 주었다. 어느새 소녀가 되어 버린 딸이

계피학발 - 鷄皮鶴髮. 피부는 닭의 살갗처럼 거칠고 머리칼은 학의 날개처럼 희다.

었다. 왕에게는 난성 이외에 태양, 아양, 은륜, 월륜, 덕명공주 등이 있었다. 왕은 난성공주에게 늘 미안한 마음이었다. 다른 공주들은 궁에서 태어나 궁에서 자랐지만, 난성공주는 왕의 핏줄임에도 사도와 태후의 시선을 피해 상천당에서 생활해야 했다. 금진은 부녀가 대화를 나눌 수 있도록 잠시 자리를 피해 주었다. 반 시진쯤 지나 금진이 다시 지밀전에 들었을 때 어의가 들어 있었다.

"대왕 폐하께서는 심신의 안정이 필요합니다."

대궐을 나서는 금진과 난성공주의 가슴이 천근 바위에 지질러지는 느낌이었다. 이후로도 금진은 난성공주와 두세 차례 더 왕의 병석을 찾았고, 그때마다 금진과 난성공주는 눈물을 뿌려야 했다. 시름시름 앓던 왕은 *홍제 5년, 보위에 오른 지 37년 만에 43세로 승하하였다. 왕은 서라벌 애공사(哀公寺) 북쪽 봉우리 아래 묻혔고, 나라에서는 진흥(眞興)이란 시호를 내렸다.

"나는 열성조의 뜻을 이어받아 국토를 수호하고, 만백성의 안위를 보살필 것이다."

진흥왕이 유언 없이 승하하자, 화백회의에서는 사도왕후의 의중을 감안하여 금

*홍제 – 鴻濟. 진흥왕 치세 기간 중 네 번째 연호로 기간은 서기 572~576년 사이다.

륜왕자를 신라 제25대 임금으로 추대했다. 죽은 동륜태자의 장남인 백정은 아홉 살이었다. 일부 대등은 김백정을 차기 왕위에 올려야 한다는 주장도 있었다. 금륜왕자는 성인으로 조정에서도 인망이 꽤 있었다. 이찬 거칠부(居柒夫)가 강력하게 금륜왕자를 밀었다. 그의 주장에 따라 화백회의 중론이 금륜왕자에게 향하자, 사도는 금륜왕자에게 지지를 약속했다. 하지만 조건이 있었다. 등극하면 미실을 왕후로 앉힐 것을 주문한 것이었다.

금륜왕자는 사도에게 언약했다. 미실은 금륜왕에게 색공까지 바치며 정성을 다했다. 사도는 태상태후(太上太后)가 되어 당분간 섭정까지 하게 되었다. 금륜왕은 임금에 등극하였지만, 당초 약속을 지키지 않았다. 금륜왕은 국정을 성실히 처리하는 듯싶더니 어느새 행음에 빠져 국사를 뒷전으로 했다. 그가 서라벌에 사는 도화녀(桃花女)에게 관심을 보이자, 태상태후와 미실은 정란황음을 이유로 왕을 무능한 군주로 몰아갔다.

늦은 밤, 미실이 태상태후전에서 사도를 만나고 있었다. 두 여인은 벌써 두 시진 이상 조곤조곤 비밀한 이야기를 나누었다. 태후전 주변은 궁인들과 장검을 든 별감들이 삼엄한 경계를 보며 잡인의 접근을 철저히 차단했다.

"동진(東晉)의 제9대 황제였던 효무제 사마요(司馬曜)는 밤낮으로 주색에 빠져 지냈습니다. 그는 총애하던 장귀비와 알력이 있었지요. 결국 황제는 장귀비에게 살해되었습니다. 북위(北魏)의 제6대 황제 탁발홍(拓跋弘)은 스물두 살에 풍태후(馮太后)의 미움을 받아 짐살되었습니다. 또한, 북위 제9대 황제 탁발원후(拓跋元詡)도 생모인 영태후 호씨(胡氏)에게 독살당했습니다. 대륙에서는 아들이 황제라도 생모를 업신여기거나 무능하면, 가차 없이 제거한 사실이 있습니다."

미실은 이모에게 무서운 말을 내뱉고 있었다.

"나에게 그렇게 하라고 하는 것은 아니죠?"

"태상태후께서 참고하시라고 드린 말씀입니다."

"나는 자식을 죽일 수는 없습니다. 대왕이 나와 으짝이 난 상태이기는 하지만 골육을 살해할 수 없습니다. 다른 방법을 모색해야 합니다."

사도는 미실의 차가운 성정을 잘 알고 있었다. 그녀는 미실이 다시 올린 금륜왕 강제 퇴위 방안을 윤허하고 말았다. 금륜왕은 등극한 지 사 년 만에 강제로 폐위되었다. 금륜왕에게 배신당한 미실이 노리부, 세종전군, 설원, 미생, 문노와 일부 화랑도를 사주하여 무력으로 왕궁을 점령하여 금륜왕을 폐위시킨 것이다.

태상태후의 묵인이 없으면 성공할 수 없는 거사였다. 금륜왕은 유폐된 상태에서 병을 얻어 붕어하였다. 나라에서는 그에게 *진지라는 시호를 내렸다. 그에게 용수(龍樹), 용춘(龍春) 형제와 서자로 도화녀의 소생 비형(鼻荊)이 있었다. 부왕이 실정으로 폐위된 터라, 용수 형제는 왕위 계승자가 되지 못했다.

 진지왕이 죽자 화백회의에서는 요절한 동륜태자의 큰아들 백정을 신라의 임금으로 추대했다. 그의 나이 겨우 열세 살이었다. 진흥왕의 정비 태상태후 사도가 섭정을 맡았다. 그녀는 권력을 잡고, 국정 운영 경험이 있는 미실을 다시 불러 국새를 주고 새주 노릇을 하게 했다. 두 여인이 신라를 본격적으로 쥐고 흔들기 시작한 것이었다. 모든 국서(國書)가 미실의 손에서 처리되었다. 그 와중에 미실은 어린 왕에게 색공을 바치며 정성을 다했다.
 조정 대소신료는 태상태후보다 미실의 위세를 더 두려워했다. 서라벌의 일상이 안정되었다. 금진은 태상태후를 만나 숙흘종의 입장을 전했다. 사도의 입장에서 굳이 만호태후와 대원신통 계열인 숙흘종의 혼인을 막을 필요가 없었다. 숙흘종은 만호태후와 부부의 연을 맺어 졸지에 왕의 아버지가 되면서 왕실의 실력자로 부상했다.

* **진지** – 眞智. 본명은 금륜(金輪) 또는 사륜(舍輪). 재위 기간은 서기 576~579년이다.

"설원아, 미실은 너에게 어울리지 않는다."

"어머니, 소자와 미실 새주는 잘 맞습니다."

숙흘종을 만호태후와 짝을 지어 주고 나니 이번에는 설원이 금진의 심기를 흔들었다. 설원이 하고많은 여인 중에서 하필이면 미실과 인연을 맺으려고 하는지 금진은 기가 막혔다. 사다함과 인연을 맺고 그 후에는 세종전군의 지어미가 된 뒤로 진흥왕, 동륜태자, 진지왕과 염문을 뿌린 미실이라니, 금진은 지금의 사태를 어떻게 처리해야 할지 눈앞이 캄캄했다.

미실로 인하여 금쪽같은 아들 사다함을 잃었는데, 이번에는 설원이 미실에게 홀린 것이었다. 금진이 결사반대하자, 미실은 설원을 자신의 곁에 계속 붙잡아 두려고 꼼수를 부렸다.

"준화낭주와 혼인하세요."

설원은 미실이 추천하는 여인과 혼인해야 했다. 미실은 지아비 세종전군이 맡고 있던 풍월주 자리를 설원에게 넘기게 했다. 준화낭주(俊華娘主)는 위화랑의 딸로 제3대 풍월주를 지낸 모랑의 지어미였다. 그녀는 모랑과의 사이에서 딸 준모(俊毛)를 낳았다. 준화낭주는 설원과 인연을 맺었다. 모랑이 죽고 18년이나 지나 현재 38세로 설원보다 열네 살 많았다.

설원은 준화 사이에서 아들로 설웅과 *잉피, 딸은 정금(淨金)을 보았다. 또한, 설원은 준화의 딸 준모를 건드려 딸 미모(美毛)를 보기도 했다. 준화가 삼 남매를 낳고 노화의 조짐을 보이자, 설원은 옥진의 아들 비대전군의 딸 개원(開元)을 지어미로 들였다. 설원이 미실의 정인이 되면서 금진은 가슴을 쳤다.

"내 눈에 흙이 들어가기 전에는 안 된다."
"미실을 단지 정인으로 두고자 합니다."
"설원아, 하필이면 네 형과 연분을 맺었던 미실이란 말이냐? 그 계집이 어떤 요물인지 너도 잘 알지 않느냐? 다른 여인은 네가 사귀어도 상관하지 않겠다만, 그 물건은 절대로 안 된다. 여인이 국정을 쥐락펴락하다가는 그 끝이 좋지 않을 것이다. 자칫 너까지 흉사에 휘말릴까, 걱정이다. 제발 이 어미의 말을 듣거라."
"어머니, 소자의 출세를 위해서 미실 새주와 인연을 맺어야 합니다."

설원은 금진의 말을 듣지 않았다. 출세에 눈먼 그에게 어머니의 충고는 객쩍은 소리에 불과했다. 금진은 사다함을 죽음에 이르게 한 장본인이 미실이라고 단정하고 있었

* **잉피** - 仍皮. 원효대사 설서당(薛誓幢)의 할아버지.

다. 미실이 금진의 부탁을 들어 병석에 누워 있던 사다함을 한 번만이라도 만났더라면 역사는 달라졌을지도 모를 일이었다. 설원이 풍월주가 되고 미실의 사람이 되면서 금진은 억병이 생겼다.

  금진은 자신과 이러저러한 악연으로 얽힌 미실에게 경고를 했지만, 권력의 단맛에 취한 미실은 금진을 무시했다. 지아비나 다름없던 진흥왕이 승하하자, 금진은 날개 꺾인 독수리에 불과했다. 그녀의 곁에는 여전히 진주부인이 따랐다. 그녀는 궁궐에서 나와 상천당에서 기거하며 금진의 비서 역할을 하였다. 금진은 한동안 집에 머물고 있다가 황룡사에서 개최되는 *백고좌법회 행사에 참여하며 고승 대덕의 법문을 가까이했다. 쿠마라의 마지막 충언이 멀리 있지 않다는 것을 깨달은 금진은 전율했다.

"이화랑님과 동혈지우가 되기로 했습니다."
"네가, 네가 지금 진정으로 하는 소리니? 이화랑은 어미의 배다른 오라비인 것을 뻔히 알면서 혼인하겠다고?"

  새달의 청천벽력 같은 소리에 금진은 정신 줄을 놓을 뻔했다. 이화랑과 새달은 열여덟 살 차이가 났다. 금진은

---

* **백고좌법회** - 百高座法會. 진흥왕 12년(511년)에 시작되었다. 내란과 외우를 제거하고 국태민안을 위하여 백 명의 법사를 초청하여 거행했다.

새달이 이화랑과 인생을 함께하겠다는 말을 장난으로 받아들이고 싶었다. 그녀는 즉시 이화랑에게 달려갔다. 금진의 항의를 받은 이화랑은 벌레 씹은 얼굴이었다.

"새달은 안 됩니다. 그 애 앞날까지 망쳐 놓고 싶어요?"

"새달이 나를 따르니 어쩔 수 없어요."

이화랑도 새달의 맹목적인 구애에 고뇌하는 듯했다. 금진은 이화랑에게 고상한 인품을 기대하는 것은 아니었다. 이미 많은 여인의 가슴에 못을 박은 이화랑이었다. 단지 새달을 이화랑에게서 떼어 놓고자 했다. 금진은 딸의 육신이 사내를 받아들이고 아이를 잉태할 수 있어도 정신 연령은 아직 수준 미달로 보고 있었다.

"그럴 리야 없겠지만 새달이 극단적인 선택을 하면 아우님은 평생 가슴을 치며 살아야 할 겁니다. 누구든 어떠한 관계에 있든 사람이 사람의 자유를 속박할 수는 없어요."

"오라버니가 새달을 그리 만들었군요."

금진은 새달이 이미 이화랑에게 정신적으로 속박되어 있음을 알았다. 금진은 새달에게 어미로서 충분한 보살핌을 주지 못한 것이 늘 아쉬움으로 남아 있었다. 자신이 두 명의 임금을 통해 권력의 화신이 되려 했던 지난날의 욕망으로 인해 집안이 엉망이 된 것 같았다. 금진은 이화랑과 장시간 대화를 나눴지만, 결론을 맺지 못하고 상천당으로 돌아왔다.

"너도 이제 사리 분별할 줄 아는 성인이니 네 의사를 존중하마. 하지만 세상 이치와 관습에 배치되는 지나친 언동은 조심해라."

이화랑 곁에는 숙명이 있어 새달을 이화랑에게 보내도 금진의 마음이 편치 않았다. 하지만 이화랑의 말대로 새달이 불행한 선택을 한다면 도저히 세상을 살 수 없을 것 같았다. 미실에게 향하는 사다함을 막다가 춘사(椿事)를 겪은 금진은 또 그러한 실수를 반복할 수는 없었다. 금진의 묵인 속에 새달은 이화랑의 집으로 들어갔다. 첩실이나 마찬가지인 딸의 일탈을 보는 금진의 가슴은 울분으로 가득했다. 금진은 새달이 몸을 풀 때마다 상천당에서 딸의 뒷바라지를 해야 했다.

다사다난한 세월이 쏜살처럼 흐르던 어느 봄날, 서라벌 중심에 있는 황룡사에 왕실 사람들이 방문하였다. 그들은 경내를 둘러보고 나서 *인등시주하고 주지의 안내를 받아 법당에 들었다. 그들은 거대한 *장육삼존불상(丈六三尊佛像)

앞에 각자 지니고 있던 귀중품 한 점씩 불전(佛錢)으로 내놓았다.

황룡사는 진흥왕 재위 14년째 되는 해에 나라에서 창건하여 13년 만에 일차 공사를 마무리하였고, 이태 전에 높이 *일장 육 척의 장륙삼존불상을 안치하여 신라 최고 대가람 위용을 드러냈다. 신라는 자국을 중심으로 삼한 일통을 추구하고자 하는 간절한 소원의 표현으로 국가 차원에서 황룡사를 건립하였다. 나라에서는 앞으로도 구층탑과 대형 범종을 추가할 계획을 하고 있었다.

"나무아미타불! 정심 스님을 뵙습니다."
"나무석가모니불! 어머님을 뵙습니다."
"나무관세음보살! 할머님을 뵙습니다."

한 늙숙한 비구니가 법당에 들어 목탁을 치며 염불하는 중이었다. 그녀는 속세의 피붙이들이 왔다는 기별을 받은 상태였다. 생일날이나 명절 때 세속의 자식들이 찾아오면 스님은 그들을 반겼다. 여승은 자신을 보기 위해

* **인등시주** – 引燈施主. 부처 앞에 켤 등불의 기름을 시주함. 또는 시주한 사람.
* **장육삼존불상** – 가운데 석가모니불이 서 있고 좌우에 문수보살과 보현보살이 협시한다.
* **일장** – 一丈. 한 장은 현재 단위로 3m에, 한 척(尺)은 30cm에 해당한다.

우르르 몰려온 속세의 혈육들에게 고개 돌려 시선을 한번 마주치고 계속 염불을 이어 갔다.

무상심심미묘법 백천만겁난조우….

혈육들은 그녀의 염불이 끝날 때까지는 무작정 기다려야 했다. 숙흘종을 비롯한 혈손들도 비구니의 염불을 따라 했다. 염불 소리가 잠시 흔들렸다. 스님의 목소리가 고르지 못하자 옆에 있던 다른 비구니가 염불을 대신 이어 갔다. 정심 스님의 입에서도 염불 소리가 나왔지만, 생각은 먼 곳을 달리는 듯했다. 염불이 끝났어도 여승은 여전히 합장한 채 부처를 응시했다.

여승은 기도를 마치고 뒤를 돌아보았다. 그녀와 시선이 마주친 숙흘종 부부, 토함 부부, 이화랑 부부 그리고 손녀, 손자들이 그녀를 향해 고개를 숙였다. 여승은 합장한 채 그들에게 미소로 화답하였다. 그때 주지가 다가왔다.

"어머니, 손님들과 요사로 드시지요."

주지가 정심 스님과 방문객을 법당 근처 요사로 안내하였다. 스님의 파르라니 깎은 머리에서 푸른빛이 발산되었다. 그녀의 곁에는 여승이 한 명 서 있는데, 나이는 정심 스님과 비슷해 보였으나, 곱고 조쌀한 모습에서 오랫동안 절도와 예의 바른 생활을 한 듯 보였다.

정심 스님은 속세의 혈육들과 함께 자리했다. 다른 여승이 다과를 준비하여 요사로 들었다. 정심 스님은 다과를 들고 있는 속세의 인연들을 한 명씩 유심히 바라보았다. 눈에 넣어도 아프지 않은 혈육이었다. 그녀는 세속의 인연을 끊었음에도 찾아오는 혈육들을 내칠 수 없었다.

"속세는 요즘 어떻습니까?"

정심 스님이 삼보에 귀의한 상태지만 가끔은 세속의 소식이 궁금했다. 그녀가 마음만 먹으면 얼마든지 저잣거리로 나가 귀동냥을 할 수 있었지만, 특별한 일이 아니면 황룡사를 떠나지 않았다. 토함이 정심 스님의 물음에 대답했다.

"대왕 폐하께서 보명궁주와 미실 새주를 각각 좌후(左后)와 우후에 봉하였고, 비보랑(祕宝郞)의 후임으로 미생랑을 풍월주에 임명했습니다."

"미실이 계속 사바의 업을 짓고 있군요. 보명은 자신으로 인해 동륜태자가 죽었는데, 그의 아들과 새로운 업을 쌓는군요. 죽은 지소태후의 악연이 참으로 길게도 이어집니다. 설원이는 풍월주에서 물러났어도 바쁘겠지요?"

"설원이는 미실 새주 주변을 베돌고 있습니다."

정심 스님은 정신을 차리지 못하고 미실 주변을 배회하는 설원 생각에 한숨을 쉬었다. 그녀에게 가장 가슴 아픈 자식이 설원이었다. 지금, 이 순간에도 미실의 치맛자락을 놓치지 않으려고 애쓰고 있을 자식 생각에 정심 스님은 눈굽이 촉촉이 젖고 있었다.

"『시경(詩經)』에 '척령재원형제급난(鶺鴒在原兄弟急難)'이란 문구가 있습니다. 물가에 있어야 할 할미새가 언덕에 있으니, 이는 어려움에 처한 형제를 돕기 위함입니다. 설원이는 외롭게 자란 자식입니다. 그 애를 자주 불러 형제의 우애를 나누세요. 큰 아드님께서 아우들을 잘 건사해 주세요. 나는 이곳 황룡사에서 주지 스님의 지극한 효도를 받으며 잘 지내고 있습니다."

"그렇지 않아도 이이가 늘 난성공주와 새달 아가씨 그리고 아우들을 챙기고 있습니다."

숙흘종 대신 만호태후가 나섰다. 그녀는 숙흘종과 사이에서 딸 *만명을 낳았다. 정심 스님은 불문에 귀의한 뒤로도 속세의 인연을 끊지 못하고 늘 설원을 걱정했다. 설원은 미실의 후광으로 제7대 풍월주가 되기도 했지만, 세상의 평판은 좋지 않았다. 그는 미실과 인연을 맺어 보종(寶宗)을 낳았다. 정심 스님은 행여 설원이 미실에게 해를 당할까 노심초사했다.

난성공주는 대궐에 들어가

* **만명** – 萬明. 무장 김서현과 혼인하여 김유신(金庾信), 김흠순, 김보희, 김문희(金文姬), 김정희를 낳는다. 김문희는 태종무열왕 김춘추 배우자이다.

살고 있는데 곧 귀족 자제와 혼인할 것이라고 했다. 공주는 혼자서도 자주 황룡사를 찾아와 모녀의 정을 나누곤 했다. 정심 스님은 탈속하지 않고 아등바등 궁궐에 붙어 있으면서 권력을 탐했더라면 현재 자신과 자식들이 어떻게 되어 있을지 궁금했다.

새달은 이화랑의 후처로 들어가 여러 명의 자식을 낳고 죽은 듯 지내고 있었다. 정심 스님은 신라 왕실에 여러 번의 풍파를 일으킨 배다른 오라비 이화랑이 마음에 들지 않았다. 새달은 오랜만에 출가한 어머니를 찾았지만, 송구한 마음에 가슴속에 있는 말도 제대로 풀어놓지 못했고, 늙은 사위 이화랑도 정심 스님의 눈치만 살폈다. 숙흘종과 주지는 세속의 일에 관해 대화를 주고받았다. 속세의 자식들이 황룡사를 떠난 뒤에 정심 스님은 다과를 이어 갔다.
"어머니, 오늘은 편안해 보입니다."
"주지 아드님께서 주야 조석으로 어미를 보살펴 주니 어찌 신관이 편치 않겠습니까? 우리 모자는 전세부터 부처님을 따를 운명이었나 봅니다. 진주 스님, 아이들이 그런대로 잘 컸지요?"
"정심 스님께서 조속히 세속의 인연을 끊고 밤낮으로 자식들에게 연결된 악연을 끊어 낸 결과일 겁니다. 소승도 그때 스님을 따라 삼보에 귀의하기를 참으로 잘했다는 생각이 듭니다. 진도 아우도 소승과 동행했으면 좋을 뻔했습니다. 주지 스님께서 효도를 하시니 스님은 더 바랄 게 없으실 테죠."

금진은 사다함이 세상을 뜨고 숙흘종이 만호와, 설원이 미실과 연결되면서 세상에 흥미를 잃었다. 게다가 새달이 이화랑과 부부의 연을 맺으면서 금진은 세사에 회의를 느꼈다. 그녀는 한동안 상천당에 들어앉아 묵새기고 있다가 탈속하기로 결심했다. 금진은 진주부인과 신라 전역을 방랑하다가 서라벌로 돌아와 삼보에 귀의해 불제자가 되었다. 어렵게 부귀영화라는 신기루에서 탈출한 것이었다. 그녀는 황룡사에 안거하며 부처를 의지가지로 삼고, 지난날 자신의 어지러운 흔적들을 지우느라 정성을 다했다.

그런데 어느 날, 속세를 등진 용걸종이 황룡사 주지로 부임하였다. 금진이 탈속할 때 진주부인은 지아비와 이혼하였다. 오랜 세월이 흘렀어도 진주부인의 상전을 위한 충정은 변함이 없었다. 이제는 서로를 의지하며 여생을 오롯이 속세에 있는 피붙이들의 무탈을 기원하고 국태민안을 위하는 마음뿐이었다. 다과를 마친 정심 스님과 진주 스님은 다시 법당에 들어 부처 앞에 공화하고 독경을 시작했다.

종신구의지소생 일체아금개참회….

불경을 독송하는 정심 스님의 눈가에 매작지근한 물기가 스며들었다. 그녀는 자신과 한때 인연을 맺었다가 *생기사귀의 법칙에 따라 연기처럼 사라진 위화랑, 오도부인, 모즉지 법흥대왕, 입종갈문왕, 삼맥종 진흥대왕, 지소태후, 옥진, 구리지, 사다함, 설성, 무관랑 등과 그 밖에 자신과 애증이 얽히고설켰던 영혼들의 명복을 빌었다. 속세를 떠올리자, 낭랑했던 독경 소리가 잠시 흔들리며 혼탁한 소리가 났다. 진주 스님이 휘청거리는 정심 스님 곁으로 바싹 다가가 안색을 살폈다. 그녀는 식은땀을 흘리고 있었다.

  그때 부처는 중생의 소원을 만족시키는 결인으로 시원인(施願印)을 보이며 정심 스님을 안심시켰다. 그녀의 얼굴에 깨달음을 얻은 이에게 나타나는 금색신 현상이 나타났다. 동시에 일체의 번뇌를 끊었다는 표시로 일체누진무외의 미소가 만면에 번지고 있었다. 금당 안은 바깥보다 더 밝았다. 법당 옆에 서 있는 노송은 바람이 건듯 불 때마다 송홧가루를 토해 내고 새들은 놀라 허공으로 날아올랐다.

* **생기사귀** – 生寄死歸. 사람이 이 세상에 사는 것은 잠시 머무는 것일 뿐이며, 죽는 것은 본집으로 돌아가는 것.

〈끝〉

소설 속 주요 사건 연대표   470

에필로그   472

작품해설   474

소설 작품 속 어휘 풀이   500

저자 소개   570

소설 속 주요 사건 연대표

- 서기 505년 : 옥진 태어나다(父-위화랑, 母-오도)
- 서기 514년 : 법흥왕이 즉위하고 율령을 반포하다
- 서기 519년 : 금진(金珍), 구리지(仇梨知) 태어나다
- 서기 520년 : 법흥왕 율령(律令)을 반포하다
- 서기 527년 : 이차돈(異次頓) 순교 및 불교 공인
- 서기 532년 : 신라 금관가야를 복속하다
- 서기 534년 : 삼맥종(三麥宗-진흥왕), 사도 태어나다
- 서기 535년 : 금진, 묘도 법흥왕 후비로 들어가다
- 서기 536년 : 신라 최초 연호 건원(建元) 사용
- 서기 536년 : 숙흘종(肅訖宗) 태어나다
- 서기 540년 : 법흥왕이 재위 27년 만에 승하하다
- 서기 540년 : 진흥왕 7세로 즉위하다
- 서기 545년 : 거칠부 신라 국사(國史)를 편찬하다
- 서기 547년 : 사다함(斯多含), 미실(美室) 태어나다
- 서기 549년 : 설원(薛原) 태어나다
- 서기 550년 : 동륜(銅輪), 보명(寶明) 태어나다
- 서기 551년 : 연호를 개국(開國)으로 바꾸다
- 서기 552년 : 금륜(金輪-진지왕) 태어나다
- 서기 554년 : 백제 성왕(聖王) 참수되다

- 서기 560년 : 난성공주, 원광(圓光) 태어나다
- 서기 562년 : 신라가 대가야(大伽倻)를 복속하다
- 서기 564년 : 사다함 사망하다
- 서기 567년 : 김백정(金白淨-진평왕) 태어나다
- 서기 570년 : 옥진(玉珍) 사망하다
- 서기 573년 : 동륜태자(銅輪太子) 개에 물려 죽다
- 서기 574년 : 지소태후(只召太后) 사망하다
- 서기 576년 : 진흥왕 재위 37년 만에 붕어하다
- 서기 579년 : 진지왕 재위 4년 만에 붕어하다
- 서기 579년 : 진평왕 즉위하다
- 서기 585년 : 선덕여왕 탄생하다
- 서기 595년 : 김유신(金庾信) 태어나다

※ 상기 연대표에는 작가가 추정한 연도도 있습니다.

에필로그

 금진은 어느 날 갑자기 시공을 초월해 다가온 여인이다. 마치 초나라 회왕(懷王)이 무산신녀인 요희(瑤姬)를 꿈속에서 만난 것처럼….

 신라 중기 법흥왕의 후비이며, 진흥왕의 정인(情人)으로 화랑 풍월주 사다함의 어머니인 금진을 소설의 주인공으로 단장하여 공개할지, 아니면 꿈속의 여인으로 기억할지 한동안 고민했다. 소설을 쓰기로 하니 금진은 때를 가리지 않고 현몽했다. 많은 날짜가 속절없이 지나고 있었지만, 언어로 구체화하지 못하고 홀로 가슴앓이해야 했다. 법흥왕과 진흥왕의 모습이 언뜻언뜻 보이고, 풍월주 사다함도 나타나 금진을 세상으로 불러내라고 아우성쳤다.

 금진의 후손들을 살펴보면 화려하다. 삼국 통일의 주역 김유신 장군, 통일 후 신라 만백성의 혼란한 정신을 불법으로 수습한 원효대사, 백제에 이어 고구려를 멸망시키고 신라를 집어삼키려던 당나라군을 격퇴하여 삼국 통일의 대업을 완수한 문무대왕 등이 금진의 후손이었다. 김유신 장군은 금진의 큰아들 숙흘종의 외손이고, 원효대사는 금진의 다섯째 아들 설원의 증손자가 되며, 문무대왕은 금진의 큰아들 숙흘종의 외증손자 된다. 금진이 없었다면 신라의 삼국 통일은 없었을 것이다.

또 무수한 날이 아무렇게나 흘러가고 급기야 조급증에 시달리기 시작했다. 첫 문장을 써 놓고 자축했다. 시나브로 허수한 문장이 완성되었다. 그런데 좀처럼 세상에 공개할 용기가 나지 않았다. 지루한 갈등이 지속되었다. 평범한 지상화(紙上畵)를 두고 옷이 어울리지 않는다거나 박색이라고 폄훼하는 뒷말이 무성할까 두렵다.

- 저자 -

작품해설

동화 같은 나라 신라의 페르소나

金致煥(소설가, 수필가, 시인)

1

페르소나(Persona)란 고대 그리스 시대 가면극에 등장하는 배우(俳優)들이 쓰던 가면을 말한다. 그때는 지금처럼 전자 음향시설이 없었기 때문에 연출자들은 배우들의 목소리를 크게 울리게 하려고 극장의 천정을 반구형인 돔(Dome) 형식으로 높이 올리는 방법을 고안해 냈다. 그것으로도 만족하지 못한 연출자들은 배우의 다양한 목소리를 관중에게 곧바로 전달하기 위해 배우의 감정을 담은 그림이 있는 고깔을 쓰게 했다. 이것이 점차 후세로 내려오면서 페르소나는 사람(Person), 성격(Personality)의 어원이 되었다. 이탈리아 등 남유럽 일부 국가에서는 사람이라는 뜻으로 사용하며 보통은 자기 인상을 관리하기 위해 사용하는 가면을 뜻하기도 한다. 지금 시대에 가면극 배우들이 고깔을 사용한다면 그 가면극은 어찌 될지 의문스럽다.

2

우선 역사 장편소설 『금진』의 저자를 살펴보고자 한다. 최재효 작가는 조선 시대 제26대 임금인 고종의 왕비인 명성황후(明成皇后)가 태어난 탄강구리(誕降舊里 - 현재 경기도 여주시 능현동)와 붙어 있는 점봉동(店峰洞) 출신이다. 그는 왜의 낭인에게 피살당한 명성황후를 늘 가까이서 대한 까닭인지 모르지만, 외세에 침탈당한 우리의 역사적 사건에 관심이 많다. 그는 여주에서 고등학교를 마치고 숭실대학교에 입학하여 영문학(英文學)을 전공하였고, 졸업 후에는 30년 넘게 나라와 지역사회 발전을 위한 직분으로 헌신해 왔다.

최재효 작가는 2007년 조선 시대 병자호란(丙子胡亂)을 배경으로 한 중편소설집 『유월에 내린 눈』을 발간했다. 2019년에는 오랜 공백을 깨고 역사 중편소설집 『요석궁에 내린 비』와 『꽃들의 암투』를 발간했다. 2021년에는 고려 현종 임금 때 강감찬 장군의 귀주대첩(龜州大捷)을 배경으로 한 역사 장편소설 『설죽화』를 발간했다. 2022년에는 고려 공민왕 때 강원도 강릉에 침입한 왜구를 관노였던 이옥(李沃)이 소탕하는 내용의 역사 장편소설 『강릉대첩』 상, 중, 하권을 발간한 바 있다.

최재효 작가의 역사 소설의 배경과 등장인물들은 한반도에만 한정되지 않는다. 그의 이야기에는 중국, 몽고, 일본, 인도, 안남, 대식국(大食國), 티베트, 서역(西域) 등이 포함되어 있다. 그의 소설의 시대는 고조선부터 현재까지를 망라한다. 물론 이때 중국의 고대국가(위, 진, 한, 초나라 등)와 수, 당, 원, 명, 청나라가 맞물린다. 열도의 아스카[飛鳥], 나라[奈良], 헤이안[平安], 카마쿠라[鎌倉], 무로마치[室町], 에도[江戶] 등이 포함되어 있다. 그의 소설에는 한민족의 웃음과 눈물이 진하게 녹아 있다. 그의 소설을 읽다 보면 인생의 희로애락이 밀물처럼 밀려들어 혼몽한 심사를 잘 추슬러야 한다.

3

소설은 작가가 경험한 사실들이 상상력을 통해 변용되고

확장되어 인간의 구체적인 삶의 문제까지 가미되어 재미와 의미를 갖춘 이야기[Story]로 만들어져야 한다. 개인의 경험을 사실대로 서술하면 그것은 소설이 아니라 실화[Non-Fiction]가 된다. 소설을 만들기 위하여 작가는 자신이 경험한 사실에서 과감히 뛰쳐나와야 한다. 소설은 궁극적으로 인간을 이해하고 삶의 진실을 탐색하는 이야기가 돼야 한다. 소설은 펜으로 쓰고 칼로 다듬어진 이야기라야 한다. 군더더기가 많은 이야기는 잡설이 될 가능성이 농후하기 때문이다.

역사 소설은 『삼국사기』나 『삼국유사』 등 역사 사료들의 기록을 읽고 작가의 느낌을 피력한 글이 아니다. 역사 소설에는 당시에 살았던 사람들의 뜨거운 피가 흐르고 있어야 한다. 저자의 느낌만 약간의 허구로 장식한다면 살아 있는 글이 아니다. 1,500년 전 신라 중기 시대를 배경으로 소설을 쓴다면 그 시대 사람과 친구가 되어야 한다. 즉 작가는 같은 시대의 인물로 그 시대의 현장으로 들어가야 한다. 단순히 그 당시에 그린 그림 한 점 놓고 느낌을 말하는 식의 역사 소설은 껍데기를 보여 주기 때문에 뜨거운 피가 흐른다고 볼 수 없다.

여색을 밝히는 위화랑은 지소의 초대에 입이 함지박만

해졌다. 지소는 어머니 보도부인의 외모를 쏙 빼닮아 난연하면서도 음종한 미색으로 이름을 날렸다.

"국구, 한 잔 받으세요."

위화랑은 시선을 어디에 두어야 할지 몰라 쩔쩔맸다. 지소는 서라벌의 유명한 주루에서 최고 미인이라고 소문난 여인 두 명과 악사를 초빙했다. 두 미희는 노래와 춤은 물론 미도(媚道)와 감탕질에도 뛰어나 웬만한 사내들은 상대할 수도 없을 정도였다. 위화랑은 미희가 따르는 술을 쉴 새 없이 마셔 댔다. 위화랑이 어량해지자 미희들은 가기로 변신하여 노래하며 춤을 추었다. 위화랑도 기분이 흔연하자 일어나 덩실덩실 춤을 추었다.

― 본문 29쪽 일부 ―

여기 빛바랜 흑백사진과 총천연색의 컬러사진이 있다고 하자. 두 사진을 비교했을 때 어떤 느낌이 드는가? 흑백사진 시대는 이미 구시대라는 의식과 함께 고리타분한 생각이 들 수도 있을 것이다. 그러나 컬러사진과 크게 다를 게 없다. 다만 사진의 색상만 다양할 뿐이다. 역사 소설은 흑백사진을 보는 것과 같다. 작가는 흑백사진 한 장을 보며 사진이 찍힐 당시의 세상을 구현해 내야 한다. 그 당시 사람들의 성격, 언어, 음식, 건물 양식, 노래, 의상, 유행, 연애 감정 등등을….

나는 업무차 경주시를 자주 방문한다. 그때마다 불국사, 첨성대, 안압지, 석굴암, 박물관, 대릉원, 황룡사지 등을 둘러본다. 불국사만 지금까지 삼십여 회 방문했을 것 같다. 내가 신라의 유적지를 찾는 까닭은 천 년 전에 서라벌에 살았던 우리의 조상 신라인(新羅人)을 만나기 위해서다. 그들이 만들어 놓은 석굴암이나 첨성대를 가까이서 보면 신라인의 뜨거운 심장 박동 소리가 들린다. 황룡사지를 방문할 때면 몽고군의 방화(放火)로 불타는 황룡사 구 층 탑의 처참한 모습이 보여 가슴을 친다. 불에 타 재가 된 황룡사를 보고 통곡했을 그 당시 고려인들의 심정을 충분히 이해할 수 있다.

현대를 살아가는 우리나 1,500년 전 신라인이나 전혀 다를 게 없다. 있다면 의식주(衣食住)와 생활 방식이 변했을 뿐이다. 신라인도 사랑을 했고, 배신을 했으며, 시기와 질투도 했다. 그들의 유전인자가 고스란히 우리의 몸속에 전해지고 있다. 우리나라와 인도 또는 태국의 불상을 보면 확연한 차이를 느낄 수 있다. 인도의 불상은 인도인을 닮았고, 태국의 불상은 태국인의 모습을 하고 있다. 토함산에 있는 석굴암의 부처상은 불상 조성할 당시 신라인의 모습이다. 역사 소설가는 이야기하고자 하는 당시의 사람이 되어야 진솔한 글이 나온다. 현재의 시점으로 소설을 쓰면 곤란하다.

상천당 본채는 입 구(口) 자 형태의 저택으로 건물 규모만 수백 평이 넘었다. 금진은 본채 좌우로 낫 모양 혹은 일자 형태로 별채, 행랑채, 창고 등을 추가로 지었는데, 담장 안에 있는 여러 건물, 정자, 후원, 연못 등의 면적을 합치면 수천 평이 넘었다. 상천당 건물의 외양은 서라벌 중심가에 자리한 고관대작의 금입택보다 더 휘황하고 찬란하여 마치 왕궁 일부를 옮겨 놓은 소궁(小宮) 같았다.

모든 기둥은 붉은색이고 기와는 황금색이며 건물 주위 바닥은 검은 돌과 하얀 돌을 깔아 놓았다. 상천당과 주변에는 늘 기화요초와 백화가 난만했다. 또한, 금진은 저택에 여러 명의 하인을 두었다. 태후는 금진이 수년 동안 데리고 있던 나인 영지를 시비로 붙여 주었다. 그녀는 금진보다 서너 살 어렸지만, 붙임성이 좋고 눈치가 무척 빠른 편이었다. 영지는 상천당에서 금진의 안팎심부름을 도맡아 하면서 어리숭한 하인들을 닦달하는 등 집사 노릇까지 했다.

― 본문 42쪽 일부 ―

구리지와 금진은 수백 년 전부터 만나기로 예정된 사이처럼 달뜨고 화기애애했다. 그들 사이에는 아무 거리낄 것이 없었다. 밤이 이슥해지자 주루 일 층은 온갖 부류의 사람들로 가득 차면서 시끄럽고 번잡했다. 금진의 튀는 외모와 예사롭지 않은 차림새가 사내들의 시선을 어지럽혔다. 두 사람은 손님들의 시선이 부담스러워 이 층 객실로 올라갔다. 영지는 밖에서 초병(哨兵) 노릇을 해야 했다. 이 층 객실은 호화롭게 꾸며진 공간이었다. 황촛불이 켜진 객실 안은 금빛으로 물들어 야릇한 분위기를 만들어 냈다.

밀실 한쪽에는 침상도 마련되어 있어 손님아 술을 마시다 피곤하면 잠시 눈을 붙일 수 있게 했다. 한쪽 벽에는 대형 그림이 걸려 있는데 반라의 무희들이 원을 그리며 군무를 추고 있었다. 강렬한 원색으로 그린 그림이라 상당히 인상적이면서 역동적이었다. 그림 속에서 악공들이 연주하는 음악 소리가 들릴 듯했다. 금진과 구리지가 든 객실로 술과 음식이 들어갔다.

"저분도 낭주님 마수에 걸려들겠군."

- 본문 45쪽 일부 -

우리는 역사적 사건을 놓고 제각각 해석을 달리한다. A는 동륜태자(銅輪太子)가 아버지의 후비였던 보명궁주를 만나러 갔다가 개에게 물려 죽은 사건을 두고 애잔하게 여기고, B는 사필귀정이라는 식으로 치부하며, C는 마치 자기 일인 양 눈물까지 흘리며 애통해한다. D는 동륜태자를 죽인 범인의 정체를 두고 장고에 빠지기도 한다. 범인은 각자가 생각하는 자일 것이다. 범인으로 좁혀질 수 있는 인물은 지소태후, 보명궁주, 미실, 미생일 수 있을 것이다. 아니면 또 다른 누구일 수도 있다.

태자는 아버지의 후비 보명에게 흑심을 품고 있었다. 그에게 지어미 만호가 있었음에도 넘쳐나는 봄기운을 주체하지 못했다. 그뿐만 아니라, 그는 작은아버지인 세종전군의 부인 미실과도 잠통하는 사이였다. 하지만 미실은 욕심이 많은 여인이었다. 그녀가 태자와 잠통하는 사실은 사도만 알고 있을 뿐이었다.

"동륜은 본래 심성이 착한 아이다. 태자와 더불어 정을 나누고 아들을 출산하면 너를 장차 정비로 삼을 것이다."

동륜태자가 죽기 전에 사도와 미실은 밀약을 맺은 바가 있었다. 미실은 동륜태자의 약점을 잡기 위해 온갖 방법을 동원하여 그와 정교(情交)를 가졌다. 그러나 그녀의 하해와 같은 욕심은 더 높은 곳을 향했다. 동륜은 계속 미실과의 잠통을 이어 가려고 했지만 뜻대로 되지 않았다. 미실이 왕과 사통하면서 동륜은 귀찮은 존재가 되고 말았다. 미실이 자기 뜻을 들어주지 않아 낙심하고 있을 때, 태자의 시야에 들어온 여인이 바로 보명궁주였다. 그녀는 어쩌다 찾아오는 왕을 위하여 살아가는 각다분한 생활에 지쳐 있었다. 동륜태자가 보명과 정을 통하고 있다는 사실을 알고 있는 사람은 미실 남매뿐이었다. 미생은 미실의 꼭두각시처럼 움직였다. 그녀의 지시라면 미생은 어떤 일이든 가리지 않고 실행에 옮겼다.

- 본문 448쪽 일부 -

상술한 바와 같이 동륜태자의 죽음을 놓고 A, B, C, D는 다르게 이해한다. 네 사람이 주관적으로 이해하는 데에는 암묵적이면서 객관적인 사실이 있다. 범인은 분명 그 당시 사람일 것이다. 고려나 조선 시대 또는 현대인이 아니다. 작가는 절대로 범인이 누구라고 알려 주지 않는다. 진정한 범인은 개가 아니고 분명히 사람이다. 범인을 찾는 것은 독자의 몫이다. 모든 소설의 주인은 인간이다. 인간이 등장하지 않는 소설은 가치가 없다. 그것은 사람의 이야기가 아니기 때문이다. 역사 소설이란 당대의 역사나 사건 속에서 인간이란 무엇이냐고 마땅히 묻는 것이다. 겉으로 드러난 행적 등으로 그 안의 고갱이 같은 속살까지 깊이 통찰할 때 비로소 뜨거운 피가 흐르는 역사 소설이 존재할 수 있다.

4

 박종화, 김동인, 이광수, 유주현, 최인호 같은 작가들이 이미 대한민국의 역사 소설을 다 쓴 것으로 믿는 분들이 많다. 하지만 유구한 우리의 역사에 등장하는 대왕, 영웅, 장군, 재상, 왕후, 공주, 왕자, 고승대덕, 간신, 효녀, 열녀, 효자는 그 수를 헤아릴 수 없을 만큼 많다. 『삼국사기』나 『삼국유사』 또는 『고려사(高麗史)』 열전만 보더라도 수백 명의 역사적 인물이 등장한다. 역사서는 '소설의 바다[Sea of Novel]'이라고 할 수 있다. 그런데 한자와 친하지 못한 작가는 역사 소설을 한정해서 쓰고 있다. 그렇다 보니 요즘 TV에서 방영하는 사극이나 역사 영화는 대부분은 조선 시대에 머물고 있다. 초등학생들은 대한민국 역사에서 장군은 오로지 이순신 한 명만 있는 줄 안다. 한 인물을 놓고 대한민국의 수많은 작가가 수십 년째 단물을 빨아먹었다.

 역사 소설가는 광대무변(廣大無邊)한 세상을 볼 수 있어야 한다. 조선 중기나 후기쯤에 평생 시선을 묶어 두고 글을 쓰는 작가들이 많다. 참으로 객심스러운 일이 아닐 수 없다. 아직도 서류 더미 속에 묻혀 사가(史家)나 소설가들의 손길을 기다리는 자랑스러운 우리의 조상들이 많다. 역사를 공부하지 않으니 역사 소설 쓰기가 어렵다. 중국의 역사 소설가와 한국의 역사 소설가가 을지문덕 장군의 살수대첩(薩水大捷)이나 강감찬의 귀주대첩 사건을 두고 설전을 벌인다면 어찌 될까? 결론은 뻔하다.

국토 지상주의를 지향하는 중국은 동북공정(東北工程), 서북공정(西北工程), 서남공정(西南工程) 등을 내세워 없는 역사까지 만들어 내고 있다. 역사 소설가들은 단순히 인세(印稅)를 염두에 둔 수전노가 되면 안 된다. 역사 소설가는 자신의 조국 역사를 수호하는 사람이다. 그렇다고 엄연한 역사적 사실을 왜곡하라는 것은 절대 아니다. 있는 역사를 지키고, 우리가 몰랐던 역사를 발굴하여 소설로 작품화하는 소설가가 나중에 웃는다. 금진(金珍)은 우리가 잘 모르던 신라 중기 시대를 살던 후비(后妃)이다. 신라의 자랑스러운 영웅 김사다함(金斯多含)의 어머니이다. 비슷한 시대를 살았던 미실(美室)은 알지만 금진을 아는 사람은 드물다.

"화살을 날리고 성문을 격파하라!"
"불화살도 날려라!"

사다함의 명령에 따라 신라군 선발대인 기마대가 주산성에 도착하여, 성안을 향해 불화살과 화살을 날리고 주산성 동서남북 네 곳에 있는 성문을 깨부쉈다. 성안에 있는 대가야 군사들은 철기가 격파된 사실을 알고 전의를 상실한 듯했다. 성안은 금방 한 치 앞도 분간할 수 없을 정도로 연기가 자욱했다. 군사들의 비명과 말 울음소리 등이 한데 뒤섞여 주산성은 화탕지옥을 방불케 했다. 성문을 방어하던 대가야군의 소규모 저항이 있었으나, 신라군이 주산성의 정문인 전단량(旃檀梁)을 격파하면서 저항은 금방 사그라들었다.

  대가야 주력군은 대부분 성 밖에서 신라군과 대적하다 몰살되었다. 땅거미가 질 무렵 신라군은 주산성을 점령하였다. 대가야는 가락국 시조 수로왕과 함께 구지봉에서 태어난 여섯 명의 동자 중에서 둘째인 이진아시가 건국했다. 결국, 대가야는 520년 만에 신라 정벌군에게 멸망했다.

- 본문 362쪽 일부 -

"서라!"

  순라군들이 호각을 불며 달려오고 있었다. 무관랑은 담장 밖으로 뛰어내리려고 했으나 높이가 만만치 않았다. 그러나 담장 위에 있으면 곧 잡힐 것이 분명했다. 담장을 넘으면 한 자 폭의 바닥이 있고 구지(溝池)를 통해 여러 개의 연못으로 이어져 있어 무척 위험했다. 해자의 연못 한 개의 길이와 폭이 보통 육십 자 정도이고 깊이도 상당하여 쉽게 건널 수도 없었다.

  무관랑은 두 눈을 질끈 감고 담장 밖으로 내리뛰었다. 무관랑이 바닥으로 떨어지면서 둔탁한 소리와 함께 왼쪽 다리가 부러지고 머리도 심하게 다치고 말았다. 그는 순간 까무룩 정신을 잃었으나 곧 의식을 찾았다. 정신을 차린 무관랑은 연못으로 몸을 던지고 죽을힘을 다해 헤엄치기 시작했다. 전신이 피범벅이 되었어도 그는 아픈 줄도 몰랐다.

– 본문 391쪽 일부 –

    남당 박창화의 『화랑세기』 필사본을 위서라고 말하는 이들이 있다. 박창화가 일본 궁내청 서릉부에서 필사했다고 주장하는 그 한문 필사본이 1989년 김해에서 발견되었다. 1995년에는 162쪽 분량 또 다른 필사본(모본·母本)이 발견되었다. 이 필사본에는 서기 540년부터 681년까지 풍월주 32명 전기가 담겨 있다. 필사본은 유교적 가치관과 사뭇 다른 신라인에 관한 기록이라는 점에서 주목받고 있지만, 위작 시비가 끊이지 않고 있다. 필사본은 구체적인 화랑도 구조, 진골정통, 대원신통, 마복자 등 신라 사회에 관한 새로운 기록을 많이 전하고 있다. 『화랑세기』 필사본에는 무관랑(武官郎)이 월성(月城)의 궁궐 담장을 넘다가 '구지(溝池)'에 빠져 죽었다는 기록이 있고, 이것은 다른 사료에서 발견되지 않은 기록이다. 구지란 일종의 해자(垓字)로 보이는데, 이 구지로 추측되는 연못 유적이 박창화가 사망한 이후인 1985년에 발견되었다. 『삼국사기』 사다함(斯多含) 조에도 사다함의 친구 무관랑이 해자에 빠져 죽었다는 기록이 있다.

사람은 누구나 천재성을 가지고 태어난다. 다만 자기가 지닌 재(才)를 발견하지 못해 묵히거나 썩힐 뿐이다. 그렇다면 여러 문학 장르 중에서 역사 소설을 쓰는 작가들은 어떤 부류인가? 그들은 천재인가? 절대 그렇지 않다. 그들에게는 열정과 끈기가 있을 뿐이다. 어느 여류 소설가는 대하소설을 써 놓고 유명을 달리하기도 했다. 소설은 생명을 갉아먹는 장르이기도 하다. 피와 땀이 수반되지 않은 소설은 허섭스레기에 불과하고, 생각 많은 자들의 배설을 위한 도구로 전락하기 쉽다.

소설을 우습게 보고 돈벌이 수단으로 여기고 도전하는 젊은 세대들이 있다. 누가 웹소설을 써서 수억 원을 벌었다는 말에 역량도 안 되는 자들이 불나방처럼 덤벼들고 있다. 그들의 글이 수많은 조회 수를 기록하자 매스컴에서는 드라마로 제작되고 있다. 대개가 판타지풍이나 영웅 또는 벼락출세하여 성공했다는 내용이 주류를 이룬다. 문학은 언어로 그리는 그림이다. 글 표현의 아름다움을 통해 감성과 인간의 삶에 대한 깊은 통찰이 있어야 한다. 전(錢)을 위한 가짜 글은 유행이 지나면 우수마발(牛溲馬勃)이 되어 쓰레기통으로 던져지게 마련이다. 역사 소설가는 『삼국유사』, 『삼국사기』, 『고려사』, 『조선왕조실록』쯤은 머리에 담고 있어야 하며, 『옥편』은 늘 뇌리(腦裏) 한쪽에 박혀 있어야 한다.

5

 최재효 작가의 『금진』은 우리말에 충실하다. 우리말의 60% 이상이 한자어(漢字語)이다. 부모, 형제, 국가, 제왕, 왕비, 공주, 친제, 부부, 지방, 원수, 애인, 정인, 식사, 음식, 학교, 교사, 선생, 유치원, 대학교, 교수, 병원, 의사, 진료, 전문의, 여권, 여행, 외국, 전쟁, 무기, 적군, 항복, 무기, 비행기, 식량, 대포, 소총, 군복, 철모, 부교, 전차, 함정, 항공모함, 전함, 인공위성, 신문, 서적, 일간지, 친척, 고모, 이모, 조부, 자매, 역사, 수업, 작가, 전거, 근거, 건물, 인쇄, 자동차, 기차, 전동차, 자전거, 운전, 승용차, 교통…. 중국, 일본, 한국이 한자어를 사용하고 있다. 하지만 우리의 현실은 어떤가? 자기의 이름을 한자로 쓸 수 있는 고등학생이 얼마나 될까?

 한자를 모르니 요즘 신세대 작가들은 쉽고 평이한 단어나 어휘를 사용하고 있다. 신문이라고 할 때 경우에 따라 한자가 다르다. 아침마다 가정이나 가판대에서 사 볼 수 있는 신문은 新聞이다. 사법기관에서 범인을 조사할 때는 신문은 訊問이다. 사람의 머리 정수리를 가리키는 신문은 囟門이다. 결국, 한자를 모르면 창작에 한계를 느끼기 쉽다. 특히, 매일 고서(古書)를 대하는 역사 소설가는 말해 무엇 하랴. 한자는 중국의 문자가 아니다. 5천 년 전부터 동북아 민족들이 자연스럽게 사용하던 문자 체계이다. 새삼 한자의 중요성을 부각하려는 의도는 아니다. 역사 소설을 쓰기 위해서는 머릿속에 『옥편』 한 권이 들어 있어야 한다는 뜻이다.

신라군은 대가야 귀족들과 신체 건강한 젊은 남녀 수천 명을 포로로 잡아 서라벌로 향했다. 이사부는 주산성과 대가야 주요 지역에 신라군을 주둔시켜 혹시 있을지 모를 소요 사태에 대비했다. 서라벌로 돌아온 사다함은 신라의 영웅이 되어 있었다. 서라벌 저잣거리는 오색 깃발이 나부끼고 상가마다 입구에 술과 안주를 준비하여 대가야를 정벌하고 돌아오는 신라 원정군에게 제공하며 노고를 위로했다.

이사부와 사다함이 선봉대를 이끌며 서라벌 거리를 행진할 때 사람들이 구름처럼 몰려들어 '사다함'과 '이사부'를 연호하였다. 두 사람은 말에서 내려 서라벌 사람들에게 고개 숙여 인사하고 손을 흔들어 주었다. 사다함의 인기는 하늘 높은 줄 모르고 치솟았다. 이사부는 장병들에게 잠시

<u>행군</u>을 멈추고 서라벌 사람들에게 <u>인사</u>를 하게 했다.
"<u>이사부</u> <u>장군</u>, <u>만세</u>!"
"<u>사다함</u> <u>비장</u>, <u>만세</u>!"

– 본문 363쪽 일부 –

위 문장에서 밑줄 친 단어가 모두 한자어이다. 우리는 일상으로 쓰면서도 한자어인지 모르는 경우가 허다하다. 한자를 몰라도 일상생활에 큰 불편은 없다. 그러나 문학을 하는 사람들은 장르를 불문하고 한자를 많이 알아야 한다. 중국인들이 사용하는 간자체(簡字體) 한자는 중국인 것이고, 히라가나와 가타카나를 혼용하여 쓰는 일본 한자는 일본인 것이다. 우리가 자연스럽게 사용하는 한자어는 우리 문자이다. 다만 어원을 잘 모르고 있을 뿐이다. 한자를 모르면 창작활동에 상당한 제약을 받음은 물론이다. 본 소설 뒤에 부록으로 편철한 [소설 작품 속 어휘 풀이]는 어쩌면 한자를 어려워하는 독자를 위한 배려일지 모른다. 어휘 풀이의 대부분이 한자어이다.

6

소설가는 집을 짓는 건축가이다. 서울 시내를 걷다 보면 다양한 형태의 건물을 마주하게 된다. 철골로 지어진 건물, 철근과 콘크리트로 지어진 집, 나무와 흙으로 지어진 목조 건물 등이 있다. 아파트를 제외하면 똑같이 지어진 건물은 보이지 않는다. 우리나라에서 가장 높은 빌딩은 롯데타워이다. 그 빌딩이 멋지다고 하여 전국에 똑같은 모양의 빌딩을 짓는다면 사람들은 금방 질려 버릴 것이다. 그러나 실력 없는 건축 시공업자는 롯데타워와 똑같이 지어 자신의 가짜 실력을 뽐내려 할 것이다.

누가 어떤 형식으로 소설을 써서 떼돈을 벌었다는 소문이 나면 전국의 가짜 소설가들은 너도나도 떼돈을 번 형식으로 소설을 양산하려 들 것이다. 소설에는 작가 특유의 도(道)와 술(術)이 적절하게 녹아 있어야 한다. 깊은 통찰 없이 마구잡이로 쓴 글은 자신뿐만 아니라 이웃에게도 큰 폐해를 끼친다. 사람들은 활을 잘 쏘기 위하여 궁도(弓道)를 배운다. 한마디로 말해 도(道)를 배우는 것이다. 궁술(弓術)은 궁도보다 한 수 아래다. 궁술은 활을 잘 쏠 수 있는 기술만 배운다. 도가 빠진 기술만 배우는 과정이다. 도가 없기에 거칠고 깊이가 없는 방식이다. 소설로 떼돈을 버는 사람이 어쩌면 궁술가가 아닐까.

온종일 국사를 보느라 쉴 틈이 없는 국왕은 합기에 철저해야 한다. 역대 왕 중에는 과도한 색사로 단명하는 경우가 있는데, 이는 정력을 너무 많이 소모했다기보다는 피곤과 누적된 과로로 인한 부작용이라고 할 수 있다. 운우는 하늘이 인간에게 내린 최고의 선물이지만, 뒤따르는 의무를 충실히 이행해야 한다. 합기는 육신을 이용한 교접만 의미하는 것은 아니다. 배려심 없는 상합은 짐승의 야합이라고 할 수 있다.

- 본문 235쪽 일부 -

　　인체에는 음기와 양기가 균형을 잘 맞추고 있어야 정상적인 생명 활동을 유지할 수 있는데, 그 균형이 깨져서 비정상적으로 양의 기운이 많아진 것이 음허화동이다. 음이란 침, 눈물, 혈액, 음액 등을 말한다. 음이 허약해 화기를 잡지 못하면 건초에 불이 붙어 타듯 한다. 이 증상은 화기(火氣)가 올라와 양물이 계속 발기되고 기운을 소진시켜 인체를 상하게 한다.

　　금진의 말에 왕은 눈이 휘둥그레졌다. 그 역시 지금까지 여인과 합방할 때 완력으로 자신의 강인함을 보여 주려고만 했다. 그런 행동 방식으로 상대를 휘어잡거나 상위의 자리에 서는 것이 어녀술의 기본이라고 믿었다.

　　"과연 그렇습니다. 짐도 그리했으니까요."

- 본문 236쪽 일부 -

2024년도 노벨문학상을 수상한 한강 작가나 그녀의 아버지 한승원은 분명히 집을 짓는 방법이 다르다. 한승원이 전통적인 한옥을 선호한다면 한강은 도회지풍의 주택을 선호할 수도 있는 것이다. 부전자전이나 모전여전의 시대는 지나갔다. 하지만 부녀와 모녀 사이에 흐르는 유전자는 무의식 속에 녹아 있을지도 모른다. 『장자』의 「외물편(外物篇)」에 소설이라는 표현이 나온다. '얕은 소견을 꾸며 이름을 날리다[飾小說以于縣令]'라는 어구가 있다. 소설은 얕은 소견으로 쓰였다. 옛날 소설에는 저자가 없이 길가에 돌아다니는 이야기가 주류였다. 나라에서 관리를 시켜 그 이야기들을 수집했다. 이른바 가담항설(街談巷說)이며 도청도설(道聽塗說)이 그것이다.

  지금 서점에서 팔리는 소설이나 인터넷 웹소설에는 분명히 저자가 있다. 독창적이거나 소설 미학이 없는 작품은 일정한 품격을 갖추어야 한다. 그렇지 않으면 잡스러운 글 부스러기에 불과하다. 자신만의 기법으로 건물을 지어야 명품이 될 수 있다. 어디서 많이 본 듯한 글은 독자들이 금방 알고 외면한다. 주제, 구성, 문체가 남달라야 살아남는다. 붕어빵 만드는 기술자처럼 마구잡이로 소설을 찍어 내는 소설은 진정한 소설이 아니다. 한 문장 한 문장 한 단락 한 단락, 세상에 오로지 하나밖에 없는 문장을 써내야 한다.

융명은 시간을 벌었으나 전선에 나가 있는 세종전군이 언제 서라벌로 귀경할지 몰라 불안한 나날을 보내야 했다. 모녀가 나눈 말이 금방 궐내에 파다하게 퍼졌다. 태후의 의도를 잘 알고 있는 옥진은 금진을 불러 대책을 논의하기로 했다. 가만히 앉아 있다가는 대궐 밖에 나가 있는 미실이 끈 떨어진 뒤웅박 신세가 될 수도 있다는 불안감이 옥진을 괴롭혔다. 옥진이 더 걱정스러운 것은 태후의 의도였다.

예전에 왕과 숙명 사이에 태어난 정숙이 태자가 되었듯이 세종전군과 융명 사이에 아들이 태어나면 동륜태자를 밀어낼 수도 있을 것이었다. 태후가 독하게 마음을 먹고 자기 사람들을 동원한다면 왕의 아들이 아닌 전군의 아들을 태자로 삼는 것도 가능할 것이었다. 조정을 좌지우지하는 이사부, 영실, 진종, 구진, 이화랑 등은 태후의 애인들이었다.

- 본문 292쪽 일부 -

7

소설에 이론은 존재하지 않는다. 소설은 허구의 산물(Fiction)이라고 한다. 이 같은 정의는 약간은 편의적이다. 소설가 입장에서 보면 그것은 허구도 아니고 실제도 아니다.

실제와 허구가 일정한 비율로 섞여 있는 것이다. 완전한 허구는 존재하지 않는다. 진정한 허구란 인간의 것이 아니라고 할 수 있다. 소설은 서사(敍事)처럼 일어난 어떤 일을 펼치는 것이다. 발단-전개-위기-절정-결말의 순으로 언급된다. 그러나 소설은 반드시 서사처럼 전개할 필요는 없다. 이야기를 효과적으로 전달하기 위해 결말을 먼저 말할 수 있다. 즉 사건을 역순으로 배치할 수도 있는 것이다. 천명관 작가의 『고래』가 대표적이라 할 수 있다. 고래는 3부로 구성되어 있다. 1, 2부는 금복이라는 여인이 시골집에서 탈출하여 사업가로 성공하고 몰락하는 장면을 그리고, 3부는 금복의 딸 춘희의 특이하고 기괴한 인생을 그리고 있다. 1부 초반부에 춘희가 형기를 마치고 감옥에서 나오는 장면이 그려지고 있다.

"우리 인생은 지나가는 바람처럼 이승에 잠시 흔적을 남겼다가 사라지는 허망한 존재에 불과합니다. 이제 낭주님께서도 지금까지 추구해 오신 목적과 방식을 바꿔 보실 때가 된 듯도 합니다. 삼라는 항상 생사와 인과가 끊임없이 윤회하므로 한 모양으로 머물러 있지 않으니, 사람도 그에 따라야 합니다. 만상(萬像)은 종연생종연멸의 법칙에 따르므로 영원하고 불변하는 본성인 나는 존재하지 않습니다. 제행무상이고, 제법무아입니다. 삼천대천의 만법은 본디 한가하건만, 사람들 스스로가 시끄러울 뿐입니다."

"대인님, 제가 알아듣기 쉽게 말씀해 주세요."

- 본문 435쪽 일부 -

그런데 어느 날, 속세를 등진 용걸종이 황룡사 주지로 부임하였다. 금진이 탈속할 때 진주부인은 지아비와 이혼하였다. 오랜 세월이 흘렀어도 진주부인의 상전을 위한 충정은 변함이 없었다. 이제는 서로를 의지하며 여생을 오롯이 속세에 있는 피붙이들의 무탈을 기원하고 국태민안을 위하는 마음뿐이었다. 다과를 마친 정심 스님과 진주 스님은 다시 법당에 들어 부처 앞에 공화하고 독경을 시작했다.

종신구의지소생 일체아금개참회….

불경을 독송하는 정심 스님의 눈가에 매작지근한 물기가 스며들었다. 그녀는 자신과 한때 인연을 맺었다가 생기사귀의 법칙에 따라 연기처럼 사라진 위화랑, 오도부인, 모즉지 법흥대왕, 입종갈문왕, 삼맥종 진흥대왕, 지소태후, 옥진, 구리지, 사다함, 설성, 무관랑 등과 그 밖에 자신과 애증이 얽히고설켰던 영혼들의 명복을 빌었다. 속세를 떠올리자, 낭랑했던 독경 소리가 잠시 흔들리며 혼탁한 소리가 났다. 진주 스님이 휘청거리는 정심 스님 곁으로 바싹 다가가 안색을 살폈다. 그녀는 식은땀을 흘리고 있었다.

- 본문 467쪽 일부 -

8

 최재효 작가는 요즘 보기 드물게 문인 중에서 역사에 해박하다. 처음 그를 만나 대화할 때 그는 한민족 일만 년 역사를 꿰뚫고 있었다. BC 7198년 사백력(斯白力 - 시베리아 바이칼 호수 주변)에 터를 잡았던 안파견 환인을 비롯한 일곱 분의 환인이 다스린 칸국[桓國], BC 3898년 신시(神市)에 배달국(倍達國)을 건국한 거발환 환웅을 비롯한 열여덟 분의 환웅, BC 2333년 아사달(阿斯達)에 도읍지를 정하고 조선국(朝鮮國)을 개국하신 단군왕검을 비롯한 47명의 단군 역사를 줄줄이 꿰고 있었다. 거기에 삼한관경제의 진조선(辰朝鮮 - 진한), 번조선(番朝鮮 - 번한), 막조선(莫朝鮮 - 마한) 역사까지…. 한무제(漢武帝)에 의한 고조선의 멸망 이후 조선 말기까지 밤을 새우며 그의 역사 이야기를 다 듣고 났을 때 나는 머리가 하얗게 세고 말았다.

 최재효 작가는 문장으로 고구려와 백제를 건국한 한민족

의 여걸 소서노(召西弩) 역사 복원을 시도한 바가 있었다. 그는 지금처럼 지나인(支那人)들이 우리의 상고사나 고대 역사를 훔치려 할 때 꼭 필요한 작가이다. 그는 조선 시대를 배경으로 한 소설은 거의 창작하지 않는다. 최소 그의 소설적 시대는 천 년 전이다. 2년 전 최재효 작가의 역사 장편소설 『강릉대첩』을 읽고 한 달 가까이 밤마다 주인공 이옥(李沃)을 만난 적이 있었다. 앞으로는 고려 말기 이옥 장군을 떠나 신라 중기 법흥왕의 후비 금진을 만날 차례인 것 같다.

  소설 『금진』 전반에는 여인의 한(恨)과 권력을 향한 열망이 녹아 있다. 박창화의 『상장돈장(上狀敦牂)』과 『화랑세기』 필사본에 따르면 금진은 신라가 삼국을 통일하는 데 주역을 맡았던 김유신(金庾信) 장군의 외증조모이며, 삼국통일을 갈무리한 문무대왕 김법민(金法敏)의 외고조모가 된다. 또한 금진은 신라의 삼국 통일로 정신적으로 해이해진 고구려와 백제 유민을 불법으로 어루만져 준 원효대사 설서당(薛誓幢)의 고조모이기도 하다. 그녀가 없더라면 신라의 삼국 통일은 일어나지 않을 것이다. 최재효 작가는 3인칭 객관적 시점의 독특한 건축 기법을 수립했으니, 한길로 오로지하길 바란다.

소설 작품 속 어휘 풀이

ㄱ

- 가기(歌妓) : 노래를 전문으로 부르는 기녀.
- 가감(加減) 없다 : 더하거나 빼지 않다.
- 가락국(駕洛國) : 고대 부족 국가 시대에 낙동강 하류에 일어난 나라들을 통틀어 이르던 말.
- 가람(伽藍) : 승려가 살면서 불도를 닦는 곳.
- 가리산지리산하다 : 어떻게 할 줄 모르고 이리저리 헤매다.
- 가뭇없다 : 1. 전혀 안 보여 찾을 길이 없다. 2. 눈에 띄지 않고 감쪽같다. 흔적이 조금도 없다.
- 가연(佳緣) : 아름다운 인연.
- 가열(苛烈)하다 : 가혹하고 격렬하다.
- 가위눌리다 : 자다가 무서운 꿈에 질려 몸을 마음대로 움직이지 못하고 답답함을 느끼다.
- 가을하다 : 벼나 보리 따위의 농작물을 거두어들이다.
- 가책(呵責) : 잘못을 꾸짖어 책망함.
- 까무룩 : 의식이나 기억이 순간적으로 흐려지는 모양을 나타내는 말.

- 각(刻) : 시간 단위로 약 15분.
- 각골난망(刻骨難忘) : 은혜가 뼈에 새길 만큼 잊히지 않음.
- 각다분하다 : 일을 해 나가기가 몹시 힘들고 고되다.
- 각선생(角先生) : 뿔로 만든 남성 성기.
- 각자도생(各自圖生) : 제각기 살길을 도모함.
- 간과(看過)하다 : 대강 보아 넘기다.
- 간성(干城) : 방패와 성이라는 뜻으로, 나라를 지키는 군대나 인물을 이름.
- 간언(諫言) : 어른이나 임금에게 올리는 충고.
- 간정되다 : 병이나 소란하던 일이 가라앉다.
- 간솔(簡率)하다 : 단순하고 솔직하다.
- 간잔지런하다 : 1. (눈이) 졸리거나 술에 취해서 위아래의 눈시울이 맞닿을 듯이 가느다랗다. 2. (물건 따위가) 매우 가지런하다.
- 갈무리하다 : 1. 가지런히 정리하거나 모아서 보관하다. 2. 끝맺음을 잘하다.
- 갈쌍갈쌍하다 : 1. 눈물이 넘칠 듯이 매우 가득하다. 2. 눈에 넘칠 듯이 자꾸 가득하게 고이다.
- 갈피 : 1. 일의 갈래가 구별되는 어름. 2. 겹치거나 포개어 놓은 물건의 하나하나의 사이.
- 감개무량(感慨無量) : 마음속으로 배어 나오는 감동이나 느낌이 끝이 없음.

- 감복(感服)하다 : 마음속으로 깊이 감동하여 탄복하다.
- 감탕질 : 성교할 때 여자가 소리를 심하게 내면서 음탕하게 몸을 놀리는 짓을 진흙탕에 뒹구는 일에 비유하여 이르는 말. 요분질.
- 감초(甘草) : 1. 콩과에 속한 여러해살이풀. 2. 어디에서 빠져서는 안 되고 꼭 있어야 하는 것을 비유적으로 이르는 말.
- 갑주(甲胄) : 갑옷과 투구.
- 강장제(强壯劑) : 허약한 몸을 회복시켜 영양 상태를 돕고 체력을 강하게 하는 약제.
- 까무룩 : 의식이나 기억이 순간적으로 흐려지는 모양을 나타내는 말.
- 깍짓동 : 1. 콩깍지 따위를 줄기에 달린 채로 많이 묶은 큰 단. 2. 몹시 우락부락하고 뚱뚱한 사람의 몸집을 비유적으로 이르는 말.
- 깔밋하다 : 보기 좋게 깨끗하고 아담하다. 똑똑하고 빈틈이 없다.
- 깜냥 : 어떤 일을 해낼 만한 능력.
- 감읍(感泣)하다 : 감격하여 목메어 울다.
- 강구연월(康衢煙月) : 태평한 시대의 큰 길거리의 모습. 태평세월.
- 강샘하다 : 결혼한 상대나 자신이 좋아하는 이성이 다른 이

성을 좋아하는 것을 지나치게 시기하다. cf. 모질.
- 거드럭거리다 : 우쭐하여 잘난 체하며 자꾸 버릇없이 행동하다.
- 거마창(拒馬槍) : 전쟁에 쓰던 방어용 무기. 요충지에 두고 적의 기병을 막았다.
- 거머무트름하다 : 조금 검은빛을 띠고 살이 투실투실하다.
- 거우다 : 집적거려 성나게 하다.
- 거웃 : 사람 생식기 둘레에 난 털. 음모(陰毛).
- 거추없다 : 하는 짓이 어울리지 않고 싱겁다.
- 꺼둘리다 : 함부로 휘두름을 당하다.
- 거드럭대다 : 몹시 우쭐하여 잘난 체하며 자꾸 버릇없이 행동하다.
- 거드름춤 : 산대 춤사위의 하나. 염불장단에 맞추어 장삼 자락을 쳐들면서 작은 움직임으로 흥과 멋을 풀어 가는 춤이다.
- 껑충하다 : (치마나 바지가) 전체적으로 짧다.
- 건곤일척(乾坤一擲) : 운명과 흥망을 걸고 담판 걸이로 승패를 겨룸.
- 건달파(乾闥婆) : 힌두교와 불교 신화에 등장하는 정령으로, 인도 전통음악에서는 실력 좋은 가수를 뜻한다.
- 걸싸다 : 매우 날쌔다.
- 걸차다 : 땅 따위가 매우 기름지다.
- 겁박(劫迫)하다 : 자신의 뜻에 억지로 따르게 하다.

- 격조(隔阻)하다 : 1. 서로 멀리 떨어져 있어 통하지 못하다. 2. 서로 오랫동안 소식이 끊기다.
- 견마지로(犬馬之勞) : 윗사람에게 바치는 자기의 노력을 겸손하게 이르는 말. cf. 견마지역.
- 견원지간(犬猿之間) : 개와 원숭이 사이라는 뜻으로, 사이가 아주 좋지 않은 관계를 비유적으로 이르는 말.
- 결곡하다 : 깨끗하고 야무져서 빈틈이 없다.
- 결기 : 못마땅한 것을 참지 못하고 발끈하다.
- 결인(結印) : 밀교의 수행자가 수행할 때에 양손과 손가락으로써 불보살의 깨달음을 상징적으로 나타냄.
- 경국지색(傾國之色) : 임금이 혹하여 나라가 어지러울 지경이 될 만큼 아름다운 여인.
- 경도(經度) : 여성의 자궁에서 약 28일을 주기로 출혈하는 생리 현상.
- 경천위지(經天緯地) : 온 천하를 짜임새 있게 잘 계획하여 다스림.
- 곰살궂다 : 성질이 부드럽고 다정하다.
- 계수금라(罽繡金鑼) : 신라 시대에 가장 귀하게 여겨지던 옷감.
- 계총납모(啓寵納侮) : 사랑하기를 본분에 지나치면 도리어 업신여김을 받음. 즉 지나친 총애는 좋지 않다는 말을 뜻한다.
- 계피학발(鷄皮鶴髮) : 살갗은 닭의 가죽처럼 야위고 머리칼은

학의 털처럼 희다. 늙은 사람을 이르는 말.
- 고고(孤高)하다 : 속된 현실 사회에서 벗어나 홀로 깨끗하고 우뚝하다.
- 고담준론(高談峻論) : 뜻이 높고 바르며 매우 엄숙하고 날카로운 말.
- 고량진미(膏粱珍味) : 기름진 고기와 좋은 곡식으로 만든 맛있는 음식.
- 고빗사위 : 중요한 고비 가운데서도 가장 아슬아슬한 순간.
- 고상고상하다 : 잠이 오지 않아 누운 채로 뒤척거리며 애쓰다. 예) 회의 결과에 대한 생각이 고상고상해 쉽게 잠들지 못했다.
- 고신(拷訊) : 어떤 사람이 숨기고 있는 것을 강제로 알아내기 위하여 육체적 고통을 주며 신문함.
- 고승대덕(高僧大德) : 학덕이나 덕행이 높은 승려.
- 고의(袴衣) : 남자의 홑바지. 속속곳과 단속곳을 통틀어 이르는 말.
- 곡진(曲盡)하다 : 정성이 지극하다. 자세하고 간곡하다.
- 곡정(穀精) : 곡식의 자양분. 정액. 음액(陰液).
- 꼭두각시 : 남의 조종에 따라 주체성 없이 맹목적으로 움직이는 사람을 비유한 말.
- 곤포(袞袍) : 예전에, 천자가 입는 용의 무늬가 수놓인 예복

을 이르던 말.
- 골막하다 : 그릇에 다 차지 않고 좀 모자라는 듯하다.
- 골품(骨品) : 신라 시대 혈통에 따라 구분한 신분 제도.
- 골풀이하다 : 화를 참지 못하고 아무에게나 함부로 풀어 버리다.
- 곱새기다 : 본뜻과 다르게 잘못 생각하거나 좋지 않게 꼬아서 생각하다.
- 공성이 나다 : 길이 들다. 이력이 나다.
- 괴고(壞苦) : 삼고(三苦)의 하나로 즐거운 일이 사라져 받는 고통.
- 공중제비 : 사람이나 물건이 공중에서 돌거나 거꾸로 나가떨어짐. 두 손으로 땅을 짚으면서 두 다리를 공중으로 쳐들어서 반대 방향으로 넘는 재주.
- 공화(供華) : 부처나 죽은 사람에게 꽃을 바침.
- 교우이신(交友以信) : 신라 원광법사가 화랑에게 전수한 세속오계 중 하나. 뜻은 벗은 믿음으로 사귄다.
- 꽃물 : 꽃잎을 짓이겨서 낸 물. 불그레한 핏기를 비유적으로 이르는 말. 월경혈.
- 과년(瓜年) : 여자가 혼기에 이른 나이.
- 과년(過年)하다 : 나이가 혼인할 시기를 지난 상태에 있다.
- 관옥(冠玉) : 남자의 아름다운 얼굴. 예) 그의 관옥 같은 얼굴이~.
- 관작(官爵) : 관직과 작위.
- 광주리 : 대오리나 싸리, 버들 따위로 엮어 만든 그릇.

- 광휘(光輝) : 환하고 아름답게 빛남.
- 교환(交驩) : 친하게 지내며 즐거움을 나눔.
- 구담지교(瞿曇之敎) : 불교(佛敎)를 달리 이르는 말. 석가모니의 가르침이라는 뜻이다.
- 구뜰하다 : 맛이 제법 구수하여 먹을 만하다.
- 구상유취(口尙乳臭) : 입에서 젖내가 난다는 뜻으로, 말이나 행동이 유치하다는 말.
- 구설수(口舌數) : 남에게 시비하거나 헐뜯는 말을 들을 운수.
- 구설거리 : 시비나 헐뜯는 말이 될 만한 것.
- 구술(口述) : 입으로 말함.
- 구지(溝池) : 1. 도랑과 못. 2. 성 주위에 둘러 판 못.
- 구지봉(龜旨峯) : 구지봉은 김해시 중심부로부터 북쪽으로 약 2㎞ 정도 떨어진 동산이다. 가야의 건국설화로 인하여 구지봉은 역사적인 봉우리로 자리 잡고 있다.
- 구휼미(救恤米) : 재난을 당한 사람이나 빈민을 돕는 데 쓰는 쌀.
- 군소리 : 무엇이 마음에 들지 않거나 불만스러워서 하는 쓸데없는 말.
- 군무(群舞) : 사람이 무리를 지어 추는 춤.
- 굼뜨다 : 매우 느리다.
- 귀교(鬼交) : 꿈속에서 만난 남녀 간의 성교를 말한다.
- 귀물(貴物)스럽다 : 매우 귀중한 듯하다.

- 귀살쩍다 : 마구 뒤얽혀 정신이 어수선하다.
- 귀소(鬼巢) : 귀신 소굴.
- 귀인성(貴人性)스럽다 : 보기에 신분이나 지위가 높은 사람 같은 데가 있다.
- 귀의(歸依)하다 : 1. 부처의 가르침을 깊이 믿고 의지하다.
  2. 종교적 절대자나 종교적 교리를 깊이 믿고 의지하다.
- 귓등 : 귓바퀴의 바깥 부분.
- 국구(國舅) : 왕비의 아버지를 일컫는 말.
- 국궁(鞠躬)하다 : 몸을 굽혀 존경하는 뜻을 나타내다.
- 국본(國本) : 1. 예전에, '왕세자(王世子)'를 달리 이르던 말.
  2. 나라의 근본.
- 국새(國璽) : 나라를 대표하는 도장. cf. 어보(御寶), 옥새(玉璽).
- 국태민안(國泰民安) : 나라가 태평하고 국민이 살기 평안함.
- 굼닐다 : 몸을 구부렸다 일으켰다 하다.
- 궁싯거리다 : 어찌할 바를 몰라 이리저리 머뭇거리다. 잠이 오지 않아 누워서 몸을 이리저리 자꾸 뒤척이다.
- 궁합(宮合) : 혼인할 남녀의 생년월일시를 오행에 맞추어 보아 부부로서의 길흉을 예측하는 점.
- 꿍치다 : (속되게) 몰래 감추다.
- 권모술수(權謀術數) : 목적의 달성을 위하여 수단과 방법을 가리지 않는 온갖 술책.

- 규방(閨房) : 부녀자가 거처하는 방.
- 규방술(閨房術) : 남녀가 합궁하는 기술.
- 극악(極惡)하다 : 매우 악하다.
- 근위병(近衛兵) : 임금을 곁에서 보호하고 지키는 군인을 이르던 말.
- 금준미주(金樽美酒) : 금으로 된 술 항아리와 맛있는 술.
- 개구멍서방 : 정식으로 결혼식을 올리지 않고 남몰래 드나들며 남편 행세를 하는 남자를 얕잡아 이르는 말.
- 개부심하다 : 1. 장마 끝에 한동안 쉬었다가 다시 퍼부으면서 갯가의 진흙을 깨끗이 없애다. 2. 아주 새롭게 하는 것을 비유적으로 이르는 말.
- 개선장군(凱旋將軍) : 전쟁에서 이기고 돌아온 장군.
- 개의(介意)하다 : 1. 신경을 쓰거나 관심을 두다. 2. 신경 쓰거나 마음에 두다.
- 개호주 : 범의 새끼.
- 객심스럽다 : 몹시 쓸데없고 실없다.
- 객쩍다 : 쓸데없고 실없다.
- 갱소년(更少年)하다 : (나이 든 사람이) 다시 젊어지다.
- 기골(氣骨) : 건강하고 튼튼한 체격.
- 기군죄(欺君罪) : 임금을 속인 죄.
- 기겁(騎劫)하다 : 갑자기 몹시 놀라거나 겁에 질려 숨이 막힐

듯이 되다.
- 기껍다 : 탐탁하여 마음이 기쁘다.
- 기미(幾微) : 느낌으로 알아차릴 수 있는 일이나 되어 가는 형편.
- 기신대다 : 게으르거나 기운이 없거나 하여 자꾸 힘없이 행동하다.
- 꽃기운 : 사춘기에 솟아나는 기운을 비유적으로 이르는 말.
- 깨끼춤 : 난봉꾼이 멋스럽게 추는 춤.
- 기껍다 : 탐탁하여 마음이 기쁘다.
- 기려(奇麗)하다 : 뛰어나게 아름답고 화려하다.
- 기우제(祈雨祭) : 가뭄이 심하거나 비가 오지 않을 때 나라나 민간에서 비가 오기를 기원하며 지내는 제사를 이르던 말.
- 기지사경(幾至死境) : 거의 죽을 정도에 이름.
- 기호지세(騎虎之勢) : 호랑이를 타고 달리는 형세라는 뜻으로, 이미 시작한 일을 중도에서 그만둘 수 없는 형세를 비유적으로 이르는 말.
- 기화요초(琪花瑤草) : 아름다운 꽃과 풀.
- 길차다 : 1. 아주 알차게 길다. 2. 나무가 우거져 깊숙하다. 3. 미끈하게 잘 자라서 길다. 예) 길차게 자란 대나무.
- 끼끗하다 : 1. 활기차고 깨끗하다. 2. 미끈하고 산뜻하다.
- 그악스럽다 : 사납고 모진 데가 있다.
- 근신(謹愼)하다 : 말이나 행동을 조심하다.

- 근위(近衛)하다 : 임금을 가까이에서 호위하다.
- 글뛰다 : 동경하는 마음이 뒤끓다. 예) 언제부터인지 그 사람을 볼 때마다 내 마음이 왜 이렇게 글뛰는지 모르겠다.
- 금강송(金剛松) : 금강산에서부터 경북 일부 지역에서 자라는 소나무를 말한다.
- 금강야차(金剛夜叉) : [佛] 오대명왕의 하나. 북방을 지키고 악귀를 항복시킴.
- 금독지행(禽犢之行) : 친족 사이의 음행.
- 금시발복(今時發福) : 어떤 일을 한 뒤에 복이 곧 돌아와 부귀를 누리게 됨.
- 금입택(金入宅) : [역사] 통일 신라 전성기, 경주에서 산 부호(富豪), 대가(大家). 또는 그들의 집. 『삼국유사』에 따르면 경주에 35채 금입택이 있었다.
- 금표(禁標) : 일정한 건물이나 구역 안으로 드나들지 말 것을 알리는 푯말.
- 급인지풍(急人之風) : 위급에 처한 사람을 구하여 주는 의로운 태도나 기풍.
- 급작스럽다 : 생각할 겨를도 없이 갑자기 닥친 듯한 느낌이 있다.
- 끄느름하다 : 흐려 어둠침침하다.
- 궤연(几筵) : 혼백이나 신위를 모신 자리와 그에 딸린 물건들.

ㄴ

- 나부시 : 공손하게 천천히 고개를 숙이거나 엎드려 절하는 모양을 나타내는 말. 예) 나부시 인사하는 태도~.
- 나락(奈落) : 1. 도저히 벗어나기 힘든 절망적인 형편을 비유적으로 이르는 말 2. 살아 있을 때에 나쁜 죄를 많이 지은 사람이 죽어서 간다는 지옥.
- 나붓하다 : 조금 넓고 평평한 듯하다.
- 나투다 : 불교에서, 부처가 깨달음이나 믿음을 주기 위하여 사람들 앞에서 자신의 모습을 드러내다.
- 낙담(落膽)하다 : 1. 바라거나 계획했던 일이 뜻대로 되지 아니하여 실망하고 맥이 풀리다. 2. 너무 깜짝 놀라서 간이 떨어지는 듯하다.
- 낙인(烙印)찍다 : 벗어나기 어려운 부정적 평가를 내리다.
- 낙점(落點)하다 : 여러 후보 가운데 한 사람을 뽑다.
- 난군(亂君) : 포악하고 막된 임금.
- 난만(爛漫)하다 : 1. 어지러울 정도로 강하고 선명하다. 2. (꽃이) 한창 만발하여 성하다.
- 난봉기 : 주색이나 잡기 따위의 허랑방탕한 짓을 하는 기질.
- 낭문(郞門) : [신라] 낭도들이 속하는 곳
- 낭사(浪死) : 헛된 죽음.

- 낭자(狼藉)하다 : 여기저기 묻거나 흩어져 있어 어지럽다.
- 낭중지추(囊中之錐) : 주머니 속의 송곳이라는 뜻으로, 재능이 뛰어난 사람은 숨어 있어도 저절로 남의 눈에 띄게 됨을 이르는 말.
- 낯꽃 : 얼굴에 드러나는 감정의 표시. 예) 김 노인은 탐탁잖아 하는 낯꽃으로 나를 쳐다보았다.
- 너볏하다 : 의젓하고 번듯하다.
- 너울가지 : 남과 쉽게 잘 사귀는 솜씨. 붙임성이나 포용성 따위를 이른다.
- 넋두리 : 1. 불만을 길게 늘어놓으며 하소연하는 말. 2. 굿을 할 때 무당이나 가족의 한 사람이 죽은 사람의 넋을 대신하여 하는 말.
- 노그라지다 : 몹시 피곤하여 기운이 없다.
- 노근(露根) : 땅 위로 드러난 나무뿌리.
- 노루잠 : 깊이 들지 못하여 자주 깨는 잠.
- 노심초사(勞心焦思) : 몹시 마음을 쓰며 애를 태움.
- 노호(怒號)하다 : 성내어 부르짖다.
- 노회(老獪)하다 : 경험이 많고 교활하다.
- 녹의홍상(綠衣紅裳) : 연두저고리에 다홍치마라는 뜻으로 젊은 여자의 고운 옷차림을 말함.
- 뇌성벽력(雷聲霹靂) : 천둥소리와 벼락을 아울러 이르는 말.
- 뇌우(雷雨) : 천둥소리와 함께 내리는 비.

- 논다니 : 돈을 받고 웃음과 몸을 파는 여자를 속되게 이르는 말.
- 눈비음하다 : 남에게 잘 보이기 위해 겉으로만 꾸미다.
- 눈씨 : 쏘아보는 시선의 힘.
- 늘비하다 : 여기저기 늘어서 있거나 놓여 있다.
- 늙숙하다 : 약간 늙고 점잖은 태도가 있다.
- 능갈치다 : 교묘한 방법으로 말을 잘 둘러대는 재주가 있다.
- 능변(能辯) : 말솜씨가 능숙함.
- 능놀다 : 쉬어 가며 일을 천천히 하다.
- 늦사리 : 제철보다 늦게 농작물을 거두어들임.
- 내립떠보다 : 눈을 아래로 향하여 뜨고 노려보다.
- 내약(內弱)하다 : 1. 굳세지 못하고 약하다. 2. 충실하지 못하고 쇠약하다.
- 내의(內醫) : 어의(御醫).

ㄷ

- 다밭다 : 길이가 몹시 짧다.
- 닦아세우다 : 꼼짝 못 할 정도로 나무라다.
- 단말마(斷末摩) : 숨이 끊어질 때의 고통.
- 단천(短淺)하다 : 짧고 얕다.

- 달거리 : 1. 성숙한 여성의 자궁에서 약 28일을 주기로 출혈하는 생리 현상. 2. 한 달에 한 번씩 앓는 전염성 열병.
- 달뜨다 : 흥분되어 들썽거리다.
- 달포 : 한 달 조금 넘는 동안.
- 답습(踏襲)하다 : 전부터 내려오거나 있던 방식이나 수법을 비판적으로 검토하지 않고, 있는 그대로 받아들이거나 따르다.
- 당길심 : 남을 자기 쪽으로만 끌어당기려는 지나친 마음.
- 당나발 불다 : 터무니없는 거짓말을 하다.
- 당호(堂號) : 1. 규모가 큰 집과 작은 집을 아울러 이르는 말. 2. 본명이나 자 이외에 쓰는 이름.
- 떡심이 풀리다 : 실망하거나 의욕 따위가 상실되어 기운이 없어지다.
- 덜퍽지다 : 푸지고 보기에 탐스럽다.
- 덧들이다 : 1. 집적거려 화나게 하다. 2. 다시 나빠지게 하다.
- 덩둘하다 : 매우 둔하고 어리석다.
- 덮쳐누르다 : 갑자기 한꺼번에 들이닥쳐서 누르다.
- 도가니 : 1. 강한 감격과 흥분으로 여러 사람이 열광적으로 환호하는 상태를 비유적으로 이르는 말. 2. 쇠붙이를 녹이는 데 쓰는 오목한 그릇. 3. 소의 무릎의 종지뼈와 거기에 붙은 고깃덩이.
- 도두보다 : 실제의 모습보다 더 높이 보거나 좋게 보다.

- 도사리 : 1. 과실이 자라는 도중에 떨어진 것. 2. 볍씨를 뿌려 모를 기르는 못자리에 난 어린 잡풀.
- 도저(到底)하다 : 1. (사람이나 그 학식, 생각 따위가) 아주 깊고 철저하다. 2. (언행이) 아주 곧아서 빗나감이 없다.
- 도지개를 틀다 : [관용구] 얌전히 앉아 있지 못하고 몸을 이리저리 꼬며 움직이다.
- 도탑다 : 깊고 많다.
- 도(賭)하다 : (물건이나 목숨 따위를) 이기고 지는 것을 전제로 하여 걸다.
- 독대(獨對) : 벼슬아치가 홀로 임금을 만나 정사를 논의하던 일.
- 독수공방(獨守空房) : 아내가 남편 없이 혼자 지내는 것.
- 독주(毒酒) : 1. 독한 술. 2. 독을 탄 술.
- 돈독(敦篤)하다 : 매우 도탑고 신실하다.
- 돌궐(突厥) : 6세기 중기부터 알타이산맥(Altai山脈) 부근에서 일어나 약 2세기 동안 몽고고원에서 중앙아시아에 걸쳐 대제국(大帝國)을 세운 터키계 유목 민족과 그 국가.
- 돌계집 : 성행위를 할 수 없거나, 아이를 낳을 수 없는 여자를 얕잡아 이르는 말.
- 돌돌하다 : 똑똑하고 영리하다.
- 동량지재(棟梁之材) : 한 가문이나 나라에 기둥이 될 만한 인재.
- 동모제(同母弟) : 동복아우.

- 동문서답(東問西答) : 묻는 말에 전혀 맞지 않는 엉뚱한 대답을 함.
- 동자아치 : 부엌일을 하는 여자 하인.
- 동정서벌(東征西伐) : 주변 여러 나라를 이리저리 정벌함.
- 띠앗머리 : 형제, 자매 사이에 우애하는 정의.
- 똥기다 : 남에게 살며시 일러 주다. cf. 센말 - 뚱기다.
- 되바라지다 : 1. (사람이) 교양이나 예의가 없다.
- 되통스럽다 : 어리석고 둔하여 엉뚱한 짓을 잘 저지르는 데가 있다.
- 된바람 : 뱃사람들의 은어로, '북풍(北風)'을 이르는 말.
- 두개골(頭蓋骨) : 척추동물의 머리를 이룬 뼈.
- 두남받다 : 편을 들어 허물도 감싸 주는 남다른 사랑을 받다.
- 두루뭉수리 : 1. 말이나 행동이 분명하지 아니한 상태, 2. 말이나 행동이 변변하지 못한 사람을 놀림조로 이르는 말.
- 두문불출(杜門不出) : 외출을 전혀 하지 않고 집 안에만 틀어박혀 있음.
- 두수 없다 : 달리 주선하거나 변통할 여지가 없다. 예) 두수 없는 처지~.
- 두억시니 : 모질고 사악한 귀신의 하나.
- 두주불사(斗酒不辭) : 말술도 사양하지 않는다는 뜻으로, 술을 매우 잘 마심을 이르는 말.

- 둔갑(遁甲)하다 : 1. 모습이나 성질이 변하다. 2. 신기한 술법을 부려 자신의 몸을 바꾸거나 감추다.
- 둔중(鈍重)하다 : 부피가 크고 무겁다.
- 뒤란 : 집 뒤의 울타리를 둘러친 안.
- 뒤웅박 : 박을 쪼개지 않고 꼭지 근처에 구멍만 뚫어 속을 파낸 바가지.
- 퉁기다 : 1. (사람이 악기의 현을) 튕기는 힘으로 당겼다 놓아 소리가 나게 하다. 2. (사람이 말을) 남에게 은근히 일깨워 주거나 살짝 일러 주다. cf. 똥기다.
- 뒤란 : 집 뒤의 울타리를 둘러친 안. '뒤뜰'의 방언.
- 뒤태 : 뒤에서 본 몸매.
- 뒷갈망 : 어떤 일이 벌어진 뒤에 그 일의 마무리를 맡아 처리함.
- 뒷귀 : 사리나 말귀를 알아채는 능력.
- 뜨개질하다 : 1. 털실이나 실로 옷이나 장갑 따위를 떠서 만드는 일을 하다. 2. 그 마음속을 떠보는 짓을 하다.
- 뜨악하다 : 마음에 선뜻 내키지 않다.
- 등하불명(燈下不明) : 등잔 밑이 어둡다.
- 등하색(燈下色) : 불을 켜 놓고 남자와 여자가 성교하는 일.
- 대경실색(大驚失色) : 몹시 놀라 얼굴색이 하얗게 질림.
- 대소신료(大小臣僚) : 크고 작은 관직에 있는 모든 신하.
- 댓돌 : 집채의 앞뒤에 오르내릴 수 있게 놓은 돌층계.

- 대성통곡(大聲痛哭) : 큰 소리로 목 놓아 슬피 욺.
- 대성환희천(大聖歡喜天) : 불교의 수호신. 형상은 코끼리 머리에 사람의 몸을 하고 있으며, 단신(單身)과 쌍신(雙身)이 있다. 쌍신환희천(雙神歡喜天)이라고 한다.
- 댕돌같다 : 돌같이 매우 야무지고 단단하다.
- 데퉁스럽다 : 말과 행동이 거칠고 미련한 데가 있다.
- 똬리를 틀다 : (생각 따위가) 내면에 도사리고 있다.

ㅁ

- 마구발방 : 분별없이 함부로 하는 말, 행동.
- 마계(魔界) : 악마가 지배하는 세계.
- 마다하다 : 싫다고 거절하거나 물리치다.
- 마뜩하다 : 제법 마음에 들어 좋다.
- 마립간(麻立干) : 신라 때, 임금 칭호의 하나.『삼국사기』에는 눌지왕 때부터 지증왕 때까지,『삼국유사』에는 내물왕 때부터 지증왕 때까지 이 칭호를 사용한 것으로 기록되어 있다. cf. 거서간(居西干), 이사금(尼斯今), 차차웅(次次雄).
- 마수(魔手) : 음흉하고 흉악한 사람의 손길. 검은손.
- 막비왕신(莫非王臣) : 왕의 신하가 아닌 사람이 없음.

- 막창 : 몸을 함부로 파는 여자.

- 만냥판 : 떡 벌어지게 호화로운 판국.

- 만사여생(萬死餘生) : 죽을 고비를 넘기고 살게 된 목숨.

- 만전(幔殿) : 장막으로 친 임금의 임시 거처.

- 말갈(靺鞨) : 6세기에서 7세기경 만주 동북부 지방에 거주하고 있었던 퉁구스계의 부족.

- 망고 : 1. 재산을 모두 잃어버림. 2. 어떤 것이 마지막에 이름.

- 망극(罔極)하다 : 이루 말할 수 없이 크다.

- 망사지죄(罔赦之罪) : 용서할 수 없는 큰 죄.

- 망집(妄執) : 망령된 고집.

- 먹성 : 1. 음식을 좋아하고 싫어하는 성미. 2. 음식을 먹는 분량.

- 멸문지화(滅門之禍) : 한 집안이 다 죽임을 당하는 끔찍한 재앙.

- 명고축출(鳴鼓逐出) : 중이 죄를 지었을 때 승권(僧權)을 빼앗고 절에서 내쫓는 제도.

- 명산대천(名山大川) : 이름난 산과 큰 내.

- 명실상부(名實相符) : 이름과 실상이 꼭 맞음.

- 모독죄(冒瀆罪) : 말이나 행동으로 상대를 더럽혀 욕되게 한 죄.

- 목불인견(目不忍見) : 눈으로 차마 볼 수 없음.

- 목욕재계(沐浴齋戒) : 부정을 타지 않도록 목욕하고 마음을 가다듬는 일.

- 목울대 : 목구멍의 중앙부에 있는 소리를 내는 기관.
- 몸때 : 1. 월경하는 때. 2. 몸에 낀 때.
- 몸바탕 : 태어날 때부터 몸에 지닌 성질. cf. 체질.
- 몸엣것 : 월경으로 나온 혈(血). cf. 몸엣것하다, 월경수, 붉은 꽃.
- 몸피 : 몸통의 굵기.
- 몽조(夢兆) : 꿈에 나타난 길흉의 징조.
- 무강(無疆)하다 : 끝이 없다.
- 무꾸리 : 무당이나 판수에게 가서 길흉을 알아보거나 무당이나 판수가 길흉을 점침. 또는 그 무당이나 판수.
- 무람없다 : 조심스럽지 못하고 예의를 지키지 않아 버릇이 없다.
- 무람하다 : 부끄럽거나 무안하여 삼가고 조심하는 태도가 있다.
- 무량수(無量壽) : 1. 한없이 오래 사는 수명. 2. 아미타불과 그 땅에 사는 백성의 수명은 헤아릴 수 없음을 이르는 말. 3. 불가사의의 만 배가 되는 수로 10의 64승이다.
- 무릉도원(武陵桃源) : 도연명(陶淵明)의 「도화원기(桃花源記)」에 나오는 가상의 선경(仙境). 복숭아꽃이 만발한 낙원이다. '별천지(別天地)'나 '이상향(理想鄉)'을 비유하는 말로 흔히 쓰인다.
- 무소불위(無所不爲) : 못 할 일이 없이 다 함.
- 무주공산(無主空山) : 1. 인가가 없는 쓸쓸한 산. 2. 주인 없는 산.

- 묵새기다 : 별로 하는 일이 없이 오래 묵으면서 날을 보내다.
- 묵약(默約) : 말 없는 가운데 서로 뜻이 통함.
- 문경지교(刎頸之交) : 생사를 같이할 수 있는 가까운 사이.
- 문약(文弱) : 오로지 문사만을 받들어 치중하고 실천이나 무예를 중요하게 여기지 않아 성격이나 체질 따위가 나약함.
- 문후(問候) : 웃어른의 안부를 물음.
- 물수리 : 수릿과(科)에 속한 새. 몸길이는 51~58㎝ 정도이다.
- 미간(眉間) : 두 눈썹 사이.
- 미도(媚道) : 사내들에게 사랑을 얻기 위해 요사스럽게 방술하는 것.
- 미약(媚藥) : 1. 성욕을 일게 하는 약. 2. 상대에게 연정을 품게 한다는 약.
- 미온무독(微溫無毒) : 성질이 순하고 착함.
- 미욱하다 : 어리석고 미련하다.
- 미추룸하다 : 젊고 건강하여 무척 아름다운 데가 있다.
  예) 모두가 미추룸한 게 번듯번듯한 총각들이다.
- 민인(民人) : 1. 국가와 사회를 구성하고 있는 사람들. 2. 일반 국민을 예스럽게 이르는 말.
- 밉살스럽다 : 보기에 말이나 행동이 남에게 몹시 미움을 받을 만한 데가 있다.
- 밑절미 : 사물이나 사람의 기초가 되는 본디부터의 바탕.

- 매매 : 몹시, 심하게, 자꾸.
- 매상(賣上) : 물건이나 상품을 팖.
- 매작지근하다 : 따스한 기운이 있는 듯하다.
- 매초롬하다 : 젊고 건강하여 아름다운 데가 있다.

ㅂ

- 바장이다 : 짧은 거리를 부질없이 작은 걸음으로 자꾸 왔다 갔다 하다.
- 바투 : 1. 두 사물의 사이가 꽤 가깝게. 2. 시간이나 길이가 아주 짧게. cf. 물건을 바투 대다.
- 빠대다 : 아무 할 일이 없어 이리저리 쏘다니다.
- 박장대소(拍掌大笑) : 손뼉을 치며 크게 웃음.
- 박차(拍車) : 1. 어떤 일을 재촉하여 잘되도록 더하는 힘. 2. 말을 탈 때 구두의 뒤축에 다는, 톱니바퀴 모양의 쇠로 만든 물건.
- 반드럽다 : (사람의 됨됨이가) 어수룩한 데가 없이 매끄럽고 약삭빠르다.
- 반목(反目)하다 : 서로 사이가 좋지 않아 미워하거나 대립하다.
- 반빗아치 : 예전에, 반찬 만드는 일을 맡아 하는 여자 하인을 이르던 말.

- 반색하다 : 몹시 반가워하다.
- 반신반의(半信半疑) : 반은 믿고, 반은 의심함.
- 반지빠르다 : 수더분한 맛이 없이 얄밉게 약삭빠르다.
- 반추(反芻)하다 : 1. 한번 삼킨 음식을 게워 내어 다시 씹다. 2. 되풀이하여 기억하고 음미하다.
- 발싸심하다 : 1. 어떤 일을 하고 싶어서 애를 쓰며 들먹거리다. 2. 팔다리를 움직이며 몸을 비틀면서 비비적대다.
- 발원(發願)하다 : 신이나 부처에게 소원을 빌다.
- 발쪽거리다 : 끝이 뾰족이 조금 자꾸 나왔다 들어갔다 하다.
- 방량(放良)하다 : 노비나 포로를 놓아주어 양민이 되게 하다.
- 방물 : 부녀자들이 쓰는 화장품이나 바느질 기구, 패물 따위의 물건을 통틀어 이르는 말.
- 방사(房事) : 남녀가 성교하는 일.
- 방외범색(房外犯色)하다 : 자기 아내 이외의 여자와 육체관계를 하다.
- 방외사(方外士) : 세속의 속된 일에서 벗어난 고결한 사람.
- 방외색(房外色) : 아내 외의 여인과 맺은 육체관계.
- 방외우(方外友) : 신분을 떠난 벗.
- 밭다 : 1. 몹시 차며 급하다. 2. 길이가 짧다 3. 음식을 가려 먹는 것이 심하거나 먹는 양이 적다. 예) 밭은 숨. 밭은기침.
- 버력 : 1. 광석을 캐내고 남은 돌. 2. 하늘에서 내리는 벌. 천벌.

- 버성기다 : 벌어져서 틈이 있다. 자연스럽지 못하고 어색하다.
- 버커리 : 늙고 병들거나 고생스러운 살림살이로 여위어서 쭈그러진 여자를 얕잡아 이르는 말.
- 번족(蕃族)하다 : 자손이 많아 성하다.
- 벌윷 : 윷놀이에서 자리 밖으로 떨어져 나간 윷짝.
- 벙그러지다 : 맺힘을 풀고 툭 터지며 활짝 열리게 되다.
- 뻗대다 : 순순히 따르지 않고 고집스럽게 버티다.
- 벽지(僻地) : 도시에서 멀리 떨어져 으슥하고 한적한 곳.
- 별물(別物) : 특별한 물건.
- 별파유군(別派遊軍) : 일정한 소속 없이 필요에 따라 아군을 지원하고 적군을 공격하는 부대.
- 병량미(兵糧米) : 군량미.
- 병장기(兵仗器) : 옛날 병사들이 사용하던 온갖 무기류.
- 병화(兵禍) : 전쟁으로 인한 재앙.
- 뼛성 : 갑작스럽게 왈칵 일어나는 짜증. 예) 뼛성 섞인 말로~.
- 보기(步騎) : 보병과 기마병.
- 보비위하다 : 1. 남의 비위를 맞추어 주다. 2. 위나 비장의 기운을 잘 보호하고 돕다.
- 보쟁이다 : 부부가 아닌 남녀가 남몰래 친밀한 관계를 맺다.
- 복마전(伏魔殿) : 나쁜 무리가 모이는 곳을 비유적으로 이르는 말.

- 복받치다 : 마음속에서 세차게 일어나다.
- 복록(福祿) : 타고난 복과 벼슬아치의 녹봉이라는 뜻에서, 복되고 영화로운 삶을 비유적으로 이르는 말.
- 볼우물 : 웃거나 말을 할 때 볼에 오목하게 들어가는 자국. cf. 보조개.
- 봉사 : '시각 장애인'을 얕잡아 이르는 말.
- 봉접(蜂蝶) : 벌과 나비.
- 봉황잠(鳳凰簪) : 봉황새 무늬가 조각된 비녀.
- 볶아치다 : 몹시 급하게 서두르며 몰아치다.
- 부관(副官) : 장성급 지휘관을 보좌하고 신변 보호나 사무 연락 등 개인 참모의 구실을 맡아보는 장교.
- 부목(副木) : 팔다리의 외상이나 골절, 탈구, 염좌 등의 응급 수단으로서 환부를 고정하여 대는 기구.
- 부사리 : 머리로 잘 받는 버릇이 있는 황소.
- 부아 : 1. 분하고 노여운 마음. 2. 양서류 이상의 척추동물이 지닌 호흡기관.
- 부용국(附庸國) : 종주국에 속하여 그 지배를 받는 작은 나라.
- 부유물(浮游物) : 공중이나 수면 위를 떠다니는 물건.
- 부자취우(父子聚麀) : 짐승은 예의를 모르기 때문에 아비와 새끼가 같은 암컷과 관계함[禮記 - 곡례편].
- 부제(副弟) : 신라 화랑제도에서 수장을 풍월주라고 하는데,

부제는 풍월주를 보조하는 화랑도의 2인자이다.
- 부화뇌동(附和雷同) : 주견이 없이 남의 의견을 따름.
- 분단생사(分段生死) : 목숨과 과보에 길고 짧음이 있는 보통 사람들의 생사.
- 분벽사창(粉壁紗窓) : 하얗게 꾸민 벽과 비단으로 바른 창문이라는 뜻으로, 여자가 거처하는 아름답게 꾸민 방을 이르는 말.
- 불끈거리다 : 두드러지게 자꾸 치밀거나 솟아오르다.
- 불문율(不文律) : 문서 형식을 갖추지 않은 법칙.
- 불야성(不夜城) : 등불이 많이 켜져 있어서 밤에도 대낮처럼 번화한 곳을 비유적으로 이르는 말.
- 불전(佛錢) : 부처에게 바치는 돈.
- 불적(佛蹟) : 부처의 유적. 부처가 걸어온 발자취.
- 불콰하다 : 얼굴빛이 술기운을 띠거나 혈기가 좋아 불그스레하다.
- 붕우유신(朋友有信) : 오륜의 하나. 벗 사이의 도리는 믿음에 있음.
- 붕어(崩御) : 임금이 세상을 떠남. cf. 선어(仙馭)
- 붕정만리(鵬程萬里) : 1. 붕새가 지나는 길처럼 아주 먼 길. 2. 앞으로 발전할 여지가 매우 많은 장래를 비유적으로 이르는 말.
- 비껴들다 : 비스듬하게 비쳐 들다.

- 비나리치다 : 아첨하여 가며 남의 환심을 사다.
- 비몽사몽(非夢似夢) : 완전히 잠이 들지도 잠에서 깨어나지도 않아 정신이 어렴풋한 상태.
- 비다듬다 : 자꾸 매만져서 곱게 만들다.
- 비밀하다 : 남에게 무언가를 알리지 않기 위해 조심하는 태도가 있다.
- 비빈(妃嬪) : 예전에, 왕의 부인과 왕세자의 부인을 아울러 이르던 말.
- 비손하다 : 신에게 병이 낫거나 소원을 이루게 해 달라고 빌다.
- 비치적대다 : 몸을 한쪽으로 살짝 비틀거리거나 다리를 절룩거리며 걷다.
- 빙상인(氷上人) : 중매를 선다는 전설의 사람.
- 베돌다 : 1. 어울리지 못하고 밖으로 돌다. 2. 가까이 가지 않고 피하여 딴 데로 돌다.
- 배포 : 1. 마음속에 품고 있는 생각. 2. 일을 여러 가지로 계획함. 3. 적당한 차례나 간격에 따라 순서 있게 잘 벌여 놓음.
- 뱅충맞다 : 똘똘하지 못하고 어리석다.
- 배라먹다 : 음식 따위를 남에게 구걸하여 거저 얻어먹다.
- 배륜(背倫)하다 : 윤리에 어그러지다.
- 백련천마(百練千磨) : 백 번 연습하고 천 번 연마함.
- 백일몽(白日夢) : 밝은 대낮에 꾸는 꿈이라는 뜻으로, 실현 불

가능한 헛된 공상을 비유적으로 이르는 말.

ㅅ

- 사녀(私女) : 사통하여 낳은 딸.
- 사달 : 일어난 사건이나 사고(=사단).
- 사문(沙門) : 1. 경전에 의지하지 않고 고행이나 명상 등을 통하여 직접 해탈하려는 무리를 이르는 말. 2. 출가하여 불문에 들어 도를 닦는 사람.
- 사백사병(四百四病) : 1. 사람의 오장에 있는 각 81종의 병을 모두 합한 405가지 가운데 죽는 병을 뺀 404가지의 병. 2. 사람이 걸리는 모든 병을 이르는 말.
- 사우(死友) : 죽음을 함께할 정도로 절친한 벗.
- 사위다 : 다 사그라져서 재가 되다.
- 사주(使嗾)하다 : 1. 뒤에서 부추겨서 하게 하다. 2. 나쁜 일을 뒤에서 부추겨서 하게 하다.
- 사주팔자(四柱八字) : 사람의 생년(生年), 생월(生月), 생일(生日), 생시(生時)의 간지(干支) 여덟 자.
- 사통(私通) : 1. 부부가 아닌 남녀가 남몰래 서로 정을 통함. 2. 예전에, 공적인 일로 관리들끼리 편지 등으로 사사로이

연락하던 일.
- 사품 : 어떤 일이나 동작이 진행되어 가는 바람이나 때.
- 사훼(蛇虺) : 살모사.
- 사해(四海) : 1. 온 천하. 2. 사방의 바다.
- 산도(産道) : 아이를 낳을 때 태아가 모체 밖으로 배출되는 통로.
- 산들바람 : 시원하고 부드럽게 부는 바람.
- 산욕(産褥) : 1. 출산할 때 받은 상처가 완전히 치유되어 성기와 그 주변의 각종 변화가 임신 전의 상태로 되돌아갈 때까지의 기간. 2. 아이를 낳을 때 산부가 까는 요.
- 산파(産婆) : 1. 아이를 낳는 것을 돕고 임산부와 신생아의 보건과 양호 지도 등의 일을 하는 사람. 2. 어떤 일을 잘 주선해서 그 일이 이루어지도록 도와주는 존재를 비유적으로 이르는 말.
- 산호만세(山呼萬歲) : 한나라의 무제가 숭산에서 제사 지낼 때 백성이 만세를 삼창한 데에서 비롯된 것으로, 임금의 만수무강을 비는 뜻으로 부르는 만세.
- 산천경개(山川景槪) : 자연의 경치나 경관.
- 삼경(三更) : 하룻밤을 다섯으로 나눈 셋째의 시각. 밤 열 한 시부터 새벽 한 시까지의 사이이다.
- 삼라만상(森羅萬像) : 우주 사이에 벌여 있는 온갖 사물과 모

든 현상.
- 삼매(三昧) : 잡념을 버리고 한 가지 대상에만 정신을 집중하는 경지.
- 삼성(參星) : 이십팔수의 스물한 번째 별자리의 별들. 오리온자리에 있으며 중앙에 있는 별 세 개를 삼태성이라 한다.
- 삼생기연(三生奇緣) : 삼생을 두고 끊어지지 않을 기이한 인연.
- 삼천대천(三千大千) : 소천, 중천, 대천의 세 천세계가 이루어진 세계.
- 삽상(颯爽)하다 : 상쾌하고 시원하다.
- 살천스럽다 : 쌀쌀하고 매섭다.
- 상명지통(喪明之痛) : 눈이 멀 정도로 슬프다는 뜻으로, 아들이 죽은 슬픔을 비유적으로 이르는 말.
- 상성(商星) : 용의 별자리에 있는 별.
- 상청(喪廳) : 궤연(几筵). 혼백이나 신위를 모신 자리.
- 상합(相合) : 1. 서로 잘 맞음. 2. 서로 만나 하나로 합침. 3. 남녀가 관계함.
- 상화(霜花) : 흰머리와 흰 수염.
- 쌍수쌍신(雙修雙身) : 밀종의 교리. 성교에는 마력이 있을 뿐만 아니라, 남녀는 쌍수쌍신, 즉 성교를 통해 득도할 수 있다고 보았다.
- 석삭다 : 속으로 녹으며 삭아 없어지다.

- 선불 걸다 : 섣불리 건드리다.
- 선잠 : 깊이 들지 못하거나 흡족하게 이루지 못해서 부족한 잠.
- 선참후계권(先斬後啓權) : 군율을 어긴 죄인을 먼저 처형하고, 뒤에 임금께 아뢸 수 있는 권한.
- 선풍도골(仙風道骨) : 신선의 풍채와 도인의 골격이란 뜻으로 뛰어나게 고아한 풍신.
- 설만(褻慢)하다 : 무례하고 오만하다.
- 섬서하다 : 1. 지내는 사이가 매우 서먹하다. 2. 대접이나 관리가 소홀하다.
- 설시(舌矢) : 비난하는 말이나 독설.
- 섬부주(贍部洲) : 수미산의 남쪽 해상에 있다는 대륙. 오직 이 땅에서만 부처가 출현한다고 하며, 후에 인간 세계 또는 현세를 통틀어 이르는 말이 되었다. cf. 남염부주(南閻浮洲).
- 섬서하다 : 지내는 사이가 매우 서먹하다. 예) 그들 사이가 예전과 다르게 섬서하다.
- 섬전(閃電) : 순간적으로 번쩍하는 번갯불이나 전기의 불꽃.
- 섭리(攝理) : 1. 자연계를 지배하고 있는 원리와 법칙. 2. 세상과 우주 만물을 다스리는 하느님의 뜻.
- 섭정(攝政) : 임금을 대신하여 정치함. 또는 그 사람.
- 성구(性具) : 성행위할 때 사용되는 각종 보조 기구. 예) 인조 남근 등.

- 성동(成童) : 15세 된 소년.
- 성주괴공(成住壞空) : 세계가 성립되는 지극히 긴 기간인 성겁(成劫), 머무르는 기간인 주겁(住劫), 파괴되어 가는 기간인 괴겁(壞劫), 파괴되어 아무 것도 없는 상태로 지속하는 기간인 공겁(空劫)을 말함.
- 소금꽃 : 땀을 많이 흘렸을 때, 옷이 젖은 다음 말라서 하얗게 생긴 얼룩.
- 소생(小生) : 윗사람에게 자신을 낮추어 부르는 말.
- 소생(所生) : 자기가 낳은 아들이나 딸.
- 소양배양하다 : 아직 어려서 함부로 날뛰기만 하고 분수나 철이 없다.
- 솟치다 : (어떤 사람이 다른 사람이나 사물 따위를) 위로 높게 올리다. 예) 지렛대를 사용해 저 돌을 솟쳐 올려라.
- 쇄신(刷新)하다 : 없애고 새롭게 하다.
- 수굿하다 : 1. 꽤 다소곳하다. 2. 충분히 가라앉은 듯하다.
- 수다(數多)하다 : 수가 많다.
- 수식(首飾) : 여자의 머리에 꽂는 장식품.
- 수작(酬酌)하다 : 술잔을 주고받음.
- 수직(守直) : 건물이나 물건 등을 맡아서 지킴.
- 숙연(宿緣) : 지난 세상에서의 인연.
- 순라군(巡邏軍) : 예전에, 도둑이나 화재 따위를 경계하기 위

하여 관할 구역을 순찰하는 일을 맡았던 군인이나 군대를 이르던 말.
- 순배(巡杯) : 술자리에서 술잔을 차례로 돌림.
- 술지게미 : 술을 거르고 남은 찌꺼기 cf. 술재강, 주박(酒粕), 주재(酒滓).
- 숨탄것 : 숨을 받은 것이라는 뜻으로, 여러 동물을 통틀어 이르는 말.
- 숫백성 : 거짓을 모르는 순박한 백성.
- 숫스럽다 : 순진하고 어수룩한 데가 있다.
- 승야월장(乘夜越墻)하다 : 밤중을 틈타서 남의 집 담을 넘어 들어가다.
- 승처(勝處) : 풍광이 빼어난 곳.
- 승하(昇遐)하다 : 임금이 세상을 떠나다.
- 시나브로 : 모르는 사이에 조금씩 조금씩.
- 시방세계(十方世界) : 온 세상.
- 시부저기 : 별로 힘들이지 않고 슬쩍.
- 시자(侍者) : 귀인을 모시는 사람.
- 시진(時辰) : 1. 시간상의 어떤 순간이나 부분. 2. 예전에, 수 관형사 뒤에서 의존적 용법으로 쓰여, 두 시간을 세는 단위를 나타내던 말.
- 시치름하다 : 1. (자동사) 짐짓 태연한 기색을 꾸미다. 2. (형

용사) 천연덕스럽게 자기가 하고도 아니 한 체, 알고도 모르는 체를 하며 태연한 태도로 있다.
- 식겁(食怯)하다 : 뜻밖의 일로 놀라 겁을 먹다.
- 식경(食頃) : 한 끼의 밥을 먹을 동안의 잠깐.
- 식언(食言)하다 : 약속한 말을 지키지 않다.
- 식인귀(食人鬼) : 사람을 잡아먹는 귀신.
- 신금(宸襟) : 임금의 마음. cf. 구중신금.
- 신기루(蜃氣樓) : 1. 대기에서 일어나는 빛의 이상 굴절 현상. 2. 아무런 근거나 현실적 토대 없는 가공의 사물이나 헛된 생각을 비유적으로 이르는 말.
- 신산(辛酸)스럽다 : 보기에 사는 것이 힘들고 고생스러운 데가 있다.
- 신실하다 : 믿음성이 있고 진실하다.
- 신불(神佛) : 신령과 부처.
- 실살스럽다 : 겉으로만 드러나지 않고 내용이 충실하다.
- 실큼하다 : 싫은 생각이 조금 있다.
- 실팍하다 : 보기에 알차고 튼튼하다.
- 심복(心腹) : 1. 마음 놓고 믿을 수 있는 부하. 2. 매우 필요하여 없어서는 안 될 사물.
- 십장생(十長生) : 오래 살고 죽지 아니한다는 열 가지. 곧 해, 산, 물, 돌, 구름, 솔, 불로초, 거북, 학, 사슴의 열 가지를 말

한다.
- 새주(璽主) : 나라의 인장을 가진 자, 즉 왕이나 최종 결재권자를 말함.
- 새치름하다 : 얌전하고 쌀쌀하여 시치미를 떼는 듯하다.
  예) 새치름한 표정.
- 새퉁스럽다 : 어처구니없을 정도로 새삼스러운 느낌이 있다.
- 색공(色供) : 색을 바쳐 왕이나 왕족에게 보필하는 일.
- 색공지신(色供之臣) : 색을 바쳐 왕이나 왕족에게 보필하는 신하. cf. 대원신통, 진골정통.
- 색도(色道) : 색사(色事)에 관한 기술.
- 색사(色事) : 남녀 간의 육체적 교접에 관한 일.
- 생경(生硬)하다 : 처음이거나 익숙하지 못하여 부드럽지 못하고 딱딱하다.
- 생급스럽다 : 1. 뜻밖이고 갑작스럽다. 2. 이치에 닿지 않고 터무니없다.
- 생뚱맞다 : 앞뒤가 맞지 않고 매우 엉뚱하다.
- 생무지 : 어떤 일에 익숙하지 못한 사람.
- 생사여탈권(生死與奪權) : 살고 죽는 일과 주었다가 빼앗는 권한.
- 생식(生殖) : 생물이 자기와 같은 종류의 개체를 새로이 만들어 냄.

- 세요(細腰) : 허리의 뒤쪽으로 가늘게 된 부분. 허리가 가는 여자.
- 세필(細筆) : 잔글씨를 쓰는 가느다란 붓 또는 가느다란 글씨.
- 셈속 : 1. 옥신각신한 일의 속 내용. 2. 속셈의 실속 이해타산.
- 셈평 : 타산적인 내용. 타산적인 생각.

ㅇ

- 아기똥하다 : 교만하고 앙큼하다.
- 아닌 보살 하다 : 시치미를 딱 떼어 모르는 체한다는 말.
- 아아(峨峨)하다 : 위로 치솟은 상태가 높고 험하다.
- 아퀴 짓다 : 일이나 말의 끝을 마무리하다.
- 안녕하다 : 아무 탈이나 걱정 없이 편안하다.
- 안다미로 : 담은 것이 그 그릇에 넘치도록 많게.
- 안동(眼同)하다 : (어떤 사람이 다른 사람이나 물건을) 따르게 하거나 지니고 가다.
- 안온(安穩)하다 : 조용하고 편안하다.
- 안팎심부름 : 안심부름과 바깥심부름을 아울러 이르는 말. 예) 마님의 심부름을 하던 계집종이 병이 나서 머슴이 안팎심부름을 모두 맡고 있다.

- 알음장 : 눈치로 은근히 알려 줌.
- 알현(謁見)하다 : 지체 높은 사람을 찾아뵙다.
- 암상 : 남을 미워하고 샘을 잘 내는 잔망스러운 심술.
- 암죽 : 곡식이나 밤의 가루로 묽게 쑨 죽.
- 압권(壓卷) : 1. 예술 작품이나 공연물 또는 어떤 대상에서 가장 뛰어난 것. 2. 여러 책 또는 작품 가운데에서 가장 잘 지은 책이나 작품.
- 야마토[大和] : 4~5세기경 일본에 성립한 통일 정권이다. 우리나라와 중국으로부터 유·불교와 여러 제도 문물을 받아들여 나라의 기틀을 잡아 갔다.
- 야죽야죽 : 얄미울 정도로 짓궂게 자주 비웃으며 이야기하는 모양을 나타내는 말.
- 얄망궂다 : 성질이 괴상하고 까다로워 얄밉다.
- 양각(陽刻) : 조각에서, 그림이나 글자를 도드라지게 새김.
- 양근(陽根) : 남자의 생식기. 자지.
- 양성(兩性) : 1. 남성과 여성을 아울러 이르는 말. 2. 생물이 암수 양쪽의 생식 기관을 가지고 있는 것. 3. 사물의 서로 다른 두 가지 성질.
- 어가(御駕) : 임금이 타는 수레.
- 어기차다 : 성질이 매우 굳세다.
- 어녀술(御女術) : 잠자리에서 여성을 다루는 기술.

- 어둑시근하다 : '어스레하다'의 방언.
- 어리숭하다 : 보기에 어리석은 듯하다.
- 어수(魚水)의 낙 : 물고기와 물은 떼려야 뗄 수 없는 관계라는 뜻으로, 군신이나 부부간의 친밀한 관계를 비유적으로 이르는 말.
- 어색(漁色)하다 : 여색을 탐하다. 예) 어색의 달인.
- 어지자지 : 1. 남자와 여자의 생식기를 한 몸에 다 가진 사람이나 동물. 2. 어린아이의 말로, 제기를 찰 때 두 발로 번갈아 차는 것을 이르는 말.
- 어질증 : 눈앞이 아찔하고 정신이 흐려지는 증세.
- 언거번거하다 : 쓸데없이 말이 많고 수다스럽다.
- 언사(言辭) : 말. 말씨..
- 언설(言舌) : 말을 잘하는 재주.
- 얼근하다 : 1. 매워서 입안이 얼얼하다. 2. 술에 어지간히 취하여 어렴풋하다.
- 얼뜨다 : 다부지지 못하고 정신이 없고 멍하다.
- 얼러방치다 : 두 가지 이상을 한꺼번에 하다.
- 얼자(孼子) : 서자(庶子). 별자(別子).
- 엄부럭 : 어린아이처럼 매우 철없이 부리는 엄살이나 심술.
- 엄장(嚴莊)하다 : 모습이 엄숙하고 웅장하다.
- 엄장(嚴壯)하다 : 1. 몸집이 크고 씩씩하다. 2. 엄하고 장하다.

- 업연(業緣) : 1. 업보(業報)의 인연(因緣). 2. 직업이나 일로 인하여 맺어지는 인간관계.
- 엉너릿손 : 엉너리로 사람을 후리는 솜씨.
- 엉너리 : 남의 환심을 사려고 어벌쩡하게 넘기는 짓.
- 여명(黎明) : 1. 희미하게 날이 밝아 오는 빛. 2. 새로운 시대나 문화, 예술 따위가 시작되는 것.
- 여염(閭閻) : 일반 백성의 살림집이 많이 모여 있는 곳.
- 여염 주머니 : 옛날에 일반 백성이 쓰는 물건을 넣던 작은 천 자루.
- 여원인(與願印) : [불교] 모든 중생(衆生)의 소원을 이루어 줌을 보이는 결인(結印). 오른손의 다섯 손가락을 펴서 밖으로 향하여 드리우는 형상이다.
- 여의주(如意珠) : 용의 턱 아래에 있다고 전해지는 구슬.
- 역린(逆鱗) : 용의 턱밑에 거슬러 난 비늘. 이것을 건드리면 용이 크게 노한다는 전설에서 나온 말로, 임금의 분노를 비유적으로 이르는 말.
- 역성들다 : 옳고 그름에 관계없이 편들어 감싸 주다. 예) 나는 아들과 딸이 싸울 때면 딸아이만 역성드는 아내의 태도에 화가 났다.
- 역하다 : 1. 욕지기가 날 것처럼 메스껍다. 2. 마음에 거슬려 못마땅하다.

- 연치(年齒) : 나이를 높여 이르는 말.
- 열락(悅樂) : 1. 기뻐하고 즐거워함. 2. 인간의 유한적인 욕구를 넘어서서 얻는 큰 기쁨과 즐거움.
- 열음(悅音) : 사람이 흥분되거나 기쁠 때 자신도 모르게 내는 소리.
- 염부주(閻浮州) : 사대주(四大洲)의 하나. 수미산의 남쪽 바다에 있다는 세모꼴의 섬으로, 인간이 사는 세계를 말한다. cf. 남염부제(南閻浮提), 남섬부주(南贍部洲).
- 염알이꾼 : 남의 사정이나 비밀 따위를 몰래 염탐하는 사람.
- 염오(厭惡)하다 : 마음으로부터 싫어하여 미워하다.
- 염통 : 동물 체내의 혈액 순환 기능을 담당하는 순환계 또는 심장계의 중심 장기. cf. 심장.
- 영각하다 : 암소를 부르느라고 크게 울다.
- 영걸(英傑) : 1. 영웅호걸을 아울러 이르는 말. 2. 매우 뛰어나고 훌륭한 사람.
- 영검하다 : 바라는 바를 들어주는 신령한 힘이 있다. 예) 거북이는 영검한 동물이다.
- 영달(榮達) : 지위가 높고 귀하게 됨.
- 영약(靈藥) : 신비스러운 효험이 있는 약.
- 오(獒) : 키가 4자가 넘는 큰 개.
- 오로지하다 : 한 곬으로만 하거나 혼자서만 하다. 예) 공경하

게 책을 대하고 공부에 마음을 오로지하거라.
- 오매불망(寤寐不忘) : 자나 깨나 잊지 못함.
- 오방색(五方色) : 동, 서, 남, 북과 중앙에 해당하는 다섯 색. 동쪽은 청색, 서쪽은 흰색, 남쪽은 붉은색, 북쪽은 검은색, 중앙은 황색을 가리킨다.
- 오사바사하다 : 사근사근 부드럽고 주견이 없어 이리저리 변하기 쉽다.
- 옹송그리다 : 춥거나 무서워 몸을 궁상맞게 옹그리다.
- 오열(嗚咽)하다 : 설움에 복받쳐 목메어 울다.
- 오조증(惡阻症) : 임신 중에 심한 구토와 구토로 인한 불쾌감을 이르는 말.
- 오쟁이 지다 : 자기 아내가 다른 남자와 간통하다.
- 오채(五彩) : 청, 황, 홍, 백, 흑 등 다섯 가지 채색.
- 오홉다[嗚呼-] : 감탄하여 찬미할 때 내는 말.
- 옥골선풍(玉骨仙風) : 살빛이 희고 고결하여 신선과 같은 풍채.
- 옥모방신(玉貌芳身) : 옥같이 아름답고 꽃다운 용모와 몸매.
- 옥반가효(玉盤佳肴) : 옥쟁반에 맛있는 안주.
- 옥상옥(屋上屋) : 지붕 위에 지붕을 거듭 얹는다는 뜻으로, 물건이나 일이 쓸데없이 거듭함을 비유적으로 이르는 말.
- 옥수(玉手) : 아름다운 여자의 손. cf. 섬섬옥수(纖纖玉手).
- 옥셈 : 잘못 생각하여 자기에게 불리하게 계산하는 셈.

- 옥의옥식(玉衣玉食)하다 : 좋은 옷을 입고 맛있는 음식을 먹다.
- 올곧잖다 : (마음이나 정신 상태가) 바르거나 곧지 아니하다. 예) 숙이는 계속 철이를 올곧잖게 생각하고 곧잘 욕을 하곤 했다. cf. 반대어 – 올곧다.
- 올차다 : 됨됨이가 빈틈없이 야무지고 기운차다. 예) 그 녀석 나이는 어려도 하는 행동을 보면 참 올차다.
- 옴나위없다 : 꼼짝을 할 여유가 없다.
- 옹송그리다 : 춥거나 무서워서 몸을 궁상맞게 옹그리다.
- 완상(玩賞)하다 : 취미로 즐기며 구경하다.
- 완연(宛然)하다 : 1. 아주 뚜렷하다. 2. 모양이 서로 비슷하다.
- 왕후장상(王侯將相) : 제왕, 제후, 장군, 재상의 통칭.
- 왜자하다 : 널리 퍼져 시끄럽고 떠들썩하다.
- 요기(妖奇)롭다 : 요사스럽고 기이하다.
- 요나(嫋娜)하다 : 부드럽고 날씬하여 멋들어지면서 애교가 있다.
- 요도(夭桃) : 복숭아꽃처럼 예쁜 여인.
- 요물(妖物) : 1. 요망스러운 것. 2. 간사하고 요망한 사람.
- 요변(妖變)스럽다 : 요사하고 변덕스러운 데가 있다.
- 요분질 : 성교 때 여인이 쾌감을 올리기 위해 하초를 요리조리 돌리는 일.
- 요사(寮舍) : 1. 학교나 공공 단체에서 기숙사로 쓰는 건물.

2. 절에 있는 승려들이 거처하는 집.
- 요실금(尿失禁) : 오줌을 무의식적으로 싸는 상태.
- 요요(嫋嫋)하다 : 1. 날씬하고 맵시가 있다. 2. 부드럽고 온화하다. 3. 길고 간드러지다.
- 요절(夭折)하다 : 젊은 나이에 죽다. 요사(夭死)하다.
- 요행수(僥倖數) : 뜻밖의 좋은 운수.
- 용렬(庸劣)하다 : 변변하지 못하고 좀스럽다.
- 용양신(龍陽臣) : 상전이나 윗사람에게 색공을 바치는 남성.
- 용잠(龍簪) : 용의 머리 모양을 새기어서 만든 비녀.
- 용종(龍種) : 임금의 씨앗.
- 용하다 : 1. 신기하고 뛰어나다. 2. 기특하고 훌륭하다. 3. 매우 운이 좋다.
- 우두망찰 : 정신이 얼떨떨하여 어찌할 바를 모르는 상태를 나타내는 말.
- 우여곡절(迂餘曲折) : 여러 가지로 뒤얽힌 복잡한 사정이나 변화.
- 우후죽순(雨後竹筍) : 비가 온 뒤에 여기저기 돋아나는 죽순이라는 뜻으로, 어떤 일이 한때에 많이 생겨남을 비유적으로 이르는 말.
- 운두 : 그릇이나 신, 모자 따위의 둘레나 둘레의 높이.
- 운신(運身) : 1. 몸을 움직임. 2. 어떤 일이나 행동을 자유롭

게 함.
- 운우(雲雨) : 남녀가 육체관계를 맺는 일을 비유적으로 이르는 말. cf. 운우지정(雲雨之情), 초나라 회왕(懷王)과 무산신녀의 전설.
- 울울하다 : 상쾌하지 않고 갑갑하다.
- 울화병 : 억울한 마음을 삭이지 못해서 생긴 병.
- 웅숭깊다 : 매우 깊고 넓다.
- 원루(冤淚) : 원통해서 흘리는 눈물.
- 월궁항아(月宮嫦娥) : 1. 월궁에 산다는 선녀. 2. 절세미인을 비유적으로 이르는 말.
- 유곽(遊廓) : 옛날 관의 허가를 받아 일하는 창녀들을 두고 손님을 맞아 매음하게 하는 집이나 그 집들이 모여 있는 구역을 이르던 말.
- 유성우(流星雨) : 별똥별.
- 유음(遺音) : 유언.
- 유부취부(有夫娶夫) : 남편 있는 여인이 또 남편을 얻음.
- 유조(遺詔) : 임금의 유언.
- 유화(柳花) : 신라 시대 화랑도에 소속된 서민의 딸.
- 윤왕좌(輪王坐) : 한쪽 다리를 세우고 팔을 그 위에 얹은 자세.
- 윤허(允許) : 임금이 어떤 일에 대한 신하의 청을 허락함.
- 음곡(陰谷) : 1. 그늘진 골짜기. 2. 사타구니.

- 음사(淫事) : 음란하고 방탕한 일.
- 음양쌍수(陰陽雙修) : 선도식 방중술로 관계 중에 기(氣)의 교환을 하는 것. 음양의 부족한 기를 보완하는 것이 음양쌍수의 핵심이다.
- 음우채홍(陰雨彩虹) : 갑자기 비가 내리고 무지개가 뜨다.
- 음종(淫縱)하다 : 거리낌 없이 함부로 음란하게 행동하다.
- 이드거니하다 : 넉넉하게 그득하다.
- 이무기 : 용이 되려다 못 되고 물속에 산다는 전설상의 큰 구렁이.
- 이문(利文) : 1. 이익으로 남은 돈. 2. 남에게 돈을 꾸어 쓴 대가로 일정한 비율로 치르는 돈.
- 이미룩저미룩하다 : 이런저런 핑계를 대며 할 일을 자꾸 뒤로 미루다. 예) 매양 마음만 있고 이미룩저미룩하다가~.
- 이모제(異母弟) : 배다른 아우.
- 이사금(尼師今) : 신라 초기 왕의 칭호. 제3대 유리왕(儒理王) 때부터 제18대 실성왕(實聖王) 때까지 사용되었다.
- 이합집산(離合集散) : 모였다가 흩어지는 일.
- 인등시주(引燈施主) : 부처 앞에 켤 등불의 기름을 시주함.
- 인두겁 : 사람의 탈이나 겉모양.
- 인총(人叢) : 한곳에 많이 모여 있는 사람들의 무리.
- 인통(姻統) : 신라 왕실에 대대로 왕실 여인(왕비나 후궁 등)

들을 배출·공급하는 양대 혈통. 대원신통과 진골정통이다.
- 일거수일투족(一擧手一投足) : 손 한 번 들고, 발 한 번 옮긴 다는 뜻으로 크고 작은 동작 하나하나를 이르는 말.
- 일망무제(一望霧際)하다 : 한눈에 바라볼 수 없을 정도로 아득하게 멀고 넓어서 끝이 없다.
- 일안고공(一雁高空) : 높은 하늘을 날고 있는 기러기 한 마리.
- 일체누진무외(一切漏盡無畏) : [佛] 설법하는 데 있어서 두려움 없고 자신 있게 할 수 있는 4가지 사항 중 하나로, '일체의 번뇌를 모두 끊었다'라는 두려움 없는 자신을 말한다. cf. 정등각무외(正等覺無畏), 설장법무외(說障法無畏), 설진고도무외(說盡苦道無畏).
- 임맥(任脈) : 기경팔맥(奇經八脈)의 하나. 회음(會陰)에서부터 신체의 앞 중심을 지나 아랫입술에 이르는 경락(經絡)이다. 십이 경맥의 기혈 순행을 돕는다.
- 임전무퇴(臨戰無退) : 전쟁에 임하여 물러서지 않음. 화랑의 세속오계 중 하나로 원광법사가 지었다.
- 임질하다 : 물건을 머리 위에 이는 일을 하다.
- 입방정 : 버릇없이 수다스럽게 지껄이면서 경망스럽게 하는 말.
- 입초시 : '입길'의 방언. 입길은 남의 흉을 보는 사람들 입놀림을 말한다.
- 입정 사납다 : 1. (사람이) 말하는 입버릇이 점잖지 못하다.

2. (사람이) 쉴 새 없이 군것질을 하는 나쁜 버릇이 있다.
- 잉걸불 : 1. 활짝 피어 이글이글한 숯불. 2. 다 타지 않은 장작불.
- 은유(隱喩)하다 : 비유법의 하나로, 행동, 개념, 물체 등을 그와 유사한 성질을 지닌 다른 말로 대체하다.
- 은애(恩愛) : 어버이와 자식 사이나 부부 사이의 사랑. 은혜와 사랑.
- 은자(銀子) : 은으로 만든 돈.
- 은전(恩典) : 나라에서 은혜를 베풀어 내리던 특혜.
- 의기양양(意氣揚揚)하다 : (표정, 태도) 기세가 등등하고 뽐내는 모양이 가득하다.
- 의기투합(意氣投合) : 마음이나 뜻이 서로 맞음.
- 의모(義母) : 의붓어머니, 수양어머니, 의로 맺은 어머니.
- 의뭉스럽다 : 겉으로 어수룩한 듯 보이지만 속으로는 엉큼한 데가 있다.
- 의심암귀(疑心暗鬼) : 의심하는 마음이 있으면 있지도 않은 귀신을 낳는다라는 의미로 갖가지 무서운 망상으로 불안해진다는 뜻이다.
- 의지가지 하다 : 1. 마음을 붙여 도움을 받다. 2. 몸을 기대어서 지탱하다.
- 외설(猥褻) : 1. 성적으로 음란하고 난잡함. 2. 예의를 지키지

않고 삼가며 조심하지 않음.
- 위계(僞計) : 남을 속이기 위해 거짓으로 꾸민 계책.
- 애가(哀歌) : 1. 슬픈 노래나 시가(詩歌), 비가(悲歌), 엘레지(élégie). 2. 사람의 죽음을 슬퍼하는 노래.
- 애면글면하다 : 힘에 겨운 일을 이루려고 노력하다.
- 애잔하다 : 1. 애처롭고 애틋하다. 2. 가냘프고 약하다.
- 예맥(濊貊) : 1. 만주와 한반도 북동부에 살았던 고대 민족. 2. 상고 시대에 중국의 동북 지방에 있던 나라. 3. 우리 겨레의 조상을 통틀어 이르던 이름.
- 예지몽(豫智夢) : 현실에서 어떤 일이 일어날 것인지를 미리 보여 주는 꿈.
- 에두르다 : 바로 말하지 않고 짐작하여 알아듣도록 돌려서 말하다.

ㅈ

- 자극전(紫極殿) : 신라 시대 임금이 거주하던 대전.
- 자닝하다 : 애처롭고 불쌍하여 차마 보기 어렵다.
- 자분치 : 귀 앞에 난 잔 머리카락.
- 자초지종(自初至終) : 처음부터 끝까지의 과정.

- 잔득하다 : (사람이나 그 성질, 행동이) 조금 질기고 끈기가 있다. 예) 그는 몇 시간이고 잔득하게 자리에 앉아 있었다. cf. 진득하다.
- 잔망(孱妄)스럽다 : 얄밉도록 맹랑한 데가 있다.
- 잔입 : 자질구레한 이야기를 하는 입. cf. 잔입질.
- 잔학(殘虐)하다 : 잔인하고 난폭하다.
- 잗다랗다 : 어지간히 가늘거나 작다. 하찮고 자질구레하다. 예) 잗다랗게 주름진 얼굴, 잗다란 일.
- 잠통(潛通)하다 : 몰래 내(간)통하다.
- 잠룡물용(潛龍勿用) : 물에 잠겨 있는 용은 쓰지 않는다. 왕위에 오를 인물이나 대인군자(大人君子)를 가리키는 말. 또는, 영웅이 자신의 능력을 배양하며 조용히 때를 기다리는 것을 비유하는 말이다.
- 장도(壯途) : 중대한 사명이나 큰 뜻을 품고 떠나는 길.
- 장대(壯大)하다 : 1. 크고 튼튼하다 2. 웅장하고 씩씩하다.
- 저뭇하다 : 날이 저물어서 밝기가 어스레하다.
- 저자 : 1. 날마다 아침과 저녁으로 반찬거리를 사고팔기 위하여 열리는 작은 규모의 시장. 2. 시장에서 물건을 파는 가게. 3. '시장'을 예스럽게 이르는 말.
- 전광석화(電光石火) : 번갯불이나 부싯돌의 불이란 뜻으로 극히 짧은 순간을 말한다.

- 전륜성왕(轉輪聖王) : [佛] 세계의 중앙에 솟아 있다는 수미산(須彌山)의 바깥쪽 동서남북에 있는 승신, 섬부, 우화, 구로의 네 주의 세계를 통솔하는 대왕.
- 전의(戰意) : 싸우고자 하는 의사.
- 전전긍긍(戰戰兢兢) : 몹시 두려워 벌벌 떨며 조심함.
- 전초기지(前哨基地) : 1. 전방 초소에 해당하는 전투 기지. 2. 침략군이 남의 나라를 공격하기에 유리한 최전방 지역에 설치한 군사 기지.
- 전통(箭筒) : 화살을 담아 두는 물건.
- 절기(絶技) : 아주 뛰어난 기술이나 솜씨.
- 절체절명(絶體絶命) : 몸도 목숨도 다 된 것이라는 뜻으로, 몹시 위태롭거나 절박한 지경을 비유적으로 이르는 말.
- 점성술(占星術) : 행성의 위치나 운행 따위의 천체 현상을 관찰한 결과를 통해 인간의 운세나 사회의 동향을 점치는 기술.
- 점입가경(漸入佳境) : 갈수록 점점 더 좋거나 재미가 있음.
- 점지(點指)하다 : 1. 잉태하게 하여 주다. 2. 미리 정하여 주다.
- 접배거상(接杯擧觴) : 1. 잔을 부딪치고 또 들어 올린다. 2. 잔을 공손히 쥐고 두 손으로 들어 권한다.
- 젓수다 : 궁중에서 임금에게 '잡수다'를 이르던 말.
- 정교(情交) : 1. 진정한 마음으로 친밀하게 사귐. 2. 남녀 간에 성적인 관계를 맺음.

- 정란황음(政亂荒淫) : 정치는 어지럽고, 임금이 함부로 음탕한 짓을 함.
- 정법(正法)하다 : 예전에, 형벌로 죄인을 사형에 처하다.
- 정분(情分) : 정이 넘치는 따뜻한 마음, 사귀어 정이 든 정도.
- 정수(精髓) : 1. 사물의 본질을 이루는 알짜나 알맹이. 2. 뼛속에 있는 골수.
- 정인(情人) : 연애 관계에 있는 이성. 연인, 애인.
- 조로현상(早老現象) : 부신 피질이나 뇌하수체 앞엽의 병변 또는 발육 부전에 의하여 탈모, 탈취, 발기 부전, 수척함을 동반하는 조로증.
- 조명(詔命) : 임금의 명령을 널리 알릴 목적으로 적은 문서. cf. 조서(詔書).
- 조바심치다 : 조바심을 몹시 나타내다.
- 조쌀하다 : 나이는 많아도 얼굴이 곱고 깨끗하다.
- 조예(皁隸) : 관청의 하급 관원.
- 조종강토(祖宗疆土) : 임금의 조상 때부터 다스리던 영토.
- 조청(造淸) : 묽게 곤 엿.
- 족대기다 : 견디지 못할 정도로 볶아치다.
- 쪽빛 : 푸른빛과 자줏빛의 중간 빛깔.
- 좀생이 : 1. 좀스러운 사람이나 자질구레한 물건을 이르는 말. 2. [天文] 묘성(昴星)을 통속적으로 이르는 말. cf. 묘성은

이십팔수(二十八宿)의 열여덟째 별자리의 별들. 주성(主星)은 황소자리의 이타성이다.
- 조신(操身)하다 : 몸가짐을 조심하다.
- 종실(宗室) : 임금의 친족.
- 종연생종연멸(從緣生從緣滅) : [佛] 인연 따라 생겨났다가 그 인연이 다하면 사라진다.
- 주달(奏達)하다 : 임금에게 아뢰다.
- 주둔(駐屯)하다 : 군대가 임무를 수행하기 위하여 어떤 지역에 머무름.
- 주럽 : 피로하여 고단한 증세.
- 주밀(周密)하다 : 허술한 구석이 없고 세밀하다.
- 주밀(綢密)하다 : 촘촘하고 빽빽하다.
- 주안점(主眼點) : 특히 중점을 두어 보는 것.
- 주억거리다 : 천천히 위아래로 끄덕거리다.
- 주정(酒酊)질 : 술에 취하여 말이나 행동을 함부로 하는 짓.
- 주질러앉다 : 주저앉다(서 있다가 궁둥이와 발을 바닥에 붙이면서 힘없이 그냥 앉다). cf. 주저앉다.
- 주청(奏請) : 임금에게 아뢰어 청하는 일.
- 주품(奏稟)하다 : 임금에게 아뢰다.
- 죽마고우(竹馬故友) : 대나무로 만든 말을 타고 놀던 벗이라는 뜻으로, 어릴 때부터 같이 놀며 자란 친한 벗을 이르는 말.

- 줄느런하다 : 한 줄로 고르게 벌여 있다. 예) 줄느런히 누워 자다.
- 중망(衆望) : 여러 사람으로부터 받는 신망. 예) 중망을 받다.
- 중망(重望) : 매우 두터운 명망.
- 지다위질 : 자기의 허물을 남에게 덮어씌우는 짓.
- 지대물박(地大物博) : 땅이 넓고 산물이 많음.
- 지둥 소리 : 땅이 흔들리는 소리.
- 지등(紙燈) : 겉을 종이로 발라 만든 등.
- 지리멸렬(支離滅裂) : 갈가리 찢어지고 흩어져 갈피를 잡을 수 없게 됨.
- 지밀전(至密殿) : 1. 예전에, 궁궐의 대전이나 내전 등 임금이 항상 거처하는 곳을 이르던 말. 2. 예전에, 각 궁방의 침실을 이르던 말.
- 지벌 : 신불(神佛)에게 거슬리는 일을 저질러 당하는 벌.
- 지지르다 : 무거운 물건으로 내리누르다. 꺾어 누르다.
- 지청구 : 1. 까닭 없이 남을 탓하고 원망하는 짓. 2. 아랫사람의 잘못을 따져 꾸짖음.
- 지탄(指彈)하다 : 잘못했다고 손가락질하며 비난하다.
- 직수긋하다 : 저항하거나 거스르지 않고 순순히 따르는 태도가 있다.
- 진골(眞骨) : 진골(眞骨)은 신라의 계급체계 골품제에서 성골

(聖骨)의 바로 아래 계층이다. 신라 중기 진덕여왕을 마지막으로 성골의 대가 끊기자 진골 출신인 김춘추에게 실권이 넘어가고, 왕으로 즉위하면서 이후 왕위계승권까지 가지며 최고위 귀족층으로 군림하게 된다.
- 진맥(診脈) : 손목의 맥을 짚어 보아 병을 진찰함. cf. 검맥(檢脈).
- 진배없다 : 크게 다를 것이 없다.
- 진솔(眞率)하다 : 진실하고 솔직하다.
- 진심갈력(盡心竭力) : 마음과 힘을 있는 대로 다함.
- 진언(眞言) : 진실하여 거짓이 없는 말이라는 뜻으로, 부처가 보살이었을 때 세운 서원을 심오하고 깊이 있게 나타낸 말.
- 진충보국(盡忠報國) : 충성을 다하여 나라가 베푼 은혜에 보답함.
- 질곡(桎梏) : 1. 옛 형구(刑具)인 차꼬와 수갑을 아울러 이르는 말. 2. 지나친 속박으로 자유를 가질 수 없는 상태를 비유적으로 이르는 말.
- 질자(質子) : 예전에, 나라 사이에 조약 이행을 담보로 상대국에 억류하여 두던 왕자나 그 밖의 유력한 사람.
- 질탕(跌宕)하다 : (유흥이) 신이 나서 정도가 지나치도록 흥겹고 방탕하다.
- 질풍노도(疾風怒濤) : 몹시 빠르게 부는 바람과 무섭게 소용돌이치는 물결.

- 짐(朕) : 예전에, 임금이나 군주가 자기를 이르던 말.
- 짐살(鴆殺) : 짐독(鴆毒)을 섞은 술을 먹여서 사람을 죽임. 짐독은 짐(鴆), 짐조(鴆鳥) 또는 짐새의 깃에 있는 맹렬한 독이다. 짐새는 중국 남부의 산악 지대, 화남 지방(광둥성)에 주로 살았다고 전해지는 전설적인 조류이다.
- 집사(執事) : 주인집에 고용되어 그 집일을 맡아보는 사람.
- 재단(裁斷)하다 : 1. 치수에 맞게 재거나 자르다. 2. 옳고 그름을 헤아려서 결정하거나 판정하다.
- 재바르다 : 움직임이 조금 날래고 빠르다.
- 재우치다 : 빨리하도록 재촉하다.
- 좌후(左后) : 신라 중기 임금이 두 명의 왕비를 둘 때 좌후. cf. 우후(右后).

ㅊ

- 차출(差出) : 1. 어떤 일을 시키기 위해 사람을 뽑음. 2. 예전에, 관원을 임명하기 위해 인재를 뽑던 일.
- 착근(着根)하다 : 1. 뿌리를 내리다. 2. 자리를 잡고 살다.
- 참따랗다 : 분명하고 참되며 틀림이 없다.
- 참람(僭濫)하다 : 분수에 맞지 않게 너무 지나치다.

- 참렬(慘烈)하다 : 감히 볼 수 없을 만큼 끔찍하고 참담하다.
- 참수(斬首) : 목을 벰.
- 창천(蒼天) : 1. 푸른 하늘. 2. 사천의 하나. 3. 구천의 하나. cf. 구천(九泉)은 땅속 깊은 밑바닥이란 뜻으로, 죽은 뒤에 넋이 돌아가는 곳을 이르는 말.
- 처깔하다 : (문을) 굳게 닫아 잠가 두다.
- 처신사납다 : 몸가짐을 잘못하여 꼴이 매우 언짢다.
- 척령재원(鶺鴒在原) : 형제가 어려울 때 서로 돕는다. 『시경』 「상체(常棣)」의 "할미새가 언덕에서 호들갑 떨듯, 어려움이 있을 때는 형제가 돕는 법이라오[鶺鴒在原 兄弟急難]."라는 말에서 나온 것이다.
- 척살(刺殺)하다 : 칼 따위로 찔러 죽이다.
- 척후병(斥候兵) : 척후를 하는 병사.
- 천격(賤格)스럽다 : 품격이 보기에 아주 천한 데가 있다.
- 천기(天機) : 1. 매우 중대한 기밀. 2. 선천적으로 타고난 기질이나 성질. 3. 만물을 주관하는 하늘이나 대자연의 비밀.
- 천계(天癸) : 월경. 몸엣것. 꽃물.
- 천문(天文) : 1. 우주 전체에 관한 연구 및 우주 안에 있는 여러 천체에 관한 온갖 현상을 연구하는 학문. 2. 천체의 운행에 따라 역법을 연구하거나, 길흉을 예언하는 일. 3. 천체에 일어나는 온갖 현상.

- 천불이 나다 : (사람이) 몹시 언짢아 속이 상하다.
- 천애(天涯) : 1. 하늘 끝. 2. 아득히 멀리 떨어진 낯선 곳.
- 천정부지(天井不知) : 천장을 알지 못한다는 뜻으로, 물건값 따위가 자꾸 오르기만 함을 비유적으로 이르는 말. 천정(天井)은 천장(天障 - 지붕의 안쪽이나 상층의 바닥을 감추기 위하여 그 밑에 설치한 덮개)의 비표준어.
- 천지개벽(天地開闢) : 1. 하늘과 땅이 처음으로 열림. 2. 자연이나 사회에서의 큰 변혁을 비유적으로 이르는 말.
- 천지신명(天地神明) : 하늘과 땅의 조화를 주재하는 온갖 신령.
- 천제(天祭) : 하느님에게 지내는 제사.
- 철없다 : 사리를 분별할 만한 지각이 없다.
- 철기(鐵騎) : 철갑 기병대.
- 청산유수(靑山流水) : 푸른 산과 맑은 물이라는 뜻으로, 막힘없이 잘하는 말을 비유적으로 이르는 말.
- 청아(淸雅)하다 : 상스럽거나 속된 기색이 없이 맑고 고아하다.
- 청사(靑史) : 종이가 발명되기 이전에 대나무의 청피(靑皮)에 사실을 기록했다는 데서 온 말로, 역사상의 기록을 이르는 말.
- 초병(哨兵) : 파수 보는 군사. 보초병.
- 초택(草澤) : 초원과 수택. 민간이나 재야.
- 초택(抄擇)하다 : 여럿 가운데서 필요한 것을 골라 뽑다.
- 촉수(觸手) : 1. 하등 무척추동물의 몸의 앞부분이나 입 주

위에 있는 가늘고 긴 돌기 모양의 기관. 2. 사물에 손을 댐. 3. 어떤 작용을 가하는 영향력을 비유적으로 이르는 말.

- 총애(寵愛) : 남달리 귀엽게 여겨 사랑함. 굄.
- 추국장(推鞫場) : 임금의 특명에 따라 중한 죄인을 심문하던 장소.
- 추대(推戴)되다 : 모셔 받들어지다.
- 추레하다 : 허술하여 보잘것없고 궁상스럽다.
- 추스르다 : 1. (몸을) 가누어 움직이다. 2. (정신이나 마음 따위를) 바로잡아 안정시키다.
- 추증(追贈) : 예전에, 나라에 공로가 있는 벼슬아치가 죽은 뒤에 벼슬의 품계를 높여서 내리는 일을 이르던 말.
- 춘사(椿事) : 뜻밖에 일어나는 불행한 일. 예) 그것은 수치라고 해석하기보다는, 오히려 춘사(椿事)에 가까운 끔찍한 불행이었다.
- 춘심(春心) : 춘정.
- 출장입상(出將入相) : 나가서 장수가 되고 들어와서 재상이 된다는 뜻으로, 문무를 다 갖추어 장수와 재상의 벼슬을 모두 지낸다는 것을 이르는 말.
- 취생몽사(醉生夢死) : 술 취해 자는 동안 꾸는 꿈속에 살고 죽는다는 뜻으로, 하는 일 없이 평생을 흐리멍덩하게 살아감을 비유적으로 이르는 말.

- 취사선택(取捨選擇) : 여럿 가운데서 쓸 것은 골라 쓰고 버릴 것은 버림.
- 측실(側室) : 첩.
- 치성(致誠) : 1. 하느님이나 부처 등 신적 대상에게 자기의 소원이 이루어지기를 바라며 정성을 다하여 빎. 2. 있는 정성을 다함.
- 칠칠하다 : 야무지고 반듯하다. 차림새가 단정하고 깨끗하다. 잘 자라서 길고 보기 좋다.
- 침소(寢所) : 잠자는 곳.
- 침소봉대(針小棒大) : 작은 바늘을 큰 몽둥이라고 한다는 뜻으로, 작은 일을 크게 부풀려서 말함을 비유적으로 이르는 말.
- 침수(寢睡) : 잠이나 수면을 높여 이르는 말.
- 침첩(寢妾) : 잠자리에서 수발을 드는 여인.
- 칭병(稱病) : 병에 걸렸다고 핑계함.
- 채근(採根)하다 : 1. 서둘러서 하도록 재촉하다. 2. 근본을 캐어 밝히다. 3. 무엇을 서둘러 하라고 재촉하다.
- 체머리 : 머리가 저절로 흔들리는 병적 현상이나 그런 현상을 보이는 머리.

ㅌ

- 탁견(卓見) : 뛰어난 의견이나 견해.
- 탐닉(耽溺)하다 : 어떤 일을 몹시 즐겨서 온통 마음이 그 일에 쏠리다.
- 토산물(土産物) : 본디 그 지역에서 생산되거나 나는 물건. 풍토(風土)의 영향이나 희소성 때문에 특별한 가치를 지니기도 한다.
- 통음난무(痛飮亂舞) : 술을 마시며 춤을 춤.
- 투레질 : 1. 젖먹이가 두 입술을 떨며 투루루 소리를 내는 짓. 2. 말이나 당나귀, 노새 따위가 주둥이를 내떨며 투루루 소리를 내는 짓.
- 투실하다 : 살이 보기 좋을 정도로 쪄서 통통하다.
- 퉁방울 : 품질이 낮은 놋쇠로 만든 방울.
- 틀거지 : 듬직하고 위엄이 있는 겉모양.
- 태몽(胎夢) : 아이를 밸 징조의 꿈.
- 태평가(太平歌) : 나라가 태평함을 기뻐하여 부르는 노래.
- 태평성대(太平聖代) : 나라에 혼란이 없어 백성이 편안히 지내는 시대.

ㅋ

- 퀭하다 : (눈이) 쑥 들어가 크고 기운 없어 보이는 느낌이 있다.

ㅍ

- 파락호(破落戶) : 행세하는 집안의 자손으로 허랑방탕하여 결딴난 사람.
- 파란(波瀾) : 1. 생활 또는 일 따위가 순조롭지 못하고 기복이 심하거나 상황이 곤란함. 2. 작은 물결과 큰 물결.
- 파리하다 : 여위고 핏기가 없이 해쓱하다.
- 파정(破精) : 남성의 생식기에서 정액을 배출하는 일.
- 피종(播種)하다 : 씨앗을 흙 따위에 뿌리다.
- 퍼더버리다 : 주로 '퍼더버리고 앉다'의 구성으로 쓰여 (사람이 팔다리를) 힘을 빼고 편안하게 죽 뻗어 아무렇게나 기대어 앉거나 눕다.
- 편력(遍歷) : 1. 여러 경험을 함. 2. 널리 이곳저곳을 돌아다님.
- 편편(便便)하다 : 아무 불편 없이 편안하다.
- 풍류황권(風流黃卷) : 신라 중기 화랑도의 명부.
- 풍신(風神) : 풍채.

- 포교(布敎) : 종교를 널리 폄.
- 포궁(胞宮) : 포유류의 암컷에서, 수정란이 착상하여 분만 때까지 발육하는 기관. cf. 자궁, 아기집.
- 포부(抱負) : 마음속에 지닌 앞날에 대한 훌륭한 계획이나 희망.
- 포제(胞弟) : 어머니가 같고 아버지가 다른 동생.
- 포효(咆哮) : 사나운 짐승이 큰 소리로 으르렁거리거나 울부짖음. 사람이나 기계, 자연이 매우 크고 세게 내는 소리를 비유적으로 이르는 말.
- 표주박 : 조롱박이나 둥근 박을 반으로 쪼개 만든 작은 바가지.
- 풍미(風靡)하다 : 1. 널리 휩쓸다. 2. 어떤 시대나 사회를 널리 휩쓸다.
- 피안(彼岸) : 이승의 번뇌를 해탈하여 열반에 도달하는 일.
- 필부(匹夫) : 1. 보잘것없이 평범한 남자. 2. 한 명의 남자.
- 패착(敗着) : 바둑에서, 그 자리에 돌을 놓는 바람에 결국은 그 판에서 지게 된 나쁜 수.

ㅎ

- 하고많다 : 헤아릴 수 없을 만큼 아주 많다.
- 하계(下界) : 1. 사람이 사는 이 세상. 2. 사람이 죽어서 간다

고 하는 세상. 3. 높은 곳에서 낮은 곳을 이르는 말.
- 하문(下門) : 여성의 외부 생식기.
- 하사금(下賜金) : 임금이나 지위가 높은 사람이 주는 돈.
- 하세(下世) : 세상을 버린다는 뜻으로, '어른의 죽음'을 완곡하게 이르는 말.
- 학수고대(鶴首苦待) : 몹시 애타게 기다림. 학이 목을 길게 빼고 있는 모습.
- 한미(寒微)하다 : 구차하고 변변하지 못하다.
- 함구(緘口)하다 : 입을 다물고 아무 말도 하지 않다.
- 함지박 : 통나무의 속을 파서 큰 바가지같이 만든 그릇.
- 함초롬하다 : (어떤 대상이) 담뿍 젖어 있거나 어떤 기운이 서려 있는 모양이 차분하고 곱다.
- 합기(合氣)하다 : 성교하다. 상합하다.
- 합환주(合歡酒) : 1. 전통 혼례식 때에, 신랑과 신부가 서로 잔을 바꾸어 마시는 술. 2. 남녀가 성관계를 가지기 전에 흥을 돋우기 위해 마시는 술.
- 화등잔(火燈盞) : 기름을 담아서 등불을 켜는 그릇. 놀라거나 앓아서 퀭해진 눈을 비유적으로 이르는 말.
- 화톳불 : 장작 따위를 한곳에 쌓아 놓고 질러 놓은 불.
- 환호작약(歡呼雀躍) : 기뻐서 크게 소리치며 날뜀.
- 홧홧하다 : 달아오를 듯이 뜨겁다.

- 황육(黃肉) : 쇠고기.
- 허드재비 : 허드레로 쓰는 물건이나 허드레로 하는 일.
- 헌거롭다 : 풍채가 좋고 의리가 당당한 데가 있다.
- 헌걸차다 : 아주 풍채가 좋고 기상이 당당한 데가 있다.
- 헌헌장부(軒軒丈夫) : 풍채가 당당하고 의젓한 남자.
- 헐치다 : 1. 가볍게 하다. 2. 허름하게 하다.
- 험지(險地) : 험난한 땅.
- 협시(脇侍)하다 : 좌우에서 가까이 모시다.
- 호궤(犒饋)하다 : 음식을 베풀어 군사들을 위로하다.
- 호사(豪奢) : 호화롭게 사치함.
- 호사가(好事家) : 사람들 사이에 일어나는 흥밋거리를 일삼아 좇는 사람.
- 호색(好色) : 여색을 매우 좋아함.
- 호연지기(浩然之氣) : 1. 『맹자(孟子)』의 「공손추(公孫丑)」 상편에 나오는 말로, 사람의 마음에 차 있는 너르고 크고 올바른 기운. 2. 하늘과 땅 사이를 가득 채울 만큼 넓고 커서 어떠한 일에도 굴하지 않고 맞설 수 있는 당당한 기상.
- 호종(扈從) : 임금이 탄 수레를 따르며 호위하는 일.
- 호풍환우(呼風喚雨) : 요술로 바람과 비를 불러일으킴.
- 호한야(呼韓耶) : 흉노의 제14대 선우[單于 - 흉노국 우두머리]로 원래 이름은 계후산(稽侯狦)이다.

- 혼비백산(魂飛魄散)하다 : 혼백이 사방으로 흩어진다는 뜻으로, 매우 놀라거나 혼이 나서 넋을 잃다.
- 홍등가(紅燈街) : 붉은 등이 켜져 있는 거리라는 뜻으로, 유곽이나 창가(娼家) 따위가 늘어선 거리를 이르는 말.
- 홍목단(紅牧丹) : 여성의 성기.
- 홍반(紅斑) : 붉은빛의 얼룩점.
- 홍예(虹蜺) : 무지개.
- 홑 : 짝을 이루지 아니하거나 겹으로 되지 아니한 것.
- 홑지다 : 복잡하지 않고 단순하다. 예) 홑진 세 식구가 불과 하루 사이에 자그마치 열 명으로 늘어났다.
- 효경(梟獍) : 어미 새를 잡아먹는다는 올빼미와 자기 아비를 잡아먹는다는 짐승이라는 뜻으로, 은혜를 모르는 흉악한 사람을 비유적으로 이르는 말.
- 효용(效用) : 효험.
- 효찬(肴饌) : 안주와 반찬.
- 후각(嗅覺) : 냄새를 맡는 감각.
- 후리다 : 1. 휘몰아 채거나 쫓다. 2. 휘둘러서 깎거나 베다. 3. 휘둘러서 때리거나 치다. 4. 남의 것을 갑자기 빼앗거나 슬쩍 가지다.
- 후비(后妃) : 임금의 아내.
- 훈감하다 : 맛이 진하고 냄새가 좋다.

- 훈육(訓育)하다 : 품성이나 도덕 따위를 가르쳐 기르다.
- 훈장(訓長) : 글방의 스승.
- 휴의(休意) : 근심이나 불안함 없이 마음을 놓음.
- 흉노(匈奴) : 기원전 4세기부터 5세기까지 북아시아 스텝지역에 존재한 유목제국이다. 중국 측 기록에 따르면, 이들은 유라시아 스텝 동부에 기원전 3세기부터 기원후 1세기까지 살고 있었다. 기원전 209년 이후 묵돌 선우는 흉노 부족을 통합하고 흉노 제국을 세웠다.
- 흉몽(凶夢) : 불길한 꿈.
- 흉사(凶事) : 1. 흉흉하고 궂은 일. 2. 사람이 죽는 일.
- 흉살(凶殺) : 참혹하게 죽음.
- 흉성(凶星) : 불길한 징조가 있는 별.
- 흐리마리하다 : 1. (생각이나 기억이) 뚜렷하지 않다. 2. (사람이나 그 태도가) 분명하지 않고 흐지부지하다.
- 흐벅지다 : 탐스러울 정도로 두툼하고 부드럽다.
- 흔연(欣然)하다 : 기쁘거나 반가워 기분이 좋다.
- 훙글방망이놀다 : 일을 잘 되지 못하게 방해하다.
- 회돌이하다 : 물결이나 바람 따위가 빙빙 돌아 한곳에 모이다.
- 화탕지옥(火湯地獄) : [佛] 쇳물이 끓는 솥에 삶기는 고통을 받는 지옥. 부처의 금계를 깨뜨린 이, 중생을 죽여 고기를 먹은 이, 불을 질러 많은 생물을 죽인 이, 중생을 태워 죽인 이

가 가는 지옥이다.
- 화염문(火焰紋) : 불꽃 모양.
- 화풍병(花風病) : 남자나 여자가 마음에 둔 사람을 몹시 그리워하는 데서 생기는 마음의 병.
- 환도(宦途) : 벼슬길.
- 환영(幻影) : 1. 공상이나 환각에 의하여 눈앞에 있지 않은 것이 있는 것처럼 보이는 것. 2. 생각이나 감각의 착오로 사실이 아닌 것을 사실처럼 인정하는 현상. 3. 이루지 못할 희망이나 이상을 비유적으로 이르는 말.
- 환호작약(歡呼雀躍)하다 : 기뻐서 크게 소리 지르고 뛰며 기뻐하다.
- 황음(荒淫) : 함부로 음탕한 짓을 함.
- 황천(黃泉) : 저승, 명부(冥府), 천경(泉扃).
- 힐끗거리다 : 1. (사람이 무엇을) 곁눈질하면서 자꾸 재빨리 흘겨보다. 2. 아주 잠깐 동안씩 자꾸 눈에 띄다.
- 희떱다 : 속은 비어 보잘것없으나 겉은 그럴듯하고 호화롭다.
- 희번덕이다 : 크게 뜨고 흰자위를 자꾸 번득이며 움직이다.
- 희붐하다 : (먼동이나 바깥 따위가) 날이 새려고 빛이 희미하게 감돌아 밝은 듯하다. 예) 어느새 창호지를 바른 문밖이 희붐하게 밝아 왔다.
- 희석(稀釋)하다 : 넣어져 묽어지다.

- 희수(稀壽) : 나이 일흔 살을 이르는 말.
- 흰수작 : 허황하고 실속 없이 떠벌림. 또는 그러한 말과 행동.
- 휘친거리다 : 회초리나 가늘고 긴 나뭇가지 따위가 탄력성 있게 크게 휘어지면서 자꾸 흔들리다.
- 해괴망측(駭怪罔測)하다 : 말할 수 없이 괴상하고 야릇하다.
- 해로성(薤露聲) : 애달프고 구슬픈 소리. 만가(挽歌). 선소리.
- 해어화(解語花) : 사람 말을 알아듣는 꽃이라는 뜻으로 미인을 가리킴.
- 해조음(海潮音) : 1. 파도 소리 또는 물결이 밀려들거나 밀려가는 소리. 2. 관세음보살의 설법을, 때를 어기지 않는 밀물과 썰물에 비유하여 이르는 말.
- 해자(垓字) : 1. 적의 침입을 막기 위해 성 주위를 둘러서 판 못. 2. 능, 원, 묘 따위의 경계.
- 행음(行淫) : 이성과 부정한 육체적 관계.
- 행화촌(杏花村) : 살구꽃이 많이 피는 마을. 주막.

저자 소개

　경기도 여주시 점봉동 86번지에서 태어났다. 점봉초등학교, 여주중학교, 여흥고등학교에서 공부하고, 숭실대학교에서 영문학을 전공하였다. 2005년에 등단하여 이백여 편이 넘는 단편소설을 수도권에서 발간되는 각종 문예지, 신문, 인터넷에 발표하였고, 그동안 12권의 개인 작품집을 발간했다. 갯벌문학상과 한국농촌문학상을 받기도 했다.
　대표작품으로 장편 소설로 『강릉대첩』 3권, 『설죽화』, 『금진』이 있으며 소설집으로 『유월에 내린 눈』, 『요석궁에 내린 비』, 『꽃들의 암투』가 있다. 산문집으로 『지옥이 있어야 천국이 있다』, 『뒤돌아보면 아무것도 보이지 않고』 등이 있다. 그 외 한시풍의 『달하 노피곰 도드샤』 등 개인 시집 5권을 출간했다.